KB166367

록우드 심령 회사 4

일러두기

- 각주는 모두 옮긴이 주입니다.
- '*'로 표시된 용어의 뜻은 용어 사전을 참고할 것.

록우드 심령 회사 4

Lockwood & Co.

어정거리는 그림자

조나단 스트라우드 지음 | 강아름 옮김

달다

차례

I
두 머리

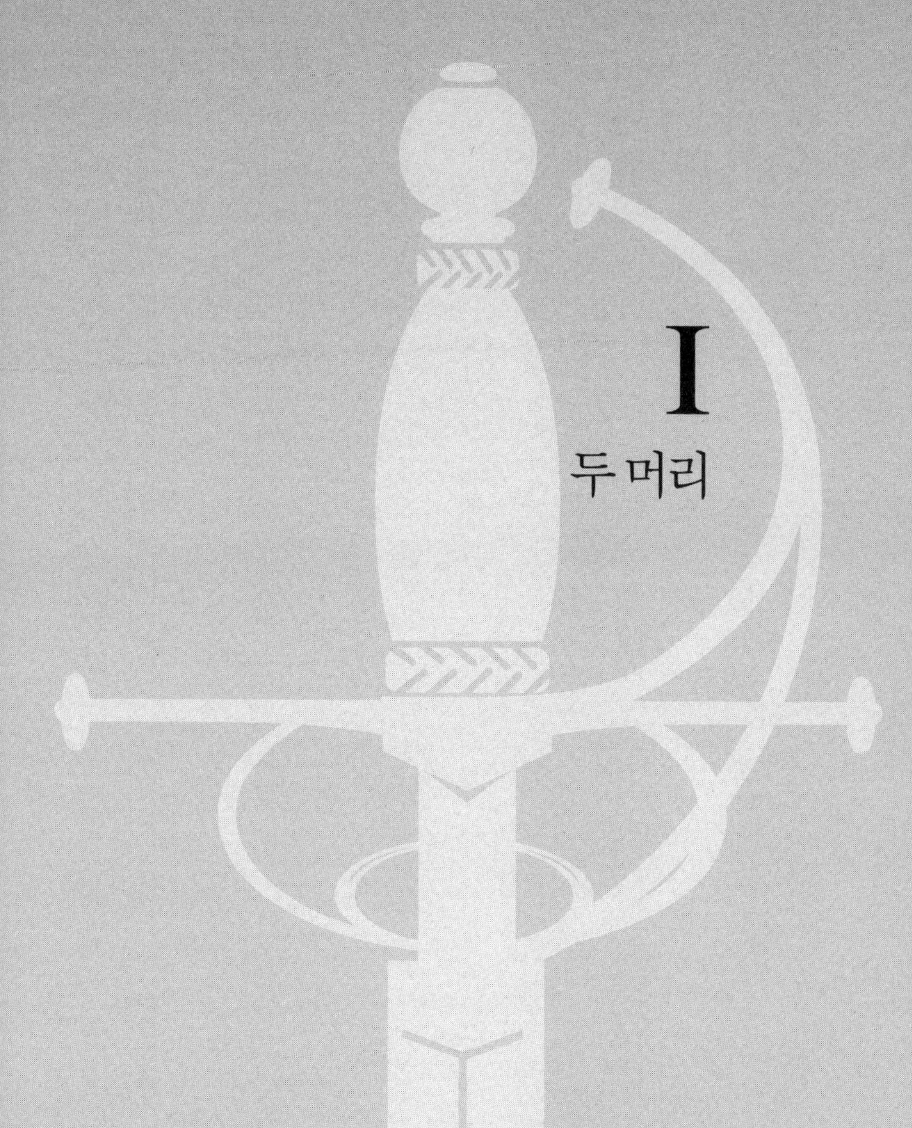

1

달빛 가득한 사무실에 슬그머니 들어가 등 뒤로 문을 닫는 순간, 나는 알았다. 내가 죽은 자와 함께 있다는 걸. 두피의 따끔거림, 팔에 돋는 소름, 들이마시는 공기의 냉랭함에서 느낄 수 있었다. 먼지를 뒤집어쓰고 창문에 치렁치렁 걸려 서리로 반짝이는 거미줄 뭉텅이도 그렇고. 수백 년 된 소리들도 있었다. 내가 텅 빈 계단을 오르고 복도를 따라 쫓아간 소리들. 리넨이 바스락거리고, 깨진 유리가 와지끈거리고, 죽어가는 여자가 흐느끼는 그 모든 소리가 이제 더 크게 들렸다. 갑자기 발동하는 직감도 한몫했다. 마음속 깊은 곳에서 느꼈다. 사악한 뭔가가 내게 눈길을 고정하고 있다고.

뭐랄까, 그런 신호들이 전혀 없었다 해도 내 배낭에서 깍깍거리는 목소리로 알았겠지만.

"으악!" 놈이 외쳤다. "도와줘! 유령*이야!"

나는 어깨 너머에 대고 눈을 부라렸다. "뭐래. 내내 찾던 혼령*이 나온 건데. 그렇게 발작할 거 없다고."

"그 여자가 바로 저기 있는데! 쳐다보잖아. 퀭한 눈구멍으로 쳐다본다고! 우우, 이제 이빨까지 까고 히죽거리네!"

나는 코웃음을 쳤다. "그렇게 호들갑 떨 거 뭐 있어? 자기는 해골인 주제에. 진정하라고."

나는 어깨를 들썩여 벗은 배낭을 바닥에 내려놓은 뒤 윗덮개를 젖혔다. 그 안에서 뿌연 녹색 비스름한 빛을 발하고 있는 건 밑바닥에 사람 두개골이 붙은 커다란 유리 단지였다. 그 안에 흉측하고 반투명한 얼굴이 꽉 끼듯 들어 있었다. 유리에 눌린 코가 이리저리 휘고, 수란 같은 눈알이 앞뒤로 희번덕거렸다.

"나한테 경고해 달라지 않았어?" 해골이 말했다. "자, 그래서 지금 경고하잖아. 으악! 저기 있다! 유령이야! 저 뼈 좀 봐! 머리칼도! 우웩!"

"입 좀 다물어줄래?" 내 마음과 달리 놈의 말에 휘둘리는 기분이었다. 나는 방 안을 가만히 응시했다. 그림자들을 뜯어보고, 죽었으나 죽지 않은 형상을 살폈다. 맞다. 아무것도 안 보였지만 그렇다고 마음을 놔선 안 됐다. 이 유령은 특별한 규칙에 따라 움직였으니까. 나는 얼른 배낭을 뒤지기 시작했다. 단지를 옆으로 밀고 소금탄*과 라벤더* 수류탄, 쇠사슬 사이를 헤집었다.

머릿속에서 해골 목소리가 메아리쳤다. "지금 거울을 찾는 거라면, 루시, 배낭 뒤에 줄로 달아뒀잖아."

"오…, 맞아. 그랬지."

"그렇게 하면 어딨는지 안 까먹을 거라더니."

"오, 응…. 그래."

끈을 찾아 손을 더듬거리는 나를 번뜩이는 두 눈이 올려다봤다. "당황하셨어요?"

"아니."

"조금도?"

"절대 아냐."

"그러시다면야. 그건 그렇고, 여자가 오고 있어."

됐다. 잡담은 그걸로 끝이었다. 이 초 뒤, 나는 손에 거울을 들고 있었다.

그게 이 방문자*의 기이한 점이었다. 육안으로 직접 볼 수 없다는 것. 훌륭한 심령 시각*을 가진 조사관조차 예외가 아니었다. 이 살기등등한 유령은 18세기 초에 여기 살았던 엠마 마치먼트의 영혼으로 알려져 있었다. 당시 이 건물은 보험회사 사무실이 아니라 가정집이었다. 마법에 발을 담그고, 몇몇 친지의 죽음에 책임이 있다는 혐의를 받던 그녀는 자기가 쓰던 화장대 거울 파편으로 남편에게 살해당했다. 이제 그녀는 거울이나 창문, 광을 낸 금속 표면에 반사되는 형태로만 모습을 드러냈다. 그리고 최근엔 회사 직원 몇이 그녀의 은밀한 접촉으로 목숨을 잃었다. 엠마 마치먼트를 사냥하는 건 쉽지 않았다. 오늘 밤 우리 팀은 손거울을 챙겨 왔지만, 자꾸만 슬금슬금 뒷걸음질을 친다든가 눈을 휘둥그레 뜨고 어깨 너머의 컴컴한 구석을 비춰보기 일쑤였다. 나? 나는 굳이 안 그랬다. 내 감각을 믿고 소리들을 따랐으며, 지금껏 거울엔 손도 대지 않았다.

나는 거울을 들고 방이 비쳐 보이게 각도를 조정했다.

"근사한 장비야." 해골이 말했다. "플라스틱도 고급스럽고. 테두리의 분홍색 조랑말이랑 무지개가 너어어무 좋아 죽겠어."

"장난감 가게에서 집어 온 거라 그래. 시간 안에 구할 수 있는 게 이것뿐이었다고."

거울 표면에서 달빛이 혼란스레 번쩍였다. 나는 깊은숨을 쉬고 떨리는 손을 진정시켰다. 흔들리던 거울 속 이미지가 이내 잠잠해지며 환한 격자무늬 창문이 됐다. 양옆에 싸구려 커튼이 걸려 있었다. 창틀 아래엔 책상과 의자가 있었다. 나는 위로, 좌우로, 아래로 거울을 움직이며 확인했지만 보이는 거라곤 달빛 쏟아지는 바닥과 또 다른 책상, 서류 보관장, 어두침침한 벽널을 댄 벽에 걸린 화분 하나뿐이었다.

지금이야 따분한 사무실에 지나지 않는다지만 한때는 여기도 침실이었을 터다. 감정이 폭발하고, 해묵은 질투가 타오르며, 정이 증오로 뒤틀리는 공간. 침실에서는 그 어느 곳보다도 많은 유령이 만들어졌다. 엠마 마치먼트가 여기서 죽었을지도 모른단 생각이 나는 놀랍지 않았다.

"난 안 보이는데." 내가 말했다. "해골, 그 여자 지금 어딨어?"

"저기 오른쪽 구석에. 서랍인지 책상인지에 반반 걸쳐 있어. 두 팔을 활짝 펼치고 있는데. 널 껴안기라도 하려는 것처럼. 아이쿠, 근데 손톱이 엄청 길어서…."

"오늘 밤에 너 뭐야, 진짜. 더럽게 꽥꽥거리네. 겁주려고 수작 부리지 마. 여자가 내 쪽으로 다시 움직이면 그때 얘기해. 쓸데없이 종알거리지 말고."

나는 자신 있고 단호하게 말했다. 두려움도 불안도 내보이지 마라. 잠들지 못하는 영혼에게 아무 양분도 주지 마라. 그러는 와중에도 나는 혹시 모를 위험에 대비했다. 작업용 벨트의 레이피어*와 마그네슘 화염* 사이에 왼손을 걸고 있었다.

나는 거울에서 슬쩍 눈을 뗐다. 그래, 한쪽 구석에 서랍장이 있긴 했다. 무척 어두웠다. 달빛이 거의 들지 않았다. 맨눈으로 안간힘을 써본들 거기 서 있는 존재를 골라낼 순 없었다.

그럼, 어디 보자…. 나는 거울을 천천히 돌리며 주변을 비췄다. 책상들을 넘고 벽에 걸린 화분을 지났다. 벽널이 붙은 벽을 따라 서랍장까지 갔다.

그리고 거기 있었다. 유령이 경악스럽게 훌쩍 시야에 나타났다.

마음의 준비를 하고 있었는데도 나는 거울을 떨어트릴 뻔했다.

피골이 상접한 형상에서 하얀 휘장 같은 겉옷이 수의처럼 치렁치렁 늘어졌다. 연기 기둥마냥 뭉게뭉게 피어오르는 머리칼을 요람 삼아 검푸른 얼굴이 떠 있었다. 검은 눈이 빤히 응시하고, 두개골에선 허연 살가죽이 녹아내리는 밀랍처럼 대롱거렸다. 뼈만 앙상한 목이 보였다. 드레스에는 얼룩이 졌고, 턱이 비정상적으로 쩍 벌어져 있었다. 내뻗은 두 손의 손가락이 내 쪽으로 굽어 있었다.

손톱이 정말로 무척 길었다.

나는 마른침을 삼켰다. 거울 혹은 해골의 인도가 없었다면 아무것도 모르고 다니다 저 움켜 안으려는 팔 사이로 들어갔을지도 몰랐다.

"찾았다." 내가 말했다.

"정말, 루시? 잘됐네. 자, 이제 살고 싶어, 죽고 싶어?"

"살려주세요, 제발."

"그럼 다른 애들을 불러."

"아직 안 돼." 내 손이 다시 떨리고 있었다. 거울이 흔들렸다. 파리한 형체가 시야에서 자꾸만 사라졌다. 나는 머릿속을 비웠다. 이제부터 할 일을 위해 잠깐의 평화가 필요했다.

"그 자식들한테 짜증 나 있단 거 알아." 해골이 말을 계속했다. "하지만 이건 너 혼자 할 수 있는 게 아냐. 사소한 말다툼 따위 극복할 줄도 알아야지."

"벌써 극복했거든."

"단지 록우드 때문…."

"난 록우드 걱정 안 해. 이제 좀 닥칠래? 이걸 하려면 주변이 절대적으로 조용해야 한단 거 알잖아." 나는 심호흡을 하고 거울을 다시 한번 확인했다. 그래, 저기 얼굴이 있다. 들쭉날쭉한 얼룩 같은 얼굴이랑 그 뒤에서 솜사탕처럼 소용돌이치는 머리칼이.

그사이 은근슬쩍 다가온 건가? 그럴 수도. 유령이 좀 더 커 보였다. 나는 그 생각을 떨쳐버렸다.

해골이 다시 말씽을 시작했다. "네 그 바보짓을 하진 않을 거라고 말해줘! 저 여잔 너한테 해코지할 생각밖에 없는 사악한 할망구일 뿐야. 굳이 손 내밀 필요 없다고."

"난 내 일을 하는 거야. 내 일은 바보짓이 아니고." 나는 목소리를 높였다. "엠마?" 큰 소리로 말했다. "엠마 마치먼트? 난 당신이 보여요. 당신 소리가 들려요. 원하는 게 뭐예요? 말해봐요. 내가 도와줄게요."

나는 늘 그렇게 일했다. 이것저것 다 해본 끝에 도출한 원칙이었다. 일명 루시 칼라일 공식™은 '검은 겨울'의 길고 암담한 밤들을 거치며 여러 번 시도되고 검증됐다. 그들을 이름으로 부르라. 질문하라. 질문은 단순한 형태를 유지하라. 이는 죽은 자에게 말을 시키기 위해 내가 지금껏 다듬어온 최선의 전략이었다.

다만 이 공식이 매번 먹히는 건 아님을 유념하라. 상황이 원하는 대로 흘러가지만은 않는다는 것도.

나는 거울 가운데의 허연 얼굴을 봤다. 내면의 귀로 들었다. 단지 속 해골의 회의적인 코웃음 소리를 지워가며.

시공간의 심연을 통과해 온 부드러운 소리들이 방 안을 떠다녔다.

말소리인가?

아니다. 피에 젖은 잠옷이 펄럭이는 소리, 얕게 꺽꺽거리며 숨이 넘어가는 소리일 뿐이다.

다를 게 없다. 다를 게 없어.

나는 한 번 더 시도하려고 입을 열었다. 그때….

"… 아직 나한테 있어…."

"해골, 방금 들었어?"

"겨우겨우. 목소리가 좀 걸걸하네. 그래도 노력은 인정. 저렇게 찢어발겨진 목구멍으로 뭐든 말할 수 있단 게 놀라울 따름이야. 근데 자기한테 뭐가 있다는 걸까? 그게 문제네…. 물집? 입 냄새? 알게 뭐람?"

"쉿!" 나는 반기는 듯한 몸동작을 크게 해 보였다. "엠마 마치먼트, 당신 목소리가 들려요! 영원한 휴식을 바라거든 먼저 날 믿어야 해요! 당신한테 있다는 게 뭔가요?"

바로 뒤에서 목소리가 들렸다. "루시?"

나는 꽥 소리를 지르며 접착식 줄에 고정된 레이피어를 뜯어냈다. 공격 태세로 검을 잡고 몸을 빙글 돌렸다. 흉곽 속에서 심장이 쿵쿵거렸다. 침실로 들어오는 문이 열려 있었다. 거기, 키 크고 호리호리한 형상이 있었다. 소용돌이치는 손전등 빛줄기와 뭉게뭉게 피어오르는 마그네슘 연기를 배경으로 선 윤곽이 보였다. 한 손은 허리에 올라가 있고, 다른 손은 칼자루에 얹혀 있었다. 기다란 외투 자락이 그를 둘러싸고 잔물결 쳤다.

"루시, 뭐 하는 거야?"

나는 얼른 뒤로 눈길을 던지며 거울 든 손을 겨우 진정시켜 희미하고 파리한 형상이, 허공의 입김 같은 것이 서랍장 뒤 벽널을 통과해 사라지는 순간을 간신히 잡아냈다.

그러니까 유령이 벽 속으로 후퇴했다 그거지…. 재밌는데.

"루시?"

"알았어, 알았다고. 들어와도 돼." 나는 검을 집어넣고 손짓했다. 그 말에 성큼성큼 들어서는 건 테드 데일리, 로트웰 대행사* 팀장(2급)이었다.

오해는 마시라. 불평하는 게 아니다. 자유계약 심령 조사 요원*으로 새로 시작한 삶엔 좋은 점이 많았다. 사건을 골라 받을 수 있었다. 마음 내키는 대로 일했다. 내 나름의 작은 명성도 쌓을 수 있었다. 하지만 한 가지 확실한 단점은 같이 일하는 조사관을 고를 수 없다는 거였다. 사건에 착수할 때마다 나를 고용한 회사에서 보낸 사람들과 손발을 맞춰가며 일해야 했다. 개중엔 물론 괜찮은 이들도 있었다. 어엿하고 전문적이고 유능했다. 하지만 나머지는…. 글쎄, 그들 대개가 여기 있는 테드 같았다.

멀리서 보는, 은은한 빛 속에 등 돌리고 선 테드는 그나마 참아줄 만했다. 가까이서 보면 어김없이 실망스러웠다. 그는 멀쑥하고 우울한 눈의 청년으로, 길어선 안 될 모든 곳이 길쭉했다. 영원무궁토록 헤 하니 벌린 입 아래로 보이는 목은 뼈가 앙상했다. 어째선지 나는 테드를 볼 때마다 그가 방금 막 자기 턱을 삼켜버린 것 같은 인상을 받았다. 그는 고음으로 깍깍대는 목소리에 성격이 퍽퍽하고 트집 잡기 좋아했다. 팀장으로서 이날 밤 나를 통솔할 형식적 권한을 가졌으나 거위처럼 팔을 퍼덕이며 뛰어다니고, 성격이 흐물거리는 샐러리 조각 같은 데다, 결정적으로는 심령 능력을 가진 사람 같은 구석이 딱히 없었기에 나는 그를 웬만해선 무시했다.

"파나비 씨가 얘기하고 싶어 해." 테드가 말했다.

"또?"

"우리 작업이 어떻게 돼가는지 알아야겠대."

"됐다 그래. 내가 유령을 궁지에 몰았어. 지금 처리할 거야. 가서 다른 애들이나 불러와."

"아니, 파나비 씨가 말하길…." 하지만 너무 늦었다. 나는 그들이 문가에서 얼쩡거리고 있다는 걸 알고 있었다. 아니나 다를까, 안절부절못하는 형상 둘이 냉큼 안으로 들어섰고, 그와 동시에 영광스런 우리 팀이 완전체가 됐다.

좋아서 막 숨이 멎을 것 같은 구성은 솔직히 아니었다. 로트웰 현장 조사관 티나 레인(3급)은 매가리가 없는 소녀였는데, 기이할 정도로 따분한 나머지 발가락에 구멍이 하나 있어서 온몸의 온기와 활기가 거기로 싹 다 빠져나가 버린 건 아닌가 싶었다. 몹시도 파리한 머리칼은 표백한 지푸라기 같았고, 백골색 살갗과 느리고 힘없는 말투는 무슨 말을 하는 건지 알아들으려 그쪽으로 자꾸만 몸을 기울이게 만들었다. 그래 봐야 결국엔 들을 가치도 없는 말이었음을 깨닫고 천천히 몸을 세워선 가능한 한 다시 숙이지 않으려 버티다 방을 나가게 되는 식이었다.

다음은 데이브 이슨. 로트웰 현장 조사관(3급)인 그는 티나 레인에 비해선 경미하게나마 특색이 있는 편이었다. 물건으로 치자면 하자가 더 많은 쪽으로. 피부색이 어두운 그는 땅딸막하고 몸통이 두꺼운 데다 공격적이어서 꼭 나무 그루터기가 성나 있는 것 같았다. 강력하고 타고난 능력이 있는 것 같긴 했지만, 그간 방문자들을 겪으며 지나치게 예민해졌고 레이피어를 너무 함부로 다뤘다. 한번은 작전 중에 티나에게 검을 잘못 휘둘러 흉터를 남기기도 했다. 이날 밤만 해도 자기 거울을 곁눈질하다 날 보고 쑤실 뻔한 게 벌써 두 번이었다.

맥없는 티나, 그저 그런 테드, 새가슴 데이브. 그래, 그게 내 팀이었다. 내가 함께 일해야 하는 사람들이었다. 그 사실에 유령이 겁을 집어먹고 그냥 증발해 버리지 않은 게 오히려 이상했다.

데이브는 달뜨고 긴장해 있었다. 목에서 힘줄 하나가 씰룩였다. "어디 있었어, 칼라일? 지금 우리가 상대하는 건 위험한 2급령*이라고. 그리고 파나비 씨가…."

"… 말하길, 우리가 절대로 흩어져선 안 된댔어." 테드가 껴들었다. "맞아. 우린 대열을 엄격히 유지해야 해. 네가 나랑 말싸움하고 사뿐사뿐 사라져 버리면 곤란하단 얘기야. 이제 내 말대로 해, 루시. 지금 바로 파나비 씨한테 보고하는 거야. 아님…."

"아님," 내가 말했다. "그냥 일을 시작할 수도 있지." 나는 무릎을 꿇고 배낭을 닫는 중이었다. 다른 이들은 해골에 대해 몰랐고, 나는 계속 그 상태로 남길 바랐다. 그런 다음 자리에서 일어나 레이피어 칼자루에 손을 얹고 그들에게 말했다. "들어봐. 그 감독관한테 시간 낭비해 봐야 아무 소용없어. 그 사람은 어른이야. 우릴 못 돕는다고. 안 그래? 그러니까 우리가 주도적으로 움직여야 해. 출처*가 있을 법한 장소를 내가 알아. 저쪽 벽으로 유령이 사라졌거든. 옛 얘기에 따르면, 칼에 찔린 엠마 마치먼트가 남편을 피해 밀실로 도망쳤다고 하지 않았어? 나중에 사람들이 문을 따고 들어가 냄비랑 맹독 사이에 죽어 널브러진 그녀를 찾았다고? 그러니까 저 벽 너머 어딘가에 그 밀실이 있다 그거야. 나랑 함께 하자. 그럼 사건을 끝낼 수 있어. 어때?"

"넌 우리 팀장이 아니거든." 데이브가 말했다.

"아니지. 하지만 난 내 일에 선수야. 그래서 근사한 대안이고."

침묵이 이어졌다. 티나는 멍해 보였다. 테드가 구부린 손가락을 들었다. "파나비 씨가 말하길…."

나는 치미는 화를 누르기 힘들었으나, 요 몇 달 사이 성질 죽이는 법을 정말 제대로 배워온 터였다. 너무도 많은 조사관들이 이런 식이었다. 게으르거나, 무능하거나, 아님 그냥 단순히 겁을 집어먹거나. 그리고 감독관을 늘 너무 의식하는 나머지 자기들끼린 진정한 팀답게 움직이질 못했다.

“내 생각은 그래.” 내가 말했다. “서랍장 옆에 비밀 문이 있어. 우리 중 하나가 그걸 찾아 열고 들어가. 다른 이들은 거울을 들고 망을 봐. 유령이 뭐든 수작을 부리려 들면 소금탄이랑 레이피어로 혼쭐을 내주는 거지. 그러고선 출처를 찾아 봉인하고 여기서 나가면 끝이야. 파나비가 갖고 다니는 술병이 아직 반이나 차 있을 때. 나랑 같이 할 사람?”

티나는 눈을 깜빡이며 고요한 방을 둘러봤다. 테드의 길고 흰 손이 자기 칼자루에서 어찌할 바를 몰랐다. 데이브는 그저 바닥만 보고 있었다.

“할 수 있어.” 내가 끈질기게 물고 늘어졌다. “너흰 좋은 팀이잖아.”

“그럴 리가.” 해골이 내게만 들리는 소리로 속삭였다. “그 자식들은 안짱다리로 걷는 찌질이 패거리일 뿐야. 너도 알잖아. 유령접촉*도 아까운 작자들이라고.”

나는 그 목소리를 알은체도 안 했다. 내 미소는 흔들리지 않았다. 내 목적도 마찬가지였다. 로트웰 삼인방은 아무 대답이 없었지만 내 말을 더는 걸고넘어지지도 않았으므로, 나는 내가 이겼다는 걸 알았다.

그로부터 오 분 더 법석을 떤 끝에 나는 우리 모두를 준비시켰다. 우리는 책상과 테이블을 옆으로 밀어 충분한 공간을 확보했다. 서랍장이 있는 모퉁이를 중심으로 쇠사슬을 둘러 부채꼴 모양 방어진을 쳤다. 쇠사슬 안쪽 벽 근처에 기름등 세 개가 놓여 반짝였다. 나도 그 안에 들어가 있었다. 벨트에 거울을 달고 손에는 레이피어를 든 채 비밀 문을 찾을 준비를 했다. 내 동료 셋은 방어벽 너머에 안전히 서서 거울을 들고 있었다. 내가 유령을 본 지점 전체가 거울에 담기게 각도를 조정했다. 내 안전을 확인하고 싶거든 그 거울들로 고개만 돌리면 됐다. 지금 당장 거울들에 비친 건 나뿐이었다. 내 모습만 셋이고 다른 건 전혀 없었다.

"좋아." 나는 부러 격려를 아끼지 않았다. "완벽해. 잘했어, 모두들. 이제 문을 찾기 시작할게. 거울이 흔들리지 않게 신경 써줘."

"참 대단한 자신감이야." 배낭에서 해골이 말했다. "걸으며 숨 쉬는 것도 겨우 하는 머저리들 손에 자기 안전을 맡기다니. 위험천만한 일이라고."

"잘 해낼 거야." 나는 아무도 못 듣게 소리 낮춰 말하며 낡고 어두운 벽널에 손전등을 비췄다. 뭘까? 레버? 버튼? 압력으로 장치가 해제되며 자기 폐쇄식 문이 열리는 단순한 방식일 가능성이 가장 높았다. 문은 오랜 세월 닫혀 있었을 거다. 철저히 봉인됐을 수 있고, 그런 경우엔 부수고 들어가야 한다. 나는 빛줄기의 각도를 바꿨다. 지금 보니 벽널 한쪽이 다른 곳보다 살짝 밝은 듯했다. 나는 혹시나 하는 마음으로 밀어봤다. 꿈쩍도 하지 않았다.

아니, 적어도 '자연적인' 것들은 꿈쩍하지 않았다. 하지만 내 내면의 귀는 가까이서 부드럽게 와지끈거리는 소리를 포착해 냈다. 유리 파편을 맨발로 밟는 듯한.

엠마 마치먼트는 깨진 유리에 찔려 죽었다. 나는 속이 뒤틀렸으나 긍정적인 목소리를 유지했다. "거울에 뭐 비치는 거라도?" 그렇게 말하며 벽널을 다시 밀었다.

"아니. 괜찮아. 모두 이상 없어." 데이브였다. 긴장감에 말투가 딱딱했다.

"추워지고 있어." 테드가 말했다. "정말 빨리 추워지는 중이야."

"오케이." 그래. 온도 급강하는 나도 느낄 수 있었다. 손에 닿는 나무가 꽁꽁 얼 것처럼 차가웠다. 나는 시리고 땀에 젖은 손가락으로 벽널을 때렸고, 이번엔 움직임이 느껴졌다.

유리가 우지끈거렸다.

"여자가 돌아오고 있어. 과거에서 빠져나오고 있다고." 해골이 말했다. "네가 여기 있는 걸 싫어해."

"누가 흐느끼는데." 티나가 말했다.

나도 들었다. 외로운 공간에서 메아리치는 피폐하고 성난 소리를. 그와 함께 리넨이 바스락거리는 소리가 가까워 왔다. 피에 흠뻑 젖은 축축한 천이….

"거울 주시해, 다들." 내가 주문했다. "계속 얘기해 줘…."

"모두 이상 없어."

"점점 추워져…."

"여자가 완전 근처까지 왔어." 해골이 말했다.

나는 벽널을 다시, 더 세게 밀었다. 그리고 이번엔 그걸로 충분했다. 나뭇조각이 안으로 푹 꺼지며 비좁은 문이 시소처럼 튀어나왔다. 벽면에서 쩍 갈라져 나온 벽널 한 부분이 곧 문짝이었다. 거미줄에 덮인 문에서 먼지가 길게 나부꼈다.

그 뒤엔? 어둠뿐이었다.

나는 얼굴의 땀을 닦았다. 손과 이마 둘 다 꽁꽁 얼었다. "나왔다." 내가 말했다. "아까 약속했던 밀실! 이제 다 함께 들어가기만 하면 돼."

나는 고개를 돌리고 모두에게 활짝 웃어 보였다….

그 순간 그들의 거울 속이 보였다.

거기 내 파리한 얼굴이 있었다. 거울 셋에 하나씩. 그리고 그 바로 뒤에 다른 얼굴이 있었다. 살갗이 뼈에서 녹아내리는 얼굴이. 파리한 머리칼이 구름 같았다. 한껏 드러낸 이빨이 작고 붉은 게 꼭 석류씨 같았다. 검고 번뜩이는 눈이 보였다. 그리고 마지막으로, 내게 남은 찰나의 순간에 내 목을 향하는 갈퀴진 손가락 다섯 개가 보였다.

2

우리는 각자가 다 다르게, 정말이지 자기답게 반응했다. 티나는 비명을 지르며 거울을 떨어트렸다. 테드는 살갗을 덴 고양이처럼 펄쩍 뛰어 물러났다. 데이브만이 거울을 굳건히—혹은 굳건하다시피—들고선 뭔가를 찾아 벨트를 뜯적였다. 나? 티나의 거울이 바닥을 때리고 박살 나기 전에 레이피어를 돌려 잡고 내 뒤쪽으로 밀어 넣었다. 뒤돌아 확인했지만 텅 빈 공간뿐이었다. 하지만 검 가운데서 연기가 피어오르고, 철*제 검날에서 엑토플라즘*이 지렁이처럼 몸부림치며 치익거렸다.

나는 레이피어를 앞뒤로 미친 듯 그었다. 그러고도 좀 더 그었다.

"시간 낭비야." 잠시의 정적 뒤 해골이 말했다. "벽으로 다시 들어갔어."

"그걸 왜 이제야 말해? 그 여자, 내 검에 맞았지? 얼마나 심하게 맞았어?"

"잘 못 봤어. 어떤 분 검술이 어설픈 주제에 어찌나 현란하신지 앞이 하나도 안 보였다고."

"글쎄 어디로…?" 다음 순간 내가 옆으로 날아갔다. 왼쪽으로 몇 걸음 떨어진 벽에서 소금*과 철, 흰 마그네슘 화염이 폭발한 터였다. 아주 잠시 방이 대낮처럼 밝았다. 우리가 태양에 떨어지기라도 한 것 같았다. 불길이 사그라지며 어둠이 좁혀 들어왔고, 정신을 차려보니 나는 재와 벌건 잉걸불을 깔고 누워 있었다. 귀가 웅웅 울리고 머리칼이 눈을 덮었다.

나는 레이피어에 의지해 뻣뻣한 몸을 일으키며 귀를 두드렸다. 연기 사이로 저쪽 방구석에서 눈을 휘둥그레 뜨고 있는 테드와 티나가 보였다. 그 옆에는 데이브가 몸을 웅크린 조그만 검은 표범처럼 쪼그려 앉았는데, 두 번째 마그네슘 화염을 던질 준비를 하고 있었다.

"내가 잡았어?"

나는 소매에서 혓바닥을 날름거리는 희고 조그만 불꽃을 톡톡 두드려 껐다. "아니, 데이브. 아니, 못 잡았어. 하지만 정말 좋은 시도였어. 하나 더 던지진 않아도 돼. 여잔 밀실로 들어갔으니까." 그러고는 재를 울컥 토해냈다. "얼른 여자를 따라가 끝내야 해. 우린…, 응, 테드?" 저쪽 구석에서 테드가 손을 들고 있었다.

"너 코피 나."

"알아." 나는 소매로 코를 닦았다. "말해줘서 고마워. 자, 들어가야 돼. 누가 같이 갈래?"

그 순간 나는 거기에 석상 셋이 서 있는 줄 알았다. 그들의 공포는 몹시도 구체적이어서 방 안 제5의 인물처럼 느껴지기까지 했다. 그들은 벽에 뚫린 공간을 물끄러미 봤다. 내가 기다리는 사이, 모락모락 피어오르는 연기가 퍼지고 섞여 사무실을 채우며 그들을 내 시야에서 앗아갔다.

"파나비 씨가 말하길…." 테드가 입을 열었다.

"파나비가 뭐라는지 누가 신경이나 쓴대?" 내가 빽 소리쳤다. "그 사람은 여기 없잖아! 우리랑 같이 목숨을 걸고 있지 않다고! 단 한 번이라도 너희들 머리로 생각이란 걸 해봐!"

나는 기다렸다. 아무 대답이 없었다. 분노와 조바심이 나를 집어삼켰다. 나는 혼자서 밀실 문으로 몸을 돌렸다.

결혼식 들러리 행렬처럼 유령을 따라다니는 냉기의 물결이 아직껏 느껴졌다. 문 너머 어둠 속으로 달아나고 있었다. 서랍장 옆면에서 얼음 결정망들이 반짝였다. 공들여 짠 레이스처럼 정교했다. 벽널도 성에에 덮여 있었다. 나는 손전등을 켰다.

거미줄이 무성한 비좁은 통로였다. 문에서 얼마 못 간 지점에서 왼쪽으로 꺾여 시야 밖으로 사라졌다. 어둠이 드리운 통로에선 시큼털털하게 톡 쏘는 듯한 희미한 향이, 먼지와 죽음의 냄새가 났다.

그 안 어딘가에 이 출몰*의 출처, 그러니까 유령이 얽매인 장소 혹은 사물이 있었다. 출처를 은*이나 철로 덮어 봉인하면 방문자 또한 갇히는 거였다. 간단했다. 나는 한 손에 거울을, 다른 손에 손전등과 레이피어를 들고 벽 틈새로 비집고 들어갔다.

딱히 그러고 싶은 건 아니었다. 다른 애들을 기다려도 됐다. 날 따라오라고, 십 분 정도 시간을 들여 꼬드길 수도 있었다. 하지만 그러다간 내 배짱 또한 사라져 버릴지 몰랐다. 가끔은 좀 무모해질 필요가 있다. 이 기술을 나는 다른 어딘가에서 배웠다.

통로가 너무 좁다 보니 양쪽 벽을 몸으로 쓸며 전진해야 했고, 그 통에 거미줄들이 떨어져 나왔다. 나는 천천히 움직이며 혹시 모를 기습에 대비했다.

"여자가 보여?" 내가 해골에게 속삭였다.

"아니. 까다로운 여자야. 이승을 자꾸만 들락날락하거든. 위치를 잡아내기가 힘들다고."

"출처가 뭔지 궁금하네. 뭘 지키고 있는 걸까?"

"신체 일부. 그럴 가능성이 높지. 남편이 미쳐 날뛰다 아예 토막을 내버렸을 수도 있잖아. 발가락이 의자 밑으로 굴러 들어갔는데 못 찾았다든가. 안 될 게 뭐야."

"애초에 너한테 물어본 내가 잘못이다. 역겨워 죽겠네."

"이봐, 역겨울 게 뭐 있어. 그냥 신체 부윈데." 해골이 말했다. "나부터도 그렇고. 우리 신체 부위들은 정직하고 떳떳하다고. 여기 조심해. 심하게 꺾인다."

어둠이 모퉁이를 끼고 돌아 번져나갔다. 나는 벨트에서 소금탄을 꺼내 저 앞, 시야가 확보되지 않는 위치에 던졌다. 터지는 소리가 들렸지만 심령 충격은 따로 없었다. 소금탄에 맞은 게 아무것도 없단 의미였다.

나는 손전등을 들고 모퉁이 너머를 내다봤다. "우리가 출처를 찾아주길 바라는 걸지도." 내가 중얼거렸다. "그럴 가능성도 있잖아. 안 그래? 우리가 어딜 찾아봐야 할지 알려주는 거 같은데."

"어쩌면. 아님 널 꾀어내 끔찍하게 죽이려는 걸 수도. 그 또한 가능한 얘기라고 봐."

둘 중 어느 쪽이든 조만간 결판이 날 거였다. 방문자의 한결같은 징후인 거미가 바글거리는 걸로 알 수 있었다. 바로 앞의 조그만 방을 천 겹은 되는 거미줄이 옥죄고 있었다. 벽에서 벽, 벽난로에서 천장까지 치렁치렁 걸려 있었다. 층층이 쌓이고 얽혀 은은한 잿빛 해먹의 미로가 되고, 울퉁불퉁 먼지가 떡 진 교차로가 됐다. 내 손전등 빛줄기가 파열하고, 갈라지고, 원인을 알 수 없이 흡수됐다. 왜곡이 난무하는 새 둥지에 들어와 있는 것도 같았다. 조그맣고 배가 검은 몸뚱이들이 가장자리를 쏘다니며 빛으로부터 피난처를 찾아 종종거렸다.

나는 머뭇거리며 이 혼란스러운 상황을 눈으로 파악했다. 가짜 벽널 뒤에 숨겨진 옛 옷방쯤이 아닐까 싶었다. 너덜너덜한 벽지의 잔재들이 이를 뒷받침했다. 한쪽 벽에는 텅 빈 선반들이, 다른 쪽 벽에는 벽돌로 만든 누추한 벽난로가 있었는데, 검댕 묻은 돌무더기 가운데에 놓인 날짐승 뼈가 보였다. 창문은 따로 없었다. 시커먼 먼지가 무감하고 건조한 파도처럼 밀려와 신발 옆에서 부서졌다. 방은 오랫동안 열린 적 없었다.

나는 귀를 기울였다. 어딘가 가까운 곳에서 여자가 흐느꼈다.

한쪽 벽에 금테를 두른 기다란 화장대 거울이 서 있었다. 유리는 박살이 났고, 그나마 붙어 있는 조각들엔 먼지가 굳어 있었다.

거길 처음 봤을 때, 아주 찰나일 뿐이었지만 나는 분명히 감지했다. 거울 앞에 선 희미한 잿빛 형상을. 거울을 들여다보기라도 하는 양 몸을 살짝 구부리고 있었다. 하지만 그 환영*은—환영이 맞기나 했는지 모르겠지만—곧장 사라져 버렸고, 홀로 남은 나는 레이피어로 거미줄을 베며 전진했다. 손과 검날에 들러붙는 거미줄에 오만상을 찡그리며. 거울은 고치 속 거대한 파리처럼 거미줄에 파묻혀 있었다.

전해지는 얘기에 따르면, 엠마 마치먼트는 자기 거울 조각에 찔렸다. 거울 자체가 출처일 가능성이 있었다. 나는 벨트 주머니에서 은제 사슬망*을 꺼내 흔들어 편 뒤 거울을 위에서부터 덮었다. 그런 다음 다시 귀를 기울였다. 흐느낌이 계속됐다. 뭔가 잘못된 듯한 기운이 방 안에 여전했다.

"아니네…." 내가 말했다. "이런…." 나는 방을 천천히 둘러봤다. 거울…, 벽난로…, 텅 빈 선반들. 거미줄들은 악몽이었다. 곳곳에서 시야를 완전히 가렸다. 나는 나지막한 소리로 로트웰 패거리를 욕했다. "너무 힘들잖아." 조용히 중얼거렸다. "혼자서 하기엔."

"뭐?" 배낭에서 앙칼진 목소리가 반발했다. "그 말은 지금 누구한테 하는 거야. 네가 정말로 '혼자'면? 정확히 좀 짚고 가자."

나는 눈을 흡떴다. "미안. 방금 그 말은 무시해. 말하는 해골을 빼면, 더럽고 낡은 단지에 갇힌 주제에 웬 기이한 동정심 덕분에 세상 구경을 하는 사악한 자식을 빼면 나 혼자라고. 그거나 저거나 별반 다른 거 같지도 않지만."

"무슨 말을 그렇게 해? 우린 친구라고, 너랑 난."

"우린 친구가 절대로 아니거든요. 네가 날 죽이려고 한 게 수십 번이야."

"나도 죽었잖아. 잊지 말라고. 혼자 죽어 있기 외롭나 보다, 그렇겐 생각 안 해봤어?"

"자, 이제 잘 좀 지켜봐." 내가 주문했다. "그 여자가 갑자기 덤벼드는 일은 없었으면 해."

"맞아. 턱뼈도 없는 노인네의 키스라니. 좀 역하긴 하지." 해골이 말했다. "하지만 뭐랄까, 우린 저 여자보다 더한 것도 봤잖아. 최악은 단연 덜위치의 그 생골령*이지. 놈의 신음 소리 기억나? '내 거죽 내놔! 내 거죽 내놔!' 아이고, 아이고, 그러고 보니 살가죽을 잃어버렸구나! 이런! 이겨내!" 해골이 혼자 키득거리다가 별안간 멈췄다. "오, 가만, 잠깐만 있어봐. 너 그거 시도하려는 거 아니지. 그치? 루시, 루시…. 그래서 끝이 좋았던 적이 없잖아."

꼭 그렇지만은 않았다. 내가 가진 재능*—시각(양호)과 청각*(매우 우수)에 더해—의 하나가 바로 촉각*인데, 이는 도무지 종잡을 수 없고 답답한 능력이기도 했다. 아무 정보도 안 주기(혹은 너무 적게 주기) 일쑤에다 이따금 너무 많이 줘서 문제일 때도 있었다. 최근 몇 달 새 그 정확도가 현저히 개선된 터라 여기서 시도해 봐도 괜찮을 듯했다.

나는 화장대 거울로 손을 뻗어 남은 파편들을 만졌다. 현재에 마음을 닫아 과거에다 열고, 손에 닿은 물건이 날 오래전으로 데려가게 뒀다.

요즘 몹시도 자주 그렇듯 삽시간에 소리들이 들리고 희미한 이미지들이 나타났다…. 흐느낌이 사그라지더니 장작 타는 펑 소리와 쩍 소리로 대체됐다. 나는 눈을 감고 머릿속 방을 봤다. 색깔과 살림들로 채워져 지금의 모습과는 무척 달랐다. 살아 있는 육신과 죽고 남은 유해의 차이쯤 돼 보이게 달랐다. 벽난로에서 불이 깜빡였다. 선반들에서 단지와 항아리, 가죽으로 양장한 책들이 반짝였다. 탁자 위엔 약초 더미가 흩어져 있었다. 다른, 더 유혈 낭자한 것들도 함께.

난롯가에 긴 흑발의 여자가 서 있었다. 난로에서 나오는 빛에 드레스가 붉게 물들고, 따뜻한 기류에 소매 레이스가 잔물결 쳤다. 그녀는 벽난로와 굴뚝이 만나는 부분에다 뭔가를 하면서 넓적하고 얇은 돌의 위치를 조정했다. 내 시선이 가닿자 얼어붙었다. 고개를 돌리곤 건너편의 나를 노려봤다. 몹시도 악의적인 소유욕이 깃든 눈길에 몸이 절로 움찔거렸다. 내 어깨가 뒤쪽 벽을 때리면서 나는 현재로, 어둡고 춥고 텅 빈 껍데기 같은 조그만 방으로 돌아와 있었다.

"거참 되게 꾸물거리네." 해골이 말했다.

나는 눈을 비볐다. 내가 느끼기론 순식간이었는데.

"얼마나 가 있었기에?"

"기다리다 늙어 돌아가시는 줄 알았어. 그 정도로 따분했다고. 뭘 좀 찾았어?"

"아마도."

나는 블랙홀 같은 벽난로에 손전등 빛줄기를 쐈다. 벽난로 약간 위쪽에서 녹청색 땟국에 덮여 보일락 말락 하는 건 아까 봤던 넓적하고 얇은 돌이었다.

"아직 나한테 있어." 엠마 마치먼트의 유령이 말했었다.

아직 여기 있다. 그녀의 특별한 것이.

나는 벨트에서 쇠지렛대를 꺼냈다. 두 걸음 만에 돌로 가서 가장자리를 비틀고 긁었다. 그 거미줄투성이 방에 등을 돌리고 있는 게 세상에서 가장 근사한 일이라곤 할 수 없었으나, 별다른 수가 있는 것도 아니었다. 해묵은 검댕이 주변 틈새를 메웠고, 돌덩이는 좀처럼 움직이지 않았다. 내가 더 힘이 세면 얼마나 좋을까 싶었다. 내가 '제대로 된' 팀의 일원이면 얼마나 좋을까. 그럼 내 뒤에 서서 망을 보고 어둠을 감시해 줄 사람이 있을 텐데. 하지만 그런 건 내게 사치였다.

"서둘러. 그런 돌멩이는 쥐새끼도 거뜬히 뽑겠다."

"노력하는 중이야."

"내가 더 잘할 수 있는데. 손이 없어서 문제지만. 힘내라고, 아가씨."

내 대답은 소리 죽인 욕지거리가 전부였다. 여차저차 쇠지렛대를 끼워 넣었고 돌도 움직이고 있었지만, 흐느끼는 소리가 계속 커지는 데다 깨진 유리를 살살 밟는 소리까지 다시 시작됐다. 나는 주변을 둘러봤다. 방 안 거미줄들을 타고 얼음이 번져나가고 있었다.

"여자가 오고 있어." 내가 말했다. "지금 단계에선 모욕보다 통찰이 좋겠는데."

"오, 나랑 있으면 그 둘을 세트 메뉴로 맛볼 수 있지. 지금 참 곤란한 상황이잖아, 루시. 날 좀 풀어주면 어때? 내가 널 그 고통에서 꺼내줄게."

"당연히 그러시겠지. 이제 거의 다 됐다고…. 잘 보기나 해."

"여자가 근처에 오면 얘기해 줄까?"

"아니! 그 전에!"

"손가락이 네 목을 감을 때?"

"그냥 방에 들어오면 얘기해."

"그럼 너무 늦었는데. 옆에 와 있거든."

목덜미에 소름이 쫙 돋았다. 내가 더는 혼자가 아닐 때면 늘 그러는 것처럼. 나는 쇠지렛대에서 한 손을 떼어내 벨트에서 대롱거리는 거울을 잡고 어깨 너머를 비췄다. 방은 컴컴했으나 거울 가운데서 희미한 빛이 반짝였다. 차고 퍼런 다른빛*이었다. 가늘디가는 형체가 어둠을 뚫고 내게 미끄러져 오며 내뿜는.

이 시점에서야 나는 은제 사슬망을 방 저편 화장대 거울에 씌워 놓고 왔다는 사실을 떠올렸다.

절망이 오히려 힘을 줬다. 나는 거울을 놓고 벨트에서 소금탄을 뽑아 던졌다. 소금이 폭발하며 흩어졌다. 엑토플라즘 탄내가 진동했다. 녹색으로 불타는 소금 알갱이들이 굴러떨어지면서 여자의 윤곽을 그렸다. 형상이 뱀처럼 두 갈래로 갈라지더니 흩어져 사라졌다. 소금이 다 타고 다시 어둠이 내렸다. 나는 얼른 가서 쇠지렛대를 붙들고 힘을 줬다. 돌이 빠졌다. 내가 춤추듯 옆으로 비켜나는 순간 돌이 바닥을 때렸다. 손전등은 어디 갔지? 저기, 벽난로에 있다. 나는 손전등을 낚아채선 돌이 빠진 자리에 생긴 야트막한 공간을 비췄다.

안에 크고 검은 물건이 들어 있었다. 울퉁불퉁한 럭비공 모양에 거미줄이 칭칭 감겨 있고, 그 표면을 거미들이 쏘다녔다. 먼지와 세월이 잔뜩 껴 있었다.

"오." 내가 말했다. "머리네."

"넵. 오래됐고. 미라 상태군. 끝내준다."

"하지만 저 여자 머리가 아닌데."

"아니지. 이게 저 여자 머리면 남편이 죽인 것도 이해가 된다고.

수염이 붙어 있잖아.”

미라 머리의 턱에 거미줄 틈으로도 보일 만큼 빼세고 검은 털 뭉치가 삐죽삐죽 솟아 있었다.

나는 머리를 집어 들었다. 그래, 그래, 안다. 역겹지만 우리가 해야만 하는 일이다.

“여자는 어디 있어, 해골?”

“환영이 다시 생겼어. 지금은 거울 앞에 있고. 우우, 상처에서 거미줄이 흘러나오네. 이상한걸. 이제 앞으로 움직인다. 네가 자기 출처를 갖고 있어서 기분이 별로야. 두 손을 내뻗곤….”

화염탄을 던질 수도 있었겠지만 그러기엔 뇌진탕 위험을 피해 숨을 공간이 전혀 없었다. 레이피어를 빼 들 수도 있었으나 검과 거울과 출처를 한꺼번에 들고 있을 순 없는 노릇이었다. 그래서 나는 몸에 익은 걸 했다. 옛날에 제대로 된 조사관들과 일하던 시절에 배운 걸. 그냥 저질렀다.

미라 머리를 냅다 던졌다. 냉기의 파도가 옆으로 밀리는 느낌이 들면서 유령이 본능적으로 머리를 따라 움직이고 거미줄들이 얼었다. 그와 동시에 나는 거울 쪽으로 튀어나가 은제 사슬망을 잡아채고 몸을 빙글 돌렸다. 얼른 손거울을 들어 확인하기 무섭게 유령이 내게로 돌아섰다. 그 순간 모습을 드러낸 섬뜩한 면면이야 한둘이 아니었으나—피투성이로 훼손된 몸뚱이와 광기 어리고 사악한 얼굴 중 뭐가 최악인지는 개인 취향이겠지만—그중 어떤 것도 내 눈엔 안 들어왔다. 나는 오래전 록우드가 가르쳐준 투우사 동작을 하고 있었다. 사슬망으로 눈속임을 하며 재빨리 치고 들어갔다 빠지는 와중에도 요괴*와 거리를 유지했다. 일순간 틈을 보이며 무방비 상태인 양 서 있었다. 유령이 달려들며 손가락으로 갈퀴질했다. 나는 몸을 옆으로 비틀면서 팔을 내뻗어 환영의 얼굴에 사슬망을 덮어씌웠다.

사슬망의 은이 늘 하는 일을 했다. 유령이 일렁이더니 사라졌다.

나는 사슬망을 다시 집어 벽으로 가선 몸을 굽히고 거기 모로 누운 머리를 덮었다. 귓속이 뺑 뚫렸다. 방에 깃들어 있던 악이 폭발해 사라질 때의 현상이었다.

나는 대충 배낭 방향에 대고 말했다. "어땠어?"

"나쁘지 않아. 인정해."

나는 바닥에 웅크려 앉아 발치의 머리를 살폈다. "이게 출처긴 한데. 누구 거 같아? 여잔 왜 이게 필요했을까?"

"교수대에서 주웠거나 했겠지. 그럴 가능성이 높아. 옛날 마녀들이 보통 그랬잖아. 뭐가 됐든 하등 쓸모없는 주술에 도움이 될까 해서."

"웩. 너무 역겨운데."

"그렇지…." 해골이 능청스레 뜸을 들였다. "잘린 머리를 붙들고 놀다니…. 얼마나 정신 나간 인간이면 그래?"

"알았다고." 나는 밀실의 어둠에 앉아 숨이 정상으로 돌아오고 심장이 진정되기까지 기다렸다. 그런 다음 뻐근한 몸으로 자리에서 일어나 사슬망으로 미라 머리를 안전히 감싼 뒤 다른 이들을 찾으러 갔다. 딱히 서두르거나 하진 않았다. 이 밤의 가장 위험한 부분은 끝났다. 하지만 가장 골치 아픈 부분이 이제 막 시작되고 있었다.

3

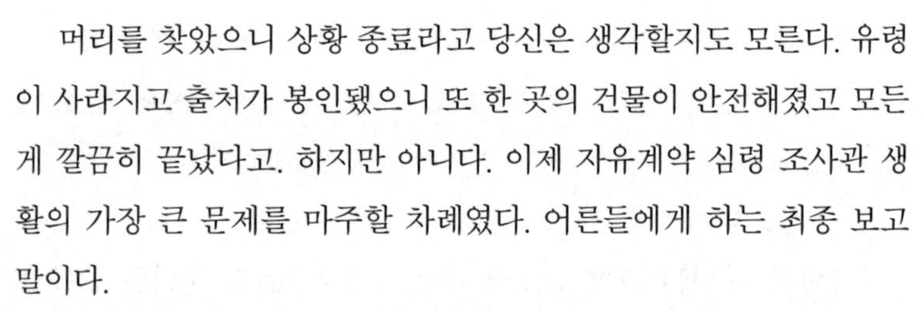

머리를 찾았으니 상황 종료라고 당신은 생각할지도 모른다. 유령이 사라지고 출처가 봉인됐으니 또 한 곳의 건물이 안전해졌고 모든 게 깔끔히 끝났다고. 하지만 아니다. 이제 자유계약 심령 조사관 생활의 가장 큰 문제를 마주할 차례였다. 어른들에게 하는 최종 보고 말이다.

이는 대행사 체계가 가진 모순의 핵심이기도 했다. 어린이와 청소년만이 괜찮은 심령 재능을 갖기에 조사관들은 다들 나처럼 어렸다. 유령을 상대하는 것도, 목숨을 거는 것도 다 우리였다. 그럼에도 어른들이 판을 쥐고 흔들었다. 우리 업무를 감독하고 급여를 지급했다. 모든 팀을 관리했다. 심령 민감성*이 아예 없는 성인 감독관들은 실제 방문자 근처에 가기를 극도로 겁냈고, 출몰 구역에 들어가는 위험을 감수하지도 않았다. 옆에서 구경이나 하면서 아무 도움도 못 되는 주제에 출몰지 안 상황과는 도무지 맞지 않는 주문들을 외쳐댔다.

모든 대행사가 이런 식으로 운영됐다. 런던의 모든 대행사가. 딱 한 군데만 빼고.

그날 저녁 로트웰 대행사에서 감독관으로 파견한 토비 파나비는 자기 종족의 전형과도 같은 인물이었다. 그는 중년에 접어든 지 한참인 통통한 남자로, 심령의 심 자도 감지 못해본 지 이십 년도 더 된 사람이었다. 그럼에도 스스로를 없어선 안 될 존재로 여겼다. 파나비는 건물 대리석 로비, 출입문 근처에 삼중으로 친 방어진에 안전히 자리를 잡고 앉아 있었다. 나는 다리를 절뚝이며 천천히 2층 발코니로 나갔고, 저 아래에 배가 똥똥한 거대 두꺼비처럼 웅크린 파나비가 보였다. 그의 풍만한 엉덩이가 접이식 범포 의자에 얹혀 있었다. 그 옆 탁자에 놓인 휴대용 술병과 샌드위치 더미가 눈에 들어왔다.

파나비의 어깨 옆에 조그맣고 호리호리한 남자가 플라스틱 메모판을 들고 서 있었다. 그의 이름은 존슨이었고, 나는 그를 이날 처음 봤다. 선이 부드러운 얼굴은 보고도 까먹기 십상이었고 갈색 머리 역시 별 특색이 없었다. 그 또한 로트웰에서 일했고, 내가 이해하기로는 우리 감독관의 감독관이었다. 로트웰은 그런 회사였다.

지금 파나비는 다른 팀원들에게 일장연설을 하느라 바빴다. 내가 벽 속으로 사라진 뒤 다 함께 슬그머니 내려와 보고한 모양이었다. 티나와 데이브는 따분하고 낙담한 듯 기운 없이 서 있었다. 그와 대조적으로 테드는 빠릿빠릿한 차렷 자세로 서서 자기 딴에는 집중하고 있다지만 남이 보기엔 얼이 빠진 표정을 짓고 있었다.

"무엇보다 중요하게는," 파나비가 말했다. "다시 올라갈 때 극도로 조심해야 해. 칼라일이 죽었으면, 그랬을 가능성이 높지만, 아무튼 그건 다 본인 탓이라고. 딱 붙어서 서로의 뒤를 살펴줘. 잊지 마. 엠마 마치먼트는 의붓아들을 독살하고 남편까지 죽이려 한 여자야! 살아생전에 그처럼 잔인하고 복수심에 불타는 사람이었다면 죽어서도 쉬지 못한 영혼은 지금쯤 더 못돼져 있겠지."

"서둘러야 할 거 같습니다, 감독관님." 데이브 이슨이 말했다. "루시가 사라진 지 벌써 한참 됐어요. 우리가 어서…."

"규정을 따라야지, 이슨. 자네를 보호할 목적으로 존재하는 규정 말일세. 감독관 말을 가로막았으니 벌점 2점이네." 파나비가 곱고 통통한 손을 모으고 손가락 관절을 우두둑 눌렀다. 그러고는 샌드위치로 손을 뻗었다. "그 여자애는 내게 돌아와 보고하는 대신 혼자 덤비는 쪽을 택했어. 이게 자유계약 조사관들의 문제지. 적절히 훈련이 안 돼 있단 말야. 안 그런가, 존슨?"

"그렇죠, 사실." 존슨이 말했다.

내가 발코니에서 외쳤다. "안녕하세요, 파나비 씨." 나는 그들이 놀라 자빠지는 꼴을 보며 씁쓸한 통쾌함을 느꼈다.

파나비는 들고 있던 샌드위치를 무릎에 떨어트렸다. 그의 조그만 눈이 나를 올려다보며 번뜩였다. "아, 칼라일 양이 우리와 함께하기로 했군. 자네의 그 무모한 행동에 대해선 들었네! 로트웰에서 우린 팀으로 움직여! 단독 행동은 있을 수 없다고."

나는 손가락으로 난간을 천천히 톡톡거렸다. 저 아래서 파나비의 뻣뻣한 흑발이 기름등 불빛에 반짝였다. 불룩한 배가 월식에 가려진 달 모양 그림자를 드리웠다. 발치에서 철과 소금 자루가 뒹굴었다. 공식적으로 그는 팀의 보급품을 지키는 중이었다. 비공식적으론 보급품이 그를 지키는 거였고.

"팀으로 일하는 거야 나도 대찬성이죠." 내가 말했다. "그 팀이 제대로 된 팀이라는 전제하에요. 현장 조사관들은 심령 재능을 독립적으로 활용할 수 있어야 해요."

파나비가 입술을 감쳐물었다. "오늘 저녁에 자넬 고용한 건 자네의 훌륭한 청각 때문이야, 칼라일 양. 꽥꽥거리는 의견이 필요해서가 아니라고. 자, 내가 한 시간 전에 요구한 걸 잊지 말게. 자네 행동에 대한 경위서를 제출하는 거 말야. 그건….”

내 배낭에서 들썩임이 느껴졌다. “진짜 밉상이네.”

나는 숨죽여 말했다. “내 말이.”

“내가 제안 하나 해?”

“넵. 그리고 내 대답은 ‘안 돼’야. 저 인간을 죽이진 않을 거라고.”

“오, 재미없긴. 저기 화분 보이지. 저걸 저 작자 머리에 떨어트리면 어때.”

“쉿.”

파나비가 나를 올려다봤다. “미안한데, 칼라일 양. 혹시 뭐라고 했나?”

나는 고개를 끄덕였다. “네. 출처를 찾았다고 얘기하던 참이었어요. 지금 가지고 내려갈게요. 샌드위치 하나 남겨놔 주세요. 얼른 갈 테니.”

나는 절뚝이며 계단을 찾아 로비로 내려갔다. 하나같이 멍하게 쳐다보는 동료 조사관들을 무시하고 성큼성큼 로비를 가로질렀다. 팔 아래에 사슬망 꾸러미를 끼고. 파나비 곁에 도달해선 그걸 탁자에다 과장된 몸짓으로 내려놨다. 속 시원한 쿵 소리가 났다.

감독관이 움찔했다. “이게 출처라고? 뭔데?”

“직접 보시죠. 감독관님 간식거리는 뒤로 좀 밀어두는 게 좋으실 순 있어요.”

파나비가 사슬망 한쪽을 들어 올렸다. 꽥 하고 소리치며 비키다 의자를 쓰러트렸다. “은유리* 상자를 가져와! 어서! 그놈의 건 바닥에 내려놓고! 내 근처에 얼씬도 못 하게 하라고!”

상자가 등장하고 미라 머리가 들어갔다. 파나비가 땀을 뻘뻘 흘리고 정수리를 꾹꾹 누르면서 의자로 돌아왔다. 멀찍이 떨어져 상자를 조사했다. "정말 흉측하군! 자네 생각엔 이게 엠마 마치먼트 같은가?"

"엠마 마치먼트의 머리는 아니고요. 하지만 그 여자 소유인 게 거의 확실하죠. 그 밀실의 예전 모습을 언뜻 봤거든요. 냄비랑 약초가 아주 많더라고요. 괴상한 책이랑 부적도 그렇고. 엠마 마치먼트는 말도 안 되는 주술 같은 데 푹 빠져 있었어요. 그건 확실해요. 이 오래된 머리는 그녀가 아끼던 물건이었고, 그래서 유령이 돼서도 떠나지 못한 겁니다."

"대단히 흥미롭군." 밋밋한 얼굴의 존슨이 메모판에 기록했다. "잘했어요, 칼라일 양."

"고맙습니다. 다 함께 한 일인데요. 모두가 자기 역할을 잘해줬어요."

파나비가 시큰둥하게 투덜거렸다. "확실히 특이한 견본이긴 하군. 이런 종류의 것들을 자네 연구소 사람들이 좋아하지. 어, 존슨? 챙겨 가고 싶나?"

존슨이 희미하게 웃었다. "안타깝게도 새 DEPRAC* 규정상 이제 그건 불가능합니다. 무조건 파괴해야 해요. 부지가 정리됐다고 보고하겠습니다. 팀이 굉장한 실적을 올렸네요, 파나비 씨. 감독관 개인의 통솔력 부족에도 불구하고." 그가 파나비의 어깨를 토닥이고 방어진을 나가 미끄러지듯 문으로 향했다.

파나비는 잠시 조용히 앉아 조금 전의 불쾌한 상황을 곱씹었다. 그가 다시 말을 건 상대는 근처에서 안절부절못하고 있는 테드였다. "이건 다 자네 탓이야, 데일리. 자네가 팀을 책임지는 사람 아닌가. 칼라일 양을 더 철저히 통제했어야지. 자네에겐 벌점 5점이네."

나는 짜증이 솟구쳤다. 테드가 위축되는 게 고스란히 느껴졌다. "실례합니다만, 감독관님." 내가 말했다. "팀은 목표를 달성했어요.

우리 행동은 전적으로 옳았습니다."

"아니지." 파나비가 말했다. "내 입장에선 아냐. 그렇다면 그런 줄 알아. 이제 철수 준비를 시작하겠네." 그가 내게 손을 저어 보이고 휴대용 술병을 집어 들었지만, 나는 물러서지 않았다.

"여기까지 와서 의논할 시간이 없었다고요." 내가 계속했다. "요괴가 사라지기 전에 출처의 정확한 위치를 특정해야 했어요. 그러는 편이 가장 효과적이었습니다. 그리고 팀은 유령과의 초기 대치 국면에서 아주 효과적으로 움직였어요. 밀실 위치를 찾게 지원했고, 데이브는 요괴를 쫓을 수 있게 도왔죠. 감독관님도 조사관이던 시절이 있었잖아요. 현장에서 내려야만 했던 결정들이 있었을 거라고요. 동료 요원들을 신뢰하는 건 좋은 일이죠. 안 그래, 테드?"

나는 저만치 서 있던 테드를 찾아 몸을 빙글 돌렸다. 그는 철이 든 자루를 출입문으로 옮기느라 정신이 없었다. 나는 그를 보며 눈을 끔뻑였다. "티나?" 다른 애들에게도 물었다. "데이브…?"

하지만 티나는 안 쓴 소금탄을 챙기고, 데이브는 쇠사슬을 정리하는 중이었다. 그들은 조용하고 무심했으며 자기 일에나 열심이었다. 내게는 아무 관심도 보이지 않았다.

내 쪽으로 불쑥 그림자가 졌다. 파나비의 배가 기름등을 가리고 있었다. 그는 둔중한 몸짓으로 이제 끝이라는 듯 자리에서 일어났다. 그의 눈은 상태가 가장 좋을 때조차 불탄 건포도를 닮았다. 지금은 더 쪼그라들어 유리 파편이 돼 있었다. 검고 악의적으로 반짝였다. 뒤로 물러서는 내 손이 본능적으로 레이피어를 향했다.

"자네가 전에 어디서 일했는지 알아, 칼라일 양." 파나비가 말했다. "왜 그런 식으로 행동하는지 안다고. 그 허접하고 꼴사납고 하찮은 회사를 왜 DEPRAC가 폐쇄하려 들지 않는지 난 당최 모르겠단 말야. 아이들이 운영하는 대행사? 참으로 얼토당토않지! 조만간 재앙으로 막을 내릴 거야. 내 말 새겨들으라고. 하지만 칼라일 양, 자네는 더 이상 록우드 심령 회사 소속이 아냐. 로트웰과 일을 하면 할수록 여기야말로 진짜 대행사란 걸 알게 될 테지. 꼬마 조사관들이 자기 주제를 아는 대행사 말일세. 이쪽 일을 다시 받고 싶거든 조용히 입 다물고 앞으론 명령대로 움직여. 내 말 알아들었나?"

내 입술은 팽팽하고 핏기 없는 한 줄 선이었다. "네, 알겠습니다."

"일단 오늘 밤엔, 자네가 우리의 효율성 개선에 그토록 열심이라서 하는 말인데, 내 대신 일을 마무리하도록 하지. 존슨 말대로 새 DEPRAC 규정상 2급령의 출처는 즉각적으로 파괴해야 하네. 이놈의 거 같은 불쾌한 물건을 사고파는 암시장까지 있는 마당에 경계를 게을리할 수 없지." 파나비가 신발로 은유리 상자를 슬쩍 밀었다. "여기 미라 머리가 있네. 이걸 피츠 소각장*으로 가져가 불태우는 것까지 확인해."

나는 파나비를 물끄러미 봤다. "클러켄웰로 가라는 말씀인가요? 지금요? 새벽 4시인데요."

"안 될 게 뭔가. 소각장은 지금도 운영 중일 텐데. 그쪽 도장을 받은 확인서를 내일 보내주면 오늘 밤 일에 대한 보수를 지불하겠네. 그 전엔 어림없어. 거기 다른 대원들은," 파나비가 부지런히 움직이는 삼인방을 힐끗 봤다. "자네들한테는 들어가 쉬라고 할 참이었네만, 칼라일 양에 따르면 자네들도 힘이 남아도는 모양이니 일을 하나 더 할 수 있는지 보자고. 하이게이트 묘지에 가면 손봐야 할 변형자*가 하나쯤은 있을 거야. 내가 실어다 주도록 하지. 자, 꾸물거리지 말고 어서 정리를 끝내!"

파나비는 내게서 고개를 돌리고 샌드위치를 챙기기 시작했다.

내 동료 조사관들은 사악한 눈초리로 나를 힐끔거리며 명령대로 움직였다. 째려보는 걸 빼면 아예 무시했다. 나는 은유리 상자를 집어 들었다.

"해골." 내가 말했다.

"왜?"

"화분 건에 대해선 네가 옳았어."

"그것 보라니까. 내가 뭐랬어?"

더 이상의 대꾸 없이 나는 미라 머리를 옆구리에 끼고 건물을 나섰다. 지치고 화났지만 그런 감정은 내색하지 않기로 했다. 감독관과의 말다툼은 늘 있는 일이었다. 나는 거의 매일 밤 그들과 다퉜다. 그냥 그런 거였다. 자유계약 조사관으로서 새 인생이 치러야 할 대가의 일부였다.

나는 시작부터 제대로 했다. 일단 명함을 만들었다. 근사하게 코팅하고 가장자리엔 우아한 은회색으로 선도 넣었다. 다음이 내 예비 고용주들에게 돌린 명함이다. 그들 모두가 나를—짜증스러워하면서도—원했던 이유기도 하고.

루시 칼라일

심령 조사 대행 컨설턴트

런던 투팅 뮤스 4동 15호

심령 조사 & 방문자 제거

청각 현상 전문

십자 모양으로 교차한 레이피어라든가 꼬챙이에 꿴 유령처럼 현란한 로고를 선택할 수도 있었지만, 나는 단순한 게 좋았다. '컨설턴트'란 말이 붙는 것만으로도 주목을 받기엔 충분했다. 내가 독립적으로 움직인단 뜻이었으니까. 런던에서 혼자 일하는 심령 조사관은 많지 않았다. 그 끝이 죽음인 경우가 대부분이었으므로.

자유계약 조사관으로서 나를 원하는 대행사들과 마음껏 일할 수 있었고, 아닌 게 아니라 검은 겨울 동안 정말 많은 대행사들이 내 능력에 목을 맸다. 내가 가진 특별한 민감성—그중에서도 최고는 청각이었다.(그리고 이건 우리끼리 얘긴데, 나보다 뛰어난 청각을 가졌다는 조사관 얘긴 들어본 적이 없었다. 아마도 딱 한 사람을 빼면.)—은 어느 팀에든 득이 됐다. 내가 보유한 생존 비법들은 덤이었고. 나는 언제 청각과 시각을 써야 할지 알았다. 언제 레이피어를 사용하고 언제 내빼야 하는지 알았다. 모든 건 결국 그 세 가지로 요약된다. 세 개의 선택지, 그리고 단순하고 기본적인 상식들. 그게 당신의 목숨을 붙여두는 비법이다.

간단히 말해, 나는 일솜씨가 아주 뛰어났다. 당연했다. 업계 최고들과 함께 갈고닦은 실력이니까.

그리고 나는 그들과 더는 함께이지 않았다.

검은 겨울은 사업을 시작하기에 괜찮은 시기였다. 3월 말에 접어든 지금은 계절적으로 한숨 돌릴 만한 징후들이 보였다. 날씨가 풀리고, 낮이 길어지고, 겨우내 쌓인 눈밭 옆에서 예쁜 봄꽃들이 고개를 내밀고, 저녁에 우유나 한 컵 마시러 위험을 무릅쓰고 외출할 때 치명적인 유령접촉을 당할 가능성이 살짝 줄었다. 우린 그간의 시련이 잠시나마 완화되기를 희망하고 있었다.

그러나 지난 몇 달 사이, 끝없는 밤이 계속되는 것만 같던 기간 동안 난제*, 즉 영국을 오랫동안 괴롭혀 온 유령 대출몰 사태는 상당히 격화돼 있었다. 악명 높았던 첼시 사태만큼 끔찍한 군집* 출몰은 없었으나, 검은 겨울은 수그러들 줄 몰랐다. 모든 대행사가 과중한 업무에 시달렸고, 조사관이라면 아주 어린애들까지 일을 맡는 지경에 이르렀으며, 그들 다수가 호스 가드 퍼레이드 뒤편 철로 만든 무덤에 묻혔다.

그럼에도 그 고난의 계절을 기회 삼아 번창한 회사들이 있었다. 그중 하나가 록우드 심령 회사, 런던에서 가장 작은 심령 조사 대행사였다. 검은 겨울의 문턱까지 나는 거기서 일했다. 나뿐이었다. 회사 대표인 앤서니 록우드, 조사를 담당하는 조지 커빈스와 함께. 우리는 마릴본 포틀랜드 로의 집에서 살았다. 아, 다른 직원도 있었다. 이름은 홀리 먼로. 신입이었고 우리 셋의 조수 격이었다. 그녀도 셈에 넣긴 해야겠지만, 그래도 내게 가장 소중했던 건 조지와 록우드였다. 너무도 소중했던 나머지 결국 그들에게 등을 돌리고 다른 길을 가야만 했다.

그러니까 네 달 전에 말이다. 어느 유령이 내게 미래를 하나 보여줬다. 내 행동이 곧장 록우드의 죽음으로 이어지는 미래였다. 그 유령 자체는 악의적이었고, 놈의 말을 믿을 이유가 내겐 전혀 없었다. 딱 한 가지, 그게 내 직감을 되비친 것이었단 점만 빼면. 록우드는 몇 번이고 날 구하려 자기 목숨을 걸었고, 그럴 때마다 성공과 재앙의 경계는 점차 얇아지고 모호해졌다. 그와 더불어 내 심령 재능은 날로 강해지는데, 그걸 '지배'하는 능력은 약해져 갔다. 몇몇 사건에서 나는 감정을 억제하지 못했고, 그 통에 우리가 상대하는 유령들이 위험스레 강력해졌다. 참사에 가까운 일들이 거듭되다 내가 어느 소리정령*의 힘을 해방시키는 지경까지 갔고, 뒤이은 전투에서 록우드가 (그리고 다른 이들이) 죽을 뻔했다. 나는 가슴으로 알고 있었다. 거기서 정말 한 발만 잘못 내디뎌도 유령의 예언이 현실이 되리란 걸. 그건 내가 도저히 감당 못 할 것이었기에 사전에 피해야 했고, 그게 맞았다. 그래서 나는 회사를 떠났다. 스스로 내린 결정이었고 옳은 선택이었다.

그랬다.

그리고 이제, 말하는 해골을 없는 셈 치면 나뿐이었다.

신문에서 읽은 걸 바탕으로 볼 때, 내 퇴사와 전 동료들의 왕성한 활동은 우연인지 뭔지 몰라도 시기적으로 맞물렸다. 특히 첼시 창궐의 출처—아이크미어 브라더스 백화점 지하 깊숙한 곳에 묻힌 뼈의 방—를 특정해 내는 데 성공하면서 그들은 회사 대표가 오랫동안 갈망했던 명성을 얻게 됐다. 그들의 사진은 매일같이 신문 1면을 장식했고, 그중에서도 록우드가 단연 돋보였다. 거기 그가 있었다. 조지와 함께, 모트레이크 묘소의 망가진 석조 건축물 사이에 서서. 거기 그가 있었다. 혼자, 세인트 알반스 악귀의 유일한 잔존물이라는 거뭇한 윤곽 아래서 자세를 취하며. 거기 그가 있었다. 마침내, 아마도 내 마음이 가장 덜 가는 사진 속에서, 〈타임스〉 런던 지사에 나가 모두가 탐내는 '이달의 대행사' 상을 받으며. 그 옆엔 늘씬하고 우아한 자태의 홀리 먼로가 그림처럼 서 있고.

그러니까 그들은 잘해나가는 중이었고, 나는 그게 좋았다. 하지만 그들뿐 아니라 나도 잘 풀리고 있었다. 아이크미어 사건에서 내 역할도 아예 묻히진 않았던 터라, 방을 얻고 〈타임스〉의 '대행사들' 지면에 조그만 광고를 내기 무섭게 내 나름의 고객들이 생기기 시작했다. 나로서는 놀랍게도 처음 연락 온 고객 대부분이 다른 대행사들이었다. 나는 '멀로즈 플레이스 살인사건'에서 그림블 대행사와 일했고, '크롬웰 광장의 유령 고양이' 건에선 앳킨스와 암스트롱 조사관과 움직였다. 막강한 로트웰 대행사조차 나를 수차례 고용했다. 파나비가 뭐라 말하든 간에 나는 그들이 나를 다시 찾으리란 걸 알았다.

그래, 나는 번창하고 있었다.

홀로서기에 성공하고 있었다.

그리고 혼자인 게 괴로웠느냐고? 딱히 그렇진 않았다. 대부분의 경우 괜찮았다.

나는 바삐 지냈다. 누가 보더라도 외출이 잦고, 동네의 온갖 사람들을 만나고 다니는 편이었다. 그들 대부분이 죽은 사람이란 게 아쉽긴 했지만. 지난주만 해도 나는 그네를 타는 아이 유령, 교회에 앉은 해골 신부, 버스 없이 둥둥 떠가는 버스 차장, 짜부라진 인부 둘, 거대한 검은 그림자를 따라 퍼트니 하이 스트리트를 걷는 유령 개, 머리 없는 도서관 사서, 후광* 셋과 깜빡이* 둘과 괴화* 하나가 든 여행 가방, 잘려 돌아다니는 손, 그리고 벌거벗다시피 한 이웃을 봤다.

마지막 이웃의 경우엔 살아 있었지만. 차라리 유령이면 좋겠다 싶었고.

그래. 밤은 언제나 정신없고 사건으로 들끓었다. 그런 나날들에도 이따금 약간씩은 공허할 때가 있었다. 특히 새벽에, 사건을 마무리한 뒤 멍들고 지친 채로 텅 빈 거리를 되짚어갈 때면 곧 다가올 고독한 시간의 무게에 속이 싸하니 아렸다. 단지 속 해골과 떠는 수다에조차 의지할 수 없었다. 놈은 낮 시간에 모습을 감추기 일쑤였으니까. 그때가 다른 동료들이 정말로 그리워지는 순간이었다. 고요히 집으로 가는 그 순간들 말이다.

하지만 이날 밤은 예외였다. 집에 가긴 하겠지만 당장은 아니었다. 파나비의 심술궂은 복수심 덕분에 먼저 들러야 할 곳이 있었다. 나는 은유리 상자에 출처를 담아 런던에서 가장 끔찍한 장소 중 하나로 향하고 있었다. 하물며 거긴 유령이 출몰하는 곳조차 아니었다.

오히려 그 반대였다.

거긴 유령이 파괴되는 곳이었다.

4

'심령이 깃든 인공물의 처리를 위한 런던 메트로폴리탄 소각장', 일명 피츠 소각장은 클러켄웰 동부의 공업지대에 위치해 있었다. 피츠 대행사를 창립한 전설의 마리사 피츠가 사십 년도 더 전에 만든 곳이었는데, 유령의 출처를 안전히 파괴해야 할 필요를 반영한 거였다. 초창기의 소각장은 인쇄업자의 작업장과 모자 창고 사이에 낀 낡은 장화 공장 부지에 있었다. 이제는 도시의 두 개 블록을 몽땅 차지했다. 거기선 소각실들이 거대한 벽돌 사원처럼 솟아오르고, 길고 가는 굴뚝들의 숲이 템스강과 바다 방향으로 재를 날려 보냈다. 원래 계획은 그랬단 얘기다. 하지만 실상은 바람에 실려가던 재가 인근 지역에 떨어지기 일쑤고, 사람들의 외투와 모자에 검회색 가루를 뿌렸다. '클러켄웰의 눈송이'라 불리던 재는 대개가 무해한 걸로 받아들여졌다.

쇠못이 박힌 높은 담장으로 둘러싸인 소각장 마당에는 매일 아침 대행사 승합차들이 들어와 밤새 모은 출처들을 내렸다. 원래 피츠 요원들만을 위해 마련된 이 복합건물은 수십 년째 모든 대행사에 개방되고 있었다. 소각장은 일종의 중립 지대였다. 바깥 거리에서라면 대행사 사이의 첨예한 경쟁 구도가 앙칼진 입씨름과 가끔의 폭력 사태로 치닫기도 하나, 소각장 담장 안에서는 어림없는 일이었다. 레이피어는 고령의 문지기에게 맡기고 들어가야 했다. 엄숙한 얼굴의 안내원이 조사관들의 행동거지를 감시했으며, 소란을 피우는 누구든 밖으로 내쫓았다.

당신이 나처럼 걸어서 왔다면 패링던 로드의 보행자 출입구로 입장해 중간에 레이피어를 맡긴 다음, 자갈이 깔린 안뜰을 가로지르게 돼 있었다. 그곳의 도랑을 흐르는 물*이 죽었으나 죽지 않은 모든 것들로부터 추가적인 보호막을 제공했다. 계단을 조금 오른 뒤 은유리문을 밀고 들어가면 나오는 널찍한 접수처는 라벤더와 철로 꾸며져 있었다. 서로 분리된 부스에 일곱 명의 담당자가 앉아 파괴를 위해 반입된 물건들을 처리했다. 여기가 검사실이었다.

텅 빈 대기 구역에 쳐진 닳고 닳은 통제선들 사이를 걷는데 누군가가 내 이름을 불렀다.

"이봐, 루시! 오늘은 뭘 가져왔어?"

4번 부스의 담당자는 피부가 파리하고, 눈꺼풀이 처졌으며, 크고 뼈가 툭툭 불거진 손을 가진 호리호리한 청년이었다. 이름은 해롤드 메일러. 열여덟 살의 그는 소각장 일에 빠삭했다. 거기서 여덟 살 때부터 일하기 시작했으니까. 메일러는 껙껙 소리를 내며 웃고 방정맞은 데다 과민한 사람이었다. 검은 겨울 동안 내가 가져간 출처를 몇 번인가 처리해 줬다. 우린 나름 잘 지냈다.

나는 부스로 들어가 약간의 안도감과 함께 검사대에 은유리 상자를 올려놨다. 미라 머리가 이렇게까지 무거울 수 있다니 놀라웠다. 메일러가 나를 가만히 보며 귀를 긁적였다.

"밤새 바빴던 모양이네." 그가 상자를 이리저리 돌렸다. "이 친구는 누구야?"

"몰라. 18세기 범죄자일 가능성이 높긴 한데. 믿길지 모르겠지만, 마녀의 유령이 붙어 있어. 얼른 좀 구워버릴 수 있을까? 피곤해 죽겠어."

해롤드 메일러가 접수 양식을 가져오고, 끝을 인상적으로 씹어놓은 볼펜을 집어 들었다. "뭐든 해드려야지, 루시. 뭐든. 구체적인 내용만 좀 적고."

나는 출처의 입수 시간과 장소, 정황을 알려주고 위임장을 건넸다. 그런 다음 로트웰 대행사를 대신해 서류에 서명했다.

해롤드 메일러의 짧게 깎은 금발과 주근깨, 돌출귀가 눈에 들어왔다. 눈썹은 놀라우리만치 연해서 한껏 추켜세울 때만 존재를 확인할 수 있었다.

"또 로트웰이야? 파나비 영감네 팀은 아니었겠지?"

"맞아. 이번이 진짜 마지막이야. 쓸모없는 인간들 같으니."

"거래처를 좀 넓혀야겠는걸, 루시."

"그럴 거야."

"앤서니 록우드랑 다시 일하지 그래? 그렇잖아도 지난주에 그 홀리인가 하는 여자애랑 왔던데. 어마어마했다는 캠든 록 사건을 막 마무리한 뒤였지. 너도 〈본격 괴담〉에서 읽었겠지만."

"아니. 아냐…. 그건 못 봤어."

"수문 바닥의 해골에서 현현*한 울부짖는 혼*이었대. 수문 아래를 볼 생각을 아무도 못 한 거였지. 물속이라서. 하지만 운하는 '흐르는' 물이 아니잖아. 고여 있으니까. 그걸 알아챈 게 록우드였고. 당연한 얘기지만."

나는 얼굴에 흘러내린 머리칼을 밀어냈다. "그래, 그 애가 그렇지."

"그 여자애랑 잔뜩 들떠서 왔더라고. 아주 신이 났었지. 웃고 같이 키득거리고…." 메일러가 코를 긁었다. 고무도장을 인주에 눌렀다가 서류에 찍어 소각장 인수 표시를 남겼다. "자, 이제 방문자 점수만 있으면 돼, 루시…. 루시? 듣고 있어? 점수. 1에서 10 사이 숫자로."

"여기 시스템은 나도 안다고. 8점."

"1점이 가장 약하잖아. 괴화 수준 정도. 10점이 가장 세고. 네가 11월에 맞붙었던 소리정령쯤 될까. 백화점을 쑥대밭으로 만든 그놈 말야." 해롤드가 날 보고 싱긋거리다 느닷없이 껄껄 웃었다. "근데 8점? 꽤 센 놈이었네."

"응."

"으흠. 오케에이. 나한테 맡기고 갈래?"

"소각 여부를 직접 확인하래. 파나비가."

"아님 보수를 못 받는구나. 뻔하지. 좋아. 가자."

해롤드 메일러가 은유리 상자를 들고 검사대에 달린 해치를 젖혔다. 나는 부스 뒤쪽으로 나가 여닫이문을 통과했다. 그러자 소각장 둘레를 따라 쭉 나 있는 복도가 나왔는데, 콘크리트와 철이 그대로 드러나 소리가 울렸다. 새벽을 앞두고 늘 그렇듯 복도는 붐볐다. 주황색 겉옷을 입은 직원들이 빈 유령단지*와 은유리 상자가 가득 실린 손수레를 밀고 저장고로 향했다. 밝은 색 제복을 입은 조사관들과 함께 참관실을 오가는 이들도 있었다. 손수레가 삐걱거리고, 사람들이 대화했다. 해롤드 메일러가 걸을 때마다 그가 입은 상하의 일체형 작업복 천이 부드럽게 바스락거렸다. 소각기 문이 쿵쿵거리는 소리가 귓가에서 메아리치고 발밑에서 울렸다. 제아무리 소각장이라지만 기저에 깔린 심령 공포는 여전했다. 한 시간에 수십 개씩 파괴되는 출처들에서 느껴지는 전율이었다.

복도 끝의 거대한 전광판이 녹색과 황색 불빛으로 현재 작동 중인 소각기를 표시했다. 해롤드 메일러가 힐끗 눈을 들었다가 성큼성큼 걸어 13번 문 앞에서 멈췄다.

"여기까지야." 메일러가 옆구리에 낀 은유리 상자를 토닥였다. "네 조그만 친구한테 작별 인사 해, 루시."

"잘 가, 머리. 준비가 되기까지 얼마나 걸릴까?"

"대략 십 분쯤. 그동안 편히 계시라고. 안녕히."

메일러가 소각실로 사라지고, 나는 참관실로 올라갔다. 참관실은 기본적으로 소각장 지붕에서 대롱거리는 커다란 금속 상자였다. 비행선 아래에 매달아 사람들을 태우는 곤돌라를 닮았다. 빛이 바랜 녹색 카펫에 탁자와 의자, 소파 여럿이 흩어져 있었다. 친구들과 수다를 떨러 들르는 공간이라도 되는 듯했다. 참관실은 이따금 대중에게 개방돼 당국이 난제에 얼마나 잘 대응하고 있는지 확인시키는 용도로 쓰이기도 했다. 하지만 이용자 대부분은 조사관들이었다. 거기서 서로 어울리거나 하는 건 아니었다. 길게 뻗은 창문 앞에 조용히 서서 저 아래 불바다를 내려다보는 정도였다.

나는 언제나처럼 앉을자리들을 둘러보며 누가 있는지 확인했다. 조사관 몇에 성인 감독관 한둘…. 그리고 저기 중간쯤, 창가의 저 윤곽뿐인 사람은 누구지? 훤칠하고 마른…. 그가 몸을 돌렸고, 노란색 재킷이 스치듯 보였다. 팔다리가 길쭉길쭉한 탬워스 요원이었다. 내가 아는 사람이 아니었다.

속이 죄어들었다. 그냥 배가 고파서일 거다. 뭘 먹은 지도 꽤 됐다. 나는 창가로 다가가 팔짱을 낀 채 서서 해롤드가 나타나길 기다렸다.

커다란 벽돌 껍데기 같은 소각장 속을 소각기들이 가득 채웠다.

망처럼 연결된 파이프와 연통 위로 뻗은 금속 통로가 소각기들을 구분했다. 소각기는 총 스무 개로, 열 개씩 두 줄로 서 있었다. 큼지막한 은색 원통 모양에다 옆면에 크고 검은 글씨로 숫자가 적혀 있었다. 윗부분을 투명하게 처리해 그 안에서 작열하는 불길을 참관실에서 내려다볼 수 있었다. 소각기 각각에는 활송 장치가 연결돼 있어 출처를 그리로 내려보내는 게 가능했다. 직원들이 근처에 서서 소각기 옆면에 달린 연소 핸들을 조정했다. 소각기 문이 끝도 없이 댕그랑거리고, 화염이 드높이 치솟았다. 출처들이 밀려들어 가고 순식간에 사라졌다.

어둠이 내린 뒤 참관실에 서 있으면 여남은 개의 유령을 한꺼번에 볼 수 있다는 얘기가 돌았다. 화염이 출처를 삼키고 이승과의 연이 마침내 끊어지기까지의 그 짧은 순간 동안 놈들이 파란색과 녹색으로 몸부림친다나. 지금은 밖이 점점 밝아오고 있어 유령이 보이진 않았지만, 이처럼 멀리에서조차 간간이 심령의 여진이 느껴졌다. 그 하나하나가 비명 뒤 찾아오는 정적의 순간 같았다.

"여긴," 머릿속 해골 목소리가 말했다. "이승의 지옥이야."

나는 주변을 둘러봤다. 근처에 아무도 없었다. 배낭을 벗어 의자에 놓고 윗덮개를 젖혔다. 녹색 구름의 소용돌이 속에서 희미한 얼굴이 나를 올려다봤다.

"잠든 줄 알았는데." 내가 말했다.

"잠들어? 내가? 난 죽은 몸이야. 잊지 말라고."

"아님 저승으로 돌아갔든 뭐든 네 할 일을 하는 줄 알았지."

"아니. 그냥 단지에 갇혀 있는 중이야. 잘못한 거 하나 없이. 자고 있었던 것도 아냐. 난 잠을 안 자거든. 내가 절대로 안 하는 여러 가지 중 하나지. 가령 난 콧구멍을 안 파. 꿈꾸면서 한숨을 쉬지도, 아침 운동으로 팔 벌려 뛰기를 하며 방귀를 뀌지도 않는다고, 루시. 그런 게 한둘이 아냐."

나는 배낭을 향해 인상을 썼다. "그런 건 나도 안 하거든요."

"안 하긴 개뿔. 우린 코딱지만 한 단칸방에 같이 살거든요."

"도대체 몇 번이나 되새겨 줘야 해?" 내가 으르렁거렸다. "우린 지금 소녀와 해골이 한집에 같이 사네 어쩌네 하는 괴상한 상황이 아니라고! 널 넣어놓기에 충분한 공간이 달리 없는 것뿐야. 이를 테면 곰팡이 핀 무덤이라든가. 너 따위한텐 그게 딱인데."

"오오, 말이 심한데." 해골이 말했다. "오늘 심기가 불편하신가 봐. 뭣 때문인지 궁금한걸. 아무튼 우리 얘기로 돌아가서. 난 소각장이 싫어."

나도 마찬가지였지만 아무 말도 하지 않았다. 방금 막 저 아래서 해롤드 메일러가 보인 터였다. 13번 소각기 옆 금속 통로로 나왔는데, 보호용 헬멧과 거대한 장갑을 착용하고 은유리 상자를 옮기는 중이었다. 그가 위를 올려다보며 기분 좋게 엄지를 세워 보이고는 소각기 문 옆 직원에게 신호했다. 핸들이 돌아가고 문이 열렸다. 소각기 가운데서 화염이 반기듯 확 타올랐다. 메일러가 받침대에 은유리 상자를 올리고 은제 잠금쇠를 만지작거렸다. 뚜껑이 열렸다. 그가 상자를 기울였다. 검고 둥근 뭔가가 굴러 나와 활송 장치를 타고 쭉 내려가서는 불길 가운데로 떨어졌다. 그와 동시에 청록색 불똥을 뿌리며 타기 시작했다.

소각기 문이 닫혔다. 해롤드 메일러가 나를 향해 한 번 더 엄지를 들었다. 나는 손을 들어 보이고 눈길을 돌렸다.

"이로써 또 하나의 영혼이 처리됐네." 해골이 말했다. "이 얼마나 끔찍스레 근사하고 깔끔해. 이제 기분이 좀 풀리시려나?"

나는 단지 옆 의자에 털썩 앉았다. 문득 팔다리가 납덩이처럼 느껴졌다. 몹시도 피곤했다. "별로. 아무 느낌 없어."

"괜한 짓이야. 잔인하기도 하고."

"유령을 원래 있어야 할 곳으로 돌려보내는 게? 그게 어떻게 괜한 짓일 수 있어? 잔인한 건 또 뭐고?" 나는 흉측한 일굴을, 그 아래 고정된 두개골의 둥그스름하고 누런 뼈를 힐끗 내려다봤다. 독성 물질 같은 녹색으로 소용돌이치는 엑토플라즘도. 그 모두를 가두고 있는 먼지 낀 은유리 껍데기가 놈의 악독한 품으로부터 날 지켜줬다. "정말이지 네 녀석도 저기 던져 넣어야 할까 보다."

"오, 그렇겐 안 될걸." 해골이 말했다. "나한텐 못 그래. 난 네 최고의, 그리고 유일한 친구거든. 그래 봐야 아무 의미 없지만. 넌 내 말을 귓등으로도 안 들으니까. 네게 처음 말을 걸 때 내가 경고했었지. 뭐랬는지 기억나?"

나는 눈을 감았다. 참관실은 따뜻했다. 당장 자리를 떠도 됐지만 그렇게 잠시 쉬는 것도 좋았다. "죽음 어쩌고 하는 헛소리. 맨날 하는 협박."

해골이 비웃음의 콧방귀를 뀌었다. "내가 이따위랑 일을 하다니! 머저리! 뇌가 벼룩만이나 해가지고! 아냐. '삶 속에 죽음이 있다.' 내가 그랬지. '죽음 속에 삶이 있으니까.' 그리고 네게서 그런대로 들어줄 만한 대답이 나오길 지금껏 기다렸어. 기다리다 목이 빠지는 줄 알았다고." 해골이 말을 멈추고 잠시 생각했다. "그러고 보니 난 목이 없구나."

"그때 내가 대답을 안 한 건," 나는 중얼거렸다. "말도 안 되는 소리였기 때문이야. 지금은 더더욱 말이 안 되고." 나는 팔짱을 끼고 의자에 몸을 묻었다….

"루시?"

나는 흠칫 놀라며 옆에 있는 누군가의 존재를 깨달았다. 몸을 일으키고 눈을 끔뻑였다. 거기 해롤드 메일러가 서 있었다. 좀 너무 가깝다 싶게. 그의 작업복엔 검은 먼지가 잔뜩 묻었고, 주위에 희미한 탄내가 감돌았다. 그가 웃는 얼굴로 내려다보며 울퉁불퉁한 손가락 마디를 문질렀다.

"졸려? 괜찮아. 다 끝났어. 집에 갈 시간이야."

"그래. 그냥 좀 쉬고 있었어."

하지만 나는 그가 오는 소릴 못 들었다. 깜빡 잠든 모양이었다. 아주 잠시. 자리에서 일어나는데 온몸이 결리고 어색하기도 해서 뒤로 살짝 물러났다. 배낭으로 손을 뻗다가 윗덮개가 반쯤 열려 있다는 걸 알았다. 단지 대부분은 가려져 있고 한쪽 귀퉁이만 보였다. 유령은 잠잠했으나 안에서 희미한 녹색 빛이 여전히 흘러나오고 있었다. 나는 끈을 조이고 윗덮개를 닫았다. 그러고서 해롤드 메일러에게 눈길을 돌리니, 그가 억지스런 미소를 짓고 있었다.

"재미있는 장비를 갖고 다니네." 메일러가 말했다. "크기가 좀 있어 보이는데."

나는 어깨를 으쓱했다. "맞아. 요즘 시험 중인 새 조명등이야. 로트웰 신상품. 썩 좋진 않아. 방금 네 말대로 부피가 너무 커서…. 그럼, 다 된 건가, 이제?"

"다 됐어. 준비됐으면 정문까지 바래다줄게."

8시 30분. 나는 (해골이 뭐라 반박하든 간에) 절대로 무조건 나 혼자 사는 조그만 아파트에 마침내 도착했다. 런던 남부 투팅 지역, 밸햄 제철소에서 별로 멀지 않은 동네의 공동주택 3층에 있는 월세방이었다. 방은 사각형에다 그다지 크지 않았다. 창문 아래 공간에 정리 안 된 싱글 침대가 놓여 있고 그 옆에 개수대, 그리고 그 건너엔 옷장이 있었다. 맞은편에서 카펫이 갑작스레 끝나며 시작되는 누레진 리놀륨 바닥이 '부엌' 공간을 표시했다. 낡은 가스레인지와 냉장고, 접이식 탁자와 조그만 나무 의자 하나가 한쪽 구석에 욱여넣어져 있었다. 그게 다였다. 샤워니 어쩌니 하는 것들은 층계참 반대편의 공용 욕실을 이용했다.

완벽한 공간이라곤 할 수 없었다. 벽은 칠을 안 한 지 한참 됐고, 부엌에선 내가 뭘 요리하든 영원무궁토록 케첩에 졸인 콩 냄새가 났다. 리놀륨 바닥은 가장자리가 들리기 시작해서 오가다 자꾸만 발이 걸렸다. 침대 매트리스는 수명이 다 됐다. 하지만 방은 따뜻하고 안전하고 보송했으며, 문과 침대 사이 공간에 내 대행사 장비(해골 단지 포함) 대부분이 깔끔히 쌓였다. 솔직히 말해 나는 집에 있는 시간의 대부분을 잠으로 보냈기에 실내 장식은 아무래도 좋았다. 거기서 지낸 지도 벌써 네 달째였다. 나름 괜찮았다.

이날 아침에도 일을 마치고 돌아와 늘 하는 대로 사건 장부에 간단한 내용을 기록하고 로트웰에 보낼 청구서를 작성한 뒤, 층계참 건너에 샤워를 하러 갔다. 그런 다음 밖으로 나가 먹을 걸 사 왔다. 요리를 하긴 해야 했지만 그럴 기운이 없었다. 나는 잠옷 차림으로 침대에 앉아 케첩에 감자튀김을 찍고 햄버거를 먹으며 투팅 하이 스트리트를 지나는 자동차들 소리를 들었다.

유령단지에서 목소리가 말했다. "그래서, 다시 여기네. 너랑 나 단둘이. 행복한 두 룸메이트들끼리. 무슨 얘길 해볼까?"

나는 케첩에 햄버거를 찍었다.

"아무것도. 나 이제 잘 거야."

잠시 정적이 흘렀다.

"으음, 어쩜 그게 최선일지도." 목소리가 말했다. "네 꼴 좀 봐. 축축한 머리칼에다 얼굴은 푸석푸석해 가지고 침대에서 혼자 패스트푸드나 먹고…. 나한테 눈물샘만 있었어도 널 위해 울어줬을 텐데. 넌 자고 일어나서 침대 정리조차 안 했다고."

"음, 글쎄. 뭐라도 먹어야 할 때고, 난 배가 고프니까."

"그래, 배고프고 고립됐고 친구도 없지. 물론 날 빼면."

"고마워. 근데 나 친구 엄청 많거든."

"어련하실까. 내가 본 노숙자들도 너보단 사교적으로 살더라."

나는 문득 내가 아주 몹시 지쳐 있다는 걸 깨달았다. 자리에서 일어나 물을 끓이러 갔다.

"오오, 가다가 네 친구들이랑 안 부딪히게 조심하라고." 해골이 외쳤다. "여기서 그쪽 벽이 안 보일 정도거든. 네 수많은 절친들이 너랑 얘기하려고 줄줄이 서 있는 통에…." 내가 아무 대답이 없자, 놈이 킬킬거렸다. "루시, 난 사악한 해골이고 동정심이라곤 눈곱만큼도 없어. 내가 널 딱하게 생각하면 그게 오히려 걱정스러운 상황인 거라고."

나는 감자튀김 봉지와 종이 가방을 버리러 갔지만 쓰레기통이 꽉 차 있어서 바닥에 조심스레 내려놨다. 그런 다음 방을 빙 둘러 단지로 가 뚜껑의 보호용 레버를 비틀어 닫고, 그 안의 유령이 쉴 새 없이 떠들어대는 험한 말을 차단했다. 창문 아래서 자동차들이 요란한 소리를 내는데도 갑작스런 평화가 나를 감쌌다. 나는 결국 차를 마시지 않고 잠을 자기로 마음먹었다. 커튼을 치고 침대에 누워 눈을 감았다.

나는 다섯 시간 뒤에도 같은 자세로 있었다. 철공소를 지나온 오후 햇빛이 커튼 사이 틈으로 흘러들어 와서는 황무지 같은 내 침대를 반짝이는 침대보처럼 덮었다. 나는 목이 뻐근하고 턱이 아렸다. 근육은 피로감으로 녹슬고 굳었다. 정신을 차리기 힘들었다. 움직이는 건 더 괴로웠다. 애초에 잠에서 깰 일이 없었을 거다. 누군가가 내 방문을 두드리고 있지만 않았으면.

나는 발을 질질 끌며 꼭 필요한 만큼만 걸었다. 혼란의 서성임이었다. 지금껏 이런 적이 한 번도 없었으니까. 고객들은 여기 오지 않는다. 그들과는 전화로 얘기한다. 그럼 저건 누구지? 아래층 중국인 여자애가 주말에 내 옷을 수거해 세탁과 다림질을 한 뒤 월요일 아침에 배달해 준다. 오늘이 그날이었다. 하지만 그 애는 다림질한 치마와 속옷이 든 조그만 꾸러미를 언제나 문밖에 뒀다. 문을 두드리는 일은 결코 없었다. 그러니 그 애는 아닐 거다.

층계참 건너의 이웃은 중년에서 노년으로 넘어가는 나이대의 신경이 과민한 신사로, 모자에는 철제 항마구*를 달고 다니고 방에선 라벤더 냄새가 진동했다. 내게 말을 거는 일이 좀처럼 없었고, 나랑 마주치면 흠칫거렸다. 아무래도 내 직업이 불편했던 것 같다.

그러니 그 사람도 아닐 거다.

내 집주인도 있긴 했다. 체코 출신의 이 흉포한 여자 가장은 보드카를 마시는 뚱뚱하고 지저분한 거미처럼 지하실에 살았고, 문과 계단이 삐걱거리는 소리에 예민했으며, 집세가 밀린 사람에겐 유독 심했다. 하지만 나는 세 달 치 집세를 미리 냈고, 그 여자가 나를 귀찮게 하는 일은 없었다. 그러니 밖에 있는 사람이 집주인일 가능성도 낮았다.

도대체가 누군지 알 수 없었다. 나는 문으로 갔다. 하품을 하고 눈을 끔뻑였다. 손으론 등짝 어딘가를 긁느라 정신없었다. 나는 걸쇠를 풀고 문을 활짝 열었다.

하품 한중간에, 몸을 벅벅 긁는 와중에 문이 열렸다.

록우드였다.

록우드.

거기 록우드가 서 있었다.

5

록우드.

네 달이 흐른 뒤, 그가 그처럼 가까이에 있다는 사실은 가히 충격적이었다. 그런 그가 얼마나 친숙한 동시에 낯선지도. 단조롭고 조그만 층계참에 길고 검은 외투를 입고 선 그의 오른손은 아직까지도 초인종 근처를 맴돌고 있었다. 머리칼은 언제나처럼 한쪽 눈썹을 덮었다. 머리칼 사이 두 눈이 날 향해 반짝였다. 나와 눈이 마주치자, 그가 미소를 지었다. 신문에서 봤던 100기가와트급 미소와는 참 많이 달랐다. 따뜻하지만 어째선지 주저하는 듯했다. 최근엔 그렇게 웃어본 적이 없는 것처럼. 내가 백 번쯤 어렴풋하게 상상했던 그 미소였다. 다만 지금은 실제에다 입체고, 나만을 위한 거란 게 다를 뿐. 그는 늘 보던 외투를 걸쳤다. 늘 보던 손톱자국이 난. 배럿 부인의 무덤을 열던 밤에 생긴 자국이었다. 안에 입은 옷은 처음 보는 거였지만. 진회색 바탕에 가늘디가는 자주색 줄무늬를 넣은 정장은 늘 그렇듯 우아하고 멋스러웠으며 그에겐 좀 너무 꽉 꼈다. 넥타이조차 눈에 익었다. 일 년 전, '크리스마스 주검' 사건 뒤에 내가 준 거였다. 그러니까 아직도 갖고 있다는 거구나. 아직도 즐겨 맨다는 거구나….

나는 눈을 깜빡여 그의 옷 생각을 그만뒀다.

내 집 문간에 '록우드'가 서 있다.

이 모든 생각들이 눈 깜짝할 새도 안 되는 그 최초의 순간에 머리를 스쳤다. "안녕, 루시." 록우드가 말했다.

나는 가까스로 최악의 상황을 모면했다. 쩍 벌어진 채 닫힐 줄 모르는 입으로 꿰에엑 가스 빠지는 소리를 낼 뻔했으나 어찌어찌 넘겼다. 그렇다고 그 기나긴 네 달 동안 꿈꿔온 만큼 멋지고 차분하게 반응한 것도 절대 아니었다. "안녕." 나는 잠옷에 들어가 있던 손을 얼른 뺐다. 눈을 비벼 머리칼을 치웠다. "안녕."

"미안. 내가 좀 일찍 왔네." 록우드가 말했다. "일어난 지 얼마 안 됐나 봐."

웃기는 일이었다. 포틀랜드 로에서 같이 살 때, 나는 늘 잠옷 바람으로 돌아다녔었다. 따로 일하는 지금은 그게 갑자기 미친 듯 창피했다. 밑을 내려다봤다. 이런, 그나마 제일 봐줄 만한 잠옷조차 아니었다. 빨래를 맡긴 동안 입는 낡은 회색 잠옷이었다.

빨래…. 피가 식는 기분이었다. 세탁물 꾸러미! 그게 문밖에 있기라도 하면….

나는 고개를 길게 빼고 층계참 양옆을 확인했다. 아니…, 아니, 없는 것 같다. 다행이다.

"괜찮아?" 록우드가 물었다. "무슨 문제라도?"

"아니, 아니. 아무 문제없어." 나는 깊은숨을 마셨다. 차분하자. 잠옷 따위 별거 아니다. 이쯤이야 감당할 수 있다. 다 잘될 거다. 나는 태연스레 한 손을 허리에 얹고 대수롭지 않다는 듯 무심한 표정을 지어보려 했다. "응. 아무 문제없어."

"다행이네. 아, 계단에 이게 있더라." 록우드가 등 뒤에서 속이 훤히 들여다보이는 비닐봉지를 꺼냈다. "보아하니 엄청 많은… 근사하게 다림질된 것들이 들어 있네. 혹시 모르겠는데 네…."

나는 그걸 가만히 봤다. "응, 내… 내 이웃 물건일 거야. 내가 대신 맡아둬야겠다. 아저씨, 아니 아줌마 대신." 나는 비닐봉지를 낚아채선 방문 뒤, 눈길이 닿지 않는 곳에다 던져버렸다.

"이웃의 속옷을 맡아준다고?" 록우드가 층계참 건너를 힐끗 돌아봤다. "무슨 아파트가 그래?"

"그게… 글쎄, 사실 내가…." 나는 초조한 손가락으로 빗질도 안 한 머리칼을 쓸었다. "록우드." 내가 말했다. "지금 여기서 '뭐 하는' 거야?"

록우드의 미소가 환해지며 나를 사로잡았다. 눈이 부셨다. 그 조그만 층계참이, 이웃집의 라벤더 대농장 냄새가 사라졌다. 계단 옆에서 너덜거리는 벽지도 더는 안 보였다. 내가 제대로 차려입고 있었더라면 하는 생각이 어찌나 간절하던지.

"들러보고 싶었어. 네가 잘 지내는지 보러." 록우드가 말했다. "그리고," 내가 뭐라 이의를 제기하기 전에 얼른 덧붙였다. "부탁할 게 있기도 하고." 그의 눈길이 나를 스치고 가 아주 잠시 방 안을 봤다. "뭐랄까, 네게 시간이 있다면."

"오, 그래. 그래, 물론 있지. 음, 좀 들어올래?"

"고마워."

록우드가 들어오고 나는 문을 닫았다.

그가 안을 둘러봤다. "그러니까 여기가 네 집이구나."

내 집. 오, 맙소사. 눈앞의 록우드가 아무리 충격적이었던들 내 방 꼬락서니까지 까먹어선 안 되는 거였는데. 나는 주변을 훑었고 모든 게 대번에, 그리고 끔찍할 정도로 선명히 눈에 들어왔다. 침대 가운데 혹처럼 민망하게 솟은 이불, 천년 묵은 얼룩들로 뒤덮인 베개, 온갖 머그컵과 과자 봉지와 개수대 왼쪽에 쌓인 접시와 그 위의 토스트 부스러기, 철과 소금이 든 지저분한 자루, 녹슨 쇠사슬, 흉측한 두개골이 든 유령단지(지금은 자비롭게도 잠잠했다.), 바닥에 흩어진 알록달록한 옷가지들. 그리고 카펫. 나는 수개월째 진공청소기 한번을 안 돌렸다. 대체 왜? 그러고 보니 나는 왜 진공청소기조차 없는 거지? 오, 맙소사.

"근…사하네." 록우드가 말했다.

몹시도 잔잔하고 침착한 그의 목소리가 내게 즉각적인 효과를 냈다. 나는 날뛰는 생각들을 붙들어 조용히 눌렀다. 그래. 근사하긴 하지. 뭐가 어쨌든 내 거니까. 내가 값을 지불하고 내 손으로 꾸려나가는 거니까. 내 집이다. 괜찮다.

"고마워." 내가 말했다. "저기, 좀 앉을래? 아니…! 거기 말고!" 록우드가 볼썽사납게 흐트러진 침대로 발길을 옮기던 차였다. "여기 의자가 있어…. 아니, 잠깐만!" 나는 의자 등받이에 걸쳐져 있는 분홍색 수건을 가리켰다. 그날 아침에 샤워할 때 쓴 거라 아직도 축축했다. "내가 치워줄게."

나는 수건을 낚아챘다. 그러자 구덩이 속 뱀처럼 뒤엉킨 회색 속옷이 나왔다. 며칠 전에 던져둔 거였다.

오, 맙소사.

록우드는 내 불편한 끽끽거림을 알아채지 못한 듯 창밖을 내다보고 있었다. "그냥 서 있는 것도 사실 꽤 좋은데. 그러니까… 여기가 투팅이란 거지. 내가 잘 아는 동네는 아니지만 여기서 보는 경치가 무척 괜찮네…."

나는 옷가지를 침대 밑에다 던져 넣고 음식 부스러기가 담긴 접시를 의자 아래로 찔끔찔끔 밀었다. "뭐가? 공업용 보일러 회사가, 아님 제철소가?" 나는 가볍고 약간은 발작적으로 웃었다. "포틀랜드 로랑은 많이 다르지."

"아니. 글쎄." 록우드가 내게로 몸을 돌렸다. 우리는 서로를 바라봤다.

"그럼," 내가 말했다. "차라도 좀 마실래? 만들어줄 수 있는데."

"그러면 좋겠다. 고마워."

차를 만드는 건 무너져 내리는 세상을 멈추는 의식이다. 수도꼭지와 주전자로 몸에 익은 일을 하는 동안 모든 게 정지한다. 숨을 고르고 차분히 마음을 다잡게 된다. 나는 쇠사슬 방어진 너머에서 요괴들이 서성이는 동안에도 캠핑용 버너로 차를 만들었다. 무덤에서 기어나오는 귀령*을 보면서 차를 우렸다. 그 와중에도 손을 벌벌 떨거나 그런 사람은 아닌데, 이날 록우드랑 있으면서는 어째선지 시간이 평소의 두 배는 더 걸렸다. 머그컵에 티백을 던져 넣는 일조차 난관의 연속이어서, 컵 너머로 자꾸만 날려버리는 티백이 빙글빙글 조리대 위를 돌아다녔다. 내 생각은 질주하고, 내 몸이 내 몸 같지가 않았다.

록우드가 왔다! 왜 왔을까? 흥분과 의혹이 거듭 맞부딪쳤다. 파도가 곶과 충돌하듯. 머릿속을 오가는 소음이 너무도 많아 가장 우선순위의 일—본론에 앞선 가벼운 대화—조차 다소 힘겨웠다.

"록우드 심령 회사 일은 어떻게 돼가고 있어?" 내가 어깨 너머로 물었다. "그러니까, 너희 기사를 신문에서 매일 보는 듯해서. 내가 '굳이' 찾아본단 얘긴 아니고, 물론. 그냥 이것저것 보는 거야. 아무튼 다들 잘하고 있는 거 같더라. 내가 파악하기론. 생각해 보면 그렇다고. 난 생각을 잘 안 하지만. 이젠 차에 설탕 넣어?"

록우드는 방바닥의 잡동사니들을 가만히 보고 있었다. 눈이 멍했다. 생각에 잠긴 것처럼. "네 달밖에 안 됐어, 루스. 고작 그사이에 원래는 안 넣던 설탕을 갑자기 넣기 시작하고 그러진 않아…." 이윽고 그의 얼굴이 밝아지며 신발 옆으로 유령단지를 툭툭 건드렸다. "이봐, 여기 우리 친구는 어찌 지내고 있어?"

"해골? 오, 이따금 날 도와줘. 얘긴 거의 안 해, 진짜로…." 짜증스럽게도 단지 속 물질이 들썩이고 있었다. 놈이 뜬금없이 깨어나는 중이란 얘기였다. 정말이지 그 상황만은 피하고 싶은데. 그나마 레버가 닫혀 있어 다행이었다. 놈이 떠들어대기로 마음먹는다 한들 그걸 듣고 있진 않아도 됐다.

나는 조그만 냉장고로 몸을 숙여 우유를 꺼냈다. "일손을 도와줄 사람은 따로 구했어?" 내가 물었다. "다른 조사관?"

"그 생각도 해보긴 했지. 어째선지 잘 안 되더라." 록우드가 코를 긁적였다. "조지가 별로 적극적이질 않아서. 그래서 아직껏 우리 셋뿐야. 너 없이 그럭저럭 해나가고 있지."

아직껏 우리 셋. 왠지 몰라도 그 생각이 기쁜 동시에 고통스러웠다. "조지는 어떻게 지내?"

"알잖아. 조지가 어떤지. 똑같아."

"실험은 많이 하고?"

"실험, 이론, 괴상한 개념들. 난제를 풀려고 여전히 노력 중이야. 요즘엔 로트웰 연구소가 대량으로 만들어내는 신제품들을 사들이는 게 일이지. 그것들을 시험하면서 기존의 소금이나 철만큼 효과가 훌륭한지 보고 있어. 물론 결과가 썩 좋진 않아. 하지만 녀석은 아랑곳하지 않고 오만 가지 유령 탐지기랑 점성술용 물렛가락, 마법 지팡이, 찻잔 모양인데 유령이 접근하면 쟁그랑거린다는 장치 따위로 집을 채우고 있다니까…. 다 쓸데없는 물건들이야. 기본적으론."

"듣자 하니 녀석은 하나도 안 변한 거 같네." 내가 우유를 붓고 병 뚜껑을 다시 덮었다. "홀리는 어떻고?"

"으음?"

"홀리."

"오, 좋아. 잘 지내."

"잘됐네." 내가 차를 저었다. "쓰레기통 뚜껑 좀 열어줄래?"

"물론이지." 록우드가 광을 낸 신발을 쓰레기통 페달에 올렸다. 내가 티백을 던져 넣자, 그가 발을 치우고 뚜껑이 쿵 닫혔다. "손발이 잘 맞는걸." 그가 말했다.

"응. 아직 살아 있네." 내가 그에게 머그컵을 건넸다. "그래서…."

록우드가 내 얼굴을 보고 있었다. "저기, 좀 앉았으면 하는데. 너만 괜찮으면. 어디든 상관없어."

그가 의자에, 나는 침대에 앉았다. 잠시 정적이 흘렀다. 록우드가 차를 마셨다. 어떻게 시작해야 할지 모르겠는 눈치였다.

"다시 보니 좋네." 내가 말했다.

"나도, 루스." 록우드가 나를 보며 웃었다. "너도 좋아 보이고, 어쨌든. 다른 대행사들도 널 두고 좋은 얘길 많이 하더라. 척척 잘해나가고 있는 거 같더라고. 자유계약 일 말야. 당연하다 싶었지, 물론. 네 재능이 얼마나 뛰어난지 난 아니까. 네가 잘하고 있어서 기뻐." 그는 한쪽 귀 뒤를 긁적이더니 다시 입을 닫았다. 이상한 일이었다. 스스로에게 확신이 없는 록우드를 본다는 건. 가슴속 쿵쿵거림이 아직껏 느껴지는 걸로 봐서 내 상태가 그리 대단히 괜찮아진 건 아니었지만, 그나마 지금은 내가 이 말 저 말 늘어놓을 필요라도 없으니까.

나는 록우드의 말을 기다리다 침대 끝의 녹색 비스름한 빛을 보고 단지 속 유령이 형체를 완전히 갖췄음을 깨달았다. 놈은 혐오와 조롱을 아끼지 않는 표정으로 록우드를 뚫어져라 보면서 유리에 딱 붙은 입으로는 소리 없이 떠들어대고 있었다. 입술을 읽을 순 없었으나, 놈이 말하는 게 뭐든 모욕적인 내용인 것만은 분명했다.

나는 놈에게 도끼눈을 떠 보이고 록우드의 눈길을 붙들었다. "미안. 해골 녀석 때문에. 알잖아, 놈이 어떤지."

록우드가 컵을 내려놨다. 잠시 방을 둘러봤다. "네가 여기서 지내는 게 맞는 건지 모르겠다, 루시."

"그야 내가 알아서 할 문제고."

"그래, 그래, 물론이지. 네 마음을 돌려보겠다고 내가 이렇게 와 있는 것도 아니고. 그야 몇 달 전에 시도했고 실패했으니까. 네가 내린 결정이고, 난 그걸 존중해."

나는 뭔가가 걸린 듯한 목을 가다듬었다. "마땅히 해야 할 일이었어."

"뭐, 그것도 전에 다 했던 얘기니까." 록우드가 눈으로 흘러내린 머리칼을 쓸어 넘겼다. "아무튼 문제는, 루스…. 여러 말 않을게. 네 도움이 필요해. 우리 사건에 널 고용하고 싶어."

그건 그런 순간의 하나였다. 과거의 어느 시간 한 조각과 그때의 나만 두둥실 떨어져 나오고, 나머지 모든 건 그대로 얼어붙는 듯한. 나는 가만히 앉아 길고 험한 겨울을 되짚어가서는 내가 회사를 떠나던 그 괴로운 날을 다시 생각했다. 함께 공원을 걸으며 록우드가 내 마음을 돌리려 애쓰던 것. 카페에서 차가 세 잔 연속으로 식어가도록 계속됐던 끔찍한 마지막 대화. 결국 내게 화가 나서는 나를 두고 가버린 그. 포틀랜드 로 집에서의 마지막 밤이 떠올랐다. 그날 모두는 몹시도 서먹하고 정중했다. 그리고 그들이 새벽의 푸른 빛 속에 잠든 사이, 나는 더플백과 유령단지를 조용히 끌고 계단을 내려가 집을 떠났다. 그 뒤로 쭉 우리의 우연한 만남을 연습했다. 머릿속으로 서로 다른 시나리오들을 그렸다. 회사로 돌아오라고 부탁하는 록우드를 상상했다. 부탁, 아니, 심지어 간청하며 무릎까지 꿇는 그를. 내가 어떻게 거절해야 할지, 그 뜨끈한 고통이 내 마음을 어떻게 찢어놓을지 생각했다. 뜻밖의 장소에서 그와 마주치는 장면도 그려봤다. 달빛이 쏟아지는 출장지에서 만나 달콤 씁쓸한 대화를 나누고 각자의 길을 가는 장면을. 그래, 참 많은 상황들을 상상했었다. 오만 가지 변수를 넣어가며.

하지만 이건 미처 생각을 못 해봤다.

"천천히 다시 얘기해 봐." 내가 얼굴을 찡그리며 말했다. "날 고용하고 싶다고?"

"쉽게 하는 부탁이 아냐. 딱 한 번이야. 딱 한 사건. 하룻밤이면 돼. 길어야 이틀."

"록우드, 내가 떠난 이유를 너도 알잖아…."

록우드가 어깨를 으쓱했다. 그의 미소가 옅어졌다. "그런가? 솔직히 루스, 난 내가 그 이유를 제대로 이해한 적이 있기나 한지 모르겠어. 넌 네 재능이 우리한테 해가 될까 두려웠어. 그게 맞아? 뭐, 이젠 충분히 잘 통제하고 있는 듯하네. 런던의 다른 대행사 대부분과 훌륭히 일하는 걸 보면." 그가 고개를 가로저었다. "어쨌든, 내 말 좀 끝까지 들어봐. 우리랑 다시 함께하잔 얘기가 아냐. 난 그런 얘기 절대 안 해. 이번 건 일시적인 계약일 뿐야. 지난 몇 주 동안 네가 번처치, 텐디, 그런 대행사들이랑 같이 일했던 것과 다를 바 없어. 그냥 일이야. 그게 다라고."

"내가 너흴 도울 게 뭐 있다고." 내 말투는 약간 건조했다. 조금 전 록우드가 한 말속 뭔가에 기분이 가라앉았다. 마음속에서 문들이 쿵쿵 닫히는 게 느껴졌다.

"그게, 문제가 있어. 네가 필요한." 록우드가 몸을 앞으로 숙였고, 그의 목 옆 흉터가 보였다. 크진 않았지만 희고 선명했다. 전엔 없던 거였다. "네 말이 맞아. 네가 아까 한 말. 록우드 심령 회사는 요 몇 달 새 꽤 잘나가고 있어. 의뢰인들을 골라 받을 수 있을 정도로 잘. 흥미로운 사건도 몇 맡았어. 이를 테면 눈먼 재봉사 건 같은 거. 앞을 못 보는데 유령은 보이는 여자였거든. 하지만 이번 의뢰인은 그야말로 독보적이야. 너도 아는 사람이야. 퍼넬로프 피츠."

잠깐. 이건 나도 놀라운데. 퍼넬로프 피츠는 심령 조사 기관을 통틀어 가장 유서 깊고 거대하고 명망 높은 피츠 대행사의 대표였다. 로트웰의 수장, 그리고 철강과 소금 업계의 몇몇 거물과 함께 그녀는 영국에서 가장 영향력 있는 인물로 꼽혔다. 내가 록우드를 보며 눈을 끔뻑였다. "어, 그 사람한테도 자기 대행사 있잖아? 사실, 더 큰 놈으로."

"맞아. 하지만 피츠가 우리한테 푹 빠져 있거든." 록우드가 말했다. "'울부짖는 계단' 사건 때부터 우릴 마음에 들어 했어. 그리고 작년 거리 축제에서 우리가 암살 시도를 막아준 뒤부턴 일 삼아 우리 근황을 살펴보다가 저 이상한 재봉사 사건을 보내줬었지. 근데, 피츠가 우리한테 줄 일이 있대. 상당히 큰 건이라는데, 문제는 실력 좋은 '듣는 자'가 필요하다는 거야."

나는 그를 봤다.

"'아주' 실력 좋은 '듣는 자' 말야."

나는 대꾸하지 않았다.

록우드가 자세를 고쳐 앉았다. "그래서… 네가 우릴 도와줄 수도 있지 않을까 싶었어. 이번 한 번만. 자유계약 형태로…. 네가 최고잖아, 누가 뭐래도."

시간이 다시 한 덩어리가 됐다. 나는 온전히 현재에 있었다. 경계심과 꺼림칙한 기분을 동시에 느끼며.

"무슨 사건인데?"

"나도 몰라."

나는 눈살을 찌푸렸다. "나를 끌어들이기 전에 그것부터 알아봐야 할 거 같지 않아?"

"어렵고 위험한 일이라고, 그렇게만 들었어. 퍼넬로프 피츠가 우리한테 직접 사건 개요를 설명하겠대. 여기서 '우리'는 물론 나랑 조지, 홀리를 뜻하지만 너도 참석 가능해. 함께 일할 생각이 있으면. 내일 아침, 피츠 하우스야. 퍼넬로프 피츠가 바깥일을 얼마나 멀리하는지 알지. 거리 축제 사건 이후론 더더욱. 피츠가 개인적으로 부탁하는 문제라고 하면 분명 특별한 일일 거야."

"난 아직도 이해가 안 돼. 피츠가 왜 너한테 이 일을 맡기려는 거지? 자기가 데리고 있는 조사관만 백만 명인데."

"다시 말하지만… 나도 모르겠어, 루스. 하지만 우리가 잘 해내기만 하면 앞으로 일을 받는 데 큰 도움이 될 거야."

"당연히 그렇겠지. 너희로선 좋은 일이고. 하지만 난 더 이상 록우드 심령 회사 직원도 아닌걸. 안 그래?"

"그렇지. 나도 잘 알고 있어. 하지만 너 다른 대행사들이랑은 흔쾌히 일하잖아. 아냐?"

"맞아. 그렇기야 하지. 하지만…."

"그거랑 뭐가 다른데?"

"압박하지 마, 록우드. 다르단 거 알잖아."

나는 자리에서 벌떡 일어났다. 축축한 수건을 낚아채 유령단지를 덮어버리곤 해골을 시야에서 치웠다. 놈의 밉살스런 표정들이 도를 넘어서기 시작했다. 얼핏 보는 것조차 신경을 긁어 더는 참아줄 수 없었다.

나는 언짢은 얼굴로 침대에 다시 걸터앉았다. "무슨 얘길 하고 있었더라?"

"압박하려는 게 아냐, 루스." 록우드가 말했다. "이상하다는 거 알겠어. 내가 이렇게 불쑥 나타난 거. 하지만 위험이 걱정돼서 그러는 거라면, 뭐든 잘못될 가능성은 아주 적어. 거의 없다시피 해. 몇 달 전에 네가 좀 흔들렸을 순 있어. 근데 개인적으로 난 네가 네 재능을 언제나 훌륭히 제어해 왔다고 믿어. 네가 우릴 위험에 빠트릴 가능성은 정말 조금도 없다고 봐. 그러기에 넌 늘 너무도 강했으니까. 그래. 이유야 어찌 됐든 넌 우리 팀의 온전한 일원이길 더는 원치 않아. 그게 네게 부담이 됐어. 더 이상 견딜 수 없는 일이 됐지. 그 말은 곧 우리 곁을 서둘러 떠나야 한다는 거였고. 너로서도 힘든 일이었을 거야. 알아. 우리 역시 그랬고. 다들 어찌할 바를 몰랐어. 네가 떠난 뒤에 회사 상황이 괜찮았던 척하진 않을게…. 조지가 마음을 많이 다쳤어." 록우드가 자기 손을 내려다봤다. "아무튼 그때 네 감정들이 아직껏 남아 있을 거 알아. 하룻밤 팀을 이뤄 일하는 게 우리 모두에게 이상하긴 하겠지. 넌 특히 더 그럴 테고. 근데 그런 이상함쯤 거뜬히 무시할 수 있을 정도로 넌 강하다고 생각해, 루스. 꼭 해야 하는 일이라고 마음만 먹는다면. 하룻밤이야, 루스…. 정말 별거 아니라고. 그냥 우릴 도와주는 거야. 혹시 모르잖아. 그걸 계기로 우리 '모두'의 마음이 조금은 풀리게 될지 어떨지."

록우드가 내내 손에 고정하고 있던 눈을 들어 나를 봤다. 슬프고도 희망에 찬 눈이었다. 어떤 것도 넘겨짚지 않는 눈이었다. 다음 순간 그는 천천히 시선을 떨구고 자기 손을 다시 뜯어보기 시작했다. 그는 설득을 위해 할 만큼 했다. 달리 할 말도 별로 없었다. 나는 내 손을 들여다보며 인상을 썼다. 손가락 마디의 긁힌 자국, 손가락에 희미하게 남은 마그네슘 얼룩, 손톱 밑에 지저분하게 낀 철과 소금 때…. 이게 다 뭐람? 하다못해 플로 본스의 손톱도 이거보단 낫겠다. 그 애는 강가 진흙에 구멍을 파서 먹고사는 사람인데. 해골 말이 옳았다. 내 상태는 말이 아니었다. 그 겨울에 나는 이따금 스스로를 돌보길 그만두곤 했다. 내 자신을 놔버리곤 했다.

하지만 그사이 뭔가 다른 것에 집중했고, 그게 바로 내 재능 문제였다. 그래서 지금은 제어가 더 쉬워졌나? 그런 것 같았다. 맞다. 성인 감독관들과 작업한다는 건 내 감정을 끝없이 시험하는 일이기도 했는데, 그러면서도 나는 통제력 상실의 위기를 맞은 적이 단 한 번도 없었다. 그러니까 어쩌면, 이번 딱 한 번뿐이라면 충분히 안전할지도….

그들을 돕는 것도 좋겠지. 내가 그렇게 떠나버리고 잃었던 균형을 좀 되찾을 수 있게.

나는 록우드를 건너다봤다. 그는 어깨를 웅크리고 앉아 고개를 살짝 숙이고 있었다. 그가 그렇게 주눅 들어 있는 모습은 처음 보는 것 같았다. 유약한 것까진 아니어도 확실히 달갑잖은 상황에 힘든 듯 보였다. 내가 그렇게 정리해 버린 마당에 여기까지 찾아오는 게 그로서도 무척이나 힘든 일이었으리라.

"다른 '듣는 자'들도 있어." 내가 말했다. "실력 좋은 애들로."

"예를 들면?"

"캣 고드윈도 괜찮아."

"오, 이거 왜 이래. 걔 실력은 네 반도 안 돼."

"그럼블의 리오라 존스랑 로트웰의 멜리타 캐번디시도…."

"너만큼 뛰어나다고? 너조차 그렇게 생각 안 하잖아! 그중 몇 명이나 말하는 해골이랑 친구가 될 수 있겠어?"

"친구 아니거든."

록우드가 침울한 표정을 지었다. "어쨌든. 게다가 걔들은 자유계약으로 일 안 하잖아. 안 그래?"

맞는 말이었다. 그리고 여담이지만 그 전에 록우드가 한 말도 꽤나 옳았다. 나에 비하면 나머지 애들은 죄다 시시했다. 나처럼 유령과 대화해 본 사람은 딱 한 명뿐이었고, 그녀는 이미 오래전에 죽었다. 나는 잠시 침묵했다.

록우드가 자리에서 일어나기 시작했다. "괜찮아, 루시. 네가 망설이는 거 이해해. 그런다고 널 탓할 마음은 조금도 없고. 돌아가서 다른 애들한테 얘기할게."

"퍼넬로프 피츠가 의뢰한 일을 하면 나도 주목 좀 받겠지, 아마." 내가 말했다.

록우드가 머뭇거렸다. "그럴 가능성이 높겠지. 맞아."

"록우드 심령 회사에도 정말 큰 도움이 될 거라고, 네가 그랬고?"

"정말 그럴 거야, 루스."

"그러니까 이번 딱 한 번만이고…."

"응."

"넌 내 재능이 있고 없고가 아주 다르리라 생각하고…."

"내 곁에 있어줬으면 싶은 사람은 너밖에 없어."

이상하다. 이따금 어떤 선택을 하게 되는 과정은. 당신은 구체적인 생각과 논리로 마음을 정해놓고도 순간 어수선한 감각들에 끌려 그 결심을 바꾼다. 나는 시종일관 그에게 거절할 준비가 돼 있었다.

심지어 마지막에는 사과의 말을 하고 작별 인사를 건네려 입을 여는 중이었다. 하지만 그 순간 이미지들이 스쳐갔다. 누가 내 눈앞에다 플레잉 카드라도 휙휙 날리듯. 록우드와 조지와 포틀랜드 로가 보였다. 내가 떠나온 집과 삶이 보였다. 피츠 소각장이, 런던을 고독히 걷던 순간들이 보였다. 불운한 로트웰 팀이 보였다. 그중에서도 파나비, 부루퉁하고 거만하고 무정하게 내게서 등을 돌리는 그가 보였다.

한 번만, 딱 한 번만 진짜 동료들과 다시 일하면 근사할 것이다.

"좋아." 내가 무심히 말했다. "내 작업료가 올랐다는 건 알아둬야 할 거야. 자유계약자들 사이에 통용되는 금액이 있긴 한데, 난 거기다 10프로를 더 책정해. 그리고 난 누구의 명령도 안 받아. 독립 컨설턴트 자격으로 합류하고, 자문 내용엔 전략이랑 위험 평가도 포함돼. 우리가 하는 모든 일은 사전에 합의돼야 해. 그런 조건에 네가 만족하면, 그리고 조지와 홀리도 그럴 거 같으면, 네 제안에 별 문제없는 듯해." 내가 손을 내밀었다. "하루, 길어야 이틀 밤만이야. 나도 같이 할게."

록우드의 눈에 생기가 돌았다. "루시," 그가 말했다. "고마워. 네가 우릴 저버리지 않을 줄 알았어."

이날 처음으로 예의 그 익숙한 싱긋 웃음이 활짝 커지며 얼굴을 채웠다. 그 광채가 나를 씻어 내렸다. 그것만큼은 전혀 변하지 않은 뭔가였다.

2

일링 인육 사건

6

"그래서, 그러니까… 록우드라고."

"뭐?"

"시치미 뗄 생각 마. 그 자식이랑 있는 거 봤어. 무슨 일이래?"

이튿날 아침, 나는 일찍 일어나 옷장 거울 앞에서 옷을 입어보는 중이었다. 밤새 자는 둥 마는 둥 하며 록우드 생각을 한 터였다. 그의 부탁과 내 대답에 대해서도. 잠들지 못해 짜증이 났지만 망령*과 요괴가 아닌 도의적 고민으로 깨어 있다는 게 색다르긴 했다. 의심은 유령과 비슷해서 어둠 속에서 강해진다. 그렇다고는 하지만 새벽이 돼서도 내가 과연 옳은 결정을 한 건지 알 수 없었다. 의구심을 누르려 일부러 바삐 움직이며 평소보다 말쑥한 복장을 골라보려 했다. 내가 가려는 피츠 하우스는 명망 높은 곳이었다. 거기 맞는 옷을 입는 게 좋을 거다.

"뭔가 멍청한 짓에 넘어갔다는 건 확실히 알겠다." 해골이 말했다. "그러고 있는 게 벌써 몇 시간째냐고. 옷 입는 데 삼십 초면 충분한 사람이. 그놈의 고양이 세수까지 포함해서." 목소리가 생각에 잠겼다. "뭔데 이럴까…. 데이트는 아닐 테고. 그 자식한테도 눈은 있으니까."

나는 어깨 너머로 눈을 부라렸다. 아까 내가 수건을 치우기 무섭게 해골은 유리 너머에서 입 모양으로 다급히 떠들어대기 시작했다. 처음엔 그냥 무시했다. 해골은 록우드를 싫어했고, 그런 놈의 훈수가 유익할 리 없었다. 하지만 나는 결국 내 방의 고요에 질리고 말았다. 어떤 사람들에겐 라디오가 있다. 나, 내겐 단지 속 혼령이 있고.

"데이트는 당연히 아니지!" 내가 쏘아붙였다. "말도 안 되는 소리 좀 하지 마." 나는 내 복장을 노려봤다. 입어본 지 꽤 된 옷들이었다. 긴가민가했다. "일 때문에 회의하러 가는 거야."

해골이 조롱조로 길고 느리게 탄식했다. "웨에엑! 거짓말! 너 그 자식들이랑 다시 합치는 거지. 그치? 그 머저리들한테 돌아가는 거잖아!"

"'돌아가는' 거 아니거든." 내가 말했다. "그냥 도와주는 거야. 한 번 하고 마는 거라고."

"한 번? 무슨 말도 안 되는 소릴! 오 분이면 끝이야. 딱 오 분이면 넌 록우드네 콩알만 한 다락방에서 자고 있을 거라고. 홀리 먼로랑 사이좋게 오순도순. 장담하는데, 지금 그 여자가 네 방을 쓰고 있을걸."

"윽! 그럴 일 없거든."

"오 분이야. 내 말 명심해."

"홀리 먼로한텐 자기 집이 있어. 포틀랜드 로에선 안 잔다고, 뭐가 어쨌든."

"그 여자가 그러든 말든 네가 왜 신경 쓰는데?"

"안 쓰거든."

"여기서 지금 한창 잘돼가고 있잖아." 해골이 말했다. "일명 '독립'

말야. 그걸 버리지 마. 그리고 마침 버리는 얘기가 나와서 말인데, 그 옷은 좀 버려라. 너무 꽉 껴."

"그런 거 같아? 내 눈엔 괜찮아 보이는데."

"정면만 보고 있으니까 그렇지, 자기야."

여기서 말다툼이 벌어졌다. 그 얘기까지 일일이 옮기진 않겠다. 나는 심란했고 언짢았다. 정신을 못 차리는 상태였달까. 흥분과 불안과 짜증에 사로잡혀 있었다. 아이크미어 백화점 밑 뼈 무덤의 유령, 록우드의 죽고 피 묻은 얼굴을 가면처럼 쓰고 나타난 '텅 빈 소년'을 보고부터 나는 그의 가까이에 가지 않겠다는 맹세를 지금껏 지켰다. 텅 빈 소년은 내가 원치 않는 미래였고, 그걸 피하려고 내 자신의 궤도까지 바꿨다. 그래 놓고선 록우드가 찾아와 부탁한다고—일시적이긴 하지만—냉큼 그 궤도를 벗어나 버렸다. 나는 자신에게 화가 났다. 하지만 앞으로 하게 될 일을 생각하면 심장박동이 빨라지는 것도 사실이었다. 한 가지만큼은 분명했다. 지금 내가 멍청한 해골의 패션 제안을 받아들일 기분은 도저히 아니란 것.

그럼에도 최종 결론은 늘 입는 치마와 레깅스로 돌아가는 거였다.

"나도 데려가는 거지, 물론." 레이피어를 차는데, 해골이 말했다.

"그럴 리가."

"힘든 사건이면 내가 필요할 거야. 그러리란 거 알잖아."

"만나서 사건 개요를 듣는 거뿐야. 만약에 우리가, 록우드 심령 회사가 사건을 맡게 되면 와서 널 데려갈게. 웬만하면."

잠시 침묵이 흘렀다. "그러든지 말든지." 해골이 집어치우라는 듯 말했다. "됐다 그래. 내가 신경이나 쓰나 봐라."

"좋아."

"어쨌든 난 네가 필요 없어. 얘기는 다른 사람이랑 하면 되니까."

나는 코웃음을 쳤다. 놈의 대책 없는 큰소리가 지긋지긋했다. "누구?"

"사람."

"퍽이나 그러시겠다. 나 아닌 사람이랑 얘기해 본 적이나 있어? 내 말은, 해골로서 말야. 어때…, 그치?" 내가 말했다. "아무도 없잖아."

"실은, 네가 틀렸거든." 해골이 말했다. "마리사 피츠랑 얘기해 본 적 있어. 그러니까 댁이 '유일'하진 않답니다, 헛똑똑이 아가씨."

"정말?" 내가 갑자기 멈췄다. "그건 몰랐네. 그게 언젠데?"

"뭐야, 이놈의 단지 속에 회중시계라도 있는 줄 아시나 봐? 무진장 옛날이지. 내가 처음 발견됐을 때였어. 그 인간들이 날 램버스 하수관에서 건져내 닦은 뒤에 그 여자한테 데려갔지. 그 여자가 내게 몇 가지를 물었어. 그러고는 이 단지에 가뒀고."

"램버스 하수관엔 어쩌다 들어갔는데?"

얼굴이 불쾌감으로 일그러졌다. "묻지 마. 그래서 망했으니까."

"그런 거 같네." 나는 해골을 가만히 봤다. 여러 달 동안 그토록 성가시고 허풍스레 떠들어대면서도, 놈은 자기 과거를 두고 이 얘기를 꺼낸 적이 없었다. 그리고 마리사 피츠는 영국 최초의 심령 조사 대행사를 창립한 인물로, 나와 비슷한 재능을 가졌다고 들은 유일한 조사관이기도 했다. 그녀는 현 피츠 대행사 대표, 그러니까 내가 오늘 만나러 가는 여자의 할머니이자 오늘날까지도 추앙받는 국가적 영웅이었다. 사실 해골의 말은 보통 일이 아니었다. 나는 거울은 그만 보기로 하고 재킷을 찾았다. "어떤 사람이었어, 마리사는?"

단지 속 얼굴이 인상을 있는 대로 썼다. "무시무시해. 강하고 냉혹한 심령술사야. 네가 그리도 소중히 여기는 록우드 심령 회사쯤 아침 식사로 꿀꺽해 버릴 만한. 상어가 정어리를 꿀꺽하듯 말야. 너희 머저리들한테 악감정이 있어 하는 말은 아니고, 물론."

"그러니까 마리사 피츠가 영혼들이랑 정말로 얘길 하긴 했던 거네."

"오, 그럼. 그 여잔 많은 것들을 했지. 넌 하룻강아지란다, 꼬맹아. 그 여자에 비하면. 오늘 궁금한 게 엄청 많으신가 봐." 해골이 계속했다. "있잖아. 나랑 좀 놀아주고 록우드한테 안 가면 대답을 좀 더 해줄 수 있을지도 모르는데."

"솔깃한 제안인걸." 내가 말했다. "네가 말을 아주 예쁘게 하기도 했고. 하지만 오늘 아침엔 혼자 놀아야겠다. 난 가봐야 해서."

* * *

막상 길을 나서고 보니 이러나저러나 지각할 신세였다. 전날 밤 지하철 북부선에 요괴가 나타나는 통에 선로에서 소금 살포부들이 작업 중이었다. 지하철이 연착됐다. 나는 채링 크로스 역에 오 분 늦게 도착했다. 욕을 중얼거리고 땀을 삘삘 흘리며 스트랜드가를 달려 피츠 하우스로 갔지만 거기서 진을 치고 있는 무리에 가로막혔다. 피츠 대행사의 도움이 간절해 찾아온 출몰 피해자들이었다. 인파를 뚫고 맨 앞까지 가는 데 오 분이 더 걸렸다. 거기서 다시 부루퉁한 문지기에게 들여보내 달라고 얘기해야 했다. 무슨 동화 속이라도 되는 양 장애물이 나오고 또 나오는 기분이었다. 이때쯤엔 이미 십오 분이 늦은 상태였다. 그 와중에 어찌어찌하다 회전문에 외투가 끼이는 바람에 두 바퀴를 돌고서야 겨우겨우 빠져나올 수 있었다.

그리고 마침내 휘청거리는 걸음으로 로비에 들어섰다. 너나 할 것

없이 의욕적이고 단정한 접수처 직원들이 한 줄로 앉아 나를 뜯어보며 밋밋하고 판에 박힌 미소를 지었다.

나는 입을 닫고 치마를 매만졌다. 머리칼을 넘기고 땀에 젖은 관자놀이를 소매로 꾹꾹 헛되이 눌렀다. "안녕하세요, 난…."

가장 근처의 접수원이 말했다. "안녕하세요, 칼라일 양. 지금 들어가실 거면 본관에서 동료분들이 기다리고 계세요. 피츠 대표님과 회의가 곧 시작될 겁니다."

나는 깊은숨을 들이마셨다. "고맙습니다. 들어가는 길은 알아요."

나는 로비를 가로질렀다. 단지 속 해골의 옛 친구였던 마리사 피츠의 철제 흉상 아래를 걸었다. 떡갈나무문들과 금테를 두른 그림들을 지나는데 차가운 대리석 바닥에서 신발이 톡톡 소리를 냈다. 회의장으로 들어갔다. 길쭉한 창문 너머로 스트랜드가에 정체된 차량들이 보이고, 피츠 소장품이 든 유리 기둥들이 햇빛을 받아 반짝였다. 거기 있었다. 은유리 감옥에 안전히. 피츠 대행사 초창기부터 전해져 내려온 전설의 영물 아홉 점이. 꼬마 프랭크 스트리트의 관, 괴델의 금속 팔, 롱 휴 헨래티의 유골, 클래펌 도살자의 끔찍한 톱날 칼…. 밤이면 기둥에 갇힌 유령들이 색색으로 빛나며 움직였다. 지금은 모든 게 단색에다 잠잠했다.

컴벌랜드 플레이스 출몰 기둥 옆에 세 사람이 서서 그 안에 든 피투성이 잠옷을 살펴보고 있었다. 그리고 이제 내 심장이 '진짜로' 방망이질하고 신경이 바짝 곤두서기 시작했다. 이틀 전 밤에 엠마 마치먼트의 유령을 쫓을 때보다 훨씬 안 좋았다.

퍼넬로프 피츠가 맡기려는 임무가 얼마나 위험한지 몰라도, 이것이야말로 내가 가장 겁내던 부분이었다. 내 전 동료들, 그러니까 록우드와 조지, 홀리 먼로와의 첫 만남 말이다.

나는 느긋하고 자신 있는 미소이길 바라마지않는 표정을 꾸며냈다. 그쪽으로 걸어가는데, 세 사람이 몸을 돌렸다.

물론 록우드는 이미 봤다. 하지만 이건 또 달랐다. 전날 그는 내 집의 손님이었고 도움을 청하는 입장이었다. 적어도 나만큼 불편한 처지였단 얘기다. 하지만 지금은 내가 외부인이고, 그는 회사 대표라는 익숙한 자리로 돌아가 있었다. 별안간 이 세상 어색함은 죄다 내 몫이 됐다. 그럼에도 다가가며 보는 록우드는 느긋했고, 나는 그게 고마웠다. 그가 환영의 의미로 빙그레 웃어줬다.

"드디어 왔네! 루시, 다시 보니 반갑다."

록우드는 늘씬하게 빠진 검은 정장을 입었다. 머리칼을 뒤로 넘겼고, 보아하니 헤어젤도 좀 바른 것 같았다. 평소보다 신경을 많이 쓴 듯했다. 그처럼 세세한 부분까지 챙긴 건 처음 봤다.

나 때문에? 아니. 퍼넬로프 피츠 때문일 공산이 훨씬 컸다.

"안녕, 록우드." 내가 말하며 조지에게 고개를 돌렸다.

내가 조지를 마지막으로 본 게 벌써 네 달 전이었다. 조지 커빈스. 록우드의 부관, 아마추어 과학자이자 탁월한 연구자, 열성적인 패션 테러리스트. 그날 아침도 내가 기억하는 대부분의 아침들처럼 그는 꼬질꼬질한 티셔츠에다 미적 감각과 중력을 동시에 거스르며 질질 흘러내리는 물 빠진 청바지로 대충 때웠다. 익히 예측이 가능했던 것처럼 때 빼고 광내려는 노력 따위 조금도 하지 않았다. 피츠 하우스라는 우아한 울타리 속 그는 결혼식 날 얼굴에 생긴 사마귀마냥, 샐러드 그릇에 담긴 엉겅퀴마냥 튀어 보였다. 그건 그간 변하지 않은 뭔가였다.

하지만 다른 것들은 변했고, 나는 깜짝 놀랐다. 조지는 전보다 말랐고 뭐랄까, 초췌한 듯했다. 나이도 더 들어 보였는데, 눈가의 주름들이 깊어졌다. 어떻게 고작 네 달 만에 이럴 수 있지? 조사관들이 이것저것 너무 많이, 또 너무 자주 보기는 했다. 우리 젊음을 너무 빨리 소진해 버리는 경우가 있었다. 하지만 조지가 그 희생자가 되리라곤 한 번도 생각해 본 적 없었다. 그 모습에 찌르르 마음이 아팠다.

"안녕, 조지." 내가 말했다.

"안녕, 루시." 그렇게 말하는 조지의 얼굴을 나는 가만히 봤다. 웃음을 기다리는 게 아니었다. 조지는 그런 거 안 키웠다. 그의 얼굴은 형태와 색깔, 질감 면에서 차가운 우유푸딩과 비슷했다. 표정들도 어지간해선 그 범주를 벗어나지 않았고. 하지만 자세히 들여다보면 그의 기분을 말해주는 단서들이 있었다. 행복하거나 신이 날 때면 입이 씰룩거린다든가, 안경알 아래 깊은 곳에 있는 듯한 눈이 반짝인다든가 하는. 코에 걸린 안경을 의기양양하게 밀어 올리는 것도 나름 좋은 신호일 수 있었다.

하지만 오늘 그중 하나라도 관찰되느냐고? 아니.

"조지가 마음을 많이 다쳤어." 록우드는 말했었다.

"다시 보니 반갑네." 내가 말했다. "오랜만이야."

"그치?" 조지가 말했다.

"참 재밌지. 그렇잖아도 방금 널 다시 보면 얼마나 좋을까 얘기하던 중이었거든, 루스." 록우드가 말하며 조지의 어깨를 툭 쳤다. "안 그래, 조지?"

"응." 조지가 말했다. "그랬지."

"그래. 홀리도 네 자유계약 일이 어떤지 무척 듣고 싶어 했어." 록우드가 말을 계속했다. "네가 누구랑 일하는지, 그들과 어떻게 지내는지 말야. 로트웰네 팀하고도 뭔가 했었다고 했지? 그치, 루스? 나중에 얘기해 주면 좋겠다."

그 말과 함께 록우드는 팔을 흔들 듯 움직여 내 눈길을 홀리에게로 이끌었다.

그리고 거기 그녀가 있었다. 매력덩어리 홀리. 언제나처럼 예쁘고 완벽했다. 지난 몇 달 사이, 그녀는 그리 많이 변하지 않았다. 느닷없이 살이 처지지도, 차림새가 후줄근해지지도, 눈에 띄는 결점이 생기거나 하지도 않았다. 사실 이날 만남의 중요성 때문에 평소보다도 더 신경 써서 차려입었다. 그녀는 나를 액체로 만들어 들이부어도 맞을까 말까 한 원피스를 입었다. 내 어깨를 통과시키려 꿈틀거리는 순간 찢어지고 말 옷이었다. 몸통의 반도 못 내려가 꽉 껴버릴, 그래서 팔을 넣지도 빼지도 못하고 머리는 옷에 덮여 앞이 안 보이는 채로 벽에 부딪히고 튕겨 나오길 수 시간 동안 반복할, 그렇게 반쯤 벌거벗은 상태로 몸을 빼려 안간힘을 쓸 원피스였다. 디테일에 민감한 완벽주의자를 위해 밝혀두자면, 원피스는 파란색이었다.

지난 네 달이 평생처럼 느껴지게 하는 조지나 록우드와 달리, 홀리 먼로랑은 그리 오래 떨어져 있었던 것 같지가 않았다. 그녀의 사진을 신문에서 너무 자주 봐서일 수 있었다. 또한 겨우내 머릿속에 홀리 모양으로 뚫려 있던 구멍에 이런저런 어두운 생각들을 던져 넣곤 했던 탓도 있고. 아마도 나는 그 구멍 옆에서 너무 오랜 시간을 보냈나 보다. 얼음 구멍 언저리에 앉아 그 안을 뚫어져라 응시하며 고기를 낚는 울적한 에스키모처럼.

"안녕, 홀리." 내가 말했다. "잘 지내?"

"너무 잘 지내지, 루시. 다시 보니까 정말 좋다."

"응. 나도. 좋아 보인다."

"너도 좋아 보여. 자유계약 일이 너한테 딱인가 봐. 그간 어떻게 지냈는지 몽땅 듣고 싶어. 엄청난 얘기들이 들리더라. 네가 정말 잘하고 있구나 싶었어."

옛날 같았으면 짜증이 치밀었을 거다. 그 짧은 대화에 기록적인 수준으로 꾹꾹 눌러 담은 작은 거짓말들 때문에. 내가 하는 일이나 내가 쓰는 치약이나 홀리 먼로에게 아무 관심사가 아니기는 매한가지일 게 분명했다.(어쩜 치약 쪽에 관심이 더 많을지도. 미소를 지을 때마다 몹시도 밝게 반짝이는 그녀의 완벽한 치아를 생각하면.) 그리고 다른 모든 것도 다 거짓말이었다. 나는 전혀 좋아 보이지 않았으니까. 약속에 늦어 달릴 때면 늘 그렇듯, 일단 도착해서 사람들과 섞이고야 본격적으로 땀이 나기 시작했다. 지금 나는 덥고, 화끈거리고, 어수선했다. 안팎이 모두.

하지만 홀리 먼로에게 더는 화를 내고 말고 할 입장이 아니었기에, 나는 그녀의 인사치레를 액면 그대로 받아들이기로 했다.

"그렇지 뭐. 고마워. 나도 좀 깔끔하게 입고 왔으면 좋았겠지만, 원피스 입을 생각을 못 했어."

"그럼 저거 입어봐." 조지가 말하며 기둥을 톡톡 두드렸다. 그 안 금속 틀에서 대롱거리는 피투성이 잠옷은 컴벌랜드 플레이스의 상속녀가 잔혹하게 살해되던 밤에 입은 거였다.

록우드가 웃었다. 홀리가 웃었다. 나도 눈치껏 따라 웃었다. 조지는 말을 하지도 킥킥거리지도 않았다. 나는 단서를 찾아 그의 얼굴을 살폈다. 아무것도 없었다.

우리의 웃음은 다소 볼품없이 끝났다. 우리는 침묵 속에 서 있었다. "누구든 얼른 와서 우릴 봐야 할 텐데." 록우드가 말했다.

"그래서 피츠 대표가 원하는 게 뭔지 아직 못 들었어?" 내가 잠시 뜸을 들인 뒤 물었다.

"아직."

"퍼넬로프 피츠 밑에서 일해본 적은 있고?"

"글쎄, 우리가 딱히 피츠 '밑에서' 일하는 건 아냐." 록우드가 설명했다. "전에 얘기했듯 피츠가 우릴 찾는 것에 가까워. 이따금 일을 보내주는 방식으로."

"그렇군."

"넌 얼마를 받아?" 조지가 불쑥 물었다. "이 자유계약 어쩌고 하는 짓에?" 그는 기둥 사이로 보이는 회의장을 멍하니 응시하고 있었다.

"나?" 나는 망설였다. 지난번 일의 청구서를 파나비한테 아직 안 보냈다는 걸 떠올리며. 청구서를 안 보내면 보수도 못 받는다. "그게 중요해?"

"아니. 근데 록우드한테 받는 걸로 내가 독립할 수 있을지 확신이 안 서거든. 그러니까 너 역시 작업료를 올려야 했겠다 싶어서."

"약간, 이라고 해야 하나. 지내는 데 별 지장은 없어."

"그래서 얼마를 받는데?"

나는 입을 열었다가 다물었다. 록우드가 인상을 쓰고 있었다. 뭐라 할 말을 찾기가 힘들었다. 다행히 그 순간 피츠 직원이 껴들면서 조지의 질문 공세가 차단됐다. 직원은 퍼넬로프 피츠가 우리와 만날 준비가 됐다고 알렸다.

런던의 양대 대행사가 난제와의 전쟁을 주도했다. 로트웰이 무진장 야단스럽고 혁신적이라면, 피츠는 규모가 가장 크고 오래됐으며 명망도 높았다. 퍼넬로프 피츠 대표는 막강한 영향력을 휘둘렀다. 그럼에도 세상에 좀처럼 모습을 드러내지 않았다. 전년 가을의 암살 시도 뒤로 더욱 은둔하며 피츠 하우스에만 머물다시피 했다. 사업가와 공인들은 그녀와 만나려 기를 썼다. 보통 사람들에게 퍼넬로프 피츠는 실존 인물이라기보다 하나의 이름이자 상징, 여론의 동향 그 자체였다. 그녀와 함께하는 자리에 불려간다는 건 굉장한 영예였다.

퍼넬로프 피츠의 거처는 피츠 하우스의 꼭대기 층에 있었다. 하지만 그녀는 우리를 만나기 위해 로비에서 짧은 계단을 오르면 나오는 접견실에 내려와 있었다. 갈색과 금색으로 꾸며진 공간이었다. 한쪽 끝에서 스트랜드가를 내다보고 있는 커다란 책상이 서재 같은 분위기를 냈다. 나머지는 산뜻한 의자와 소파, 화려하고 다소 구식의 가구들이었다. 벽과 테이블에는 사진과 골동품 레이피어들이 전시돼 있었다. 공기에서는 햇빛과 광택제, 값비싼 비품들의 냄새가 났다. 커피 향도 함께. 가운데 테이블에 커피 주전자가 있고, 그걸 빙 둘러 컵들이 배치돼 있었다. 거기서 퍼넬로프 피츠가 기다렸다. 언제나처럼 쭈글쭈글하고 처량한 몬타규 반스, DEPRAC라고도 불리는 심령현상조사예방국 경위와 함께.

피츠 대표는 우리를 진중하게 맞이하며 악수하고 의자를 가리켰다. 언제나처럼—나는 전에 그녀를 두 번 만났었다—화사하고 훌륭하게 치장했고, 세심하게 계획된 그 방의 우아함과 완벽히 어울렸다. 입고 있는 진보라색 벨벳 원피스만큼이나 풍성한 질감의 기다란 흑발을 가진 이 빼어나게 매력적인 여성의 아름다움은 너무도 비범해서 오히려 불안해지는 구석이 있었다. 아름다움에 관한 입에 발린 말들이 그녀 앞에선 더 이상 입에 발린 말이 아니었다. 그녀의 피부는 사랑스러웠고 광대뼈의 절묘한 곡선은 기가 막혔다. 크고 검은 눈은 묘하게 매력적인 동시에 강렬했다.

퍼넬로프 피츠와 록우드는 일상적인 인사말을 주고받았다. 그런 다음 그녀는 우리 각자에게 미소를 보냈다. "오늘 와줘서 고마워요." 그녀가 말했다. "반스 씨와 난 잠시 뒤 또 다른 회의가 있으니 본론으로 바로 들어가도록 할게요. 전화로 얘기했듯, 앤서니, 록우드 심령 회사가 내 대신 맡으면 좋을 법한 흥미로운 사건이 있어요. DE-PRAC를 통해 알게 됐는데, 여러분과 완벽히 맞을 듯해서요."

록우드가 고개를 끄덕였다. "고맙습니다, 대표님. 영광입니다."

나는 록우드를 힐끗 봤다. 그는 만면에 웃음을 띤 채 피츠와의 대화에 열과 성을 다하고 있었다. 보통 록우드는 누구든 자길 성이 아닌 이름으로 부르게 두지 않았다. 돌아가신 그의 부모님이나 그렇게 불렀을까, 다른 이들은 어림없는 일이었다. 하지만 퍼넬로프 피츠, 나른한 고양이처럼 의자에 기대앉은 그녀는 그를 앤서니로 불렀고, 록우드는 눈 하나 깜짝하지 않았다.

"솔로몬 구피." 퍼넬로프 피츠가 말했다. "이 이름 들어본 적 있어요?"

우리는 서로를 쳐다봤다. 어디선가 들어본 것 같기도 했다.

"살인자, 아니던가요?" 록우드가 천천히 말했다. "삼십 년쯤 전인가? 교수형당하지 않았어요?"

퍼넬로프 피츠의 입술이 기쁜 듯 벌어졌다. "살인자, 맞아요. 그리고 네, 교수형을 당했어요. 유령방지법으로 영국에서 사형이 금지되기 전 마지막으로 그 벌을 받은 이들 중 하나였죠. 법안 통과를 한 달이나 유예했단 얘기가 있어요. 그자가 교수대에 매달리는 모습을 보려고. 솔로몬 구피는 단순한 살인자가 아니었거든요. 인육을 먹었으니까요."

"히익." 내가 소리를 뱉었다.

록우드가 손가락을 탁 튀겼다. "네, 맞아요…. 자기 이웃을 한 명 먹었죠? 아니, 두 명이던가?"

"설명을 좀 해주시겠어요, 반스 씨?" 퍼넬로프 피츠가 반스 경위를 향해 고개를 끄덕였다. 비바람에 해진 비옷과 찌든 얼굴, 희끗해져 가는 구둣솔 같은 콧수염. 반스는 그 우아한 주변 환경에 나보다도 더 안 어울리는 사람 같았다.

"한 명이야. 알려진 바로는." 반스가 말했다.

"어느 오후에 이른 저녁을 먹자며 자기 이웃을 초대한 걸로 보이네. 이웃이 방문했지. 과일케이크를 가지고. 일주일 뒤 부엌 보조 탁자에서 케이크가 발견됐어. 포장지에 싸인 그대로. 안 먹히고 남은 유일한 거였지."

조지가 고개를 가로저었다. "말도 안 돼요. 너무도 다양한 차원에서 말도 안 된다고요."

퍼넬로프 피츠가 가볍게 웃었다. "네. 초대받은 이웃은 자신이 저녁거리라는 걸 몰랐죠. 저녁거리 겸 만찬 재료요. 사건이 있고 며칠 내내."

"난 그 사건을 정확히 기억하네." 반스가 말했다. "당시엔 견습생에 불과했지만. 체포를 담당한 경관 둘은 재판 뒤에 조기 퇴직했어. 그자의 집 문을 부수고 들어가 봤던 광경 탓이었지. 너무 끔찍해서 지금껏 공개되지 않은 사실들도 여럿이야. 아무튼 솔로몬 구피는 자백 중에 자신이 다양한 조리법을 활용했다고 설명했네. 구이, 프리카세•, 카레, 심지어는 샐러드까지. 꽤나 실험적이었지."

"크래커." 내가 말했다.

"잘은 몰라도 그 역시 만들어봤을 수 있겠지."

"아뇨, 그 사람이 크래커••라고요. 완전히 돌았어요. 미치광이 같

• 잘게 다진 고기와 야채를 넣는 요리.

•• 과자를 뜻하는 'cracker'에는 '미친 사람', '괴짜'의 의미도 있다.

으니."

"그래요. 미쳤고, 나빴죠." 퍼넬로프 피츠가 말했다. "솔로몬 구피가 마침내 체포되던 당시, 그를 제압하는 데 경관 여섯 명이 필요했어요. 엄청난 덩치와 흉포함 때문에. 어쨌든 체포됐고 교수형 뒤 화장됐죠. 교도소 마당에 재를 뿌리고 소금으로 덮었어요. 다시 말해, 모든 방제 조치가 빠짐없이 취해졌어요. 하지만 지금 그자의, 혹은 희생자의 영혼이 어째선지 범죄 현장으로 돌아온 듯해요." 그녀가 의자 등받이에 몸을 기대며 우아한 다리를 꼬았다. "반스 씨?"

경위가 고개를 끄덕였다. "현장은 런던 서부 일링의 조그만 전원주택이야. 동네 이름은 '리스'라고 하네. 구피의 집은 7번지고. 그 집이야 사건 뒤에 내내 비어 있었지만, 근처엔 사람들이 살고 있어. 지금껏 조용했는데, 최근 그 일대에서 특정한 심령 소란들이 보고됐고, 주변에 공포가 확산되고 있지. 민감한 자들이 7번지를 원인으로 지목했네."

"현상들은 아주 미묘해요." 피츠가 덧붙였다. "환영은 없고요. 대개가, 다들 말하기를 '소리'뿐이라고 해요."

퍼넬로프 피츠가 검고 진지한 눈으로 나를 힐끗 봤다. 그녀의 말투만 들은 누군가는 청각이 시시한 심령 재능이구나 생각했을지도 모른다. 하지만 스쳐가는 그녀의 눈길은 그게 세상에서 가장 중요한 거라 귀띔하고 있었다.

피츠의 할머니는 최고의 청각을 가졌었다. 마리사 피츠의 『회상록』만 봐도 알 수 있었다. 오래전 그녀는 유령들에게 말을 걸었고, 놈들은 대답했다. 그쪽으로 나 역시 소문이 나 있단 걸 퍼넬로프 피츠도 아는 게 분명했다.

"어떤 종류의 소리요?" 록우드가 물었다.

"그 집의 전 거주자와 관련이 있는 소리지." 반스가 말했다.

"반스 씨가 내게 조사를 부탁했어요." 퍼넬로프 피츠가 말했다. "난 동의했고요. 하지만 내 회사는 지난겨울이 남긴 여러 문제들과 씨름하고 있고, 정예팀 대부분이 여전히 바빠요. 그러다 이 일에 꼭 필요한 능력을 갖춘 회사가 또 있단 생각이 떠올랐죠." 그녀가 미소를 지었다. "어떻게 생각해요? 여러분이 이걸 해낸다면, 글쎄요, 다른 사건들도 넘겨볼 만할 거 같은데."

"기쁜 마음으로 맡겠습니다." 록우드가 말했다.

"그래 준다니 좋네요, 앤서니. 록우드 심령 회사를 난 무척이나 높이 평가해요. 미래엔 굉장한 일들을 함께할 수 있으리라 믿고요. 그럼 이 건에서 우리가 공조하는 걸로 알고 여러분과 함께할 피츠 대행사 대리인을 파견하도록 할게요."

"우리가 찾는 건 출처네." 반스가 말했다. "그야 두말할 것도 없겠지. 사건이 발생한 뒤에 집을 아주 꼼꼼히 치웠지만, 그때 뭔가 놓친 게 있는 게 분명해. 그게 뭔지 알았으면 하네."

"더 이상의 얘기가 없으면," 피츠가 말했다. "필요한 준비를 도와줄 비서를 소개해 줄게요. 구피 집은 지금 비어 있어요. 오늘 밤에도 방문이 가능해요. 원한다면."

퍼넬로프 피츠가 나른히 흐르는 듯한 몸짓으로 자리에서 일어났다. 그게 신호였다. 우리도 일제히 일어났다.

작별 인사가 오가는 동안 나는 보조 탁자 옆에서 기다렸다. 탁자 표면을 과거 조사관들의 사진들이 묘비처럼 채우고 있었다. 유명 요원과 유명 팀들이 어느 호화로운 홀의 유니콘 현수막 아래서 자세를 취하고 있었다. 앳된 조사관들은 빳빳이 다림질한 회색 재킷 차림으로 자신만만하게 웃었다. 성인 감독관들이 그들을 둘러싸고 쭉 서 있었다. 검은 옷을 입고 머리칼을 엄격히 빗어 올린 날카로운 얼굴의 노부인이 함께 찍힌 사진들도 보였다. 마리사 피츠, 대행사의 창립자였다.

하지만 그 틈에서 혼자만 다른 사진 한 장이 내 눈길을 끌었다. 빛이 바랜 흑백사진으로, 등받이가 높은 의자에 흑발의 깡마른 여자가 앉아 있었다. 배경은 그림자로 가득했다. 여자는 카메라가 아니라 빛이 들어오는 쪽을 보고 있었다. 어딘가 구슬픈 분위기가 감돌았다. 그녀는 야위고 아파 보였다.

"내 어머니예요. 젊은 나이에 세상을 떠난." 나는 깜짝 놀라며 몸을 돌렸다. 다들 줄줄이 방을 나가는 와중에 퍼넬로프 피츠가 내 곁에 서서 미소를 짓고 있었다. 강렬한 향수 냄새가 마치 꽃들처럼 그녀를 장식했다.

"유감입니다." 내가 말했다.

"아, 그러지 마요. 난 어머니에 대한 기억이 별로 없어요. 집안을 돌보고 사업을 키우고 내게 모든 걸 가르친 건 마리사 할머니였죠." 퍼넬로프 피츠가 검은 드레스 여인을 향해 고갯짓했다. "할머니가 지금의 날 만들었어요. 루시 주변에 보이는 모든 게 그분 거랍니다." 그녀가 내 팔을 건드렸다. "내가 특별히 루시를 요청한 거 알고 있죠?"

나는 눈을 끔뻑였다. "그건 몰랐는데요, 대표님."

"네. 내가 앤서니에게 이 사건을 처음 얘기하던 때, 루시랑 더는 함께 일하지 않는다고 하더군요. 난 실망했어요. 왜냐면, 우리 둘 사이의 얘기지만요, 루시. 내가 록우드 심령 회사에 관심을 갖게 된 건 루시와 앤서니 때문이었거든요." 퍼넬로프 피츠가 어여쁘게 웃었고 검은 눈이 반짝였다. "앤서니는 훌륭한 조사관이에요. 하지만 난 루시의 오랜 팬이기도 해요. 앤서니에게 말했죠. 이번 일을 맡고 싶거든 루시를 되찾아 와야 할 거라고."

"아, 그러셨어요? 그게 대표님 생각이었던 거군요? 무척… 무척 친절하시네요."

"앤서니가 시도해 보겠다고 하더군요. 실제로 그렇게 해서 무척 기쁘고요, 루시. 록우드 심령 회사에 다시 합류하기로 했다니 정말 잘됐어요."

"그게, 정말로 그러기로 한 건 아니…."

"루시 자신이 이 사건을 어떻게 풀어나가는지 봐요." 퍼넬로프 피츠가 말했다. "다른 분들의 실력 또한 의심의 여지가 없지만, 난 이번 건의 성공이 루시의 손에 달려 있다고 믿어요. 구피 집에선 능란한 듣는 자가 반드시 필요해요. 앤서니는 알고 있어요. 이번 건이 잘 풀리면 록우드 심령 회사가 큰 이익을 보리란 걸. 자, 이제 얼른 친구들한테 가보는 게 좋겠어요." 그녀가 내게 손을 흔들었다.

방을 나서는데 그녀의 향기가 칭칭 감겨드는 팔처럼 나를 둘러싸고 소용돌이쳤다.

7

그 뒤를 이은 일들은 어떤 면에선 옛날과 전혀 다를 바 없었다. 의뢰인을 만나 사건 개요를 들었으니 이제 장비를 준비하고 배경 조사를 실시할 차례였다. 그날 저녁에 일링을 방문하려면 시간이 촉박했기에 록우드는 피츠 하우스를 나서자마자 일을 시작했다. 인파로 붐비는 보도에 서서 지체 없이 인력을 나눴다. 그와 홀리가 소금이랑 철을 추가로 구입하고, 그사이 조지는 국립신문기록물보관소를 뒤져 구피 살인사건의 정보를 최대한 모으기로 했다. 그리고 나는….

나는 뭘 하지? 어디로 들어가야 맞지?

“너랑은 피카딜리 서커스 로열 카페에서 만날게, 루시.” 록우드가 말했다. “거기서 다 함께 택시를 타면 돼. 4시 어때? 그 정도면 네게 필요한 준비를 마칠 수 있겠지?”

“그래.” 내가 말했다.

나는 조금 전 퍼넬로프 피츠에게 들은 말을 곱씹는 중이었다. 이번 일에 나를 넣는 게 그녀의 생각이었다는 말을. 전날 나를 찾아온 록우드는 어째선지 그 사실을 직접 얘기하지 않았다. 내가 뭔가를 놓친 게 아닌 이상, 그는 그게 자기 결정인 양 보이게 행동했었다.

"훌륭해. 그럼 이따 보자. 정말 끝내주는 사건 아냐? 네가 우리랑 함께해서 기뻐."

"그래…." 정말이지 그건 그리 중요한 게 아니다. 나를 일에 끼우는 게 누구 생각이었는지는 중요치 않다. 그걸 두고 내가 짜증이 나네 마네 할 입장도 아니었다. 록우드 심령 회사를 떠난 건 결국 나 자신이니까.

일, 중요한 건 그뿐이었다. 그저 일. "근데," 내가 말했다. "하나가 마음에 걸려. 4시는 너무 늦어. 일링에 가도 금방 날이 저물고 말 거야. 일몰까지 시간을 충분히 두고 도착하는 게 좋겠어. 부지를 파악하고 방어진 위치를 계획할 수 있게. 어쨌든 해 지기 전에 사전 판독을 해두는 게 최고니까. 컴컴하면 안 보일 구석구석까지 다 볼 수 있기도 하고. 이 모두를 감안해서 2시에 만나면 어떨까 해." 나는 록우드를 보며 태연히 미소를 지었다. "동의?"

록우드가 고개를 끄덕였다. 살짝 당황했다 한들, 그는 그걸 잘 숨겼다. "무슨 말인지 알겠어. 하지만 그렇게 되면 조지가 일할 시간이 충분할지…?"

"난 루시 의견이 아주 좋은 거 같아." 홀리 먼로가 뜻밖에 거들고 나섰다. "조지?"

조지가 안경을 살짝 매만졌다. "덩치한테 먹히는 건 내 스타일이 진짜 아니거든. 설령 그 덩치가 유령이라 해도. 최대한 신중히 접근하는 데 전적으로 동의해. 알았어. 2시까지 기록물보관소 일을 끝낼게. 그 정도로 마무리하고 일링에 일찍 도착하도록 하자."

록우드는 별 상관없다는 표정을 연출하고 있었다. "다들 일리 있는 생각이야. 좋아. 그럼 2시로 해, 루시. 아까 얘기한 데서 보자."

"멀릿 용품점에서 뭐라도 사다 줄까?" 홀리 먼로가 물었다.

"아니, 괜찮아. 고마워." 내가 말했다. "필요한 건 다 있어. 나중에 보자."

나는 그들보다 먼저 돌아서서 인파에 섞여들었다. 사람들의 흐름을 거슬러 걷느라 힘을 좀 써야 했지만, 그때 내 기분엔 그러는 편이 차라리 나았다. 세 사람의 눈이 미치지 않는 곳에 이르렀다는 확신이 들면서는 템스강둑으로 이어지는 샛길로 빠졌다. 그곳 헝거포드 다리의 벽돌 아치 아래서 잡상인 여럿이 물건을 팔았다. 거짓말이었다. 내가 홀리 먼로에게 했던 말은. 난 보급품이 거의 바닥났다.

하지만 그 거짓말에 기분이 찝찝하거나 하진 않았다. 나 역시 거짓말을 들었으니까.

썰물이었고, 강둑 방파벽 아래 비탈에서 축축한 조약돌이 반짝였다. 저 높은 곳에서 갈매기들이 선회했다. 도로는 차량으로 붐볐다. 나는 길을 건너고 강의 상류 방향으로 걸어 헝거포드 다리로 갔다. 머리 위에서 조명을 밝힌 광고판들이 로트웰 대행사의 신제품을 선전했다. 그중 한 광고에선 로트웰의 마스코트인 '로저', 만화 캐릭터로 만든 악동 사자가 역시나 만화 캐릭터 유령을 짓밟고 서서 강력한 엄지척 자세를 지었다. 또 다른 광고에서 로저는 한때 로트웰 연구소 과학자들의 말도 안 되는 상상에 불과했으나 선라이즈 물산과의 협업 덕분에 이젠 전국의 고객들이 사용할 수 있게 된 흥미로운 최신 가정 방비들을 들고 있었다. 세 번째 광고에선 로트웰 대행사의 대표인 스티브 로트웰의 건장한 어깨에 앞발을 두른 모습으로 등장했는데, 로저의 입에서 나오는 말풍선에 스티브 로트웰의 개인 공약과도 같은 '우린 당신의 밤을 지키고자 싸웁니다'가 적혀 있었다. 반짝이는 치아와 빛나는 녹색 눈. 전투기 기수처럼 불거진 턱. 스티브 로트웰은 만화 사자보다도 더한 남성성을 뿜었다. 난제의 시대에 그는 든든

함의 전형과도 같은 남자였고—이처럼 적극적인 광고들 덕분에—런던에서 가장 인기 있는 인물이었다.

나는 얼굴을 찌푸리고 광고판을 서둘러 지나쳤다. 스티브 로트웰이 누군가의 가슴에 검을 꽂아 죽이는 장면을 본 적이 있었다. 그런 내게 그의 광고들은 목표한 효과를 내지 못했다.

나는 소금 상인들을 찾아가 보급품을 산 뒤 다시 강둑으로 나왔다. 광고판 너머에서 돌계단이 조약돌 비탈로 이어지고, 거기 고약한 형상 하나가 쭈그리고 있었다. 진흙투성이 자루를 옆에 둔 채, 온갖 모양으로 가닥 진 도구들을 방파벽 위에 쭉 늘어놓고 흙을 긁어내고 있었다. 햇볕에 부르튼 푸파 재킷, 밀짚모자, 진흙이 떡 진 장화와 근처에 무심히 누워 있는 바닷새들로 봐서 형상은 플로 본스, 내가 알고 지내는 유물 사냥꾼*이었다. 플로는 템스강변을 훑고 다니며 강물에 떠내려온 심령 쓰레기들을 파내 암시장에 팔았다. 몇 번인가 록우드 심령 회사를 돕기도 했고, 좀 까칠한 구석이 있긴 해도 나름 괜찮았다. 눈치껏 행동하고 코 대신 입으로 숨 쉰다는 전제하에.

다가가며 보니 플로는 앞쪽이 널찍한 뒤집개를 닮은 이상한 연장에 끈적하니 들러붙은 이물질을 파내고 있었다. 눈길을 들어 나를 보고는 방파벽 너머로 흙덩이를 튕겼다.

"이런, 잡스러운 게 꼬였네." 플로가 말했다.

"안녕, 플로." 그녀의 기준에서 이 정도면 나름 반갑게 맞아주는 거였다. 내게 흙덩이를 튕기지도 않았으니 오래 살고 볼 일이었다. "바빴나 봐." 내가 말했다. "재미 좀 봤어?"

"쓰레기만 잔뜩이야. 물에 빠져 죽은 쥐 두 마리랑 돼지머리 하나. 그리고 이젠 너까지."

나는 씩 웃으며 그녀 옆 담장에 앉았다. "그렇다니 유감인데."

"뭐. 어젯밤 절반은 유물 사냥꾼 모임에 가 있었어. 정작 일은 몇 시간밖에 못 했지. 희미한 아우라*를 내는 뼈 두 개랑 모종의 심령성이 깃든 녹슨 호루라기 한 개. 그게 다야."

"그렇게까지 나쁘진 않은 거 같은데. 다 갖다 팔겠네, 그럼?"

플로가 밀짚모자를 젖히고 이마와 머리칼의 경계를 긁었다. 얼굴에서 유일하게 깨끗한 부위였다. "모르겠어. 요즘엔 좀 더 분발해야겠다 싶어. 시장에 강력한 물건들이 여럿 풀리는 데다 최고로 꼽히는 것들은 아주 잘 팔리거든. 동네에 새 수집가가 나타난 통에 그쪽에 넘길 목적으로 거래상들이 뭐든 괜찮은 건 깡그리 사들인대." 플로가 약삭빠른 푸른 눈으로 나를 힐끗 봤다. "맞춰봐. 어젯밤 모임에서 좋은 물건들을 싹 다 채간 사람이 누군지…. 윙크맨이었어."

"줄리어스 윙크맨?" 그는 록우드 심령 회사가 일 년 전 감옥에 보내는 데 일조한 암거래상이었다.

"아니. 그 인간이야 아직 감옥에 있지. 어제 나온 건 아내였어. 뭐, 아들놈도 같이 왔지만 애들레이드가 대장 노릇을 했지. 어젯밤 시장에 나온 괴상하고 끝내주는 출처들을 전부 사들였어. 귀신 들린 그림, 피 묻은 장갑, 미라 머리, 로마 투구…." 플로가 담장 너머로 침을 뱉었다. "난 있지, 그중 반은 가짜라고 생각했는데, 그 집 아들놈이 검사하고는 다 진짜라는 거야. 윙크맨 여사님이 싹쓸이를 해버렸고. 물건 전부가 새로 나타났단 수집가한테 직행할 거야. 우리도 뭐든 좋은 걸 찾으면 다음 날 밤 시장에 갖고 오래. 어젯밤 호루라기도 최대한 광을 내보긴 할 건데, 기대만큼 좋을진 모르겠어." 플로가 장비를 담벼락에다 두들겼다. "그래서, 그동안 어디 숨어 있었던 거야, 칼라일? 백만 년 만에 보는데. 돌아가시는 줄 알았잖아. 널 못 봐서."

"일했어."

"록우드네에선 아니고?"

"응…." 나는 연장을 쳐다봤다. "그놈의 건 뭐야?"

"이물질 플랜지."

"오…. 응. 나 혼자 일했어. 하지만 좀 전까지 록우드랑 있다 오는 길이야. 어쩌다 보니. 같이 일하게 됐거든. 이번 한 번만 하는 거야. 회사에 다시 합류하는 건 아니고."

"그래, 뭐, 당연히 아니겠지." 플로가 더 날카로운 연장을 집어 들었다. 검푸른 강 진흙이 덕지덕지 붙어 있었다. "홀리 먼로인지 하는 애가 아직 거기 있잖아. 안 그래?"

나는 말을 잠시 멈췄다. "사실, 내가 회사를 나온 게 홀리 때문은 아냐."

플로 본스가 연장의 갈래 사이에서 흙덩이를 긁어냈다. "어-허."

"다른 이유들이 있었다고."

"어-허."

"내 말 안 믿는 거야?"

"이 진흙 후비개 좀 살짝궁 들고 있어볼래?" 플로가 말했다. "이놈의 것 땜에 온몸에 흙이 묻었네."

"응…. 그럼 이젠 나한테 묻겠네."

"손만 좀 닦으면 돼." 플로는 그렇게 했다. 자기 푸파 재킷에다. "봐. 다 됐지. 그럼, 만나서 반가웠어, 칼라일. 이만 가봐야겠다. 와핑 지구의 식어빠진 꼬치구이가 날 기다리고 있어서."

"그래. 플로…." 내가 말했다. 플로는 연장들을 모아 겉옷 아래 벨트에 마구잡이로 끼워 넣었다. "네가 말한 미라 머리 말야…. 어떻게 생겼어?"

"몰라. 눈, 귀, 코, 입. 있을 거 있는 거지. 왜?"

"뭐 특이한 거 없었어? 나도 며칠 전 밤에 미라 머리를 봤거든."

플로가 자루를 챙겼다. 담장 너머로 몸을 기울이곤 템스 북부 해안을 따라 동쪽으로 길게 펼쳐진 갯벌을 살폈다. "만조가 되려면 앞으로 한 시간은 더 남았으니까… 저리로 가봐야겠다. 미라 머리? 자세히는 몰라. 완전 거미줄투성이여 가지고. 남자였어. 삐죽삐죽하고 검게 수염이 있었나 했고. 난 별 관심이 없었던 터라. 은유리 상자에 들어 있었어. 아까도 말했지만, 그건 이미 임자 있는 물건이었다고. 거기 강력한 요괴가 들러붙어 있다던데. 윙크맨네가 어마어마한 현금을 주고 사갔어. 확실해."

나는 플로를 보며 눈살을 찌푸렸다. "그걸 누가 가져왔는지 알아?"

하지만 손짓 인사와 함께 고릿한 공기 한 가닥만을 남긴 채 플로 본스는 사라지고 없었다. 그새 물밑으로 이어지는 계단을 스르르 내려가선 스트랜드가를 따라 보드득보드득 멀어지고 있었다.

피카딜리 서커스 서쪽의 로열 카페는 전면부가 널찍한 유리로 돼 있고, 갈색과 흰색 줄무늬로 된 차양 아래 커피색 탁자들이 두 줄로 뻗어 있었다. 보도에 둥근 호 모양으로 벽돌 수로를 만들고 물을 흘려보내 잠들지 못하는 영혼들이 밤중에도 접근하지 못하게 했다. 해질 무렵이면 출입문 옆에서 라벤더를 태웠다. 로열 카페는 일몰 뒤에도 인기가 있었다. 이 늦겨울의 이른 오후에도 꽉 차다시피 했으며, 젖은 창문들엔 김이 서려 있었다. 도구 가방과 배낭 속 유령단지에 짓눌려 가며 도착한 나는 출입문 바로 옆 테이블에서 기다리는 홀리 먼로를 발견했다. 그녀는 〈타임스〉를 읽고 있었다.

"그 소식 들었어?" 이제 살았다는 듯 맞은편 의자에 털썩 주저앉는 내게 홀리 먼로가 말했다. "런던에 어른들 뒤를 졸졸 따라다니는 부랑아들이 있대. 왜 있잖아, 늦은 오후, 흐린 날, 그럴 때. 성인들한테 유령의 존재를 알려주고 돈을 받는다는 거야. 당신은 쫓기고 있다는 둥, 하얀 이불보를 뒤집어쓴 뭔가가 따라다닌다는 둥, 발치에서 그림자 시늉*이 춤춘다는 둥 하면서. 야외 계단 난간에서 훔친 철 막대기를 들고 다닌대. 현금을 건네면 그걸 휘두르면서 '유령들'을 쫓아준다나. 완전 사기극인데, 그렇게 진짜 같을 수가 없다는 거야. 보고 있으면 정말 모골이 송연해서 어른들 입장에선 사실이라고 믿을 수밖에 없다나 봐."

나는 어깨에 걸친 외투를 마저 벗어버렸다. 카페 안은 따뜻했고, 나는 벌써 더웠다. "그 애들도 어떻게든 먹고는 살아야 하니까. 요즘엔 다들 살기가 힘들잖아. 우리 모두가 조사관이 될 수 있는 것도 아니고. 안 그래?"

"알아. 우리가 운이 좋은 거지. 그치, 루시? 차를 좀 주문할게. 얼마 안 있음 남자애들도 올 거야. 록우드는 포틀랜드 로에 짐을 가지러 갔어. 조지도 조만간 도착할 테고."

홀리 먼로가 웨이터들의 눈길을 붙드느라 정신없는 사이, 나는 뒤로 기대앉아 그녀를 곰곰이 봤다. 저 피부에 난 늘 분통이 터졌다. 어둡고 매끈한 살결에 여드름 하나가 없었다. 이목구비도 마찬가지였다. 전체적으로 조화가 훌륭했다. 그녀가 그토록 쉽게 손에 넣은 완벽함이 날 미치게 만들던 때가 있었다. 그리고 나도 알았다. 나는 나대로 엉망진창에다 터무니없이 불완전한 면면으로 그녀를 미치게 만들었단 걸. 말이야 바른 말이지, 그날 아침에 만나고부터 그녀는 나를 세심히 챙기고 조심했다. 하지만 페스트균이 얹힌 유리 슬라이드를 든 장갑 낀 과학자도 그럴 수 있는 노릇이므로 나는 그녀의 행동에 그리 큰 의미를 두지 않았다.

“어떤 거 같아? 혼자 일하는 건?” 차를 주문하고 나서 홀리 먼로가 물었다.

“괜찮아. 근무 시간이랑 사건을 고를 수 있어. 이런저런 대행사들이랑 일해보기도 하고. 그런대로 돈도 벌지.”

“넌 정말 용감해. 회사를 나가서 홀로서기 하는 거 말야. 위험 부담이 무척 큰 일인데.”

“뭐, 그만한 보상이 따르니까. 내 재능에 대해 많이 알게 됐어. 다른 사람들과 그럭저럭 지내는 데도 더 익숙해졌고. 상대가 나랑 영 안 맞더라도.”

홀리 먼로가 소리 내 웃었다. 어럽쇼. 그 파격적인 까르르 소리가 신경에 거슬렸다.

“포틀랜드 로의 누군가는 널 정말로 그리워했거든. 알지?” 홀리 먼로가 말했다.

나는 가벼운 목소리를 유지했다. “뭐, 나도 모두가 그리웠지, 물론…. 어, 근데 그게 누군데?”

“누가 널 특히나 그리워했느냐고?” 홀리 먼로가 다시 웃었다. 그녀의 크고 검은 눈이 나를 흘기며 눈웃음쳤다. “짐작이 안 돼?”

카페 안은 더웠다. 나는 스웨터 소매를 괜히 뜯적였다. “안 돼.”

“나.”

“아. 뭐…? 네가?”

“우리 사이에 문제가 있었단 거 알아, 루시. 하지만 남자애들 틈에서 유일한 여자로 지내려니 이상했어. 록우드와 조지는 멋진 애들이지. 물론이야. 하지만 둘 다 자기 세계에 빠져 있잖아. 조지는 실험, 그리고 록우드는….” 홀리 먼로의 이마에 맵시 좋은 고랑이 팼다. “그

앤 좀처럼 쉬질 않고 멀게 느껴져. 한자리에 가만히 있질 않아서 내가 다가갈 틈이 없어. 그렇잖아도 너한테 물어볼 생각이었어. 혹 네가 알아냈는지…. 오, 잘됐다. 애들이 왔네."

얼마 뒤 우리는 한 테이블에 바글바글 모여 있었다. 우리와 김 서린 창문 사이에 가방들을 쌓아둔 채. 나는 조지랑 딱 붙어 앉게 됐는데, 그는 더없이 밋밋한 고갯짓으로 인사를 대신했다. 록우드는 흥분을 감추지 못했다. 다가오는 밤을 향한 기대감으로 얼굴이 붉게 상기돼 있었다. "팀원들이 다 모였네!" 록우드가 말했다. "훌륭해. 좋아. 삼십 분 내로 일링행 택시가 실러 올 거야. 구피 집에서 피츠 담당자가 기다리고 있을 테고. 그 사람한테 열쇠가 있어."

조지가 인상을 썼다. "그 담당잔지 뭔지가 온다는 게 맘에 안 들어. 우린 록우드 심령 회사잖아! 감독관 따위 안 키운다고."

"감독관보단 참관인에 가까워." 록우드가 말했다. "퍼넬로프 피츠가 우리 실력을 보려는 거야. 마음에 들면 일을 더 주겠지. 난 괜찮다고 생각해."

"루시한테는 괜찮겠지, 아마도. 루시는 용병이니까." 안경 너머 조지 얼굴엔 아무 표정이 없었다. "하지만 우린 어쨌든 독립적이어야 해."

"독립적인 거 맞아." 록우드가 힘차게 말했다. "아무튼, 시간이 가고 있어. 조지, 기록물보관소에 다녀왔지? 리스 7번지의 오싹한 내막들 좀 모아봤어?"

"어느 정도는." 조지가 가방에서 종이들이 엉망으로 끼워진 서류철을 끄집어냈다. "비교적 현대의 사건이다 보니 관련 기사가 엄청 많았어. 하지만 세세한 내용 전부를 알진 못해. 반스 말대로 보도 통제가 상당했던 모양이야. 내용들이 정말 너무 끔찍해서. 하지만 걱정 마. 우리가 만끽할 오싹함이야 차고 넘치니까." 그가 웨이터를 찾아 주변을 둘러봤다. "근데 주문 안 했어? 나 지금 굶어죽을 지경이라고."

"차가 올 거야." 홀리가 말했다. "케이크랑. 우리가 할 얘기를 감안할 때 음식은 무리라고 생각해서."

"음." 조지가 안경을 고쳐 쓰고 서류철을 펼쳤다. "그럴 수도 있겠네. 내 개인적으론 소시지빵 하나쯤 거뜬히 죽일 수 있을 거 같지만. 좋아. 일링 인육 사건의 재판은 삼십 년 전으로 거슬러 가. 피고는 우리가 알다시피 솔로몬 구피라는 이름의 남자로, 평범한 동네에서 혼자 살았어. 당시 쉰두 살이었고, 한때는 전기기술자로 생계를 꾸렸지. 몇 년 전 실직한 뒤엔 시계랑 라디오를 수리했대. 비대면 방식이었어. 물건들을 택배로 받아 작업하는. 솔로몬 구피는 집에서 일했고, 일링 하이 스트리트의 상점들을 방문할 때를 빼면 밖에 나가는 일이 거의 없었어. 경찰이 진입했을 때, 집 안 가득 배가 갈린 기계들이 널려 있었대. 전선이랑 톱니가 창자마냥 나온 채로." 조지가 눈길을 들어 우리를 향해 씩 웃었다. "알고 보니 그가 관심을 가졌던 창자가 그것만은 아니었지만."

홀리의 목구멍에서 조그만 소리가 났다. "조지…."

"미안, 미안." 조지가 별일 아니라는 양 종이들을 차르르 넘겼다. "이건 거대한 미치광이 식인마의 암흑 같은 얘기야. 누군가는 농담을 조달해야 한다고."

록우드가 손가락으로 테이블을 톡톡 두드렸다. "여기서 잠깐. 방금 말한 '거대한'이 어느 정도야? 퍼넬로프 피츠가 그랬지. 솔로몬 구피를 체포할 때 경관 여섯 명이 필요했다고. 그러니까 당연히 덩치가 크고 힘도 셌을 텐데."

조지가 고개를 끄덕였다. "맞아. 아주 크고 강한 데다 키도 컸지. 신발을 벗고 잰 게 2미터였으니까. 체구도 그에 상응했고. 체중이

159킬로 정도로 추정됐고, 배 둘레가 엄청났다지만 또한 근육질이기도 했대. 찾아본 자료들 전부가 솔로몬 구피의 무시무시한 덩치를 강조하고 있더라고. 그는 재판 중에 좀처럼 입을 열지 않았어. 머리칼은 갈기같이 텁수룩해선 법정을 노려보며 시간을 보냈지. 누군가를 골라선 가만히 쳐다보고 있었다나. 저녁거리로 쓰려고 눈으로 손질이라도 하는 것처럼. 거기 더는 못 있겠다고 느낀 여성이 한둘이 아니었나 봐. 구피를 교수대로 데려갈 땐 호송 경관의 수를 두 배로 늘렸고, 그 임무를 수행하는 이들이 어찌나 겁을 내는지 보수도 죄다 두 배로 줬대."

"딱히 그랬을 거 같진 않은데." 록우드가 말했다. "지금껏 내가 만난 교도관들은 다들 호락호락하지 않은 고객들이어서 말야. 그럼, 이 매력덩어리의 사진들 좀 보실까."

조지가 번들번들한 종이 한 장을 꺼냈다. "사실 한 장뿐야. 이상하게도 경찰은 범죄자 식별용으로 찍은 구피의 전신사진을 한 번도 공개하지 않았어. '공공의 이익'을 위해서래. 그 공공의 이익이란 게 뭔지 모르겠지만. 이 사진은 한 프리랜서 사진작가가 선고 당일에 중앙형사 법원으로 끌려가는 구피를 찍은 거야. 화질이 아주 좋진 않아도 대강이나마 이해하는 데 도움이 될 거야."

조지는 테이블을 따라 사진을 돌렸다. 록우드와 홀리, 내가 가까이로 몸을 숙였다. 원본을 복사해 확대한 흑백사진이었다. 조지가 말한 대로 화질이 몹시 나빠서 이미지가 뿌연 동시에 거칠었다. 사진 앞쪽에 경관이 한 명 있고, 뒤쪽의 또 다른 경관은 반만 찍혀 있었다. 그들 사이로 거대하고 건장한 형체가 보였다. 어깨가 굽고 얼굴은 흐릿했다. 커다란 한쪽 팔이 어색한 각도로 뻗어 있는 걸로 봐서 앞의 경관과 수갑으로 연결된 상태인 듯했다. 역시나 수갑을 찼을 걸로 짐작되는 또 다른 팔은 가려서 안 보였다. 남자는 고개를 숙이고 있었는데 그 역시 어색했다. 경찰 승합차에서 막 내린 뒤라 그러고 있었는지도 모르겠지만 부풀어 오르고 어기적거린다는, 양옆의 남자들에 비해 소름 끼치도록 거대하다는 인상을 줬다. 얼굴 대부분은 그림자에 잠겨 있었다. 검은 얼룩 몇 개가 짙은 눈썹을, 큰 입을 상상하게 했다. 어째선지 나는 그 사진이 그 이상 자세하지 않아 기뻤다.

우리 모두가 사진을 곰곰이 봤다. "그래." 록우드가 말했다. "대강은 이해가 되네."

"덩치가 진짜 크다. 그치?" 내가 말했다.

"교수대도 따로 제작해야 했어." 조지가 대답했다. "그의 체중을 지탱할 수 있는 걸로. 그리고 하나 더. 사형장에 입회한 신부가 있었어. 사형수가 최후의 고해성사를 하고 싶을 때를 대비해 참석했지. 자, 구피가 교수대에 섰고, 발판이 내려가기 직전에 신부를 손짓해 부르고는 뭔가를 속삭였다는 거야. 그리고 어떻게 됐게? 무슨 말을 했는지 몰라도 그게 어찌나 무섭고 끔찍했는지, 신부가 그 자리에서 까무러쳐 버렸어. 사람들 말로는 집행인이 발판 레버를 당길 때 구피가 웃고 있었대."

테이블의 누구도 말이 없었다. "지금이야말로 쓰레기 같은 농담이 필요할 땐데." 내가 말했다. "뭐 더 없어, 조지?"

"당장은 없어. 구피네에서 유령을 피해 다닐 때를 위해 아껴둘래."

록우드가 코웃음을 쳤다. "오늘은 네 조사 내용들에 도시 괴담들이 상당히 섞여 있는 듯한데, 조지. 그렇게까지 무서울 수 있는 사람은 없어. 제아무리 덩치 크고 뚱뚱한 식인종이라 해도. 다들 긴장을 좀 풀 필요가 있다고."

록우드의 말엔 분명 일리가 있었다. 우리 모두는 의자에 기대앉아 서로에게 활짝, 든든히 웃어 보였다. 그때 머리칼에 라벤더 장식을 한 웨이트리스가 차와 케이크를 가져왔다.

"좋아, 조지." 원기를 충전한 뒤, 록우드가 말했다. "택시가 오기까지 얼마 안 남았어. 구피 집에서 무슨 일이 있었는지 들어보자. 뭘 알고 있어?"

"피해자에 대해 좀 찾아봤어." 조지가 말했다. "던 씨로 불리던 사람이고, 구피네에서 몇 집 위에 살았어. 독신에다 상냥하고 사회성 좋은 사람이었지. 취약한 이웃들, 그러니까 노인이나 거동이 불편한 사람들을 종종 들여다보면서 어려운 일들을 대신해 주고 쇼핑을 도왔어. 7번지의 솔로몬 구피가 바깥출입을 거의 안 한단 걸 눈치채고는 일 삼아 집에 들르고 보살핀 모양이야. 사건 당일에 그가 유명 케이크를 들고 구피에게 가는 걸 본 사람이 있어. 그러고는 영영 자취를 감췄고. 던 씨가 실종됐다는 신고가 마침내 접수됐을 때, 경찰이 찾아갔지. 구피는 현관에 나와서 던 씨가 실제로 방문하긴 했지만 다른 약속이 있다며 떠났다고 했어. 그 약속이 뭔지, 누굴 만나러 간 건지 자긴 모른다고. 상당히 이른 시각이었는데 구피는 벌써 일어나 아침 식사를 만들고 있었대. 경찰들은 부엌에서 조리 중인 베이컨 냄새를 맡았지."

"아, 이크." 내가 말했다. 홀리 먼로의 미간에 주름이 졌다.

"그치." 조지가 말했다. "하여간 그날은 경찰이 돌아갔지만 며칠 뒤 다시 찾아왔어. 구피네 집에서 연기가 난다는 신고를 받았거든. 굴뚝이 막힌 거였어. 벽난로에서 뭔가를 태우려다가. 그 뭔가는 던 씨의 옷가지로 밝혀졌고. 그날 경찰이 찾은 것의 대부분은 재판에서 공개되지 않았어."

홀리가 기다란 머리칼 한 가닥을 귀 뒤로 넘겼다. “정말 너무 끔찍하다. 살인이 실제로 어디서 벌어졌는지는 알아?”

조지가 연파랑 종이를 꺼내 펴서는 우리 앞에 뒀다. 집의 구조도였는데, 지상 2층에 지하 저장고가 딸린 건물이었다. 옆면에 차고가 붙어 있었다. 집의 앞뒤는 마당 혹은 정원이었다. 각 방의 정체가 깔끔한 붉은 글씨로 적혀 있었다.

“아무도 몰라.” 조지가 말했다. “거의 모든 방에서 범행 증거가 나왔거든.”

나는 그를 쳐다봤다. “범행 증거? 그 말은….”

“던 씨의 신체 부위들.”

“그래. 그 뜻일 줄 알았어. 그냥 확인 한번 해본 거야.”

“그나마 좋은 소식은 구피 집이 그리 크지 않다는 거야.” 록우드가 말했다. “우리 넷이면 오늘 밤 안으로 거뜬히 둘러볼 수 있어. 다만 한 가지가 마음에 걸려. 우린 사실 이 집에 깃든 게 누구의 유령인지 모르잖아. 안 그래? 구피보다는 던 씨의 유령일 가능성이 더 높지 않을까? 거기서 죽은 건 그니까.”

“그럴 수 있지.” 조지가 말했다. “그건 출처를 찾아야 확인이 가능할 거야.”

“차라리 던 씨의 유령이면 좋겠다.” 홀리가 말하고, 내가 고개를 끄덕였다. 살인 피해자의 성난 유령과 마주치길 이토록 적극적으로 바라는 게 흔한 일은 아니지만, 조지의 서류철에서 나온 사진을 본 뒤로 그 흐릿한 형체의 주인공만큼은, 제아무리 죽은 상태라 한들 정말로 마주치고 싶지 않았다. 다른 애들도 고개를 끄덕이고 있었다.

록우드가 지갑을 꺼내선 테이블에 돈을 놨다.

“이제 그걸 알아낼 시간이야.” 그가 말했다.

8

나름 최선을 다했다지만 우리가 일링 인육 사건 현장에 도착했을 땐 오후의 상당 부분이 흘러가 버린 뒤였다. 다들 통행금지* 전에 런던 중심가를 빠져나가고 싶어 한다는 걸 깜빡한 탓이었다. 간선도로의 정체가 심했고, 치스윅 로터리 보수공사 때문에도 시간이 더 걸렸다. 택시가 일링 외곽 거리를 천천히 통과할 때쯤엔 이미 그날의 마지막 통근자들이 깜빡이는 항마등* 아래 걸음을 재촉하며 집으로 향했다. 태양이 낮게 걸리고, 우리 머리 위로는 먹구름 한 겹이 깨진 초콜릿 조각처럼 떠 있었는데, 가닥가닥 갈라진 구름결 사이로 푸르고 노란 하늘이 보였다. 당장이라도 비가 내릴 듯한 분위기였다.

택시 기사가 리스의 악명까지는 잘 몰라도 우리가 뭐 하는 사람들인지는 확실히 알아서 애초에 요청받은 목적지 근처로는 들어갈 생각이 없었다. 그는 우리와 검과 도구 가방과 기다란 쇠사슬들을 동네 끝자락에다 떨궈놨고, 우리는 귀신들이 들썩이는 집까지 마지막 몇십 미터가량을 걸었다.

사람들은 심령 트라우마에 시달리는 장소들이 외적으로도 불길해 보이리라 생각한다. 창은 쩍 벌린 입처럼 휑하고, 문은 끼이익거리며, 벽들은 미묘하게 비틀려 아귀가 안 맞을 거라고. 하지만 이는 흔한 오해일 뿐이다. 집도 사람과 다르지 않다. 미소 띤 얼굴의 무해한 외관으로 본래의 더없이 검은 속내를 감출 수 있다. 리스 7번지는 평범하기 그지없었고.

구피 집은 서로 무난한 거리를 두고 초승달 모양으로 늘어선 주택들 중 동쪽 한가운데에 있었다. 집집마다 개별 차고가 딸려 있고, 비좁은 콘크리트 진입로 옆에는 깔끔한 잔디밭이 붙어 있었다. 상당히 현대적인 건물들에다 창문은 널찍하고 수적으로도 부족함이 없었으며, 지붕은 상쾌한 느낌의 붉은 타일로 마감돼 있었다. 현관문은 유리를 달아 꾸몄고, 상부가 평평하고 소박한 바깥 현관이 집 전면을 빙 둘러 보호했다. 가난하지도 부유하지도 않은 동네였다. 월계수 울타리가 부지들을 구분했고, 뒤뜰에는 거뭇한 측백나무들이 칼처럼 날카롭게 솟아 있었다.

7번지의 관리 상태는 다른 집들보단 나았다. 사실 여러 면에서 더 나아 보였다. 근처 집들은 눈에 띄게 허름했고, 잡초가 무성한 진입로의 방수포 아래서 차들이 녹슬어 갔다. 그토록 오래전 여기서 벌어진 일이 이웃에는 아직껏 독이 되고 있음을 보여주는 조그만 흔적들일 터였다. 하지만 한때 솔로몬 구피가 살았던 집은 흰 칠이 돼 있고, 잔디는 깔끔히 깎여 있었으며, 울타리 또한 손질돼 있었다. 시민의 긍지에 예민한 지역 의회가 이 집의 황폐화만큼은 용납하지 않았다.

거리는 고요했다. 삶의 징후라고는—아래층 창문에서 나오는 불빛이라든가 이제 막 내려지는 커튼처럼—사소한 것들뿐이었다. 우리는 사람의 코빼기도 못 보고 걷다가 7번지 근처에 가서야 울타리 그림자에서 분리돼 나오는 가느다란 형상을 발견했다. 형상은 팔짱을 낀 채 우중충하게 서서 우리가 다가오길 기다렸다.

조지가 신음을 뱉었다. “퍼넬로프 피츠가 데리고 있는 감독관만 수백 명일 텐데. 왜 굳이 ‘저 인간’을 골라야만 했던 거지?”

청년은 피츠 대행사의 은회색 제복을 걸쳤고, 벨트에서 대롱거리는 레이피어 칼자루가 무척 화려했다. 주근깨투성이의 길쭉한 얼굴은 불만이라는 듯 시큰둥한 표정으로 뒤틀려 있었지만, 거기 별다른 의미는 없음을 알 정도로 우린 퀼 킵스를 겪었다. 저 정도면 사실 기분이 꽤 괜찮은 거였다.

“좋게 생각하면 말야,” 록우드가 속삭였다. “킵스는 우리랑 일을 해봤잖아. 우리가 자기 말을 귓등으로도 안 들을 걸 벌써 안다고. 그것만으로도 시간이 엄청 절약될 거야. 반가워요, 퀼!” 그가 외쳤다. “잘 지냈어요?”

“미리 말해두겠는데,” 킵스가 대꾸했다. “난 이 일을 맡겠다고 한 적 없어. 너희만큼이나 나도 이 상황이 불쾌하다고. 일단 그 점부터 확실히 해두기로 하지.”

록우드가 씩 웃었다. “천생연분이 따로 없다 싶은데요.”

“그래.” 킵스가 퍽도 그러시겠다는 투로 말했다. “아무렴.”

록우드 심령 회사 최대의 적이었던 퀼 킵스는 이십 대 초반의 나이였고, 그래서 심령 재능의 퇴화를 경험했다. 유령을 더는 효과적으로 감지할 수 없게 된 결과, 그럴 능력을 가진 이들을 감독하는 일을 맡게 됐다. 그간 개인적인 상실들을 겪으며 물렁해졌고, 얼마 전엔 우리와 같은 편에 서서 싸우기도 했다. 요즘에야 머스터드샌드위치 뺨치도록 우리 입맛에 맞게 군다지만, 원래 그는 우리도 다 알다시피 냉정하고 심술궂은 인간이었다. 하지만 록우드가 말했듯 그보다 더 나쁜 사람을 만났을 수도 있는 일이니까.

조지는 영 마뜩찮다는 양 킵스를 뜯어봤다. “그러니까 우릴 염탐

하러 왔다, 그렇게 보면 되나요?"

킵스가 어깨를 으쓱했다. "난 참관인이야. 회사 방침상 다른 대행사랑 공조할 땐 참관인을 파견하게 돼 있어. 너희가 어떤 걸 요구하든 지원하라는 대표님 지시가 있기도 했고. 그렇다고 내가 큰 도움이 되진 않겠지만." 그가 덧붙였다. "심령과 관련해서 난 사실상 듣지도 보지도 못하는 사람이니까. 요즘 뭔가가 다가올 때 느껴지는 최대의 경고라고 해봐야 위장을 쥐어짜는 감각이 전부야. 그나마도 대개는 배에 가스가 차서고."

"이따 근무 위치 배정할 때 킵스랑 나랑 한 방에 넣지 말라고 꼭 좀 되새겨 줘요." 록우드가 말했다. "농담 아니고, 이렇게 도움받게 돼 기뻐요. 자, 7번지 말인데, 들어가 봤나요?"

킵스가 깔끔하고 밋밋한 집을 돌아봤다. 지는 태양이 어느새 집까지 내려와 앞창에서 반사되며 반짝였다. "나 혼자서? 무슨 말도 안 되는 소릴. 이건 팀 작업이야. 누구든 유령접촉을 당할 거면 나 아닌 너희이길 바라는 바고." 그가 손을 들었다. 가죽 고리에서 문 열쇠가 대롱거렸다. "하지만 너희한테 필요한 걸 갖고 있긴 하지."

록우드가 서쪽 하늘을 힐끗 봤다. "그리고 얘기가 재미있어지기까진 아직 시간이 좀 남았고요. 갑시다."

우리는 가방을 들고 조용히 진입로를 올라갔다. 울타리 어딘가에서 찌르레기 한 마리가 아름답고 앙칼진 소리로 노래했다. 이날 오후 공기에선 신선한 냄새가 났다. 다가오는 봄의 희미한 온기가 느껴졌다. 진입로 끝에서 구피 집이 기다렸다.

우리는 별 탈 없이 바깥 현관에 도착했다. 록우드는 여기다 조그만 방어진을 치고 기름등을 넣어두자고 고집했다. 외부에 방어선을 구축해 두자는 얘기였다. 이 위치라면 기름등이 집 안 상황에 구애받지 않고 밤새 불타는 행운을 기대해 볼 수 있었다. 일이 잘못됐을 때 만남의 장소가 돼주기도 하고.

방어진이 설치되는 동안 나는 잔디밭으로 들어가 커다란 앞창을 들여다봤다. 휑한 방을 노란 햇빛이 이등분했다. 벽에는 갈색 줄무늬 벽지가 붙어 있고 바닥에는 누르스름한 카펫이 깔려 있는데, 가구가 전혀 없었다. 액자가 걸려 있던 자리엔 윤곽선만이 희미하게 남았고, 한쪽 벽의 구식 벽난로는 깨끗이 비워져 있었다.

옆에 조지가 와 있었다. "응접실 같은데." 내가 말했다.

그가 명랑하게 고개를 끄덕였다. "맞아. 저기서 피해자의 발이 발견됐어. 커피 테이블 위 과일 그릇에 들어 있었다던 거 같아."

"아유, 좋아라." 나는 창유리에 손을 댔다. 밖에서조차, 하늘에 해가 여전할 때조차 뭔가가 감지되는 경우가 가끔 있기도 하다. 나는 귀를 기울였다. 뭐라도? 아니. 찌르레기 노랫소리뿐이었다. 집은 그냥 집이었다.

그토록 오래 버려져 있었던 것치고 열쇠는 놀라우리만치, 불길하다 싶을 정도로 쉽게 돌아갔다. 록우드가 앞장서고 팀원들이 차례로 천천히 들어갔다. 나는 뒤에 남아 배낭을 살폈다. 홀리는 해골의 존재를 알아도 킵스는 몰랐다. 나는 조용히 얘기하고 싶었다.

단지 뚜껑의 보호용 레버를 돌렸다. "긴장하라고, 해골. 현장에 도착했어. 안으로 데리고 들어갈게."

"뭐 하러? 네 '살아 있는' 친구들한테 도와달라고 해. 난 해줄 게 없어."

나는 눈을 흡떴다. 해골은 하루 종일 부루퉁해 있었다. 내가 피츠하우스 모임에 다녀온 뒤로 계속. 나와 록우드의 합의를 향한 놈의 분노엔 끝이 없었다. 나는 배낭을 품에 안아 들었다. "뭐든 감지되면 말이나 해."

"싫어. 난 왜 맨날 이 가방에 처박혀 있어? 넌더리가 나. 꺼내줘."

"당장은 안 돼. 이따 상황 봐서 해줄게."

"넌 내가 창피한 거야. 그래서 이러는 거라고."

"창피해? 못돼먹고 곰팡내 나는 해골이?" 나는 농담을 던지고 단지를 노려봤다. 아니나 다를까, 유리 너머 얼굴은 상처받고도 새초롬한 표정을 짓고 있었다. "아, 못 살아 진짜. 넌 3급령*이야." 내가 말했다. "그래서 희귀하고. 내가 너랑 얘기한단 사실이 밖으로 새면 너나 나나 귀가 닳도록 그 타령만 듣게 될 거라고. 난 킵스가 몰랐으면 해. 정신 바짝 차리고 지켜봐. 그럼 내가 나중에 다시 얘기할 기회를 만들게. 이제 들어간다. 그러니까 그만 좀 징징거리고."

"무슨 말본새가 그래? 금쪽같은 파트너한테? 아무래도 난…." 목소리가 뚝 끊겼다. 내가 고요한 집에 이제 막 들어선 참이었다. "어어…."

나는 놈을 가만히 내려다봤다. 단지가 문턱을 넘는 순간 얼굴이 얼어붙었다. 뺨에서 반투명한 근육 하나가 씰룩였다. 컵받침 모양 눈이 경악에 찼다.

"어어, 뭐?"

눈이 두 번 깜빡였다. 얼굴에 다시 생기가 돌았다. 놈이 내게 눈을 부라렸다. "아냐. 방금 내가 뭘 좀 느껴서…. 근데 있지, 내가 잘못 짚었어. 우리 못돼먹고 곰팡내 나는 해골들이 맨날 그렇지 뭐. 신경 쓰지 마."

전혀 믿음이 안 가는 말투였다. 원래 같으면 그 자리에서 놈을 더 심문했겠지만 복도 저쪽에서 걸어오는 퀼 킵스가 보였다. 나는 배낭을 어깨에 둘러메며 심호흡하고 집의 첫인상을 흡수했다.

내가 선 곳은 비좁은 복도였다. 왼쪽에서 계단 하나가 위로 솟았다. 응접실과 마찬가지로 카펫은 닳고 빛바랜 노란색이고, 벽은 구식에다 불쾌한 크림색과 갈색 사각형 무늬 벽지로 꾸며져 있었다. 복도 끝의 두꺼운 판유리가 달린 문을 지나면 부엌이었다. 거기다 록우드와 홀리가 두 번째 방어진을 놓는 중이었다. 그러고도 문이 두 개가 더 있었다. 하나는—조지의 평면도를 봐서 알았다—지하 저장고로, 다른 하나는 응접실로 이어졌다. 공기가 쿰쿰하고 눅눅했지만 그뿐이었다. 해골은 뭔가를 알아챘는지 몰라도, 내 내면의 감각은 아무것도 감지하지 못했다.

"현관홀이 영 음침하고 낡았네." 내가 말했다.

조지가 무거운 가방을 들고 지나갔다. "맞아. 여기서 대퇴골이 발견됐어. 우산꽂이에 들어 있었지. 다들 준비하느라 정신없는데, 좀 거들지 그래? 아님 네 계약 사항에 그건 포함이 안 됐나?"

나는 말을 받아치려고 입을 벌렸다가 꾹 다물었다. 정당한 지적이었다. 그래서 가방을 챙겨 와 준비를 시작했다.

이 얘긴 꼭 해야겠는데, 우리는 모든 걸 원칙대로 했다. 도착하고 몇 분도 안 돼 모든 방비가 설치됐다. 부엌과 층계참에 방어진을 치고 소금과 철을 충분히 넣어뒀다. 모든 방에 촛불을 밝히고 계단에는 콧불*을 세웠다. 이 모두를 아주 효과적이고 훌륭히 해냈다. 킵스는 그렇게까지 심하게 잔소리하지 않았고, 홀리 먼로는 내가 마지막으로 봤을 때보다 현장 일에 익숙해진 눈치였다. 나로 말할 것 같으면 그들과 대화하는 것보다 어울려 일하는 게 더 수월하단 걸 알게 됐고, 이내 과거의 익숙한 작업 방식으로 돌아갔다. 록우드와도 말을 그리 많이 섞지 않았다. 상관없었다. 그가 원하는 건 내 재능이지 나와의 대화가 아니었다.

모든 준비가 끝나고 날이 저물어가면서 우리는 각자 건물을 돌아다니며 조용히 판독값을 내고 집의 기운에 감각을 열었다. 유일한 예외는 킵스였는데, 그는 부엌에 책상다리를 하고 앉아 코코아를 마시며 신문을 읽었다. 그에겐 심령 탐지를 할 만한 재능이 없었다.

가장 먼저 짚어야 할 건 구피 집이 작았다는 거다. 1층엔 방이 네 개였다. 현관홀과 응접실, 식사 공간과 부엌으로 구성됐고, 위층으로 올라가면 길고 가는 층계참 양 끝에 침실이 하나씩, 그 사이엔 욕실이 있었다. 2층으로 가는 계단 밑에선 가파른 벽돌 계단이 콘크리트로 된 저장고로 이어졌다. 벽을 따로 마감하지 않은 다락에는 아무것도 없었다. 여러 면에서 상대적으로 현대적인 건물이었다. 얇디얇은 벽에다 창문은 이중유리였다. 가구는 모두 치워졌고 실내 장식이라 할 만한 것도 전혀 없었다. 어딜 보나 비밀 따위 없게 생겼고 심령적으로도 무척 고요했다. 조지는 못돼먹은 부동산 중개인처럼 불쑥불쑥 이 방 저 방 나타나 여기서 어느 신체 부위가 발견됐네 어쨌네 하는 섬뜩한 얘길 해댔다. 하지만 그 같은 속사정을 품고 있으면서도 공간 자체는 기이할 정도로 밋밋했다.

집의 과거가 어떻든 간에 여기저기 둘러보면서 자신감을 느끼지 않기는 어려웠다. 아홉 개의 공간으로 구성된 건물에 완전 무장한 조사관이 다섯이었다. 우리는 계단을 오르내리며 서로 자꾸만 부딪혔다. 날래게 움직이기만 하면 정말 몇 초 만에 다른 팀원에게로, 혹은 두 방어진 중 하나로 갈 수 있었다. 그 모두가 꽤나 마음이 놓이는 일이었다.

하지만 날이 아직 완전히 저문 건 아니었으니까.

나는 부엌이 신경 쓰였다. 거기서 벌어진 일을 감안할 때, 심령 기운의 중심일 가능성이 높아 보였다. 나는 한참 동안 부엌에 서서 귀를 기울이며 예스러운 장식을, 흠집투성이 나무 조리대와 그 밑에 달린 겨자색 수납장을 바라봤다. 넓은 창문 아래엔 어둑하고 얼룩진 금속 개수대가 폭이 좁은 다리들 위에 얹혀 있었다. 벽지에는 갈색과 주황색 꽃무늬가 그려져 있고, 바닥엔 갈색 리놀륨이 깔려 있었다. 오래전에 증거를 찾아 부엌을 수색하던 수사관들이 뜯어본 자리가 눈에 띄었다. 한쪽 구석의 식품 저장실은 비어 있고, 선반에는 깡통과 단지 밑바닥의 둥근 흔적들이 남아 있었다.

부엌에서 나가는 문은 세 개였다. 각각 복도와 정원, 그리고 부엌이랑만 연결된 조그만 사각형의 식사 공간으로 이어졌다.

나는 정신을 집중했다. 조그만 소리들이 정말 많았다. 킵스가 신문을 바스락거렸다. 홀리가 지하 저장고로 내려갔다. 록우드가 위층에서 움직였다. 그와는 다른, 더 은밀한 소음들도 있었다. 물리적인 원인이 없고, 특정 시간에 갇혀 있으며, 위화감이 느껴지는 소음들이.

"저거 들려요?" 내가 물었다.

킵스는 방어진 안 소금 자루에 등을 대고 앉아 있었다. 그가 고개를 저었다.

청각이란 게 원체 그랬다. 다른 이들과 함께 있을 때조차 사람을 혼자로 만드는 경우가 정말 너무도 많았다. 나는 거기 익숙했다. 이제 홀로 일하는 몸이기도 하고. 나는 눈을 감고 지금 거기에 있어선 안 될 소리에 집중했다.

"보아하니 다시 돌아왔군." 킵스가 불쑥 말했다. "도저히 떨어져 있을 수가 없었나 보지?"

나는 눈을 뜨고 그를 노려봤다. "'돌아온' 거 아니거든요. 그쪽 말을 그대로 빌리자면. 오늘 하루 록우드를 돕는 거뿐예요."

"그게 그거 아닌가…?"

"돈을 더 받는대요." 복도로 나가는 문의 그림자 하나. 조지가 이쪽으로 고개를 들이밀고 있었다. "조사 끝났으면 록우드가 응접실에서 보재."

"그래." 내가 대답했다. 조지가 사라졌다. 그가 복도에서 홀리를 부르는 소리가 들렸다. "네. 난 지금 자유계약으로 일해요." 나는 말을 계속했다. "중요한 건요, 킵스. 난 이렇게 일하면서 누리는 자유가 좋다는 거예요. 언제든 내킬 때, 내가 원하는 이들과 일하는 거요. 얽매여 있지 않는 거요. 어찌 보면 더 나은 삶인 거 같기도 해요. 더 당당하고 더 단순하고…." 나는 그에게 당당하고 단순한 미소를 지어 보였다.

"그런 거였어?" 킵스가 어깨를 으쓱했다. "난 홀리 먼로가 등장하면서 네가 거기 일을 때려치운 줄 알았지. 아무튼 내 생각은 그랬다고. 근데 이 방어진이 정말로 안전할까? 쇠사슬을 더 둘러야 하려나?"

"네, 안전해요. 그러니 아뇨, 안 둘러도 돼요. 난 응접실 가요." 나는 문으로 움직였다. 조사는 포기했다. 시간이 너무 일렀고, 그럴 기분도 아니었다.

커다란 앞창 너머에선 빛이 거의 사라졌다. 길가의 월계수 울타리는 시커먼 빗장이었고, 자리를 박차고 일어나 우릴 에워싸는 형체 모를 덩어리였다. 벽지의 갈색 줄무늬도 어느새 더 깊어져 있었다. 깜빡이는 촛불 속에서 어딘가 입체적으로 보이기도 해서 우리가 무슨 새장 안에 서 있기라도 한 것 같았다. 거기 록우드와 조지가 있었다. 낮은 소리로 조그맣게 얘기하면서. 킵스와 내가 들어서자 고개를 끄덕여 알은체했다.

"좋아." 록우드가 말했다. "모두의 생각을 모을 시간이야. 홀리는 어딨지?"

"지하 저장고에 있는 거 같아." 내가 말했다.

"나름 큰 소리로 불렀는데." 조지가 말하곤 밖으로 나갔다.

"그쪽은 어때요, 킵스?" 록우드가 물었다. "마냥 쉽지만은 않을 텐데. 여기 있는 게."

퀼 킵스가 앙상한 어깨를 으쓱했다. "난 그냥 방어진에나 들러붙어 있을 거야. 감독관이 이 정도까지 감수하는 게 흔한 일은 아니지만, 난 익숙해. 퍼넬로프 피츠가 날 썩 맘에 들어 하는 거 같지가 않거든. 아이크미어 건에서 너희랑 공조한 뒤로 저질스런 일에만 배정하더라고. 로더하이드 하수도 당번이랑 대거넘 도축장 건 같은 거 말야. 지금은 너희랑 이러고 있고."

"아이크미어 사건 뒤에 승진한 줄 알았는데요." 록우드가 말했다.

"회사 입장에선 그럴 수밖에 없었지. 그 사건이 너무 유명해져 버렸으니까. 하지만 그들은 이제 날 믿지 않아. 내가 좀 너무 독립적으로 굴었던 탓이지. 근데 이러나저러나 네가 뭔 상관이야?"

문이 열렸다. 홀리와 조지가 들어왔다. "미안." 홀리가 말했다. "나 부르고 있었던 거야?"

"괜찮아." 록우드가 비스킷을 꺼내 모두에게 돌렸다. "자, 최초 정찰이 끝났어. 다들 어떤 거 같아?"

나로선 놀랍게도 홀리가 손에 비스킷을 들고 있었다. "끔찍한 곳이야."

나는 고개를 끄덕였다. "우리가 예상했던 대로야. 온갖 방에서 심령 파문이 감지돼. 아직까진 무척 희미하지만 이래저래 속이 울렁거려 죽겠어."

"그건 다른 뭣보다도 저 벽지 때문일걸." 록우드가 말했다. "런던의 갈색 페인트란 페인트는 죄다 이 집에 갖다 부은 느낌이야. 아직 무슨 소리 없어, 루시? 여기가 유명한 건 소리 때문인데."

"들썩들썩하긴 하는데 분명한 게 없어. 어두워질 때까지 기다려 보고 얘기할게."

"그사이 난 온도를 측정했거든." 조지가 말했다. "가장 추운 곳은 저장고야. 특히 맨 아래 계단 근처의 한 지점. 그리고 부엌도. 이 또한 예상 가능한 부분이지. 현장 감식 당시에 그 두 군데서 혈흔 대부분이 나왔으니까. 우리 친구 구피가 미처 시식할 짬을 못 내고 남긴 맛있는 부위들과 함께."

"제발 좀." 홀리가 말했다.

"그걸 제외하면," 조지가 말을 이었다. "초자연적인 징후는 아직 없어. 부엌에 해골이 하나 있다 싶었는데, 알고 보니 킵스였고."

킵스가 눈을 흡떴다. "오오, 적당히 하라고, 조지. 누구 붕대 가진 거 있는 사람? 웃다가 방금 옆구리가 터졌지 뭐야."

"미안한데, 참관인이 말해도 돼요?" 조지가 말했다. "좀 참아야 되는 거 아네요? 피츠한테 뽀르르 돌아갈 때를 생각해서?"

"알았어, 알았어." 록우드가 말했다. "그쯤 해두라고. 킵스가 보기엔 어때요?"

"불쾌한 곳이야. 하지만 그야 다들 아는 얘기고."

"넌 어때, 홀리? 뭐라도?"

홀리 먼로는 불편해 보였다. "감시당하고 있단 생각이 자꾸만 들어. 내 뒤에 뭔가가 있는 거 같은."

"나도 그래." 내가 말했다. "넌 언제가 가장 심해?"

"방 가운데를 등지고 있을 때가 제일 싫어. 어느 방에서든."

"자, 절명광*은 지하 저장고에 있어." 록우드가 말했다. "거기가 살인이 벌어진 곳이야. 구피는 피해자를 지하로 유인했을 거야. 우리 중 몇은 거길 집중적으로 살펴야 할 테고. 방 몇 개를 정해두고 서로 돌아가면서 감시해야겠는데. 루시, 넌 어떻게 하는 게 좋겠어?"

"난 계속 돌아다녀야 할 거 같아. 귀에 들리는 소리들을 쫓아서."

"좋아. 그렇게 해. 근데 그 전에 다들 봐야 할 게 있어. 따라와."

록우드는 우리를 데리고 현관홀로 갔다. 이젠 거기에도 땅거미가 내려앉아 있었다. 현관문에 달린 판유리로 바깥 현관의 기름등이 무리 없이 내다보였다. 계단에서 촛불들이 반짝였다.

록우드가 복도 가운데로 걸었다. 거기서 벽지를 가리켰다. 오른쪽 벽, 허리높이쯤이었다. "이게 뭐 같아?"

벽지 무늬에 검게 자국이 남아 있었다. 벽지의 광택이 폭 좁은 선 모양으로 벗겨진 자리였다. 그게 복도를 따라 길게 이어지다 멈추고 다시 시작됐다. 희미하고 가는 고랑 같기도 했다.

"배가 닿은 흔적이야." 록우드가 말했다. "솔로몬 구피는 몸집이 무척 컸어. 복도를 걸을 때면 옆구리 살이 벽에 쓸릴 정도였지. 맞은편 벽에도 같은 자국이 있어. 여기 봐. 카펫도 비슷한 모양으로 닳았지. 그의 체중에 눌린 발이 카펫 가운데에 희미하게 길을 냈어."

우리는 벽에 선처럼 남은 자국들을 확인했다. 비좁다지만 그렇게까지 비좁지도 않은 공간인데. 나는 복도 양옆을 가득 채울 정도의 배라면 대체 얼마나 큰 걸까 머릿속으로 그려봤다.

"그리고 하나 더." 록우드가 벨트에서 손전등을 꺼내 전원을 켜고 소리 없이 움직여 부엌문으로 갔다. 문의 대부분을 차지하고 있는 지저분한 판유리에서 은은하고 파리한 빛이 반짝였다. 유리에 남은 얼룩들은 어찌나 해묵고 거대한지 첫눈에 파악이 힘들었다. 하지만 뇌가 모양을 이해하기 시작하면서 그 정체를 깨닫게 됐다.

"손자국이야." 록우드가 말했다. "기름기 묻은 손자국. 구피가 손을 대고 문을 밀어 열던 자리지. 손 크기가 어떤지 좀 봐." 우리는 침묵 속에서 그의 말대로 했다. 록우드가 손을 들어 올렸다. 손가락이 가늘고 길었다. 그 아래 유령 같은 손자국은 두 배는 족히 되는 너비에 길기도 훨씬 길었다.

땅거미가 어둠으로 변했다. 저 밖 리스 거리에서 외로운 가로등에 불이 들어왔다. 7번지 내부의 각 방에선 촛불 혹은 기름등이 타올랐다. 우리는 샌드위치를 먹고 차를 마시며 감시 계획을 짰다. 밤을 네 부분으로 나눠 첫 번째에는 록우드가 지하 저장고, 조지와 킵스가 각각 1층과 2층을 맡았다. 홀리는 그들 사이를 주기적으로 오가며 모두 무사한지 확인하기로 했다. 나도 여기저기 옮겨 다니면서 혹시 있을지 모를 소리들을 듣고 뒤쫓을 예정이었다. 괜찮은 전략인 듯했다. 구피 집은 작았고, 우리는 계속해서 대화했다. 어디든 너무 먼 곳이란 있을 수 없었다.

나는 지하 저장고에서부터 일을 시작했다. 춥고 싫은 저장고는 사각형의 울퉁불퉁한 콘크리트 바닥에 휑한 벽돌벽을 세운 공간에 지나지 않았다. 삼십 년 전 수사관들이 어딜 파헤쳤는지 고스란히 보였다. 거기 록우드가 자리를 잡고 있었다. 기다란 외투로 몸을 감싸고 촛불에 에워싸인 채 벽에 기대서 있었다. 저장고를 떠나는 나를 보며 싱긋 웃었고, 나도 미소로 답했다. 우리 둘 다 일이 주는 긴장감에 휩싸여 있었다. 이날 그 어느 때보다도 우리 사이가 편하게 느껴졌다.

조지는 식사 공간에 있었다. 철사로 만든 틀에 은종이 매달린 듯한 모양새의 조그만 도구를 만지작거리는 중이었다. 내가 들어가자 고개를 끄덕여 인사했지만, 말은 하지 않았다. 서로가 당장 해야 할 일에나 집중할 뿐이었다.

우리 중 가장 활기차기도 하거니와 껄끄러운 팀 분위기에 그나마 덜 휘둘린 사람은 신기하게도 홀리 먼로였다. 나는 식사 공간을 나가 복도에서 귀를 기울이다 그녀와 마주쳤다. 홀리는 미소를 지으며 껌을 하나 건네곤 자리를 떴다.

2층 기다란 층계참에선 아래층 현관홀에서 나는 소리가 메아리쳤다. 계단 꼭대기 근처의 방어진 안에 킵스가 서 있었다. 둥글게 줄지어 선 촛불에 비친 모습이 한 마리 독수리마냥 수척했다. 그의 뒤로 보이는 침실은 가로등 불빛에 옴팬 양 분홍색으로 휑했다.

나는 귀를 기울였다…. 어디선가 희미하게 딱딱거리는 소리가 들렸으나 정체를 알 수 없었다.

딱, 딱, 딱…. 소리가 사라졌다.

나는 층계참을 따라 걷다 손전등으로 화장실을 비췄다. 세면대와 욕조, 변기가 먼지로 폭신했다. 우리를 비롯한 조사관들이 발 디딘 곳마다 쓸린 자국이 남아 있었다. 마르고 빈 변기 속엔 석회질이 둥글게 껴 있었다. 나는 끝 쪽 침실로 가 칠흑같이 어두운 정원을 내려다봤다.

집 안 다른 데서 난 쿵 소리에 마룻널이 들썩였다. 소리가 다시 반복되진 않았다. 다른 조사관이 낸 소리일 수도, 아닐 수도 있었다. 나는 시계를 확인했다. 9시가 다 됐다.

나는 방들을 모두 둘러보고 층계참으로 돌아갔다. 킵스가 아직 거기 있었다. 레이피어에 손을 얹고 준비 자세를 취한 모습에 다시 한 번 생각했다. 그에겐 얼마나 힘든 일일까. 보이지도 들리지도 않는 무력한 상태로 마냥 기다리는 게. 재능이 자신을 떠나버린 지 이미 오래라는 게.

"아직 아무것도 없어요." 내가 말했다.

"좋아. 이대로만 가보자고."

나는 계단을 내려가기 시작했다. 바깥 현관에 밝혀둔 기름등 불빛이 현관문 유리를 통과해 반짝이고 현관홀을 따라 번졌다. 닫힌 문 아래 틈에서 응접실 촛불이 빛났다. 계단에서 촛불이 깜빡였지만 빛이 강하진 않았다. 나는 계단 중간쯤의 어둠 속에 서서 귀를 기울이며 손가락으로 벽지를 더듬었다. 내 체중에 눌린 나무 디딤널이 삐걱거렸다. 층계참의 킵스가 콜록거리고, 동네 어딘가에서 문이 쾅 닫히고, 부엌에서 조지가 나지막이 휘파람을 불었다.

다들 하나같이 무해한 소리들이었다. 그런데도 팔에 오싹 소름이 돋는 건 왜지?

불안한 생각이 머리를 스쳤다. "킵스," 내가 외쳤다. "지금 어디 있어요?"

"네 바로 위에. 아까 있던 자리."

"록우드, 넌?"

"저장고 내려가는 계단에 있어. 무슨 문제라도?"

"홀리는? 홀리도 거기 있어?"

"여기 있어. 내 뒤에."

나는 부엌 쪽을 봤다. 나직한 휘파람 소리가 여전했다. "조지!" 내가 외쳤다. "지금 어디 있는지 얘기해 줘."

내 바로 아래서 응접실 문이 열렸다. 형상 하나가 고개를 쏙 내밀었다. "여기. 판독값 내는 중인데. 왜?"

나는 대답 대신 고개를 난간 너머로 길게 빼고 부엌문을 뚫어져라 봤다. 문득 떠오른 생각은 부엌문 유리로 그 너머 촛불이 들여다보여야 옳다는 거였다. 하지만 유리는 새까맸다. 휘파람 소리가 계속

됐다. 나지막하고 걸걸했다. 그리고 이제 리드미컬하게 내리치는 소리가 들렸다. 나무 도마를 칼로 타격하는 소리였다. 누군가가 부엌에서 일하고 있다는 뜻이었다.

9

다른 이들은 아무 소리도 못 들었다. 음정이 안 맞는 휘파람도, 부지런히 움직이는 칼 소리도 못 들었다. 배낭 속 해골은 틀림없이 감지했겠지만, 당연히 그랬겠지만, 아직껏 내게 삐져 있었다. 깨워보려 애쓰면서 숨죽여 묻고 또 물어도 놈은 대답을 거부했다.

우리는 조용히 복도에 모였다. 록우드는 레이피어를 빼 든 채 부엌문 앞에 서서 유리에 귀를 댔다. 가까이서 봐도 유리는 칠흑처럼 검었다. 그러니까 그 안에 있는 게 뭐든 빛을 죄다 빨아들일 줄만 알았지, 다시 내놓진 않는단 얘기였다.

"지금도 들려." 내가 말했다. 이따금 칼이 뭔가 특별히 단단한 걸 쪼개기라도 하는 양 도마 두들기는 소리가 멈췄지만, 그랬다가도 매번 다시 시작됐다.

록우드가 나와 눈을 맞췄다. "그럼 우리 새 친구 얼굴 한번 보실까."

그러고는 문고리를 잡아 돌리고 부엌으로 튀어 들어갔다. 그와 동시에 소리가 뚝 끊겼다. 나는 록우드 옆에 있었다. 소금탄을 움켜잡고. 조지와 킵스가 우리 뒤에 와 부딪혔다. 다들 가만히 서서 텅 빈 부억을 살폈다. 달빛 쏟아지는 조리대에 측백나무의 뾰족한 그림자가 드리워져 있고, 갈라진 리놀륨 바닥에 쳐놓은 방어진 둘레에서 촛불들이 부드럽게 깜빡였다.

"아무것도 없잖아." 킵스가 숨을 내쉬었다.

나 역시 호흡을 멈췄던 모양이다. 억지로 숨을 밀어냈다. "끊겼어. 소리 말야. 우리가 들어오는 순간 뚝 끊겼다고."

록우드가 내 팔을 건드렸다. "놈이 장난치는 거야. 예상했던 일이잖아."

"아무것도 없다고." 킵스가 무거운 목소리로 말하며 나를 봤다.

"정말 들었다니까요." 내가 쏘붙였다. 부엌에 들어서기 무섭게 모두를 덮친 허탈감에 다들 날이 서 있었다. 조지는 소리 죽여 다채로운 욕을 해대고, 홀리는 몸을 떨었다.

"네가 없는 얘길 했다곤 아무도 생각 안 해, 루스." 우리 중 오직 록우드만 멀쩡해 보였다. 그는 가만히 서서 눈을 가늘게 뜨고 부엌을 둘러봤다. 그런 다음 레이피어를 벨트에 달고 온도계를 확인했다. "온도는 정상이야. 눈에 보이는 시각 현상은 전혀 없고."

"유리문 있었잖아." 내가 말했다. "조금 전엔 빛이 아예 통과가 안 됐어."

"맞네." 록우드가 외투 주머니를 뒤지더니 초콜릿이 든 종이 봉지를 끄집어냈다. "다들 두 개씩. 보온병도 꺼내자. 차를 마실 때가 됐어."

우리는 거기 서서 차를 마시며 마음을 가라앉혔다. 흉가에서 자기감정에 휘둘려봐야 좋을 거 하나 없다. 유령들은 감정을 양분 삼아 힘을 키운다.

"자, 현재 시각 9시 3분이고, 조금 전 본격적인 현상이 최초로 목격됐어." 록우드가 말했다. "피츠와 반스가 제대로 본 듯해. 주요 현현이 소리의 형태를 띠고 있으니까. 그 말은 곧 루시가 가장 많은 부담을 지게 되리란 얘기고. 그래도 괜찮겠어, 루스?"

나는 고개를 끄덕였다. "그러려고 날 데려온 거잖아."

"알아. 하지만 너도 불만이 없어야지."

나는 심장이 아직도 쿵쿵거렸지만 시원시원하고 전문가다운 목소리를 유지했다. "문제없어."

록우드가 천천히 고개를 끄덕였다. "그래…. 그럼 전과 똑같이 가자. 11시 30분에 다시 만나서 출처의 단서가 나온 게 있는지 볼게. 감시를 맡은 사람들은 그때 담당 구역도 바꾸고. 그사이에도 뭐든 조금이나마 미심쩍은 게 있으면 큰 소리로 공유해."

모두가 잇따라 자리를 뜨고 나랑 조지만 남았다. 우리는 부엌에 그대로 서 있었다. 내겐 부엌이 전력을 쏟아 마땅한 장소로 보였고, 조지도 비슷한 생각을 한 게 분명했다. 그가 가방에서 이상하고 조그만 장치를 꺼냈다. 아까 본 물건이었다. 격자 모양으로 엮인 가느다란 철사들에 나무틀이 얹혀 있고 거기서 은종이 대롱거렸다. 조지는 극도로 조심스레 두 팔꿈치를 넓게 벌리고 임상적으로 중요한 일이라도 하는 양 손가락까지 쫙 펴서는, 조리대에 내리꽂히는 달빛 아래 장치를 놓고 뒤로 물러나 감상했다.

나는 더는 참을 수 없었다. "조지, 그건 뭐야?"

조지는 도대체가 집중을 못 하겠다는 양 모랫빛 머리칼을 쓸어 넘겼다. "심조경 시스템이야. 심령 조기 경보 체계. 로트웰 연구소에서 새로 개발한 장비지. 철사의 절반은 일반 아연으로 돼 있고, 나머지 절반엔 거미 견사를 입혔어. 거미 견사는 유령 방출물에 특히 민감하게 반응하거든. 두 철사의 움직임 차이가 중앙 막대의 균형을 깨트리고, 그 결과….” 그가 나를 힐끗 보고는 어깨를 으쓱했다. “유령이 나타나기 ‘전에’ 종이 울린다, 는 얘기야. 기본적으론.”

“실제로도 그렇고?”

“몰라. 처음 써보는 거라.”

“그게 우리 재능보다 더 민감할 거라고 봐?”

“나야 모르지. 나보단 나을 수 있겠고, 아마도. 너만큼 좋진 못할 수 있고.” 조지의 목소리는 건조했다. 그가 몸을 돌려 부엌 가운데의 방어진을 뜯어봤다. “여기 방비를 강화해야 할 거 같아. 왠진 모르겠는데 그냥 그런 생각이 들어. 저기 있는 쇠사슬 좀 갖다줄래?”

“물론이지.” 나는 그렇게 했다. “조지.” 내가 말했다. “있지, 너희랑 이렇게 다시 일하게 돼서 정말 기뻐.”

잠시 침묵이 흘렀다. “그래?” 조지가 말했다. “놀랍네.”

나는 달가닥 소리와 함께 쇠사슬을 내려놨다. 고개는 들지 않았다. 나를 가만히 보는 조지의 눈길이 느껴졌다. “내가 안 기쁠 건 또 뭔데?” 그에게 물었다.

조지는 한동안 대답이 없었다. 그 대신 무릎을 꿇고 앉아 방어진을 손봤다. 쇠사슬을 당겨 기존의 원을 한 번 더 둘렀다. 다른 모든 중요한 작업들을 할 때처럼 몹시도 체계적이고 신중하게 견고한 이중 방어벽을 만들어냈다. “글쎄.” 그가 마침내 입을 열었다. “홀리 문제도 있고 하니까.”

“너까지 왜 그래!” 내가 분노해 소리쳤다. “안 그래도 입이 아프도록 설명하고 다니는 중이거든. 홀리 때문에 회사를 나간 게 아니라고. 아까 우리 못 봤어? 카페에서 수다 떠는 거 못 봤냐고. 미소 짓고 소리 내 웃고 다 했잖아.”

“대화 잠깐 하면서 서로 목 좀 안 졸랐다고 너희가 단짝이 되는 건 아니지." 조지가 말했다. 안경을 벗고는 뭔가를 생각하는 양 스웨터에 문댔다. "콧불도 추가할까 하는데. 남은 게 있나?"

"멀릿네 쇼핑 봉투에." 내가 콧불 몇 개를 꺼내곤 비닐봉지를 조지에게 던졌다. "우린 잘 지내. 사실이 그래." 내가 말했다. "홀리랑 난 빠르게 가까워지고 있다고."

조지가 고개를 끄덕였다. "아무렴 그렇고말고. 무지막지한 파괴와 대대적인 인명 손실을 불러왔을 때도 말은 그랬지." 그가 내게 성냥갑을 던졌다.

"그건," 내가 딱딱하게 말했다. "아이크미어 소리정령 사건 '전' 얘기고. 우린 그 뒤에 감정을 정리했어."

"소리정령 핑계로 네가 정리한 거지." 조지의 말은 어떤 면에선 꽤나 옳았다. "네가 떠난 건 홀리한테 열 받아서잖아."

"아니, 내가 떠난 건 내 재능을 제어할 수 없어서지. 내가 유령들을 깨웠고 너희 모두를 위험에 빠트렸으니까. 그런 짓을 또 벌이는 자신을 더는 볼 수 없었고." 나는 초에 불을 붙이고 자리에서 일어났다. "어쨌든, 오늘 밤 난 여기 있잖아."

조지의 얼굴엔 아무 표정이 없었다. "오, 그렇지. 여기 계시지. 어찌나 고마운지 말…." 그가 나를 봤다. "또 뭐?"

내가 조용히 하라며 손을 든 참이었다. 느리고 무거운 발소리가 머리 위를 지나고 있었다. 발이 위층 바닥에 닿을 때마다 천장이 진동했고, 외롭게 맨몸으로 달린 전구가 좌우로 휙휙 움직였다. 문이 삐걱거렸다. 정적이 내렸다.

나는 조지를 봤다. "방금 들었어? 전구 봤어?"

"흔들리는 거 봤어. 소리는 못 들었고. 뭐였는데?"

"발소리. 끝 쪽 침실에서. 킵스가 돌아다니는 걸까?"

"그럴 리 없어. 방어진 밖으로 안 나올 거야."

"내 생각도 그래. 위층에 가서 확인해 봐야겠어."

조지가 초조한 듯 안경을 고쳐 썼다. "그래…. 그래야지."

"그럼 가자."

우리는 비좁은 복도를 신속히 통과해 계단을 오르고, 방향을 틀고, 다시 올랐다. 한 번에 두 칸씩. 마침내 층계참에 도달했다. 킵스가 무릎에 레이피어를 놓고 앉아 있다가 우리를 보며 눈썹을 추켜올렸지만 우린 멈추지 않았다. 복도는 조용하고 어두웠다. 끝 방 방문이 열려 있고, 틈새로 들여다보이는 침실을 달빛이 은은히 밝혔다. 우리는 빠르고 조용히 그쪽으로 움직였다. 중간쯤에서 나는 딱딱거리는 소리를 다시 들었다. 딱, 딱, 딱. 세 번 울리고 잠시 쉬고 다시 반복됐다. 뚝뚝 끊어지는 낭랑하고 조그만 소리였는데, 어딘가 친숙하고 기이하게 낯익었다. 어디서 나는 소리인지는 알 수 없었다.

나는 지나는 길에 손전등으로 욕실을 비췄다. 빛줄기가 나무 바닥을 가로지르는데 욕조에 누가 누워 있는 걸 스치듯 본 것 같았다. 손전등을 얼른 들어 올렸다. 부푼 그림자가 올라오는 빛줄기에 맞춰 분해됐다. 아니, 욕조는 비어 있었다. 먼지와 거미줄뿐인 텅 빈 공간에 지나지 않았다. 모든 게 정신과 빛의 농간에 불과했다.

조지가 앞서나가 침실로 향했다. 우뚝 멈춰 서며 고통에 얼굴을 찡그렸다. "아우! 악!"

나는 레이피어를 빼 들고 그의 옆으로 갔다. "뭔데?"

"냉점에 발을 넣었어. 살을 에는 거 같아." 조지가 벨트를 더듬어 온도계를 확인했다. "눈 깜짝할 새였는데…. 아, 되게 아프네…. 지금은 사라졌어."

"괜찮아?"

"괜찮아. 그냥 좀 놀란 거야. 이젠 온도도 정상이고."

침실 역시 조용했다. 아까 우리가 둘러보고 간 뒤에 찬장 문 하나가 저절로 열린 듯 보이긴 했지만. 딱딱거리는 소리도 멈춘 상태였다. 우리 누구도 이상한 구석을 감지하지 못했다.

"록우드 말이 맞았어." 조지가 말했다. "놈이 농간을 부리는 거야. 그 농간의 대부분은 소리고." 그가 복도를 돌아보곤 우릴 쳐다보는 킵스에게 손을 흔들었다. "그 고약한 해골도 챙겨 온 거 아니었어? 뭐라고 해줄 말 없대? 맨날 의견이 넘쳐서 탈인 놈이잖아."

"오늘 밤엔 아무것도 못 얻어낼 거 같아." 내가 말했다. "삐져 있거든. 내가 록우드 심령 회사랑 다시 일하는 걸 믿을 수 없다나."

"질투네." 조지가 말했다. "사귀다 차인 사람처럼 굴잖아. 자기가 널 독점한 줄 알았을 수 있지. 넌 그 자식을 이승에 묶어두는 유일한 끈이기도 하고. 뭐, 누구에게나 나름의 고민은 있는 법이니까. 좋아, 난 응접실에 심조경 시스템을 하나 더 설치해야겠어. 넌 해골을 구슬려서 말을 시켜보는 게 어때. 이렇게까지 소름이 쫙쫙 끼치는데도 난 출처의 단서 하나를 못 잡아냈다고."

그건 나도 마찬가지였다. 우리 모두가 그랬고, 그중에서도 나는 출처를 모른다는 사실이 주는 압박감에 가장 심하게 짓눌렸다. 밤샘 감시가 계속됐다. 그러면서 내가 반복적으로 경험하는 소리의 목록이 꾸준히 늘기 시작했다. 발소리가 몇 차례 더 들렸다. 매번 내가 아래층에 있을 때였고, 소리는 매번 위층 바닥에서 메아리쳤다. 어딘가 기이한 걸음걸이가 내는, 툭 놓고 슥 끄는 소리였다. 두툼한 발과 헐렁한 슬리퍼의 조합이 낼 법한 거랄까. 무겁고 고된 숨소리도 두 번 들렸다. 한 번은 지하에, 또 한 번은 응접실에 있을 때였는데, 몸집이 아주 큰 사람이 고생스레 돌아다니는 것 같았다. 그리고 한 번은 복도에 서 있다가 내 뒤에서 부드럽고 지속적으로 쓸리는 소리를 들었다. 기형적이라 할 만한 살덩이를 억지로 밀어 넣은 옷이 벽을 쓸며 내는 소리일지도 모른단 생각이 들었다. 그중 하나만도 나를 동요시키기에 충분했다. 그 모두가 합쳐져서는, 거기다 다른 이들은 아무것도 못 듣는다는 사실까지 더해져서는 내 마음을 갉아먹기 시작했다.

구피 집은 흉가치고도 특히나 '소란한' 곳이었다. 퍼넬로프 피츠가 나를 원했던 이유를 알 것 같았다.

퍼넬로프 피츠가. 록우드가 아니라. 그 생각을 할 때마다 짜증이 치밀었다. 하지만 요 몇 달 사이, 나는 위험한 장소에서 화를 다스리는 데 능숙해졌다. 그리고 나무색과 겨자색으로 꾸민 단조로운 부엌보다 위험한 곳은 이 집에 없는 듯했다. 나는 부엌을 제대로 조사해 보고 싶었다. 거기서 벌어졌던 일과 통하고 싶었다. 유쾌하진 않겠으나 출몰의 중심으로 가는 가장 빠른 길이었다. 나는 마음을 비우고 할 일을 한 뒤 집에 갈 것이다.

11시 30분이 됐다. 우리는 응접실에 다시 모였다. 다른 모두에게는 고요한 몇 시간이었다. 낮은 수준의 권태*와 소름 끼치는 공포* 외엔 방해될 게 전혀 없었다. 나는 내 경험을 얘기했고, 록우드가 다시 찬찬히 질문하며 내가 평정을 유지하고 있는지 확인했다. 나는 다시 그를 안심시켰고. 그런 다음 담당 구역을 바꿨다. 조지가 저장고, 홀리가 1층을 맡았다. 밤늦은 시간 동안에는 록우드가 거점들을 돌아다니며 모두를 연결하기로 했다. 나는 부엌으로 돌아갔다.

부엌에 들어서는데 바람처럼 스치는 휘파람 소리를 들은 듯했다. 재빠르게 딱, 딱, 딱 하는 소리가 뒤를 이었다. 그뿐이었다.

"해골?" 내가 말했다. "방금 들었어?"

답이 없었다. 더는 못 참아. 나는 배낭에서 단지를 꺼냈다. 녹색

이코르*에 유령 얼굴이 둥둥 떠 있었다. 아까 그 새초롬한 표정을 아직껏 짓고 있었다. 내가 보는 앞에서 놈은 천천히, 그러면서도 고의적이란 티를 팍팍 내며 내 반대쪽으로 고개를 돌렸다. 나는 방어진 옆에 단지를 내려놓고 맞은편으로 넘어가 놈과 마주 봤다. "들었냐니까?" 내가 따져 물었다. "현상들이 늘고 있어. 어떻게 생각하는데?"

유령이 회전을 멈췄다. 얼빠지게 좌우를 두리번거리다 갑자기 깨달은 척했다. "아, 지금 나한테 하는 말이야?"

"응, 맞아. 현상들이 축적되고 치명적인 위험이 감지돼. 그에 대해 네가 무슨 의견이라도 있는지 궁금하거든?"

유령은 정말 어마어마하게 관심 없다는 듯한 표정을 지었다. 콧구멍이 팽창하고, 지금 이게 무슨 염치냐는 듯한 콧방귀 소리가 들렸다. "누가 들으면 내 생각에 눈곱만치라도 신경 쓰는 사람인 줄 알겠네."

나는 달빛 쏟아지는 부엌을 둘러봤다. 고요하고 겉보기엔 무해했으나 악으로 흠뻑 젖어 있었다.

"친애하는 해골아, 당연히 신경 쓰지. 이렇게 부탁하는 것도 다 내가 널… 뭐랄까…."

"이 머뭇거림 뭐죠." 해골이 말했다. "친구로 생각해서라고?"

내가 인상을 썼다. "음, 아니. 그건 절대로 아니고."

"그럼, 훌륭한 동료?"

"그것도 좀 너무 간 거 같고. 아니, 이렇게 부탁하는 것도 다 네 의견을 진심으로 소중히 여기기 때문이야. 네 사악한 본성과 악랄한 기질, 이러지 않는 게 좋겠다는 내 자신의 판단에도 불구하고 말이지."

얼굴이 나를 곰곰이 뜯어봤다. "오오, 알겠다…. 솔직함의 미덕으로 돌파하겠단 거구나. 입에 발린 말로 아첨하느니. 맞아?"

"응."

"글쎄. 가서 뒈져버려. 솔직 같은 소리 하고 있네. 내 주옥같은 말씀은 단 한마디도 못 들을 줄 알아."

나는 분노로 꽥 소리쳤다. "뭘 삐지고 난리야! 조지 말이, 네가 질투하는 거라던데. 이쯤 되니 진짜 그런가 싶어진다." 나는 몸을 숙이고 뚜껑의 레버를 돌려 닫았다.

그 순간 나지막하게 부글거리는 소리가 들렸다. 뭔가가 달가닥달가닥 들썩거렸다. 나는 몸을 돌렸다.

부엌 한쪽 구석에 검은색과 흰색으로 된 구식 가스레인지가 있었다. 가스 불이 켜져 있진 않았다. 삼십 년 세월 동안 그래 본 적 없었을 테고. 그럼에도 지금은 그 위에서 뭔가가 움직이고 있었다. 먼지투성이 상판에서 달가닥거리고 있었다.

냄비였다. 엄청 큰. 나는 그쪽으로 천천히 한 걸음을 내디뎠다. 냄비가 확 젖혀지며 힘차게 몸을 떨었다. 그 안에 있는 게 뭐든 당장이라도 끓어 넘칠 듯했다. 물이 쉭쉭거리며 침을 튀겼다. 조그만 거품 방울들이 기름때 묻은 냄비 언저리에 겹겹이 몸을 쌓았다.

보기 싫지만 봐야 했다. 냄비 안에서 요리되고 있는 게 뭔지 봐야 했다.

나는 그리로 걷기 시작했다. 느릿느릿 살금살금 부엌을 가로질렀다. 냄비 겉면이 달빛을 받아 은색으로 빛났지만 그 속은 검었다. 안에 뭔가 둥그스름한 게 들어 있었다. 거품 방울이 그것의 위를 덮고 옆을 감쌌다. 뜨겁고 눅눅한 공기에서 누린내가 진동했다.

가까이, 더 가까이. 달가닥, 달가닥, 냄비가 소리를 냈다. 나는 벨트에서 손전등을 풀어 가스레인지 상판으로 들어 올렸….

"루시!"

"아앗!" 내가 빙글 돌며 손전등 불빛을 록우드의 얼굴에 퍼부었다.

록우드가 헉하며 팔을 들어 소매로 빛을 막았다. "뭐 하는 거야, 루스? 손전등 치워."

"뭘 하느냐고? 지금 이게 안 보여…?" 나는 몸을 돌려 손전등을 들고 가스레인지로 빛을 발사했다. 하지만 가스레인지 상판은 비어 있었다. 냄비가 사라졌다. 공기는 맑고 고요했다. 창문으로 달빛이 들어와 반짝였다. 나는 손전등을 끄고 집어넣었다.

록우드가 나와 가스레인지 사이에 들어와 있었다. "뭘 봤는데?"

"뭔가가 요리되고 있었어." 내가 말했다. "가스레인지에서 뭔가가 요리되고 있었는데. 이젠 없네." 말을 쓸데없이 반복했다.

록우드가 머리칼을 쓸어 넘기며 나를 보고 눈살을 찌푸렸다. "네 얼굴을 봤어. 넋이 나갔더라고. 놈한테 낚인 거야. 현혹됐던 거야."

"전혀 안 낚였거든요. 그저 보고 싶었을 뿐…."

"그러니까. 네가 그러는 걸 전에도 본 적이 있어서 하는 얘기야. 모든 현상이 네게 집중돼 있어, 루시. 다른 사람들은 아무것도 못 느끼고. 걱정이야. 아무래도 이번 작전은 중단해야 할까 봐."

나는 록우드를 물끄러미 봤다. 짜증이 솟구쳤다. "그러려고 내가 여기 온 거잖아, 록우드. 난 감각들을 잡아내. 끄집어낸다고. 날 믿어. 그거면 돼."

"물론 널 믿지." 록우드가 내 시선을 붙잡았다. "그래도 걱정된단 말야."

"뭐, 그럴 필요 없어." 내가 눈길을 돌렸다. 조리대에 조지의 은종이 놓여 있었다. 달빛을 받아 반짝였다. 세상 쓸모없는 물건이었다. 고작 몇 걸음 떨어진 곳에서 방문이 있었는데도 아무 역할을 안 했다. "난 이겨낼 수 있어. 너도 당연히 알 텐데. 날 데려온 게 네 뜻이었다면."

잠시 침묵이 흘렀다. "물론이지." 록우드가 말했다. "그래서 내가 부탁했잖아. 안 그래?"

"그래. 네가 부탁은 했지. 하지만 날 부르라고 한 건 퍼넬로프 피츠였어. 그 둘은 엄연히 다르고."

"루시, 도대체 지금 무슨…?" 록우드가 말하다 말고 뒤돌아섰다. 복도 쪽 문이 벌컥 열려서였다.

"조지!"

조지가 헐레벌떡 들어왔다. 안경이 비뚜름하고 두 눈은 사나웠다. "루시, 록우드, 얼른, 와서 좀 봐! 저기, 저장고에."

우리는 녀석을 밀치고 복도로 나갔다. 저장고로 내려가는 문이 활짝 열려 있었다. 록우드가 손전등으로 가파른 계단을 비췄다. 불빛이 콘크리트 바닥에 노란색 타원을 만들었다. "뭔데? 어디?"

"뼈! 뼈랑… 토막들. 계단 밑에 뒤엉켜 있다고!"

우리는 저 아래 콘크리트를 내려다봤다. 거칠고 헐벗고 밋밋했다. "어디?"

조지가 계단을 향해 미친 듯 손짓했다. "뭐, 당연히 지금은 없지. 안 그래? 꿈도 참 야무졌네. 가서 너흴 데려오도록 가만히 있으리라 생각했다니!"

"아직 안 없어졌을지도." 내가 말했다. "록우드, 시각은 네가 제일 낫잖아. 내려가서…."

새된 비명이 온 집 안에 메아리쳤다. 홀리였다. 록우드와 조지와 나는 서로를 번갈아 한 번씩 쳐다보고는 다시 부엌으로 뛰어들어 조그만 식사 공간으로 갔다. 거기 홀리가 서 있었다. 넋 나간 모습조차 우아하게 창문 앞 휑한 공간을 응시했다.

우리는 레이피어를 내들고 있었다. "솔로몬 구피?"

홀리 먼로가 고개를 가로저었다. 달빛 속 얼굴이 파리했다. "아니."

"그럼, 뭘 봤는데?"

"아무것도. 그냥 탁자. 하지만 그 위에…."

"그 위에?"

"너무 어두워서 잘 안 보였어. 접시랑… 식기." 홀리가 몸서리쳤다. "그리고 '구운' 뭔가."

"오, 웩." 조지가 말했다. "거기다 방금 난 저장고에서 자투리 부위들을 본 거 같고 말이지."

"그보다 최악이 뭔지 말해줘?" 홀리의 목소리는 희미했다. 그녀는 목을 가다듬고 보다 차분히 말했다. "조그맣고 흰 냅킨이 있었어. 접시 옆에 단정히 접혀서. 왜인지는 모르겠는데, 그 냅킨이… 그게 정말 너무 힘들었어. 그 전체가 사진 같더라. 찰칵 하는 동안만 지속되는. 그러곤 사라졌어."

"이 모든 사진들의 문제는," 조지가 험악하게 말했다. "어디다 검을 꽂아야 할지 갈피를 못 잡겠단 거야. 출처의 위치를 알아낼 단서가 전혀 없…, 루시?" 내가 뻣뻣이 굳어 있었다. "루스? 뭔데? 또 구피 소리야?"

그들이, 그들 셋이 내 옆에 서 있었다. 식사 공간의 어둠 속에서 내 말을 기다렸다. "딱히 그 사람이라곤 못 하겠는데." 내가 천천히 말했다. "근데… 응. 맞아, 소리가 들려."

그림자들 사이에서 나무가 삐걱거렸다. 육중한 누군가가 의자에 몸을 얹는 소리였다.

"그자가 이 안에 있는 걸까?" 조지가 속삭였다.

나는 고개를 가로저었다. “소리일 뿐야. 과거로부터의 메아리….” 갑자기 심장이 빠르게 뛰기 시작했다. 머리가 멍해지는 느낌과 함께 팔다리가 무거워졌다. 공포가 우릴 옥죄어 왔다. 이제 내 귀엔 익숙한 소리가 들렸다. 아주 점잖고 섬세한 소리였다. 도자기 그릇에 나이프와 포크가 닿는. “그 사람이 먹는 소리가 들리는 거 같아.”

어둠 속에서 누군가가 콜록거렸다. 쩝쩝거렸다.

“우리 잠깐 밖에 나갔다 와도 될까?” 내가 말했다. “바람을 좀 쐐야겠어.”

“동의해.” 록우드가 말했다. “여긴 좀 덥지. 안 그래?”

다들 여길 나가고 싶어 안달이었다. 우리는 서둘러 문으로 갔다. 넷이서 함께. 그러는데 섬뜩한 비명 소리가 온 집에 울렸다. 고통과 공포로 가득한 소리였다. 죽음을 당한 남자, 혹은 죽도록 겁먹은 사람의 비명이었다. 누군가가 내 팔을 꽉 잡았다. 그게 조지였는지 홀리였는지는 지금도 모른다.

“오, 안 돼….” 내가 말했다. “킵스가….”

록우드가 순식간에 달려나갔다. 그의 뒤로 긴 외투 자락이 펄럭였다. “홀리, 넌 여기서 기다려. 루시….”

“까짓것. 나도 가.”

우리는, 록우드와 조지와 나는 부엌을 나가 달렸다. 복도를 따라 지하 저장고로 가는 문을 지나고 계단으로 방향을 틀었다. 집은 무덤 속처럼 고요했다. 계단을 한 번에 세 칸씩 오르고 층계참으로 나갔는데….

킵스는 쇠사슬 방어진에 태평히 앉아선 둥글게 늘어선 촛불에 의지해 소설을 읽고 있었다. 한쪽 무릎에는 개봉한 비스킷 봉지가, 다른 쪽엔 커피가 든 보온병이 놓여 있었다. 한 손으로 턱을 받친 그는 따분해 보였다. 헐레벌떡 나타나 끼이익 멈춰 서서 내려다보는 우리 모습에 그 따분함은 당혹감으로 바뀌었고.

"이 멍청이들이 또 뭐?"

킵스는 아무 소리도 못 들었다.

10

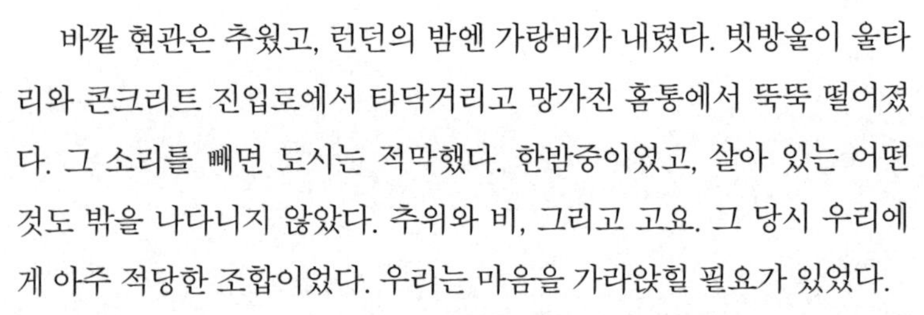

바깥 현관은 추웠고, 런던의 밤엔 가랑비가 내렸다. 빗방울이 울타리와 콘크리트 진입로에서 타닥거리고 망가진 홈통에서 뚝뚝 떨어졌다. 그 소리를 빼면 도시는 적막했다. 한밤중이었고, 살아 있는 어떤 것도 밖을 나다니지 않았다. 추위와 비, 그리고 고요. 그 당시 우리에게 아주 적당한 조합이었다. 우리는 마음을 가라앉힐 필요가 있었다.

귀신이 나오는 집에 너무 오래 있을 때, 문제는 당신이 놈의 행동 양상과 규칙을 따르기 시작한다는 거다. 예외 없이 뒤틀리고 왜곡돼 있는 흉가의 규칙들 속에서 당신은 스스로의 안전을 지켜주는 원칙들과 서서히 담을 쌓게 된다. 구피 집에서 우리 또한 이 덫에 걸렸고, 너무 안일하게 단독 행동을 하다 각개 격파를 당했다. 홀리와 조지와 나 모두가 심령 공격에 휘둘려 신경이 곤두서 있었다. 우리는 바깥 현관에 설치한 기름등 옆에 옹기종기 앉아 침묵하며 초콜릿을 씹고 밤을 내다봤다. 록우드와 킵스는 아직까진 직접적인 표적이 되지 않았다. 킵스의 경우엔 쇠사슬 방어진을 좀처럼 떠나지 않아서, 혹은 미묘한 현현을 잡아낼 만큼의 민감성이 더는 없어서, 둘 중 하나였을 터다. 록우드로 말할 것 같으면 그라는 사람 자체가 우리에 비해 빈

틈이 없고, 구피 집 개체 또한 그의 힘을 감지했기 때문일 수 있다지만, 정확한 이유는 알기 힘들었다.

이제 록우드는 확실히 여유로워 보였다. "어때, 루스." 그가 내 눈길을 붙들며 말했다. "오늘 밤 우리랑 나와서 좋지 않아? 누가 봐도 록우드 심령 회사가 네게 즐거운 시간을 제공하고 있는 거 같은데."

나는 보온병에 든 걸 꿀꺽꿀꺽 마셨다. 밤공기가 자기 역할을 제대로 하는 중이었다. 머릿속이 한결 맑아졌다. "이렇게 끝내주는 밤도 정말 백 년 만이야." 내가 말했다. "토막 살인이랑 환장할 공포? 야식보다 훌륭하지."

록우드가 씩 웃었다. "네가 정말 굉장한 일을 해주고 있어. 홀리랑 조지, 나뿐이었으면 시각 현상이나 두어 개 찾아내고 말았을 거야. 네 덕분에 벅차도록 많은 걸 알았어."

나는 의지와 상관없이 빙그레 웃고 말았다. 록우드의 칭찬은 언제나 듣기 좋았다. "많지만 충분하진 않지." 내가 말했다. "집에 있는 방 절반은 되는 곳에서 구피가 내는 소릴 들었어. 걸어 다니고, 먹고, 휘파람 불고, 부엌에서 칼질하는 소리까지 들었다고. 홀리와 조지와 난 부수적인 과거 장면도 봤어. 목격 장소는 역시나 제각각이었고. 우리가 딱 하나 못 잡아낸 게 하필 구피의 환영이야. 출처를 찾을 가망도 없어 보이고."

록우드가 고개를 가로저었다. "내 생각은 달라. 탁자와 계단 밑 뼈, 가스레인지 위 냄비. 그 '모두'가 곧 구피의 환영이야. 그가 집의 어느 한구석에 깃들어 있는 게 아니라, 집 자체가 그인 거지. 구피는 좁은 공간에 매여 있지도 않아. 온 사방에 있어. 조지, 네가 그랬잖아. 구피는 어쩔 수 없는 경우가 아니면 집을 떠나는 일이 거의 없었다고. 그는 분명 집에 집착하고 있었어. 그라는 사람은 죽은 지 오래일지 몰라도 그 집착만은 여전한 거지. 난 그가 아직 여기 있다고 봐.”

“그게 희생자의 영혼일 리는 없고?” 킵스가 말했다. “조지 덕분에 우린 알잖아. 희생자의 신체가 사방에서 나왔다는 걸. 응접실에서 발, 식품 저장실에선 발톱….”

“식품 저장실은 눈알이죠.” 조지가 말했다. “저장실 단지 속에.”

“그래, 고맙다.” 킵스가 끙 소리를 냈다. “자세한 얘긴 다시 안 해줘도 돼. 아무튼 중요한 건, 구피 못지않게 희생자 역시 이 모든 일의 원인일 수 있다는 거야. 안 그래? 그리고 너희가 정말로 희생자의 비명을 들은 거라 생각한다면….”

“들은 거 맞아요.” 내가 말했다. “하지만 난 지금도 그게 구피라고 봐요. 이 집의 모든 소리는 그가 저지른 끔찍한 짓과 관련돼 있어요. 그 인간이 범행을 재현하는 거예요. 자기 기쁨을 위해서. 그리고 우릴 겁주려고.”

“그럼 이 집 전체가 출처란 거야?” 홀리가 기어들어 가는 목소리로 물었다. 그녀는 식사 공간에서 있었던 일 이후로 잔뜩 가라앉아 있었다. “그게 가능해? 만일 그렇다면 그냥 집 전체를 불태울까 봐.” 그러고는 꼴깍 소리를 내며 웃었다. “정말로 그러자는 얘긴 아니고, 물론.”

조지가 안경을 고쳐 썼다. “또 모르지…. 집 태우는 건 전에도 해봐서.”

“고의 방화로는 피츠나 반스한테 점수 따기 힘들 텐데.” 퀼 킵스가 말했다. “그것도 그렇고, 어딘가에 좀 더 직접적인 출처가 있긴 할 거야. 이 출몰의 초자연적 중심 말야. 여기서 문제는 그걸 아무도 못 찾고 있단 거고. 좋아. 피츠 대행사 소속 참관인이라는 공식 자격으로 제안 하나 하지. 우리 회사에서는 심령 위험에 처한 상황에서 뭘 어째야 할지 모르겠으면 후퇴하는 게 기본 원칙이야. 후퇴하고 재정비하라. 실패에 굴하지 말고 다음을 도모하라."

"그러니까, 포기하자고요?" 록우드가 못 믿겠다는 투로 말하며 킵스의 어깨를 다정히 토닥였다. "록우드 심령 회사는 안 그래요."

킵스가 어깨를 으쓱했다. "계속했다간 놈의 자극에 신경쇠약에 걸리고 말걸. 정신이 완전히 나가선 유령접촉을 당하고도 모르는 신세가 될 거라고. 놈을 끌어내서 출처를 밝히도록 설득하지 않는 한은. 물론 그럴 가능성은 희박하고. 결국 이도 저도 못 해보고 끝나지 싶은데."

록우드가 어찌나 느닷없이 손가락을 튀기는지 우리 모두가 기겁해 펄쩍 뛰었다. "그거야! 천재네요, 퀼! 구피를 끌어냅시다! 지금껏 너무 오래 놈한테 끌려다니기만 했어요. 루스, 넌 놈의 농간 대부분을 경험했잖아. 나라면 현상 대부분이 부엌에 집중돼 있다고 할 거 같은데, 어때?"

"의심의 여지가 없어." 내가 말했다.

"그럼 거기가 놈이 가장 아끼는 공간이라고 해보자고." 록우드의 눈이 반짝였다. "우리가 놈의 속을 뒤집어 놓을 수 있을지 궁금한데? 다들 차 마저 마셔. 쇠지렛대를 가져올 시간이야."

짧고 가벼운 쇠지렛대. 그러니까 보통의 범죄자들이 야밤에 나다닐 엄두를 내던 시절에 강도들이 애용하던 종류의 쇠지렛대는 대행사의 필수 장비다. 대개는 유골을 찾아 벽에 구멍을 내고 널빤지를 뜯어내는 데 쓰이지만, 그보다 훨씬 다양하게 응용된다. 수년 동안 나는 전용 쇠지렛대를 갖고 다니며 침수된 궤짝을 열거나 모래밭에서 관을 파냈고, 지렛대가 철로 만들어졌다는 사실—어찌나 유익한지—에 힘입어 그걸로 그림자 시늉 하나를 문에다 꽂아버리기도 했다. 쇠지렛대로 부엌을 파괴하는 지경까진 가본 적 없으나, 어떤 일에든 처음은 있는 법이니까.

다 함께 집으로 들어가 줄줄이 현관홀을 통과하는데 사방이 고요했다. 맨 처음 도착했을 때보다도 고요했다. 심령압도 전혀 없었다. 그게 없다는 것조차 불길했다. 그 집의 뭔가가 한 발짝 뒤로 물러나 우릴 지켜보는 중이란 뜻이었으니까. 우리는 각자의 쇠지렛대를 어깨에 걸치고 있었다. 킵스만 빼고. 그는 차고에서 찾아낸 녹슨 망치를 들었다. 우리는 벽지의 검은 흔적들을, 부엌문 유리의 손자국을 지났다. 록우드가 등 뒤로 부엌문을 닫았다. 우리 앞에 칙칙하고 조그만 공간이 펼쳐져 있었다. 목제 주방 가구들과 칼자국 난 조리대, 낡고 얼룩덜룩한 개수대와 추접한 수도꼭지. 달이 집 정면으로 자리를 옮긴 터라 부엌은 전보다 어둑했다. 조리대에 조지의 은종이 지금껏 걸려 있었다. 녀석이 그걸 창턱의 안전한 공간으로 옮겼다.

우리는 부엌 한가운데 쳐둔 쇠사슬 방어진을 다시 확인하고, 꺼져 있는 초에 불을 붙였다. 홀리가 기름등의 밝기를 낮췄다. 그런 다음 조리대 근처에 모두 모였다. 록우드가 조리대 상판과 그 아래 수납장 사이의 비좁은 틈새에 지렛대를 끼웠다.

“킵스랑 내가 시작할게.” 록우드가 말했다. “너흰 망을 봐.”

그러고는 지렛대를 치켜들었다.

록우드는 여기서 벌어졌던 일을 생각하면 이 정도는 범죄 축에도 못 낀다고 했다. 그럼에도 오래된 나무 상판이 쪼개질 때는 온 신경이 곤두섰다. 썩어 있었던 모양인지 확실히 쉽게 부서졌고, 어마어마한 쩍 소리가 부엌에 메아리쳤다. 나는 그 소리가 집 안 곳곳에서 반사되는 장면을 상상했다.

어쩌면 우리 모두가 같은 상상을 했는지도 몰랐다. 잠시 동안 아무도 꼼짝하지 않았으니까. 록우드마저 상판에 지렛대가 박힌 채로 가만히 있었다.

그저 고요할 뿐이었다.

록우드가 다시 움직이기 시작했다. 부서지기 쉬운 합판에 지렛대를 꽂아 뒤로 접다시피 힘주어 당기자, 합판이 파열하며 나뭇조각들이 우수수 떨어졌다. 얼마 뒤 그가 물러서며 킵스와 망치에 차례를 넘겼다. 서랍들이 동강 났다. 선반들이 뼈처럼 뚝뚝 부러졌다. 금속 개수대 왼쪽에서 거대한 구멍이 입을 벌렸고, 삼십 년 동안 인간의 손길을 피한 부엌은 돌이킬 수 없이 변해버렸다.

킵스가 벌컥벌컥 물을 마셨다. 우리는 귀를 기울였다. 온 집이 고요했다. 그가 다시 일을 시작했다.

망치가 쿵쿵거리는 동안 나는 부엌 저쪽, 킵스의 눈길이 닿지 않는 곳으로 갔다. 배낭을 더듬어 유령단지의 레버를 비틀었다.

"오오, 이 긴장감." 목소리가 속삭였다. "나조차 긴장되는걸. 유령인 나조차. 괴물을 못 깨워 안달인 머저리 오 형제라니. 근데 놈이 나타나면 뭘 어쩌려고?"

"해골," 내가 속삭였다. "네게 주는 마지막 기회야. 넌 오늘 밤 내내 아무 도움이 안 됐어. 자존심 죽이고 좀 돕도록 해봐. 아님 진짜 맹세하는데, 다음번엔 널 침대 아래다 두고 올 거야."

희미하고 건조한 킬킬거림이 들렸다. "오, 다음번? 하지만 록우드 심령 회사와 다음번은 '없을' 텐데. 기억해? 그냥 너랑 나 둘이서 전처럼 지지고 볶을 거야. 그게 우리 미래라고. 안 봐도 비디오지!"

"그래? 여기 또 다른 미래도 있는데." 내가 으르렁거렸다. "이 지렛대 보이지? 너랑 네 단지를 이걸로 박살 내 정원에 묻어버릴 거야.

네가 날 돕지 않으면."

킬킬거림이 멈췄다. "그건 좀 그런데." 목소리가 생각에 잠겼다. "언젠가는 말야, 루시. 내가 널 장악할 거야. 그때 가서 보자고. 누가 누구 장단에 춤을 추는지. 글쎄, 네가 아직 모르는 것 중에 얘기할 만한 게 뭐가 있을까? 그놈의 것이 온 집에 들끓어. 그자의 정수精髓가 담긴 땀과 피와 추악한 집착이 벽마다 스며들어 있다고. 세월이 흘러서 이젠 놈의 자각이 오락가락해. 아까 들어왔을 땐 존재가 느껴졌는데, 그러고는 뒤로 물러나 있거든. 놈은 느려터졌어. 깜빡깜빡 졸아. 네가 본 건 어쩜 놈의 꿈일지도."

"하지만 지금은…." 내가 입을 여는 순간, 킵스가 힘껏 내리친 망치가 겨자색 나무판을 부숴 부엌 저편으로 날려버렸다.

"축하해. 놈을 깨웠어. 놈은 기분이 별로고."

킵스가 허리를 펴고 소매로 이마를 훔쳤다. 록우드는 아직 붙어 있는 나무판 조각들을 뜯어냈다. 그런 다음 지렛대를 들고 작업 재개를 준비했다. 내가 손을 들었다.

집의 저 멀리에서 들려왔다.

딱, 딱, 딱.

그 소리의 정체를 나는 대번에 알았다.

이빨을 맞부딪치는 소리였다.

딱, 딱, 딱….

그건 솔로몬 구피의 습관이었다. 그렇게 딱딱거리면서 느릿느릿 집을 돌아다니고, 요리책을 들여다보고, 밖을 지나는 이웃들을 지켜봤다.

딱, 딱, 딱…. 딱, 딱, 딱….

지켜보고, 지켜보고…, 마지막으로 하나를 선택하는 거다.

"손님이 왔어." 내가 말했다.

순간적으로 모두가 얼었다. 엉망이 된 부엌에서 소용돌이치는 촛불 속 파리한 얼굴 넷이 나를 가만히 봤다. 킵스와 록우드는 발목 높이까지 차오른 나뭇조각들 속에 서 있었다. 톱밥에 뒤덮이고 땀으로 반짝였다. 뻐다귀*처럼 파리하고 흉측했다. 홀리는 유난히 심란한 둥실둥실 신부* 같았다. 머리칼이 헝클어지고 안경이 전조등처럼 반짝이는 조지는 올빼미로 현현한 웬 정신 이상 영혼이라 해도 무리 없을 몰골이었다. 우리는 눈으로 보고 귀로 들었다.

내가 위를 가리켰다. 천장 전구가 요동쳤다. 무겁고 질질 끄는 발걸음이 위층 방을 가로질렀다.

"훌륭해." 록우드가 말했다. "놈이 들썩인다는 건 우리가 제대로 가고 있단 뜻이야. 놈이 못마땅해한단 얘기니까. 우리가 '이렇게' 하는 걸." 그는 지렛대를 머리 부근까지 올렸다가 크게 휘둘러 벽 중간 높이에 달린 수납장의 측면을 후려쳤다.

딱, 딱, 딱….

뭔가가 층계참을 따라 계단 쪽으로 걷고 있었다.

"어서, 구피. 속도 좀 더 내보라고." 록우드가 바닥에서 튀어나와 있는 널빤지를 확 비틀었다. 개수대 옆 수납장들은 그야말로 박살이나 맨벽돌과 곰팡이 핀 바닥이 훤히 드러나 있었다. 록우드는 개수대의 금속 지지대를 후려쳐 두 동강 냈다. 갑자기 고개를 든 저항의 기운으로 불타며 자기가 액체 수은이라도 되는 양 잽싸게 내리 덮치고 쏘다니면서 잡아당기고, 때리고, 잔해들을 걷어찼다. 킵스조차 뒤로 물러나 공간을 만들어줬다. 우리는 록우드가 순수한 의지력으로 귀신을 소환하려 날뛰는 모습을 그저 지켜보는 것밖에 다른 수가 없었다.

조지가 옆걸음으로 슬금슬금 다가왔다. "록우드는 어쩔 생각이래? 놈이… 오면?"

"전혀 모르겠어." 내가 대답했다.

계단 위 육중한 발걸음. 계단이 어마어마한 무게에 눌려 삐걱거렸다.

"루시," 조지가 속삭였다. "너한테 개인적인 얘기 좀 해도 돼?"

"그럼."

"듣기 싫으면, 넌 자유계약 조사관이고 하니까, 혹시라도 그러면 말만 해."

"자유계약이고 뭐고 난 나야. 안 그래? 그냥 불어."

"알았어…." 조지가 고개를 끄덕이며 습, 하고 숨을 들이마셨다. "나 이놈은 '정말로' 안 보고 싶어."

"구피?"

"응. 내 말은, 나도 환영이라면 볼 만큼 봤잖아." 조지가 말했다. "그리고 개중엔… 꽤나 오싹한 것들도 있었지, 알다시피. 해크니 주말농장에서 봤던 그 벌레 먹은 여자애 기억하지? 그 뒤로 몇 달이나 난 스위스 치즈•를 입에도 못 댔다고. 하지만 이놈의 건 정말이지…."

내가 고개를 끄덕였다. "알아. 말해 뭐 해. 완전 동의해."

그렇게 말하면서 나는 부엌문 유리를 응시하고 있었다. 상당히 불투명했지만 저 멀리 바깥 현관의 기름등 불빛과 계단 콧불의 반짝임이 보일 정도는 됐다. 콧불이 격렬히 흔들리다 꺼지더니, 이제 복도 저 끝에서 거대하고 검은 형상이 천천히 등장했다. 홀리가 조그맣게 끽 소리를 냈다.

"환영이 나타났어, 록우드." 조지가 말했다. "이제 어쩌지?"

• 송송 구멍이 뚫려 있다.

"지금 하고 있는 그대로." 록우드가 싱긋 웃었다. 얼굴에 흘러내린 머리칼이 찰랑였다. "놈을 우리한테 불러들여 없앨 거야. 마음 단단히 먹어. 놈은 우리 모두를 공포로 무너트리려 하고 있으니까."

그리고 말이야 바른 말이지만 그걸 보통 잘하는 게 아니었다. 내 자신의 유령굴레*만 봐도 그렇고. 몸을 움직이기가 정말 쉽지 않았다. 형상이 점점 커졌다. 이빨을 딱딱거리고 입을 쩝쩝거렸다. 슬리퍼 신은 발을 질질 끌며 복도를 거슬러 오는 소리가 들렸다.

나는 뒷걸음질해 다시 킵스를 등졌다. "해골." 소리 낮춰 말했다. "지금이 네 가치를 증명할 절호의 기회야. 네가 출처 위치만 찾아주면 지렛대 얘기 따위 다신 안 해."

"그렇구나…. 처음엔 협박, 이젠 회유. 넌 품위란 걸 몰라?"

"지금은 몰라. 어디 있는지 느껴져?"

"놈이 저렇게 기를 쓰고 너희한테 가는 걸로 봐서, 난 이렇게 말하겠어. 놈은 너희가 뭔가를 알아내긴 했다고 생각해."

"출처가 근처에 있어!" 내가 외치며 튀어나가 부서진 나뭇조각들의 난장판을 가로질렀다. "망가진 수납장 뒤에 뭐가 있어? 뭐라도 있나 좀 봐!"

나는 엉망이 된 개수대 옆에 쭈그려 앉아 나뭇조각들을 옆으로 내던지기 시작했다. 킵스와 록우드가 동시에 합류했지만, 홀리와 조지는 꼼짝 못 하고 서서 문만 보고 있었다. 이내 조그만 공간이 치워졌다. 나는 개수대 밑을 들여다봤다. 저 안쪽 마룻장은 썩어 있고 군데군데 벽과 닿아 있지 않은 곳도 있었다. 구불구불한 배관들이 그림자 속에서 덜렁거리는 게 꼭 창자를 걸어놓은 것 같았다. 나는 그 어둑하고 움푹한 곳 여기저기를 손전등으로 비췄다.

엠마 마치먼트의 유령이, 그녀의 숨겨진 보물이, 그녀가 그토록 아끼던 게 떠올랐다. 구피도 뭔가를 간직하고 있었다. 여기 어딘가에 남몰래 넣어두고 있었다.

"뭐라도, 루스?" 록우드의 목소리는 차분했다.

"여기 어딘 듯한데. 시간이 얼마나 남았어?"

"아, 삼십 초가량."

나는 어깨 너머를 봤다. 유리 저편 그림자가 어느새 분명한 형상으로 굳어 있었다. 거대한 머리의 검은 윤곽이, 두 벽 사이를 메꾸도록 부푼 배가 보였다. 벽지에 닿아 옷이 바스락거리고, 크고 방정맞은 입이 딱딱거리고 쯧쯧거렸다. 힘줄이 우두둑 하는 소리, 무시무시한 무게를 짊어진 무릎이 반발하는 소리가 들렸다.

놈이 문밖에 와 있었다.

나는 낮게 욕을 뱉었다. "내 눈에 보이는 건," 내가 말했다. "마룻장이 떨어져 나간 곳뿐야. 저기 구석, 배관 뒤에. 보여?"

록우드가 어느새 엎드려선 저 안쪽 구석을 살피고 있었다. 그의 손전등이 반짝였다. "구멍이 있어. 안에서 뭔가가 빛나는데. 상당히 멀어. 손이 잘 안 닿…."

홀리가 비명을 질렀다. 그녀는 문을 쳐다보고 있었다. 거기, 문의 절반쯤 되는 높이에서 유리를 짚고 있는 건 거대하고 허연 손이었다.

록우드가 벌떡 일어났다. "조지, 정신 차려! 여기 네 힘이 필요하다고. 직접 봐." 그가 손전등을 조지에게 던지기 무섭게 벨트의 레이피어를 빼 들었다.

손가락들이 부엌문 가장자리를 움켜잡았다. 부러진 손톱 밑에 때가 껴 있었다.

조지가 나무 더미로 튀어와 내 옆에 엎드렸다. 횅한 공간을 향해 눈을 가늘게 떴다. "보인다…. 무슨 단지 같아. 근데 배수관이 가리고 있어."

록우드가 외투 자락을 뒤로 휙 넘겼다. 벨트에 달린 장비를 확인하는 중이었다. "필요하면 배수관을 부숴." 그가 방을 가로질렀다. "조지를 제외한 나머지는 방어진으로 들어가고."

내가 자리에서 일어났다. "록우드, 지금 뭐 하는…?"

"조지한테 시간을 벌어줄 거야. 방어진으로 들어가, 루시."

문이 열리고 있었다. 거대한 그림자가 스윽 흘러들어 왔다. 누군가가 빼무는 혓바닥이라도 되는 양. 록우드가 열린 문틈으로 소금탄을 던졌다. 섬뜩한 고음의 비명이 들렸다. 이윽고 그가 문틈으로 빠져나가 등 뒤로 문을 닫았다.

홀리와 킵스와 나는 그대로 붙박여 록우드의 뒤꽁무니만 바라볼 뿐이었다….

댕댕, 댕댕, 댕!

우리 셋이 꽥 소리치며 일제히 뒤돌았다. 은종이었다. 아연과 거미 견사로 만든 줄 위에서 미친 듯 흔들리는.

"허, 이제 와서?" 내가 외쳤다. "저놈의 건 아무짝에도 쓸모가 없잖아, 조지!"

조지는 등을 대고 누워 있었고, 머리가 안 보였다. "글쎄, 나한테 뭐라고 하지 마! 로트웰 연구소를 탓하라고! 그 인간들이 아무 쓰레기나 갖다 파는 걸 나더러 어쩌라고!"

"그 구멍이나 어떻게 해봐!"

"탭 렌치 가진 거 있어?"

"없어! 내가 뭣 땜에? 그게 뭔지도 모르는데!"

"이 망할 놈의 배수관이 문제야. 뜯어낼 수가 없다고."

나는 문을 보고 있었다. 그 너머에서 형상들이 움직였다. 쿵 하고 쉭 하는 소리, 그리고 아까의 그 고음 비명이 들리고 또 들렸다. 우리 누구도 록우드의 명령대로 방어진에 들어가지 않았고, 이제 리놀륨 바닥에 놓인 방어진의 쇠사슬이 옆으로 밀리는 게 보였다. 쇠사슬은 서로 겹쳐 있기만 할 뿐 묶여 있진 않았다. 바깥쪽 게 휙 떨어져 나갔으나 안쪽 게 굳건히 버텼다. 힘이 폭발하며 부엌을 휩쓸고, 촛불들을 쓰러트리고, 서 있는 우리를 휘청거리게 만들었다. 나는 순간적으로 봤다. 록우드의 윤곽이 뒤로 밀려나며 부엌문 유리를 때리는 모습을. 다음 순간 그는 거기 없었다. 온 집이 흔들리는 듯했다.

"가서 록우드를 도와야 해요, 킵스." 내가 말했다.

킵스는 록우드가 방을 나가고부터 지금껏 꼼짝 못 하고 있었던 눈치였다. 얼굴이 창백했다. 그가 정신을 수습했다. "그래. 그래야지. 가자."

"루시!" 개수대 아래의 조지였다.

"뭐?"

"스패너 있어?"

"아니! 난 배관공이 아니라고, 조지! 난 조사관이야! 조사관은 스패너를 안 갖고 다니고!" 나는 부엌문과 개수대의 중간쯤까지 이동해 있었다.

"됐어! 됐다고! 마룻장을 뚫었어…. 거의 다 꺼냈어…." 뭔가가 벽돌을 긁었다. 조지의 다리가 좌우로 허우적거렸다. "여기!" 그가 거미줄에 싸인 잼 단지를 들고 일어나 앉았다. 단지가 기분 나쁜 흰색으로 번뜩였다. "이걸 거야! 봉인구* 줘!"

홀리가 벌써 대기하고 있었다. 은제 사슬망을 손에 들고.

유리 너머에서 거대하고 부푼 형체가 휘청휘청 다가왔다.

손잡이가 돌아갔다.

홀리가 망을 떨어트려 단지를 은으로 덮었다.

문이 천천히 열렸다….

모습을 드러낸 건 록우드뿐이었다. 벽에 기대선 그의 외투는 먼지 범벅이고, 한쪽 눈 위엔 머리칼이 들러붙어 있었다. 오른팔이 힘없이 늘어져 있고 손에서 피가 흘렀다. 왼손에 느슨히 쥔 레이피어가 바닥에 끌렸다. 우리는 그를 가만히 봤다. 그는 거기 서서 숨을 몰아쉬며 씩 웃었다. 그 휑한 복도에서 홀로.

확인 결과, 록우드는 팔의 타박상과 손의 절창 외엔 이렇다 할 부상이 없었다. 문에 날아가 부딪히면서 다친 곳이었다. 평소보다 말수가 좀 적었을 순 있어도 그걸 빼면—신체적으로는—꽤 멀쩡한 편이었다. 킵스가 공중전화를 찾아 야간 택시를 부르러 간 사이, 록우드는 바깥 현관에 앉아 홀리의 난리법석을 받아주고 있었다. 조지와 나는 남은 장비들을 잔디밭으로 끌어냈다.

짐 정리를 마친 나는 록우드 옆에 가 섰다.

"우리 정말 멋지게 해내지 않았어?" 록우드가 말했다. "킵스조차 감명받은 거 같아. 그러기가 쉽지 않은데. 오늘 밤 우릴 돕기로 해줘서 고마워, 루스."

"괜찮아." 내가 말했다. "마음 쓰지 마."

"출처는 봤어? 안에 뭐가 들었는지?" 저만치 놓인 잼 단지가 별들 아래서 희미하게 빛났다. 은으로 칭칭 감겨 피츠 소각장으로의 마지막 여정이 시작되길 기다리고 있었다.

"조지가 말해줬어. 치아가 엄청 들어 있대."

"특별 수집품이네. 구피한텐 진심으로 소중했던 물건일 거야."

"어찌나 애틋한지. 그럼, 이걸로 끝이네. 우리가 해내서 기뻐."

"너랑 다시 팀으로 일해서 좋았어." 록우드가 미소를 지어 보이고는 정원으로 눈길을 돌렸다. 느낄 수 있었다. 내게 뭔가 할 말이 있다는 걸. "사실 루시…."

"응?"

"궁금한 게 있는데…."

"응?"

"초콜릿 남은 거 좀 있어? 아까 먹는 거 봤는데."

"오, 응. 물론이야. 여기. 다 가져가."

록우드는 단걸 과하게 먹는 사람이 아니었다. 다 못 먹고 조지랑 내게 남기기 일쑤인데—아니 우리가 같이 일할 땐 그랬는데—이번엔 은색 포장지를 벗기고 초콜릿 한 개를 전부, 한 조각 또 한 조각 먹어치우며 뭘 보고 있기나 한 건지 모르게 멍하니 밤을 내다봤다. 나는 그가 매우 피곤해 보인다고 생각했다.

초콜릿을 다 먹은 록우드는 만족스러운 한숨을 내쉬었다. "진짜 고맙다, 루시. 홀리는 초콜릿을 절대 안 갖고 다니고, 조지는 포틀랜드 로를 떠나기도 전에 다 먹어버리거든. 하지만 너한텐 언제든 의지할 수 있단 말이지."

나는 목을 가다듬었다. "도움이 돼서 기뻐. 그리고 네 말이 맞아." 나는 갑작스레 마음이 급해져 덧붙였다. "우리가 다시 일할 기회가 있어서 좋았어. 정말 기뻐. 우리가…. 오, 킵스다. 벌써 오네…. 번개 같기도 하지."

야간 택시 한 대가 진입로 끝에 서서 경적을 울렸다. 록우드가 천천히 일어나고 있었다. 나는 그렇게 대화의 타이밍을 놓쳤다.

그래도 딱 하나만.

"록우드," 내가 말했다. "아까 복도에 나갔을 때…."

그의 마지막 미소는 지쳐 있었다. "루시, 그건 그냥 모르는 게 나아."

결과적으로 우리에겐 택시 세 대가 필요했다. 출처를 챙긴 록우드와 홀리, 킵스가 첫 번째 차를 타고 클러켄월로 갔다. 조지와 나는 가방 무더기와 함께 뒤에 남았다. 나머지 택시가 도착하는 대로 나는 투팅, 조지는 포틀랜드 로로 갈 거였다. 그렇게 헤어지게 될 거였다. 우리는 7번지 맞은편 정원 담장에 앉아 있었다.

"조지." 내가 잠시 뒤 입을 열었다. "왠지 넌 알 거 같아서 그러는데. 미라 머리 말야…. 그런 게 얼마나 흔해?"

누가 조지 아니랄까 봐, 그는 그 질문에 전혀 당황하지 않았다. "영물로서 미라? 희귀하지. 미라화가 진행되려면 적절한 조건들이 충족돼야 하거든. 엄청 건조하든가, 아님 토탄지•에서 발견되는 특정한 화학물질을 함유하든가. 공기도 차단돼야 하고. 안 그럼 미생물들이 다 분해해 버리거든. 근데 왜?"

"그냥. 최근에 두 개가 목격됐단 얘길 들었는데, 그럴 가능성이 얼마나 되는지 궁금해서. 그뿐야."

조지는 끙 소리를 냈지만 아무 말도 하지 않았다. 정적이 우리를 감쌌다.

"조지." 내가 다시 말했다. "아까 저기서 록우드가 했던 거…."

"알아."

"정말 훌륭했어. 맞아. 하지만…."

"미친 짓이라고?"

"응."

• 습지에 살던 생물이 퇴비 형태로 쌓인 지대.

조지는 뭔가 불쾌한 생각을 할 때면 늘 그렇듯 안경을 벗어 스웨터에 비볐다. 신나거나 초조하거나 그냥 똑똑한 척하려고 비비는 것과는 달랐다. 나는 내가 그를 얼마나 명확히 읽어내는지 까먹고 있었다. 얼굴을 가린 채 셔츠에 안경 문지르는 모습만 보여준대도 난 녀석의 기분을 쉽게 알아챌 수 있을 거였다.

"맞아." 조지가 말했다. "그리고 정말 나쁜 건, 록우드가 그러는 게 놀랍지도 않더란 거야. 지금 녀석한테 그런 건 그냥 일상이거든. 요즘 갠 무모함의 극치야. 눈에 뵈는 게 없는 양 오만 데다 몸을 던진다고. 사건을 맡을 때도 출몰 연구는커녕 약식으로 배경 조사를 할 시간조차 안 주는 게 대부분이야."

나는 어둠을 물끄러미 봤다. 무모함을 빼고는 록우드라는 사람을 규정할 수 없었다. 아주 어릴 적에 누나를 잃고 그런 식으로 살아온 것이리라 짐작은 됐다. 그리고 그건 내가 록우드 심령 회사에서 나온 이유와도 관련이 있었다. 이유의 전부라고까진 못해도. "록우드는 늘 그래 왔어." 내가 말했다. "그 애의 방식일 뿐야."

"하지만 더 심해졌지." 조지는 자기 스웨터를 내려다보고 있었다. 안경알에 덮이지 않은 그의 눈이 작고 약하고 쇠잔해 보였다. "그 자식이 용감한 거야 어제오늘 일은 아니지. 하지만 '그런' 식으론 아니었어." 나는 조지가 뭘 의미하는지 알았다. 우리 둘 다 부엌문의 그 형상을 생각하고 있었다.

"언제부터 시작됐어?" 내가 말했다. "언제부터 심해졌는데?"

조지가 어깨를 으쓱했다. "네가 떠나고."

"그리고 네 생각엔…." 내가 얼굴을 찡그리며 망설였다. "넌 걔가 '왜' 그런다고 생각하는데?"

조지가 안경을 다시 썼다. 그의 눈이 잽싸게 초점을 되찾으며 예리하게 탐색했다. "강세를 잘못 뒀어, 루스. 그러는 '넌' 걔가 왜 그런다고 생각하는데?"

"글쎄, 나랑은 상관없는 일이야."

"아무렴 당연히 상관없지. 네가 회사를 떠난 게 우리한텐 아무것도 아니었거든. 맞아. 네가 떠나고 하루 만에 이름도 다 까먹었는걸."

나는 조지를 노려봤다. "그렇게까지 말할 거 뭐 있어. 사람 속상하게."

조지가 분통을 터트렸다. "그럼 내가 어떻게 말해줄까? 넌 네 멋대로 떠났어. 뒷감당은 우리한테 떠넘기고. 그러더니 느닷없이 돌아와선 우리가 아무 일 없었던 척해주기 바라잖아! 넌 선택해야 해. 네가 떠난 게 우리한테 큰일이었든가, 아무것도 아니었든가, 둘 중 하나야. 어느 쪽으로 할래?"

"내가 돌아오겠다고 한 거 아냐!" 내가 소리쳤다. "퍼넬로프 피츠가…."

"… 뭘 했든 그거랑은 아무 상관없어. 너도 익히 알고 있다시피. 네 집을 찾아가 문을 두드린 건 록우드고, '그래서' 네가 제안을 놓고 고민한 거야. 일을 하겠다고 한 것도, 우리 솔직해지자. '그래서'고."

"그럼, 내가 안 한다고 했으면 좋았겠어?"

"네가 어떤 결정을 하든 내 알 바 아니지. 너희 멋들어진 자유계약자들은 가시는 길이 따로 있으시잖아."

"오, 못 살아, 정말! 이젠 유치하기까지 하네."

"아니거든."

"맞거든."

그 뒤론 아무도 말이 없었다. 우리는 담장에 말없이 앉아 각자의 택시를 기다렸다.

3

분실물 회수

11

같은 날 아침 7시 15분, 나는 침대에 누워 멀뚱거리고 있었다.

평소 같았으면, 그러니까 옛날 같았으면 기운차게 하루를 시작했을 터였다. 짜릿한 밤이었고, 위험한 사냥의 끝에 언제나처럼 느끼는 들뜬 기분이 아직껏 혈관을 흐르고 있었다. 나는 그런대로 일찍 돌아와 아주 잠깐 곯아떨어졌지만, 얼마 지나지 않아 바깥 도로에서 쓰레기 수거인이 외치는 소리에 잠을 깼다. 그렇게 떠버린 눈을 다신 못 감았다. 온몸의 긴장이 가시질 않았다. 머릿속이 복잡했다.

정말 많은 부분이 좋았다. 그건 사실이었다. 일링 인육 사건은 주목할 만한 건이었고, 출처의 입수와 파괴 소식은 유명세를 탈 것이다. 그에 따라 전날 밤 구피 집에 있었던 모두의 평판도 확실히 좋아질 테고. 내 경우엔 퍼넬로프 피츠의 인정을 받으리란 사실이 특히 흐뭇했다. 자기 할머니의 재능을 익히 아는 그녀가 나를 로트웰이나 다른 대행사마냥 하찮게 여기진 않을 것 같았다. 보상으로 새로운 사건들을 기대해도 괜찮을 듯했다.

록우드 심령 회사의 전망도 꽤 밝았다. 퍼넬로프 피츠가 그 점을 분명히 했었다. 나는 그게 기뻤다. 그들을 도움으로써 내가 회사를 그처럼 갑작스레 떠나며 진 빚을 조금이나마 갚을 수 있게 된 건지도 몰랐다. 이제 사건도 성공적으로 마무리되고 했으니 다른 일들에 마음을 써도 괜찮았다.

그래, 정말 많은 부분이 좋았다. 그럼에도 그 화창한 봄날 아침의 내 방과 침대는 비가 휘몰아치던 고약하고 컴컴한 겨울 오후보다도 더 암울해 보였다. 록우드는 내게 딱 한 사건만 하자고 했고, 나는 그 일을 마쳤다. 더 이상 그런 기회는 없을 테고, 그의 곁에서—그리고 조지, 그리고 맞다. 심지어는 홀리 곁에서—일하며 느꼈던 기쁨 탓에 이제 끝이란 생각은 그저 씁쓸하기만 했다. 하지만 나는 이겨낼 거다. 지난 네 달을 이겨낸 것처럼. 떠나야만 했던 원래의 이유들을 여전히 확신하기만 하면. 내가 회사를 떠난 건 록우드를 보호하기 위해서였고, 고통스러웠을지언정 나는 그게 옳은 일이란 걸 알았다. 그는 내가 없어야 더 안전했다.

근데 정말 그런가? 조지가 했던 말이 사실이라면, 어쩜 내가 상황을 더 악화시킨 건지도 몰랐다. 록우드는 더 무모해졌다. 내가 거기 없는데도. 그 사실에 내포된 다양한 의미를 캐느라 한참을 침대에 뻣뻣이 누워 있는 사이, 쭈글쭈글한 이불 위로 햇살이 길게 늘어졌다.

정말이지, 다시 잘 생각을 해야 하는데 나는 너무 긴장해 있었다. 너무 긴장했고 너무 노곤했다. 들뜬 동시에 가라앉아 있었다. 결국 자리를 박차고 일어났다. 그랬다가 바닥 한복판에 놓인 유령단지에 걸려 엎어질 뻔하고 말았지만.

자리에 서서 욕을 뱉으며 정강이를 문지르는데 유리 너머에서 고약한 얼굴이 현현했다. “오늘 아침엔 나보다도 상태가 안 좋아 보이네.” 해골이 말했다. “글쎄, 회복되는 대로 와서 굽실굽실 감사 인사 좀 올려봐. 내가 어디 있을진 알지.”

나는 물을 끓이러 갔다. "굽실굽실 감사 인사는 왜?"

"어젯밤에 출처 위치를 짚는 데 도움을 줬으니까. 내가 귀띔하고야 찾았잖아. 아무리 봐도 우린 끝내주는 팀이야. 그래서 말인데, 나한테 좋은 생각이 있어. 우리의 동업을 제안하는 바야. 회사 이름은 '칼라일 & 해골' 어때? 아님 '해골 심령 회사'는. 그래, 그거야. 문에 내 사진도 조그맣게 하나 걸고. 아주 눈에 선하구먼 그래…." 놈은 낄낄거리며 플라스마* 속으로 사라졌다.

나는 대꾸하지 않았다. 그럴 기분이 아니었다. 바닥에 흩어져 있는 옷을 몇 가지 집어 들고 가운을 찾아 층계참 건너 욕실로 갔다. 다시 방으로 돌아와선 커피를 만들었다. 사건 장부를 꺼내 전날 일을 좀 기록해 보려 했지만 쓸 말이 없다는 걸 알게 됐다. 또 다른 할 일은 록우드 심령 회사에 최종적으로 보낼 청구서를 작성하는 거였다. 하지만 그것도 마음이 별로 안 내켰다. 당장은 싫었다. 그래서 샤워를 하고, 옷을 챙겨 입고, 지갑에서 돈을 꺼내 먹을 걸 사러 나갔다. 정말이지 뭐든 요리해야 했지만 그럴 기운이 없었다. 매일이 똑같았다.

아니, 태국 식당에서 포장한 음식을 들고 집 층계참에 돌아왔을 때까진 그랬다. 봉지 속 폴리스티렌 상자에서 나오는 사랑스럽고 향긋한 김에 벌써부터 사로잡힌 채로, 누군가가 내 방문을 열고 들어간 현장을 발견하기 전까진.

나는 심장이 대여섯 번 박동하도록 거기 서서 망가진 걸쇠를 보고 있었다. 문이 다시 닫혀서, 아니 닫히다시피 해서 방 안까지 보이진 않았다. 나는 층계참 너머 이웃집 문을 얼른 돌아봤다. 별일 없는 듯했다. 이웃은 지금 일터에 있을 것이다. 아래층 사람 대부분도 그렇고. 건물 안은 아주 조용했고 내 방에서 들리는 소리도 전혀 없었다.

나는 벽 앞에다 조심스레 음식 봉지를 내려놨다. 그런 다음 문 쪽으로 천천히 움직이는데 손이 자연스레 옆구리로, 대개는 검이 걸려 있는 자리로 향했다. 그러나 나는 조깅 바지 차림이었고, 아무 무기도 갖고 있지 않았다.

문에 다가서서는 잠시 기다렸다. 침입자가 아직 안에 있음을 나타내는 어떤 기척이든 잡아내려 신경을 집중하며. 그러나 투팅 하이 스트리트를 오가는 자동차들 소리 아래엔 깊은 정적만 감돌았다. 나는 느리고 조심스레 호흡한 뒤 문을 밀어 열고 안으로 들어갔다.

거기 있었던 게 누구든 간에 사라졌다. 방은 언제나처럼 쓰레기장이었고, 눈에 보이는 한은 아까 집을 나설 때와 다를 바 없었다. 내가 곧장 눈치챈 딱 한 가지 차이를 빼면.

유령단지가 없었다.

나는 한자리에 꼼짝 않고 서서 눈만 움직였다. 한참동안 눈으로 방을 훑었다. 어수선한 개수대부터 흐트러진 침대, 열려 있는 옷장 위부터 문가에 쌓인 장비들까지 조사했다. 또 뭐가 다르지? 그 밖의 뭐가 달라졌나?

음식을 살 돈을 챙기고 지갑을 뒀던 탁자를 봤다. 지갑은 그대로 있었다. 비죽 나와 있는 지폐 두어 장까지 그대로였다.

레이피어를 확인했다. 의자 뒤에 기대서 있었다. 지난여름에 록우드가 사줬던 값비싼 스페인풍 검인데. 그대로 있었다.

가방들을 살폈다. 자유계약 조사관의 값나가는 장비들이 그득했다. 소금탄과 철이 든 산탄통, 그리스의 불*이 든 용기. 좋은 값을 받을 수 있는 물건들이었다. 적당한 사람을 알기만 하면. 하지만 장비들 또한 내가 뒀던 곳에 그대로, 누구의 손도 닿지 않은 채 있었다.

사라진 건 아무것도 없었다. 해골뿐이었다.

누군가가 들어왔다. 유령단지가 있다는 걸 알고. 오직 그것만 노리고 침입해 손에 넣은 뒤 떠났다. 그 모두를 내가 외출한 십 분에서 십오 분(대강 계산하면 그랬다.) 사이에 해치웠다. 그러니까 그들은 건물을 감시하고 있었던 거다. 내가 집을 비우길 기다리면서. 내 동선을 이미 알았거나 알아맞혔다. 그건 어렵지 않았다. 나는 사건을 마무리하고 돌아온 아침에 하는 일이 거의 같았으니까. 태국 식당의 남자마저 내 이름을 알 정도였다. 동네 사람 절반은 내가 아침나절 언젠가 먹을 걸 사러 어슬렁거리며 나간다는 걸 알 터였다.

하지만 여기 왔던 사람이 누구든 유령단지의 존재 또한 알고 있었다.

해골에 대해 알았다. 그걸 숨기려고 내가 그 고생을 했는데.

이 사실을 누가 알고 있나? 록우드와 조지, 물론이다. 홀리도. 몇 달 전에 내가 얘기했다. 퀼 킵스는 어떤가. 그럼 혹시 어젯밤에? 아니. 나는 매우 조심했었다. 그리고 어쨌든 킵스가 물건이나 훔칠 위인 같진 않았다. 그럼 또 누가 있지?

또 누가 해골을 봤나?

나는 한참을 서서 생각했다.

그런 다음 다시 층계참으로 가 아침거리를 집어 들었다. 여전히 따끈했다. 어쨌든 난 배가 고팠고, 맛 좋은 태국 음식을 안 먹고 버린들 뭐가 달라지겠나.

식사를 마친 뒤 머리칼을 제대로 말리고 작업복으로 갈아입었다. 외투에서 전날 밤의 퀴퀴한 땀과 공포의 냄새가 났지만, 그걸 누가 알아채려고?

나는 작업 벨트를 차고 거기 달린 주머니들을 대충 확인했다. 유령한테 쓸 생각으로 그런 건 아니었다. 이날 내 사냥감은 달랐으니까. 하지만 검을 차려면 벨트가 필요했다.

나는 레이피어를 집어 벨트에 고정했다. 마지막으로 거울을 봤다. 내 파리하게 굳은 얼굴과 불타는 눈을 봤다. 절도가 당신에게 미치는 영향은 놀랍기 그지없다. 전날의 피로와 가라앉은 기분 따위 싹 다 사라지고 없었다.

준비를 마친 나는 방을 나섰다. 등 뒤로 부드럽게 문을 당겨 닫았다.

클러켄웰의 피츠 소각장 복합 부지에서 남쪽으로 조금만 걸어가면 클러켄웰 그린으로 불리는 삼각형 모양 포장 구역이 나왔다. 키 큰 라임나무에 둘러싸인 공용 벤치와 샌드위치 가게, 술집들이 소각장 직원들의 필요를 충족시키는 곳이었다. 근처에 솟은 세인트 제임스 교회에는 어여쁜 잔디가 깔리고 휑한 마당이 있었다. 수십 년 전에 허깨비*들이 창궐하면서 묘지들이 철거된 자리였다. 화창한 날 오전 근무가 끝나고 소각장 굴뚝들에서 사이렌이 울리면 주황색 작업복을 입은 남녀가 쏟아져 나와 잔디밭에서 점심을 먹고, 혀에 밴 탄 맛을 씻어냈다. 소각로 운전사와 급유 담당자, 화공과 저장고 관리자와 타고 남은 재를 처리하는 소년들. 그들 모두가 떼로 몰려나와 인파에 합류했다.

검사실 부스에서 일하는 접수 담당들도 마찬가지였다. 아니, 틀림없이 그러리라는 데 나는 그날 아침을 걸었다.

지하철에서 내리고 빠르게 걸어 점심시간 직전에 클러켄웰 그린에 도착했다. 나는 라임나무 근처 벤치를 골랐다. 카페들이 잘 내다보이고, 장식용 항마등의 그림자에 몸을 숨길 수 있는 위치였다.

멀리서 사이렌들이 울렸다. 나는 자리에 앉아 기다리며 보도를 감시했다. 조금씩 조금씩 사람들이 밀려들기 시작했다. 몇 분 되지 않아 그 조용했던 잔디밭이, 눈 녹는 대지 가운데 개울과도 같은 땅이 복작이기 시작했다. 사람들이 클러켄웰 그린을 채우고, 샌드위치 가게에 길게 줄지어 서고, 옥상에서 새들이 기겁해 날아오르고, 비둘기들이 빵 부스러기를 놓고 옥신각신하고, 벤치란 벤치는 죄다 임자를 만났다. 나는 그런 풍경에 아랑곳 않고 내가 선택한 자리에 앉아 꼼짝하지 않았다.

점심시간이 계속되면서 상점의 대기 줄이 점점 줄었다. 버려진 샌드위치 포장지들이 아기 유령처럼 잔디밭 위를 부유했다. 나는 기다렸지만 조바심 내지 않았다. 검사실 담당자들은 새벽에 일을 시작해 오후까지 근무했다. 하루가 길었다. 끼니를 해결하지 않을 수 없었다. 언제가 됐든 그는 올 것이다.

그리고 12시 36분경, 낯익은 주근깨투성이 청년이 세크포드 스트리트를 후다닥 내려오는 게 보였다. 그는 작업복 위에 파카를 걸쳤고, 짧게 깎은 금발엔 방울 털모자를 덮어썼다. 주먹은 외투 주머니 깊숙이 찔러 넣었고, 좁은 어깨는 한껏 움츠렸다. 해롤드 메일러는 추운 듯했다.

나는 벤치에서 몸을 떼어내 그가 지나가는 모습을 지켜봤다. 그는 잔디밭을 가로질러 감자구이 가게 안으로 사라졌고, 머지않아 불룩한 종이 가방을 들고 나타났다. 딴 데 곁눈을 팔거나 하진 않았으나 아까보다는 살짝 느린 속도로 왔던 길을 거슬러 가기 시작했다.

나는 그를 기다리는 대신 세크포드 스트리트를 빠르게 걷다가 옆으로 빠지는 조그만 골목을 찾아냈다. 골목은 어둡고 악취를 풍겼으며, 대부분이 쓰레기통으로 채워져 있어 정말이지 이때 내 몰골과 딱이었다. 나는 골목에 몸을 숨기고 기다렸다. 이내 보도에서 발소리가 들리며 해롤드 메일러가 가까워 오고 있음을 알렸다.

이보다 엄청난 속도로 목표물을 덮치는 사마귀가 있을 수야 있겠지. 만일 그렇다면 내가 아직 놈들한테 안 걸려본 거고. 바로 전까지 해롤드 메일러는 환한 봄 햇살 속을 거닐며 가방에 든 것의 냄새를 행복하게 킁킁거렸다. 그러다 정신을 차려보니 내 무릎에 사타구니를, 팔꿈치에 목을 눌린 채 골목의 차갑고 축축한 벽돌에 붙박여 있는 거다.

"안녕, 해롤드." 내가 말했다.

그는 희한하게 끼익거리는 소리를 냈는데, 혹시 사고라도 나는 건가 싶었다. 나는 팔꿈치 위치를 살짝 조정했다. 그 뒤의 숨 가쁜 기침소리도 그리 크게 낫진 않았지만.

"루시! 이게 뭐… 뭐 하는 짓이야?"

"얘기 좀 하고 싶어서, 해롤드."

"부스에서 하면 안 될까? 늦었어. 들어가 봐야 해. 근무시간…."

"몇 가지 질문이 있어. 개인적인 일로. 조용히 마무리하는 게 좋아. 여기서."

"이거 지금 장난하는 거지?"

"오늘 아침에," 내가 말했다. "누군가가 내 물건을 훔쳐갔어. 아파트에 침입해서 귀한 유령단지랑 그 안에 든 유물을 가져갔지. 내 돈엔, 다른 귀중품엔 손도 안 댔어. 유령단지만 없어진 거야. 단지에 대해선 아무도 몰라, 해롤드. 너 말곤 아무도."

해롤드 메일러는 처진 눈꺼풀 탓에 졸리면서도 뭔가를 회피하려는 사람처럼 보였다. 두 눈이 도움이라도 구하는 양 좌우로 휙휙 움직이다 멈췄다. 그가 내게 씩 웃어 보이는데 윗입술이 땀으로 축축했다.

"그만해! 무슨 말인지 모르겠어. 난 아무것도 안 훔쳤다고! 이거 놔!"

"내가 전에 클러켄웰에 갔을 때, 넌 단지 속 해골을 봤어, 해롤드. 봤다는 거 알아. 그리고 그걸 누군가에게 말했다는 것도. 누구에게?"

이윽고 해롤드 메일러가 나름 저항을 하려 들어 나는 그의 기관을 누르는 팔에 더 힘을 줬다. 그게 실수가 아니었나 싶은데, 그가 내게 기침 세례를 퍼부어서다. 하지만 나도 누굴 때려본 적이 있어야 뭘 알든지 말든지 하지.

"그날 단지를 봤다고 한들 그게 뭐?" 내가 주춤하는 사이, 그가 꺽꺽거렸다. "네가 이상한 물건을 갖고 있든 말든 내가 왜 신경 쓰는데? 그게 나한테 무슨 의미가 있어서?"

"오, 하지만 그게 영물이면 의미가 크지. 안 그래?" 내가 말했다. "네가 아닌 척하는 것 이상으로. 그럼 다른 걸 물을게. 사흘 전 밤에 내가 미라 머리를 가져왔었지. 네가 받고 수령증을 써줬고. 그러고선 그걸 어떻게 했지?"

"머리? 내가 태웠잖아! 너도 봤으면서!"

"아니, 해롤드. 아냐, 넌 안 태웠어. 갖고 있었잖아. 팔아치웠지. 난 다 알아. 그게 그날 밤 암시장 경매에 나왔거든."

"뭐? 이거 완전 미쳤구먼!"

"내가? 내 눈으로 직접 본 건데."

그건 거짓말이지만, 그럼 나더러 어쩌라고? 해롤드 메일러는 그냥 계속 부인할 거고, 나는 시간만 버리게 될 터였다. 게다가 플로가 봤다고 했다. 플로는 믿을 만했고.

해롤드 메일러가 마른 입술을 혀로 축였다. "암시장 경매장에서 넌 뭘 하고 있었는데?"

"그러는 넌 뭘 하는 거야? 금지된 영물들을 팔다니, 해롤드? 암시장 거래가 어떤 처벌을 받는지 알잖아. 반스가 이걸 얼마나 심각하게 생각할지도 알고. 모른대도 조만간 알게 될 거야. 내가 경위를 찾아가면."

"이건 미친 짓이야, 루시. 넌 제정신이 아니라고."

"물건들을 누구한테 파는데, 해롤드? 마지막으로 묻지. 내 해골 얘기 누구한테 했어?"

그처럼 가까이서 보는 해롤드 메일러의 눈은 녹색이 감도는 데다 황갈색 점들이 박혀 있었다. 이윽고 눈동자 속 뭔가가 달라졌다. 반항심이 공포로 바뀌었고, 나는 내가 이겼음을 알았다.

"말 못 해." 그가 헐떡였다. "못 한다고. 목에 칼이 들어와도 못 해. 벽에도 귀가 있어."

"우린 골목에 있어, 해롤드. 여긴 아무도 없고. 그리고 여기 있는 귀는," 나는 천천히 레이피어를 들어 보였다. "바닥을 나뒹구는 네 귀가 유일할 거야. 지금부터라도 쓸모 있게 굴지 않으면."

아까 붙들어 세우고부터 내내 메일러의 옹이진 손이 내 손목을 잡고 있었다. 나는 순간적으로, 아주 잠깐이긴 하지만 손목에 가해지는 힘의 질이 변하는 걸 느꼈고, 그가 반격을 고민하고 있다는 걸 알았다. 그랬다면 무슨 일이 벌어졌을지, 나는 지금도 모르겠다. 그는 나만큼 컸고, 나보다 대단히 약한 것도 아니었으며, 나는 그의 귀를 정말로 자르지도 못했을 거다. 귀든 다른 어디든. 하지만 그는 신체적으로도 정신적으로도 겁쟁이였고, 반격을 고민하는 순간은 그렇게 지나갔다.

"알았어, 알았어. 그러니까 좀 놔줘." 내가 레이피어를 준비 자세로 든 채 한 걸음 물러나자, 해롤드 메일러가 숨을 내쉬었다. 그러면서 어깨를 펴는 그는 헐렁한 파카 차림으로 용기를 그러모으려 애쓰는 조그맣고 겁에 질린 십 대였다. "생각할 시간이 필요해. 생각할 시간이…. 근데 이 고약한 냄새는 뭐야? 네 외투에서 나는 거야?"

"아니, 해롤드. 골목 냄새야."

"퀴퀴한 땀 냄새 같은데."

"지금 냄새 갖고 해보잔 거야? 내 질문에 대답이나 해."

"오케이." 해롤드 메일러는 골목 저편을 올려다봤다. 도끼처럼 씰룩씰룩 안절부절못하며. 처음엔 그가 거기로 줄행랑칠 궁리를 한다고 생각했다. 하지만 그건 종류가 다른 씰룩거림이었다. 그는 근처에 누가 있을지도 몰라 겁먹은 거였다. 몇 미터 떨어진 곳, 햇볕이 내리쬐는 거리를 소각장 직원들이 드문드문 스쳐갔지만 우리 쪽을 보는 사람은 없었다.

"오케이." 해롤드 메일러가 다시 말했다. "말할게. 아는 게 그리 많지도 않지만. 세 달 전에 어떤 사람들이 접근해 왔어. 암시장 상인들일까, 나도 몰라. 소각장에 들어오는 질 좋은 출처들을 빼내주면 돈을 주겠다고 했어. 규정이 강화되면서 암시장에 사람이 몰렸고, 영물을 위해서라면 물불 안 가릴 이들이 생겨났지. 난 현금이 궁했어, 루시. 넌 어떤지 몰라. 여기서 일하는 게. 돈은 쥐꼬리만큼 주면서 윗사람들은 우릴 쓰레기 취급한다고. 조사관으로 사는 거랑은 완전 달라…."

"그래, 그래." 내가 말했다. "그 눈물 나는 사연은 진실이라 치고. 그래서 넌 출처를 그 인간들한테 넘기고 출처 대신 다른 뭔가를 태우는구나."

"아주 좋은 것만. 가장 강력한 것만. 꽤나 쉬워. 활송 장치로 불 속에 굴려 넣는 걸 자세히 보는 사람은 없거든." 해롤드 메일러가 희미한 미소를 시도했다. "그러니까, 그런다고 해될 게 뭐야, 솔직히? 피해보는 사람이 없잖아."

나는 레이피어를 그의 배에 대고 눌렀다. "그래? 놈들이 '내' 물건을 훔쳐갔단 걸 깜빡하셨네. '네'가 떠들어댄 바람에. 넌 놈들한테 얘길 흘렸어. 왜?"

"미안해. 옳지 못한 일이었단 거 알아. 물건을 구해오란 재촉이 심해지고 있어, 루시. 그 사람들 입장에서도 물량이 아주 딸리는 모양이야. 이따금 좋은 물건을 확보 못 할 때가 있는데, 그럼 날 잡아먹으려 든다고…. 하지만 그 사람들은 정보도 좋아하거든. 그렇잖아? 그렇게라도 비위를 맞춰줄 필요가 있는 거지."

"그래서 그 사람들이 누군데? 출처는 뭣 땜에 필요한 건데?"

"몰라."

"그럼, 생김새는? 묘사해 봐."

"누군지 모른다니까."

나는 그에게서 물러났다. "내가 괜한 짓을 했네, 해롤드. 넌 제대로 얘기하는 게 아무것도 없어. 이제 난 반스한테 갈 거야. 내 팔에서 떨어져."

해롤드 메일러가 외마디 소리와 함께 튀어나와 내 소매를 붙들었다. "넌 몰라. 상대는 악당들이야, 루스! 그런 사람 얼굴을 누가 빤히 쳐다보고 있겠어. 얼른 물건이나 넘기고 자릴 떠야지. 모든 게 일몰 뒤에 진행돼. 이봐, 내가 도와줄 수 있어. 오늘 밤에 물건을 넘길 거야. 네가 거기로 오면 되잖아. 와서 보라고. 보든 미행하든 맘대로 해. 내가 널 달고 왔다는 것만 들키지 말고. 어떻게 생각해? 내가 해줄게. 하겠다고, 루시. 만약 네가…, 왜? 왜 웃는데?"

"너 지금 튀려는 거잖아. 그 인간들한테 날 고자질하려는 거라고."

"아냐! 맹세해! 난 그 사람들이 싫어. 골칫덩이들이야, 루시. 애초에 그들이랑 엮인 게 잘못이었어. 돈 말곤 좋을 게 전혀 없었다고. 들어봐. 그 사람들이 오늘 오후에 메시지를 보내서 접선 장소를 알려준댔어. 매번 달라지거든. 클러켄웰을 벗어나는 일은 없지만, 정확한 위치는 그때 가봐야 알아. 오늘 근무 끝나고 만나자. 여기, 아님 교회 마당에서. 접선 장소가 어디로 정해졌는지 얘기해 줄게. 그럼 너도 오늘 밤에 가서 기다리고 있음 되잖아. 어딘가에 숨든가 해서. 네가 와 있다는 걸 그들이 모르기만 하면 문제없을 거야."

글쎄. 나는 이게 왜 나쁜 생각인지 천 가지 이유는 댈 수 있었고, 그 모두는 해롤드 메일러가 도저히 못 믿을 인간이라는 사실에서 비롯됐다. 그의 입장에선 돈 되는 부업을 망치느니 내가 죽는 걸 보는 편이 더 나을 거고, 지금 그를 놔주는 건 그런 결말로 가기 위한 함정을 준비하기에 충분한 시간을 안겨주는 거나 다름없어 보였다. 그렇다고는 해도 내가 여기서 뭘 더 할 수 있는 것도 아니긴 한데.

해롤드 메일러는 내 얼굴을 슬쩍슬쩍 곁눈질하며 말했다. "헛고생시키지 않을게."

"오늘 밤 나한테 무슨 일이든 생기면," 내가 오랜 침묵 뒤에 말했다. "네가 어떤 방식으로든 날 배신하면, 내 친구들이 널 가만두지 않을 거야. 내 뒤통수를 치느니 소각로에 몸을 던지는 게 차라리 나았다고 생각하게 될걸." 그건 내가 떠올릴 수 있는 최고의 위협이었으나, 진부함은 말할 것도 없고 다소 약하다 싶기도 했다. 정작 그는 별 생각이 없어 보였다. 허옇게 질린 얼굴로 고개를 끄덕이며 얼른 사라지고 싶어 안달이었다.

"황혼 녘이야, 그럼." 그가 말했다. "세인트 제임스 교회 마당에서. 마당 가운데 사거리에 벤치가 하나 있어. 난 거기 있을게. 네게 필요한 정보를 갖고. 하지만 그들한테 들켜선 안 돼, 루시. 절대로. 내 말

듣는 게 좋을 거야. 그 사람들이 무슨 짓을 할지 넌 몰라. 약속해. 나한테 들은 얘기라곤 절대 말하지 않기로."

"네가 약속을 지키면," 내가 말했다. "나도 그럴 거야. 아님…."

"아, 너희 조사관들은 늘 떳떳하게 행동하지. 알아." 해롤드 메일러가 땅에 떨어져 있던 점심 가방을 움켜잡았다. "모두가 대행사를 사랑하고." 그런 다음 옆걸음으로 내게서 물러났다. 외투가 벽돌을 쓸고, 그의 얼굴엔 가식과 혐오, 공포가 역하게 뒤죽박죽돼 있었다. 그는 골목 끝에 도달해 쥐새끼처럼 모퉁이를 돌고 벽에 딱 붙어 속도를 낼 준비를 했다. "황혼 녘이야." 다시 말하고는 사라졌다.

12

세상이 더없이 밝아 보일 때조차 어둠이 얼마나 가까이 있는지 생각하면 이상하다. 여름 정오의 눈부신 빛 속에서도, 보도가 절절 끓고 철제 울타리가 손도 못 대게 뜨거울 때도 그림자들은 여전히 우리와 있다. 놈들은 문간과 바깥 현관과 다리 밑에 모이고 신사용 모자의 챙 아래 모여 그들의 눈을 가린다. 우리의 입과 귀에도 어둠이 있다. 손가방과 서류 가방, 남자들의 펄럭이는 재킷 안과 여자들의 너울거리는 치마 아래에도. 우리는 어둠을 지니고 다니며 그것의 영향에 짙게 물든다.

그날 오후, 나는 클러켄웰 그린에 있는 카페의 창가 자리에 앉아 인파 속 얼굴들을 지켜봤다. 나 같은 경우엔 직업이 직업이니 만큼 낮에 밖을 나다니는 일이 많지 않았고, 업계 사람이 아닌 이들과의 경험 대부분이 출몰 피해자와 죽은 자에 국한됐다. 지금 나를 스쳐가는 사람들, 이들은 그 외의 모두를 대표했다. 공포 속에서 조심스런 생활을 유지하고 창문에 철과 은을 걸어가면서 삶을 살아보려 애쓰는 대다수 말이다. 청년, 노인 가릴 것 없이 저 밖에서 밝은 봄 햇살을 만끽하느라 정신없는 사람들. 그들은 내게 충분히 무해해 보였다.

하지만 저기 어딘가에는, 어쩌면 카페 창밖을 스쳐가는 사람들 사이에서조차 어둠에 매혹된 이들이 있었다. 그 매혹은 여러 형태로 나타났다. 누군가는 런던 전역에 확산된 광신도 집단*에 합류해 죽음으로부터 귀환한 자들을 요란스레 환영하고, 그들이 가져오는 메시지를 들으려 시도했다. 또 다른 누군가는 금지된 영물들의 위험성과 희귀성을 추구했다. 무덤에서 훔친 출처 수십 점을 지하 철제 금고에 숨겨뒀다는 부자 수집가들의 얘기가 심심찮게 들렸다. 이상한 주술 의식에 출처를 사용하는 이들도 있었다. 내가 록우드 심령 회사에 있던 당시, 우리는 아이크미어 브라더스 백화점 아래 무덤에서 괴상한 표식들을 봤었다. 귀신 들린 뼈들의 무더기로 만들어지고 유기된 원의 흔적이었다. 그와 관련해 조지는 이런저런 가설들을 세웠지만 그 원의 정확한 목적, 그리고 그걸 만든 사람들의 정체는 여전히 어둠에 가려져 있었다.

그러다 보니 DEPRAC의 고군분투에도 불구하고 영물들을 사고파는 암시장은 여전히 건재했다. 가련한 해롤드 메일러와 함께 나는 우연히도 그 암시장의 주요 공급책 하나를 알게 된 듯하고.

하지만 이제 어떻게 해야 할까? 메일러와 연락하는 사람이 누구든 윗선을 추적하면 윙크맨 일가로 이어질 가능성이 높았다. 결과적으로는 미라 머리가 그들 손에 들어가는 걸 플로가 봤으니까. 윙크맨 가족과 소각장 출처 도둑 사이의 연관성을 입증할 증거를 찾는다면, 나는 이름깨나 날리게 될 터였다.

하지만 내 최우선 목표는 그게 아니었다. 그게 그렇게 중요했으면 곧장 런던 경찰청으로 가 반스 경위를 만나고 그에게 처리를 맡기면 될 일이었다.

아니, 다른 무엇보다도 나는 속삭이는 해골을 되찾고 싶었다.

당신이 잘못 들은 거 아니다. 해골을 되찾고 싶다고 했다. 이런 말을 내 입으로 하게 될 날이 올 줄은 정말 꿈에도 몰랐지만.

이래저래 단지 속 유령은 내게 만성적인 눈엣가시였다. 록우드의 회사에 입사해 해골을 처음 마주했을 때, 내 반응은 공포와 혐오 그 자체였고, 이 감정들은 놈과 대화가 시작되면서 더욱 강해지기만 할 뿐이었다. 놈은 철두철미하게, 일부러 더 꾸역꾸역, 아주 좋아 죽겠다는 양 비난을 불렀다. 아닌 게 아니라, 당신이 상상할 수 있는 가장 못돼먹은 성격 열 가지를 꼽는다고 하면, 해골은 그중 1위부터 9위까지를 다 가졌고, 그나마 10위가 빠진 건 솔직히 그게 충분히 나쁘지 못해서일 거였다. 해골의 이름은 따로 알려지지 않았고 과거의 상당 부분도 수수께끼로 남아 있었다. 우리가 살짝 맛만 본 사망 전 경력 사항에 유골 절도와 흑마술, 냉혹한 살인이 들어가 있긴 했지만. 그러고도 해골은 수치심을 몰랐다. 놈의 말을 들을 수 있는 사람이 달리 없었기에 놈은 나와 특별한 연을 맺게 됐다. 뱃사람의 거친 언어와 족제비처럼 교활한 도덕성을 가진 이놈의 유령 때문에 나는 끝없는 초자연적 빈정거림과 모욕을 이겨내야 했다. 생소한 단어를 많이 알게 되기도 했고.

그렇다고는 하지만, 그토록 몸서리나게 싫은 존재치고 놈은 내게 의지할 곳이 돼주기도 했다.

기본적으로 해골은 출장을 나갈 때 꽤나 자주 도움이 됐다. 놈의 통찰은—그 덧없음과는 별개로—내 목숨을 여러 번 구했다. 하루인가 이틀 전만 해도 엠마 마치먼트 유령의 위치를 짚어줬고, 놈이 아니었으면 나는 더듬거리며 다니다 그 여자 손아귀로 직행했을 거였다. 그리고 놈은 어젯밤에도 일링 인육 사건의 출처가 있는 곳을 귀띔했었다. 물론 다소 늦은 감이 있긴 했지만. 이 같은 초자연적 지원을 받는 요원은 세상 어디에도 없었다.

이를 바탕으로 나는 문제를 보다 넓은 관점에서 보게 됐다. 그러니까 이날 해롤드 메일러가 배신하지 않으리란 가망 없는 희망을 품고 클러켄웰을 서성이는 데는 보다 심오한 이유가 있었던 거다. 해골은 3급령으로, 산 자와 완벽한 의사소통이 가능했고, 그래서 어마어마하게 희귀했다. '나' 역시 희귀했다. 오직 나만이 놈의 목소리를 들을 수 있었으므로. 그처럼 강력한 영물을 옆에 낀 나는 독보적이었다. 마리사 피츠 이후 유령과 '진정한' 대화를 나누는 최초의 사람이었으니까. 내 모든 자신감—그리 대단한 것도 못 되지만—은 이 단순한 사실에서 나왔다. 놈이 없으면? 나는 다시 평범한 조사관일 뿐이었다. 능란하지만 눈부시진 않은.

좋든 싫든 속삭이는 해골은 나를 정의하는 데 일조했다. 나라는 사람의 일부였다. 그리고 지금 웬 비열한 범법자들이 놈을 내게서 빼앗으려 하고 있었다.

하지만 나 역시 그리 얌전히 당하고만 있진 않을 것이다.

윙크맨 일가와 그 조직은 무시무시했다. 내 경험상 그랬다. 하지만 오늘 밤 내가 그들 뒤를 밟아 창고를 발견하게 되면 그들도 알게 될 터였다. 나 또한 무시무시한 사람이란 걸.

그런 이유로 내가 차를 앞에 두고 앉아 꾸벅꾸벅 조는 사이, 주택들 너머로 해가 저물었다. 황혼 녘이 되자, 나는 외투를 입고 레이피어 줄을 꽉 조인 뒤 세인트 제임스 교회 마당으로 출발했다.

그건 그렇고, 내가 거길 미리 살펴보지 않았다곤 생각지 말라. 사실 해롤드 메일러가 줄행랑치고 나서 가장 먼저 한 게 그거였다. 교회로 향한 나는 낡은 철문들을 통과해 노천 광장에 들어섰다. 점심

시간을 이용해 소풍을 나온 이들 몇몇이 근사한 봄 햇살 속을 차마 못 떠나고 있었다. 오래된 교회 마당은 거의 전부가 잔디밭이고, 여러 해 전 대대적인 정리 작업으로 무덤들이 제거된 자리가 여전히 울퉁불퉁하고 고르지 못했다. 교회 마당은 건물들로 둘러싸여 있었다. 북쪽으로는 신고전주의 양식으로 지은 세인트 제임스 교회 전면부가 보였다. 나머지 삼면은 주택 뒷면들과 드높은 교회 담장, 닫힌 철문들로 채워졌다. 교회 마당 양쪽 끝에 각각 세크포드 스트리트와 클러켄웰 그린 방면 출구가 있는데, 이 두 출구를 소박한 콘크리트 길이 연결했다. 더 조그만 두 번째 길이 세인트 제임스 교회에서 남쪽의 비좁은 골목으로 이어졌다. 두 길이 교차하는 곳, 교회 마당의 대략적인 중심에 검은 나무 벤치가 놓여 있었다.

나는 생각에 잠겨 걷다 그 벤치를 몇 번이고 그냥 지나쳤다. 접선 장소로 고른 것치곤 좀 별났다. 지나치게 노출돼 있는 동시에 — 교회 마당 전체를 놓고 보면 — 꽤나 닫힌 공간이기도 했으니까. 길 가운데 놓인 벤치야 나쁠 거 없다지만, 사방을 두른 담장은 마음에 안 들었다.

매번 퇴로를 확인해 놓는 문제를 두고 록우드가 뭐랬더라? 어떤 심령 현상이든 상대하기 전 주변 지형을 파악하는 게 중요하다. 전체 구조, 특히 출구와 막다른 길을 알아둬라. 왜냐고? 통제 불가 상황이 됐을 때 어떻게 내뺄지 알아야 하니까. 그리고 유령에게 적용되는 원칙이 부정직한 소각장 직원에게도 적용되지 말란 법은 없었다.

나는 몇몇 이동 경로들을 완성하고, 계산하고, 거리를 측정하고, 스스로 만족할 때까지 확인하고 다시 확인했다. 마침내 클러켄웰 그린의 카페로 향할 때쯤엔 부지 전체를 달달 외워 그릴 수 있을 정도였다. 이제 네 시간이 지난 지금, 나는 내 노력의 결과를 제대로 써볼 준비가 됐다.

해 질 녘에 접어들면서 클러켄웰 거리들은 빠르게 비어갔다. 상점들이 문을 닫고, 철제 셔터가 덜컹덜컹 내려갔다. 날이 화창한 데다 주변에 항마등도 많고 해서 아직껏 밖에 남아 있던 행인 몇이 지하철 막차를 타려 서둘렀다. 야경대* 아이들이 벌써 나와 있었다. 세인트 제임스 교회 관리인들이 통금 종을 울렸다.

교회 마당 조명은 아직 안 들어와 있었다. 출입문 세 곳에서 램프들이 타오르고, 그 사이에 검은 공간이 해먹처럼 걸려 있었다. 건물 높은 곳 창문들에도 불이 들어와 교회 잔디밭 곳곳에 밝은 사각형들을 흩뿌려 놨다. 나는 중앙 벤치에서 가장 멀리 떨어진 세크포드 스트리트 문으로 진입하자마자 담장 근처의 어둑한 지점을 찾아내고, 거기서 어스름 속 복잡한 모양들에 눈을 적응시켰다.

그가 왔나?

내 옆에 난 길이 잔디밭을 가로질러 희미하고 파리하게 굽는 모양새가 꼭 반짝이는 갈비뼈 같았다. 그 길을 눈으로 쭉 따라가니 다른 길과 교차하는 지점이 나왔다. 그 가까이의 낮고 검은 벤치가 간신히 보였고, 인상을 있는 대로 쓰며 눈을 가늘게 뜨고 본 결과—그래—거기 누군가 앉아 있는 걸 확인할 수 있었다.

그러니까 오긴 왔군. 좋아. 근데 혼자가 맞나?

나는 시간을 들여 교회 마당을 살피고, 두 눈이 별 특색 없는 땅을 훑고 다니게 뒀다. 모든 게 조용했고 모든 게 괜찮았다. 벤치와 주변 담장 사이엔 아무도 없었다.

나는 콘크리트 길과 거리를 유지하고 조명이 들어온 잔디밭의 환한 구역들을 피해가며 천천히 벤치를 향해 걷기 시작했다. 거기 앉은 형상에서 눈을 떼지 않았다. 해롤드 메일러가 맞았다. 그의 파카와 가늘고 홀쭉한 골격으로 알 수 있었다. 그는 조용히 앉아 가만히 기다리며 땅을 응시했다.

내 신발이 거뭇한 잔디를 스쳤다. 나는 소리 없이 그를 향해 움직였다. 아직 거리가 좀 있을 때 접근 방향을 조정해 해롤드 메일러의 뒤로 돌아갔다. 뒤에서조차 그가 얼마나 여유로운지 보였다. 두 팔을 쭉 뻗어 벤치 등받이에 얹고 고개가 약간 갸우뚱한 게 잠깐 눈을 붙이는 것 같기도 했다.

내 발이 느려졌다. 나는 서서히 멈췄다.

해롤드, 그는 불안에 안절부절못하는 사람이었다. 해가 쨍쨍할 때도 그렇게 절절매는데, 자기 일과 목숨이 어찌 될지 모르는 판에 해 저무는 교회 마당에 홀로 앉아 악당들의 심기를 거스를 만남을 기다리는 지금은 불안이 오죽할까.

별안간 나는 그의 저 완전한 여유로움이 찝찝했다.

그를 가만히 봤다. 왜 저렇게 느긋하지?

그러고 보니 말인데, 고개는 왜 저런 각도로 꺾였고?

그는 왜 움직이지 않나?

내 손이 살며시 검을 향했다. 나는 잔디밭에 심긴 한 점 석상이었다.

두피가 스멀거렸다. 바람결에 싸늘한 목소리가 실려왔다.

"루시…."

왼눈으로 곁눈질하자 허공에서 모양을 갖추는 형상이 감지됐다. 흐늘흐늘, 주춤주춤, 어둠의 가닥들을 엮어 만들어졌다. 어설피 옷을 챙겨 입기라도 하듯 제 주변에 암흑을 모았다. 형상은 내 곁 어둠 속에 떠 있었고 손 닿을 만큼 가까웠다. 거기서 뿜어져 나오는 냉기가 칼처럼 살을 에었다. 들이치는 공포에 내 입술이 뒤로 말리고, 훤히 드러난 치아가 섬뜩한 환영의 미소라도 짓는 듯했다. 나는 후끈거리는 눈을 정면에 고정했다. 벤치와 거기 앉은 생명 없는 자를, 그의 비틀리고 부러진 목을 응시했다. 내 옆의 그 칙칙한 건 차마 볼 엄두가 안 났다. 반쯤 형체를 갖춘 얼굴이 특히 그랬는데, 그게 내 얼굴 아주 가까이에 있는 게 느껴졌다.

나는 간신히 꺽꺽거렸다. "해롤드?"

"루시…."

"그들이 무슨 짓을 한 거야?"

조그맣게 갈라지는 소리만이 유일한 답이었다. 아래를 내려다보니 소매 주름을 타고 얼음 조각들이 퍼지고 서릿발들이 신발을 휘감았다. 얼굴 왼쪽은 초자연적 냉기로 타들어 갔고 숨결이 허연 입김으로 변했다. 형상이 정말 가까이에 있었다.

"누가 이랬어, 해롤드? 누가 널 죽였지?"

중얼거리는 말들의 홍수가 내 뇌에 부딪혀 철썩였다. 비통과 혼란이 차고도 넘쳐… 무슨 말인지 알아들을 수가 없었다.

내 혀가 어찌나 우둔하게 느껴지던지. 어찌나 마르고 부하게 느껴지던지. 접착제로 입안에 붙여버리기라도 한 것 같았다. "말해줘. 말해주면 내가… 내가 도울 수 있어…." 하지만 루시 칼라일 공식대로 말이 나오진 않았다. 이번엔 아니었다.

"네가 이랬어, 루시…."

곁눈으로 보니 구름결처럼 흐릿한 손이 내 얼굴로 다가오고 있었다.

"아니, 해롤드. 아냐. 그렇지 않아…."

"네가 이랬어." 놈의 손가락이 내 살갗 근처 허공을 쓸었다. 나는 움찔하며 물러났다. 얼음이 뺨에 물집처럼 돋았다. 움푹진 눈가에 쌓이는 게 느껴졌다. 마음이 아팠다. 그러면서도 내 손은 레이피어 칼

자루를 그러잡았다.

"아니, 해롤드. 제발 그러지 마…."

"그건 피에 젖은 땅에 있어."

"뭐?"

형상은 사라졌다.

몸서리가 쳐지고 목구멍으로 담즙이 솟구쳤다. 나는 뒤로, 옆으로 휘청거렸다. 얼굴을 문지르고 꽁꽁 언 땅에서 신발을 뜯어냈다.

그러고 있는데 잔디밭에서 남자 셋이 솟았다.

아주 잠시 나는 그들도 유령인 줄 알았다. 그들의 불가능에 가까운 출현에 뇌가 마비된 거였다. 하지만 사실 나는 오래전 교회 마당에서 무덤을 파내고 남은 둔덕과 이랑, 움푹진 곳들을 까먹고 있었다. 그중 어떤 것들은 웅크린 남자 하나쯤 거뜬히 숨기도록 깊었다. 그러니까 그들이 거기 숨어 있는 것도 모르고 나는 덫의 중심에 있는 해롤드 메일러의 시신으로 즐거이 걸어간 셈이었다. 남자들은 덩치가 크고 검은 옷을 입었다. 그 덩치로도 날래게 움직여 나를 가운데 두고 길을 차단했다. 한 명은 왼쪽으로 넘어가 내가 아까 들어왔던 문 쪽을 등지고 섰다. 나머지 두 명도 다른 출구로 가는 길을 막아섰다. 내가 벤치까지 갔더라면 탈출의 기회는 아예 없었을 것이다. 그들에게 손쉽게 포위당하고 말았을 터였다.

하지만 나는 중간에 멈췄었다. 내 뒤 공간은 막히지 않았다.

나는 뒤돌아 달렸다.

램프들이 몹시도 희미하게 타오르는 교회 마당 출입문들이 아니라 두 문의 중간쯤에 검은 덩어리처럼 높이 버티고 선 담장으로 뛰었다. 커피색 땅거미 속에서 담장은 견고하고 통과할 수 없는 석판처럼 보였다. 하지만 나는 숙제를 꼼꼼히 해둔 터였고, 거길 나갈 길이 있다는 걸 알았다.

완만한 비탈길을 올라가 이랑들을 뛰어넘고 오래된 돌 조각들에 발목을 접질리다시피 하며 담장에 도착했다. 등 뒤에선 세 형상이 쏜살같이 거리를 좁히며 내가 선 곳으로 모여들었다.

담장에 낡은 문이 하나 있었다. 잠겨 있었지만 써먹기 좋은 디자인이었다. 돌출된 잠금장치와 문 표면의 가로대들에 발을 걸칠 수 있으니까. 나는 덤벼들어 문 위를 붙들고—다 허물어져 가는 아치 모양 문틀에 헐겁게 끼워져 있어 손가락이 들어갔다—더 높은 곳을 더듬거렸다. 가로대 하나에 한 발, 잠금장치에 한 발씩 아슬아슬하게 얹었다. 그런 다음 다리를 곧게 펴고 몸을 들어 올렸다. 이제 손가락이 담장 위에 닿았다. 그거면 됐다. 발차기 한 번과 끌사나운 꿈틀거림. 나는 담장 위로 몸을 끌어 올렸다. 반대편으로 넘어가 허공에 잠시 매달려 있다가 수풀 속으로 가볍게 착지했다. 그러는데 뭔가가 문을 쾅 때렸다.

나는 어느 버려진 건물의 마당에 있었다. 옛 교회 목사관쯤 돼 보였다. 층층이 쌓인 벽돌과 녹슨 비계용 기둥 더미로 봐서 누군가가, 어느 시대엔가 개조공사를 하고 싶었던 듯했다. 하지만 이젠 인적 없는 곳이 됐고, 나는 그날 일찍이 거길 눈여겨봤었다. 내 앞에서 1층 창문이 유리도 없이 입을 쩍 벌렸고, 나는 창턱을 뛰어넘어 검은 공간으로 들어섰다. 힐끗 뒤돌아보니 윤곽뿐인 형상들이 별을 배경으로 힘겹게 담을 넘고 있었다.

건물 내부는 엉망이었고 잔해로 가득했다. 나는 손전등을 켰다. 뛰어내리고, 요리조리 빠져나가고, 장애물을 피해 활강하는 스키 선수처럼 방에서 방으로 이동했다. 경악스럽게도 건물 반대쪽 창문들은 죄다 견고히 봉인되고 막혀 있었다. 그쪽으로는 나갈 수 없었다.

뒤에서 소리가 났다. 그들이 벌써 들어와 있었다.

내 앞에 널찍하고 다 쓰러져 가는 계단이 펼쳐졌다. 나는 한 번에 세 칸씩 뛰어올랐다.

거기, 계단 꼭대기에 창문이 있었다. 유리가 끼워져 있었지만 구미가 당겼다. 유리창에 얼굴을 대고 내려다보니 평평한 지붕이, 그 아래서 뻗어나가는 정원이 보였다.

창문이 근사하게 현대식이었느냐고? 쉽게 열리는? 아니. 당연히 아니었다. 내리닫이창 어쩌고 하는 물건이었는데 낡고 썩고 휘어 있었다. 내가 할 수 있는 거라곤 머리와 어깨가 허락하는 한 높이 창을 밀어 올리는 것뿐이었다. 창이 끼익거리고 홈에 끼어 덜커덩거리나 싶더니만 아예 옴짝달싹할 생각을 안 했다. 이 상태로 꿈틀꿈틀 통과해 봐야 할 것이다.

나는 뒤를 봤다가 심장이 멎는 줄 알았다. 세 형상이 계단을 반쯤 올라와 있었다. 우두머리의 손에서 뭔가 은빛이 도는 물체가 보였다.

꿈틀거리고 어쩌고 할 시간이 없었다. 나는 뒷걸음질로 창문에서 떨어졌다가 와락 덤벼들어 틈새로 상체를 빼내고 달빛 속에서 이리저리 몸을 움직였다. 드디어 창을 빠져나가 떨어지려는데 손 하나가 신발을 잡고 놔주지 않았다. 아주 잠시 나는 허공에 매달려 있었다. 다음 순간 다른 발을 무차별적으로 내지르다 뭔가 아주 물컹한 걸 제대로 때렸다. 손이 풀렸고, 나는 아래쪽 평평한 지붕으로 떨어졌다.

아스팔트 지붕에 닿기 무섭게 옆으로 몸을 굴렸다. 방금 전 누웠던 자리를 뭔가가 때리곤 그대로 꽂혀 진동했다. 나는 벨트에서 철가루 산탄통을 뜯어내 몸을 돌리며 힘껏 던졌다. 산탄통이 창문을 강타하는데, 그 바로 아래 사람 머리가 빠끔히 나와 있었다. 유리 파편이 고드름 내리꽂히듯 쏟아졌다. 비명 소리가 들렸고, 머리가 건물 안으로 사라졌다. 나는 몸을 일으켜 낮고 평평한 지붕을 따라 움직였다. 날래게 다섯 걸음을 걸어 모퉁이에 도달했다.

거기서 보니 기다랗고 높은 담을 중심으로 양쪽이 정원이었다. 잔디 깔린 부지들이 검게 얼어붙은 바다처럼 넓게 펼쳐져 있었다. 나는 출구가 확실치 않은 상황에서 두 정원 어디에든 갇히고 싶지 않았다. 담장이면 될 것이다. 담장은 지붕보다 1미터가량 낮았고, 몸을 뒤로 돌려 비좁은 상부에 조심히 떨어져야 했다. 그러고 있는 와중에 저 뒤 망가진 창문에서 첫 번째 추격자가 뛰어내리는 걸 봤다.

나는 담장 위를 달렸다. 고양이나 할 법하게 날렵히 움직였다. 곧장 앞만 보고 담장의 높이감이 고스란히 느껴지는 양옆으론 눈길을 주지 않았다. 정원에 나무들이 있었다. 거기 달린 은제 항마구들이 보이고, 어둠 속 어딘가의 라벤더 덤불에서 향기가 올라왔다. 내 뒤에서 고함 소리가 들렸다. 뭔가가 어깨를 스치고 사라졌다.

나는 담장이 갈라지는 곳에 도착했다. 이쪽 거리 정원들이 끝나고 다음 거리 정원들이 시작된다는 의미였다. 내 오른쪽으로 담장 하나가 갈라져 나갔다. 왼쪽으론 두툼한 생울타리가 쭉 뻗어 있었다. 나는 뒤를 돌아봤다. 추격자 중 하나가 나를 따라 담장에 내려섰다 주춤주춤 움직이는데 손에 조그만 칼을 들고 있었다. 또 다른 추격자는 잔디밭으로 뛰어내려 전력 질주하는 중이었다. 그의 추격은 거기서 끝날 것이다. 그 앞을 울타리가 막고 있으니까. 세 번째 추격자는 안 보였다. 아까 창문이 깨지며 다쳤는지도 몰랐다. 제발 그랬기를 바랐다.

나는 지금껏 지나온 담장을 따라 계속 직진했다. 그 너머 도로로 나갔으면 했다. 내 앞에 주택들이 줄지어 있었다. 그중 하나에 붙어 있는 온실이 달빛에 차갑게 반짝였는데, 거기서 내 담장이 끝났다. 온실 건너는 낮은 차고 지붕이었고, 그 너머의 휑한 부분을 통해 길로 내려갈 수도 있을 것 같았다.

온실 지붕은 담장보다 높았다. 살펴보려고 속도를 늦추는 순간 뭔가가 팔뚝을 때렸다. 날카롭게 찌르는 듯한 통증이 느껴졌고 그 충격에 발을 헛디뎠다. 담장에서 떨어지기 직전이었다. 그 대신 온실 옆면으로 몸을 날렸다. 아린 팔로 지붕을 붙들어 위로 올라갔다. 아픈 자리에 갖다 댄 손이 축축하게 젖어 나왔다.

나는 유리 지붕 위를 달렸다. 몸을 앞으로 숙인 채. 경사진 유리면에서 신발이 자꾸만 미끄러졌다. 유리에서 훌쩍 뛰어 차고 지붕에 착지했다. 길이 그리 멀지 않았다.

뒤에서 누군가가 고함을 치는가 싶더니 비명이 뒤따랐다. 나는 멈춰 섰다. 돌아보니 첫 번째 추격자가 온실 지붕에 기어 올라와 있었다. 그는 나보다 덩치가 크고 무게도 상당히 더 나가서 유리 지붕 위를 나처럼 달릴 수 없었다. 이윽고 무릎을 꿇고 앉더니 그 자세 그대로 지붕을 쓸며 전진하기 시작했다. 그러고 있는 꼴이 꼭 거리 축제에서 유령 말을 탄 허벅지 비만 꼬마 같았다.

나는 그가 지붕 중간, 그러니까 어느 쪽 끝으로도 몸을 피할 수 없는 지점까지 오도록 기다렸다. 그런 다음 벨트 주머니에서 마그네슘 화염을 꺼냈다. 썩 훌륭한 일이라곤 할 수 없었지만, 그게 그리 신경 쓰이진 않았다. 그땐 그랬다.

내가 집어던진 마그네슘 화염이 바닥에서 어기적거리는 남자 바로 앞에 떨어졌고, 타는 듯한 백색광의 불길로 폭발하며 그에게 뜨거운 철의 파편들을 퍼부었다. 그가 꽥 소리치며 얼굴을 보호하려 몸을 젖혔다. 그와 동시에 무릎 밑 유리가 쩍쩍 갈라지고, 다음 순간 완전히 박살 났다. 지붕이 무너졌다. 남자는 비명을 지르며 은색 연기 속으로 고꾸라져 사라졌다.

뭔가가 내 뒤쪽 벽돌에 맞고 되튀었다. 칼 한 자루가 회전하며 아스팔트 지붕 위를 미끄러졌다. 정원의 추격자가 울타리를 훼손하고 나와서는 잔디밭을 달려오고 있었다.

나는 그에게 손가락 욕을 해보인 다음, 차고 지붕을 잽싸게 달려 자동차 보닛 위로 뛰어내렸다가 튕겨나가선 자갈 깔린 진입로에 떨어졌다. 몸이 바닥을 때리자마자 벌떡 일어나 달렸다. 마구간을 개조한 집들이 늘어선 조그만 거리였고 꽤나 예쁘다 싶었지만 건물이나 감상하며 서성거릴 형편이 아니었다. 순식간에 그곳을 벗어난 나는 클러켄웰의 고요한 동네들을 전속력으로 달렸다.

1.5킬로쯤 더 가서 세인트 판크라스 역 근처 구불구불한 골목 사이에서 길을 잃고서야 나는 속도를 살짝 줄이는 자신을 눈감아 줬다. 그래도 움직이길 멈추진 않았다. 소매가 축축하고 팔에 감각이 없었다. 쌀쌀한 밤이었다. 괜히 쉬었다가는 충격과 탈진에 잡아먹히고 말 것이다. 계속 움직이는 덕분에 머리가 그나마 돌아가는 건지도 모를 노릇이었고. 또한 내게 벌어진—그리고 해롤드 메일러에게 벌어진—일에 대해 당장은 정말로 생각하고 싶지 않았다.

내가 본능적으로, 깊이 생각하고 말고 할 것도 없이 알았던 한 가지는 집으로 돌아갈 순 없다는 거였다. 나를 입막음하려던 남자들은 내가 사는 곳을 훤히 알았다. 투팅의 내 조그만 보금자리는 그 밤 내 신변의 안전을 보장해 주지 못했다.

그리하여 뒷길들만 골라가며 천천히, 런던 도심의 북쪽 외곽을 신중히 우회하면서 내가 떠올릴 수 있는 단 하나의 피난처를 향한 길고 고통스러운 여정을 시작했다. 거기서만큼은 나도 안전했다.

이 문제 또한 깊이 고민하고 말고 할 게 없었다.

나는 포틀랜드 로 35번지로 가고 있었다.

13

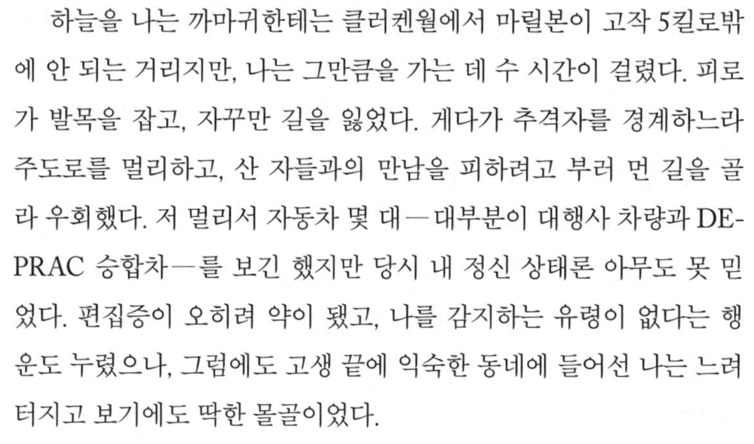

하늘을 나는 까마귀한테는 클러켄월에서 마릴본이 고작 5킬로밖에 안 되는 거리지만, 나는 그만큼을 가는 데 수 시간이 걸렸다. 피로가 발목을 잡고, 자꾸만 길을 잃었다. 게다가 추격자를 경계하느라 주도로를 멀리하고, 산 자들과의 만남을 피하려고 부러 먼 길을 골라 우회했다. 저 멀리서 자동차 몇 대—대부분이 대행사 차량과 DEPRAC 승합차—를 보긴 했지만 당시 내 정신 상태론 아무도 못 믿었다. 편집증이 오히려 약이 됐고, 나를 감지하는 유령이 없다는 행운도 누렸으나, 그럼에도 고생 끝에 익숙한 동네에 들어선 나는 느려터지고 보기에도 딱한 몰골이었다.

나는 도로 가운데로 터벅터벅 올라가 아리프네 길모퉁이 가게를 지나고 녹슨 항마등을 지나 꼬리에 꼬리를 물고 주차된 조용한 자동차들 사이를 무기력하게 걸었다. 사방이 고요하고, 컴컴하고, 문을 굳게 걸어 잠갔다. 자정을 지난 시각이었다. 제정신 가진 사람치고 이 시간에 남의 집 문을 두드릴 일은 없었다. 출장 중인 조사관들을 빼면. 그때서야, 35번지에 도착해 불 꺼진 검은 창을 보고서야 나는 록우드와 다른 애들이 집에 없을 가능성이 있다는—꽤나 높다는—사실을 떠올렸다. 그 깨달음에 몸이 휘청거렸지만 어차피 이젠 너무 늦었다. 나는 울타리 문으로 건너갔다.

문은 여전히 기우뚱하고 표지판도 옛날 그대로였다.

A. J. 록우드 심령 회사, 조사관 사무소

일몰 뒤에는 초인종을 울리고

철선 밖에서 대기하시오.

나는 문을 밀어 열고 조심스레 걸어 올라가 울퉁불퉁한 철선 타일들을 넘었다. 좁은 보도 중간에 박힌 철 장벽이 37번지 밖 가로등 불빛에 은은한 광택을 내며 반짝였다. 그 옆 기둥에 걸린 종이 보였다. 한밤중 얄궂은 시간대에 그 종이 울리면서 참 많은 사건들이 시작됐었다. 의뢰인도 각양각색이었다. 슬레인 가족 주치의. 일가족 여섯 명이 자다가 사라진 사실을 발견하고 우리를 호출했었다. 브롬리 윅 사냥 모임에서 유일하게 생존한 사람도 있었고…. 베이스워터 스토커* 사건에선 크로포드의 조카딸이 필사적으로 종을 붙들고 늘어지기에 보니 사악하고 늙은 크로포드의 유령이 그녀 뒤를 쫓아 거리를 둥둥 떠오고 있었더랬지.

사건은 다 달라도 한 가지는 늘 같았다. 종은 엄청난 소동을 만든다는 것.

종의 나무 추에 손을 뻗으며 잠든 동네를 돌아보는데 잠시 흔적만 남은 자존심이 다시 고개를 쳐들었다. 아무래도 아침까지, 보다 교양인다운 시간까지 기다려야 할 것 같았다. 쉴 곳이야 어딘가에든 늘 있는 법이었다. 아리프네 가게 뒤 계단에 쪼그려 있어도 되고, 아님….

아니. 그 어리석은 생각은 나를 그리 오래 붙들고 있지 못했다. 내겐 도움이 필요했다. 그것도 당장.

나는 나무 추를 잡고 종을 울리기 시작했다.

조지가 언젠가 얘기했었다. 유령들은 시끄러운 소리, 그중에서도 특히 철제 악기로 내는 소리를 싫어한단 이론이 있다고. 그의 말에 따르면 고대 그리스 사람들은 금속 방울과 탬버린으로 악령을 쫓곤 했다. 글쎄, 이날 밤 포틀랜드 로를 얼쩡거리는 죽었으나 죽지 않은 뭔가가 혹시나 있었다면, 내가 종을 치기 시작하는 찰나 엑토플라즘이 녹아버렸을 거다. 종을 치다 내 앞니까지 몇 개 날려먹을 뻔했으니까. 끔찍한 소음이 밤이라는 피륙에 구멍을 냈다.

나는 이십 초는 족히 되게 종을 울렸고, 그러다 멈췄을 땐 심장의 추가 계속해서 둥둥 가슴을 쳤다.

짧은 시간이 흘렀다. 다행스럽게도 집 안에서 인기척이 났다. 현관문 위쪽에 난 반쪽짜리 꽃 모양 유리창에 희미한 빛이 비쳤다. 현관홀 열쇠 탁자의 크리스털 해골등에 불이 들어온 것이리라. 쇠사슬 빗장을 걷고 잠금쇠를 젖히는 소리가 들렸다. 나는 문에서 물러나 철선 뒤로 가 섰다. 너무 가까이 있지 않는 게 상책이다. 그들에게 공간을 줘라. 사람에 따라선 밤중에 문을 열었다가 검은 형상을 보면 엄청나게 과민해질 수 있는 법이다. 특히 그 사람이 조지라면.

하지만 조지가 아니었다. 록우드였다. 문이 활짝 젖혀지고, 거기 그가 있었다. 기다란 검정 가운과 짙푸른 잠옷을 입고, 손에는 현관홀에 우산과 함께 꽂아두는 여분의 레이피어를 들었다. 맨발에다 머리칼이 부스스했다. 갸름한 얼굴은 경계하면서도 느긋했다. 그가 어둠 속을 들여다봤다.

나는 그냥 서 있었다. 그에게 뭐라고 해야 할지 몰랐다.

"루시?"

나는 이날 밤을 꼬박 샜고, 그 전날 밤에도 잠이라곤 아주 잠깐 곯아떨어진 게 전부였다. 지난 몇 시간 사이 살인자 세 명에게 쫓기고, 이제 막 살해당한 유령과 대면했다. 투척용 칼에 베였고, 탈출하는 동안 셀 수 없이 찧고 멍들었으며, 그러고는 런던의 반을 걸어서 건넜다. 지금껏 제대로 먹지도 못하고…. 그러고 보니 마지막으로 뭘 먹은 게 언제더라? 기억도 안 났다. 내 레깅스는 찢겨 있었다. 나는 춥고, 온몸이 뻐근하고 아팠으며, 제대로 서 있기도 힘들었다. 그리고 맞다. 내 외투에선 악취가 났다.

자정이 지난 시각이었다. 나는 그의 문간에 서 있었다. 아주 끝내주는 몰골로.

"록우드…."

하지만 그는 이미 내 옆에 와 있었다. 한 팔로 나를 감싸 부축하고는 문으로, 온기와 빛으로 이끌었다. 그러면서 말했다.

"루시, 어떻게 된 거야? 떨고 있잖아. 어서. 안으로 들어가."

포틀랜드 로의 익숙한 냄새가 나를 감쌌다. 철과 소금, 가죽 외투 냄새에 선반 위 동양 가면과 항아리와 골동품들의 쿰쿰하고 퀴퀴하게 코를 쏘는 듯 신기한 냄새가 섞여 있었다. 왠지 모르게 와락 눈물이 쏟아질 것 같았다. 안 될 일이었다. 눈을 깜빡여 눈물을 참는데 우리 뒤에서 문이 닫히며 밤을 차단했다. 록우드가 잠금쇠를 채우고 쇠사슬 빗장을 걸었다. 우리가 우산 꽂이로 쓰던 낡고 이가 나간 화분에 레이피어를 집어넣었다. 한 팔로는 여전히 나를 감싸고 있었다. 그는 나를 이끌고 복도를 걸었다.

"너무 늦은 시간에 찾아와서 미안해." 내가 말했다.

"그런 생각은 하지도 마! 근데 너 너무 지쳤어. 뭐라고 하는지 잘 안 들린다. 부엌으로 가자."

우리는 부엌으로 갔다. 불이 켜졌다. 밝고 맑고 강렬한 빛에 몸이 움찔거렸다. 시리얼과 컵과 주전자가 보였다. 조지의 자리에 놓인 좀먹은 쿠션이 보였다. 생각하는 식탁보가 보였다. 새로 간 천에 생소한 낙서와 도안이 흩어져 있었다. 그것에도 눈시울이 화끈거렸다. 록우드는 알아채지 못했다. 뭐라고 말하며 의자를 뒤로 빼주는 중이었다. 내가 거기 털썩 앉는데 그가 내 소매를, 팔꿈치에서 손목까지 길게 엉겨 있는 피를 봤다. 그의 표정이 싹 변했다.

"이게 다 뭐야?"

"별거 아냐. 좀 베였어."

록우드가 내 옆에 무릎을 꿇고 길고 날랜 손가락으로 소매를 걷어 올리자 팔의 열창이 드러났다. 그는 탐색하는 눈으로 나를 가만히 올려다봤다. "이건 칼로 그런 거잖아, 루시. 대체 누가…?" 그가 자리에서 일어났다. "아니…. 설명은 나중에 들어도 돼. 조지를 데려올게. 우리가 소독하고 손봐줄 수 있어. 더는 아무 걱정하지 마. 넌 여기서 안전해."

"고마워. 알아. 그래서 온 거고."

"차 줄까?"

"응, 좋아. 조금만 있다가. 근데 그건 내가 준비할…."

"어림없는 소리. 가만히 앉아 있기나 해." 록우드가 자리에서 일어났다. "조지는 요즘 귀마개를 하고 자. 안 그럼 자기 코 고는 소리에 자기가 깨거든. 그 말은 곧 내가 위험을 무릅쓰고 그 자식 방에 들어가야 한단 얘기지."

"네가 안 돌아오면," 내가 말했다. "내가 찾으러 갈게." 나는 망설였다. "실은… 다시 생각해 보니까 안 그러는 게 좋겠어."

록우드는 싱긋 웃으며 내 어깨를 꽉 쥐었다. 휙 하고 가운이 날리는 소리와 함께 그는 가고 없었다. 나는 따뜻한 부엌에 앉아 있었다. 그리고 깜빡 잠이 들어선지, 아님 록우드가 어찌나 번개같이 움직여선지, 아무튼 고작 일 초밖에 안 된 것 같았는데 문이 벌컥 열리고 조지가 나타났다. 하얗게 질린 얼굴로 잠옷을 펄럭이며 옆구리에 구급상자를 끼고 헐레벌떡 들어왔다.

얼마의 시간이 흐른 뒤 나는 앞에다 차가 든 머그컵을, 손 닿는 곳에다가는 비스킷 더미를 두고 앉아 있었다. 식탁에는 구급상자가 열린 채 놓여 있고, 쓰고 남은 탈지면과 알코올 솜이 흩어져 있었다. 조지와 록우드가 함께 상처 부위를 소독하고 치료했는데, 물론 녀석들이 붕대를 살짝 과하게 쓴 것 같긴 했지만—내 팔은 고대 석관에서 등장하면 딱일 듯했다—기분이 한결 나아졌다. 그들이 움직이는 동안, 그러니까 록우드가 찻주전자에 물을 끓이고, 조지가 통밀 비스킷을 접시에 붓는 동안, 나는 사건의 전말을 얘기했다. 그들은 껴드는 일 없이 귀를 기울였다. 내가 말을 마치자, 다들 한동안 침묵하며 비스킷을 차에 적셨다.

"그 해롤드 메일러라니." 조지가 마침내 입을 열었다. "믿기지가 않는다. 누가 상상이나 했겠어?"

"죽은 사람을 흉보는 건 도리가 아니지, 물론." 록우드가 말했다. "하지만 내게 메일러는 늘 신경에 거슬리는 인간의 표본 같았어. 너무 많이 웃잖아. 너무 시끄럽게 웃고. 도대체가 마음에 안 들더라."

"그렇다고 그가 죽어도 싼 건 아니지." 내가 말했다.

"그럼, 당연히 아니지…. 근데 왜 죽었을까? 그 사람들이 메일러를 왜 죽인 거지? 가능성은 두 가지야. 메일러가 그들한테 네 얘길 털어놓을 정도로 멍청했거나, 아님 그가 너한테 정보를 넘길 참이란 걸 그들이 알았거나. 둘 중 어느 쪽이든 골칫거리를 제거하기로 맘먹은 거고." 록우드가 날카롭게 나를 넘겨다봤고, 나는 가만히 식탁만 봤다. "이번 일에 죄책감은 느끼지 말았으면 좋겠어, 루시. 이건 절대로 네 잘못이 아냐. 너도 알고 있지? 그 사람들이랑 엮이기로 한 건 메일러 자신이야. 네가 메일러랑 그런 일이 있었다고 해서 그의 죽음에도 책임이 있는 건 아니라고."

그 모두가 의심의 여지없이 사실이었다. 그렇대도 마음이 좋지 않았다. "그때 날 유령접촉 할 수도 있었어." 내가 나직이 말했다. "교회 마당에서 내 바로 옆에 있었거든. 하지만 해롤드는 안 그랬어. 참기로 한 거야."

"그래. 그건 착했지." 잠깐의 침묵 뒤에 록우드가 말했다. "맞아."

"메일러가 말한 그건 뭐야?" 조지가 물었다. "'피에 젖은 땅' 어쩌고 하는 거? 뭐 짚이는 거라도 있어?"

나는 한숨을 쉬었다. "전혀 모르겠어. 내가 잘못 들은 걸 수도 있고. 엄청 횡설수설하더라고. 상당히 엉망이기도 했고. 그럴 수밖에 없었겠지…. 그런 상황에선." 그럴 수밖에 없었겠지. 이제 막 살해당한 입장에선, 이라는 의미였다. 그 축 늘어진 형상이, 벤치에 버려진 모습이 눈에 선했다. 해롤드 메일러의 시신은 지금도 거기 있을 거였다. 어둠과 추위 속에 홀로….

나는 뭔가 다른 것에 집중해 보기로 했다. "록우드, 소각장의 다른 직원 중에도 이 일에 엮인 사람이 있으리라고 봐?"

록우드는 어깨를 으쓱했다. "거기 직원 전체가 엮여 있대도 놀랍진 않을걸. 보통 일이 아냐, 이 사기 행각은. 그 남자들이 네 입을 막는 일에 그토록 진심이었던 것도 그래서지, 루스. 당장은 집에 못 가겠다. 네가 어디 사는지 그들이 알잖아."

나는 식탁을 물끄러미 보며 목을 가다듬었다. "알아. 오늘 밤에 여기서 신세 좀 질 수 있으면 좋겠다 싶었거든…. 아침까지만. 그럼 내일…."

"아, 오늘 밤만이 아니고." 록우드가 일어나서 냉장고로 갔다. "넌 집에 못 가. 토 달지 마. 우리가 그 남자들을 찾아 끝을 보기 전까진 안 돼. 루시가 당분간 여기서 지내도 되지? 그치, 조지?"

그 말을 들은 조지가 증명해 줬다. 바로 그 순간까지 내가 우리 사이의 갈등을 완전히 까먹고 있었다는 걸. 내 상처를 처치하고 얘기를 듣는 조지에게선 안쓰러움과 걱정밖에 안 보였었다. 지금, 아주 잠시일 뿐이지만 나를 쳐다보며 망설이는 모습에 나는 녀석에게 남긴 분노와 상처를 기억해 냈다. 이윽고 그의 얼굴이 밝아졌다. "물론이지. 당연히 되고말고."

마음속에서 온기가 차올랐다. 차와 비스킷과 문득 밀려오는 감사함이 만들어낸 온기였다.

"홀리랑 지낼 때와는 달라서 기분 전환이 될 거야." 조지가 말했다. "홀리가 있을 땐 자꾸만 욕조를 쓰고 닦아야 할 거 같은 기분이 들거든. 머리칼이라든가 물때라든가 그런 게 남아 있을까 봐. 하지만 우리 루스는 다르지. 우리 루스는 그런 거 신경 안 써."

록우드는 플라스틱 주전자를 꺼내놓고 이젠 잔들을 챙기고 있었다. "넌 홀리 눈치를 지나치게 많이 봐, 조지. 어제도 그 애가 아무 소리 안 했잖아. 안 그래? 오렌지주스 마실래, 루시? 네가 좋아하는 거야. 알갱이 떠다니는 거."

"루시는 알갱이 든 오렌지주스 안 좋아해." 조지가 말했다. "알면서 그래."

"오, 그렇지. 맞아. 알갱이가 이에 막 끼고 하니까. 안 그래?"

나는 록우드를 물끄러미 보고 있었다. 마음속 온기 일부가 철수했다. "나도 주스 마실게. 그래서, 홀리가 어젯밤에 자고 갔어?"

"개인적으로 난 알갱이를 이로 거르는 게 이 주스를 먹는 재미라고 생각하는데." 록우드가 말했다. "내가 흰긴수염고래인 척해볼 수도 있고 말야." 그러고는 나랑 눈을 맞췄다. "뭐?"

"홀리. 이젠 여기서 지내?"

"아, 매일은 아니고. 출장 나간 일이 어떻게 풀리느냐에 따라 달라지지. 와플 먹을래, 조지?"

"먹자. 나 배고파."

"루스, 넌?"

"응…, 좋아. 나도 좀 먹을게…. 홀리는 얼마나 자주 자고 가는데?"

록우드가 토스터를 켰다. "그게 너 같은 자유계약자가 걱정할 문제인지 난 잘 모르겠다. 홀리가 네 옛 방을 쓰고 있진 않아. 그게 신경 쓰여서 그러는 거면." 그는 음정 없는 휘파람을 불며 자기 컵에 주스를 따랐다.

"그 방을 안 써? 그럼 어디서…?"

"그 방엔 이제 내 옷들을 보관해." 조지가 말했다. "내 방은 책이랑 실험 도구로 터지기 직전이라 나한테 제일 작은 바지 한 벌도 둘 곳이 없거든. 네 다락방이 딱이야. 그걸 빼면 네가 떠날 때 상태 그대로 뒀어. 오늘 밤에 거기서 자도 돼. 원한다면."

"고마워…. 마음 써줘서."

"별말씀을. 아침에 옷 챙겨 입으러 갈 때 널 안 깨우도록 해볼게."

그 뒤 몇 분 동안은 먹는 게 중심이 됐다. 와플을 만들고 오렌지주스를 (이로 알갱이를 거르든 안 거르든 아무튼) 마셨다. 나는 부엌을 가만히 둘러봤다. 아주 깔끔하고 말끔했다. 이게 바로 홀리 먼로 효과였다. 내가 여기서 지내던 시절에 본 그녀는 집안 살림을 무슨 군사 작전 수행하듯 했었으니까. 눈에 띄는 것 중 유일하게 새로운 건 지하 사무소로 내려가는 계단 옆 찬장에 걸린 메모판이었다. 거기에 런던을 중심으로 인근의 주 전체를 표시한 영국 남동부 지도가 붙어 있었다. 색색의 핀이 어느 한 점에서 시작해 동심원을 그리며 런던 남동쪽으로 퍼져나갔다. 나는 그걸 멍하니 봤다. 조지의 장인정신이 느껴지는 정확성과 꼼꼼함이었다.

마침내 록우드가 접시를 저리로 밀었다. "자, 그럼 이걸 생각해 보자. 네가 한 얘기엔, 루스, 엄청난 의미가 담겨 있어. DEPRAC는 소각장으로 가져가는 모든 출처가 파괴되고 있으리라 생각해. 그중 일부는, 어쩜 아주 많이, 아마도, 파괴되는 대신 암시장으로 흘러들어가지. 위험천만한 물건들이 그런 식으로 세상에 풀리고 있어. 구피 집에서 찾은 이빨 단지도 그래. 우린 그게 지난밤에 안전히 소각됐다고 믿었는데, 그랬을까? 모를 일이지."

나는 몸서리를 쳤다. 그 식인마의 영혼이 다시 풀려나는 건 생각만으로도 오금이 저렸다. "접수 담당이 누구였어? 소각장에서?" 내가 물었다. "메일러?"

"아니." 록우드가 말했다. "크리스티라는 친구. 충분히 정직해 보였지만 그 속을 누가 알겠어?"

"일링 사건이 또 터지면 타격이 좀 될 텐데." 조지가 말했다. "넌 아직 못 들었겠지만, 루스, 우리 일 처리를 두고 퍼넬로프 피츠가 엄청 좋아했어. 우릴 다시 만나고 싶대. 난 뭔가 다른 사건을 맡기려는 걸로 보는데, 록우드는 훈장을 생각하고 있어."

"둘 다일 수도 있잖아?" 록우드가 날 보며 씩 웃었다. "글쎄. 일링 건을 해결했다고 좋아한 게 그 정돈데, 우리가 이 암시장 일당을 때려잡으면 얼마나 좋아할지 생각해 봐. 일당이라고 해봐야 우리의 오랜 친구 윙크맨네일 테고. 그 인간들이 주축일 거야. 확신해."

"잠깐. 방금 그 '우리가 때려잡는다'는 얘긴," 조지가 말했다. "무슨 속셈으로 하는 소리야? 우리가 상관할 일이 아냐. 무조건 반스 경위한테 알려야지."

"그럴 수도 있기야 하겠지." 록우드가 과장되게 지루해하는 목소리로 말했다. "DEPRAC가 망쳐놓는 꼴을 보고 싶으면. 혹은 그 인간들한테 공을 가로채이고 싶으면. 혹은 망치고 뺏기고 둘 다 하고 싶으면."

내겐 그게 신호였다. 아까부터 하고 싶은 얘기가 있었지만 어떻게 시작해야 할지 몰랐다. 록우드의 적극적인 관심이 내겐 기회가 됐다. "저번에 플로를 만났거든." 내가 말했다. "플로가 그러는데, 동네에 새 수집가가 나타났대. 출처가 좋으면 값을 정말로 잘 쳐준다나 봐. 윙크맨네는 이 사람을 만족시키려고 갖은 애를 쓰는 중이고. 플로 말이 유물 사냥꾼들의 영물이 거래되는 대규모 야시장들이 있대. 그리고 난 알아. 해롤드 메일러의 물건도 그런 데 가 있으리란 거. 내가 전에 물어봤던 미라 머리도 거기 있었거든."

나는 말을 멈추고 그들의 반응을 살폈다. 록우드는 희미한 미소를 머금은 채 고개를 끄덕였다. 나랑 같은 궁리를 하고 있는 게 눈에 보였다. 조지는 아무 표정 없이 나를 유심히 관찰했다.

"그래서 난 뭐랄까, 궁금해하던 중이었어." 나는 별일 아닌 듯 말을 이었다. "다음번 열리는 시장에 내가 가볼 수 있지 않을까 하고. 일이 어떻게 굴러가는지, 그 수집가가 누군지 알아낼 수 있나 보게."

록우드가 턱을 문질렀다. 그의 눈에 아득한 빛이 깃들어 있었다. "플로가 정보원이란 말이지." 그가 말했다. "그 애가 너한테 뭔가 해 줄 수 있을지도 모르겠네. 시장에 들여보내 준다든가. 하지만 위험한 게임이야, 루시."

"위험한 거 맞아." 조지가 동의했다. "벌써 널 죽이려 들었던 작자들이라고. 거기 가는 건 그 인간들한테 널 그냥 갖다 바치는 거밖에 안 돼."

나는 어깨를 으쓱했다. "그런 거 같긴 해. 맞아."

"게다가 유물 사냥꾼들은 외부인을 싫어해. 자기들 일에 오지랖 부리는 사람은 누가 됐든 폭력 행위도 서슴지 않기로 악명 높다고."

"그 얘기도 듣긴 했어."

"그리고 윙크맨네도 잊지 마." 조지가 계속했다. "레오폴드랑 애들레이드가 우릴 갈가리 찢어버리겠다고 벼르고 있어. 거기 가는 건 벌집을 들쑤시는 거나 다름없을걸."

"넵. 바보 같은 계획이야, 루스." 록우드가 말하며 의자에 늘어지듯 몸을 기댔다. "자살행위에 가깝다, 고까지 하겠어. 너 혼자 하면."

록우드가 나를 보고 웃었다.

마음속 온기가 되돌아왔다. 그걸 만끽하다 현실로 돌아오니 조지가 안경을 벗어 잠옷 상의 옷자락으로 닦고 있었다. 심기가 꽤나 불편하다는 의미일 수 있었지만, 나는 그리 자세히 살피지 않았다. 안경을 닦는 와중에 녀석의 좀 너무 뽀얗다 싶은 뱃살이 세상 구경을 하는 변고가 벌어지고 있어서였다. "불가능해, 록우드." 조지가 말했다. "될 리 없다고."

록우드는 두 손을 머리 뒤로 올리고 천장을 보고 있었다. "아, 방법이 없을 수가 없어…. 우리가 그쪽으로 생각을 안 해봤을 뿐이지."

나는 조그만 목소리로 말했다. "우리가, 내가 굳이 어리석은 일을 벌일 필요는 없지. 다만…." 잠시 망설였다. "실은 내가 정말로 원하는 게…."

"네가 정확히 뭘 원하는지 알아." 조지가 말했다. "해골을 원하잖아."

나는 그를 뚫어져라 봤다.

"뭐 해. 그냥 인정해. 그것 때문에 이러는 거라고. 넌 해골을 되찾고 싶어 해. 놈을 그리워해. 윙크맨 어쩌고 하는 건 까놓고 말해 부차적인 이유일 뿐야."

"글쎄, 놈이 딱히 그립진 않아." 내가 가볍게 웃었다. "그러니까, 얘기를 하거나 뭐 그러고 싶어서 놈이 필요한 건 아니라고. 하지만 맞아. 난 해골을 되찾고 싶어. 놈은 내게 중요한 존재야."

"그 고약하고 케케묵은 해골이?"

"응."

"눈만 뜨면 입상짓인데도?" 조지는 안경다리로 배꼽을 긁는 묘기를 선보인 뒤 안경을 다시 코에 걸쳤다. "희한하네."

"그 유령이 얼마나 독보적인지 알잖아." 내가 말했다. "다른 혼령들과도 의사소통을 한다지만 단편적이고 짤막하게만 가능해. 해골은 달라. 그리고 난… 난 이 관계를 잃고 싶지 않아. 가능하면 방법을 찾고 싶어…. 물론 나 혼자서 도전해 볼 수도 있는 건데, 그래도 록우드 심령 회사가 날 도와줄 마음이 있다면 정말 고마울 거야…. 그에 있어서 선택은 전적으로 너희가 하는 거고."

우리는 거기 앉아 있었다. 일이 분가량 아무도 입을 열지 않았다.

"조지," 록우드가 말했다. "지금 우리가 맡고 있는 사건이 얼마나 되지?"

"얼마 안 돼. 정확한 숫자는 홀리가 알 거야. 오늘 아침에 상담 건이 하나 잡혀 있고. 기억하지? 의뢰인이 시골에서 온다던. 그러고 보니 말인데, 우리 진짜 좀 자둬야 해."

록우드가 천천히 고개를 끄덕였다. "그럼, 루스, 네 일은 우리가 나서볼게. 꼭 해골 때문만은 아냐. 물론 그게 중요한 거 같긴 하지만. 내 입장에선 그 남자들이 네게 하려던 짓이 더 문제거든." 그가 와플을 한 입 베어 물었다. "하지만 그렇게 되면 넌 엄밀히 말해서 우리 동료라기보다 의뢰인이 되는 거야. 그래도 괜찮겠어?"

록우드는 내가 너무도 잘 아는 얼굴을 하고 있었다. 빛이 난다고나 할까. 그의 안에서 모험의 불꽃이 점화되기라도 한 것 같았다. 조지는 고개를 절레절레 저으며 우렁차게 콧방귀를 뀌었지만, 그러는 그의 눈 속에서도 열정이 보였다. 이상한 일이었다. 의뢰인으로서, 그들에게 야무지게 신세를 지는 사람으로서 나는 회사를 떠난 뒤 그 어느 때보다도 우리 사이가 편하게 느껴졌다.

"난 괜찮아." 진심이었다. "고마워, 록우드. 고마워, 조지. 그리고… 그리고 작업료 얘길 할 거면…."

록우드가 한 손을 들었다. "안 해. 좋아. 그럼 정리된 거지. 자, 네 방으로 올라가는 길을 아직 안 까먹었으면, 다들 가서 자야 돼."

14

그날 아침잠은 죽음처럼 깊었다. 일어나면서는 방향 감각을 완전히 상실했다. 물속에 너무 오래 있었던 잠수부마냥 무의식의 수면으로 떠오르면서 나는 옛 보금자리의 환한 햇살을 나도 모르게 응시하고 있었다. 침대에 일어나 앉아 주위를 둘러봤다. 그 짧은 순간만큼은 여전히 록우드 심령 회사에서 일하고 있었으며, 지난 몇 달간의 사건들은 그저 뒤틀리고 희미해지는 꿈일 뿐이었다. 다음 순간 창턱에서 피곤한 뱀같이 늘어져 있는 조지의 양말과 불길한 거석처럼 침대 밑에 솟은 옷 무더기가 눈에 들어왔고, 세상은 다시 제자리로 돌아갔다.

나는 처마 밑에 박힌 조그만 욕실에서 붕대 감긴 팔을 방수 커튼 밖으로 내민 채 어색하게 샤워를 했다. 그런 다음 옷을 챙겨 입었다. 불행 중 다행인 건 내게 깨끗한 옷이 있었단 거다. 문을 열다가 층계참 계단에 단정히 개켜져 기다리는 옷가지를 발견했다. 모두 내 거였다. 네 달 전에 서둘러 떠나면서 빠트리고 간 모양이었다. 누군가―내 생각엔 홀리―가 그사이에 세탁해 다림질까지 해뒀다. 나는 그것들을 안으로 가지고 들어가 살펴봤다. 결국 치마는 못 갈아입었지만 나머지는 다 깨끗했고, 그 덕분에 훨씬 봐줄 만해진 기분이었다.

몸이 가볍고 이상하고, 핏기가 전혀 없는 듯 느껴졌다. 열병에서 회복 중인 사람처럼. 나는 천천히 움직여 2층 층계참으로 내려갔다. 벽면엔 뼈와 껍질, 깃털을 써서 만든 이상한 물건들이 여전했다. 수 년 전에 죽은 록우드의 부모님이 영국으로 가져온 동양 귀신잡이와 골동품들이었다. 그리고 거기, 언제나처럼 닫혀 있는 문이 보였다. 록우드 누나의 방이자 그녀가 죽은 곳이었다. 짧게 말하면 모든 게 예전 그대로였지만, 그 방문만큼은 생전 처음 보는 듯 생소했다. 금지된 방들, 불행한 기억들…. 이 집에서 그 과거는 어찌나 가까운지. 딱한 록우드를 어찌나 단단히 싸매고 있는지.

아래층 응접실에서 목소리들이 올라왔다. 아침나절이었고, 전에 얘기했던 고객 상담이 한창인 게 분명했다. 나는 방해하지 않을 생각이었다. 계단을 슬그머니 내려가 살살 부엌으로 향했다.

1층 계단 근처에 유난히 삐걱거리는 마룻장이 있다. 거기서 남자 하나가 죽은 적이 있는데, 조지는 그 마룻장 소리가 (맹세컨대 남자의 사망 후에 시작된 거라면서) 최저 수준 출몰의 일례라고 주장했다. 나는 그게 그냥 삐걱거리는 마룻장일 뿐이라고 생각했고. 이렇든 저렇든 간에 이날 나는 하필이면 그걸 밟고 말았다.

응접실 문이 살짝 열려 있었다. 삐걱거리는 소리에 목소리들이 뚝 끊겼다.

"루시, 너야?" 록우드가 불렀다. "들어와서 함께해! 여기 케이크도 있어."

나는 살짝 주저하며 응접실로 고개를 디밀었다. 거기 그들이 있었다. 대각선으로 들어오는 햇빛을 받으며. 록우드와 조지가 커피 테이블 앞에 앉았고, 거기다 홀리, 거기다 나는 모르는 아이가 같이 있었다. 테이블에선 입체파 그림의 새벽을 연상시키는 분홍색과 노란색 빵 위에 설탕이 하얗게 덮인 화려한 케이크가 보였다. 고객 환대 순서 어쩌고가 진행 중이었다. 홀리는 차를 따르고 있었다.

조지가 눈길을 들었다. "여기 봐. 또 한 분의 고객님이야! 오늘은 아주 고객님들이 넘쳐나는구먼! 소파 밑도 한번 봐봐! 커튼 뒤에 더 숨어 있을지도 모르고."

"미안." 내가 말했다. "방해할 생각은 아니었어. 안녕, 홀리."

홀리는 차를 따르던 손을 멈추고 걱정스런 기색이 역력한 얼굴로 나를 빤히 봤다. 옛날의 나 같으면 그녀의 관심에 발끈하면서 거들먹거리며 가식을 떠느라 그런다고 의심했을 거였다. 지금은 그게 별로 신경이 안 쓰였다. 어떤 면에선 반갑기까지 했다. "루시." 그녀가 말했다. "무사해서 정말 다행이야." 그러고는 인상을 찡그렸다. "저들이 네 딱한 팔에 무슨 짓을 한 거야?"

"아, 걱정 마. 좀 긁힌 거야."

"그거 말고 붕대 말야. 그렇게 수준 낮은 응급처치는 정말 살면서 처음 봐. 록우드, 조지, 붕대를 도대체 얼마나 쓴 거야? 팔을 그 지경을 해가지고도 문에 안 끼이고 들어온 게 신기하다."

록우드는 상처받은 듯했다. "새벽 2시에 한 거치곤 상당히 공들인 건데. 조심해서 나쁠 건 없다고 생각해서. 오늘 아침에 일어났다가 조각조각 흩어져 버린 루시를 보고 싶지 않았거든. 네가 나중에 손봐주면 되겠네. 루시, 마침 잘 왔어. 와서 앉아. 여긴 대니 스키너야. 우리 조언을 구하러 왔대."

"고마워." 내가 말했다. "하지만 있지, 난 괜찮아. 괜히 껴들고 싶지 않아. 일 끝나면 그때 보자."

"아니, 네 지혜를 보태주면 우리도 좋을 거야." 록우드가 싱긋 웃었다. "네가 시간당 비용을 청구하지 않는 한은 말이지. 홀리, 루시한테 차 좀 줘. 조지는 케이크 챙겨주고. 그러고 나서 시작하자."

글쎄, 그럼 내가 어떻게 했어야 하나? 부엌에 외롭게 앉아서 한 시간 동안 조지의 지도나 쳐다보고 있어? 그리고 그 케이크가 정말로 맛있어 보였단 말이다. 내가 아침으로 먹는 햄버거나 태국식 국수보다 더. 그래서 아주 약간의 망설임과 함께 나는 스르르 들어가 내 오래고 익숙한 의자에 자리를 잡고 앉아선 그날 록우드 심령 회사의 두 번째 의뢰인을 처음으로 제대로 봤다.

애초부터 그 의뢰인을 유달리 돋보이게 하는 한 가지가 있었다. 그건 그의 부스스한 외모도, 우중충하고 낡을 대로 낡은 옷도, 권총 발사 순간을 얼린 듯한 모양으로 외투를 가로질러 두두두두 남은 엑토플라즘 자국조차도 아니었다. 꼿꼿이 앉은 자세도, 공포가 새겨진 멍한 구체 같은 눈도, 불안하게 문질러대는 왼손의 부은 손가락 마디도 아니었고—그런 것들이야 우리도 하루가 멀다 하고 본다—자기 동네를 괴롭히는 귀신들의 목록을 줄줄 읊는 그의 명쾌함조차도 아니었다. 아니, 우리가 자세를 똑바로 하고 앉아 주의를 집중하는 이유는 그런 게 아니었다.

그럼 뭐였느냐고? 그의 나이였다. 더 정확히는 나이가 너무 적어서.

대니 스키너는 성인이 아니었다. 앞에서 말했듯, 꼬마였다. 열 살쯤 먹은.

흔치 않은 일이었다.

아이들은 유령을 본다. 어른들은 유령을 푸념한다. 언젠가 조지가 지적했던 대로, 난제를 둘러싼 몇 가지 불변의 법칙 중에서 이것(조지의 제3법칙)은 가장 명백한 쪽에 속한다. 심령 조사관으로서 우리는 아이들의 목격자 진술을 많이 듣지만, 실제로 우리 문을 두드리는 건 어른들이다. 우리를 고용할 재정적 화력이 어른들에게 있는 데다 아이들은 민감한 자와 야경대원, 우리 같은 조사관으로 밖에서 일하느라(그리고 죽느라) 너무 바빠서 자기 발로 다른 누군가를 찾아와 도움을 청할 정신이 없는 게 보통이다.

하지만 여기 이 꼬마는 그러고 있었다. 우리 소파에 앉아서. 혼자.

아니, 딱히 혼자는 아니었다. 녀석은 이내 한쪽에 앉아 차를 따라주는 홀리, 그리고 반대쪽에 앉아 푸짐한 케이크 조각을 내미는 조지와 함께였으니까. 껴들 틈만 있었어도 나 역시 거기 붙어서 꼬마의 쿠션 모양을 다잡아주든 발가락을 마사지하든 했을 거였다. 그 아이 자체가 좀 그랬다. 연약하지만 그와 동시에 굳건하고 의연한 구석이 있어서 상대의 동정심을 자극하면서도 짜증스럽지 않았다. 어떤 아이도 무력한 존재로만 남을 형편이 못 되는 세상에서, 아이들 대부분이 목숨을 거는 게 당연시되는 세상에서 그건 상당히 이뤄내기 힘든 균형이다.

소년의 겉모습이 깡마른 부랑아 저리가라였다는 거, 그게 일차적인 이유였다. 파리한 피부, 병약하게 커다란 눈, 바람만 잘 타면 하늘을 날 수도 있을 법하게 큰 귀. 아이의 연갈색 머리칼은 조잡하게 깎여 있었다. 몸에 걸친 애런스웨터•는 몇 치수는 커 보였고, 거기서 그의 머리와 목이 둥지 밖을 내다보는 새끼 황새처럼 튀어나와 있었다. 그 모두가 사람을 완전히 무장 해제시켰다. 그냥 하는 말이 아니다. 만약 추락하는 열기구에서 이 꼬마와 한 바구니의 죽도록 귀여운 강아지들 중에서 누굴 밖으로 던질지 정해야 한다면, 다음 순간 빙글빙글 땅으로 내리꽂히고 있는 건 강아지들일 것이다.

• 줄무늬와 다이아몬드 모양을 넣어 뜨개질한 옷.

조지와 홀리가 물러났다. 차와 케이크를 잔뜩 든 소년이 우리를 둘러보며 눈을 깜빡였다.

록우드는 기운을 북돋듯 과장되게 한 손을 내밀었다. "음…, 어, 스키너라고 했지?" 그가 말했다. "난 앤서니 록우드야. 여긴 내 친구들이고. 우리가 뭘 도와줄까?"

대니 스키너의 목소리는 뜻밖에도 크고 묵직했다. "내 메시지는 받았나요?"

"받았어. 그러니까…," 록우드가 구깃거리는 편지지를 확인했다. "저주받은 마을이라고. 맞아?"

"네, 맞아요. 알드버리 캐슬요. 와서 한번 봐줬으면 하고 있었어요."

"알드버리 캐슬이 동네 이름이야? 그렇구나. 어디에 있는 곳인데?"

"햄프셔요. 워털루에서 남서쪽으로 한 시간 기차를 타고 가서 알드버리 웨이를 따라 동쪽으로 1킬로 더 가면 나와요. 1시 30분에 출발하는 사우샘프턴행 기차가 있으니까 후딱 엉덩이 떼고 움직이면 탈 수 있어요." 소년이 더럽고 낡은 외투를 매만졌다. "걱정은 마세요. 울타리 아래서 노숙은 안 해도 돼요. 올드 선 여관에 지낼 만한 방이 아직 몇 개 있긴 하거든요."

록우드가 입을 열었다가 다시 닫았다. 그러고는 목을 가다듬었다. "음, 우린 섣불리 움직이고 싶지 않아서 말야. 일을 맡기는커녕 아직 얘기조차 제대로 안 해본 상황이라."

"오, 하지만 얘길 들으면 분명 맡고 싶어질걸요." 소년이 요란한 소리를 내며 차를 마셨다. "그쪽 시간을 아껴주려는 거뿐예요. 자세한 얘기야 기차에서 얼마든지 할 수 있으니까."

"저기 말이지," 조지가 껴들었다. "그 자세한 얘길 그냥 지금 하면 될 거 같은데. 저주의 내용이 뭔데?"

대니 스키너가 접시를 내려놨다. "유령들, 영혼들, 뭐 그런 거 있잖아요. 한둘이 아녜요."

록우드가 뒤로 기대앉으며 미소를 지었다. "미안하지만, 시금 온 나라가 그 문제로 골치를 썩는 중이야. 알드버리 캐슬이 뭐가 그리 특별해서 우리가 모든 걸 팽개치고 당장 가봐야 하는 걸까?"

"우리 마을이 그중에서도 최악이니까요." 소년의 어깨가 경련했는데, 몸서리를 친 걸 수도 있었다. "사람들이 죽었어요."

록우드의 미소가 희미해졌다. "안타깝게 됐네. 유령접촉 때문이었던 건가, 그럼?"

"올해에만 열여섯 명요."

록우드가 의자 등받이에 털썩 몸을 기댔다. 홀리가 공책에서 눈길을 들었다. "열여섯? 1월부터? 장난치지 말고."

"지금쯤 열일곱이 돼 있을지도 모르겠네요. 내가 오늘 아침에 나올 때 몰리 수터의 상태가 빠르게 나빠지고 있었으니까. 아픈 자매를 보러 갔다가 돌아오는 길에 그들한테 둘러싸였거든요. 들판에서 붙들렸어요. 아이들이 쇠막대를 챙겨 들고 도착했지만 너무 늦었죠. 나도 아침에 일어나자마자 집에서 나오다가," 소년이 자기 외투의 플라스마 자국을 유감스럽다는 듯 가리켰다 "그들한테 잡힐 뻔한 거 보이죠? 해가 떠 있었는데도 날 숲에서 기다리고 있더라고요. 그 통에 기차도 겨우 탔죠."

"그들? 방문자 말야?"

"물론이죠."

"상황이 확실히 안 좋은 거 같긴 하네. 근데 말야, 오늘 상담엔 왜 어른이 오지 않고? 아버지나 어머니가?" 록우드가 아차 싶은지 잠시 머뭇거렸다. "아, 미안한데, 혹시 그분들이…."

대니 스키너가 콧방귀를 뀌었다. 짧고 날카롭고 성난 소리가 났다. "돈 걱정을 하는 거라면, 아빠한테 있어요. 아빤 아직 살아 있고요. 몸이 좋지 않지만. 그래서 여관을 못 떠나요. 엄마는 돌아가셨고."

"유감이야." 록우드가 말했다.

뼈만 앙상한 어깨가 으쓱거렸다. "좋은 소식은, 엄마가 다시 일어나진 않았단 거예요. 아직까진."

침묵이 흘렀다. "케이크 한번 먹어봐." 조지가 말했다. "맛있어."

"사실 케이크를 안 좋아해요." 아이가 대답했다. "케이크 취향이 아니라서요. 근데 장난 아니고 진짜 가야 해요. 그쪽이 우릴 도와줘야 하고, 우리가 탈 수 있는 기차는 한 대뿐이라고요."

나만 그런가, 아님 꼬마가 진짜로 조금 전보다 살짝 덜 귀여워 보이는 건가? 새끼 황새도 이렇게까진 안 보채겠다.

불편함과 커져가는 짜증이 합쳐지면서 록우드의 표정도 어두워져 있었다. 그가 무릎에 있지도 않은 먼지를 손가락으로 튕겨냈다. "아까도 말했듯 그럴 일은 없을 거야. 너한테서 자세한 얘기를 훨씬 더 많이 듣기 전엔. 그러고도 우리가 오늘 당장 출발하긴 힘들 거 같고. 그 방문자들에 대해 들어보자. 알드버리 캐슬에는 어떤 유령들이 있어?"

"어딜 보느냐에 따라 다르죠." 대니 스키너가 토라진 표정을 지었다. 우리가 득달같이 문을 박차고 나가지 않아 답답한 마음을 간신히 누르고 있는 게 보였다. "잔디밭에 요괴가 있고, 교회 옆엔 관망자*가 있죠. 새 주택단지에선 차가운 아낙*도 하나 나왔고요. 이건 그냥 시작에 불과해요. 내가 사는 곳엔, 올드 선 여관요. 밤마다 찾아와 문을 두드리는 유령이 있어요. 나도 한 번 봤거든요. 빛을 내는 조그만 아이 같았어요. 무척 작고 연약하고… 사악해요. 그런 거 같아요. 심술궂고 엉큼해 보이거든요. 돌바닥을 슬그머니 가로질러 사라지던데요.”

“찬란한 소년*이네.” 홀리가 말했다.

대니 스키너가 어깨를 으쓱했다. “아마도요. 자정 넘어선 아래층 여관에 안 내려가는 게 상책이죠. 그냥 그렇다고요. 숲속 유령들은 대부분이 허깨비랑 망령이에요. 내가 보기엔 그렇다는 거예요. 난 전문가가 아니잖아요. ‘조사관’ 여러분처럼. 진짜 자칫 잘못하면 유령 접촉이라니까요? 죽은 지 오래예요, 숲속 유령들은. 대부분이 전장에서 죽은 전사들이고요. 수백 년 동안 잠잠하다가 이제 와 옥수수 들판에서 다시 살아나는 거죠. 그들이 전부도 아네요. 알드버리 캐슬의 어둠 속엔 그야말로 최악의 것들이 돌아다니니까.” 아이는 난폭하다 할 몸놀림으로 차를 벌컥벌컥 마시고 컵을 받침에 쩍 소리가 나게 내려놨다. “그러니까, 피해가 이만저만이 아니란 말예요. 마을 사람 절반이 떠났어요. 대개가 어른들, 방문자가 오는 걸 볼 수 없는 사람들이죠. 싸우기에 충분히 어린 우리 같은 애들이 최선을 다하고 있지만 우리만으론 안 돼요. 그렇다고 내가 계속 얘기하잖아요.” 아이가 여봐란듯이 시계를 힐끗거렸다.

록우드는 그걸 무시했다. “이 상황을 DEPRAC도 알고 있어?”

“벌써 얘기했죠. 그들은 아무 조치도 안 했고요.”

“다른 대행사들은?”

“돕기는커녕 악화만 시켜요.” 대니 스키너가 역겹다는 듯 두리번거렸다. “여기서 침 뱉어도 돼요?”

“안 그러는 게 좋겠어.”

"이런. 네. 마을 바로 앞에 로트웰 대행사의 연구소가 있어요. 우린 도움을 청했고, 그쪽에서 상황을 평가할 사람들까지 보냈어요. 자기들은 도울 수 없다대요. 요즘 이 정도 문제야 다들 겪는 거라면서. 물론 그건 '거짓말'이고요." 아이의 목에 핏대가 섰다. 내적 분노에 치를 떠는 듯했다.

"전사들이라고 했지?" 조지가 말했다. "과거에 알드버리 캐슬에서 전투가 있었단 얘기야?"

"네. 전투가 있었죠…. 바이킹, 뭐 그런 거요. 아주 오래전에."

"그럼 그게 문제의 일부일 수 있겠네." 록우드가 말했다. "전장은 출몰 밀집지가 될 수 있거든. 안 그래, 조지?"

"그렇지…." 조지가 멍하니 공책을 톡톡 두들겼다. "하지만 영국에 널린 게 전장이랑 교전지, 전염병 발생지인데, 그렇다고 다들 이런 식으로 불타오르진 않거든. 그리고 모르겠어…. 바이킹? 그건 진짜 너무 옛날이잖아. 그런데 그 정도로 속을 썩일까 싶어서."

"지금 내 말을 의심하는 건가요?" 대니 스키너가 물었다. 목의 핏대가 고동쳤다. "그래요?"

"아니. 필요한 모든 정보를 제대로 주고 있는 게 맞나 의심하는 거지. 얘기하면서 핵심적인 문제는 쏙 빼놓고 있잖아. 지금까지 언급한 유령 모두가 암울해 보이긴 하지만, 그보다도 최악이 돌아다닌다고 했지? 그게 뭔데?"

우리 손님이 자기 무릎을 내려다봤다. "네, 다른 게 있긴 해요. 여러분이 사이좋게 오줌을 지리고 너무 무서워서 못 간다고 할까 봐 여기서 얘기하기 싫었어요. 기차에서 얘기할 생각이었는데."

이 말에 조지가 눈자위를 꾹꾹 눌렀다. 록우드가 부드럽게 말했다. "글쎄, 우린 기차를 안 탈 거니까. 오늘은 확실하고 어쩜 앞으로도 영원히. 그 아주 무서운 것 얘길 그냥 하면 좋겠는데. 무서워서 죽을 거 같아도 최대한 참아볼게."

대니 스키너가 고개를 가로저었다. "그게 말이죠, 내가 록우드 심령 회사에 오기로 한 건 그쪽이 나처럼 어려서예요. 그쪽만큼은 날 부당하게 대하지 않을 줄 알았는데…. 뭐, 솔직히 얘기하면 알드버리 캐슬 마을엔 밤에 걸어 다니는 다른 뭔가가 있어요." 소년은 몸을 부르르 떨더니 갑작스런 한기를 느끼는 듯 어깨를 움츠리고 옷깃을 만지작거렸다. "그것의 정체도 종류도 아는 사람이 없어요. 하지만 우리끼리 부르는 이름은 있어요." 아이는 심호흡한 뒤 성대를 긁는 듯한 목소리로 무서운 분위기를 내며 말했다. "우린 그걸… '어정거리는 그림자'라고 불러요."

소년은 의자 등받이에 몸을 기대고 의기양양하며 냉정하고 단호한 눈으로 우리를 뜯어봤다. 우리가 공포에 낑낑거리고 헉헉거리며 의자에서 몸을 던져 정신 못 차리고 바닥을 나뒹굴면서 허공에 발길질이라도 하길 기대하는 양. 그렇게는 안 됐다. 록우드는 정중히 한쪽 눈썹을 추켜올렸고, 홀리는 공책에 짧게 끼적인 다음 맵시 좋은 무릎을 긁었다. 나는 케이크를 한 입 더 먹었다.

조지가 안경테 너머로 아이를 뚫어져라 봤다. "왜?"

"뭐가 왜요?"

"왜 그런 이름을 붙였을까? 아니, 애초에 이름 자체를 왜 붙인 거지? 아까 얘기한 환영들은 특별히 다른 이름으로 부르지 않았잖아. 이 유령의 뭐가 그렇게 무섭기에?"

"이 근방에도 어정대는 그림자들은 널렸어." 분통이 터지는 듯 우리를 보며 인상을 쓰는 소년에게 홀리가 덧붙였다. "거의 모든 음영자*나 관망자가 그렇게 묘사될 수 있지."

"정보를 더 줘야 해." 록우드가 말했다. "헛수고가 되지 않으리란 걸 증명해 보이라고."

"헛수고?!" 아이가 울화통을 터트렸다. 의자 팔걸이를 주먹으로 내리치는 통에 우리 모두가 기겁했다.

"당신네 조사관들은 자기가 다 아는 줄 알죠. 그 귀하신 믿음으로 나한테 퇴짜나 놓고! 로트웰 조사관들도 똑같았어요. 자, 그 믿음 내가 한번 흔들어보죠." 대니 스키너가 도끼눈을 뜨고 우리를 둘러봤다. 적개심에 차고 분노한 흰코도깨비 같았다. "어정거리는 그림자는 여러분이 본 그 어떤 유령과도 달라요. 일단 크기부터가 그렇죠."

"음, 얼마나 큰데?" 록우드가 물었다.

"거대해요. 2미터는 돼요. 그보다 클 수도 있고. 덩치도 어마어마해요. 팔다리가 터질 거 같죠. 평범한 덩치의 사람이 아니었어요. 살아 있을 때 정체가 뭐였든 간에."

"덩어리*들도 종종 부풀어 있긴 하잖아." 내가 말했다. "덩어리일 수 있겠네."

"팔다리가 있다고 내가 말하지 않았던가요?" 대니 스키너가 으르렁거렸다. "귀가 안 들리세요? 팔다리가 없으면 어떻게 어정대며 돌아다니는데요? 내 눈으로 직접 봤어요. '포수의 정상' 아래에 있는 꿩 숲에서요. 나무 사이에서 살며시 나타나선 고개를 처박고 어정어정 어정어정. 놈한테서 연기인지 안개인지 뭔지가 쏟아져 나왔어요."

"유령안개* 말이구나." 홀리가 말했다.

"아뇨." 소년이 고개를 가로저었다. "유령안개가 뭔지는 나도 알아요. 녹지에 많으니까. 어떤 날 밤에는 동네 전체가 잠길 정도고요. 근데 이건 달라요. 그 유령이 움직일 때 흘러나오거든요. 그걸 망토처럼, 혜성 꼬리처럼 뒤에다 달고 다니죠. 놈이 불타는 것처럼 보일 정도예요. 그런 덩어리는 본 적 없을 텐데요."

조지가 무릎에서 케이크 부스러기를 털었다. "인정해. 이제 좀 흥미가 생기네. 그래서 그 그림자한테서 불길도 보여?"

"가장자리가 거물거물해요. 그게 만약 불길이면 차가운 지옥불이겠죠."

"환영을 설명해 봐. 마주쳤을 때 뭐라도 본 게 있어? 얼굴? 옷?"

"전혀요. 검은 윤곽이 전부예요." 소년이 눈을 흡떴다. "맙소사. 우리가 그걸 왜 '그림자'라 부르는 거 같은데요?"

"알았어, 알았다고." 록우드가 말했다. "좀 까칠한 거까진 괜찮은데, 목소리를 당장 낮추지 않으면 쫓겨날 줄 알아. 그것도 여기 있는 홀리한테. 어마어마한 창피를 겪게 될걸."

"그밖에 얘기해 줄 게 또 뭐 있어?" 내가 물었다.

대니 스키너가 나를 쳐다봤다. "그쪽은 의뢰인인 줄 알았는데."

"오…, 맞아. 맞아, 의뢰인이야. 그냥 구경하는 거야. 신경 쓰지 마."

원래 그렇게 타고난 건지, 끔찍한 경험들을 거치다 그렇게 된 건지 몰라도 소년은 파도처럼 들이치고 빠지는 분노에 휘둘렸다. 울분으로 활활 타오르는 게 보이는가 싶다가도 이내 시작만큼이나 빠르게 가라앉았다. "놈의 움직임하며," 아이가 말했다. "머리 모양, 어색하게 어기적거리는 듯한 몸놀림도 그렇고, 난 놈이 기형인 거 같아요. 추위도 뿜어요. 보고는 공포로 얼어버리는 줄 알았으니까."

"그걸 숲에서 봤다고?"

"나는요. 하지만 다른 데서 본 애들도 있어요. 교회 길에선 묘지에 몰래 숨어 있었고, 녹지 반대편 고대 무덤 위에도 있었대요."

록우드가 얼굴을 찡그렸다. "듣자 하니 여기저기 돌아다니는 거 같은데. 특이하네. 주변을 기웃거리는 거 말고 어떤 목적 같은 게 감지된 거 있어? 놈이 뭘 하고 다니는데?"

소년이 어깨를 으쓱했다. "놈이 뭘 하는지 알아요. 사람들의 영혼을 모으죠."

아이의 선언을 들은 우리의 멈칫거림이 이번엔 보다 주의 깊은 침묵으로 이어졌다. 압도됐거나 무서워서는 아니었다. 우리 모두는 아이의 얼굴을 관찰하며 어떻게 반응해야 할지 고민 중이었다. 대놓고 의심?(내 성향.) 가차 없는 불신?(조지는 돼지 같은 콧방귀를 어찌어찌해서 재채기 비슷한 걸로 바꿔냈다.) 아님 차분하면서도 살짝 놀란 척? 홀리랑 록우드가 한 것처럼?

"그 얘길 좀 더 해볼래?" 록우드가 말했다.

"교회 마당에 십자가가 하나 있어요." 대니 스키너가 말했다. "엄청 오래된 거예요. 바이킹 시대 거라고들 하니까. 거기 조각이 돼 있거든요. 무진장 닳았고 비바람에 지워졌죠. 대부분은 뭐가 뭔지 전혀 못 알아봐요. 하지만 형상 하나는 모양이 아직껏 남아 있거든요. 동네 노인들은 그걸 '영혼 채집꾼'이라고 불러요. 형상이 선 들판은 사방이 뼈랑 해골이고, 형상 뒤로 사람들이 쭉 늘어서 있어요. 서로 따닥따닥 붙어서. 마치 놈이 주워 모아온 사람들처럼요. 그게, 내가 그 그림자를 봤잖아요. 똑같아요."

"그러니까 그 어정거리는 그림자란 게 고대 십자가에 새겨진 형상과 같다는 거야?"

"네. 십자가에도 거인처럼 조각돼 있어요. 내가 본 모양이랑 똑같이."

"그 그림자가 처음 나타난 게 언제지?

"세 달 전요. '한겨울의 날'•이었어요."

"그전에 목격됐단 기록은 없고? 마을 전설에도?"

"내가 아는 한은 없어요."

록우드가 고개를 저었다. "미안한데, 그 그림자 유령과 이 오래된 조각 사이에 별다른 연결점은 없어 보여. 둘 다 덩치가 클 순 있지만, 그것만 갖고 둘을 연결하기엔 무리가 있지."

"땡. 연결점이 있어요."

"뭐가? 어떻게?"

대니 스키너가 나지막이 말했다. "마을에 저주가 시작된 게 세 달 전이었어요. 다 그때예요. 유령이 폭발적으로 늘어난 것도. 어른들이 유령접촉으로 죽기 시작한 것도. 왜냐고요? 어정거리는 그림자가 죽은 자들을 깨우니까요. 죽은 자들이 무덤에서 일어나 놈을 따라나서니까요. 십자가에 새겨진 그대로. 이런 건 다른 어디서도 못 봐요. 보기 전엔 절대 모른다니까요. 와서 직접 눈으로 보세요. 거기 있는 동안 우리도 도와주고요." 새끼 황새 같은 표정이 돌아와 있었다. 눈이 크고 귀도 큰 부랑아가 애원하듯 우리를 둘러봤다. "꼭요."

"음, 재미있었네." 나중에 부엌에 모여 앉아 있는데 홀리가 말했다. "끝에 가선 꼬마가 너한테 주먹질이라도 하는 줄 알았잖아, 록우드. 그렇게까지 화내는 사람은 처음 본 거 같아."

록우드가 볼 풍선을 불었다. "내 말이. 우리가 딱 잘라 거절한 것도 아닌데 그러더라. 시간이 되면 다음 주쯤 가봐도 될 거 같아. 꼬마 얘기에 흥미로운 점들이 있기도 하고. 하지만 웬 히스테리덩어리의 엉터리 주장 하나만 보고 다른 모든 걸 팽개칠 순 없으니까."

• 남극의 동지(冬至).

“확실히 얘길 부풀리고 있긴 했어.” 내가 말했다. “과장이 심한 거 같더라고.”

“그리고 여기 결정타가 있어.” 조지가 험악하게 말했다. “케이크에 손도 안 댄 거 보라고. ‘케이크 취향이 아니라서요.’ 진짜로 그렇게 말했다니까. 웨에엑.”

“게다가 그 케이크는 홀리가 직접 만들기까지 한 건데 말야.” 록우드가 맞장구쳤다. “뭐, 여러모로 녀석이 약간 제정신이 아닌 거 같다는 데 모두의 생각이 일치하네. 군집이 심각한 건 확실한 듯하지만, 마지막에 얘기한 그 그림자 어쩌고는 완전 과장이야. 그러니까 대니 스키너 건은 나중에 걱정하자. 그럴 시간이 생긴다면 말이지. 당장은 우리한테 훨씬 더 시급한 일, 즉 루시 문제가 있으니까. 그리고 그것과 관련해서,” 그가 나를 보며 씩 웃었다. “방금 막 끝내주는 아이디어가 떠올랐어.”

15

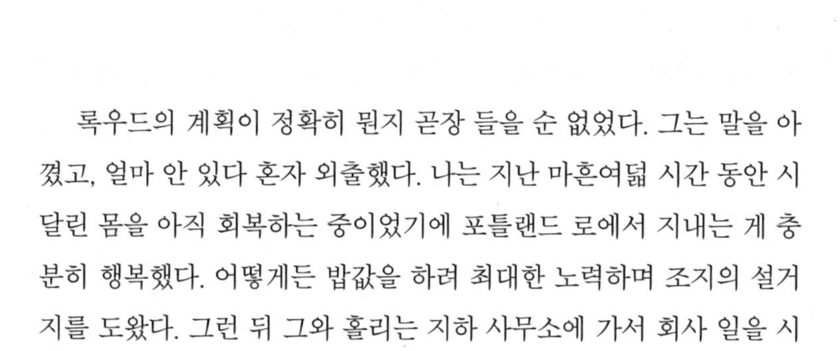

록우드의 계획이 정확히 뭔지 곧장 들을 순 없었다. 그는 말을 아꼈고, 얼마 안 있다 혼자 외출했다. 나는 지난 마흔여덟 시간 동안 시달린 몸을 아직 회복하는 중이었기에 포틀랜드 로에서 지내는 게 충분히 행복했다. 어떻게든 밥값을 하려 최대한 노력하며 조지의 설거지를 도왔다. 그런 뒤 그와 홀리는 지하 사무소에 가서 회사 일을 시작하고, 나는 혼자 떨어져 나와 정원으로 갔다.

옹이 지고 나이 많은 사과나무에 새싹들이 돋았고, 텁수룩한 풀잎들이 햇빛에 반짝였다. 나는 테라스의 잡초 틈바구니에 앉아 정원 건너편 집들의 뒷모습을 바라봤다. 담장 아래서 이름도 모르는 꽃들이 고개를 내밀고, 나는 봐도 모르는 새들이 나무 사이로 급강하하며 허공을 소리로 채웠다. 지난여름에 한두 번인가, 목숨을 걸러 나가지 않은 저녁에 우리는 여기 앉아 있었다. 앞으로도 좀 더 자주 나오자고 입버릇처럼 말했지만, 그런 일은 두 번 다시 없었다. 우리는 그저 너무 바쁘기만 했다. 게다가 우리 누구도 쉴 때 뭘 해야 하는지 잘 몰랐다. 그러고 있느니 그냥 밖에 나가서 뭔가를 쑤시는 게 훨씬 자연스러웠다. 그래서 정원은 대체로 무시됐다.

지금 여기 앉아 시간을 보내자니 기분이 묘했다. 나는 이도 저도 아닌 상태에 머물러 있었다. 록우드 심령 회사에 속해 있지도, 거길 완전히 떠나오지도 않았다. 내 마음도 비슷하게 나뉘어 있었다. 내 반쪽은 내가 여기 있으면 안 된다고 여전히 믿었다. 록우드와 다른 애들을 위태롭게 하지 못할 혼자만의 길을 고집했다. 이 반쪽은 해골을 찾게 도와달라고 그들에게 부탁하는 데도 깊은 불안을 느꼈다. 위험한 일이 될 거라고, 의심의 여지가 없다고. 그럼에도…. 내 감정이 처음부터 끝까지 죄책감뿐인 건 또 아니었다. 난 지금 당장 도움이 필요하니까. 친구가 필요하니까. 그리고 구피 집 밖에서 조지가 그러지 않았나? 요 몇 달 새 록우드는 끊임없이 위험에 뛰어들었다고? 그러니 내가 힘든 일을 해낼 수 있게 좀 도와달라는 게 뭐가 문제겠나? 내가 왜 그걸 두고 양심의 가책을 느껴야 하나? 그런들 뭐가 달라지는데?

내 마음을 이해하기 힘들었다. 평화로운 정원에 앉아 확실히 알 수 있던 한 가지는 돌아와서 좋다는 거였다. 아주 잠시 동안일 뿐이라 해도.

점심 식사 직후, 록우드가 집에 왔다. 그에게서 희미하게 풍기는 썩은 나무와 해초 냄새로 알았다. 그가 플로 본스를 만나고 왔다는 걸. 보아하니 계획의 밑 작업이 벌써 진행 중이었다.

"플로한테 일 년치 감초사탕을 종류별로 바친다고 약속해야 했어." 록우드가 말했다. "하지만 결국 설득해 냈지. 이번 유물 사냥꾼 시장은 내일 밤에 열려. 플로도 갈 거라 정확한 시간이랑 장소를 알아낼 거야. 그 애가 우릴 입구까지 데려갈 테고. 일단 거기 가면 고릴라 같은 덩치의 남자들이 우릴 검사할 거래. 그걸 통과해야 시장에 들어갈 수 있고. 통과 못 하면 인사불성이 되게 얻어터진 뒤에 축 늘어진 몸뚱이는 템스강에 던져질 거라나. 내 생각엔 이 검사를 통과하는 게 가장 좋은 방법인 거 같아."

"동의해." 내가 말했다. "그래서 거길 어떻게 뚫을 건데?"

하지만 록우드는 얘기하려 들지 않았다.

그런 다음 록우드와 홀리가 내 옷을 챙기러 투팅의 아파트로 갔다. 나는 동행이 허락되지 않았다. 적당한 시간이 흐르고 돌아온 그들은 별일 없이 다녀왔다고 했다. 층계참 건너의 이웃과 우연히 마주친 걸 빼면.

"그 사람이 어젯밤에 소음을 들었대." 록우드가 말했다. "네 방에서 들리더래. 그래서 문에 달린 외시경으로 엿봤는데, 남자 둘이 손전등을 들고 네 문 앞에 서 있었단 거야. 그중 한 명한텐 총이 있었고. 집이 빈 걸 확인하고 떠났대. 우리한테 오길 정말 잘했어, 루스. 집에 돌아가지 않은 것도."

다시 한번 나는 동의하지 않을 수 없었다.

홀리가 내 소지품이 든 봉지들을 건넸다. 표정이 침울했다. "이걸 너한테 어떻게 말해야 할지 모르겠는데, 루시. 그들이… 그들이 네 집을 정말 심하게 망쳐놨어."

나는 홀리를 물끄러미 봤다. "오, 안 돼. 그 인간들이 무슨 짓을 한 거야?"

"아, 끔찍했어. 네 살림들이 온 바닥에 흩어져 있고, 침구는 사방에 널려 있고, 열린 서랍 속 물건들은 엉망으로 뒤섞여 있더라. 정말 뒤죽박죽이더라고. 무슨 폭탄이라도 터진 거처럼. 진짜, 진짜 안됐어. 네가 너무 속상할 거 같아."

나는 록우드의 눈을 피했다. "그러게, 그 인간들이 방을 그렇게까지 해놨다니 정말 심란하다." 내가 말했다. "내 눈으로 안 봐서 차라리 다행이야."

어쨌든 내겐 갈아입을 옷이 생겼다.

오후가 끝나갈 무렵, 나는 이른 저녁 식사 준비를 자원했고 조지의 감독 아래 약식 볼로네즈스파게티를 만들었다. 홀리는 후식으로 스펀지케이크를 내놓은 참이었다.

"웬일로 이렇게 갑자기 빵을 구워대는 거지?" 내가 물었다. "홀리는 원래 케이크에 손도 안 댔잖아."

조지는 부엌 벽에 걸린 영국 지도에 시선을 고정하고 무심히 말했다. "아, 홀리는 여전히 샐러드에 집착해. 하지만 걱정 마. 내가 천천히 타락시키고 있으니까. 머지않아 홀리도 인스턴트 음식을 먹어 치우게 될 거야. 소스에 오레가노 넣었어?"

"아까도 물어봤잖아. 그리고 응, 넣었어. 거의 다 된 거 같아. 그나저나 그 지도는 뭐야? 현재 출몰 상황?"

"으음?" 조지는 정신이 어딘가 멀리에 가 있었다. "아니…. 정확히 그 반대야. 현재가 아니라 과거의 출몰들이라고. 난제의 시작까지 시간을 거슬러 올라가는. 십 년 단위로 주요 창궐들을 표시했어." 그가 지하실로 연결되는 문을 밀어 열고 계단 밑에다 포효했다. "식사! 옛날 신문들을 대대적으로 뒤져서 정보를 모았지." 그리고 덧붙였다. "나 알잖아."

아래층에서 록우드와 홀리가 올라왔다. 나는 뜨거운 물을 틀어 그 위에 대고 덥힌 접시들과 스파게티를 내가면서 기분 좋게 피어오르는 뜨거운 김 너머로 지도를 응시했다. "이해가 안 돼, 조지." 내가 말했다. "수십 년 동안 수천 건의 출몰이 벌어졌어. 지도에 핀이 많은 건 사실이지만 전체를 나타내기엔 터무니없이 적은 듯한데."

"그건 각 지역 군집을 가장 먼저 발생한 순서로 스무 개씩만 기록해서 그래." 조지가 말했다. "색깔들은 십 년 단위로 달라지는데, 동심원들을 보면 세월이 흐르면서 난제가 점차 바깥쪽으로 확산됐단 걸 알 수 있어. 첼시 사태 기억하지, 루시? 내가 발생 시기로 사건들을 구분해서 아이크미어 백화점에 있던 궁극의 출처를 찾아낸 거. 뭐, 이것도 같은 원리야. 규모가 더 클 뿐이지. 그리고 이걸로 우리가 역사책에서 배운 게 맞았단 것도 확인할 수 있어. 난제가 런던 남동부, 켄트주에서 시작됐단 거."

"마리사 피츠랑 톰 로트웰이 최초로 난제와 맞섰던 곳 말이지?" 록우드가 볼로네즈소스를 잔뜩 뒤집어쓰고 모락모락 김을 내는 스파게티 뭉치를 각자의 접시에 나눠주고 있었다. "그건 그렇고 루시, 이거 정말 맛있어 보인다. 여기 이 쪼글쪼글하고 검은 건 뭐야?"

"버섯, 인 거 같아. 오, 아니다. 버섯은 저거고. 사실 그게 뭔진 잘 모르겠어…. 맛있게 먹어."

"피츠와 로트웰 대행사는 지난 오십 년 동안 크게 발전했어." 다 함께 스파게티를 먹는데, 조지가 말했다. "알지? 이 모든 게 시작된 동네에 동상이 있는 거. 두 대행사의 창립자들이 지역의 유령들을 조사하기 시작한 곳에. 그걸 보러 간 적이 있거든. 솔직히 그렇게 막 대단하고 그런 건 아닌데, 두 사람의 십 대 시절 모습을 볼 수 있어. 둘이서 '머드 레인 혼령'을 파괴하던 때 말야. 톰 로트웰은 집에서 만든 검을 쥐고, 그 옆에선 마리사 피츠가 조그만 기름등을 들고 있지. 그래서 검과 등불이 두 대행사의 상징이 된 거잖아. 그 물건들이 애초에 어떻게 쓰이게 됐는지 생각하면 재밌어."

"마리사의 등불에 얽힌 얘기가 있지 않았나?" 예상대로 홀리는 접시에다 샐러드를 쌓아놓고 있었지만, 그런대로 괜찮은 양의 스파게티 또한 올려놓고 있는 걸 봐서 나는 기분이 좋았다. 그녀가 우아하게 손목을 움직여 포크에 스파게티를 감았다. "그걸 정원 창고에서 가져왔다고 하지 않았어?"

조지가 고개를 끄덕였다. "자기 부모님의 여름 별장에서. 심령 작용으로 손전등이 말을 안 듣기 시작하면서 기름등을 썼지. 훌륭한 혁신가였어. 톰과 마리사는. 철과 은을 가장 처음 써본 것도 그들이니까. 톰은 고양이들을 우리에 가둬 흉가에 갖고 다니기도 했어. 녀석들을 조기 경보 시스템으로 쓸 수 있는지 보려고. 결국엔 포기했지만. 고양이들이 미쳐버리는 바람에."

"그건 좀 너무 매정한 짓 같은데." 홀리가 말했다. "불쌍한 고양이들."

"그래도 네가 갖고 있던 그 은종 어쩌고 하는 것보단 훨씬 효과가 좋았을걸, 조지." 내가 말했다.

조지가 스파게티 면을 쪽 빨아들였다. "심조경 시스템? 어쩌면. 하지만 적어도 로트웰 대행사는 여전히 혁신적이잖아. 톰 로트웰이 그랬던 거처럼 새로운 아이디어들을 추구한다고. 피츠 대행사는 그쪽에 별 관심이 없어. 레이피어와 날것의 재능만 고집하지. 그게 마리사 피츠의 기본 원칙이기도 했고."

"뭐, 창립자들이 여러모로 뛰어나긴 했어." 홀리가 말했다. "우리 모두가 그들에게 빚지고 있는 셈이야. 지금 우리가 이렇게 안전한 것도 그들의 헌신 덕분이잖아."

"하지만 그 헌신에도 대가가 따랐지." 록우드가 말했다. "두 사람 다 젊은 나이에 죽었으니까."

나는 피츠 하우스에서 봤던 마리사의 사진을 떠올렸다. 검은 옷을 입은 주름투성이 여인. "그렇게 젊진 않던데, 사실. 사진을 본 적이 있어. 상당히 늙었던걸."

"그래 봐야 사십 대였어. 겉늙어 버린 거지."

"아무튼, 난제가 다른 전염병들처럼 확산돼 왔단 건 흥미로운 사실이야." 조지가 덧붙였다. "난제는 질병처럼 작동하면서 원래의 숙주 혹은 핵심 구역에서 밖으로 번져나갔어. 켄트에서 남동부로, 런던으로, 나라 전체로."

"피츠와 로트웰이 그토록 애를 썼는데도 말이지." 내가 말했다.

"응." 조지가 동의했다. "그토록 애썼는데도."

식사가 끝나고 록우드가 공지했다. "내일 유물 사냥꾼 시장이 열린단 거 다들 알지? 우린 윙크맨 일가가 거기 나와 좋은 물건들을 사들일 거라 보고 있고. 루시 말대로면 속삭이는 해골이 거래 물품으로 등장할 가능성이 높으니까 우리도 그 자리에 있어야겠지. 목표는 안에 들어가서 해골을 빼내고, 운이 닿는다면 이 수수께끼의 암시장 수집가에 대해서도 좀 더 알아낸 다음에 거길 빠져나오는 거야. 이 모두를 들키지 않고, 궁지에 몰려서 생선 칼에 내장을 파이는 일 없이 해내는 거지. 그리 어려울 거 없어. 플로가 시장까지 데려가 주긴 할 텐데, 안으로 들어가려면 입장 검사를 안전히 통과하게 해줄 뭔가가 우리한테도 있어야 할 거야."

"출처 말이야?" 홀리가 물었다.

"그렇지. 내 생각엔 두 명, 아마도 루시랑 내가 갈 거 같고, 그 말은 곧 우리한테 최상급 출처 두 개가 필요하단 얘기지."

"음, 우리가 그런 걸 어디서 구하지?" 조지가 말했다. "해골이 바로 그 최상급 물건인데 도둑맞았고. 사무실 여기저기에 이런저런 잡동사니가 있긴 해. 홀리가 맨날 버리고 싶어 하는 쪼글쪼글 해적 손 같은 거 말야. 그걸 써볼 수 있을 거 같긴 한데. 뭐랄까, 난 그게 마음에 들거든. 알아. 검고 더럽단 거. 손가락도 하나 떨어지려고 하고. 하지만 글쎄, 뭔가 정서적 가치란 게 있어서….”

“진정해. 그 손 안 가져가.” 록우드가 의자 등받이에 몸을 기댔다. “아니, 우리한텐 그 누구도 본 적 없는 전혀 새로운 게 필요해. 지독히도 흥미로워서 그걸 가져온 사람은 눈에도 안 들어올 정도의 물건. 여기서 좋은 소식은, 그걸 정확히 어디서 찾을지 내가 알 거 같단 거야.” 그가 자기 시계를 봤다. “아직 날이 저물기 전이야. 시간이 있어. 지금 보여줄게.”

“미안한데,” 내가 말했다. “어디로 가게?”

록우드가 미소를 머금고 우리를 둘러봤다. 그의 얼굴은 차분하고 굳어 있었다. “괜찮아. 외투 필요 없어. 물건은 누나 방에 있어. 위층에.”

록우드는 과거 얘기를 그리 적극적으로 하는 사람이 아니었다. 오히려 그 반대였다. 내가 그를 만난 첫날부터 그의 온데간데없는 가족과 그들이 세상을 떠난 정황에는 미스터리들이 덕지덕지했다. 물론 록우드가 살고 있는 집—그리고 그 집의 다채로운 가구와 물건들—자체는 그의 부모님을 기리는 기념관이나 다름없었지만, 그는 그분들 얘기를 좀처럼 하지 않았고, 몇 년 전에 방에서 죽은 누나 제시카는 거의 입에 담지도 않았다. 그럼에도 몇 가지 내막이 점진적으로 유출됐고, 나는 그들이 록우드에게 어떤 영향을 미쳤는지 이해할 정도로는 상황을 알게 됐다.

꼬마 앤서니보다 여섯 살 많았던 제시카 록우드는 부모님의 예기치 못한 죽음 뒤에 그를 몇 년 동안 돌봤다. 그러다 그가 아홉 살 때 제시카도 세상을 떠났다. 이 방에서 방문자에게 희생됐다. 이후 록우드는 슬픔을 격리해 마음속 깊은 곳에 붙박아 뒀지만, 그 불길은 아직도 맹렬하고, 그가 유령이라면 가리지 않고 인정사정없이 덤벼들게 만드는 동력이 됐다. 2층 층계참의 방 역시 격리돼 포틀랜드 로 35번지의 어둡고 폐쇄된 일부로 남았다. 그 방은 제시카에게 바쳐졌으나 아무도 찾는 이 없는 그녀의 성지이자, 록우드가 부모님과 누나의 기념품을 보관하는 창고였다. 그리고 또한 봉쇄 구역이기도 했다. 그의 누나가 목숨을 거둔 자리에서 강렬한 절명광이 아직껏 타오르고 있었으니까. 철선으로 문을 도배하고 천장에 은제 항마구를 걸었으나, 그런 게 필요할 일은 아직껏 없었다. 제시카는 다시 돌아오지 않았다.

록우드가 앞장서서 계단을 올라갔고, 홀리가 뒤따랐으며, 조지와 나는 뒤에서 뭉그적거렸다.

"근데 잠깐만, 조지." 내가 속삭였다. "홀리는 어쩌고? 걔도 알아…?"

"제시카에 대해서? 응. 알아."

"록우드가 말했어? 오…. 그래."

록우드가 과거의 빗장을 풀고 비밀을 조금씩 공유하는 건 분명 좋은 일이었다. 그가 내게 마음속 얘기를 털어놓기까진 오랜 시간이 걸렸다. 이제 그걸 더 쉽게 할 수 있다니 그러는 편이 그로서도 더 건강했다. 홀리가 알고 있다는 건 분명 좋은 일이었다. 나는 분명 기뻤다.

방은 언제나처럼 커튼이 드리워져 있고 어두웠다. 록우드가 우리를 안으로 이끌었다.

그 방에 안 간 지 벌써 몇 달이 됐지만 아무것도 변한 게 없었다. 그 차가운 사각형 공간에선 아무것도 변하지 않았다. 언제나처럼 침대 위에서 파리한 타원형의 절명광이 가슴 저미는 아름다움으로 반짝였다. 전에도 그랬듯 그것의 위력에 머리칼이 쭈뼛 서고 이가 아렸다. 영구적인 황혼에 잠긴 방을 반쯤 채운 상자와 궤짝들엔 늘 그렇듯 방어구*로 라벤더 꽃병들이 놓여 있고, 천장에선 은제 부적들이 여전히 딸랑거렸다.

록우드는 초자연적 빛으로부터 눈을 보호하려 선글라스를 끼고 있었다. 그가 불을 켰다. 절명광은 사라졌지만 그 위력은 남았다. 그는 커튼을 걷지 않고 근처의 상자를 톡톡 두드렸다. "이 중에서 뭔가를 찾아봐야 할 거 같아." 그렇게 말하는 그의 목소리는 나직했다. "너희도 알다시피 내 부모님은 민속학 연구자였어. 난제의 답을 찾아다녔지. 세계 곳곳을 여행하면서 다른 문화들에 존재하는 믿음의 체계를 연구했어. 어딜 가든 쓸모없는 물건들을 갖고 돌아왔고. 그분들이 가장 좋아했던 것들은 아래층 벽에 걸려 있지만, 이 방엔 아직까지도 개봉이 안 된 물건들이 있어. 궤짝 일부는 부모님이 돌아가신 뒤에 도착했거든. 우린 여기서 암거래상을 매료시킬 뭔가를 고르기만 하면 돼. 그래서… 루시, 네가 상자를 하나 찍으면 어때?"

"진심으로 하는 말이야?" 나도 목소리를 나직하게 유지했다. 어째선지 우리 누구도 제시카의 방에선 목소리를 높이고 싶지 않았다. "하지만 록우드…. 이건 네 부모님이 수집하신 것들인데…."

록우드가 어깨를 으쓱했다. "맞아. 그리고 이젠 먼지만 뒤집어쓰고 있지. 한번 잘 써먹어 보자고. 상자를 골라."

나는 여전히 머뭇거렸다. 침대를, 하얀 침대보를 쳐다봤다. 그 아래엔 제시카가 죽던 당시 엑토플라즘이 매트리스를 태운 자국이 끔찍한 검은색으로 남아 있었다. 그 일은 그녀가 바로 저 궤짝들 중 하나를 정리하다 벌어졌다. "하지만 좀," 나는 각별히 조심하며 말했다. "위험하지 않을까?"

록우드의 눈은 감춰져 있었지만 나는 그의 얼굴을 스치는 조바심을 본 것도 같았다. "아니. 아직 날이 안 저물었어. 그리고 이 물건들을 포장한 게 내 어머니랑 아버지였단 걸 잊지 마. 유령이 나오게 된 건 항아리를 떨어트려서, 그래서 봉인이 깨져서였어."

우리 누구도 입을 열지 않았다. 그래, 그것이 나왔고 누나를 죽였다. 그리고 록우드가, 아직 어린애였던 그가 누나를 발견했다. 그 뒤, 분노와 비탄 속에서 자기 손으로 유령을 없앴다. 내가 이 모두를 아는 건 언젠가 이 방에 혼자 있었을 때 내 재능이 나를 과거로 데려갔고, 거기서 그 비극의 메아리를 들어서였다. 나는 그 기억을 머릿속에서 지우지 못했다.

"그렇긴 해도 록우드," 조지가 말했다. "여기서 함부로 굴고 싶진 않은걸. 상자들엔 뭐가 들었는데?"

"난들 아나. 아래층 벽에 있는 것들이랑 비슷하지 않을까 싶어. 다른 문화의 골동품, 혼령을 다루는 일에 쓰는 도구들. 싸구려들이 많을 수밖에 없겠지만, 분명 좋은 것도 있으리라 장담해." 록우드가 가장 위에 놓인 궤짝에서 라벤더 꽃병을 치웠다. 날래고 성마른 움직임이었다. 그가 아직껏 품고 있는 분노가 고스란히 느껴졌다. 그의 손가락이 궤짝의 나무를 톡톡 두드렸다. "이걸로 해봐. 어때. 아님 이거. 아님 저것 중 하나…. 얼른, 루스. 우리가 찾으려는 건 네 해골이잖아. 네가 결정해야지. 뭐가 마음에 들어?"

"그럼 이거." 내가 말했다.

"훌륭한 선택이야, 루스…. 잘 골랐어. 나도 그게 좋아 보인다." 록우드는 벨트에서 주머니칼을 꺼내 궤짝 뚜껑 밑 틈새에 밀어 넣고 둥글게 가르기 시작했다. "정어리 통조림 따는 거랑 똑같네." 그가 말했다. "다 됐다. 자, 그럼 살짝 한번 보실까. 이 안에 뭐가… 있는지."

홱 비틀고 쩍 갈라지는 소리. 홀리와 조지와 내가 동시에 움찔했다. 뚜껑이 들렸다. 록우드가 뚜껑을 뜯어내 궤짝 뒤로 떨어트렸다.

진한 수액 냄새가 공기를 채웠다.

"유향•이네." 홀리가 중얼거렸다.

궤짝 안에는 보호용 포장재 역할을 하는 황갈색 대팻밥이 가득했다. 록우드가 안으로 손을 집어넣었다. "아하…." 그가 넓적하고 우람한 꾸러미를 끄집어냈는데, 지푸라기처럼 보이는 얇고 건조한 뭔가에 싸여 있었다. 록우드가 꾸러미를 조심조심 들고 떨어낸 대팻밥이 발치의 빛바랜 카펫에 떨어졌다.

"조심해." 홀리가 말했다.

"걱정 마. 어두워지면 안 해. 그게 누나의 실수였으니까."

이제 보니 꾸러미를 포장한 건 갈대로 만든 일종의 싸개였고, 어찌나 오래되고 약한지 록우드의 손길에 우수수 분해됐다. 그가 잔해를 떨었다. 싸개 아래엔 화사하고 색이 다채로운 뭔가가 있었다. 녹는 눈 아래서 피어나는 꽃송이들 같아 보였다.

"그게 뭐야?" 내가 물었다. "생긴 게 꼭…."

"깃털들이야." 록우드가 물건을 흔들었다. 식탁보가 펼쳐지듯 물건이 쫙 펴지며 미처 예상치 못한 크기가 됐다. 파란색과 보라색 깃털로 만든 천이었다. 조그맣고 깔끔하고 사랑스러운 깃털들을 어찌나 촘촘히 붙였는지 완벽한 한 몸처럼 느껴졌다. 어떤 종의 새한테서 나온 깃털인지 몰라도 저 멀리 어딘가 따뜻하고 숲이 우거진 땅에 사는 종류란 건 한눈에 알 수 있었다. 단조롭고 버려진 방이 환해지는 기분이었다. 우리는 넋을 잃고 보고 있었다.

"안쪽도 꽤 훌륭해." 록우드가 말했다. 그가 천을 반대로 돌렸고, 사슬 갑옷처럼 아주 조그만 은제 고리들을 촘촘히 엮어 만든 얼개가

• 종교 의식에 자주 쓰인다.

나왔다. 거기에 깃털들이 일일이 꽂혀 있었다. 한쪽 가장자리 중간에 은제 걸쇠가 달렸고, 그 옆에서 머리 덮개가 덜렁거렸다.

"목에다 두르는 거야." 조지가 말했다. "망토라고."

"혼령망토." 록우드가 말했다. "주술사랑 무당들이 걸치던 거야."

"아름다워." 홀리가 중얼거렸다.

"실은 그 이상이지…. 사용 목적이 있었거든." 록우드가 망토를 가장 가까이의 포장용 상자에 펼쳐놨다. "무당들은 현자였어. 죽은 조상들과 대화했지. 이 의식을 '혼령의 집'에서 했는데, 거긴…."

"미안한데, 뭐?" 내가 물었다. "혼령의 집? 근데 넌 그런 걸 다 어떻게 알아?"

"부모님 때문에." 록우드가 말했다. "그 주제로 논문들을 쓰셨거든. 부모님은 다른 문화의 믿음들이 난제를 설명하는 데 도움이 되리라 봤어. 유령과 영혼들을 보는 여러 생각들을 연구했지. 거기서 차이점과 공통점을 도출했고. 물건이 정말 효과가 있었느냐 여부는 중요한 게 아니었어. 부모님은 사람들이 뭘 믿는지 알고 싶어 했어. 단서를 찾고 있었지. 집 어딘가에 그 논문들이 있을 텐데…." 방에 들어오고부터 그가 보이던 조바심이 사라졌다. 망토의 사랑스러움에 누그러진 걸지도 몰랐다.

"그래서 찾아내셨어?" 조지가 물었다. "부모님이 난제에 대해 무슨 결론이라도 얻은 거야?"

"아니. 응. 몰라." 록우드가 궤짝에서 갈대 싸개로 포장된 꾸러미를 하나 더 끄집어냈다. "이것도 망토인 거 같고…." 그가 궤짝의 더 깊숙한 곳을 뒤져선 조그만 나무 상자를 꺼내 안을 들여다봤다가 서둘러 닫았다. "우우, 여기 손대고 싶은 생각은 도저히 안 드는데. 미라화한 신체 부위는 절대로 만지지 마라. 어디 있다 온 건지 모르는 상황에선. 그게 내 좌우명이야."

"미라화하지 않은 것들한테도 적용되는 원칙이지." 조지가 말했다. "그게 '내' 좌우명이고."

"너희 좌우명은 하나도 안 궁금하거든요." 홀리가 말했다. "조금 전에 혼령의 집에 대해 얘기하던 중이었어, 록우드."

"아, 그랬지…. 이런 문화들은 죽은 자들을 좀 더 편히 대했어. 죽음을 앞둔 노인들을 혼령의 집이란 오두막으로 옮겼지. 그들은 거기서 죽고, 유골은 오두막 안에 간직돼. 거기 선반들에. 주술사가 오두막에 들어가서 그들의 영혼과 대화하는 거지. 그때 보호용으로 이런 혼령망토를 걸쳤어. 뭐, 얘기가 그렇단 거야. 내일 이 망토들을 가져가는 게 어때, 루시? 엄밀히 말해 출처는 아니지만, 내가 장담하는데 윙크맨네가 골동품으로 사들일 거야."

"이 둘을 갖다 바치면 아쉬울 거 같은데." 내가 말했다. "너무 예쁘잖아. 궤짝을 더 뒤져보면 안 돼?"

"좋아…." 록우드가 대팻밥 속으로 다시 손을 쑤셔 넣었다. "오케이…. 여기 뭐가 있다. 유리 같은데. 아마도… 아, 그래…." 그가 물건을 꺼냈다. 목소리가 시들해졌다. "사진. 그래, 그렇군."

소박한 나무 액자는 색이 변했고, 사진은 물인지 빗물인지 모를 것에 얼룩졌다. 흑백사진이었고, 거치대에 육중한 구식 카메라를 놓고 찍은 것일 듯했다. 전경의 진흙과 배경의 밀림에도 불구하고 어떤 격식이 느껴졌다. 사진은 숲속 공터에 선 사람들을 찍은 거였다. 대부분이 옷을 제대로 걸치지 않은 부족민들이었고, 그중 몇의 머리칼에선 경이로운 날짐승 깃털이 기둥처럼 솟아 있었는데, 그게 꼭 연기를 조각해 놓은 것처럼 보였다. 모두가 빙그레 웃고 있었다. 그들 가운데에 유럽식 옷을 입은 남녀가 서 있었다. 남자는 흰 셔츠에 구깃거리는 재킷을, 여자는 블라우스와 길고 실용적인 치마를 입었다. 두 사람 다 머리에 쓴 챙 넓은 모자가 얼굴을 반쯤 가리고 있었으나 남자의 길고 갸름한 턱과 인중 선이 선명한 입술, 그리고 여자의 빛나는 미소로 나는 그들이 누군지 너무도 잘 알 것 같았다.

록우드는 한참이나 말이 없었다. 그가 입을 열었을 때 목소리엔 억지스런 쾌활함이 실려 있었다. "여긴 뉴기니였던 거 같아. 두 분이 결혼한 직후였고. 여행 끝 무렵이었을 거야. 봐. 어머니가 혼령가면을 들고 있잖아? 늙은 주술사한테서 막 건네받은. 주술사가 죽은 자와 대화할 때 그런 걸 써. 사진 끝에 있는 남자가 주술사야. 살갗이 코뿔소 사타구니처럼 쭈글쭈글한 사람 보이지? 목에다 내 어머니의 쌍안경을 걸고 있어. 혼령가면에 대한 보답으로 어머니가 준 거야."

여자는 가면을 들고 웃고 있었다. 그리고 여자 옆의 남자가 그녀를 보고 있다는 걸, 그녀의 기쁨이 그 역시 미소 짓게 한다는 걸 알 수 있었다. 그들은 젊었고 생명력과 가능성으로 가득했다.

"이 가면은 아직도 갖고 있어." 록우드가 말했다. "아래층 복도 선반에 있는 게 그거야. 깨진 박 옆에 있는 거. 내가 아주 어렸을 때 선반에 기어 올라가 가면을 내려선 눈구멍에다 한 시간 동안이나 눈을 대고 있었어. 주변에 있는 유령들을 볼 수 있을까 해서. 아무 일도 안 일어났지. 그냥 가면에 뚫어놓은 평범한 구멍이었을 뿐이니까. 그렇다고 어머니가 속상해했을 거 같진 않아. 부모님은 탐험에서 돌아올 때마다 이런 물건들을 가져왔어. 혼령가면, 귀신잡이, 마시면 신통력을 갖게 된다는 성산의 약수가 든 병. 그분들은 세상 물정 모르는 학자들이었어. 어리석은 바보들이었지, 정말." 그가 사진을 엎어 궤짝에 내려놨다. "루스, 내일 이 망토들을 쓰자. 훌륭히 먹힐 거야."

"그럼 물건은 구했고, 너희인 걸 들켜서 끔찍하게 살해당하는 문제는?" 조지가 물었다.

록우드가 씩 웃었지만 형식적인 거였다. 그의 마음은 먼 곳에 가 있었다. "물론 기억하고 있지. 이제 우리한테 필요한 건 끝내주는 변장뿐야."

16

이렇게 말할 수밖에 없겠다. 록우드의 흔들림 없는 자신감과 책상 밑 큼직한 광주리에 든 갖가지 의상과 소품에도 불구하고 그의 변장이 늘 엄청나게 성공적이기만 한 건 아니었다고. 그에게는 큰 모자가 안 어울린다는 약점과 함께, 입 밖으로 뱉는 즉시 사람들의 주의를 끄는 것도 모자라 때로는 노골적인 반발을 부르는 이상한 말투를 자꾸만 쓰려드는 경향이 있었다. 그가 '떠다니는 흉상' 사건에서 발리윅 홀에 들어가려고 써먹었던 그 유명한 '이스트엔드의 눈 깜빡이는 굴뚝 청소부' 변장은 그 저택에서 일하던 런던 토박이 일꾼 셋을 몹시도 열 받게 해서 그들에게 죽도록 쫓기다 근처 호수로 뛰어드는 결말을 맞았다. 콥 스트리트 수녀원 목욕탕 근처의 출몰을 조사하면서 록우드가 동원했던 금빛 가발과 수녀용 베일은 경찰 검문과 진술서 작성으로 이어졌고, 그 꼴을 본 두 수녀와 수녀원장은 결코 예전으로 돌아갈 수 없을 것이었다.

록우드의 변장은 대개 최소한의 수준을 유지할 때 가장 잘 먹혔고, 다음 날 저녁 우리의 유물 사냥꾼 변장 또한 그 정도 선에서 마무리됐다. 내 옛 책상에 전신 거울을 기대놓고 하루 종일 실험하는 동안 조지와 홀리가 자리를 지키며 의견을 내고 차를 끓여댄 결과였다. 유물 사냥꾼들은 추한 생김새로 악명이 높았기에 우리는 온갖 종류의 혹과 사마귀 분장, 팔다리가 없는 경우, 구멍이 송송 난 옷에서 누더기, 솔직한 말로 영 점잖지 못한 옷에 이르기까지 오만 걸 시도했다. 결국 자선단체가 운영하는 가게에서 조지가 퍼 담아 왔다는 후줄근한 검정 바지와 형편없는 운동복 상의, 꾀죄죄한 가죽 재킷 두 벌로 간소화했다. 그러는 중간에 홀리가 그녀의 대대적인 화장용품 키트를 써서 우리의 안색을 교묘하게 악화시켰다.

"치아 몇 개도 검게 칠할까 봐, 록우드." 홀리가 말했다. "안 그럼 너무 심하게 반짝거린단 말야. 눈가를 어둡게 하면 눈이 푸석해 보일 테고, 광대뼈에 파리하게 색조를 넣으면 꽤나 병색이 흐를 거야. 약간의 작업으로 널 아프고 궁핍하고 못난 인간으로 만들어줄 수 있어. 나한테 삼십 분만 줘."

나는 꼴사나운 말총머리 가발을 써보는 중이었다. "난 어떻게 해?"

"네 경우엔 그리 많이 손댈 필요가 없겠어. 오 분이면 충분할 거야."

가발이 변장의 대미를 장식했다. 나는 커스터드에 적신 걸레마냥 지저분하게 노란색 가닥이 뒤죽박죽된 가발을, 록우드는 검고 뾰족뾰족하고 혐오스럽기 그지없는 걸 뒤집어썼다.

록우드가 미심쩍은 듯 스스로를 뜯어봤다. "모르겠다…. 머리에 사악한 고슴도치가 웅크린 거 같은데."

"플로 본스를 생각해." 내가 말했다. "그 앤 상태가 '좋은' 날 몰골이 그 정도라고. 넌 정말 잘 녹아들 거야."

다음으로 우리는 지하 장비실 뒤편에서 썩어가는 낡은 가방 두

개를 찾아냈고, 조지가 하나엔 차를, 다른 하나엔 진흙을 묻혔다. 그게 다 마른 뒤엔 제시카의 방에서 찾은 혼령망토를 갖다 넣었다. 출발 준비가 거의 끝났다.

"마지막 한 가지." 홀리가 말했다. "무기. 난 너희가 무방비 상태론 안 갔으면 좋겠어."

록우드가 어깨를 으쓱했다. "레이피어는 못 가져가. 여러 가지 뻔한 이유로."

"그럼, 바지에 마그네슘 화염이라도 넣어. 일이 꼬이면 하나쯤 필요할 거야."

"입구에서 몸수색을 할지도 모르는데."

"홀리 말이 맞아." 조지가 끼어들었다. "뭐든 있긴 있어야 해. 다른 유물 사냥꾼들은 죄다 완전 무장을 해서 올 거라고. 갯벌의 지배자들한텐 이물질 플랜지랑 조개 갈퀴가 있겠지. 가택 침입자랑 무덤 털이범은 올가미랑 만능 집게랑 온갖 괴상한 것들을 챙겨 올 테고."

나는 조지를 봤다. "유물 사냥꾼 세계에 상당히 빠삭하신가 봐."

조지가 안경을 만지작거렸다. "가끔가다 플로랑 얘길 해서 그러는지도. 그걸 금지하는 법은 없잖아. 있나?"

"아니…. 아냐, 넌 무사해."

록우드와 나는 결국 단검을 하나씩 챙기기로 했다. 벨트에 그냥 대놓고 찼다. 전투에 아주 적합하다고 할 순 없었지만 그래도 최후의 선택지 정도는 돼줄 수 있을 거였다. 게다가 도둑 소굴에 들어가면서 우리가 풍기고 싶어 했던 위협적인 분위기에도 한몫했고.

이 모두가 끝나니 어느새 해 질 녘이 됐다. 7시를 막 넘은 시각, 흉측한 유물 사냥꾼 둘이 으스대며 포틀랜드 로를 떠나 플로 본스와의 만남을 위해 출발했다.

템스강 아래 복스홀 지구. 범람하는 템스강물이 북쪽으로 방향을 바꿔 웨스트민스터와 런던 중심부로 흘러가는 지점에 위치한 이곳은 한때 신사숙녀가 한가로이 거닐곤 하던 아름다운 유원지였다. 이제 그 부지를 채우고 있는 자동차 공장들 사이로 장소랑 어울리지도 않게 옛날 가발을 쓴 유령들이 이따금 모습을 드러냈다. 그러나 최근엔 이 공장들의 운마저 다해 궁핍한 동네, 일몰 뒤엔 버려지다시피 하는 구역이 됐다. 웨스트민스터에서 다리를 건너며 보니 부두와 갯벌에 엷은 안개가 껴 있고, 그 위 고가교엔 복스홀 지하철역의 불빛들이 일렬로 서서 사람 약 올리는 괴화들처럼 어슴푸레 빛났다.

플로는 고가교 아치 아래 버려진 가게에서 우리를 기다리고 있었다. 웰링턴 부츠를 신은 발 사이에 자루를 놓고 기름등 옆 콘크리트 말뚝에 퍼질러 앉아 생각에 잠겨 있었다. 그 모습이 꼭 웅크린 가고일• 같았는데, 냄새는 괴물보다 더 독했다. 안으로 들어서는 우리 모습에 그녀가 잽싸게 허리띠로 손을 가져갔다. 다음 순간 긴장을 풀고 환영의 의미로 자기 옆 진창에다 침을 뱉었다.

록우드는 이가 빠진 입으로 플로에게 씩 웃어 보였다. "아하! 변장이 훌륭한 게 틀림없어. 좀 전에 너 깜빡 속았다고."

"머리칼에 넘어가 버렸네." 플로가 인정했다. "하지만 네 걸음걸이로 알아보겠다. 옆모습이랑 엉덩이도 그렇긴 한데, 딱 알겠는 건 걸음걸이야."

"아주 좋아. 그럼 윙크맨 패거리도 속아 넘어갈 거야."

"어쩌면. 특히 멀리서는. 아무리 그래도 이건 네 온갖 바보짓을 통

• 괴물 석상.

틀어 가장 바보짓이야, 로키. 그 정도면 말 다한 거지. 무슨 일이 벌어져도 난 책임 못 져. 대박을 치든 쪽박을 깨든, 결과는 나랑 상관없단 걸 알아두라고."

"우린 괜찮아. 얼마든지 그렇게 해. 그치, 루스?"

"응. 얼마든지."

"루스가 말하는 거 들었어, 플로? 여기까지 오는 내내 연습했거든. 방금 남동부 사투리로 말한 거야."

플로가 끙 소리를 냈다. "그런 거였어? 난 코감기라도 걸렸나 했지. 좋아, 잘 들어. 입구의 남자애들이 너희 영물을 보자고 할 거야. 그 인간들 성질은 절대로 건드리지 마. 일단 안으로 들어가면 완전 정글이나 다름없어. 자기 출처를 젤로 비싸게 팔아먹으려고 다들 눈이 벌겋지. 저번에 본 대로면, 윙크맨 패거리는 한쪽 끝에 있으면서 물건을 확인하고 사들일 거야. 최상품은 사람을 붙여 안전히 보관하고. 니들이 찾는다는 그 귀중한 물건을 갖고 어떻게 빠져나오겠단 건지 난 도대체 모르겠다." 그녀는 모자를 벗어 머리칼이 떡 진 두피를 긁었다. "특히나 우리가 오늘 밤에 가는 곳에서."

"그게 어딘데?" 나는 자세히 알고 싶어 좀이 쑤셨다.

"그리 안 멀어. 복스홀 역."

나는 우리 위 아치를 힐끗 봤다. "그리 은밀한 곳은 아닌 거 같은데."

"'지상'의 복스홀 말고, 이 덜떨어진 암탕나귀야. 지금 내가 말하는 건 복스홀 '지하'야. 땅 아래에 있는 역사."

그 말에 어렴풋하게 떠오르는 게 있었지만 그게 뭔지는 알 수 없었다.

록우드는 알았다. "근데 거긴 오래전에 폐쇄됐잖아. 아냐?" 그가 말했다. “거기서 지하철 사고인가, 무슨 끔찍한 사건이 있지 않았어? 그래서 유령이 너무 많아졌고. DEPRAC가 결국엔 통째로 포기하고 역사 전체를 콘크리트로 막아버린 줄 알았는데.”

플로의 가방에서 뭔가가 움직였다. 그녀가 신발 앞부리로 쿡 쑤시자 수상쩍은 움직임이 멈췄다. “맞아. 지하에서 가스폭발 사고가 있었어. 사십오 년, 어쩌면 그 이상 된 얘길 거야. 그 통에 역으로 막 들어오던 지하철이 폭발했어. 탑승자는 몰살당했고. 그러고 얼마 안 돼서 터널에 방문자들이 나타나면서 복스홀 지하 역사를 폐쇄할 수밖에 없었지. 당국이 지하철 노선을 바꿨어. 이젠 이쪽 구역을 몽땅 우회해서 지나가. 그리고 맞아. 입구는 막혔어. 하지만 우리가 들어갈 길을 찾아냈지.”

“근데 왜 그렇게까지 하는 건데?” 내가 물었다. “거기가 아직도 그처럼 위험한 거면?” 나는 우리가 유물 사냥꾼과 폭력배에다 이젠 유령까지 상대해야 한다는 얘기가 그리 달갑지 않았다.

“어디든 금지된 곳으로 가는 게 좋으니까. 약간의 평화와 고요를 누릴 수 있거든. 우린 시장이 열리는 승강장에만 붙어 있고 터널들 근처엔 차단벽을 세워서 요괴들이 못 오게 막아. 내가 봤는데 놈들이 정말 못 넘어오더라고. 불빛 뒤에서 쭈뼛쭈뼛.” 플로가 몸을 기울여 기름등을 집어 들었다. 등불에 그녀의 치아와 눈이 빛났다. “사람들 말이 사고 열차가 아직껏 저 아래에 있대. 끝없는 어둠에 길을 잃고. 거기 폭발 사고 당시의 승객만 들어앉아 있는 게 아니라던데. ‘새’ 승객도 있다는 거지. 열차 유령들한테 당한 나중 희생자들 말야.”

록우드가 인상을 썼다. “지금 그걸 믿는다는 얘긴 아니지?”

“그게 사실이네 어쩌네 내가 따질 건 없고.” 플로가 자루를 들어 어깨에 걸쳐 멨다. “난 그저 철선이나 안 넘어가게 조심할 뿐야. 자,

입 터는 건 이 정도로 됐고. 시장이 열렸어. 슬슬 가봐야지."

그 말과 함께 플로는 우리를 그 밤으로 이끌었다.

복스홀 지하 역사의 원래 입구는 아주 가까웠다. 출입구는 쇠사슬과 판자로 폐쇄됐고, 계단은 쓰레기에 잠겼다. 수년에 걸쳐 근처 벽에 덕지덕지 붙은 광신도 집단 포스터 틈으로 낡은 DEPRAC 경고판이 보일락 말락 했다. 플로는 이 모두를 무시했다. 우리는 텅 빈 사무실 건물들 사이로 난 비좁고 신통찮은 도로를 따라 남쪽으로 반 블록 걸은 뒤 교차로에서 멈춰 섰다.

"여기서 찢어져." 플로가 말했다. "내가 먼저 갈 거야. 너흰 오 분 있다 출발해. 여기서 좌회전해서 30미터 걷고 다시 좌회전해서 도로를 따라 내려가. 앞에 보초들이 있을 거야. 물건을 보여주면 들어가게 해줄 수밖에 없어. 지금 니들 몰골이 그 정도로 추접하다고. 근데 내 말 잘 들어. 일단 너희가 저 밑으로 내려가면 그때부터 난 너흴 몰라. 돕지도 않을 거야. 너희가 들통나서 작대기로 죽도록 얻어터진대도 난 가만히 서서 손가락 하나 까딱 안 해." 플로가 연파랑 눈동자로 나를 빤히 봤다. "그렇게 알고 있으라고."

"동의하고 또 이해해." 록우드가 말했다. "부디 네 물건도 좋은 값에 팔…, 근데 자루에 든 게 도대체 뭐야, 플로?"

"그건 말 못 해. 오 분이야. 안 죽게 조심하고."

플로가 떠난 뒤 우리는 벽 앞에 자리를 잡고 어슬렁거리는 것도 아니고 잠복하는 것도 아닌 어정쩡한 상태로 기다렸다. 오 분이 지났다. 그사이 키가 크고 후줄근하며 비통한 왜가리처럼 몸이 구부정한 유물 사냥꾼 하나가 플로 뒤를 따라 옆길로 내려갔다. 우리는 그와도 거리를 두려 일 분을 더 기다렸다가 어기적어기적 걷기 시작했다.

내려가서 좌회전. 30미터 간 다음에 다시 좌회전. 길은 도로라기보다 골목에 가까웠고 땅속 갈라진 틈처럼 어두웠다. 저 끝에 보이는 곳만 빼면. 그곳 철제 문 위 걸쇠에 헐벗은 전구 하나가 걸려 있었다. 전구가 만드는 원뿔 모양 빛 속에 검은 외투를 입은, 덩치가 산만 한 남자 둘이 기둥처럼 버티고 섰고, 그들 사이에 누더기를 걸친 조그만 아이가 있었다.

두 남자는 당신의 뼈를 부러트리려 거기 있는 것일 뿐, 중심은 아이였다. 이 여자애는 시장에 반입되는 물건을 검사하는 '민감한 자'였다. 앞서가던 후줄근한 유물 사냥꾼이 여자애한테 가방에 든 물건을 보여주는 중이었다. 아이 양옆에선 심복들이 결정을 기다렸다. 둘 중 덩치가 더 큰 쪽이 한 손에 든 통통한 검은 곤봉으로 다른 손 손바닥을 톡톡 두드렸다. 그는 절대로 입을 열지 않았다. 그가 위협 담당, 그러니까 공포 유발자였다. 다른 남자는 필요한 심문 일체를 수행하는 떠버리였다. 한 명이 말하고, 다른 한 명이 곤봉을 톡톡거렸다. 두 사람 다 그 두 가지를 동시에 할 능력이 못 되는 게 분명했다.

후줄근한 유물 사냥꾼이 검사를 통과했다. 그는 가방을 닫고 문을 밀어 연 뒤 안으로 사라졌다. 남자들이 우리를 올려다봤다. 우리는 태연스레 골목을 내려갔다.

록우드가 입꼬리 부분으로 말했다. "차분히 있어. 내가 알아서 할게, 루스."

그 쾌활한 말투 속 뭔가가 불안을 불렀다. 또다시 나는 조지가 내게 했던 말, 날이 갈수록 록우드의 무모함이 도를 더한다는 얘길 떠올렸다. 찌릿한 통증 같은 죄책감을 느꼈다. 오늘 밤, 이기적인 이유로 나는 위험을 흔쾌히 무릅쓰는 그의 성향에 기대고 있었다. 내가 아니었으면 그는 여기 있지도 않았을 텐데. 나는 지금 그가 위험 앞에서 내뿜는 흥분을 감지했고, 거기 매료되면서도 덜컥 겁이 났다. 게다가 우리에겐 레이피어도 없었다. "조심해." 내가 말했다. "공손하게 굴고."

"물론이지."

록우드는 키가 큰 데도 정수리가 두 남자의 어깨에조차 안 닿았다. 그는 가방에 손을 얹은 채 꼬마 민감한 자 앞에 멈춰 섰다.

더 작은 심복, 그러니까 떠버리가 통통한 손가락으로 가리켰다. "열어."

우리 둘은 가방을 열었다. 여자애가 안을 들여다봤다. 여덟 살도 채 안 된 연약하고 쪼그만 꼬마였다. 이마의 반투명한 살갗으로 푸른 핏줄이 보이는.

나는 혼령망토의 한쪽 귀퉁이를 잡아 들었다. 무지갯빛 아름다움이 선명히 드러나게.

떠버리의 미간 주름이 더 깊어졌다. 공포 유발자가 곤봉을 뻗어 깃털들을 쑤셨다.

"이건 어디서 났지?" 떠버리가 물었다.

록우드가 곤봉을 저리로 밀어냈다. "훔쳤지, 염병할. 그쪽이 뭔 상관인데?"

인정할 건 인정하자. 록우드의 말투는 그를 진짜 유물 사냥꾼처럼 보이게 만들었다. 여기서 문제는, 록우드가 그들의 불손한 언사까지 빼쏘려 하고 있었단 거고. 대번에 공포 유발자가 곤봉을 휙 하니 휘둘러선 록우드의 턱 밑에 대고 꾹 눌렀다.

"조가 그걸 위로 튕기면 좋겠어?" 떠버리가 말했다. "조는 그러거든. 그럼 네 머리통이 단박에 떨어져 나간단 말야. 조는 기술도 좋아. 집 나간 네 머리통이 그 모가지에 거꾸로 얹힐 거거든."

“나름 볼 만하겠는데.” 록우드가 말했다. “하지만 우리 가방에 든 건 나라 밖에서 들여온 놀라운 물건이라고. 애들레이드 윙크맨이 보고 싶어 할 텐데.”

“너휠 죽이고 우리가 직접 갖다주면 되지.” 떠버리가 말했고, 나는 그가 속 사납게 논리적이란 생각을 떨칠 수 없었다. 하지만 여자애가 공포 유발자의 손목에 손을 얹으며 고개를 가로저었다.

“아니, 이건 정말 좋은 거예요.” 아이가 말했다. “애들레이드가 원할 거예요. 이 사람이 말한 거처럼. 들여보내요.”

여자애의 말이 곧 법이었다. 그 즉시 곤봉이 치워졌다. 남자들이 뒤로 물러났다. 록우드가 의기양양하게 팔을 휘둘러 문을 열었다.

“잠깐.” 떠버리가 우리 벨트의 단검을 가리켰다. “무기는 안 돼.”

“이따위 이쑤시개보고 무기라니?” 록우드가 콧방귀를 뀌었다. “지금 농담하나.”

떠버리가 빙그레 웃었다. “농담인지 아닌지 보여주지.”

삼십 초 뒤 우리는 거친 몸수색 뒤에 단검마저 압수당한 뒤 기술 좋은 발에 걷어차여 문을 통과했다.

“꼭 그렇게까지 무례하게 굴었어야 해?” 둘이 있게 되자, 내가 소리 낮춰 따졌다. “그러면 자꾸 사람들 시선을 끌게 된다니까.”

“아, 유물 사냥꾼들은 밉살스럽기로 악명 높잖아. 무례해야 더 잘 섞여들 거라고.”

“그래. 우리의 만신창이 시체도 무진장 잘 섞여들겠지.”

문 너머는 거칠고 헐벗은 콘크리트 공간이었다. 저쪽 끝에 보이는 동그란 구멍이 지하로 곧장 이어졌다. 금속 테두리를 두른 구멍은 컴컴했지만 거기서 사다리 꼭대기가 튀어나와 있고, 저 아래 깊은 곳에서 희미하고 뿌연 빛의 기운이 느껴졌다.

"지하 역사로 내려가는 옛 통로야." 록우드가 말했다. "이런 식일 거라고 짐작은 했어. 빠져나오기가 쉽진 않겠지만, 어쩌겠어? 먼저 가, 루스. 아님 내가 갈까?"

내가 먼저였다. 녀석과 시궁쥐 어쩌고 하는 논쟁은 아예 시작 자체를 안 하고 싶었다.

사다리는 땅속 깊은 곳까지 길게 이어졌다. 어찌나 긴지 손에 감각이 없어지고, 디딤대 개수를 세다 까먹고 말았다. 사방이 칠흑처럼 어두웠고, 거길 내려가는 경험이 그토록 불쾌한 또 하나의 이유는 수직으로 뚫린 갱도를 박차고 올라오는 소리, 그러니까 바람이 아우성치고 휘몰아치는 소리였다. 거기에 웬 비명 같은 것도 섞여 있었다. 그 소리는 (내가 추측하기로) 멀리서, 그리고 오래전으로부터 오는 것 같았다. 마침내 내가 촛불을 밝힌 터널에 떨어지면서 소리는 흔적도 없이 사라졌다. 지금 여기, 복스홀 지하 역사의 망각된 승강장에서 나를 둘러싸는 건 또 다른 종류의 소란이었다.

배치 면에서 그곳은 요즘도 일상적으로 사용되는 수많은 지하철역과 다르지 않았다. 사다리가 있는 으슥한 공간 맞은편에 녹슨 에스컬레이터 세 개가 어둠 속으로 솟아 있었는데, 조용히 꿈쩍도 않는 계단마다 검은 먼지가 엉겨 붙어 있었다. 에스컬레이터 양옆에 줄줄이 붙은 빛바랜 포스터들이 보였다. 여기는 원래의 출구, 그러니까 이제는 폐쇄된 매표소로 나가는 길이었다.

에스컬레이터 아래가 오늘 시장이 열리는 장소였다. 내가 서 있는 중앙 공간 양옆에 사각형 아치로 된 출입구가 세 개씩 있었다. 이들이 각각 옛 빅토리아선의 남부행과 북부행 열차 승강장으로 이어졌다. 굽이진 벽면엔 흰색 세라믹 타일들이 여전히 남아 있었지만 곳곳을 억지로 뜯어내고 얕게 구멍을 파뒀다. 그 움푹진 곳에서 촛불들이 타오르고, 연기가 자욱한 천장에선 낡은 램프들이 뚱뚱한 검은 거미들처럼 대롱거렸다. 모든 게 은은하고 탐욕스러운 금빛으로 반짝였다. 타일도, 에스컬레이터도, 검은 옷을 입고 바글거리는 유물 사냥꾼들도.

수십 명은 되는 이들이 삼삼오오 떼를 지어 접이식 테이블 옆을 서성거렸다. 테이블에는 음식, 음료와 함께 그들 업계의 다양한 장비들이 진열돼 있었다. 그들 일부는 플로만큼 어렸다. 바람에 휜 나무처럼 구부정하고 풍파에 찌든 이들에게선 나이와 오랜 궁핍이 보였다. 그들 모두가 지저분하고 굳은살 부자에다 턱과 눈이 경직돼 있었다. 낮은 목소리로 대화하고, 말이 새나가지 않게 조심했다. 공기 중에 불신이 팽배했다.

"저들 좀 봐." 록우드는 내 옆에 주저앉아 있었다. "의학 교과서가 살아 돌아다니는 느낌이야."

"내 말이. 우리 얼굴의 사마귀가 이 정도로 충분한 건지 모르겠어."

유물 사냥꾼 대부분이 오른쪽 아치로 모여드는 듯했다. 그 너머에서 손에 잡힐 듯 뚜렷한 흥분이 쿵쿵 메아리치고 높은 목소리도 여럿 들렸다. 그리고 그 모두의 기저에 보다 깊은 심령의 웅웅거림, 땅에 묻힌 단지에서 말벌이 왕왕거리는 듯한 소리가 있었다. 은유리에 막혀 약화된 상태겠지만 그럼에도 상당했다.

내 귀에 들린 게 그것들만은 아니었다.

"루시…, 루시, 도와줘…."

나는 록우드의 옆구리를 쿡 찔렀다. "저리로 가야 돼. 얼른."

우리는 오른쪽 아치를 통과해 예전 남부행 승강장에 들어섰다. 어마어마하게 길고 낮고 굽이진 공간을 따라 줄줄이 늘어선 촛불과 천장의 기름등이 내부를 밝혔다. 근처에 터널이 하나 뻥 뚫려 있었는데, 거대한 모래주머니로 벽을 쌓아 일부를 막았다. 개중에는 철가루와 소금이 든 자루도 있었다. 칼로 배를 가른 자루에서 회색과 흰색 가루가 쏟아져 나와 그 밑 바닥을 길게 가로질렀으며, 한 달 묵은 눈처럼 지저분하게 떡 져 있었다. 터널에서 냉기가 흘러나오고, 그와 함께 강력한 심령 불안이 들이쳤다. 또다시 나는 먼 곳의 비명을 감지했다.

모래주머니들 아래에선 옛 선로가 여전히 보였지만, 거길 제외한 나머지는 승강장 끝에서 밖으로 돌출되게 나무판을 대서 가렸다. 그 덕분에 승강장의 너비가 두 배가 됐다. 상당수의 유물 사냥꾼이 여기 모여 대화하고 입씨름하며 느리고 어기적거리는 걸음으로 승강장 중간에 놓인 테이블을 향했다.

테이블은 환했다. 그 뒤로는 사람 키만큼 긴 검은 촛대들이 늘어서 있고, 멀리서조차 나는 거기 앉은 이들이 누군지 알았다. 그들의 윤곽을 알아봤다. 골격이 크고 엄청난 팔과 어깨를 가진 여자, 그리고 챙이 넓은 중산모를 쓴 작고 땅딸막한 사람.

애들레이드 윙크맨과 그녀의 아들 레오폴드. 런던에서 가장 막강한 암거래상들이었다.

유물 사냥꾼들이 하나둘 테이블에 도착해 영물을 보여주고는 돈을 받고 (또는 못 받고) 자리를 떴다. 동전이 짤랑거리는 소리가 들렸다. 테이블 옆에는 무표정한 근육질 남자 셋이 서 있었다. 내 눈이 가늘어졌다. 그들이 바로 해롤드 메일러의 살인자, 클러켄웰 정원에서 나를 추격한 인간들이라는 데 그리 어렵지 않게 생각이 미쳤다.

"저 졸개들이 어디로 가는지 잘 봐, 루스." 록우드가 내 귀에 대고 속삭였다. "테이블에 물건이 안 쌓여 있어. 따로 옮겨놓는 장소가 틀림없이 있단 얘기야…."

길을 뚫고 전진하기는 쉽지 않았다. 거기 있는 사람 대부분이 윙크맨의 테이블에 닿고 싶어 했고, 적극적으로 움직이는 우리에게 분개했다. 우리는 맡은 배역에 충실하며 그들의 욕설을 깔끔히 무시하고 주변 사람들을 어깨로 밀치면서 나아갔다. 한번은 플로를 언뜻 보기도 했다. 그녀는 무리의 누군가와 말싸움을 하고 있었다. 그녀의 눈이 내 눈과 만났으나 알은체하는 기색 없이 그냥 스쳐갔다.

다음 순간… 다시 목소리가 들렸다. "루시…, 나 여깄어."

어찌나 기쁜지 속이 다 뒤틀렸다. 놈이 근처에 있다! 나는 내가 말하는 걸 아무도 못 보게 벽 쪽으로 얼굴을 돌렸다. "해골? 해골…. 너야?"

"어디 보자…. 오오, 아니네. 또 다른 3급령이구나. 머리통만 남은데다 네 이름이랑 속셈을 아는 또 다른 유령이 공교롭게도 여기 딱 있었구나."

확인 끝이었다. 저 정도로 비아냥거리는 유령은 한 놈뿐이었다. "너구나."

"당연히 나지 그럼! 이 지하 감방에서 나 좀 당장 꺼내줘!"

"그게 그렇게 쉽지가 않아. 그리고 감사 좀 한다고 일이 잘못되는 것도 아니거든. 지금 어디야?"

"타일 붙은 방. 옛날 화장실쯤 될까. 운도 지지리도 없는 내 신세를 감안할 때, 버려진 여자 화장실일 거야. 문 위에서 네온등이 깜빡여."

나는 눈으로 승강장을 쭉 따라갔다. 윙크맨 패거리가 있는 곳 약간 뒤에서 정말 희미하게 깜빡이는 불빛이 보이긴 했다. 승강장이 굽어 있어 광원이 뭔지는 안 보였다. "어딘지 알 거 같아. 지금 너한테 가려고 줄 서 있어."

"뭐? 줄을 서? 진짜 누가 영국 사람 아니랄까 봐! 줄은 무슨 줄이야! 그냥 죽이라고!"

"루시⋯." 록우드의 지저분한 얼굴이 스윽 다가왔다. "너 지금 혼자 중얼거리고 있어."

"해골이야. 목소리가 들려. 근처에 있어."

록우드가 악취를 풍기며 어기적거리는 유물 사냥꾼들을 둘러봤다. "별 탈 없을 거 같긴 한데. 어차피 이 멍청이들도 반은 주저리주저리 혼자 떠드니까. 그래도 소리 낮춰."

"루시, 어서 날 꺼내줘야 해." 해골 목소리가 다시 머릿속을 뚫고 들어왔다. "놈들이 날 피에 젖은 땅으로 데려간대."

"피에 젖은 땅? 그게 뭔데?"

"글쎄, 그러니까 근사한 일들이 일어나고 모두가 좋은 친구로 함께 어울리는 행복한 곳이라고 봐야겠지⋯. 으아아, 그게 뭔지 내가 어떻게 알아? 이름이 그 따윈데 좋은 곳일 리 없잖아! 나 같은 해골한테조차! 여기 웬 흉측한 물건들이 잔뜩 있어⋯. 네 친구 구피의 출처를 비롯해서."

"구피의 출처?" 나는 록우드에게 눈을 부라렸고, 그가 인상을 썼다. "해골, 그 이빨 단지 말하는 거 아니지?"

"맞아. 그리고 놈들은 그걸 아주 '무진장' 마음에 들어 했고."

"'놈들'이 누군데? 윙크맨네?"

"난들 아나. 철 지난 소파 꼴로 꽃무늬 원피스를 입은 여자랑 엉덩짝을 걷어차인 것처럼 생긴 꼬마놈."

"그게 윙크맨네야."

"그 작자들의 부하들이 날 여기로 데려왔어. 하지만 그 작자들도 대장은 아냐. 여기 남자가 하나 있거든. 가장 마지막엔 날 이 남자한테 팔걸."

"아! 수집가! 어떻게 생겼는데?"

"어엄…." 목소리가 희미해졌다. "그냥 남자야. 이만한 키에, 이도 저도 아니고…. 사실 묘사하기가 꽤 힘들어. 저기 말이지, 그 사람을 네 눈으로 직접 볼 수 있을지도 몰라. 당장 잽싸게 새치기해서 날 구하러 오면. 지금 혼자야?"

"아니."

"말하지 마. 누구랑 있는지 뻔하니까. 그 자식이 널 돕는 거야 당연하지." 그처럼 떨어져 있는데도 록우드를 섬뜩하게 흉내 내는 목소리가 선명했다. "'뭐? 자살행위나 다름없는 일, 이라고 했어, 루시? 자칫하면 죽는다, 는 거야? 내가 딱 좋아하는 일이잖아. 나도 껴줘!' 글쎄, 록우드면 오히려 좋지. 그 자식을 희생시켜 날 구하다니. 난 그걸 아주 괜찮은 교환이라고 부르겠어."

분노가 차올랐다. "이 못돼먹은 해골바가지야! 맹세코 널 거기다 그냥 둬버릴 테다."

잠시 침묵이 흘렀다. 목소리가 다시 말했다. 이번엔 더 조용하게. "단순히 나만 문제가 아냐, 루시. 이건 큰 건이라고. 와서 날 챙겨. 그럼 놈들이 무슨 짓을 벌이는 중인지 얘기해 줄게. 삶 속에 죽음이 있고 죽음 속에 삶이 있어, 루시. 이게 그 증거라고."

나는 코웃음을 쳤다. "뭔 놈의 증거? 맨날 하는 그 말은 진짜 무슨 의미고?" 하지만 심령 교감이 끊겼고, 록우드가 내 팔을 흔들고 있었다. 숨을 돌리며 나는 그에게 지금껏 들은 얘길 했다.

록우드가 검은 가발을 긁적였다. 색조 화장과 아이라이너 아래로 보이는 그의 얼굴이 정말로 파리했다. "쉽지 않을 거야, 루시." 그가 말했다. "내가 널 해골한테 들여보내 줄 순 있어. 근데 문제는, 거기 있는 사람이 누구든 너 혼자 상대해야 한단 거야. 할 수 있겠어?"

나는 아직껏 해골을 향한 분노로 부글거리고 있었다. 록우드를 두고 놈이 한 말 때문에 죄책감으로 속이 메스꺼웠다. 하지만 내가 할 수 있는 대답은 하나뿐이었다. 나는 고개를 끄덕였다. "넵."

"네가 정말 많이 그리웠어, 루시."

그래. 그놈의 가발과 분장, 검게 칠해 없앤 치아 때문에 그 순간의 그가 그렇게 보기 좋은 건 아니었다. 하지만 그 볼썽사나운 싱긋 웃음 뒤에서 진짜 록우드의 미소가 빛났고, 그 미소와 조금 전 그의 말이 다른 모든 걸 저리로 치워버렸다. 죄책감과 메스꺼움은 흔적도 없이 사라지고, 그 자리에 그와 함께 있다는 전율 외엔 아무것도 의식할 수 없었다.

"나도." 내가 말을 시작했지만, 록우드는 듣고 있지 않았다. 내게 계획을 설명했다.

"그래서 내가 소란을 피울 거야." 록우드가 말했다. "테이블에 있는 사람들이 한눈을 팔게. 그들이 정신없을 때, 넌 그냥 곧장 지나쳐서 해골한테 가. 하지만 눈 깜짝할 새에 해골을 챙겨서 나와야 할 거야."

자, 그 제안을 한 게 '나'였다면, 그리고 그걸 테드 데일리나 티나 레인, 혹은 자유계약자 인생에서 한 팀으로 묶였던 다른 부실한 조사관들한테 한 거였다면, 조금이라도 위험한 일은 어떻게든 피해보려는 속셈의 기나긴 질문이 꼬리에 꼬리를 물었을 터였다. 하지만 그 제안을 한 건 '록우드'였고 듣는 사람은 나였으며, 그가 자초하는 위험에 혈관이 싸해지면서도 나는 시간 낭비나 괜한 수고를 하는 대신 고개만 끄덕였다. 록우드가 방법이 있다고 하면 나는 그대로 가면 되는 거였다. 그는 나를 믿었다. 나는 그를 믿었다. 그게 우리가 목숨을 부지하는 방식이었다.

"훌륭해." 록우드가 말했다. "작전 시간은 이 분이야. 그리고 여기서 다시 만나자. 만나서 사다리로 간 다음에 빠져나가는 거야. 준비됐어? 오케이. 셋, 둘, 하나. 가."

말이 떨어지기 무섭게 나는 출발했다. 굽이진 벽에 붙어 걸었다. 내 앞줄에 서 있던 몇 명을 슬그머니 지나쳤다. 그들의 짜증 섞인 탄식은 무시했다. 매 순간 누군가가 나를 뒤로 잡아당길 것만 같았다. 테이블이, 자리에 앉은 윙크맨네가, 그들을 둘러싼 검은 옷의 남자들이 가까워 왔다. 그리고 그 너머에 다른 남자 둘이 더 보였다. 깜빡이는 네온등 아래 조그만 아치 출입구를 지키고 있었다. 이젠 언제라도 적들의 눈에 띄고 공격당할 수 있었다….

뒤에서 난데없는 외침이, 뭔가를 강타하는 소리가, 분노의 포효가 들렸다. 테이블의 모두가 눈길을 들었다. 반복적인 주먹질 소리와 무례하고 모욕적인 말, 군중의 고함이 들렸다. 엄청나게 떠들썩했다. 모든 시선이 거기에 꽂혔다. 아치 옆 남자들이 자리를 벗어나 나는 거들떠도 안 보고 달려갔다. 록우드의 교란 작전이 성공적으로 진행 중이었다.

록우드…. 심장이 흉곽을 쿵쿵 때렸다. 돌아보고 싶은, 그가 어쩌고 있는지 확인하고 싶은 마음이 간절했다. 하지만 그건 계획에 없었다. 나는 뒤쪽으론 눈길 한번 주지 않고 빠르게 테이블을 지나 아치 출입구로 갔다. 그리고 조그만 방에 들어섰다.

17

해골이 뭐라 구시렁거렸든 간에 그 방이란 게 여자 화장실 같진 않았다. 그러기엔 너무 넓었다. 소박한 타일이 붙은 움푹진 공간으로, 한때는 철도 물품을 보관하는 데 쓰였겠지만 지금은 다른 종류의 창고가 돼 있었다. 방 가운데에서 기다란 가대식 테이블이 보였다. 테이블 위에 놓인 건, 그리고 테이블 양쪽 바닥에 가지런히 더미로 쌓인 건 갖가지 크기의 은유리 상자와 단지였고, 그 안에는 모두 뭔가가 들어 있었다. 내용물을 언뜻 보니 뼈와 너덜거리는 천 뭉치, 보석, 초자연적 출처의 단골 소재인 조그만 장식품들이었다. 하지만 그 사이에 강력한 것들도 섞여 있었다. 심령의 왕왕거림이 은유리를 뚫고 나올 정도였다.

어떤 것들은 '아주' 강력했다. 거기, 차곡차곡 쌓인 은유리 상자들 중간에서 일링 식인마의 이빨 수집품이 보였다.

그리고 거기, 탁자 끝에 어디서 많이 보던 유령단지가 위태위태하게 놓여 있었다.

해골을 둘러싼 이코르는 걸쭉하고 찐득했지만 그 가운데서 녹색의 맥이 미세하게 고동치고, 내 머릿속에서 유령의 목소리가 울렸다.

"드디어! 이렇게 보니 얼마나 반가운지! 좋아. 얼른 남자부터 쑤시고 우리 갈 길 가자."

나는 대답하지 않았다. 집중할 필요가 있었다. 방에 나만 있는 게 아니었다.

테이블 뒤에 놓인 접이식 플라스틱 의자에 남자가 앉아 있었다. 검은 정장에 칙칙한 파란색 넥타이를 맨 조그만 남자였다. 내가 즉각적으로 얘기할 수 있는 건 딱 거기까지였다. 나머지는 신기할 정도로 모호했다. 남자를 보고 있는 순간에조차 그의 세세한 면면이 도대체가 머릿속에 남지 않았다. 그는 특색 없는 갈색 머리칼을 매끈하니 뒤로 넘겼고, 그 아래 얼굴은 밋밋하고 살짝 볼품없었다. 표정으로 봐선 가볍게 집중한 듯했다. 입 옆에 빠끔히 혀끝이 나와 있었으니까. 그러고 보니 한 손에 담배를 들고 다른 손으로는 종이에 뭔가를 끼적이고 있었다. 그러나 그를 군중 사이에서 가려낼 특징 같은 거? 전혀 없었다.

이 노골적이고 거의 공격적이다시피 한 평범함 때문에 남자는 내가 찾는 사람이 아니란 생각이 들었다. 그는 기록 담당, 하수인이었다. 윙크맨 패거리가 섬기는 수수께끼의 수집가는 확실히 아니었다. 하지만 또 다른 내가 느닷없이 각성하며 정신을 번쩍 차렸다. 남자를 전에 본 적이 있는 것만 같았다.

이렇게 머리를 굴리고 있는데 해골 목소리가 다시 들렸다. "남자를 조심해." 놈이 말했다. "별거 없어 보여도 위험한 작자야. 오, 끝내주네. 지금 보니 너, 검도 까먹고 왔구나."

조그만 남자가 고개를 들어 출입구에 선 나를 봤다. "누구시죠? 여긴 오면 안 되는 곳입니다."

정확하고, 깐깐하고, 톡 쏘는 듯한 목소리였고, 나는 내가 옳았음을 알았다. 어디서 들어본 목소리였다. 숫자와 문서와 행정 업무를 담당하는, 그와 동시에 자기 앞 테이블에 놓인 이상하고 불쾌한 영물들의 품질을 따지는 목소리. 상황을 확인하고 다른 이에게 보고하는 목소리….

"누구지?" 남자가 다시 물었다.

나는 그를 만났었다. 그리 멀지 않은 과거에.

"피들러입니다, 선생님." 내가 가볍게 경례하며 말했다. "제인 피들러요. 윙크맨 부인이 보내서 왔습니다. 물건 하나가 실수로 잘못 들어왔다고 해서요. 거기 그 단지에 든 추접한 해골요. 다른 해골을 드렸어야 했답니다. 이건 꽝이래요."

"꽝?" 조그만 남자가 인상을 찡그리며 해골을 건너다보고 자기 메모를 내려다봤다. "공식적인 격납 용기에 들어 있는데. 오래되기도 했고. 옛날에 피츠 대행사가 이런 모양의 단지를 실제로 썼었거든. 거긴 실수하는 경우가 별로 없는데."

"근데 이건 실수가 맞답니다, 선생님. 이놈의 것한텐 심령력이 거의 없대요. 태워 없애야 하는 싸구려라고, 윙크맨 부인이 그러네요. 좋은 해골을 보내준답니다. 조만간 올 거예요. 나더러 쓸모없는 해골부터 치우라고 해서요. 사과의 말씀을 전하라 했습니다." 나는 시험 삼아 해골 쪽으로 느긋하니 움직였다.

"사과의 말씀? 애들레이드 윙크맨이?" 남자는 담배를 재떨이에 조심스레 놓은 뒤, 아담한 복부에 두 손을 포갰다. "그 여자답지 않은 소린데."

"물건이 섞이는 바람에 아주 난리가 나서요. 저 시끄러운 소리 들리시죠?" 나는 엄지로 홱 출입구를 가리켰다. 요란한 쿵쿵 소리와 고함이 계속되고 있었다. 속에서 록우드 걱정이 치솟았지만 목소리를 차분히 유지했다. "밖에 있는 남자애들 몇이 화가 많이 났어요."

남자가 콧방귀를 뀌었다. "정말 지긋지긋해. 너흰 진짜 역겨운 족속이야." 그는 짜증 가득한 몸짓으로 자기 앞의 종이를 집어 들었다. 종이는 플라스틱 메모판에 끼워져…. 갑자기 나는 당혹스러울 정도로 명확히 그의 정체를 깨달았다.

닷새 전 밤, 보험회사 로비. 나는 엠마 마치먼트의 유령을 처리하고 만신창이가 돼선 2층 발코니에서 아래를 내려다봤다. 로트웰 팀원들이 보였고, 내 멍청한 감독관 파나비가 의자에 기대앉은 모습이 보였다. 그리고 그의 어깨 옆에서 감독관을 감독하던 남자. 메모판을 손에 들고….

로트웰 연구소의 남자였다. 나긋한 말씨에 아무 특색 없던 존슨.

그 사람이었다.

나는 테이블로 다가가 아무렇지도 않게 유령단지에 손을 뻗었다. "아무렴요. 우리가 좀 엉망이긴 하죠. 그쵸? 죄송합니다. 그럼, 애들 레이드 부인이 곧 설명하러 올 거예요."

"어머니가 뭘 설명하러 와?"

그 소리에 조금 전 내가 내뻗은 손이 불에 덴 거미처럼 오그라들며 단지에서 물러났다. 천천히, 뻣뻣하게 나는 출입구를 돌아봤다.

위협적인 그림자가 문간을 가리고 있었다, 고 하면 거짓말일 거다. 문간의 반을, 그것도 아래쪽만 가리고 있었다. 왜냐면 어깨가 꽤나 떡 벌어진(그리고 값비싼 모피 외투에 든 우스꽝스러운 어깨심 덕분에 더 떡 벌어져 보이는) 반면, 레오폴드 윙크맨의 키는 그리 크지 않았으니까. 그는 덩치가 컸지만 작달막하기가 꼭 공중에서 떨어진 그랜드피아노에 깔린 레슬러 같았다. 그 와중에 멋을 내느라 쓴 챙이 넓은 모자와 명품 정장의 요란스러운 체크무늬는 그를 더더욱 평퍼짐해 보이게 할 뿐이었다. 십 대의 레오폴드는 만두처럼 무르고 당기면 살이 쫙쫙 늘어날 것 같은 얼굴에다 두꺼비처럼 생긴 입이 지금 감옥에 가 있는 자기 아버지 줄리어스 윙크맨을 쏙 빼닮았다. 물렁하고 잔뜩 멋을 부린 겉모습에도 불구하고 성격 또한 줄리어스를 쏙 빼닮았고. 런던의 지하 세계에서 레오폴드는 아이답지 않은 부자비함으로 유명했다. 그의 눈은 총알처럼 매섭고 파랬다.

나는 아무 말도 하지 않았다. 우리는 가만히 서서 서로를 응시했다.

내 뒤에서 존슨의 특색 없는 목소리가 들렸다. "단지에 든 해골을 달라는데."

"맞아." 내가 말했다. "너희 어머니가 명령한 거야. 어머니한테 얘기 들었지? 가서 여쭤봐."

그 말에 레오폴드가 속으리란 기대는 없었다. 이러나저러나 가망 없는 상황이었다. 하지만 놈이 머리를 굴리게 해놓고 얼른 내 옆 테이블을 눈으로 훑었다. 내게 오 초가량 시간이 있다고 판단했다.

"엄마가?" 레오폴드 윙크맨이 말했다. "엄마가 너처럼 후진 아랫것한테 일을 맡길 리가 없…." 그의 표정이 싹 변했다. 얼굴 살이 축 늘어졌다. 내 변장의 한계 때문인지, 아님 그가 해골의 주인을 기억해선지, 아님 그저 내가 그를 쳐다보던 눈길—상대를 뻔히 알고 경멸하는—탓이었는지 모르지만, 그는 눈치챘다. 정확히 오 초 만에.

"잠깐…." 그가 천천히 한 걸음 뒤로 물러났다. "네가 누군지 알아. 루시 칼라일!"

"걱정 마." 해골의 속삭임이었다. "놈 따위 제압할 수 있어. 너 정도 크면."

레오폴드가 외투 자락을 뒤로 펄럭이자 벨트의 권총이 나왔다.

"아니, 아니겠구나." 해골이 말했다.

하지만 나는 이미 테이블로 다이빙해 해골 단지를 옆구리에 끼고 또 다른 은유리 상자를 낚아채 레오폴드에게 던지고 있었다. 그와 동시에 몸을 수그렸다. 총이 발사됐다. 내 옆에서 유리가 박살 났다. 테이블의 상자 하나가 폭발한 거였고, 그 파편들이 내 등짝에 후두두 떨어졌다. 내가 던진 상자는 레오폴드의 정강이를 때려 그를 넘어트렸다. 놈이 총을 내팽개치고 널브러져 이리 구르고 저리 구르며 꽥꽥거렸다.

"난쟁이 처치." 해골이 말했다. "훌륭해."

내 옆 공기가 격동했다. 머리에 쓴 가발이 움직일 정도로 강력했다. 아까 박살 난 상자에서 퍼렇고 허연 형상이 떠올랐다. 레오폴드의 총알이 유령을 풀어준 셈이었다. 존슨이 그걸 감지했다. 의자에서 벌떡 일어나 방 뒤로 물러났다.

그가 뭘 어쩌는지 보고 있을 겨를이 내겐 없었다. 나는 유령단지를 품에 안고 레오폴드를 뛰어넘어 아치로… 가려고 했지만, 이번엔 출입구가 진짜로 막혀 있었다. 상대는 외눈박이 유물 사냥꾼에 나이는 나보다 약간 많았다. 톱니 모양 날이 달리고 몸체가 굽이진 칼을 들었다. 그의 뒤로 윙크맨의 부하 둘이 우람하게 등장했다.

"내 차례야." 해골이 말했다. "단지를 올려 들고 계속 걸어."

나는 유령단지를 내들었다. 단지가 녹색의 다른빛으로 확 타올랐다. 내 앞의 남자들에게 극도로 불쾌한 광채를 뿌렸다. 칼을 든 유령사냥꾼이 은유리 너머를 가만히 들여다보더니 무시무시한 비명을 질렀다. 비틀비틀 물러나다 뒤의 남자들과 부딪혔고, 서로 혼비백산해 도망치다 벽을 들이받았다.

해골이 킬킬거렸다. "어때? 내 최고의 얼굴 한번 보게 해줬지."

"나쁘지 않네." 나는 널브러진 몸뚱이들 사이를 뱀장어 뺨치게 꿈틀거리며 요리조리 빠져나가 아치를 통과하고 승강장으로 내달렸다. 거기선 대대적인 난투극이 벌어지고 있었다. 그 중심에 호리호리하고 어리며, 머리칼은 사악한 고슴도치 같은 유물 사냥꾼 하나가 있었다. 그는 윙크맨 일당의 테이블 가까이에 서서 머리까지 올려 든 기다란 검은 촛대를 휘둘러 가며 군중의 접근을 막았다. 근처에서 애들레이드 윙크맨이 고래고래 명령을 내렸지만, 상황은 완전히 그녀의 손을 벗어나고 있었다.

"이게 니들 계획이야?" 해골이 말했다. "재밌을 정도로 유동적이네. 이제 어떻게 되는 건데?"

"전혀 모르겠어."

하지만 록우드가 내내 나를 주시하던 참이었다. 춤추듯 앞으로 나가더니 윙크맨의 테이블을 잡아 엎었다. 동전들이 반짝이는 폭포처럼 바닥에 쏟아졌다. 록우드는 지체 없이 테이블을 뛰어넘어 내게 질주했다. 그의 뒤에서 동전을 챙기려 광적으로 밀려드는 유물 사냥꾼들의 물결이 애들레이드와 부하들을 집어삼켰다.

"네 뒤쪽 출입구야, 루스!" 록우드가 외쳤다. "다른 승강장으로 건너가!"

나는 몸을 돌렸다. 하지만 그와 동시에 곁방에서 레오폴드 윙크맨이 튀어나왔다. 그는 록우드가 맹렬히 휘두른 촛대를 피해 상체를 수그리며 내게로 몸을 날려 팔 아래 유령단지를 붙들었다. 그 충격으로 내가 자빠졌고, 레오폴드와 바닥에서 몸싸움을 벌이며 발길질하고 주먹질했다. 내 가발이 벗겨졌다. 록우드가 소리치고, 다른 인간들이 좁혀 들어오는 데도 신경이 갔다. 그때 레오폴드가 옆머리를 후려쳤다. 눈앞에 별이 번뜩였다. 팔에서 힘이 빠졌다. 유령단지가 뜯겨나갔다.

"루시! 구해줘…."

"해골…!" 얻어맞은 머리가 웅웅 울렸다. 나는 눈을 깜빡이며 고개를 들었다. 레오폴드와 해골은 사라지고 없었다. 나는 그대로 누워 있었다. 내 위에서 서로 뒤엉켜 싸우는 흐릿한 형상들이 보였다. 록우드와 윙크맨의 졸개, 유물 사냥꾼 몇이었다. 내가 움직이는 걸 남자 하나가 봤다. 묵직한 막대기를 쳐들어 나를 때리기 직전이었다. 그때 더러운 웰링턴 부츠를 신은 발이 튀어나와 남자의 발을 걸었다. 엎어지는 남자 뒤로 언뜻 플로 본스의 해진 밀짚모자가 보였다. 이윽고 록우드가 나를 일으켜 세워 힘겹게 끌고 승강장을 전진했다.

"루시…!" 등 뒤 군중 속에서 희미하고 절망적인 외침이 들렸다.

"해골! 록우드, 놈을 뺏겼어…."

"안됐어. 정말 안됐어. 근데 우리 진짜 가야 돼."

록우드의 얼굴은 멍들고, 가발은 비뚜름했다. 손에 들고 있던 촛대는 사라졌다. 우리는 함께 승강장 끝으로 달렸다. 여기 터널 입구는 막혀 있었지만 출입구로 나가면 북부행 승강장으로 넘어갈 수 있었다. 우리는 연결 통로를 달렸다. 밀려드는 소리에 쫓기며.

"아까 그 사다리론 못 가." 록우드가 숨을 헐떡였다. "터널로 가야 할 거야."

북부행 승강장에는 촛불도 적고 사람도 없었다. 우리가 선 곳에서 몇 미터 떨어진 곳에 터널 입구가 있고, 거기에도 역시 모래주머니와 소금, 철가루 자루가 높게 쌓여 있었다. 록우드와 나는 선로로 뛰어내렸다. 경사진 자루 더미의 꼭대기로 기어 올라가 그 너머 터널의 칠흑 같은 어둠을 내려다봤다.

"뚫려 있네." 내가 말했다.

"응."

"여기로 가면 나갈 수 있을 거야."

"그럴 거라 확신해."

"그럼 가자, 얼른."

"안 돼." 록우드가 내 팔을 움켜잡았다. "유령."

내가 그걸 왜 못 봤지? 터널에, 그리 멀지 않은 곳에 잿빛 형체가 서 있었다. 사람 모양이었지만 입체감이 없고 일그러져 보였다. 종이에서 오려내 구기적거려 놓은 것처럼. 놈의 머리가 우리 쪽으로 삐딱하니 기울었다. 우리의 소리와 체취와 온기에 끌리는 양. 생명을 의미하는 뭐가 됐든, 저 파리하고 납작한 형체는 이미 잃었고 여전히 갈망한다는 양. 나는 놈을 보다가 자갈을 잘못 밟아 미끄덩하고는 앞으로 고꾸라지며 경사면에서 아주 살짝 뒤로 미끄러졌다. 그 통에 돌과 모래 덩어리 몇 개가 선로로 떨어졌다. 그와 동시에 유령이 터널에서 튀어나왔지만 철에 가로막혔다.

나는 그 순간에 정말 많은 걸 소원했다.

내가 해골의 목소리를 따르지 않았더라면.

날 여기 데려오게 록우드를 부추기지 않았더라면.

무엇보다도 우리한테 레이피어가 있었더라면.

형체가 슬슬 거리를 좁혀왔다. 록우드가 고갯짓으로 신호했고, 우리는 뒤죽박죽으로 쌓인 철과 소금과 자갈 더미를 뒷걸음으로 조심스레 내려오다 승강장 쪽으로 몸을 돌렸다.

그곳의 깜빡거리는 기름등 불빛 속에서 애들레이드 윙크맨이 기다리고 있었다. 오른손에 기다랗고 날이 가는 칼을 든 채.

그건 그렇고, 거기 그녀만 있는 게 아니었다. 그 뒤를 받치고 있는 유물 사냥꾼들이 보였다. 넝마 같은 옷과 어기적거리는 몸짓과 흉측함이 꼭 죽음에서 일어난 자들의 무리처럼 보였다. 거기다 윙크맨의 냉혹한 졸개들까지 칼을 들고 서 있었다.

하지만 눈길을 사로잡는 쪽은 단연코 애들레이드였다. 그건 우리 뇌가 두 번의 적응을 해내야 하는 이상한 경험 때문이었다. 우리가 먼저 보게 되는 건 몸집 큰 금발의 주부 '같은' 모습이었다. 분홍빛 얼굴에 눈썹을 깔끔히 정리하고 후덕한 몸을 치마통 넓은 꽃무늬 원피스에 쑤셔 넣은 아줌마인데 범법자 틈에 서 있는 거다. 그 장면의 기묘함에 적응되기 시작하면서는 그녀가 무리를 통틀어 가장 무시무시한 인간임을 깨닫게 되는 거고. 대체적으로는 그 청회색 눈 때문이었다. 입이 있어야 할 곳에 칼집만 내놓은 듯 몹시 가는 입술도 한몫했다. 부푼 팔뚝과 확연히 느껴지는 육체적 힘은 덤이었다. 그녀는 우리가 자기 남편을 감옥에 보냈다며 벌써 오래전에 복수를 맹세했다. 이날 그녀가 미소 짓고 있었던 것도 그래서였을 것이다.

"록우드 군." 애들레이드가 말했다. "칼라일 양. 이 시장에서 두 사람을 보다니 어찌나 놀라운지."

"네…. 난 야간 쇼핑에 진심이거든요." 록우드가 한쪽으로 삐딱하니 내려앉은 가발을 긁고 애들레이드의 칼을 봤다. "근데 그쪽은 안 그런가 봐요."

"난 침입자들한테 따끔한 맛을 보이는 데 진심이지." 애들레이드 윙크맨이 말했다. "여긴 뭐 하러 왔지?"

"아주 엄선된 물건을 그쪽한테 넘기려고 기다리던 참인데." 록우드가 가방을 가리켰다. "이 말은 해야겠군요. 당신네 서비스가 썩 마음에 들지 않는다는 거. 불만 사항을 꼭 좀 얘기해야겠다 싶었어요."

애들레이드의 눈길이 돌과 철을 쌓아 만든 경계를 스쳤다. 우리 뒤 어둠 속에서 형체가 움직였다. "저기 터널에도 널 챙겨줄 누군가가 있는 거 아냐?"

"음, 네. 근데 알고 보니까 과묵하네요. 말이 별로 없어요."

"맞아. 하지만 내가 보기엔 너희한테 관심은 아주 많네." 애들레이드 윙크맨이 손에 쥔 칼로 유령을 가리켰고, 나는 나도 모르게 또 다시, 그리고 간절히 소원했다. 우리 레이피어를 챙겨 왔더라면 얼마나 좋을까. "그냥 터널로 도망치지 그래? 놈이라면 너흴 아주 단숨에 끝장내 줄 텐데."

록우드가 고개를 끄덕였다. "아님 그냥 여기 있으면서 그쪽과 대화나 나눌 수도 있죠."

애들레이드 윙크맨이 칼을 들고 날카로운 날이 빛을 받게 기울였다. "있지, 내가 첨부터 골동품 사업을 했던 건 아니거든."

"그래요?"

"그럼. 원래는 도축 일을 했어. 이건 도축업자들이 뼈를 바를 때 쓰는 칼이야. 나도 오래전엔 이걸 꽤나 능숙히 다뤘는데. 살아 있는 모든 가축에 써봤지. 가축 아닌 것들에도."

"대단히 흥미롭네요." 록우드가 가발을 벗고 정신 산란하게 머리칼을 헝클었다. "나도 어렸을 때 다른 일들을 좀 했죠. 신문 배달, 세차…. 이따금 덩치 큰 여자들 엉덩짝도 걷어차 주고요. 돈 받고 하는 일은 아니었죠. 그냥 재미로 한 거니까. 나도 그 솜씨가 어디 가진 않았을 텐데. 우리 밤새 이 얘길 해볼 수 있겠어요."

애들레이드가 다가섰다. "터널 아님 칼, 둘 중 하나야. 난 염탐꾼이랑 훼방꾼한테 좀 가혹한 경향이 있고. 너희도 곧 알게 되겠지만."

록우드가 미소를 지었다. "염탐꾼? 훼방꾼? 그 표현에 이의 있습니다만."

"그게 틀린 말이라고 생각해?"

"아, 아뇨. 난 둘 다 맞아요. 하지만 가장 중요하게는 '조사관'이죠."

애들레이드가 고개를 가로저었다. "조사관한텐 레이피어가 있지. 오늘 밤 네겐 그게 없고." 그녀가 자기 옆 남자들에게 신호했다. "올라가서 잡아."

"조사관한텐 다른 무기도 있는데." 록우드가 말했다. "말하자면 이런 거." 그가 가발 속을 뒤적여 마그네슘 화염 두 개를 꺼냈다. 포틀랜드 로를 떠날 때부터 거기다 숨기고 있었던 거였다. 그가 첫 번째 화염을 애들레이드 윙크맨의 발에다 던졌다. 그게 바닥을 때리기도 전에 빙글 뒤돌아 두 번째 화염탄을 패대기쳤다. 터널 안 유령 방향으로. 그러고는 나를 자기 쪽으로 당겼다.

록우드와 내가 더미 꼭대기에 서서 서로를 부둥켜 잡는 순간, 우리 주변 세상이 폭발했다. 양옆에서 화염이 쌍으로 분출했다. 뜨거운 철이 옷에 후두두 떨어졌다. 우리는 처음에 이리로, 다음엔 저리로 흔들렸다. 은빛 연기 기둥들이 치솟아 우리 몸에 부딪혀 흩어지고, 다시 합쳐지고, 잿빛으로 어두워졌다.

그 모두가 기껏해야 삼사 초 사이의 일이었다. 이윽고 우리는 서로에게서 떨어져 몸을 돌리고 더미 위를 쭉 미끄러져 터널로 들어갔다. 승강장에서 비명들이 들렸지만 우리 앞의 고요는 절대적이었다.

아까 던진 화염탄이 제 몫을 했다. 서성이던 형체가 사라지고 없었다. 신발 아래서 건조한 자갈이 으드득거렸다. 터널이 휘었다. 나는 가방을 뒤져 조그만 손전등을 꺼냈다. 가끔씩 전원을 켜고 선로의 굽이를 살펴 벽을 들이받는 일이 없도록 했다. 그러다 문득 터널 입구의 경계를 넘고부터 얼마나 추워졌는지에 주목하게 됐다. 이제 선로는 얼음으로 반짝였고, 검은 자갈에서도 얼음이 번들거렸다. 입김이 폭폭 나왔다. 우리의 가쁜 숨소리가 벽을 때리고 메아리쳤다.

"록우드," 내가 말했다. "냉각*이야."

"나도 느껴. 그래도 계속 가야 해."

우리 뒤에서, 터널의 굽이 너머에서 마지못한 추격 소리가 들렸다. 육중한 신발들이 자갈 위에서 미끄덩거리고, 애들레이드 윙크맨의 목소리가 그들을 채찍질했다.

"저 인간들은 방어구가 있겠지." 내가 숨을 헐떡였다. "이렇게 우릴 몰아서…."

굳이 말로 할 필요가 없었다. 열차 사고 현장이 가까워지고 있었다. 심령압이 높아지고 아주 가까이서 존재들이 감지됐다.

"옆으로 빠지는 터널이 있을지도 몰라." 록우드가 중얼거렸다. "중간중간 그런 걸 만들어두거든. 다른 길로 빠질 수만 있으면 여길 벗어나…." 록우드가 소리쳤다. "손전등 꺼!"

내 손전등이 골라낸 건 오른쪽 벽의 움푹진 부분이었다. 선로에서 일하는 인부들이 지나가는 열차를 피할 수 있게 파놓은 밋밋하고 평평한 공간이었다. 하지만 거기 먼지와 잡석들 사이에 뭔가 허연 게 뒤죽박죽 돼 있기도 한 것 같았다. 나는 손전등을 껐다. 우리는 계속 걸었다.

"아까 그거 뼈였어?" 내가 속삭였다.

그 답이 우리 앞 어둠에 걸려 있었다. 가는 잿빛 형상, 얼룩 같은 그림자. 또 다른 음영자였다.

"활성 상태가 아닌가 봐." 내가 말했다. "우릴 못 봤을 수도 있고. 잠깐만. 아니, 움직인다."

록우드가 욕을 뱉었다. "이거 곤란한데. 우리 수중에 뭐라도 있으면 좋을 텐데…." 그가 손가락을 거듭 튕겼다. "보호가 될 만한 게… 그렇지! 어쩜 있을 수도 있겠다." 그가 갑자기 멈춰 섰다.

"무슨 짓이야?" 내가 숨죽여 을박질렀다. "움직여야 된다고." 저 뒤 어딘가에서 자갈을 밟고 미끄러지는 신발 소리들이 들렸다.

"여기. 가까이 서봐. 바닥에다 불 좀 비춰줘." 록우드가 가방을 찢듯이 열고 혼령망토를 끄집어냈다. 손을 흔들어 펼쳤다. 은빛 얼개 위에서 보라색과 파란색 깃털들이 반짝였다. 그는 마술을 완성하는 마술사처럼 망토를 빙그르 돌리듯 들어 올려 내 몸에 부드럽고 포근하게 얹었다. 그러고는 머리 덮개를 잡아 내 머리에 씌웠다.

"주술사들이 조상과 대화하러 혼령의 집에 들어갈 때 이걸로 몸을 감쌌어." 그는 이제 내 가방을 들여다보고 있었고, 두 번째 망토를 꺼내 자기 몸에 둘렀다. "우리도 그렇게 해야 해."

"하지만 우린 조상들이랑 대화하려는 게 아니잖아!"

"우리가 뭘 하려는지는 우리도 몰라, 루스. 하지만 딱히 손해볼 것도 없잖아. 근데, 그냥 내 느낌이 그런 거야, 아님 냉기가 벌써 덜해진 거야?"

"정말 덜해진 거 같긴 해, 약간은. 아까 그 음영자는 뭐 하고 있어?"

"똑같아. 그냥 거기 서 있어. 망토 때문인지 어쩐지는 모르겠지만, 어쨌든 우릴 공격하진 않으니 그걸로 된 거지. 자, 이제 뛰어야 해. 그들이 오고 있어."

망토를 단단히 여민 채 우리는 조깅하듯 터널을 내려갔다. 그 직전에 윙크맨 패거리가 시야에 나타난 터였다. 우리를 본 그들이 흥분해 소리쳤고, 앙칼진 경고가 뒤를 이었다. 누군가가 유령의 존재를 눈치챈 거였다. 신발이 덜걱거리는 소리들이 뚝 끊겼다. 웅웅 울리는 나직한 의논 소리를 뒤로하고 우리는 서둘러 움직였다.

"저기 오래 붙들려 있진 않을 거야." 록우드가 말했다. "하지만 믿기지가 않네. 저런 어른들이 더 깊이까지 들어올 마음을 먹었단 게.

오…, 오, 이런.”

눈앞에 느닷없이 더 높고 넓은 공간이 펼쳐졌다.

우리가 지나온 복스홀 역사의 다른 구역들과 어떤 면에선 흡사했다. 우리 앞에서 굽이지는 선로 옆에서 개방형 승강장이 시작되고, 그 위로 올라가는 계단이 선로변에 설치돼 있었다. 그러나 거기서 얼마 못 가 승강장은 훼손된 천장에 닿도록 높이 쌓인 먼지투성이의 잿빛 돌덩이들로 가로막혔다. 옆으로 나갈 수 있는 아치도 출입구도 없었다. 그쪽 길은 막힌 게 확실했다.

선로 또한 막혀 있었다. 열차로.

열차는 내 손전등 불빛 속에서조차 검었다. 가스폭발 때문인지, 뒤이어 객차를 휩쓴 불길 탓인지, 더하게는 땅속에서 장기간 진행된 부식이 문제인지 몰라도 열차의 금속 표면은 검고 우묵우묵 얽었다. 우리가 선 곳에서 첫 번째 객차의 뒷면이, 열린 문이, 숯 토막이 된 좌석 몇 개가 보였다.

“이거야.” 록우드가 나직이 말했다. “사고를 당했던 열차.”

우리는 망토를 덮어쓴 채로 터널을 조금씩 빠져나가 승강장 계단으로 갔다. 계단에서 보니 열차가 입은 피해는 훨씬 더 극심했다. 잡석에 파묻힌 열차 중간쯤에서 객차 지붕의 가운데 부분 전체가 거인의 주먹에 얻어맞기라도 한 듯 찌그러져 있었다. 한쪽 벽은 아예 터져나갔다. 승강장 돌덩이들 위로 동그랗게 말려 널브러진 금속판들이 무슨 선사시대 짐승의 갈비뼈쯤 돼 보였다. 열차는 조용하고 휑했으며, 창문들이 안타까운 모양새로 뒤틀려 있었다.

내 눈은 아무것도 못 봤지만 귓속에선 화염이 포효했다. 혼령망토 아래로 손을 꺼내자 벼락같이 몰려드는 초자연적 냉기에 헉 소리가 났다.

"손전등 꺼, 루스." 록우드가 말했다.

손전등을 끌 때 언제나 오 초 정도는 눈을 감고 있길 추천한다. 눈이 어둠에 적응할 수 있는 시간을 주는 거다. 감은 눈을 뜨기 직전에 나는 록우드가 깜짝 놀라 내뱉는 탄성을 들었고, 그가 나보다 앞서 눈을 떴단 걸 알았다. 그래서 나도 눈을 뜨고 봤다. 깨진 창문들에 희미한 광휘가 깃들어 있고, 이 다른빛 덕분에 볼 수 있게 됐다. 폐허가 된 객차의 좌석이 실은 꽉 차 있단 걸.

어둠 속에서 윤곽뿐인 머리들이 보였다. 푹 숙인 고개들은 움직임이 없었다. 볼품없이 늘어진 기다란 머리칼 아래로 너덜거리는 옷깃과 가늘디가는 목들이 보였다. 살갗이 동굴어•처럼 파리하게 빛나고, 새까만 눈구멍들이 줄줄이 늘어서 있었다. 육신은 치워진 지 오래였지만 기차의 승객들은 여전히 안에 남았다.

우리는 거기 서 있었다. 뒤에선 전열을 정비한 추격자들의 소리가 새롭게 들려왔다. 애들레이드 윙크맨이 어서 쫓으라고 채근하는 중이었다.

"다른 수가 없어, 루스." 록우드가 말했다. "통과해서 가야겠어."

"열차를 통과한다고? 하지만 록우드…."

"저기 아니면 윙크맨이야. 망토를 믿어야 해."

"하지만 그러기엔 유령이 너무 많은데…."

"망토를 믿어야 해."

하려면 당장 해야 했다. 계단에서 돌아서는 우리를 손전등 빛줄기 하나가 쑤시고, 또 하나가 쑤시고, 이제 터널 입구는 몰려드는 빛과 달려드는 형상들의 무시무시한 불길 속이나 다름없었으니까.

• 지하수나 동굴에 서식하는 물고기.

총성이 울렸다. 열차 뒤 금속 몸체에 조그맣게 구멍이 났다. 나는 우리가 어떻게 열차에 올랐는지, 누가 먼저였는지, 그렇게 망토를 두른 채로 어떻게 비좁은 구멍을 통과해 안으로 들어갔는지 기억하지 못한다. 공포가 경험을 흐릿하게 지웠다. 우리 등 뒤의 공포와 그보다 크게는 지금 우리를 둘러싼 좌식에 앉은 것들을 향한 공포가.

열차를 휩쓴 불길은 온도가 상당했다. 내부를 다 벗겨내고 금속 뼈대만을 남겼다. 좌석을 마감한 천은 사라졌고, 두께가 얇은 금속 버팀대들은 뒤틀렸다. 모든 게 검고, 그을린 표면들은 숯가루 범벅이었다. 그럼에도 희뿌연 다른빛 속에 앉은 이들은 구식 복장의 흔적들을 간직하고 있었다. 정장과 청바지, 모자와 말쑥한 원피스의 자취가 죄다 타버리진 않고 남았다. 그들은 좁은 중앙 통로 양쪽에서 서로를 마주 보는 좌석에 꼿꼿이 앉아 있었다. 아주 가까이서 보면 옷과 마찬가지로 살갗도 종잇장처럼 얇은 조각들의 연속일 뿐이었다. 어찌나 건조하고 푸석한지. 그 눈을 빼면. 눈들은 크고 밝고 두꺼비의 그것처럼 축축했으며, 모두가 우리에게 꽂혀 있었다.

또 한 발의 총알이 윙 하고 머리 위를 날아 객차 안 깊숙한 곳의 뭔가를 때렸다. 나는 오히려 감사했다. 그 같은 재촉이 없었더라면 우린 한 걸음도 내딛지 못했을 거라고 나는 지금도 믿으니까. 우리는 망토를 단단히 여미고 발을 끌면서 전진하기 시작했다. 내가 앞서고 록우드가 뒤따르며 금속 무덤에 갇힌 남녀의 타는 듯한 형상을, 분개한 죽은 자들을 지나쳤다.

한 노부인은 슬 아래가 그냥 뼈였다. 어떤 남자는 중산모가 녹아 얼굴과 섞였다. 서로 머리를 맞댄 채 한 덩어리가 된 청년들도 있었다. 나는 우리를 에워싸고 솟아오르는 그 간절한 속삭임에 귀를 닫았다.

열차 바닥은 겹겹의 합성 물질로 만든 토스트라도 되는 양 바삭

했다. 발을 제대로 딛기가 힘들었다. 우리는 아주 천천히 걸으며 통로를 조금씩 조금씩 내려갔다. 눈들이 우리를 주시했다. 탑승객들은 움직임이 없었다.

앞으로 나아가면서 우리는 열차에 불타고 오래된 형체만 있는 게 아니란 걸 알게 됐다. 그중 한둘은 아우라가 더 밝고—내가 느끼기로는—혼자 안 어울리게 요즘 옷을 입었다. 주황색 푸파 재킷을 입은 젊은이, 모자가 달린 상의를 입은 깡마른 소녀. 그들은 마치 충치 사이 금니처럼 옛날 유령들 틈에 껴 앉아 있었다. "새 승객도 있다는 거지." 플로는 말했었다. 그녀가 옳았다. 그들이 어떻게 죽었는지는 분명치 않았다.

우리는 기차 가운데에 도달했다. 한 면이 날아가고 지붕이 낮게 내려앉은 거기였다. 몸을 반으로 접다시피 해서 걸어야 했고, 여기에도 유령들이 있었다. 무시무시한 모양으로 짜부라진 채. 나는 자세히 보지 않으려 갖은 애를 썼다. 우리는 거길 지나 기차의 나머지 반쪽에 들어섰다.

"계속 앞만 봐." 록우드가 속삭였다. "저들이랑 눈 마주치지 말고."

내가 고개를 끄덕였다. "저들은 우리가 함께하길 원해."

"함께하게 만들었겠지. 이 망토만 아니었다면."

그걸 증명이라도 하듯 통로 자리에 앉은 노인이 지나가는 나를 향해 비쩍 마른 손을 들었다. 갈퀴진 손가락이 내게로 뻗어왔다. 하지만 망토 근처에서 휙 하고 뒤로 물러났다.

기차 끝부분에는 유령이 거의 없었다. 우리는 열린 문밖으로 선로가 길게 뻗은 곳으로 서둘러 갔다. 안도감에 다리가 풀려 선로로 떨어진 뒤 휘청휘청 몇 미터를 가다 마침내, 뾰족한 자갈들 위에 털썩 무릎을 꿇었다. 우리 뒤는 고요뿐이었다.

"윙크맨 패거리가 우릴 쫓아오려던 거면 좋겠다." 일단 말을 할 수 있는 상태가 되자, 록우드가 얘기했다. "그랬으면 내일 밤 저 기차에 새 승객들 몇이 더 앉아 있을 텐데."

나는 몸서리쳤다. "그러지 마."

"어서. 이 터널을 계속 따라가다 보면 나갈 길을 찾을 수 있을 거야." 록우드가 망토의 머리 덮개를 고쳐 썼다. "여길 완전히 빠져나가기 전까진 망토를 이대로 걸치고 있는 게 좋겠어."

우리는 천천히, 뻣뻣이 자리에서 일어났다. "포틀랜드 로에 이런 보물이 있었을 줄 누가 짐작이나 했겠어?" 내가 말했다. "네 부모님 덕분이야, 록우드. 그분들이 우릴 안전히 지켜주신 거라고."

록우드는 대답하지 않았다. 어차피 대화를 나누기에 적당한 곳도 아니었다. 그렇게 우리는 죽음과 어둠을 등졌다. 선로를 따라 나란히 걸으며 서서히 빛을 향해 갔다.

4

저주받은 마을

18

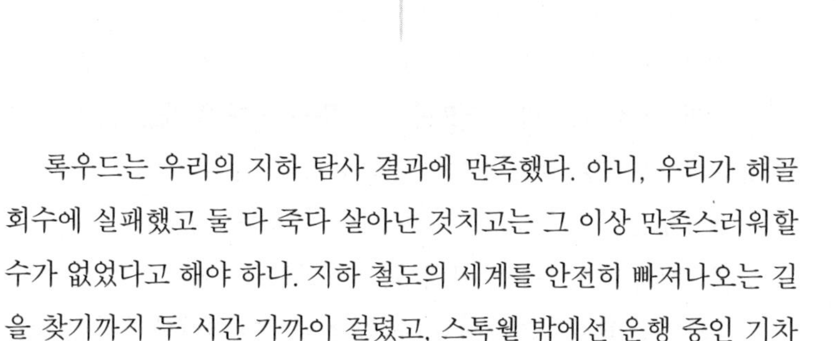

록우드는 우리의 지하 탐사 결과에 만족했다. 아니, 우리가 해골 회수에 실패했고 둘 다 죽다 살아난 것치고는 그 이상 만족스러워할 수가 없었다고 해야 하나. 지하 철도의 세계를 안전히 빠져나오는 길을 찾기까지 두 시간 가까이 걸렸고, 스톡웰 밖에선 운행 중인 기차에 짓이겨질 뻔했다는 사실엔 별로 개의치 않는 듯했다.

"이렇게 한번 생각해 봐." 이튿날 아침, 록우드 심령 회사 지하 사무소에 조지, 홀리와 함께 앉아 있는데, 록우드가 말했다. "어젯밤엔 잃은 것보다 얻은 게 훨씬 많아. 첫째, 우린 중요한 영물 하나를 찾아 나섰다가 그런 게 우리한테 두 개나 더 있단 걸 알게 됐어." 그가 자기 책상 옆에 서 있는 갑옷을 힐끗 올려다봤다. 거기 혼령망토들이 걸려 있었다. 눈부시고 찬란하게. 그리고 서서히 건조되면서. 지하 터널에서 검댕이 묻어 온 바람에 꾹꾹 눌러가며 닦아낸 터였다. "저건 중대한 성과라고." 록우드가 말을 계속했다. "맞아. 저걸 사람들 앞에서 그리 자주 입고 싶은 생각은 딱히 안 들 수 있어. 다들 우리가 무슨 진기한 공연이라도 하는 줄 알 테니까. 하지만 위험한 상황에선 정말 유용하게 써먹을 수 있다니까. 안 그래, 조지?"

신비로운 영물보다 조지가 사랑하는 건 이 세상에 없었다. 그는 오전 내내 망토에서 좀처럼 손을 거두지 못했다. "맞아. 정말 놀라운 물건이야." 그가 말했다. "안감의 은제 얼개가 유령들의 접근을 막아 주는 게 분명하지만, 깃털에도 뭔가가 있을 수 있어. 깃털 자체의 천연 오일이라든가, 주술사들이 입혀놓은 특수 성분이라든가…. 그 부분은 실험을 좀 해봐야지. 그리고 록우드," 그의 눈이 반짝였다. "2층 방에 뭐가 더 숨겨져 있는지 우리 진짜로 확인해 봐야 돼."

"아마도 나중에." 록우드가 말했다. "시간이 나면."

조지가 끙 소리를 냈다. "그게 무슨 뜻인지 다 알거든. 하지만 그 상자들을 계속 모른 척할 순 없는 거라고. 안 그래, 루스?"

"그런 거 같긴 해." 지금껏 내 반응은 다른 애들만 못했다. 물론 망토에 대해서야 나도 기쁘게 생각했지만 그게 속삭이는 해골 일로 느끼는 실망감을 해소해 주진 못했다. 놈을 되찾기 직전까지 갔었는데. 이 두 손으로 들고 있기까지 했는데. 탈출이 몰고 온 아드레날린이 가라앉고부터 나는 속이 허하니 비어버린 느낌에 시달렸다.

록우드는 내가 무슨 생각 중인지 당연히 알았다. "너무 속상해하지 마, 루시. 해골을 영원히 잃어버린 건지 어쩐지 우린 몰라. 아직 희망은 있어. 그리고 이 지점에서 어젯밤의 정말 커다란 성과가 등장하지…. 일명 '로트웰 연구소의 사악한 존슨'이라고. 루시, 네가 거기서 그 사람을 알아본 건 엄청난 사건이야. 네가 아직껏 록우드 심령 회사의 직원이었다면 급여를 올려줬을 텐데. 지금 상황에선…."

"내 걸 올려주게?" 조지가 제안했다.

"아니. 하지만 난 이렇게까지 말하겠어. 첼시 사태 이후 우리가 했던 모든 걸 통틀어 가장 중요한 일을 해낸 거라고. 넌 정말 놀라운 조사관이야, 루시."

뭐, 당신도 상상이 가능하듯 나는 그 말에 기분이 조금 나아졌다. 내가 그의 칭찬을 되새김질하는 사이, 자리에서 일어난 록우드가 책상을 빙 돌아 앞으로 갔다. 거기 기대선 그는 훤칠하고 늘씬하고 삶과 목표로 가득했다. 나는 문득 모든 게 가능할 것 같은, 운과 우리의 집단 재능은 결국 우리 편일 것만 같은 기분을 느꼈다. 실망감이 걷혔다. 그게 바로 록우드 효과였다.

"그게 의미하는 바도 어마어마해." 록우드가 말을 계속했다. "그 한 번으로, 루스, 넌 암시장과 런던에서 가장 유명한 기관의 관계를 찾아낸 거라고. 홀리, 그 기관이란 곳에 대해 얘기 좀 해줄 수 있어?"

록우드의 회사에 들어오기 전, 홀리 먼로는 로트웰 대행사의 조사관이었다. 이후에는 그곳 대표 스티브 로트웰의 개인 조수로 있었다. 그가 황소 같고 공격적인 인간이었던 탓에 홀리는 그 일을 그리 좋아하지 않았다. 하지만 로트웰 대행사 전반에 대해서는 늘 높은 점수를 줬다. 그곳의 운영 방식에 대해 누구보다 많은 걸 알고 있기도 했고.

"로트웰 연구소는 로트웰 대행사의 연구 기관이야." 홀리가 말했다. "대행사의 나머지 조직들과는 분리된 상태를 유지하고 있어. 거긴 일반 조사관도 따로 없어. 난제의 역학을 조사하는 성인 과학자들뿐이지."

"그리고 그 과정에서 형편없는 제품도 여럿 만들고." 내가 말했다. "구피 집에서 조지가 썼던 은종 어쩌고 하는 물건처럼."

조지가 앙칼지게 꽥꽥거렸다. "이봐, 작동했잖아! 좀 너무 '늦었다', 그뿐이라고."

홀리가 고개를 끄덕였다. "로트웰 연구소가 아주 긴 세월을 새로운 방비 발명에 쏟긴 했지."

"그리고 그것들을 시장에 아주 성공적으로 내다 팔기도 했고." 록우드가 말했다. "홀리, 로트웰에서 일할 때 이 존슨이란 사람을 알았어?"

"사울 존슨. 응. 얻어들은 게 있긴 했지. 로트웰 연구소의 책임자 중 하나라고."

"그가 일반적인 유령 사냥에 따라다니기도 했어? 루시가 그 사람을 처음 본 게 로트웰네 팀이랑 출장 가서였다는데."

"아니, 그랬던 기억은 없어. 연구소 과학자들은 자기들끼리만 어울려. 어딘가의 실험실에 틀어박혀 있는 게 보통이지."

"맞아. 그래서 내가 보기엔," 록우드가 말했다. "뭔가 새롭고 특별한 일이 벌어지는 중이야. 존슨, 그리고 짐작건대 연구소 전반이 밖으로 나와 강력한 출처들을 모으고 있지. 그 같은 행위를 금지하는 DEPRAC 규정에도 불구하고. 네가 지난주에 발견한 미라 머리 말야, 루스. 그것도 존슨이 직접 보고 점찍어 둔 다음에 그길로 해롤드 메일러한테 주문했을 거야. 소각로에 넣지 말라고. 그걸 빼낼 수 있게 암시장 일당들도 준비시켜 뒀고."

"중요한 건 죄다 소각장을 빠져나오는 모양이야." 내가 말했다. "어젯밤 존슨의 테이블에 일링 인육 사건의 출처도 있었거든."

"거기서 의문이 생기지." 조지가 말했다. "그러는 이유가 뭔지."

느리고 신중한 그의 말투에서 나는 문득 짜릿한 흥분을 느꼈다. 녀석은 이미 답을 알고, 이제 그걸 남들은 정말 가까스로 알아먹을 뿐인 장황한 말들로 공개할 참이란 뜻이었으니까.

"우리한테도 설명 좀 해주겠어?" 록우드가 말했다.

조지가 뜸을 들였다. "나도 자리에서 일어나 그 앞으로 돌아가서는 너처럼 근사하고 대장 냄새 폴폴 나게 책상에 기대야 하나?"

"그건 전적으로 선택 사항이야."

"잘됐네. 난 다리가 짧아서 그런 자세가 불편하거든. 엉덩이가 자꾸만 미끄러진다고. 그래서 여기 그냥 앉아 있을까 해. 이러나저러나 여러분한텐 어차피 똑같다면. 혹시 기억해?" 조지가 물었다. "아이크미어 백화점 아래 통로에서 뭘 찾았는지? 거대한 뼈 더미 말고."

"내가 루시를 찾았지." 록우드가 말했다. 그의 미소에 나는 얼굴이 살짝 달아오르는 느낌이 들었다. 그는 소리정령이 나를 끌고 들어간 뒤 지하 터널까지 고생스레 내려왔었다.

"뼈랑 루시 말고," 조지가 말했다. "우린 그 아래서 누군가가 일종의 괴상한 실험을 하고 있었단 증거를 찾았어. 뼈로 에워싸인 공간 가운데를 깨끗이 치우고 가장자릴 빙 둘러 양초를 세워뒀지. 금속 따위가 바닥에 끌리면서 남긴 흔적도 보였고. 그리고 원 한가운데에 엄청 큰 엑토플라즘 자국이 있었잖아. 가장자리의 뼈들은 죄다 심령적으로 활성 상태였고. 우린 누군가가 그것들을 하나의 거대한 출처로 사용하고 있었으리라 봤어. 자, 다들 알다시피 출처는 취약점을 의미해. 거기로 방문자들이 빠져나오지." 그는 여기서 잠시 주저했다. "어디가 됐든 놈들이 '원래' 있어야 할 곳에서. 출처를 낡은 옷감에 생긴 구멍쯤으로 생각해 봐. 네 청바지 엉덩이가 닳아서 뚫리는 구멍 말야, 록우드. 그런 거라고."

"난 바지 엉덩이에 닳는 부분 같은 거 안 생겨." 록우드가 말했다. "그리고 난 청바지가 없어."

"음, 그럼 내 걸 생각해. 난 낡은 청바지가 많으니까. 천이 얇아지고, 결결이 해지고, 그러다 넓어져 구멍이 돼. 내 엉덩이 상황이 그런데 불쑥 허리를 굽혔다간 당혹스러운 일이 생기지. 출처도 마찬가지야. 다만 여기선 구멍으로 내 팬티가 보이는 대신 다른 뭔가가 나오는 거고."

"그 비유는 여러모로 불편한데." 록우드가 말했다. "지금 난 사실상 유령보다 머릿속에 자꾸만 그려지는 네 엉덩이 상황이 더 무섭거든. 아무튼 계속해. 그래서 그 출처를 '거대하게' 만들면…."

"취약점 또한 커지는 거지." 조지가 말을 받았다. "구멍이 더 커지는 거라고 해두자고, 달리 적당한 말이 없으니. 우린 뼈 거울에서도 그런 사례를 봤어." 그가 예로 든 건 우리가 전에 발견한 불쾌한 영물이었다. 귀신 들린 뼈들로 된 거울이었는데, 그것의 설계자는 저승을 보는 창을 만들 작정이었다. 뼈 거울이 실제로 그런 역할을 했는지 여부는 불확실했다. 그걸 들여다보는 사람은 예외 없이 죽었으니까. 하지만 뼈 거울이 발산하는 심령 전율은 확실히 이상하고 사악했다. "아이크미어 지하의 경우에도 뒷배에 누가 있었든 간에 뼈 거울 같은 창을 만들 속셈이었던 거 같아." 조지가 말했다. "그러기 위해서 거대한 출처가 필요했겠지. 지금 존슨은 밖에 나가 강력한 출처를 모아들이는 모양이고. 난 그 역시 같은 일에 엮여 있다고 봐."

"아이크미어 사건 뒤에도 로트웰 연구소가 있단 얘기야?" 내가 물었다.

"어쩌면. 우리가 뼈의 방을 발견한 뒤에 로트웰네 팀들이 쏜살같이 나타나서 부지를 청소해 버렸던 거 기억하지? 하지만 단정하기 힘들어. 지하에 있었던 게 누구였는지 단서도 없었고."

"그때 거기서 담배꽁초가 나왔잖아. 아냐?" 홀리가 지적했다.

"넵." 조지가 말했다. "페르시안 라이트. 꽤 희귀한 제품이래."

내가 자리에서 일어났다. "저기, 존슨도 담배를 피우고 있었는데."

조지가 나를 봤다. "뭐? 그거 혹시 페르시안 라이트였어?"

"모르겠어."

조지가 이마 옆을 찰싹 때렸다. "오, 루스. 놓치기엔 아까운 기회였는데. 냄새 안 맡아봤어? 아주 독특한 향이 난댔어. 태운 토스트랑 캐러멜 같은."

"아니. 공교롭게도 난 그 인간 담배 냄새를 음미할 짬이 없었거든, 조지. 살해당하는 신세를 피하려고 몸부림치느라 너무 바빠서."

조지가 앉은 자리에서 축 늘어졌다. "살려고 도망치는 와중에도 얼른 맡아볼 순 있었어, 루스. 네 직업 정신은 어디로 가출한 거지?"

록우드는 내내 생각에 잠겨 있었다. 그의 손가락이 책상을 톡톡 두드렸다. "스티브 로트웰이 연구소 일에도 많이 관여하는 편이야, 홀리?"

홀리가 눈살을 찌푸렸다. "그 사람이 연구소도 지휘한다는 생각은 했었어. 하루가 멀다 하고 방문했었거든."

"그러니까 스티브 로트웰 역시 알고 있을지도 모르겠네. 궁금한 건 이거야. 우리가 할 수 있는 게 뭐지?"

"별로 없어." 조지가 말했다. "아직은 반스한테도 말 못 하고. 안 그래? 증거가 없어도 너무 없잖아."

"존슨은 존슨대로 출처고 뭐고 죄다 치워버렸을 테고." 록우드가 말했다. "로트웰 연구소는 본부가 웨스트민스터였지? 맞아, 홀리?"

"그렇긴 한데 본부에선 사실 이렇다 할 만한 일이 없어. 연구 시설 전부가 런던 밖에 있거든. 여러 갠데 당장은 기억을 다 못 하겠어. 미안."

록우드가 씁쓸한 듯 고개를 끄덕였다. "시설이 여러 개라…. 쉽지가 않네. 목록을 만들어줄 수 있겠어? 쓸모가 있을지도 몰라. 솔직히 뭘 어떻게 해야 할지 전혀 모르겠지만…." 그가 한숨을 쉬었다. "그사이 우리는 보다 기분 좋은 만남이 예정돼 있지. 퍼넬로프 피츠의 비서가 전화를 했어, 루스. 일링 건으로 피츠가 감사 인사를 하고 싶어

한다는 거 알고 있었어? 오늘 아침엔 외출해서 자기가 후원하는 오르페우스 협회에 가 있는 모양이야. 우리가 거기로 와줄 수 있는지 궁금해하더라고."

"그 '오르페우스' 협회? 세인트 제임스에 있는?"

"맞아. 같이 갈래?"

록우드는 내게 두 번 물을 필요가 없었다.

한참 전부터 우리는 비밀스럽고 폐쇄적인 오르페우스 협회가 궁금했었다. 그곳 회원 중엔 영국에서 난다 긴다 하는 사업가들이 여럿 포함돼 있었다. 공식적으로는 런던 상류층 사람들이 난제를 논하고 연구하는 모임이었지만, 우리는 우연한 기회로 그곳이 보다 실질적인 활동 또한 하고 있다는 걸 알게 됐다. 조지에겐 오르페우스 협회의 상징—고대 그리스의 하프 또는 리라—이 박힌 신기한 크리스털 고글이 있었다. 그게 정확히 무슨 기능을 하는지는 확인되지 않았고. 하지만 한 가지 확실한 건 난제와의 끝없는 전투에서 사용할 장비를 개발하는 데 열심인 조직이 로트웰 대행사 한 곳만은 아니란 거였다. 그러나 로트웰 연구소와 달리 오르페우스 협회는 자신들의 연구를 광고하지 않았고, 그 부분에 대해 뭔가 더 알아볼 길은 전혀 없었다. 지금까지는. 그러니 이번 건은 절대로 놓쳐선 안 될 기회였다. 그날 아침 늦게, 홀리는 로트웰 연구소 조사를 하게 남겨둔 채 록우드와 조지와 나는 부푼 가슴을 안고 세인트 제임스로 출발했다.

우리는 어느 우아한 거리의 막다른 골목 끝에서 협회 건물을 발견했다. 치장 벽토를 바른 주택들이 조용한 길가에 줄줄이 서 있고, 황동 명판들은 티끌 한 점 없이 빛났으며, 호텔 창문 아래 걸린 바구니 속 꽃들은 고급스럽고 여봐란듯이 활짝 피어 있었다. 거기 붙은 명판에 화려하지도 요란스럽지도 않게 이름이 새겨져 있었고, 우리가 문을 두드리자마자 미소 띤 얼굴의 노인이 나와 고개 숙여 인사하고는 안으로 들어오라고 손짓했다.

"들어와요, 들어와. 환영합니다. 난 오르페우스 협회의 비서예요."

협회 비서는 서글서글하고 머리가 하얗게 센 노신사로, 어깨가 구부정했지만 두 눈만큼은 초롱초롱했다. 그는 긴 프록코트를 입고 옛날 스타일로 옷깃에 풀을 먹였으며, 머리칼은 뒤로 바짝 넘겨 인상적인 이마를 아낌없이 드러냈다. 우리가 그와 함께 선 곳은 작고 멋들어진 로비였다. 바닥은 대리석에 벽지는 짙은 밤색이었다. 노신사의 뒤로 나이 든 남녀가 계단을 내려오고 있었다. 근처 어딘가에서 시계가 째깍거렸다.

"퍼넬로프 피츠 대표님을 만나러 왔습니다." 록우드가 말했다. "저는 앤서니 록우드라고 합니다. 여긴 제 동료 조지 커빈스와 루시 칼라일이고요."

노신사가 고개를 끄덕였다. "올 거라고 얘기 들었어요. 친애하는 퍼넬로프 씨는 열람실에 계십니다." 그는 록우드에게서 눈길을 떼지 않았다. "그러니까 선생이 실리아와 도널드의 아이라고요? 〈타임스〉에서 선생 기사를 읽었어요. 그래, 그래요. 선생한테서 두 사람 얼굴이 모두 보이는군요."

"그분들을 아셨어요?" 록우드가 물었다.

"오, 그럼요. 한때 이곳 입회 후보였거든요. 사실 그 방에서 더없이 흥미로운 강의를 하기도 했고요. 내가 지금 여러분을 모셔갈 방 말이죠. '뉴기니와 서수마트라 부족의 유령 설화', 뭐 그런 내용의 강의였어요. 그들은 민속학자였으니까요, 물론. 아주 엄밀한 의미의 '과학자'는 아니었을지 모르지만…. 그럼에도 그들의 학문은 흠잡을 데

없었어요. 두 사람을 잃은 건 정말 큰 손실이었죠."

"그렇게 말씀해 주셔서 감사합니다." 록우드가 말했다. 얼굴에 아무 표정이 없었다.

"자, 자, 여러분이 나랑 얘기하러 온 건 아니니까. 이쪽으로 오시죠." 노신사가 앞장서서 부드러운 카펫이 깔린 복도를 내려가고, 그 자신을 닮은 위엄 넘치는 신사들의 그림을 지났다. 복도 끝 스테인드글라스 창문에서 노란색과 루비색 빛이 쏟아졌다. 그 아래 주춧돌에 소박한 세 줄짜리 하프가 새겨져 있었다. 노신사가 그걸 가리켰다. "우리네 조그만 상징은 본 적이 있겠죠?"

"여기저기서요." 내가 무심코 말했다. 나는 포틀랜드 로에 있는 고글, 그러니까 예전에 우리가 살인자한테서 슬쩍한 물건을 떠올렸다.

"오르페우스의 리라." 조지가 덧붙였다. "그걸 의미하는 거죠. 맞나요?"

"정확해요. 오르페우스에 대해선 다들 알겠죠, 물론." 노신사가 말했다. "그리스 신화에 나오는 인물이랍니다. 음악가와 미지의 세계를 탐험하는 이들의 후원자였어요."

"저승에 내려가기도 했죠. 아닌가요?" 조지가 말했다. "죽은 아내를 찾으러."

"그래요, 커빈스 선생." 노신사가 왼쪽으로 꺾어 두 번째 복도를 내려가는데 대머리에 미소 띤 얼굴의 나이 지긋한 협회 회원이 옆으로 비켜서며 길을 양보했다. "오르페우스는 노래와 리라 연주가 몹시도 아름다워 죽은 자들도 매료시켰답니다. 그들을 감시하는 무시무시한 존재들조차 진정시켰죠. 저승의 엄숙한 신 하데스마저도 설득해 아내를 풀어주게 했어요. 그런 게 진짜 힘이죠!"

"협회가 오르페우스를 상징으로 삼은 것도 그런 이유고요?" 유난히 조용했던 록우드가 물었다.

"우리 역시 그런 존재들을 제압할 방법을 찾고 있으니까요. 오르페우스 협회는 발명가와 사업가, 철학자가 뒤섞인 모임입니다. 사실 난제를 보는 흥미로운 관점을 가진 누구든 입회가 가능해요. 함께 논의하고, 토론하고, 유령의 침입을 막아줄 장치들을 연구하죠."

"로트웰 연구소와 비슷하게, 말인가요?" 조지였다.

노신사가 혀를 끌끌 찼다. 그의 미소가 씁쓸해졌다. "꼭 그렇진 않아요. 그 연구소는 좀 너무… '상업적'이죠. 우리가 보기엔. 진실보다 수익을 추구하고, 그들 제품 상당수는 쓸모없는 걸 넘어 유해해요. 우리 협회는 이상주의자들의 공간입니다, 커빈스 선생. 우린 진짜 답들을 좇아요. 싸움에서 이기려고 하죠. 유령뿐 아니라 죽음 그 자체와의 싸움에서."

"어떤 종류의 장치를 만드시나요?" 조지가 물었다. 그의 눈에서 불꽃이 튀었다. 나는 그가 고글을 생각하고 있다는 걸 알았다.

"여러 종류요! 예를 들어드리죠. 여러분 같은 젊은이들은 운이 좋아요. 초자연적인 것들을 보고 또 들으니까. 하지만 나처럼 노쇠한 자들은 일몰 뒤에 그저 무력할 뿐이죠. 그래서 우린 나이 든 사람들이 심령의 적들에 맞서 스스로를 방어할 방안들을 찾습니다. 진전이 있었고, 견본도 만들었어요…. 하지만 대중에게 보급할 준비는 아직 안 됐고요."

조지가 천천히 고개를 끄덕였다. "그렇군요. 견본을 만들었다고요? 흥미롭네요…."

"그렇죠." 노신사가 어두운 떡갈나무문 앞에서 멈췄다. "자, 다 왔습니다. 열람실예요."

"오르페우스는 어떻게 됐어요?" 내가 물었다. "아내를 되찾아 오나요?"

노신사가 빙긋이 웃었다. "아뇨, 꼬마 아가씨. 아니, 못 그랬습니다. 오르페우스가 실수를 범했고, 아내는 저승에 남았어요. 오늘날 귀환하는 우리 죽은 친구들도 거기 남게 할 수 있으면 얼마나 좋을까요." 노신사가 문을 밀어 열고 뒤로 물러났다. "록우드 심령 회사분들 들어가십니다!" 그 말과 함께 노신사는 우리를 안으로 들이고 방을 나가 등 뒤로 문을 닫았다.

오르페우스 협회 열람실은 그렇게 크지 않았다. 록우드의 부모님이 여기서 강의를 했다면 아주 작은 규모의 청중 앞에서였을 터였다. 어둑한 책장들 한 무리가 빙 두르고 있는 포근한 카펫 바닥에 안락의자와 독서 테이블이 특별한 규칙 없이 흩어져 있었다. 퍼넬로프 피츠는 난로 옆 의자에 앉아 불꽃을 들여다보고 있었다. 그녀의 기다란 흑발이 반짝였다. 옆모습은 설화석고를 깎아놓은 듯했다. 그녀는 협회의 다른 회원들에 비해 훨씬 젊었고, 그러다 보니 그녀의 광채가 더욱 충격적으로 다가왔다. 그녀가 우리를 돌아보고 미소를 짓고는 말했다.

"안녕, 앤서니. 루시, 조지. 와서 앉아요."

벽난로 선반 위에는 금테 액자에 든 그림이 걸려 있었다. 목이 깊게 파인 검은 드레스를 입은 여자가 등불을 들었다. 머리칼은 머리 위로 높게 틀어 올렸고, 두 눈에선 강렬한 빛이 타올랐다. 스트랜드가에서 파는 책과 우표와 엽서에서 본 익숙한 얼굴이었다. 피츠 하우스의 사진에서 봤던 지치고 무기력한 표정은 없었다.

퍼넬로프 피츠가 내 생각을 읽었다. "네. 내 할머니예요. 할머니는 아직 젊다 할 나이에 이 협회를 설립했어요. 내가 계속해서 협회 활동을 장려하고 있고요. 난 난제에 맞설 출중한 지략을 지닌 누구든 무척 존경한답니다. 여러분에게 지금 이 제안을 하는 것도 그래서고요."

"또 다른 사건인가요, 대표님?" 록우드가 물었다.

"그보다 크죠. 훨씬 큰 영광일 거예요. 나는 여러분 대행사가 내 회사에 합류했으면 해요."

그렇게 불쑥, 점잔 빼는 설명도, 시간 낭비도 없이. 퍼넬로프 피츠는 미소를 머금고 한 말이었지만, 그게 우리에게 안긴 충격은 미간에 미사일을 정통으로 맞는 수준이었다. 나는 실제로 휘청거렸던 것 같다. 조지는 뭔지 못 알아들을 소리를 냈고. 록우드는 얼굴이 그대로 얼었다. 지금 생각해 봐도 그가 그렇게까지 놀라는 모습은 본 적이 없는 것 같다. 배럿 부인의 관을 열던 당시가 10점 만점의 충격 지표에서 9점이라면 이건 10점이었다. 10점 이상이었다. 록우드가 퍼넬로프 피츠를 보며 눈을 깜빡였다. 그녀의 말을 온전히 이해하지 못한 듯도 했다.

퍼넬로프 피츠는 너무 정중한 사람이라 우리의 마비 상태를 대놓고 알은체하지 않았다. "그처럼 심각했던 일링 사건을 여러분이 어떻게 해결했는지 보며 난 깊은 감명을 받았어요." 그녀가 말했다. "감명을 받았지만 놀라진 않았죠. 난 이 년 전 '울부짖는 계단' 사건 때부터 여러분을 지켜봐 왔어요. 여러분이 크나큰 역경들을 극복하고 상당한 위력을 가진 방문자들을 물리치면서 심령 탐지 역사의 조그만 기적들을 만들어내는 걸 몇 번이고 봤죠. 당신의 심령 시각은 훌륭해요, 앤서니. 하지만 그게 당신이 가진 유일한 재능은 아니죠. 당신은 내가 곁에 두고 싶은 지도자예요. 그리고 루시," 퍼넬로프 피츠의 검은 시선이 내게로 옮겨왔다. "난 루시가 내 말을 진심으로 받아들이고 록우드 심령 회사에 남기로 해서 무척 기뻐요. 루시의 재능은 가

공할 만하고, 난 그걸 더 발전시켜 나가게 도울 수 있어요. 친애하는 조지." 그녀의 시선이 내게서 옮겨갔다. 나는 물에 갑자기 방생됐다가 뭍으로 다시 끌려 나온 물고기가 된 기분이었다. "조지는 이미 내 회사에서 일한 경력이 있죠. 아마도 그때 우린 조지의 뛰어난 능력을 제대로 알아보지 못한 거 같아요. 우리에게 돌아와요. 그럼 피츠 하우스의 검은 도서관에 자유롭게 드나들게 해줄게요. 그곳엔 아직 읽히지 않은 책들이 너무도 많답니다. 아직 조사되지 못한 것들이 너무도 많아요." 그녀가 의자에 기대앉았다. "이거예요. 내가 제안하려는 게. 난 이런 제안을 쉽게 하지 않아요. 하지만 여러분이 날 사로잡았어요. 록우드 심령 회사는 독보적이에요. 내 도움이 함께한다면 영원히 독보적일 수 있고요." 그녀가 우리를 보며 미소를 지었다. "서로 의논하고 싶으면 그렇게 하세요."

벽난로에서 장작이 타닥타닥 소리를 냈다. 벽시계가 째깍거렸다. 나는 다른 애들을 쳐다볼 수가 없었다.

"고마워요, 퍼넬로프. 고맙습니다, 피츠 대표님…." 마침내 입을 연 록우드의 목소리는 둔했다. 평소의 유창함은 오간 데 없었다. "제안에 감사드립니다. 그건, 말씀하신 대로 굉장한 영광이에요." 그가 목을 가다듬었다. "하지만 이 문제를 두고 의논할 필요는 없을 거 같아요. 다른 친구들의 마음도, 제 마음도 모두 같으리라 생각합니다. 우리에겐 우리의 독립이 다른 뭣보다도 소중한 가치라는 사실에 있어서요. 우린 우리만의 조그만 대행사로 남고 싶습니다. 죄송합니다. 대표님 회사처럼 굉장한 조직이라고 해서 우리가 기꺼이 그 일부가 될 거 같진 않아요."

미소는 여전했지만 퍼넬로프는 돌처럼 꿈쩍도 하지 않았다. 다시 입을 연 목소리는 벨벳처럼 부드러웠다. "아녜요. 내 말을 오해하지 말아요, 앤서니. 난 특별히 여러분만을 위해 새로운 분과를 만들 거예요. 여러분에겐 성인 감독관이 필요 없을 테고요. 여러분이 지금 하는 것과 똑같이 운영해 나가면 돼요. 피츠 대행사가 가진 자원들을 마음껏 쓸 수 있다는 점만 다르죠. 난 여러분을 절대적으로 믿을 거예요. 여러분의 그 매력적이고 조그만 집에서 일을 계속해도 상관없답니다."

열람실에 또다시 정적이 내렸다. 이번엔 전보다 더 길었다.

"고맙습니다, 대표님." 록우드가 말했다. "하지만 다시 한번 안타깝게도 사양할 수밖에 없겠어요."

퍼넬로프 피츠의 미소가 깜빡거렸다. "글쎄, 자기 마음은 자기가 잘 알겠죠. 물론이에요. 앤서니의 결정을 존중할게요."

"부디 제가 드린 말씀에 오해 없으시길 바랍니다, 대표님." 록우드가 말했다. "대표님이나 대표님의 위대한 조직에 결례를 범하려는 게 아닙니다. 우리 대행사가 공조할 기회가 더 많아지면 좋겠습니다. 구피 사건에서 퀼 킵스와 함께 일하는 게 즐거웠거든요." 그가 덧붙였다. "어쩜 다시 함께해 볼 수도 있겠죠."

이제 퍼넬로프 피츠의 미소는 사라지고 없었다. "그건 가능할 거 같지 않네요. 킵스 씨는 내 회사에서 더는 일하지 않아요."

"더는 일을 안 해요?" 록우드도 이번엔 놀라움을 굳이 숨기지 않았다. 그 옆에선 조지와 내가 누구 턱이 더 떡 벌어지나 시합 중이었고. 킵스는 조사관에서 감독관으로 무리 없이 옮겨갔고, 직급이 올라가면서 우리는 그가 앞으로 몇 년은 더 우리를 따분하게 해주리라 생각했었다. "킵스 본인이… 본인이 떠난 건가요?" 록우드가 물었다. "아님 회사가…?"

"오, 아녜요. 킵스 본인의 의지로 떠났어요." 퍼넬로프 피츠가 말했다. "구피 사건에서 돌아온 직후였어요. 사직 이유는… 분명치 않았어요. 나도 캐묻지 않았고요. 내겐 조사관이 많아요. 난 자신이 누리는 행운에 감사할 줄 모르고 잘못된 생각을 품는 개인들의 응석을 받아주고 있을 시간이 없답니다. 말이 나와서 말인데, 난 이만 일로 돌아가는 게 좋겠어요. 오늘 와줘서 고마워요. 거기 그 벨을 누르면 비서가 와서 여러분을 밖으로 안내할 거예요."

오르페우스 협회 방문 건은 우리의 애초 생각과 달리 그리 간단치 않았고, 집에 오는 내내 우리 사이에선 뒤숭숭한 기운이 맴돌았다. 어떤 중요한 순간이 이제 막 지나간 것 같은 느낌이었다. 당혹스러웠다. 사실상 변한 건 아무것도 없었지만, 어째선지 발밑 땅이 알듯 모를 듯 달라진 것도 같았다. 우리는 아무 말도 하지 않았다. 포틀랜드 로로 돌아오는 내내.

홀리는 사무실에 있었다. "어떻게 됐어? 훈장은 받았어?"

"딱히." 록우드가 자기 의자에 몸을 던졌다. "별일 없었어?"

"응. 네가 말한 로트웰 연구소 목록을 만들었어. 막상 찾아보니까 그리 많진 않더라. 대여섯 개 정도야. 목록은 책상 위에 뒀어."

"고마워, 홀리." 록우드가 목록을 집어 들고 훑어보나 싶더니 다시 내려놨다. 그러고는 침울하게 창밖을 내다봤다.

홀리에게 오르페우스 방문 얘길 전하는 건 조지와 내가 맡았다. 홀리의 표정이 어두워졌다. "거절한 건 분명 잘한 일이야, 록우드." 홀리가 말했다. "거기엔 의심의 여지가 없어. 마음이 혹하긴 해. 물론이야. 하지만 네 독립성을 그렇게 쉽게 포기해 버릴 순 없는 거잖아. 여긴 '록우드' 심령 회사인데."

"이상한 제안이었어." 내가 말했다. "피츠는 우릴 아주 높이 산다고 했는데, 우리가 자기 말에 넙죽 엎드려 뜻대로 움직일 거라 단정하고 온 눈치였어. 우리가 제안을 거절한 데 대해서도 기분이 좋진 않았던 거 같고."

"피츠가 원래 그래." 홀리는 대개 모든 일에 발랄하고 기분 좋은 얼굴을 유지했지만, 지금은 전에 본 적 없이 짜증이 치미는 듯했다. "로트웰에 있을 때, 우린 늘 그런 얘길 했었어. 퍼넬로프 피츠는 원하는 건 뭐든지 손에 넣을 수 있는 신성한 권리라도 가진 양 군다고. 가장 유서 깊은 대행사의 대표라는 이유만으로. 듣기로는 그 여자 할머니도 똑같았대."

"어머니는?" 나는 퍼넬로프 피츠의 서재에 걸린 사진 속 다소 쓸쓸해 보이던 여인을 떠올렸다. "퍼넬로프 피츠의 어머니가 대행사를 이끌었던 적은 없어?"

"있긴 했는데 그리 길지 않았어." 홀리가 말했다. "피츠의 어머니는 달랐다고 다들 그러더라. 더 온화한 사람이었달까. 하지만 그녀는 죽었고 퍼넬로프 피츠가 그 자릴 꿰찼지. 그게 언제였더라, 록우드? 넌 알 텐데."

하지만 록우드는 여전히 창밖을 응시하고 있었다. 책상 위 전화가 울리기 시작했을 때조차 아무 반응이 없었다.

조지가 나를 쳐다봤다. "난 못 받아." 내가 말했다. "난 더는 여기 직원이 아니라고."

"여기 직원일 때도 받은 적 없으면서 무슨."

조지가 자리에서 일어나 전화를 받았다. 수화기 반대편에 있는 사람이 누군지는 몰라도 말이 참 많았다. 한참 동안 조지 쪽의 대화는 끙 소리와 한숨으로 국한됐다. 홀리가 먼지떨이를 집어 들고는 록우드 책상 뒤 갑옷에다 별 쓸데도 없는 짓을 하기 시작했다. 록우드는 여전히 꼼짝하지 않았다.

마침내 조지가 수화기를 내리고 한 손으로 송화구를 가렸다. "록우드."

"으음?"

"또 그 망할 놈의 스키너 녀석이야. 그 멍청한 마을에 유령이 어쩌고저쩌고 생난리를 치는데, 상황이 전보다 심해진 거 같긴 해. 녀석이 말하는 꼬락서니만 봐선 아침 식사 시리얼에서 울부짖는 혼이라도 튀어나온 줄 알겠다고. 어쨌든 놈이 너한테 다시 물어봐 달라고 애걸복걸을 하는데." 조지가 멈칫했다. "여기서 '애걸복걸'이란 언제나 그렇듯 폭언과 필사적인 알랑거림의 조합을 의미하지. 근데 이게 어째선지 나한텐 효과가 있네. 왠지 모르겠지만. 그래서 내가 그랬지. 너한테 물어보겠다고…." 조지가 록우드를 봤고, 록우드는 움직임이 없었다. "그래, 지금 뭔가 행복하고 중요한 멍 때리기 중인 거구나. 그럼 그냥 녀석한테 꺼지라고 할게. 그래도 되지?"

"아니!" 그 소리에 깜짝 놀란 내가 차를 쏟고, 홀리는 갑옷에 달린 샅 보호대를 쳐서 떨어트리게 만들어놓고는 록우드가 자리에서 벌떡 일어났다. "전화기 내놔! 대니 스키너지, 알드버리 캐슬의?"

"어…, 그래. 그거 맞아…. 근데 왜?"

록우드가 수화기를 낚아채고 책상에 발을 올렸다. "기차 알아봐! 짐 싸! 내일 일정 싹 다 취소해! 여보세요, 대니? 그래, 나 록우드야. 우리가 네 매력적인 초대에 드디어 응해볼까 하는데 말야."

19

알드버리 캐슬 건을 향한 록우드의 뜬금없는 열정이—의심스러울 것까진 없어도—확실히 놀랍기는 했다. 그래서 우리가 추궁해 봤지만, 그는 대답을 얼버무렸다. "매력적인 군집인 건 맞잖아." 록우드가 말했다. "온갖 흥밋거리가 한데 모인. 그 괴상한 '어정거리는 그림자' 얘기만 해도 그래. 조사해 볼 가치가 있겠다고 생각 안 해봤어?" 그가 특유의 활짝 웃음을 발사했다. "아무리 못해도 런던을 잠시 벗어나 있을 순 있잖아. 다들 알다시피 윙크맨 일당이 루시를 찾고 있고, 우리가 유물 사냥꾼 시장을 급습한 지금은 우리까지 노리고 있을 게 뻔하다고. 알드버리 일을 맡으면 이쪽이 좀 잠잠해질 때까지 몸을 피할 수 있어."

"그 인간들이 날 딱히 위협하는 거 같진 않은데." 내가 말했다.

"오오, 그건 아무도 장담 못 해, 루스. 아무도. 안전한 시골 공기를 쐬면 우리 기분도 한결 나아질 테고…." 록우드가 손가락으로 책상을 톡톡 두드렸다. "또 뭐가 있지?"

"그러니까 알드버리 마을 근처에 로트웰 연구소 전초 기지가 있단 사실은 별 관련이 없는 건가, 그럼?" 조지가 물었다. 내 말이 그 말이었다.

"아, 그걸 기억하고 있었어?" 록우드가 더없이 싱거운 표정을 지으며 자기 코 옆을 긁적였다.

"당연히 기억하지. 대니 스키너가 얘기했잖아. 아냐? 로트웰 연구소가 마을 문제에 눈 하나 깜짝 안 한다고. 그 기지도 홀리가 준 목록에 있어?"

"음, 사실대로 얘기하면, 그래." 록우드가 말했다. "하지만 다른 시설들도 있으니까. 뭐랄까, 알드버리 쪽 연구소가 런던 암거래 건이랑 반드시 관련돼 있단 보장은 없지…." 그는 어깨를 으쓱했다. "오케이, 들어봐. 난 그 로트웰 시설이 우리 일에 방해가 된다고 말할 생각은 없어. 마을에 있는 동안 슬쩍 확인해 볼 수도 있는 거고. 마을 유령들이 쉴 틈이라도 좀 준다면. 하지만 우리의 일차 목표는 마을이야. 어쨌든 우린 거기 문제를 해결하라고 고용된 거니까. 내일 당장 알드버리에 내려가려면 어서 준비하는 게 좋겠어."

남은 하루는 후딱 지나갔다. 록우드는 조지를 기록물보관소로 보내 마을과 그곳 역사에 대해 뭐든 조사해 오라고 했다. 다음으론 홀리를 멀릿네 가게로 보내 신선한 소금과 철을 워털루 역에서 바로 배달받을 수 있게 조치시켰다. 그리고 록우드 자신도 조용히 볼일이 두어 가지 있다며 나갔는데, 자세한 내용에 대해선 그답지 않게 별말이 없었다. 그 볼일의 결과 중 하나가 이튿날 아침 극적으로 모습을 드러냈다. 역에 도착해서 보니 승강장에 쌓인 보급품 더미 옆에 검은 옷을 입은 수척한 형상이 기다리고 있었다.

"하마터면 못 알아볼 뻔했어요, 킵스." 조지가 말했다. "그 잘난 재킷이랑 검이 안 보여서. 그것들을 어쩌다 몸에서 떼놓는 날엔 킵스가 산산이 부서져 바닥을 꿈틀꿈틀 기어 다니기라도 하려나 싶었는데."

킵스가 달라 보이는 건 사실이었다. 그는—어쩌면 다른 요원들과 비교해서도 유독—피츠 대행사와 별개로 생각하기가 불가능한 사람이었다. 보석 박힌 레이피어, 불필요하게 꽉 끼는 바지, 뻐기듯 통통 튀는 걸음걸이. 그의 모든 것에서 피츠라는 조직의 일원으로서 느끼는 과도한 긍지가 철철 넘쳐흘렀다. 오늘 그는 검은 바지에 목을 접어 입는 롤넥 스웨터, 지퍼로 잠그는 검은색 상의 차림이었다. 어떻게 보면 바지가 좀 낀다 싶고 신발 앞부리 또한 좀 너무 뾰족했지만, 그래도 그 정도면 꽤나 분별 있는 차림새였고, 거기 자만심은 거의 안 보였다. 다행스럽게도 그의 모든 게 변한 건 아니었다. 뭐라 설명할 수 없는 침울함만은 여전했다.

"그냥 깨닫게 됐어." 우리가 탄 기차가 덜컹거리며 천천히 런던 남부 외곽을 통과하는데, 킵스가 말했다. "구피 건이 끝난 뒤에. 그러니까 거기 있을 때였어. 사악하고 강력한 귀신에 씐 집에서 너희 다들 미친 사람처럼 사방팔방 뛰어다니는데…. 싸우고 악쓰고 바보짓도 하지만, 그래도 어쨌든 놈과 맞서고 있는데…. 난 그냥 혹이나 다름없었어. 놈을 보지도 못하고 듣지도 못하는…. 뭐든 도움이 되기엔 너무 나이 들어버린 거지. 그리고 그게 감독관들이 사는 법이고. 다른 이들을 밖으로 보내 싸우고 죽게 하는 인생. 그걸 안 지는 좀 됐지만 너희랑 있으면서 깨닫게 됐어. 그런 일을 난 더는 계속할 수 없다는 걸. 피츠 대행사에 남을 수 없다는 걸. 차라리 뭔가 다른 일을 하는 게 낫겠단 걸."

"예를 들면 뭐요?" 조지가 물었다. "미술 평론가? 트레인스포터•? 그 롤넥 스웨터면 뭐 안 될 게 없겠는데."

• 기차를 지켜보며 번호를 기록하는 취미를 가진 사람으로 일종의 패배자를 뜻한다.

"아무래도 내가 또 멍청한 선택을 했지 싶다." 킵스가 말했다. "오늘 너희랑 같이 가겠다고 하다니. 록우드 말론 그냥 내가 잘하는 일을 하면 된다지만, 울타리 기둥처럼 서 있는 거 말고 무슨 도움이 될는지는 나도 모르겠어. 차 정도는 끓일 수 있겠지, 아마."

"사실 난 존경스럽다고 생각해요." 내가 말했다. "킵스가 내린 결정요. 결국엔 스스로에게 솔직한 사람으로 살겠다는 거잖아요."

킵스가 끙 소리를 냈다. "그 방면으론 네가 선수지, 확실히. 스스로에게 솔직하겠다고 록우드 심령 회사에 돌아온 거 아니겠어."

"그래 보이겠지만 사실 난 일시적으로…." 그 순간 기차가 전철기•를 유난히 야단스럽게 넘으며 덜컹거렸고, 누가 소금 자루를 옮겨야 하는지를 두고 록우드와 조지가 말다툼하고, 그 와중에 홀리가 모두에게 비스킷을 건네고 어쩌고 하면서 나는 다시 말할 기회를 못 잡았다. 그저 객실 구석 창가 자리에 앉아 차창 밖 잿빛 지붕들의 풍경 위를 유령처럼 스치는 내 모습을 쳐다보고 있었다.

어쩌다 이 지경까지 왔나. 록우드 옆에 또다시 붙어 다니다니. 나도 정말 킵스 같은 건가? 대책 없이 갈팡질팡하며 자신의 목적을 잃고 마는? 지난 며칠 사이 내 마음은 미묘하게 변했다. 생각해 보면 나는 원래의 방향에서 벗어나는 스스로를 손 놓고 보기만 했다. 해골을 도둑맞은 뒤, 해롤드 메일러가 살해되고 클러켄웰에서 추격전이 벌어진 뒤, 나는 도움이 절실했다. 록우드가 그 도움을 제안했고. 그 말곤 의지할 사람이 없었다. 그건 잘한 결정이었다. 하지만 그 뒤로는—어쩌자고 일이 그리도 꼬리에 꼬리를 무는지!—지극히 당연한 듯 포틀랜드 로에서 지냈고, 지극히 당연한 듯 록우드가 해골 회수를

• 선로 변경 장치가 있는 지점.

돕게 놔뒀으며, 지극히 당연한 듯 그와 함께 유물 사냥꾼 시장을 들쑤시고 다녔다…. 그리고 지금, 그와 함께 알드버리 캐슬에 가는 것도 그렇게 당연한 걸까? 그래, 그걸 정당화할 핑계야 얼마든지 만들 수 있었다. 나는 윙크맨 일당에게서 내 안전을 지키고 있는 거다. 나는 (아마도) 로트웰 연구소와 잃어비린 해골을 추적 중인 거다. 나는 록우드 심령 회사가 받아 마땅한 지원을 제공하는 거다…. 그 모두가 웬만해선 사실일 거였다. 그러나 그 끝엔 결국 하나의 이유만이 있었다. 나는 그들과 다시 함께할 기회가 생겨 행복할 뿐이었다.

내가 이처럼 답 없는 생각에 잠겨 있을 때였다. 런던발 기차가 어슬렁어슬렁 시골로 들어섰다. 오전 10시, 어떤 위험도 비상 상황도 없이 우리는 목적지에 도착했다.

뒤이어 펼쳐진 참사들의 세세한 기록을 원하는 이들을 위해 설명하자면, 알드버리 캐슬은 런던에서 남서쪽으로 80킬로 떨어진 쾌적한 시골 마을이었다. 백악질 고지대에 터를 닦았고, 삼면은 숲이 우거진 언덕에다 남은 한 면에선 굽이진 강이 유유히 흘렀다. 외딴 동네였고, 구불구불한 도심 외곽 간선도로를 타고 오거나, 서쪽으로 1.2킬로 떨어진 사우샘프턴 간선의 정차역(역이라고 부르기에도 좀 무리가 있었다.)에 내려서 들어오는 식으로만 접근이 가능했다. 말이 정차역이지 역무실이나 역사 같은 건 따로 없었고, 거기서 나오는 희고 구불거리는 오솔길이 숲으로 이어져 마을 방면 도로와 합쳐지는 게 전부였다.

'캐슬'이란 이름답게 그 지역에 정말로 성이 있었대도 이미 사라진 지 오래였다. 마을 방면 도로는 강을 가로지르는 돌다리를 지나 마을 녹지를 이등분했다. 녹지는 기다랗고 거뭇한 풀들이 자라고 시골집들로 에워싸인 광활한 땅이었다. 여기서 양들이 풀을 뜯었다. 녹지 중앙을 압도하는 거대한 마로니에나무 세 그루가 14세기 시장 십자가•와 그 옆에서 썩어가는 못에 그림자를 드리웠다.

녹지가 끝나고 도로가 갈라지는 위치에 마을에서 유일하게 살아남은 술집 겸 숙소가 있었다. 올드 선 여관. 우리 의뢰인인 대니 스키너가 집이라 부르는 곳이었다. 알드버리 캐슬의 다른 주요 건물들도 보였다. 마을 상점들, 더 런(연립주택단지), 오르막에 서서 마을 전체를 굽어보는 성 네스토르 교회. 교회 밖 낮은 흙더미 위에 몹시도 오래고 녹슬고 망가진 항마등 하나가 서 있었다. 교회 너머의 길이 숲을 통과해 들판과 언덕으로 이어졌다.

우리가 다리를 건너 마을에 처음 들어서던 당시, 교회 너머 언덕들은 햇빛에 흠뻑 젖어 있었지만, 녹지는 축축하고 거미줄 범벅이었다. 동쪽 숲의 그림자가 손가락들처럼 길게 뻗어 녹지를 가로질렀다. 공기에서 매캐한 냄새가 났다. 아름다운 봄날이었다.

"유령 밀집지라기엔 정말 너무 예쁜걸." 홀리가 말했다.

"뭘 모르시는 말씀." 나는 길가의 눈에 확 띄는 땅에 거대하고 둥글고 거뭇하게 남은 자국을 가리켰다. "사람들이 '뭔가'에 불을 놓느라 바빴어."

"아님 '누군가'일 수도 있지." 킵스가 말했다.

홀리가 콧살을 찡그렸다. "오, 웩."

"글쎄, 아무리 봐도 숯덩이가 된 사람 다리 같은 건 없는데." 조지가 말했다. "그보단 출처로 의심되는 물건들을 태웠을 공산이 커. 공황발작이 아니라 공황 소각인 거지. 하지만 일에는 순서가 있는 법.

• 중세 영국의 시장에 세워져 대중을 대상으로 하는 여러 공무의 중심 역할을 했다.

저 십자가가 스키너 녀석이 얘기했던 거야. 흉악하다는 그 조각부터 한번 봐야겠어."

앞장서서 길고 축축한 수풀을 헤치고 나아가는 조지를 뒤따르는데 풀들이 소곤거리듯 살랑이며 다리에 후두두 들이쳤다. 마로니에 나무 근처에 도달한 우리는 소금과 철가루가 든 가방을 바닥에 내동댕이쳤다. 공기가 서늘한데도 우린 더웠다.

십자가 밑은 계단처럼 층이 졌고 현대식 벽돌로 다소 어설프게 수리돼 있었다. 나머지 부분은 아주 오래됐고 기나긴 세월 동안 반복된 바람과 서리에 풍화됐다. 돌은 오돌토돌하고 보송했다. 십자가 표면의 곳곳을 덮은 연녹색 이끼들 때문이었는데, 그 모습이 꼭 미지의 세계로 가는 지도 같았다. 보아하니 십자가 전체가 한때는 복잡한 모양들로 장식돼 있었다. 덩굴식물이 서로 뒤엉키며 측면을 휘감고 올라가고, 길게 갈라진 잎들은 뭔지 모를 물체들을 품고 있었다.

조지는 정확히 어디를 봐야 하는지 아는 눈치였다. 한쪽 표면의 중간쯤에 이끼가 뽑힌 자리가 있고, 거기에 어떤 장면의 흔적들이 남아 있었다. 장면 맨 아래 왼쪽 구석에 모인 조그만 형상들이 보였다. 작대기 비슷한 수준으로 묘사된 사람들이었는데, 당장이라도 넘어갈 준비가 된 볼링핀들처럼 늘어서 있었다. 오른쪽에는 해골과 뼈가 더미로 쌓여 있었다. 그 모두의 위에 우뚝하니 솟아 있는 건, 이 장면에 할애된 공간 가운데에 욱여넣어져 있는 건 건장한 팔다리로 쪼그려 앉아 몸통이 거의 네모처럼 보이는 거대하고 기형적인 형상이었다. 머리는 잘 분간이 안 됐다. 그 정체가 무엇이든 간에, 형상은 장면을 압도했다.

"여기 있네." 록우드가 말했다. "공포의 '어정거리는 그림자'. 스키너가 전화로 얘기하길, 전날 밤에 놈이 다시 목격됐다더라고."

조지가 어딘가 못마땅한 끙 소리를 냈다. 그는 통통한 손가락으로 십자가 속 형상의 모양을 따라가고 있었다.

"네 생각엔 정체가 뭘 거 같은데, 조지?" 내가 물었다.

조지가 안경을 고쳐 썼다. "어제 기록물보관소에서 십자가 얘기가 언급된 옛날 햄프셔 여행 책자를 찾았거든. 거기선 이걸 꽤 흔한 형태의 '최후의 심판' 장면으로 소개하더라고. 세상이 끝나고 죽은 자들이 무덤에서 일어나는 날 말야. 여기 뼈들이 있어. 봐. 그리고 여기서 구원받은 영혼들이 일어나지."

"그럼 그 가운데의 네모난 남자는?" 록우드가 물었다.

"천사야. 심판의 날을 관장하는." 조지가 가리켰다. "그렇지. 여기 이 자국들 보여? 이 친구도 한때 날개가 있었던 거 같아." 조지가 고개를 가로저었다. "이게 묘지의 악귀는 아냐. 대니 스키너가 뭐라든 간에. 마을을 돌아다니는 게 뭔지 몰라도 이거랑은 달라."

"그러니까 녀석이 얘기 대부분을 지어낸 걸 수 있겠네…." 내가 말했다. "양반은 못 되겠다. 저기 녀석이 있어." 올드 선 여관에서 형상 하나가 나와 도로 건너의 우리에게 손을 흔들고 있었다.

"하지만 스키너가 했던 전투 얘긴 사실이었어." 여관으로 걸으면서 조지가 말했다. "마을 동쪽 들판에서 9세기에 색슨족이랑 바이킹 사이에 싸움이 벌어졌어. 일찍이, 그러니까 난제가 시작되기 전에 그 들판은 골동품 애호가들이 파헤치러 가던 곳으로 유명했지. 두어 세기 전엔 방패와 검, 유골이 여럿 발견되기도 했고. 밭 갈던 농부의 쟁기에 뼈가 채더라는, 뭐 그런 사연들이었어. 그러니까 당시 무력 충돌의 규모가 상당했던 거야. 하지만 네가 말했듯, 록우드, 전국적인 기준에선 대규모 전투라 보기 힘들어. 그보다 훨씬 뒤에 전쟁이 벌어지고도 지금 여기만큼 골치를 썩이지 않는 곳들 역시 많고."

"그 이유를 밝히는 게 우리 일이겠지." 록우드가 말했다. "우리가 의뢰인의 목을 끝내 조르고 마는 불상사가 없어야 가능한 얘기겠지만. 아무래도 그건 어렵겠다 싶고."

올드 선 여관은 목골구조의 건물로, 공격적인 담쟁이덩굴에 반쯤 덮여 있었다. 건물의 상당 부분이 관리 부족 상태였다. 여관에서 가장 오래된 장소인 듯한 주 출입구는 교회 방향을 보고 있고, 다른 문 하나는 술집 정원과 녹지 쪽으로 나 있었다. 기둥에 걸린 다 망가진 간판엔 거대한 핏빛 태양이 어둑한 풍경 위에 고동치는 심장처럼 떠 있었다. 이 간판 밑 정원 문에 우리 의뢰인이 몸을 얹고는 앞으로 갔다 뒤로 갔다 하며 다가오는 우릴 향해 손을 흔들었다. 대낮의 빛 속에서 녀석의 돌출귀가 분홍색으로 반투명해 보였다. 일종의 격렬한 쾌감이 느껴지는 활짝 웃음에는 기쁨과 분노가 동시에 담겨 있었다.

"드디어! 늑장깨나 부리셨네요! 어젯밤에 '그림자'가 돌아왔고, 죽은 자들이 알드버리 캐슬을 걸어 다녔어요. 산 사람들은 침대에 머릴 처박고 있는 동안에. 여러분은 그걸 또 놓쳤고요! 레모네이드 마실래요? 아빠가 좀 만들어줄 거예요."

"레모네이드 좋지." 록우드가 말했다. "우리 방부터 본 뒤에."

꼬마가 몸을 얹은 문짝을 앞뒤로 과격하게 흔들었다. "오, 방이 필요하세요? 하지만 방문자들이랑 밤새 싸울 거잖아요. 아녜요?"

"밤새는 아니고." 록우드가 손을 뻗어 문을 꾹 잡았다. "그리고 넌 '분명' 우리에게 숙소를 약속했어. 방으로 안내해. 당장."

"오오, 모르겠어요…. 아빠한테 물어볼게요. 잠깐만요." 꼬마가 어슬렁어슬렁 술집으로 들어갔다.

"나만 그런 거야," 킵스가 말했다. "아님 쟤가 진짜로 주먹을 부르는 거야?"

"그쪽만 그런 거 아녜요."

머지않아 우리 의뢰인이 다시 나타났다. 생기발랄하기가 바짓가랑이를 타고 오르는 흰담비 저리가라였다. "됐어요. 방을 마련했어요."

"훌륭해…. 근데 왜 열쇠가 두 개뿐야?"

"우리 여관엔 객실이 두 개니까요. 방 하나당 열쇠 하나씩."

우리는 꼬마를 가만히 보고 있었다. 끔찍한 룸메이트의 조합들을 머릿속에 떠올리며. 록우드가 신중히 단어를 골라가며 말했다. "그래. 하지만 우린 다섯 명이고, 우리에겐 다양한 필요와 습관, 남과 공유하기 싫은 사적 영역들이 있거든. 다른 방이 더 있어야 해."

"있기야 하죠. 나랑 아빠, 우리 노망난 할아버지가 사는 방이요. 할아버지의 사적인 필요와 습관은 웬만해선 피하는 게 좋다, 고 말씀드릴게요. 부엌에 식재료 보관실도 있긴 한데, 거긴 축축하고 쥐가 들끓고 유령이 나와서요. 기운들 내요. 그래도 침대는 다섯 개니까! 음, 네 개구나, 실은. 한 개는 더블 침대거든요. 이게 그 방 열쇠예요. 방구석에 간이침대가 하나 있고요. 다른 방은 싱글 침대가 두 개예요. 우리 여관에서 행복한 시간 되시길 바랄게요. 그럼 가서 짐들 푸시고, 우린 나중에 바에서 보죠." 그 말과 함께 대니 스키너는 자리를 떴다.

무거운 침묵이 흘렀다. 나는 일행을 쭉 훑고, 홀리의 깔끔한 여행용 가방을 한눈에 파악했다. 의심의 여지없이 바디로션과 클렌징 제품으로 꽉꽉 차 있을 거다. 다음으로 조지의 불길하게 홀쭉한 배낭을 확인했다. 아무리 봐도 저기 갈아입을 옷이 들었을 리 없었다. 나는 킵스의 앙상한 체격과 파리하니 붉은 머리칼을 봤다. 그의 스웨터 아래 상황을 왠지 안 봐도 알 것 같다는 공포가 들이쳤다. 그리고 록우드. 그중 누구와 방을 써도 문제였다.

다른 이들도 비슷한 계산을 하느라 바빴다.

"루시…?" 홀리가 입을 열었다.

"나도 그 말 하려던 참인데. 그렇게 하자."

"그럼," 홀리가 말하며 록우드의 손에서 열쇠를 뽑아냈다. "우리가 싱글 침대 방으로 갈게. 나머진 너희끼리 알아서 해. 누가 간이침대를 쓸지 잘 결정하길 바라."

우리는 현관홀에 멍하니 서 있는 그들을 뒤로하고 방으로 올라갔다.

방은 조그맣고 깔끔했다. 놀랍도록 쾌적했다. 침대에는 흰 레이스가 달린 침대보가 덮여 있고, 창턱 꽃병엔 싱싱한 라벤더가 꽂혀 있었다. 우리는 가방을 내려놓고 창가에 서서 녹지를 내다봤다. 저 멀리 보이는 시골집 문간에서 철제 부적들이 쨍그랑거리고, 공기에서는 라벤더 향기가 났다.

"그거 알아?" 홀리가 말했다. "일이 이렇게 풀려서 다행이야. 네가 여기 있어서 기뻐."

"뭐, 내가 없었으면 넌 남자애 중 하나랑 방을 써야 했을 테니까." 내가 말했다.

홀리가 연약하게 몸을 떨고는 우아하게 외투 옷깃을 여몄다. "맞아…. 하지만 꼭 그런 뜻만은 아니었어. 네가 떠나고 내내 마음이 안 좋았어. 네가 그렇게 가버린 게, 그때 그런 식으로 끝난 게. 내 책임인 거 같았거든."

"와, 진짜 시작하기만 해!" 내가 말했다. "모두가 그렇게 생각해. 내가 너 땜에 떠났다고. 근데 정말 아냐. 너만 문제였다면, 진짜 진심으로 하는 말인데, 난 회사에 남았을 거야." 나는 그녀에게 단호하게 눈을 부라렸다.

홀리가 싸우고 싶지 않다는 표시로 두 손을 들어 보였다.

"또 저런다! 또 그 표정이야! 난 그저 그날 말싸움으로 우리 사이에 곪아 있던 게 터졌단 얘길 하는 거뿐야. 그래서 네가 통제력을 잃은 거고."

홀리는 아이크미어 백화점에서 우리가 심하게 다투다 내가 소리 정령을 깨운 사건을 들먹이는 거였고 꽤나 맞는 말이었다. 그렇다고 홀리에게서 그 얘길 듣는 게 즐거웠단 뜻은 아니고. 내 미간의 주름이 깊어졌다.

"오, 나한테 또 화가 나는구나." 홀리가 말을 계속했다. "내가 뭘 잘못하고 있는 거 같진 않은데. 내가 하고픈 말은 그저…."

"괜찮아. 네 말 무슨 뜻인지 알아." 내가 인상을 폈다. "얘기해 줘서 고마워."

"그리고 해골도 꼭 찾았으면 좋겠어." 홀리가 이례적으로 따뜻한 잠깐의 침묵 뒤에 덧붙였다. "그게 너한테 얼마나 중요한지 알거든."

나는 그냥 부인할 수도 있었다. 아마도 그래야 하는 거였다. "응." 나는 말했다. "놈이 곁에 있던 때가 그리운 거 같기도 하고 그래."

"그러는 이유가 난 상상도 안 돼. 소름 끼치는 물건이잖아. 해골이 날 좋아하지도 않았던 거 같고."

내가 킬킬거렸다. "음, 맞아. 정말 그랬지."

"내가 근처에만 가면 불쾌한 표정들을 지었단 말야."

"그건 아무것도 아냐. 한두 번인가 널 죽여버리라고 엄청 부추긴 적도 있는걸. 하지만 걱정 마. 난 놈의 어떤 제안도 받아들일 맘 없어. 그 외투 걸이 어쩌고 하는 것도 그렇고."

홀리는 불안한 눈으로 방을 둘러봤다. "외투 걸이 어쩌고?"

"목을 매다는 교수대 같은 거야. 저기 저런 외투 걸이를 쓰는…. 아무튼 그 걱정은 안 해도 돼. 짐이나 풀자. 어느 침대 쓸래?"

"문 쪽에 있는 거."

얼마 지나지 않아 우리는 다시 아래층으로 내려갔다. 계단 맨 밑은 널돌이 깔린 복도였고, 아주 오래된 현관문이 떡하니 버티고 있었다. 아치형 출입구를 지나면 공용 공간이 나왔다. 천장이 낮은 내부에서는 김빠진 맥주의 달달하고 구슬픈 냄새가 났다. 거기 카운터 뒤에서 가슴통이 크고 머리칼은 청회색에다 파리하고 언짢은 표정의 남자가 컵들을 닦고 있었다. 돌출된 귀로 봐서 대니 스키너의 아버지, 올드 선 여관의 주인장이지 싶었다. 벽난로 옆 구석진 자리에는 사나운 눈의 노인이 앉아 있었다. 그들을 빼면, 그리고 우리 팀을 제외하면 술집은 텅 비어 있었다. 록우드가 대니를 옆에 끼고 레모네이드를 주문하는 중이었다. 킵스와 조지는 서로 묘하게 어쩔 줄 모르며 시무룩하게 서 있었다.

나는 록우드 옆 카운터 앞 스툴에 앉았다. "네가 간이침대구나." 내가 말했다.

록우드가 고개를 끄덕였다. "대장의 특권이지."

"내가 이러려고 온 게 아니잖아." 킵스가 말했다. "무시무시한 유령? 딩동댕. 아침에 커빈스 옆에서 눈 뜨기? 땡."

"날이 저물자마자 여관 유령부터 처리해야겠어." 조지 또한 감정이 북받치는 양 말했다. "그러면 킵스든 나든 아래층 식재료 보관실에서 잘 수 있겠지. 다른 방문자들은 일단 기다리라 그래."

아버지 스키너가 아치형 출입구를 향해 고개를 까딱했다. "뭐, 여러분이 '우리' 유령에 관심이 있거든, 저기가 일이 벌어지는 데요. 저 밖 현관홀요. 빛을 내는 아이, 사람들이 그리 부릅디다. 거기 그 큰 문예요. 꼬마들이 노크 소리를 듣는다는 데가.”

“꾸며내는 거야!” 고함 소리에 우리는 뒤를 돌아봤다. 난롯가의 노인이 광란한 눈으로 우리를 노려보고 있었다. “그냥 바람이라고! 나무가 창문을 두드리는 거야! 밤에 치즈를 너무 먹어 그래! 허풍에 헛소리라고!” 노인이 맥주를 한 모금 마셨다.

“할아버지예요.” 대니 스키너가 속삭였다. “성 네스토르 교회 목사였어요. 심각하게 미쳐버리기 전까진. 너무 늙어서 유령을 본 적이 없고, 그래서 놈들의 존재를 믿지도 않아요. 그러다 보니 자연스레 유령 사냥꾼도 안 믿고요. 할아버지가 모욕하거든 그냥 무시하세요.”

“오, 입 닫고 꾹 참지 뭐. 그야 네 덕분에 연습도 많이 했고.” 록우드는 어둡고 조용한 복도를 가만히 내다보고 있었다. “좋아요. 이 한밤중의 방문자는 우리가 한번 볼게요. 올드 선에 다른 투숙객은 없나요?”

“손님은 여러분이 다요.” 아버지 스키너가 심술궂게 고개를 가로저었다. “올드 선, 오랜 태양이라니…. 자기한테 안 어울리는 이름이란 게 있는 법이죠. 이놈의 알드버리 캐슬보다 어두운 곳은 없어요. 있대도 난 안 보고 싶고. 잠깐 나랑 나갑시다.”

아버지 스키너는 들고 있던 찻수건을 어깨에 걸치고는 카운터 한쪽의 문을 밀고 나와 절뚝절뚝 여관 로비를 가로질렀다. 맥주를 더 내놓으라는 노인의 외침은 무시했다. 너도밤나무 숲을 막 벗어난 태양이 정원에 빛을 드리우고, 하늘은 시리고 창백한 파란색이었다. 저 멀리서 꼬마 둘이 놀면서 녹지의 기다란 풀들을 헤치고 다녔다.

“예전엔 풀도 깎고 그랬지. 이 녹지 말이오.” 우리가 뒤따라 밖으로 나가자, 아버지 스키너가 말했다. “근사하고 깔끔했죠. 그랬어요. 소풍을 하고, 밴드인가 뭔가도 오고. 물론 아무도 그런 데 더는 신경을 안 쓰지만. 이제 우리가 유일하게 함께하는 활동은 죽은 지 얼마 안 된 사람들 옷가지를 가져다 태우는 게 전부지. 그래 봐야 아무 소용도 없지만 말요. 사람보다 유령이 많아요, 알드버리 캐슬엔. 매일같이 더 많아지고."

아버지 스키너가 녹지 저편을 가리켰다. "저 밤나무 밑엔 머리 없는 여자가 걸어 다녀요. 나무 그림자들이 가장 짙은 곳 보이죠? 거기가 원래 그 여자 무덤 자리예요. 저쪽 얼룩진 땅엔? 교수대들이 있었어요. 몇 년 전에 우리가 없애긴 했는데, 아이들 말이 형상 하나가 아직도 서성인다더군요. 썩은 고기가 든 파이를 팔았다가 목 매달린 행상인의 유령이라던가."

"좀 가혹했네요." 조지가 말했다. "그 파이를 먹은 사람들의 짜증이 이해되기도 하지만. 또 뭐가 있나요?"

"교회에도 유령이 있죠, 물론. 사람들 말로는 피뢰침을 고치다 탑에서 떨어진 친구랍니다. 그리고 저쪽으로 쭉 보이죠? 거기 녹지 부근 집들 절반이 벌써 수년 째 비어 있어요. 백 년 전에 유행성 독감이 돌면서 편히 잠들지 못하는 영혼들을 집 안에다 너무 많이 남겨뒀거든. 그리고 저기가 오리 연못예요. 이십 년 전에 선생 하나가 저기서 목숨을 끊었지. 나도 기억하는 얘기라오. 베이츠 선생님, 슬프고 조용한 여인이었죠. 그랬어요. 누구한테 싫은 소리 한마디 못 하던 사람이었는데. 화창한 봄날 아침에 연못 가운데서 시신으로 발견됐어요. 기다란 머리칼이 이끼풀처럼 둥둥 떠서는…."

"오, 맙소사. 그래서 머리숱 엄청 많은 유령이 된 건 아니겠죠?" 조지가 말했다. "길고 검은 생머리의? 난 털 많은 유령은 진짜 못 견디는데. 문신 유령도 그렇고."

"조지."

"왜?"

"쉿."

"그밖에도 수십 개가 더 있어요. 우리가 사는 곳은 늘 세상의 끝이었죠." 아버지 스키너가 말했다. "이 세계와 다음 세계 사이의 경계가 얇아지는 곳이요. 딱히 놀랍진 않아요. 우리 역사를 생각하면."

"바이킹 전장 말씀인가요?" 록우드가 물었다. "위치가 어디였는지 혹시 아세요?"

"포터스 레인을 따라 올라가요. 저기, 교회 뒤로 보이는 길요. 숲을 통과하고 언덕 사이를 지나죠. 내가 어렸을 때도 농부들이 그쪽 들판에서 일하다 보면 이상한 뼈가 나오고 그랬어요. 이따금 탈곡기 날에 갈리기도 하고. 지금이야 로트웰 시설이 그쪽 땅 대부분을 정리했지만. 우린 담력 시험을 한답시고 숲에 들어가곤 했어요. 그럴 때면 새벽녘 밀밭의 안개 속에 선 전사들의 유령을 보게 됐죠. 소극적인 놈들이었어요. 속을 썩이는 법도 없었고. 요즘 방문자들과는 달리. 자, 여기서 일하느라 고생들 할 텐데 뭘 좀 먹어야지. 안 그래요? 살아 있는 동안엔? 내가 저녁으로 곱창순무스튜를 만들어줄 수 있는데."

"아…. 맛있겠네요. 다른 건 없나요?"

"스튜뿐이오."

"뭐," 아버지 스키너가 다리를 절며 천천히 안으로 들어가는 사이, 록우드가 기운차게 말했다. "마을 상황을 최대한 빨리 수습하는 게 모두한테 좋긴 하겠다. 그치?" 그가 미소를 지으며 우리를 둘러봤다. "킵스랑 조지를 위해서도 그렇고, 올드 선 여관에 정말로 유령이 있다면 일을 시작하기에 여기만큼 좋은 곳도 없겠어."

20

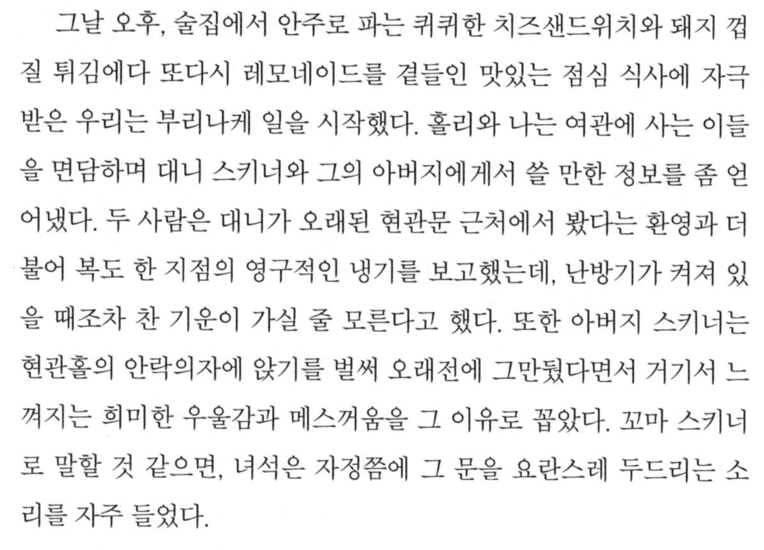

그날 오후, 술집에서 안주로 파는 퀴퀴한 치즈샌드위치와 돼지 껍질 튀김에다 또다시 레모네이드를 곁들인 맛있는 점심 식사에 자극받은 우리는 부리나케 일을 시작했다. 홀리와 나는 여관에 사는 이들을 면담하며 대니 스키너와 그의 아버지에게서 쓸 만한 정보를 좀 얻어냈다. 두 사람은 대니가 오래된 현관문 근처에서 봤다는 환영과 더불어 복도 한 지점의 영구적인 냉기를 보고했는데, 난방기가 켜져 있을 때조차 찬 기운이 가실 줄 모른다고 했다. 또한 아버지 스키너는 현관홀의 안락의자에 앉기를 벌써 오래전에 그만뒀다면서 거기서 느껴지는 희미한 우울감과 메스꺼움을 그 이유로 꼽았다. 꼬마 스키너로 말할 것 같으면, 녀석은 자정쯤에 그 문을 요란스레 두드리는 소리를 자주 들었다.

할아버지 스키너한테 들은 얘기 중엔 쓸 만한 게 전혀 없었다. 손자가 예견했듯 이 늙은 목사는 유령의 존재를 용납할 수 없었다. 그에게 냉점은 찬바람이었다. 유령의 노크는 배수관 물 떨어지는 소리였다. 우리의 경우엔, 그러니까 그에게 우리는 의뢰인의 눈을 속이는 파렴치한 장사꾼이었다. 그런 경멸에도 불구하고 할아버지는 우리

일에 매료된 듯했고, 낮 시간에 조사를 이어나가는 우리 주변을 편두통처럼 맴돌았다.

우리가 발견한 것들은 스키너 삼대의 진술을 대체적으로 뒷받침했다. 늦은 오후에조차 주요 현상들—주로 냉각과 소름 끼치는 공포—이 현관홀에서 감지됐고, 연결 문을 통과해 부엌까지 퍼졌다. 두 구역 모두 기존의 널돌이 깔린 곳이었다. 거길 제외한 1층의 다른 장소들은 별 문제가 없어 보였다.

거대한 현관문은 세월로 거뭇했다. 우리는 문의 빗장을 풀고 안팎을 모두 조사했다. 바깥 면에 긁힌 자국들이 있었지만, 그 원인이야 뭐든 될 수 있었다. 먼지 쌓인 바깥 현관 너머로 오솔길이 뻗어 있고, 그 끝의 철제 울타리를 넘으면 교회 마당으로 가는 길이었다.

오후가 끝나갔다. 저녁 식사 시간이 왔고, 스튜가 제공됐다. 우리는 바에 앉아 중간 문설주가 달린 창으로 어둑해져 가는 녹지를 내다봤다. 마을을 에워싼 나무들은 이제 검었고, 오래된 십자가가 저녁 마지막 빛을 받아 은은히 반짝였다. 전체적으로 음울하고 불길했다. 그건 스튜도 마찬가지였고.

"방문자들이 벌써부터 나와 있어." 록우드가 말했다. "저 밖에 보이지? 녹지 맞은편에? 희미한 형상 둘이 길가를 서성여."

록우드를 제외한 그 누구의 눈에도 안 보였지만, 그가 그렇다고 하면 그런 거였다. 그는 우리 중에 시각이 가장 뛰어났다. 여기서 우리란 시각이라 부를 만한 게 조금이나마 있는 사람들이고.

"뭐, 이 부분에서 난 세상 쓸모가 없으니까." 킵스가 말했다. 그는 숟가락으로 스튜를 휘휘 젓고 있었다. 그렇게 하면 뭔가 사람이 먹을 수 있는 걸로 바뀔지도 모른다는 양. "오늘 저녁에 내가 무슨 도움이 될지 모르겠다. 저 문 옆에 염소처럼 묶여 유령 미끼 노릇을 하지 않는 이상."

"그것도 사실 나쁘지 않은 생각인데요." 록우드가 말했다. "그냥 그렇게 해버릴까 싶기도 한데. 그 대신 조지가 제안할 게 있어요. 킵스를 위해서 뭘 좀 가져왔거든요."

"넵." 조지가 말했다. "이거 한번 써봐요." 그는 의자 등받이에 걸린 배낭을 뒤져 두꺼운 크리스털 렌즈가 달린 묵직한 고무 고글을 거창한 몸짓으로 끄집어냈다. 그걸 킵스에게 건넸고, 킵스는 말없이 넘겨받아 파리한 손에 놓고 이리저리 돌려봤다.

"이게 뭐야?"

"희귀하고 값비싼 물건이죠." 조지가 말했다. "내가 슬쩍한. 오르페우스 협회가 만들었고, 존 윌리엄 페어팩스가 사용했어요. 페어팩스 철강 전 회장요. 렌즈가 유리 대신 크리스털로 돼 있어요. 그 물건의 기능에 대해 내가 생각해 둔 게 있거든요. 일단 한번 써봐요."

킵스는 망설였다. "그러는 넌 써봤어? 뭐가 보였는데?"

"아무것도 안 보였어요. 하지만 어차피 날 위한 게 아녜요. 그쪽 같은 노친네를 위한 거지. 얼른 써봐요."

끝도 없이 툴툴거리면서 거기 달린 끈과 사투를 벌인 끝에 킵스가 고글을 썼다. 두꺼운 고무가 그의 얼굴 반을 가려주면서 우리 눈이 즉각적으로 정화되는 효과가 있었다.

"너희가 이 물건을 갖고 있단 걸 피츠 대표도 알아?"

"아뇨. 앞으로도 쭉 모를 거고요. 그만 좀 징징거리고 창밖을 봐요."

킵스가 눈길을 돌렸다. 그 즉시 뻣뻣이 굳었다. 그의 두 손이 고글 양옆을 움켜쥐었다. "녹지에서 어둑한 형상 셋이 보이는데…."

"고글을 치워도 보이나요?"

킵스가 눈에서 렌즈를 뗐다. "아니…, 아니. 사라졌어."

조지가 고개를 끄덕였다. "훌륭해요. 고글이 효과가 있는 건 킵스가 유령을 못 보는 사람이기 때문이에요. 무슨 원리인진 몰라도 크리스털이 눈을 도와 빛의 초점을 바꿔주는 거 같아요. 이게 뭐 하는 물건인지 알 수가 없어서 오랫동안 신경이 쓰였는데, 내가 멍청했어요. 오르페우스 협회엔 방문자와의 전쟁에 참전할 방법을 찾는 노친네가 한가득이거든요. 이런 발명품이 있으면 그럴 능력을 갖게 되죠. 그쪽도 마찬가지예요, 킵스. 심령적으로 멀었던 눈을 다시 뜨게 된 셈이라고요." 조지가 손을 내저었다. "별거 아녜요. 고마워하지 않아도 돼요. 적어도, 말로는요. 돈이면 좋을 거 같은데."

불빛 때문인지 그놈의 스튜 때문인지 몰라도 나는 킵스의 눈이 눈물로 그렁그렁한 걸 정말로 본 것 같았다. "무… 무슨 말을 해야 할지…. 이건…." 킵스가 말을 뚝 끊고 얼굴을 찡그렸다. "근데… 잠깐만. 이렇게 대단한 게 발명됐는데, 왜 세상 사람들이 다 하나씩 갖고 있지 않는 거지?"

나야말로 그것이 알고 싶었다.

"오르페우스 협회 사람은 그게 견본이란 식으로 말하더라고요." 조지가 설명했다. "막상 써보니 눈에 해롭다든가, 보이는 유령의 종류가 한정적이라든가 할 수 있는 거죠. 우린 알 수 없어요. 그래서 우리 대신 시험해 주면 좋겠어요, 킵스. 우리가 여분의 검도 챙겨 왔고요."

"아무리 그렇대도," 킵스가 접시 옆에 고글을 경건히 내려놓는데, 홀리가 말했다. "그게 옳은 일일까? 이렇게 중요한 물건들이 만들어지는데 그걸 아무도 모른다는 게?"

록우드가 고개를 가로저었다. "사실, 오르페우스 협회 문제에 있어선 우리가 아직 모르는 게 정말 많아. 차차 조사를 해봐야겠지. 하지만 당장 오늘 밤에 걱정해야 할 건 그게 아니니까." 그가 어둑한 현관홀을 가리켰다. "그중에서도 가장 큰 골칫거린 저 문을 두드릴 놈의 정체일 테고."

식사를 마치고 스키너 가족을 안전히 방으로 들여보낸 뒤, 우리는 장비를 모아 복도로 이동했다. 어둠이 내리고 밤이 깊어갔다. 우리는 이런저런 준비를 했다.

자정이 가까워지자, 분위기가 점점 가라앉으면서 다들 경계를 강화했다. 록우드가 가스등을 켰다. 우리는 가스등의 녹색 불꽃이 오래된 현관홀의 어둑한 줄무늬 벽지 위에서 깜빡이고 춤추는 모습을 지켜봤다.

"이거 상당히 무서운데." 킵스가 말했다. "하지만 커빈스랑 한 침대에 들어가는 거보단 무조건 나아." 그는 고글을 정수리에 얹어놓고 있었다. 가끔씩 눈으로 내려 현관홀 구석구석을 매섭게 노려봤다. "다들 준비된 거 같아?"

"이보다 더 준비돼 있을 수도 없죠." 록우드가 천장을 힐끗 올려다봤다. 천천히 서성이는 발소리가 들렸다. "이제 저 정신 나간 바보 양반만 자러 가면 되는데."

흉가에 사는 어른치고 이례적으로 할아버지 스키너는 그날 저녁에도 몇 번씩 다시 나타나 질문을 퍼붓고 걸리적거렸다. 그는 11시가 넘고서야 방으로 올라갔고, 보아하니 아직도 잠자리에 들지 않고 있었다.

"저 양반은 우릴 안 믿어요." 록우드가 말했다. "자기 손자도 안 믿는 사람이니까 뭐. 이것저것 직접 보고 싶어 하는데, 목사라는 사람이 그러니 좀 모순이기도 하죠. 다들 온도는? 여긴 16도야."

조지가 저쪽 계단 옆에 가 있었다. "17도."

"내 쪽은 12도." 홀리는 벽난로 근처에 서 있었다. 킵스가 있는 부엌문 옆도 12도였다.

"여긴 6도에다 계속 떨어지는 중." 나는 널찍한 현관문 왼쪽에 놓인 앤 여왕 시대 양식의 안락의자에 앉아 있었다. 초라한 장식 술이 달린 갓을 뒤집어쓴 키다리 스탠드 하나가 널돌을 어중간하게 비췄다. "여기가 중심이야. 우우! 봤어?" 스탠드 불이 깜빡거리다 꺼지고 다시 켜졌다. "전기 간섭도 있네."

"조명 꺼." 록우드가 주문했다. "그리고 다들 방어진으로 들어와." 우리는 복도 가운데에 근사하고 두툼한 쇠사슬로 커다란 방어진을 만들어둔 터였다. 여기 도착해서부터 느낀 거지만 이곳의 방문자는 강력했다. 우리는 모든 장비를 방어진 안에 안전히 넣었다. 조지와 홀리, 킵스와 내가 방어진에 합류하자, 록우드가 가스등 덮개를 내렸다. 위층 어느 램프에선가 나오는 어둑한 빛이 계단 밑과 근처를 비췄다. 그걸 빼면 내부는 컴컴했다.

"삐걱거리는 소리가 들려." 내가 말했다.

"위층에서 스키너 영감님이 돌아다니는 거뿐야. 제발 잠 좀 자면 좋겠는데."

홀리가 갑자기 생각난 듯 물었다. "록우드, 계단에 쇠사슬은 쳐놨어?"

"응. 할아버진 안전해."

현관문에서 조그만 소리가 들렸다. 문을 두드리는 것도 같고 긁는 것도 같았다. 우리는 그대로 굳었다.

"들었어?" 내가 소리 낮춰 물었다. 나는 늘 확인을 해야 한다.

"응."

"열 거야?"

"아니."

소리가 다시 들렸다. 이번엔 좀 더 크게. 찬 공기가 방을 휩쓸었다.

"그럼 이번에도 안 여는 거겠지, 아마?" 내가 말했다.

"넵."

낡은 떡갈나무문이 느닷없고 흉포하게 쿵쿵쿵 울렸다. 우리 다섯 모두가 자기도 모르게 뒷걸음질했다. "제기랄, '누군가'가 들어오고 싶다는데." 조지가 말했다.

"행운은 언제나 세 번째에 오니까." 록우드였다. "루시, 네가 행운의 주인공이 돼도 좋아."

내가 지금 이 시점에 방어진을 떠날 만큼 어리석다곤 생각지 마라. 어림없다. 찬란한 소년(그리고 이따금 찬란한 소녀) 사건들을 맡게 되는 경우가 종종 있는데, 놈들 앞에선 웬만하면 안 까부는 게 좋다. 놈들 대부분이 억울한 일을 당한 과거가 있고, 거기에 내내 불쾌해 있는 상태니까. 나는 놈에게 다가갈 마음이 없었다. 그리하여 아까 우리가 문고리에 묶어둔 줄을 잡아 부드럽게 당겼다.

줄이 팽팽해졌다. 문이 열렸다.

문밖은 고요한 한밤중의 잔잔하고 깊은 어둠이었다. 오솔길 너머 철제 울타리의 희미한 윤곽선이 보였다. 돌로 된 문간은 가운데가 닳아 살짝 파여 있었다. 기나긴 세월을 지나는 동안 여관을 찾아오고 떠나간 발들이 남긴 거였다.

지금은 발 따위 없지만. 문간엔 아무도 없었다.

"당연히 그러시겠지." 조지가 나직이 말했다. "벌써 들어와 있으니까."

그 말에 대답이라도 하듯 안락의자 근처 바닥 바로 위에서 희미한 빛이 확 타올랐다.

"보인다…." 킵스가 어느새 고글을 쓰고 있었다. 환희에 찬 공포로 굳어 속삭였다. "보인다고!"

처음엔 조그만 야광 구체 같은 형태였다. 내 손바닥 너비만큼도 안 됐다. 다른빛을 내며 자전하면서 한자리를 천천히 맴돌았다. 우리 눈앞에서 점점 부풀더니 조그맣고 빛이 나는 몸에 가늘디가는 팔다리가 달린 아이의 형체가 됐다. 아이는 너덜너덜한 외투와 바지를 걸쳤다. 외투 밑은 맨가슴이었다. 수척하고 영양이 부족한 얼굴에 크고 동그란 눈은 굶주려 보였다. 쇠사슬 뒤에서 지켜보는데 문득 숨 쉬기가 힘들었다. 찬 공기가 폐를 쏘고, 수 미터 깊이의 물이라도 되는 양 살갗을 압박했다. 빛을 내는 아이는 내가 조금 전까지 앉아 있던 안락의자와 몸의 뒷면이 겹쳐진 채 고개를 숙이고 서서 눈을 내리깔고 있었다. 순종적인 모습에서 수치심, 혹은 억울함이 느껴졌다.

기구하고 딱해 보였다. 나는 마음이 몹시 아팠다.

"희미한 소리가 들려." 내가 말했다. "누군가가 화나서 다그치는 듯한. 아무래도 어른 같아. 근데 소리가 너무 아득해."

"아주 오래전 일이란 얘기구나." 록우드가 말했다.

"놈은 밖의 저 철제 울타리를 절대로 통과 못 해." 조지가 속삭였다. "줄곧 여기 있었던 거야. 문을 두드리는 건 일종의 재연이야. 이 방에서 일어났던 걸 반복하고 있는 거지."

어떤 느낌인지 얘기해 줄까? 그처럼 먼 과거에서 오는 소리를 듣는다는 게. 그건 울퉁불퉁한 벽에 분필로 적힌 글자들을 보는 것과 비슷하다. 글자는 거의 완전히 지워졌다. 가장자리 약간, 획의 파편 몇 개는 남았으나 나머지는 죄다 닳고 사라져 원래의 메시지 전체를 알아낼 가망이 없는 거다. 그건 또한 주파수가 안 맞는 라디오 같기도 하다. 뚝뚝 끊기는 소리들이 뭔가를 의미한다는 건 알지만 그게 뭔지는 모르는. 거기 서서 귀를 기울이는데 마음이 답답했다. 아이가 뭘 들었는지 나도 듣고 싶었다. 힘없는 조그만 형상이 선 자리에서 자꾸만 움찔거리기에 나는 아이가 폭언을 듣고 있는 것이리라 짐작만 했다.

"진짜 미안." 내가 숨죽여 말했다. "무슨 말인지 못 알아듣겠어…."

"걱정 마." 록우드는 벨트의 산탄통을 뜯기 좋게 푸느라 정신없었다. 이따금 고개를 들고 방문자가 움직이지 않았는지 확인했다. "이제부터 중요한 건 놈이 어디로 가는지 보는 거야. 여길 떠나면 뒤쫓아야지. 정체가 뭘까, 조지? 찬란한 소년?"

"그런 거 같아." 조지는 레이피어를 빼 든 참이었다. 아이에게서 흘러나오는 빛에 검이 근사하게 반짝였다. "2급령이야. 놈이 뭐든 시도하면 찔러야 돼."

"보인다…." 킵스가 다시 말했다. "이렇게 환영을 보는 게 정말 몇 년 만인지!"

"글쎄, 너무 들뜨진 마요." 록우드가 킵스에게 말했다. "놈이 무슨 짓을 하려 들지 모르는데."

이따금 아이가 고개를 들었다. 자기 앞에서 말하는 게 누구든 아무튼 그 사람을 공포 섞인 눈으로 힐끗거렸다. 그 눈길을 따라 벽난로로 눈을 돌린 나는 한 가지에 주목했다. 방의 다른 곳들은 유령의 파리하고 바들거리는 광채로 환한데 벽난로 앞은 여전히 컴컴했다. 나는 그 검고 좁은 공간이 자꾸만 신경 쓰였고, 거기 누가 서 있었을까 궁금했다. 하지만 다그치는 목소리가 뱉은 말들처럼 목소리 주인의 정체 또한 영원히 잊히고 사라졌다.

"움직인다." 록우드가 말했다. "대기해."

아이는 머무적거리며 부유하듯 방을 가로질렀다. 우리 쪽으로 방향을 틀고, 고개는 숙인 채 커다란 눈으로 바닥을 뚫어져라 봤다. 갑자기 고개를 쳐들었다. 가느다란 두 팔을 들었다. 얼굴을 보호하려는 듯. 그리고 사라졌다. 방이 컴컴해졌다. 우리는 거기 서서 눈을 끔뻑였다. 하지만 나는 아이의 빛이 나가기 직전, 정말 고집스레 검게 남아 있던 벽난로 앞 어둠이 움직이나 싶더니 아이에게 달려드는 걸 본 것도 같았다.

"끝난 걸까?" 홀리가 속삭였다.

나는 고개를 가로저었다. 컴컴한 방에서 아무 소용없는 몸짓이었지만 이미 해버린 걸 뭐. "아니. 가만히 기다려…." 방의 분위기가 달라지지 않았다. 존재는 여전했다. 그리고 아니나 다를까, 빛을 내는 아이가 앤 여왕 안락의자 앞의 원래 자리에 와 있었다. 아까랑 똑같이.

"반복이야." 록우드가 말하며 하품을 참았다. "밤새 계속될 수도 있어. 누구 껌 가진 사람?"

"루시한테 있어." 조지가 말했다. "그게, 마지막 한 개지만, 아무튼. 내가 다 바닥내 버렸거든, 루스. 미안."

나는 대답하지 않았다. 아이에게 가닿으려 정신을 집중하고 있었다. 헛된 희망이었다. 아이와 닿으려면 멀리서 들리는 외침들을 무시하고, 과거의 공허를 더 깊이 파고들고, 쇠사슬의 심령 간섭을 극복해야 할 거였다. 늘 그렇듯, 그게 문제였다. 쇠사슬이 방해가 된다는 것.

바로 그때 툴툴거리는 목소리—시끄럽진 않지만 돌발 상황인 탓에 귀에 몹시 거슬리는—가 난입했다. "그 아래 무슨 일이야? 왜 이렇게 어둡지?"

우리 고개가 홱 돌아갔다. 계단통에서 가느다란 형태의 윤곽이 보였다. 할아버지 스키너, 늙고 혼란에 빠진 목사가 전등 스위치로 손을 뻗었다.

"어르신!" 록우드가 외쳤다. "물러서세요! 복도에 내려서면 안 돼요!"

"왜 이렇게 어둡지? 뭐 하는 거야?"

"어째 슬픈 예감은 틀리질 않냐?" 조지가 말했다. "영감님이 쇠사슬을 넘었어."

나는 빛을 내는 아이를 돌아봤다. 어느새 자세가 변했다. 쓸쓸하고 황폐한 표정은 사라졌다. 고개가 돌아가 있었다. 계단을 쳐다보며 새롭게 몰두해 있었다. 두 눈이 깊은 우물 같았다. 그리고 방을 가로지르기 시작했다….

눈부신 빛이 우릴 덮쳤다. 가혹하게 쏟아지는 전깃불에 눈을 뜰 수 없었다.

"아악! 불 끄세요! 불 끄라고요!"

"앞이 안 보여…."

"무슨 장난질이야?" 노인이 말했다. "거긴 아무것도 없는데…."

"어르신 눈에 보이는 게 없을 뿐이죠, 이런." 록우드가 욕을 뱉으며 방어진 쇠사슬을 뛰어넘어 계단으로 내달렸다. 나도 방어진 밖으로 나갔다. 여전히 앞이 잘 안 보이는 채로 대충 어림짐작해 현관홀 가운데 널돌로 소금탄을 던졌다. 홀리와 조지도 그렇게 했다. 별 모양을 닮은 불꽃이 세 번 폭발하고, 눈 같은 소금이 세 번 산란했다.

록우드가 벽에 가 있었다. 스위치를 쑤셨다. 어둠이 돌아왔다.

그리고 그의 바로 옆에 빛나는 소년이 있었다. 조그만 손가락을 노인의 목으로 내뻗으며.

록우드가 할아버지에게 뛰어들어 그를 몸으로 막아섰다. 레이피어를 내둘렀다. 유령이 물러나고, 이리저리 휙휙 검을 피하고, 휑한 눈구멍으로 응시했다. 록우드와 노인이 근처 장식용 테이블로 넘어지며 성냥개비로 만든 크고 정교한 돛단배 모형을 쳤다. 배가 빙글빙글 돌며 미끄러지더니 테이블 끝에서 아슬아슬 멈춰 섰다.

록우드의 검은 어찌나 빠른지 눈에 보이지도 않았다. 눈속임하고 비키고 덤벼드는 유령의 손을 속속 쳐냈다. 조지와 내가 달려가선 허공에 검으로 문양을 그려 테이블 위에다 철벽을 쳤고, 그걸 아이는 뚫을 수 없었다. 유령은 회전하는 레이피어들 사이의 비좁은 공간에 붙박였다.

이제 킵스가 등장하실 차례였다. 고글을 번쩍이면서. 그는 소금탄을 들고 있었다. 그걸 천장에 힘껏 던져 유령에게 소금 폭우를 내렸다. 철벽과 소금의 조합이면 충분했다. 유령이 몸을 떨었다. 애처롭고 가느다란 단편들로 쪼개지고 박살 나 허공에서 춤췄다.

모형 배가 떨어졌다. 바닥을 때리고 백만 개는 되는 조각으로 분해됐다.

유령의 파편들이 희미해졌다. 광채가 한데 모여 소용돌이치는 빛의 가닥이 돼선 현관홀을 가로질러 날아 부엌 입구의 어느 널돌 아래로 가라앉았다.

방에 어둠이 내렸다.

"환상적이야…." 킵스의 목소리였다. "정말 얼마나 오랫동안 이러고 싶었나 몰라."

록우드가 전등 스위치를 켰다. "오케이." 그가 명랑하게 말했다. "이제 불 켜도 돼요, 어르신."

사건의 마지막 장면만 놓고 따지자면 우리가 봐온 중 가장 점잖은 마무리는 아니었다. 휘둥그런 눈의 늙은 목사가 어리둥절하고 멍들고 숨이 가쁜 채로 장식용 테이블에 널브러져 있었다. 그의 복부엔 록우드의 팔꿈치가 박히고, 잠옷에는 편지꽂이가 끼고, 노인이 유독 따랐던 할아버지가 만든—이 사실은 나중에 알게 됐나—성냥개비 쾌속 돛배의 파편들이 온 사방에 흩어져 있었다.

그나마 다행인 건 노인이 끙끙 앓으며 쉼 없이 주절대는 소리를 우리가 못 알아듣는단 거였다.

그래도 나는 시도해 봤다. 듣기에 노인이 그리 행복한 것 같진 않았다.

"오, 불평 좀 그만해요." 내가 쏘아붙였다. "어쨌든 살아 계시잖아요. 아녜요?"

"네. 배가 망가지긴 했죠." 조지가 말했다. "하지만 그 덕분에 흥미진진한 3D 조각 퍼즐이 생겼잖아요. 세상사에 밝은 면은 늘 있는 법예요. 찾아볼 마음만 있다면."

노인은 그럴 마음이 없었다고 해도 무방하다.

21

이튿날 아침, 우리는 사건을 마무리했다. 스키너 목사가 방에 갇혀 있는 동안 킵스와 록우드가 쇠지렛대를 가져다 부엌문 아래 널돌을 뜯어냈다. 삼십 분 동안 땅을 판 끝에 작은—어린아이의—뼈들과 넝마 같은 천 조각을 찾아냈다. 조지는 이들을 18세기 것으로 추정했다. 그의 가설에 따르면 소년은 거지였고, 이곳 문을 두드렸다가 누군지는 모르겠으나 아무튼 집주인에게 붙들려 강도를 당하고 살해된 뒤 돌바닥 밑에 유기됐다. 내 생각엔 거지가 강도를 당할 확률이 얼마나 될까 싶었지만, 이 아이가 흔치 않게 성공한 거지였을 수 있으니까. 그전까지는, 아무튼. 하여간에. 어차피 모를 일이었다.

그렇게 올드 선 여관이 정리됐다. 알드버리 캐슬의 유령 하나를 제거한 거다. 거기 간 지 하루도 안 돼서. 그 덕분에 다들 기분이 좋았다. 대니 스키너도—바닥에 묻힌 뼈를 보고 눈이 튀어나오는 줄 알았지만—무척 기뻐했다. 늦은 아침 식사를 마친 뒤, 녀석은 마을 구경을 시켜주겠다고, 우리가 기대해도 좋을 초자연적 하이라이트들을 소개하겠다고 자원했다.

우리가 처음 들른 곳은 여관 옆 교회였다. 방치된 듯 보이는 이 건물은 차돌과 벽돌로 지어졌고, 짤막한 탑과 방수포에 덮인 제의실이 딸려 있었다. 딱 봐도 아주 오래된 교회 마당은 일부는 돌담으로, 일부는 둔덕에 세운 울타리로 둘러싸여 있었다. 묘비들은 녹지의 십자가와 같은 재질로 만들어졌고, 모서리가 둥그스름하게 마모된 데다 비문은 닳아 사라진 게 많았다. 몇몇은 극단적인 각도로 기울어 있고, 그중 한둘은 아예 쓰러져 있었다. 평화로운 곳이었다. 인적이 끊기고 풀들이 웃자라긴 했지만.

"여기가 어정거리는 그림자가 돌아다니는 곳예요." 대니 스키너가 말했다. "꼬마 헤티 플린더스가 여기서 봤대요. 그림자가 명령하니까 죽은 자들이 무덤에서 일어났다나. 여길 우선순위로 놓고 생각하셔야 할 거예요, 록우드 대표님." 우리가 찬란한 소년을 성공적으로 처리한 뒤 소년의 적대감은 사라졌다. 녀석은 우리 옆에 딱 붙어 자랑스레 행진하는 돌출귀의 치어리더였다. "대표님이면 처리하실 수 있죠. 까짓것 문제없어요."

"너도 여기서 그 그림자를 봤다고 하지 않았어?" 록우드가 돌탑을 올려다봤다. 창백한 하늘을 떼까마귀가 선회했다.

"난 아네요. 내가 본 건 동쪽 숲에서죠. 포수의 정상에서요. 저기 저 길이 이어지는 곳인데, 보이시죠? 길 따라 800미터쯤 가면 나와요. 거기서도 영혼들이 놈을 따라다니고 있었어요. 교회 마당의 죽은 자들이랑 비슷해 보였죠. 허옇고 형체도 없는 것들이 어정거리는 그림자의 불타는 망토에 휩쓸려 다니던걸요. 뭐, 대표님도 직접 보시게 될 거예요." 대니 스키너가 덧붙였다. 조지의 회의적인 콧방귀는 안 들리는 양. "대표님이 손볼 거예요. 그럴 거예요."

"헤티 플린더스와 잠시 얘길 해봐도 괜찮겠는데." 록우드가 말했다.

"그건 못 도와드려요. 헤티는 유령접촉을 당했거든요. 사람들이 그 애 집 밖에서 발견했죠. 제일 좋아하던 파란색 원피스를 입고 있었어요. 딱하게도. 그 대신 동네의 다른 꼬마들한테라도 물어보면 내 얘기가 맞단 걸 확인할 수 있을 거예요. 계속 가볼까요?"

포터스 레인으로 내려서는데 자동차 엔진 소리가 알드버리 캐슬의 평화를 깨트렸다. 자동차 세 대와 범포로 지붕을 씌운 조그만 트럭이 기차 정차역 방면 숲에서 등장했다. 속도를 줄여 다리를 건너면서 도로에 잘못 들어선 거위 떼에다 경적을 울리고는 녹지를 질주했다. 자동차들은 검은 색이었다. 트럭 범포 옆에 로트웰의 사자가 인쇄돼 있었다. 올드 선 여관에서 우회전한 이 수송대는 길을 따라 올라가 교회를 지나고 동쪽 숲으로 들어갔다. 웃음기 없는 얼굴의 사람들이 지나가며 우리를 내다봤다. 소리가 희미해졌다. 뭉게뭉게 피어오른 먼지가 서서히 가라앉았다.

"전에 말씀드린 로트웰 일당예요." 대니 스키너가 풀밭에 격정적으로 침을 뱉었다. "연구소로 가는 길인가 보네요. 저 인간들한테 우리 따윈 안중에도 없어요. 저것들은 대행사도 뭣도 아녜요. 록우드 심령 회사랑은 완전히 딴판이죠. 아무것도 안 해준다니까요."

"그렇군…." 록우드는 동쪽 숲을 올려다보고 있었다. "대니, 네가 이 세 사람을 데리고 마을 소개를 계속해 주면 좋겠어. 마을의 나머지 부분을 보여줘. 루시랑 난 포수의 정상에 얼른 다녀올게. 네가 어정거리는 그림자를 봤다는 곳 말야. 거기 분위기를 한번 살펴보고 싶어. 곧 뒤따라갈게."

록우드와 나는 단출한 일행이 우리 없이 길을 재촉하는 모습을 지켜봤다.

"포수의 정상이 궁금해서 이러는 거 아니지. 그치?" 내가 물었다.

"숲? 거기야 그냥 나무 많은 곳이겠지. 아니, 난 그 너머에 뭐가 있는지 보고 싶어. 고대 전투가 벌어졌던 들판 말야. 가자."

우리는 교회 아래에서 길을 따라 걷기 시작해 마을을 벗어나고 숲에 들어섰다. 길은 당장이라도 무너질 듯한 몰골로 좁다란 개울을 가로지르는 나무다리를 지났다. 그 뒤에는 대니 스키너의 말대로 꾸준히 높아지는 경사면의 떡갈나무와 너도밤나무 사이를 그런대로 곧게 올라갔다. 숲은 아직 겨울 색을 띠고 있었다. 회색과 갈색 망토에 덮여 있었다. 하지만 여기저기서 봄의 부활이 시작되는 중이었다. 밝은 싹들이 대지를 뚫고 나오고, 나무에선 더없이 희미한 녹색 아지랑이가 보였다.

그리 힘들 것 없었다. 그 봄날 아침에 록우드와 함께 시골을 걷는 건. 공기는 맑고 상쾌했으며 새들은 자기 일로 바빴다. 목숨을 부지하려 달리고 싸우는 것과는 근사하게 달랐다. 록우드는 말이 별로 없었다. 정신이 산란했고 생각에 잠겨 있었다. 나도 익히 아는 징후들이었다. 그는 추격의 전율에 사로잡혀 있었다. 나? 나는 우리가 나란히 함께 산책할 수 있어서 마냥 행복할 뿐이었다.

얼마 뒤 우리는 왼쪽의 가파른 경사지를 가르고 들어가 툭 트인 채석장으로 이어지는 비좁은 길에 도달했다. 풀로 덮인 길가에서 단정한 돌무덤과 어디선가 꺾어 온 꽃을 발견했다. 돌무덤 위에 나무 십자가와 어느 남자의—이제는 빗물에 색이 바랜—사진이 놓여 있었다.

"누군가가 여기서 유령접촉을 당했나 봐." 내가 말했다. "아님 저 채석장에서 사고가 있었거나."

"유령접촉일 확률이 높지." 록우드가 험악한 표정을 지었다. 그는 깎여서 속이 훤히 드러난 바위 표면을 건너다봤다. "이 근방 사람들은 다 그걸로 죽으니까."

우리는 침묵 속에서 계속 걸었다. 숲을 800미터가량 걷자 드디어 환하고 넓게 트인 땅이 나왔다. 록우드가 속도를 줄였다.

"지금부턴," 그가 말했다. "나무 사이로 가는 게 좋겠어. 조심하는 차원에서."

길에서 벗어나 경사지의 나무들을 헤치고 올라간 지 얼마 안 돼 우리는 숲이 우거진 산등성이—추정컨대 '포수의 정상'—에 올라섰다. 거기선 저 아래 땅이 내려다보였다. 군데군데 시야에 아무것도 걸리지 않는 장소들이 있었지만, 록우드는 거길 피해 다녔다. 나무 그림자를 벗어나지 않고 몸을 숙여 낮은 자세를 유지하면서 소리 없이 움직였다. 나는 최선을 다해 뒤따랐다. 마침내 우리는 산등성이 끝의 축축한 풀밭을 침대 삼아 함께 누웠다. 저 아래서 로트웰 연구소 부지가 보였다.

연구소는 좀 멀찍한 곳, 버려진 들판의 광활한 평지 가운데에 있었다. 그 주변을 낮은 언덕들이 둘러쌌다. 오래전, 전투에 최적의 장소였다는 게 눈으로도 보였다. 이 천연의 분지에서 두 군대가 뒤엉킨 모습이 상상됐다. 장관이었을 거다. 다른 건 몰라도 지금 우리 앞에 보이는 것보단 훨씬 장관이었을 거다.

내가 뭘 기대했는지는 나도 모르겠다. 거대하고 번쩍번쩍한 건물쯤이었을까. 리젠트 스트리트의 전면이 유리에다 호화로운 로트웰 빌딩과 클러켄웰 소각장을 섞은 것처럼. 아무리 못해도 엄청 커다란 창고 단지에 스포트라이트가 환히 쏟아지며 조사관 수십 명이 바삐 돌아다니는 장면 정도는 보게 될 줄 알았다. 하지만 내 눈앞에 펼쳐진 광경은 그렇지 못했다. 우리 아래서 굽이져 나가는 도로가 관목이 우거진 들판을 지나 시시하게 모인 금속 건물들 앞에서 끝났다. 건물들은 아무렇게나 배치돼 있고 잠시 쉬는 소 떼처럼 멋대로 모여 있었다.

아주 값싸고 빠른 설치가 가능한 일종의 격납고들 같았다. 지붕 대신 골철판을 씌웠고 창문도 몇 개 없었다. 건물들 사이의 땅은 평평히 다져 만든 자갈밭이었다. 밤에 불을 밝힐 키 큰 투광조명등이 두어 개 서 있었는데, 축 늘어진 전선들이 추레하고 방치된 분위기를 풍겼다. 그 모두를 울타리 한 겹이 두르고 있었다. 아까 마을을 지나간 차량들이 울타리 문 바로 안에 주차돼 있었다. 사람은 아무도 안 보였다.

"보기엔… 허접한데." 내가 말했다.

"그렇지?" 나직하게 말했지만, 나는 록우드의 목소리에서 흥분을 들었다. "하지만 로트웰 연구소는 분명 여기서 아주 바쁘게 움직이고 있어. 옛 전장 한복판에 커다란 임시 격납고를 놓고 떠들썩하게 난리를 피울 일이 뭘까. 궁금한걸…."

"네 생각엔 여기가 '피에 젖은 땅' 같아?"

"어쩌면. 한 가지 확실한 건, 여기서 벌어진 학살극이 뭔지 몰라도 지금 저들이 하는 일에 유리하게 작용한단 거야. 뭐, 날이 이렇게 밝아선 우리가 할 수 있는 게 없지. 울타리가 그렇게까지 실해 보이진 않지만. 밤에 절단기 하나만 가져오면 바로 들어갈 수 있을 듯한데…." 록우드가 나를 봤다. "한번 해볼래?"

"해볼래. 해골이 안에 있을지도 몰라."

"그렇게 말할 줄 알았어, 루스." 록우드가 햇빛 쏟아지는 풀 사이로 내게 미소를 지었다. "진짜 옛날로 돌아간 거 같네."

거기 누워 있는 게 얼마나 따뜻하고 편안하던지. 태양은 내가 생각했던 것보다 훨씬 강렬했다. 나는 거기 좀 더 있어볼 수도 있었지만, 우린 다른 애들이 어쩌고 있는지 확인해야 했다.

우리는 세 사람을 여관에서 찾아냈다. 그들은 카운터 앞 한쪽 구석에 앉아 어쩐지 좀 넋 나간 표정을 짓고 있었다. 그들의 알드버리 캐슬 구경은 마을 주민 절반이 쏟아져 나와 유령과 출몰에 얽힌 간절한 사연들을 융숭하게 대접하는 것으로 끝이 났다. 홀리는 최선을 다해 모두를 진정시켰다. 그들을 여관으로 불러와 각자의 사연을 체계적인 방식으로 설명하도록 했다. 다음으로 킵스가 자세한 내용들을 정리해 기록하고, 조지가 각 현현을 지도에 깔끔한 빨간 점으로 표시했다. 마지막 주민이 떠났을 때 킵스 앞엔 휘갈겨 쓴 메모가 더미로 쌓였고, 조지의 지도는 수두라도 앓은 양 보였다. 그중에서도 점 세 개엔 검은색 동그라미가 표시돼 있었다.

"어정거리는 그림자의 목격 장소를 표시한 거야." 홀리가 말했다. "여기가 교회 마당, 여기는 마을 끝 고분 근처. 그리고 여기는 녹지. 녹지의 경우엔 여자애들 둘이 그러는데 십자가 근처를 걸어 다니는 '크고 불타는 남자'를 봤대. 하지만 어정거리는 그림자는 우리 문제의 극히 일부일 뿐야. 여기엔 유령이 정말 너무 많아, 록우드. 우리가 이걸 다 어떻게 처리해야 할지 모르겠어."

"이제 그걸 결정해 봐야지." 록우드가 말했다. "수고했어, 다들. 아주 훌륭한 자료야. 일단 뭘 좀 먹자. 그런 다음에 우리가 알게 된 사실들을 분석해 보자고."

저녁이 됐을 때쯤 우리는 그럴싸한 작전 본부를 꾸며놓고 있었다. 도구 가방을 점검하고 저녁 식사도 준비했다. 또다시 스튜가 제공됐지만, 자비롭게도 조지가 마을 상점들을 돌며 과일과 고기파이, 소시지빵을 추가로 구해 왔다. 우리는 카운터 앞 한쪽 구석—할아버지 스키너의 난롯가 자리에서 최대한 먼 곳—을 징발하고 테이블 몇 개를 끌어다가 제대로 된 작전 데스크를 만들었다. 그 가운데에 조지의 지도를 펼치고, 옆에는 킵스의 메모를 뒀다. 그것들을 연구했다. 홀리 말대로 만만찮을 앞날에 정신이 번쩍 들었다.

"며칠 밤이 걸릴 거야." 록우드가 마침내 입을 열었다. "팀을 나눠 움직이고 이 집 저 집을 체계적으로 돌아야 해." 그가 고개를 들었다. "방금 뭐지?"

"밖에 차가 서 있는데." 킵스가 말했다. "누가 들어온다."

록우드는 얼굴을 찡그리며 창문을 쳐다봤다. 그 순간 출입문이 열리면서 차갑게 소용돌이치는 밤공기와 술집 정원의 화로에서 타오르는 라벤더 냄새가 들이쳤다. 덩치 큰 남자가 안으로 들어섰다. 그의 뒤에서 문이 덜컹거리며 닫혔다.

술집에 정적이 흘렀다. 우리는 새로 온 손님을 쳐다봤다. 아까 문을 통과하느라 굽혀야 했던 몸을 꼿꼿이 세운 그의 헝클어진 금발이 천장을 스쳤다. 이제 중년도 끝나가는 이 건장하고 잘생긴 남자는 체격에서 느껴지는 존재감이 굉장했다. 강인해 보이는 턱에 광대뼈가 크고 높았다. 값비싼 정장과 양모 안감을 댄 묵직한 겨울 외투를 입고 녹색 운전 장갑을 꼈다. 그의 움직임은 신중하고 느긋했다. 특권을 누리는 자의 분위기를 짙게 풍겼다. 연초록 눈동자가 실내를 훑었다. 그리고 단박에 우리에게 고정됐다. 남자가 이쪽으로 다가왔다.

물론 우리는 그가 누군지 잘 알았다. 런던 곳곳을 그의 포스터가 도배하고 있었으니까. 그 사진들 속에서 그는 한결같이 미소를 지었다. 그랜드피아노 건반 못지않은 너비로 입을 찢어 활짝 웃고, 에메랄드 같은 눈을 반짝이고, 자기 연구소의 기발한 사람들이 고안한 기발한 물건들을 내밀었다. 이따금 만화 캐릭터 사자와 팔짱을 끼고 있기도 했다. 사실 실물로 만나는 스티브 로트웰 또한 어딘가 만화 캐릭터 같은 느낌이 있었다. 덩치 큰 남자답게 팔이 두껍고 어깨가 떡 벌어졌지만, 아래로 갈수록 몸이 급격히 가늘어져서 다리를 지나고 나면 조그맣고 아기자기한 발이 나오는 게 그랬다. 가만 보면 만화 캐릭터 불도그와도 비슷한 점이 참 많았다. 그런 게 재미있다는 생각을 나는 딱히 못 했지만. 그가 검으로 누군가를 찔러 죽이는 걸 두 눈으로 본 입장에서.

스티브 로트웰이 의자를 뒤로 당기고 우리 맞은편에 앉았다. "누가 앤서니 록우드지?"

록우드는 환영의 표시로 어정쩡하게 서 있던 참이었다. 이제 그도 자리에 앉아 정중히 고개를 끄덕였다. "접니다. 다시 인사드리게 돼 기쁩니다. 작년 거리 축제에서 잠깐 뵀었죠. 루시와 조지, 홀리도 기억하실 테고요."

스티브 로트웰은 그런 부류의 남자였다. 다리를 쩍 벌리고 의자에 기대앉는, 그처럼 지배적인 자세가 몸에 밴 남자. 로트웰이 장갑을 벗어 테이블에 툭 던졌다.

"홀리 먼로는 기억하지. 내 밑에서 일했으니까. 나머지 자네들도 기억해. 퍼넬로프 피츠의 하수인들 아닌가."

록우드가 한쪽 눈썹을 추켜올렸다. "무슨 말씀이신지?"

"피츠의 몸종이 따로 없잖나. 그 여자 장단에 춤추고. 피츠의 하수인들. 난 알아."

"터무니없는 말씀이군요." 록우드가 주위를 둘러보다 킵스를 포착했다. "음, 아닌 게 아니라 저기 저분은 최근까지 그렇긴 했죠. 하지만 나머지 우린 완전히 독립적으로 일합니다. 음료 드시겠어요?"

"커피로 하지." 스티브 로트웰이 말했다. "먼 길을 왔어."

"커피 좀 주시겠어요, 스키너 씨?" 홀리가 물었다. 카운터 뒤에서 휘둥그런 눈으로 지켜보던 주인장이 토끼처럼 펄쩍 뛰어 사라졌다.

"출출하면," 조지가 말했다. "스튜도 좀 있을 텐데."

로트웰은 조지를 무시했다. 딱히 서두르는 기색 없이 외투 단추를 풀고 의자에 기대앉아 록우드를 뜯어봤다. "록우드 선생," 그가 말했다. "여기서 뭐 하는 거지?"

"차를 마시면서 지도를 보고 있죠. 아주 신나진 않아요."

"내 말은 여기, 알드버리 캐슬에서."

록우드가 미소를 지었다. "대표님이 못 보고 놓치신 모양인데요. 물론 대표님은 신경 쓸 문제들이 많을 테니까요. 아무튼 이 마을에 위험한 유령 군집이 활개를 치고 있어요. 우린 그걸 해결하러 왔습니다."

"왜 굳이 자네들이 와야 했지? 자네들은 런던 대행사잖아."

"마을 주민들의 요청을 받았습니다. 도움이 절실했던 사람들요."

스티브 로트웰은 그런 남자였다. 거물 혹은 미남으로 여겨지는 젊은 시절을 보낸 덕분에 일상에서 미소에 열심일 필요를 거의 못 느껴본 남자. 결과적으로 그의 얼굴엔 움직임이랄 게 별로 없었다.

그가 말했다. "알다시피 알드버리 캐슬은 내 연구 시설과 아주 가까워. 넘어지면 코 닿을 곳이라고 할까. 우린 알드버리를 우리 구역으로 생각하고 있지."

록우드는 담백하게 웃으며 아무 말도 하지 않았다.

"통상적인 예의란 게 있어." 로트웰이 말을 계속했다. "대행사끼리는 서로의 영역을 존중해. 각자의 사건, 각자의 의뢰인, 각자의 영향권…. 우리 모두가 고수하는 무언의 규칙이란 게 있지. 그런 상황에서 자네들을 여기서 이렇게 보다니 놀랍군. 이제 내가 문제점을 짚어줬으니 내일 알드버리 캐슬에서 철수할 걸로 알고 있겠네."

"제가 듣기로는 말입니다, 대표님." 록우드가 말했다. "대표님 직원들이 이곳 군집 관련 업무에 착수했고, 아무런 조치도 하지 않기로 결정했습니다. 그런 상황에서 우리 행동은 대단히 정당하고 합리적이라고 생각하는데요."

"여길 떠나지 않겠다?"

"물론입니다."

정적 속에서 아버지 스키너가 블랙커피 한 잔과 우유가 든 조그만 주전자를 가져와 테이블에 내려놨다.

"고맙소. 잠깐." 스티브 로트웰은 재킷에 손을 넣어 지갑을 꺼내선 빳빳한 지폐를 골라 아버지 스키너에게 눈길 한번 주지 않고 건넸다. 주인장이 물러가기까지 기다렸다가 묵직한 손가락을 찻잔 손잡이에 걸었다. 마시지는 않고 검은 액체를 빤히 보기만 했다. "꽤 정평이 나 있더군, 록우드 선생."

"고맙습니다."

"본인이랑 상관없는 일에 참견하기로 정평이 났어."

"정말요?" 록우드가 미소를 지었다. "그런 얘길 어디서 들었는지 여쭤도 될까요? 데리고 계신 직원이나 동료들이 불평이라도 하던가요? 이름이 뭔가요? 제가 아는 사람일 수도 있어서요."

"이름은 없어. 일반적으로 받아들여지는 사실이지. 그 말은 곧," 스티브 로트웰이 말했다. "중요하고 까다로운 연구가 계속되는 내 시설 근처에 자네가 불쑥 나타났단 걸 알고 나니 우려스럽단 거지. 자네가 대행사 업무의 적절한 범주를 벗어나 권한 밖 문제에 참견하고픈 유혹을 느낄까 걱정이라고." 그는 손을 들어 커피를 단숨에 들이켜고 찻잔을 내려놨다.

잠시 침묵이 흘렀다. 록우드가 말씽을 시작했다. "무슨 말인지 조금이라도 알아들었어, 루스?"

"전혀."

"조지, 넌?"

"답이 없어. 딴 나라 말 듣는 거 같아."

"네. 그렇게 에둘러 말씀해선 안 될 거예요, 대표님." 록우드가 말했다. "여기 있는 조지도 종종 제가 이해 못 하는 거창한 말을 쓰기 일쑨데, 그런 녀석조차 대표님 말씀을 알아듣기 힘들어하잖아요. 그게 뭔가요? 우리가 안 했으면 하시는 게?"

스티브 로트웰이 짜증스러운 기색을 했다. "여기 군집을 처리하러 왔다고?"

"그렇습니다."

"그게 유일한 관심사다?"

"안 그럴 이유가 있습니까?"

스티브 로트웰이 끙 소리를 냈다. "그건 내 질문에 대한 답이 아냐."

"글쎄, 그렇게 말씀드릴 수밖에 없겠는데요." 록우드가 말했다. "대표님, 알드버리 캐슬은 대표님의 '구역'도, 대표님의 '영역'도, 대표님의 '엎어지면 코 닿을 곳'도 그 무엇도 아닙니다. 제가 이 마을 유령들의 정리를 돕는 데 이의가 있으시면 DEPRAC에 공식적으로 불만을 접수하고 처분을 기다리면 될 일입니다. 그 전까지 전 여기서 자유롭게 행동할 수 있고요. 그러기까진 아직 시간이 있으니 커피를 한 잔 더 하시면서 로트웰 연구소에서 진행 중이라는 그 '중요하고 까다로운 연구'에 대해서 말씀해 보시죠. 아주 흥미로울 거 같거든요. 조만간 로트웰 신제품을 볼 수 있는 건가요?"

로트웰은 대답 대신 장갑을 집어 들고 천천히 몸을 일으켰다. 녹지를 가로질러 땅거미가 전진 중인 창밖을 내다보더니 자리를 뜨기 시작했다. 뒤늦게 무슨 생각이라도 스쳤는지 멈춰 섰다. 그렇게 서서 빛을 가리고 록우드에게 어둠을 드리웠다.

"자넨 참 어른스러운 아이야." 스티브 로트웰이 말했다. "자네 재능을 일일이 말하진 알겠네. 자네 자신도 이미 너무 잘 알고 있을 테니까. 자네가 못 가진 선, 내가 보기엔 말이지, 멈춰야 할 때를 아는 능력이야. 왜냐면 자넨, 록우드 선생, 열정이 지나쳐 독이 되는 사람이거든. 난 보면 알아. 여러모로 나 역시 그러니까. 다시 말해 난 믿는단 얘기지. 자네가 한계를 계속 뛰어넘으리란 걸. 그러다 언젠간 너무 멀리 가버릴 테고. 여기 증인들도 있고 하니 내가 공개적으로 경고 하나 하지. 내게 맞서지 마. 그랬다간 후회하게 될 거야. 내가 자네에게 이 얘길 하는 건 자네가 내 말을 들으리라 일단은 믿어보는 게 옳다고 생각해서야. 하지만 자넨 그러지 않을 거야. 내게 맞설 걸세. 왜냐면 그게 자네가 원하는 거니까. 그럼 그땐 내가 자넬 직접 상대해 주지."

스티브 로트웰은 장갑을 끼고 외투의 단추를 채웠다. "그 전까지는 자네의 그 보잘것없는 유령 사냥에 행운을 빌겠네. 그거야말로 자네에게 적합한 일이니까."

그 말을 남기고 스티브 로트웰은 떠났다. 그의 뒤에서 문이 덜컹거리며 닫혔다.

우리 모두가 문을 쳐다보고 있었다. 이윽고 모두가 록우드에게 고개를 돌렸다.

록우드가 미소를 지었다. 길고 느긋한 미소였지만 그의 눈은 번뜩이고 있었다.

"뭐," 록우드가 말했다. "다른 건 몰라도 캐릭터 파악 하나는 정확한 사람이네. 난 로트웰이 무슨 짓을 하고 있는지 조사하는 게 과연 위험을 무릅쓸 가치가 있는 걸까 계속 헷갈렸거든. 기껏해야 반반의 확률로 고민 중이었는데. 저 사람이 문제를 깔끔히 해결해 줬네. 그 조사, 이젠 절대로 무조건 해야겠어."

22

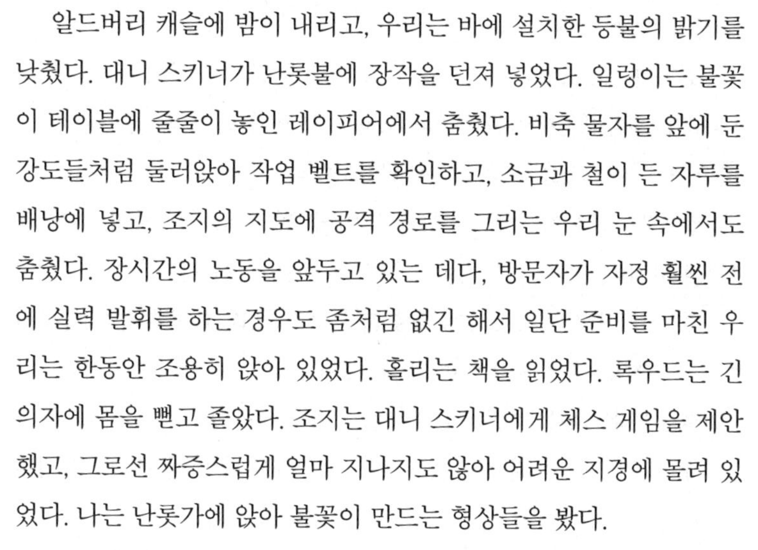

알드버리 캐슬에 밤이 내리고, 우리는 바에 설치한 등불의 밝기를 낮췄다. 대니 스키너가 난롯불에 장작을 던져 넣었다. 일렁이는 불꽃이 테이블에 줄줄이 놓인 레이피어에서 춤췄다. 비축 물자를 앞에 둔 강도들처럼 둘러앉아 작업 벨트를 확인하고, 소금과 철이 든 자루를 배낭에 넣고, 조지의 지도에 공격 경로를 그리는 우리 눈 속에서도 춤췄다. 장시간의 노동을 앞두고 있는 데다, 방문자가 자정 훨씬 전에 실력 발휘를 하는 경우도 좀처럼 없긴 해서 일단 준비를 마친 우리는 한동안 조용히 앉아 있었다. 홀리는 책을 읽었다. 록우드는 긴 의자에 몸을 뻗고 졸았다. 조지는 대니 스키너에게 체스 게임을 제안했고, 그로선 짜증스럽게 얼마 지나지도 않아 어려운 지경에 몰려 있었다. 나는 난롯가에 앉아 불꽃이 만드는 형상들을 봤다.

오로지 킵스만이 휴식할 줄 몰랐다. 그는 서성거리고, 스트레칭을 하고, 발가락을 만져가며 현란하기 그지없는 몸 풀기 동작을 하면서 벽면에 혐오스런 그림자를 드리웠다. 이마에 살포시 앉은 고글 뒤에서 머리칼이 붉은 미나리 싹 트듯 돋아 있었다. 그는 고글을 현장에서 쓸 수 있을 때까지 간신히 버티는 중이었다. 마침내 욕구에 무릎을 꿇었다. 고글을 내려 쓰고 창문에 덤벼들어 녹지를 내다봤다.

"방금 또 하나 봤어!" 킵스가 소리쳤다. "무진장 희미한데, 이 두 눈으로 똑똑히 봤다고! 다리 옆에 있는 남자 허깨비!"

나는 끙 소리를 냈다. 한 팔을 눈에 얹고 누운 록우드가 무겁게 한숨을 쉬었다.

"그리고 저기!" 킵스가 회전했다. 눈을 가늘게 뜨고 고글 너머를 봤다. "녹지에 망토 두른 형상이 둘. 딱 붙어 서서 모자를 덮어쓰고 옹송그렸어. 추위라도 피하는 것처럼. 망토에서 유령안개가 피어오르고. 이제 갑자기 달리는데… 없어졌다! 오, 이거 진짜 끝내주네. 볼 게 무진장 많아!"

조지가 체스판에서 고개를 들었다. "저 인간이 저리나 행복해하니 나도 기쁜데, 혹시 음침하고 조용한 킵스가 더 낫다 싶은 사람 나 말고 또 있어? 오늘 아주 긴 밤이 될 듯하다."

킵스가 다시 회전했다. "그리고 어어, 이거 소름 끼치네. 저기 불가에! 비쩍 마르고 쭈글쭈글하고 이빨이 튀어나온 게…."

대니 스키너가 의젓하게 말했다. "그건 우리 할아버지가 아닐까 하는데, 기억해요? 아직 살아 계시다고요."

"아, 그래. 내가 좀 흥분했네." 킵스가 고글을 올리고 시계를 봤다. "자자, 록우드, 이렇게 게으름 피우기야? 10시 반이 다 됐어. 갈 시간이라고."

록우드가 다리를 휘저어 의자에서 몸을 일으켰다. 하품을 했다. "맞아요. 힘차게 시작해 봐야죠. 다들 계획대로 하는 거야. 두 팀으로 나눠서 두 시간 동안 현장 일을 해. 그런 다음 여기에 다시 모여 상황을 점검한다. 킵스랑 내가 여관 옆 주택들을 정리할게. 요괴 두엇쯤 처리하면 될 거 같아. 너흰 녹지에서 시작하고. 어서, 조지. 너 어차피 두 수 뒤에 체크메이트야. 저주받은 마을이 우릴 기다린다고! 시작하자."

여관의 빈약한 조명을 벗어나 도로로 나오자 머리 위로 시골의 광대한 어둠이 드넓게 펼쳐졌다. 달이 뜨긴 했으나 구름에 가려 있었다. 킵스가 묘사했던 대로 다양한 다른빛 조각들이 녹지를 부유했다. 짧은 작별 인사 뒤 킵스와 록우드가 길을 따라 조용히 사라지고, 우리 세 사람은 짐을 점검했다. 나는 조지와 홀리에게서 잠시 떨어져 나왔다. 이번엔 쇠사슬을 몸에 지니지 않기로 결정한 터였다. 쇳덩어리가 내 재능을 너무 덮어놓고 억제한다고 느껴서였다. 이제 약간의 심령 자유를 얻은 나는 공기에서 전율을 감지했다. 간신히 느끼는 수준이었다. 배터리의 웅웅거림, 에너지의 들썩임처럼…. 나는 하늘을 올려다봤다. 주변을 컴컴하게 두른 숲을 쳐다봤다. 어디서 오는 걸까? 꼬집어 말하기 힘들었다. 이쯤에서 해골이 있으면 유용할 텐데. 다시 한번 나는 나도 모르게 놈이 곁에 있길 바라고 있었다.

"좋아." 조지가 말했다. "내가 지도를 볼게. 그게 내가 잘하는 거니까. 루시 아님 홀리, 너희 둘 중 하나가 팀장이 되는 게 좋겠어. 명령을 내리고 후다닥 결정하고, 뭐 그런 거 있잖아. 그건 너희한테 넘길게."

잠시 정적이 이어졌다. "난 상관없어." 내가 입을 열었다. "홀리, 네가…."

"루시, 네가…."

우리는 입을 다물었다. "난 안 된다니까." 조지가 말했다. "이 몸은 순발력이 영 젬병이라고." 그는 부드럽게 콧노래를 부르며 지도에 뭔가 하찮은 걸 끼적였다.

"저기 있지," 홀리가 말했다. "네가 먼저 한 시간 동안 맡으면 어때, 루시? 그다음에 네가 원하면, 내가 해볼게. 어쨌든 네가 나보다 조사관 경험이 많으니까."

"좋아." 내가 말했다. "동의해. 고마워, 홀리. 괜찮은 생각인 거 같아." 나는 벨트 위치를 조정했다. "그럼, 조지, 목록의 첫 번째는 뭐지?"

"녹지 위에 떠 있는 고약한 검은 구름이야. 바로 저기."

우리가 계획한 경로는 출몰이 보고된 장소들 사이를 지그재그로 거치게 돼 있었다. 기본적으로는 오리엔티어링•과 비슷했다. 각 거점마다 유령이 기다리는. 그중 첫 번째는 옛 교수대 부지 근처에 도사린 개체였다. 한때 썩은 파이로 악명을 떨치던 행상인은 이제 약한 암흑 요괴*가 돼 있었다. 뚜렷한 형체가 없는 덩어리가 고동치며 가느다란 덩굴손 같은 어둠을 사방으로 내뿜었다.

우리는 조심스레 접근했다. "음," 내가 말했다. "교수대는 태웠을지 몰라도 장소까지 봉인하진 못했네. 이건 소금이랑 철로 마무리하면 될 거 같은데. 다들 동의해?"

조지와 홀리 둘 다 동의했고, 출몰지 자체가 협소하고 분명했기에 작업은 상대적으로 간단했다. 홀리가 환영을 끌어내는 일을 자원했다. 일단 살며시 접근해 레이피어로 조심스레 쿡쿡 찌르고 툭툭 쳐 가며 놈을 자극했다. 놈이 마침내 홀리에게 돌진했다. 그녀가 옆으로 피하며 검날로 암흑의 덩굴손을 쳐내는 사이, 조지와 내가 소금과 철가루 자루를 들고 뛰어들어 불에 탄 땅을 두껍게 덮었다. 그와 거의 동시에 형상의 검은색이 서서히 희석되기 시작했다. 문질러 닦이는 얼룩처럼 연해지며 몸부림치고 힘을 잃더니 검은 불똥의 비처럼 풀

• 자연에서 지도와 나침반만으로 길을 찾아가는 스포츠.

밭에 떨어져 녹아 없어졌다.

나는 소매로 이마를 훔쳤다. "잘했어, 홀리. 이 유령은 목록에서 지워도 될 거 같아. 여름쯤엔 마을 사람들도 여기서 가족 소풍을 즐길 수 있겠지. 다음은 뭐야?"

다음은 킵스가 봤던 다리 위 허깨비였고 역시나 손쉽게 처리됐다. 우리는 길을 따라 올라가며 녹지에 있던 광산의 똑똑이*와 버스 정류소의 관망자를 거쳤다. 홀리와 내가 모두 처리했다.

조지가 빙그레 웃었다. "이번 작전은 알고 보니 완전 땅 짚고 헤엄치긴데. 오키도키. 너희 둘이 한 번씩 싸웠으니까, 이제 내가 나서볼까나?" 그는 지도를 확인했다. "더 런의 주택 뒷마당에서 할머니 음영자가 목격됐나 본데. 나도 할머니 정도는 막을 수 있을 듯해서 말야. 아직 거기 있나 보자. 어때?"

더 런은 녹지 저편의 주택단지였다. 가는 데 그리 오래 걸리진 않았다. 녹지 언저리에 세워진 울타리의 계단식 출입문을 내려가면 주변보다 낮은 길이 나왔고, 몇 미터 앞에서 시골집 불빛들이 반짝였다.

길은 컴컴했다. 양옆에 울타리가 바짝 붙어 있었다. 머리 위 나뭇가지들이 하늘에 난 검은 열창들 같았다. 우리는 서로 간격을 좁히며 계속 걸었다. 늑장을 부리고 있을 장소가 못 됐다.

"좀만 더 가면 집인데" 조지가 속삭였다. "조만간 보일…." 그러고는 멈춰 섰다. "어오. 이건 누구야?"

어둠 속에 형상이 있었다. 우리에게서 반쯤 등을 돌리고 선 뒷모습을 다른빛이 거기 있지도 않은 양초처럼 깜빡깜빡 비췄다. 기다란 머리칼이 커튼마냥 얼굴을 가렸다. 형상은 두 팔을 허리께에 길게 늘어트리고 고개를 푹 숙였다. 축 처진 어깨에선 애처로운 슬픔이 느껴졌다. 하지만 두 손만큼은 색이 허예지도록 주먹을 불끈 쥐고 있었다.

우리는 가만히 서 있었다. 우리도 환영도 꼼짝하지 않았다.

"잠옷을 입고 있어." 홀리가 속삭였다. "불길한 징조인데."

"여자애야? 어떤 거 같아?" 조지가 나직이 말했다. "다리가 할머니 다리 같지 않아서 그래. 내가 할머니 다리를 열심히 보고 다닌단 얘긴 아니고, 물론. 난 그런 데 취미 없거든."

저게 생전에 뭐였는지 누군들 알겠냐고요. "잠깐." 내가 말했다. "움직인다."

뼈만 앙상한 발이 흙길을 쓸었다. 짧게 한 걸음 슥, 또 한 걸음 슥, 지저분한 면직물을 펄럭이며 형상이 돌기 시작했다. 밤의 냉기가 코르크 마개라도 돌리는 양 나선형으로 조여들고 시체 싸는 천처럼 우릴 휘감았다. 우리는 서로에게 더 바짝 붙어 섰다.

"방문자는 늘 시계 반대 방향으로 돌아." 조지가 긴장하고 높은 목소리로 말했다. "그거 알았어? 놈들은 절대 시계 방향으로 안 돈다고. 엄연한 사실이지."

"좋은 말씀 감사하고요." 내가 말했다. "이제 잠깐 입 다물어. 레이피어 준비해. 내가 얘기해 볼게. 팔을 주시하고 발을 주시해. 표정 변화가 있는지 주시하고."

"그것도 놈의 얼굴이 보여야 가능한 얘기지." 조지가 중얼거렸다.

홀리가 움찔하며 물러났다. "잠옷에 피가 묻었어."

진짜였다. 그건 차라리 피로 만든 앞치마였다. 짙고 검은 얼룩이 기다랗고 번들거리고 축축했다. 형상은 슥, 또다시 슥, 발을 옮기고 서며 좌우로 부드럽게 흔들렸다. 이제 우리를 정면으로 마주했지만, 고개를 어찌나 푹 숙이고 있는지 놈의 정수리와 치렁치렁 늘어져 다른빛에 희미하게 빛나는 머리칼밖에 안 보였다. 나는 나뭇잎이 바스락거리는 듯한 소리를 들었다.

"누구세요?" 내가 말했다. "이름을 말해줘요. 여기서 무슨 일을 당했죠?"

나는 기다렸다. 다시 바스락거리는 소리뿐이었다. 이번엔 좀 더 크게.

이제 조지도 움찔거렸다. "아직 얼굴은 안 보여. 넌 얼굴이 보여, 홀리?"

"아니. 아니, 안 보여. 루시…."

"진정해." 내가 말했다. 두 사람의 상태가, 부푸는 공황이 고스란히 느껴졌다. 그것에 내 팔의 위에서 아래로 신경이 곤두서고 배 속이 쏴아 요동쳤다. "진정해, 둘 다. 곧 될 거 같으니까."

"저 피 좀 봐."

"곧 될 거 같은…."

마른 나뭇잎 같은 목소리가 사포처럼 깔깔한 입술 틈으로 속삭였다. 이번엔 제대로 들렸다.

오.

"내 눈…. 내 눈 봤어?"

형상이 고개를 들었다. 머리칼이 걷혔다.

가장 크게 비명을 지른 게 조지였는지 홀리였는지 모르겠다. 둘 중 어느 쪽이었든 내 외침을 덮어버렸다. 방문자가 실제로 우리한테 달려들었는지도 기억이 안 난다. 내가 검으로 놈을 벤 건 확실하다. 다음 순간 우리는 울타리 출입문으로 나가 녹지를 가로지르고 있었다. 시장 십자가까지 달리고서야 멈추고, 폐를 쥐어짜고, 숨을 헐떡이고, 욕했다.

"오고 있어?" 홀리가 물었다. "우릴 쫓아오는 거야?"

나는 깜깜한 밤 저편을 뚫어져라 봤다. "아니."

"진짜 다행이다."

"근데 왜 꼭 눈이어야 했던 거지?" 조지가 말했다. "왜 신경이 좀 덜 쓰이는 신체 부위일 순 없었던 거야? 이를 테면 엄지라든가, 백번 양보해서 귀라도. 그랬으면 그렇게까지 기절초풍하진 않았을 텐데."

"저 유령은 어디서 나온 거지, 루시? 지도엔 없었는데."

"새로 생긴 거겠지. 잘은 모르겠지만."

"발가락! 발가락을 잃어버릴 수도 있는 거였잖아! 발가락이 없이는 못 걸으니까. 그랬음 놈이 우릴 공격하려다 그냥 확 고꾸라져 버렸을걸."

"조지." 내가 말했다. "너 지금 아무 말이나 하고 있어."

"맞아. 그래. 근데 있잖아, 아까 그 꼴을 보고 내가 이 정도도 못하나 싶거든."

나는 결정을 내렸다. 다들 휴식이 필요했다. 나는 두 사람을 이끌고 여관으로 돌아갔다.

때마침 록우드와 킵스도 돌아와 있었다. 록우드는 카운터에 기대서서 수첩에 뭔가를 끼적이는 중이었다. 한 손에 콜라를 든 킵스는 페어팩스의 고글을 아직껏 머리에 두른 채 술집 안을 의기양양하게 돌아다니고 있었다.

"요괴 둘!" 킵스가 외쳤다. "요괴가 둘에 괴화가 하나야! 내가 다 봤어! 다 보고 내 손으로 처리했어! 그야말로 번개처럼! 록우드한테 물어봐. 녀석이 얘기해 줄 거야."

"밤새도록 내 귀에 대고 꽥꽥거리는 중이야." 록우드가 말했다. "저놈의 걸 저 인간한테 준 게 슬슬 후회되기 시작했어. 아무튼 지금껏 우린 다 괜찮았는데, 너흰 어땠어?"

우리는 그에게 설명했다. "록우드," 보고가 끝나고 내가 말했다.

"마을에 기묘한 분위기가 감돌고 있어. 아득한 심령 소란 같은 건데, 정말 간신히 들리거든. 배경에서 웅웅거리는 잡음처럼. 전에도 들어 본 적 있는 소리야. 아이크미어 백화점 지하에서. 뼈 거울 때도 비슷했고."

록우드가 펜으로 카운터를 톡톡 두드렸다. 잠시 침묵하다 이렇게 말했다. "작업조를 좀 바꿨으면 해. 홀리, 킵스랑 조지를 데리고 가서 그 눈 없는 여자애를 처리해 줄래? 그런 다음에 거기서부터 원래 작전대로 계속 진행해. 루시, 넌 나랑 가자. 네가 느끼는 그 소란을 짚어 낼 순 없는 건지 한번 보자고."

록우드와 나는 마을 주변을 걸었다. 이제 달은 동쪽 숲 너머에서 빛났다. 나무들 바로 뒤에서 반짝이는 언덕 꼭대기들의 부드러운 선이, 어둠 속에 떠 있는 초승달 모양의 은빛 굴곡들이 보였다. 아름다운 광경이었지만 여전히 밤이었고, 고요는 숨 막혔다. 올빼미가 울든, 장송종이 울리든, 사람이 외치든, 나는 소리가 간절했다. 머릿속에서 왕왕거리는 아득한 심령 소란만 아니면 뭐든.

우리는 대략 100미터마다 멈춰 섰고, 나는 소리의 위치를 파악하려 애썼다. 소득이 없었다. 소리는 그 상태 그대로였다. 어쩜 너무 멀어서일지도 몰랐다.

"숲 근처에서 시도해 보자." 록우드가 말했다.

우리 신발이 포터스 레인의 딱딱한 흙 위에서 쿵쿵거렸다. 우리는 주변을 둥글게 한 바퀴 돌고 이젠 교회 근처로 가는 중이었다.

"그 눈 없는 요괴를 어찌 잘 잡아야 할 텐데." 내가 말했다. "조지가 잘해주겠지, 아마."

록우드가 씩 웃었다. "그 자식은 눈이든 뭐든 없는 여자애들한테 유독 약해서 말야. 이번 건은 왠지 킵스가 해결할 거 같은 느낌이지만. 킵스는 완전 안달이 났어. 이제 새 장비도 있고 하니까. 그리고 홀리도 괜찮았다고 네가 그랬지?"

"아주 잘했어."

"난 홀리가 자기 재능을 더 믿게 해주고 싶었어. 스티브 로트웰 같은 얼간이랑 함께했던 시간이 걔한텐 좋을 게 없었거든. 홀리는 뭐랄까, 맘속으로 잔뜩 위축돼서 자기 능력에 신뢰를 잃어버렸어. 그 애를 현장에 데리고 나와서 좋아. 넌 홀리한테 훌륭한 본보기야, 루스."

"글쎄, 그런 거까진 잘 모르겠고…." 나는 멈춰 섰다. 배경의 심령 소란에서 처음으로 변화를 감지했다. 소리가 줄었다가 폭발했다. 우리는 조그만 흙더미 위에 선 녹슨 항마등을 이제 막 지났고, 교회 마당 옆 둔덕 아래 있었다. 머리 위로 교회 경계를 표시하는 덤불이 보였다. "교회에 잠깐 가봐도 돼? 뭔가 느낀 거 같아."

"물론이지." 록우드가 내 팔을 잡고 둔덕의 가파른 경사면을 올라가게 도왔다. "한번 둘러볼 가치가 있긴 해. 꼬마 스키너의 말이 사실이라면 지금쯤 죽은 자들이 무덤에서 일어나고 있어야 하니까."

하지만 교회 마당은 매우 잠잠했고, 달빛 아래 입속 같은 묘지에서 묘비들이 삐뚤빼뚤한 이빨처럼 빛났다. 우리가 서 있는 둔덕 위 울타리 근처에선 짜리몽땅한 교회 건물부터 포터스 레인으로 나가는 지붕 달린 묘지 대문까지 전체를 볼 수 있었다. 나는 귀를 기울였다. 그래. 웅웅거리는 소리가 고동치고 있었다. 아까랑은 느낌이 달랐다.

"막간을 이용해서 질문, 루스." 록우드가 말했다. "우리에 관한 거야. 넌 아직 내 의뢰인이야? 아님 내가 너한테 오늘 밤 비용을 지불해야 하나? 헷갈려."

"솔직히 나도 이제 더는 계산이 안 돼…." 하지만 내 심장박동이 점점 빨라지고 있었다. 아득한 곳에서 고동치는 웅웅거림에 맞춰. 갑자기 입안이 바싹 말랐다. 왜지? 묘지에선 정말 아무런 움직임도 없는데.

"우린 나름의 합의가 필요할 거야." 록우드가 말을 계속했다. "엄밀히 말해 우린 지금 서로를 돕고 있으니까. 난 해골과 윙크맨 일당 문제로 널 돕고, 넌 이 마을 일로 날 돕고. 그 두 가지가 동시에 벌어지는 거잖아. 우린 셈법이 무척 복잡한 의뢰인이자 조사관 관계를 계산해야 할 테지. 그게 아니면," 그가 나를 봤다. "우리에겐 언제나 훨씬 더 간단한 방법이…."

나는 듣고 있지 않았다. 고개를 가로젓고 한 손을 들어 보였다.

땅딸막한 탑의 차돌에서 달이 반짝였다. 울타리에서 들리던 동물들의 바스락거림이 멈췄고, 바람은 완전히 잦아들었다. 달빛 쏟아지는 묘비들에 적막이 드리우고, 나는 문득 알았다. 여기 우리만 있는 게 아니란 걸. 록우드의 침묵으로 깨달았다. 그 역시 같은 생각을 하고 있단 걸.

우리는 교회 마당의 묘지를 내려다봤다.

뭔가가 묘비 사이로 우리를 향해 오고 있었다.

멀리서 처음 봤을 때, 그건 삐딱하게 선 십자가들 틈을 움직이고 있었다. 처음엔 정말 어찌나 느릿느릿 다가오는지, 나는 그게 교회 담장 앞 뒤틀린 주목나무의 그림자인 줄 알았다. 그건 무척 희미했으며 꼬부랑하고 구부정했다. 거대한 어깨가 앞뒤로 흔들리고, 아무런 형체 없는 머리가 탐색이라도 하듯 좌우로 요동했다. 팔은 허공에 길게 뻗어 있고, 거대한 다리는 은밀하고 신중하게 움직였다. 한 걸음, 또 한 걸음, 쟁기질하듯 어둠을 갈랐다. 찬 공기가 소금 파도처럼 담장에 들이치며 우릴 때리는 통에 헉 소리가 나왔다.

“얼마나 큰지 봐.” 록우드가 속삭였다.

일링 식인마의 유령도 몸집이 컸었다. 부엌문 유리 너머로 언뜻 봤는데도 비정상적인 체구와 힘이 확연했다. 지금 건 그보다 컸다. 키로 말할 것 같으면, 삐딱하니 기운 십자가들의 꼭대기에 닿도록 컸다. 덩치도 더 커서 이상하고 뻣뻣한 다리가 전진하는데 마치 당밀이라도 헤치고 가는 양 고전했다. 움직임은 어색했고 묘하게 신비로웠다. 나는 나를 뒤쫓아 콘크리트 비탈을 허우적허우적 올라오는 생골령을 본 적이 있었다. 고층 건물 지붕에서 망가진 연처럼 내 주변을 빙빙 돌던 울부짖는 혼도 봤었다. 나도 나름 겪을 만큼 겪었다. 하지만 교회 마당의 이 거대한 형상은, 이처럼 생경하고 괴이한 건 본 적이 없었다.

다수의 환영과 달리 놈은 다른빛을 내지 않았다. 찬란한 소년처럼 빛나지도, 녹지에서 만났던 유령처럼 어둠을 발산하지도 않았다. 요괴처럼 고형에 가까워 보이지도, 망령처럼 기괴하지도 않았다. 여러 면에서 놈은 거의 없는 거나 다름없었다. 반투명하고 희미한 잿빛 형체일 뿐이라 그 너머 교회 무덤에 뒤죽박죽된 묘비와 십자가들이 고스란히 보였다. 손과 발, 그나마 분간이 가능한 머리조차 당장 사라지는 건가 싶을 정도로 어렴풋했다. 그런 것들의 존재는 그저 허공에서 뭔가가 뒤틀리거나 밀려 나오는 느낌으로만 확인이 가능했다. 하지만 그림자의 둘레에선 놈의 물질이 마치 전율하는 불꽃의 끝처럼 흔들리고 깜빡이는 듯 보였다. 놈이 끊임없고 고요하고 차갑게 이글거리는 것 같았다. 놈의 등에서 흘러나오는 뱀 같은 연기가 마술사의 망토처럼 묘지에 길게 끌리며 꾸준히 흩어지고 구물구물 묘비들을 넘었다.

“나 진짜 저런 거 처음 봐.” 내가 속삭였다. “도대체 뭐야?”

록우드는 대답하지 않았다. 어정거리는 그림자가 남긴 뿌연 흔적이 퍼져나가는 걸 보고 있을 뿐이었다. 그가 고갯짓하고는 거기 눈길을 고정한 채 슬며시 손을 뻗어 내 손을 꽉 잡았다.

나는 그가 가리키는 곳을 봤다. 입이 절로 벌어졌다. 입속이 모래처럼 꺼끌꺼끌했다. 교회 무덤을 가로지르는 형상이 더는 혼자가 아니었으니까. 이제 거기 다른 것들이 서 있었다. 놈의 뒤를 따라 풀과 흙더미에서 솟았다. 십자가와 조각된 천사들 옆에 섰다. 기우뚱하게 놓인 석판 위를 맴돌았다. 뼈가 앙상한 몸체에서 덜렁거리는 수의가 고스란히 보였다. 첫눈에 알아볼 수 있었다. 거기 있는 음영자와 요괴를, 망령과 괴화와 그림자 시늉을. 그런 게 자그마치 수십 개였다. 그건 죽은 자들의 회합이었다. 교회 무덤의 거주자들이 일어나고 자리에 서서는 어정거리는 그림자를 쳐다봤다. 그림자는 그들을 완전히 무시한 채 멀어져 교회 마당 끝 무덤 대문을 통과하고 뒷길을 따라 숲 쪽으로 올라갔다.

모든 게 정지해 있었다.

다음 순간 유령들이 움직였다. 하나, 또 하나. 그러더니 이젠 무리 전체가 교회 뒷길로 몰려들고 있었다. 우리 귀엔 안 들리는 목소리에 불려가기라도 하는 양. 놈들 일부가 둔덕으로 밀고 올라왔다. 우리는 그들의 휑한 얼굴을, 사납고 텅 빈 눈을 봤다. 뼈가 삐걱거리는 소리까지 들렸던 것 같다. 너무나 순식간의 일이었고, 어떻게든 반응해볼 겨를이 없었다. 아주 찰나의 시간만 더 있었어도 놈들은 우리를 덮쳤을 것이다. 하지만 그 지옥의 행렬이 느닷없이 방향을 바꿔 울타리를 넘고 공중을 날아 길에 내려서더니 그림자 뒤를 따라 멀어져 갔다. 삐걱거리고 달가닥거리는 소리가 희미해져 갔다. 행렬을 꼬리처럼 따라다니는 찬 공기가 우리를 빨아들이고 잡아 뜯으며 포터스 레인을 따라 철수했다.

우리는 거기 서 있었다. 교회 마당은 고요하고, 텅 비고, 오직 달빛으로만 환했다.

우리 뒤 나무에서 찌르레기 한 마리가 느닷없이 목이 터져라 노래했다. 요란하고 슬프고 아름다웠다. 녀석이 입을 닫았다. 록우드와 나는 둔덕에서 꼼짝하지 못했다.

이윽고 나는 록우드가 아직껏 내 손을 잡고 있단 걸 깨달았다.

그 순간 록우드 또한 같은 생각을 한 듯했다. 우리 손이 떨어져 나가서는 작업 벨트에 경계 태세로 얹히고, 당장이라도 소금탄 혹은 레이피어를 쥘 준비를 했다. 록우드가 헛기침했다. 나는 눈에서 머리칼을 치웠다. 우리 신발이 조그맣고 복잡한 모양이라도 그리듯, 서리 내린 땅바닥을 긁적였다.

"방금 그건 도대체 뭐야?" 내가 물었다.

"그림자?" 록우드가 앞머리 밑으로 나를 힐끗 봤다. "당연히 그림자겠지…." 그가 고개를 가로저었다. "전혀 모르겠어. 대니 스키너가 만나게 될 거라던 그놈인 건 확실해. 크기도 그렇고 형태도 그렇고 불타오르는 거까지, 아니 그래 보이는 거까지 같았어. 하지만… 놈의 뒤를 봤어? 그 유령들…?"

"응. 그리고 록우드, 그것도 스키너가 말한 그대로잖아. 십자가에 조각된 그게 맞아. 영혼 채집꾼. 놈이 죽은 자들을 무덤에서 일으켰다고!"

"말도 안 되는 소리."

"그럼 방금 그게 뭐였는데? 너도 놈들이 일어나는 거 봤잖아!"

록우드는 내 말에 대답하지 않았다.

"너도 봤어, 록우드."

"다른 애들한테 가야겠어. 지금 여기서 이러고 있을 일이 아냐."

저쪽 숲에서 새 떼가 끽끽거리며 밤하늘로 날아올랐다. 한 바퀴 돌고 날개를 펄럭이며 포수의 정상 너머로 날아갔다. 우리는 비틀비틀 둔덕을 내려가 침묵하며 서둘러 여관으로 돌아갔다.

5
쇠사슬

23

다른 이들은 한밤중에야 돌아왔는데, 눈 없는 유령을 비롯해 마을 주변의 방문자 몇을 상대로 굉장한 성공을 거둔 참이었다. 격앙된 목소리가 그들을 앞서와 술집 문밖에서 메아리쳤다. 이윽고 그들이 부산스레 들이닥쳐서는 기분 좋은 조지와 킵스가 지도상의 웬 자잘한 부분을 놓고 괜스레 티격태격하고, 홀리 먼로는 어여쁜 검날 전용 수건으로 레이피어를 말끔히 닦느라 정신없었다. 그러다 록우드와 내가 컴컴하다시피 한 곳에, 벽난로에서 다 죽어가는 불씨의 침침하고 어둡고 어슴푸레한 붉은 빛 속에 앉아 있는 걸 발견했다.

"의심의 여지가 없어." 그들에게 상황을 설명한 뒤, 록우드가 말했다. "우린 그 유명한 어정거리는 그림자를 본 거야. 지금 너희한테 확실히 얘기할 수 있는 건 그뿐야."

"놈이 '정말로' 다른 유령들을 깨운다는 사실과 함께." 내가 말했다. "그걸 빼놓음 안 되지. 놈의 뿌연 망토가 꼭 수프를 휘젓는 국자 같더라고. 그게 지나간 자리마다 죽은 자들이 슥 떠오르더란 말야. 영혼들이 땅에서 터져 나와선 놈을 따라 숲으로 들어가더라니까!"

"나도 봤어야 했는데!" 조지가 말했다. "정말 보통 일이 아니라고!

환상적이야!" 그의 안경이 빛났다. 그는 테이블에 걸터앉아 붕 떠 있는 다리를 휘휘 저었다.

"교회 마당의 시체가 몽땅 일어난 거야?" 킵스가 물었다. "모든 무덤의 영혼이 일어난 거냐고. 아님 일부만?"

"많았어요." 내가 말했다. "전부는 아니었고. 하지만 영혼을 모으는 방식이란 게 원래 그런 걸지도 모르죠…." 그리고 덧붙였다. "내가 이렇게 말하는 게 록우드는 마음에 안 들겠지만." 록우드와 나는 꺼져가는 불길 옆에 그냥 앉아만 있던 게 아니었다. 내내 다투고 있었다.

"왜냐면 그건 영혼을 모으는 게 아니니까." 록우드가 짜증스레 말했다. "그 그림자가 정확히 뭔진 몰라도, 심판의 날에 찾아온다는 악마나 천사는 아니라고. 심판의 날은 무슨. 밤이면 밤마다 돌아오는데! 난 루시 네가 그 멍청한 십자가 어쩌고 하는 거 좀 제발 머릿속에서 지우면 좋겠어."

"놈이 죽은 자들을 무덤에서 깨웠다고, 록우드!"

"오, 작작 좀 하자, 정말."

"핫 초콜릿 드실 분?" 홀리가 명랑하게 말했다. "맛있고 기분 좋아지는 핫 초콜릿? 스키너 씨가 카운터 뒤에 자루째 숨겨놓고 있거든. 아니, 아니다. 나 그냥 지금 가서 물 올릴게."

"틀림없이 뭔가 심각하게 괴상한 게 있었을 거야." 킵스가 말하며 방 저편으로 멋들어지게 던진 고글이 외투 걸이에 걸려 대롱거렸다. 그의 눈가에 벌겋고 둥글게 남은 고글 자국이 그 현란한 손재간을 깎아먹는 게 안타까울 따름이었지만. "뭔가가 괴상했으니까 네가 이렇게 기겁을 했지, 록우드. 이런 널 보게 될 줄은 상상도 못 했는데."

"기겁한 거 아니라니까요!" 록우드가 팔짱을 꼈다. "네가 보기에도 내가 기겁한 거 같아, 조지?"

"응. 무조건 응, 진짜 정말 응응. 이번엔 나도 킵스 말에 동의해." 조지가 눈을 끔뻑이며 무슨 이런 일이 다 있냐는 양 고개를 가로저었다. "이거 완전 처음 겪는 일들의 밤이네."

"글쎄, 나랑 루시가 살짝 긴장한 게 어쩜 무리는 아닐 수도." 록우드가 잠깐의 뚱한 침묵 뒤에 말했다. "죽은 자들을 깨운단 얘기 말고도 이 유령이 이상한 건 한둘이 아니니까. 꼬마 스키너가 얘기한 모든 게 사실이었어. 어정거리는 그림자는 실제로 연기 같은 걸 달고 다니고, 놈의 형체를 둘러싸고 일렁이는 괴상한 불꽃이 정말 있는 듯도 보여. 움직이는 모양새도 이상하고." 그가 한숨을 쉬었다. "이런 방문자 얘기 어디서 본 적 있어요, 킵스?"

"전혀. 역사에 기록된 바엔 없어. 피츠 하우스의 검은 도서관에 뭐라도 있으면 모를까. 거기엔 온갖 종류의 것들이 있으니까…." 킵스가 의자에 길게 늘어졌다. "로트웰 연구소가 이 그림자 건을 붙들고 늘어지지 않았다니 놀랍다고 해야겠네. 좋은 연구 기회를 놓치고 있는 셈이잖아."

록우드가 고개를 끄덕였다. 그의 눈에 암울한 빛이 깃들어 있었다. "확실히 그렇죠."

주전자의 물이 끓었다. 홀리가 핫 초콜릿을 만들었다. 킵스가 그녀를 도우러 갔다. 조지는 카운터 뒤편 찬장을 습격해 감자칩과 초콜릿을 찾아냈다. 술집 한구석의 작전 데스크에서 곧 시작될 한밤중의 간식 시간 준비가 한창이었다.

그 산만함이 록우드의 근심을 앗아갔다. 근심만 앗아간 게 아니라 완전히 다른 사람으로 만들어놨다. 록우드처럼 기분을 휙휙 뒤집을 수 있는 사람도 세상에 없을 거다. 충격과 무기력에 빠져 있다가도 느닷없이 되살아나 생명력을 뿜어댔다. 나? 나는 먹고 마시면서 기분이 좀 나아졌다. 완전히 진정된 건 아니었지만. 교회 마당에서 있었던 일로 마음이 뒤숭숭한 게 꼭 그림자 때문만도 아니었고.

록우드는 모두가 머그컵을 앞에 놓고 둘러앉을 때까지 기다렸다가 의자에서 몸을 앞으로 바짝 당겼다. "좋아." 그가 말했다. "제안할 게 있어. 미친 소리 같겠지만 끝까지 들어줘. 어정거리는 그림자가 상황을 완전히 바꿔놔서 말야. 놈은 정말 이상했어. 정말 달랐고. 지금껏 우리가 본 적 없는 종류야. 그러니만큼 난 우리의 대응 방식 또한 달라져야 한다고 봐."

"어떻게?" 킵스가 물었다. "덫을 놓을까? 아님, 놈을 유령우리에 가둬? 그렇게 하는 걸 본 적 있어. 쇠사슬로 우리를 만든 다음에 화염탄으로 유령을 모는 거야."

"딱히 그런 건 아니고." 록우드가 힐끗 시계를 봤다. "사실 우린 로트웰 연구소를 급습할 거예요. 이를 테면, 한 시간 뒤에."

"뭐?" 킵스는 나머지 우리보다 록우드에게 덜 익숙했다. 우리는 슬기롭게 침묵하며 핫 초콜릿이나 홀짝일 뿐이었다. "뭐어? 다시 말해봐."

"여기 도착했을 때부터 그럴 생각이긴 했어요." 록우드가 말했다. "스티브 로트웰의 깜짝 방문이 그 생각을 더 굳혀줬을 뿐이고. 하지만 그에 앞서 이곳 알드버리 캐슬부터 정리할 작정이었죠. 근데 그 그림자를 보고선? 아뇨. 일단 마을엔 처리할 게 너무 많아요. 지도에 표시된 출몰지를 모두 돌고 나면 다음 주 중반은 될 거고, 로트웰 시설에서 진행 중인 일이 뭐든 간에 그때쯤엔 이미 끝난 지 오래일 테죠. 생각해 봐요. 스티브 로트웰이 직접 개입하고 있는 일예요. 그는 그런 창고 같은 데 그리 오래 갇혀 있을 사람이 못 되고요."

킵스는 새우칵테일 맛 감자칩을 한 봉지 차지해선 그걸 빤히 쳐다보고 있었다. 거기서 무슨 시공간의 미스터리라도 발견한 양. "그래서 무슨 일이 벌어지고 있단 건데?" 그가 물었다. "그 연구소에선?"

"그걸 이제부터 알아봐야죠. 전에 대강 얘기했었죠, 퀼. 루시 문제랑 희귀하고 귀중한 해골을 도난당한 건요. 그 존슨이라는 사람과 로트웰 연구소가 암시장의 영물 거래와 관련돼 있댔잖아요. 그들이 빼돌린 출처들이 로트웰 시설 중 한 곳에 가 있을 걸 알긴 했는데, 그게 정확히 어디인지가 늘 문제였거든요. 꼬마 스키너한테서 알드버리 캐슬 얘길 듣는데 문득 머리를 스치는 게 있었어요. 아무도 모를 곳에 있는 아무도 모를 마을에 갑작스레 군집이 등장했다? 근처엔 로트웰이 가동 중인 연구 시설이 있고? 해롤드 메일러가 루시에게 얘기하길 암거래상들에게 세 달째 출처를 대는 중이라고 했어요. 알드버리 캐슬이 유령으로 어려움을 겪은 기간도 그쯤 되고요. 아, 그리고 '피에 젖은 땅' 얘기도 있었죠. 로트웰 시설이 세워진 데가 하필이면 고대 전장의 한복판이고요. 내 눈엔 너무 많은 우연이 겹치는 걸로 보여서 말이죠."

"또 하나의 우연은," 조지가 말했다. "이 모든 일이 시작된 게 우리가 첼시에서 벌어지던 정체 모를 일을 끝장내고 얼마 안 돼서란 거예요. 그 감자칩 먹을 건가요, 킵스? 안 먹을 거면 내가 대신 잘 돌봐줄 수 있는데."

"첼시 사태는 내가 킵스를 이 작전에 넣은 또 다른 이유기도 해요." 록우드가 계속했다. "거기서 우리랑 같이 일했잖아요. 로트웰 사람들이 그 군집을 각성시킨 거라면 이번 군집도 마찬가지일 거예요. 그들이 깨운 여러 가지 중에 어정거리는 그림자가 껴 있는 거고요. 근처를 지나는 것만으로 다른 유령들을 활성화시키는 유령이라니! 무시무시하죠. 어떻게 된 일인지 우리가 밝혀야 해요."

"그게 난제 자체의 어떤 설명이 돼줄 수도 있지." 조지가 우리를 보며 말했다. "포틀랜드 로의 내 지도 기억하지? 대출몰 사태가 마치 질병처럼 전국으로 꾸준히 확산됐단 걸 보여주는? 질병엔 보균자가 필요해. 어정거리는 그림자가 그중 하나일지 모르고. 그런 그림자가 한둘이 아니라면? 어쩜 그게 사태 확산의 이유일지도."

"내가 스티브 로트웰한테 무슨 애정이 있어서 하는 얘긴 아닌데," 킵스가 천천히 말했다. "그 모두가 어떻게 그 사람 탓일 수 있는지 잘 모르겠어."

"나도 아직은 그래요." 록우드가 말했다. "하지만 알아봐야죠. 오늘 밤에. 내일까지 기다리는 건 의미 없어요. 내일쯤엔 그쪽 일이 다 끝나 있을지도 모르니까." 그는 의자에 등을 기댔다. "어떻게 할래요?"

킵스가 느리고 배 속 깊은 곳에서 올라오는 한숨을 쉬었다. "동료 대행사를 습격한다고? 평소에도 이랬던 거야?"

내가 고개를 끄덕였다. "가끔요. 피츠 하우스의 검은 도서관에도 몰래 들어간 걸요."

"뭐어?"

"그렇게 경악스런 표정 지을 거 없어요." 록우드가 빙그레 웃었다. "더는 피츠 대행사 소속도 아니잖아요. 안 그래요? 이번만큼은 독립적으로 자유롭게 판단해 봐요. 마침 말이 나왔으니 말인데, 싫으면 이 일에 굳이 안 껴도 돼요."

킵스가 어깨를 으쓱했다. "오, 굳이 낄 거야. 어차피 다른 할 일도 없는데. 감옥에서 몇 년 썩고 말지 뭐…. 내 감자칩에서 손 치워라, 커빈스. 필요하면 직접 찾아 먹어."

"좋아요." 록우드가 말했다. "그럼 한번 해보죠. 근데 그 전에, 홀리, 넌 스티브 로트웰 밑에서 일했잖아. 그 사람을 잘 알 텐데. 네 생각엔 스티브 로트웰이 중히 여기는 게 뭐 같아?"

내가 홀리의 존재를 얼마나 무리 없이 받아들이고 있는지 증명이라도 하듯 이때 내 모든 신경은 킵스가 내비치는 의심과 불편에 가 있었다. 이제 신입은 그였다. 홀리는 조지와 나 못지않게 차분히 핫초콜릿을 홀짝이며 록우드의 국가 기관 침입 계획을 듣고 있었다. 그래, 그걸 여전히 아무 힘도 들이지 않고 짜증스럽도록 우아하게 해냈지만, 이젠 그게 록우드 심령 회사의 방식에 나름의 색깔을 덧입힌 걸로만 보일 뿐이었다. 홀리는 심지어 감자칩도 몇 개 먹었다.

"그 사람이 뭘 중요하게 생각하냐고?" 홀리가 맵시 좋은 손톱으로 머그컵을 톡톡 두드렸다. 격렬한 불쾌감에 표정이 좋지 않았다. "스티브 로트웰은 자기가 가진 부를 좋아하지. 그 너머엔…." 그녀는 난롯불을 들여다봤다. "그 너머엔 뭐랄까, 피츠 대행사에 지기 싫은 마음이 있는 거 같아. 피츠 대행사 얘길 입에 달고 살거든. 그들의 근황이 어떤지, 그간 무슨 성공을 거뒀는지 늘 살피고. 피츠 쪽에서 성공적으로 끝낸 사건들의 수를 매달 집계해서 자기네와 비교해. 일등이 되려고 기를 쓰지."

"오, 로트웰이 그러는 거야 어제오늘 일도 아닌데 뭐." 킵스가 말했다. "과거 역사만 봐도 알 수 있지. 톰 로트웰과 마리사 피츠는 짝을 이뤄 난제와의 전쟁을 시작했어. 그러다 사이가 틀어졌고, 마리사 피츠가 최초로 공식 대행사를 설립한 거야. 몇 달 뒤 로트웰도 대행사를 꾸렸지만 인기가 시들했지. 초창기엔 그랬어. 그때부터 로트웰 대행사는 피츠 대행사를 따라잡으려 안간힘을 써왔지. 로트웰 연구소 어쩌고 하는 것들, 그들이 만들려는 중일 수도 있고 아닐 수도 있는 한심한 상업적 장비들이 뭐든 간에 그건 피츠 대행사에 필적하려는 간절한 노력의 일부일 뿐야." 그는 코를 훌쩍였다. "그것도 참 딱하지, 딱해."

"글쎄. 퍼넬로프 피츠도 사적으로 추진 중인 게 있어요. 그걸 빼놓지 말자고요." 록우드가 말했다. "오르페우스 협회는 피츠의 영향력 아래 있는 듯하고, 킵스의 그 고글도 거기서 만든 거니까요. 그건 그렇고 자, 이 일을 할 거면 얼른 서두르는 게 좋겠어요. 날이 밝기까지 겨우 네 시간 남았거든요."

그래서 우리는 서둘러 움직였다. 알고 보니 무단 침입을 위한 장비는 유령 사냥에 필요한 장비와 별다르지 않았다. 속도를 낼 목적으로 무게가 많이 나가는 쇠사슬 일부와 여분의 쇠붙이 다수를 뺐다. 조지는 절단기를 찾아왔다. 그걸 제외한 작업 벨트와 도구 가방들은 손대지 않고 그대로 뒀다. 짐을 더 줄이는 위험을 감수하기엔 주변에 방문자가 너무 많았다. 우리는 십 분 만에 출발할 준비를 마쳤다.

배낭을 점검하면서 거기 유령단지가 없음을 확인하는 내 마음은 여전히 싱숭생숭했다. 소금 자루 몇 개, 여분의 화염탄 한둘, 새롭게 추가된 방어구로 조심스레 접힌 혼령망토…. 그 무엇도 해골의 빈자리를 메꿔주지 못했다. 복스홀 사건 뒤로 나는 속삭이는 해골을 찾으리란 희망을 어느 정도 접은 상태였다. 근데 어쩌면—록우드가 옳다면—해골 녀석은 지금 저 밖에, 내가 있는 곳에서 고작 1.5킬로 떨어진 들판의 시설에 있을 터였다. 나는 부디 그렇기를 바랐다.

출발하기 전, 우리는 최대한 어둡고 눈에 띄지 않게 차려입었다. 조사관이다 보니 다들 고르는 옷은 어차피 검은색이었고, 거기다 장갑을 껴서 손을 가렸다. 하지만 홀리를 뺀 나머지의 얼굴은 특공 작전에 이상적이지 못했다. 특히 킵스는 주근깨가 박힌 제2의 달덩이라 할 정도로 허옇게 뜬 얼굴에서 광이 났다. 그래서 홀리가 자기 화장솔과 스키너네 부엌에서 찾아낸 구두약을 놓고 작업에 돌입했고, 우리는 이내 근사하게 어두워졌다.

고요한 형상 다섯이 올드 선 여관을 떠났다. 새벽 2시가 막 지난 시각이었다.

혼령들이 숲을 배회했다. 멀리서부터 다른빛들이 보였지만 딱히 접근해 오는 방문자는 없었고, 우리는 그들과 충분한 거리를 두도록 주의했다. 포터스 레인을 피해 걸으면서 나무다리의 몇 미터 아래서 개울을 뛰어넘고 채석장을 빙빙 돌아 나무 사이로 난 길을 올라갔다. 저 앞 나무줄기 틈에서 별이 밝게 빛날 때까지 계속 움직이고야 우리는 언덕 꼭대기가 가까워 오고 있음을 알았다.

록우드와 내가 전날 그랬듯 마지막 얼마간의 거리는 기어서 이동했다. 딱히 놀랄 만한 일은 없었다. 이내 우리 다섯은 언덕 능선에 줄줄이 엎드려 로트웰 연구소를 내려다봤다. 야밤의 연구소는 별나게도 낮보다 인상적이었다. 투광조명등들이 추접함을 가리고 건물들에 매끈한 금속성 광택을 선사했다.

언덕에 엎드린 우리의 관심을 끈 건 투광등이 아니었다. 연구소 부근에 그 빛만 있는 게 아니어서였다. 검고 광활한 공간 여기저기에 어슴푸레 빛나는 형상들이 마치 땅에서 솟은 기둥처럼, 겨울 들판에 박아 넣은 못처럼 서 있었다. 그들의 빛은 보잘것없고 파리한 금색으로, 자꾸만 일렁이고 경련했다. 당장이라도 바람에 흩어져 버릴 것처럼. 한때 그들이 지녔을 형체는 너무도 긴 세월과 함께 사라져 버렸다.

"보초를 세우는 데 열심이지 않았던 이유가 있었네." 록우드가 나직이 말했다. "바이킹들이 그 일을 대신해 주는 거였어."

"전장에 아직 남은 뼈가 있는 게 분명해." 조지가 말했다.

"완전 망했네." 킵스가 고글 렌즈에 대고 인상을 썼다. "이제 어쩌지?"

"난 상관없을 거 같은데." 내가 말했다. "그냥 저들 사이로 가면 돼. 어차피 공간은 넓고, 저들도 안 움직인 지 수백 년은 돼 보여. 지금 우리가 걱정해야 할 게 저들은 아냐, 어쨌든. 심령 위협의 측면에서만 보자면."

"웅웅거리는 소리가 지금도 들려, 루스?" 록우드가 물었다.

"응. 정말 크게. 저 아래서 나오고 있어."

사실 그 소리는 숲을 뚫고 오는 내내 강도를 더해갔다. 교회 마당에서 어정거리는 그림자가 다가오던 때처럼 심장이 멎어버릴 정도로 즉각적이진 않아도 강렬했고 뇌에 벌레라도 들어간 듯 왕왕거렸다. 몇 달 전 뼈 거울 때처럼, 첼시의 숨겨진 터널에서처럼 속이 메스꺼웠다. 의심의 여지가 없었다. 소리는 저 아래 연구소 부지에서 나오고 있었다.

록우드가 엎드린 자리에서 몸을 움직이나 싶더니 그의 손이 내 어깨를 건드렸다. "저 안에 들어가선 네 뜻이 우선이야, 루시. 뭐든 감지되면 말만 해."

"일단은," 킵스가 건조하게 말했다. "'들어가야' 한다는 사소한 문제가 있지."

거칠고 돌이 많은 급경사지가 들판으로 이어졌다. 우리는 자갈이 굴러 내려가는 일 없게 아주 조금씩 이동했지만, 평지에 도달하고부터는 다시 속도를 올렸다. 우리 앞에 둥둥 떠 있는 빛의 섬에 연구소가 있었다. 인적이 전혀 없는 듯했고, 그래서 더 힘이 나기도 했지만,

사실 투광등 아래 누가 있었다 한들 우리를 볼 가능성은 낮았다. 어둠을 내다보는 문제에 있어서 그들은 눈이 먼 거나 다름없었다.

방문자들에 대해서도 내가 옳았다. 우리는 은은하게 빛나는 형체들 사이를 굽이굽이 걸으면서도 안전한 거리를 유지할 수 있었고 심령의 동요도 전혀 없었다. 그들은 크림색 빛 기둥 그 이상도 이하도 아니었다. 수염 난 얼굴의 흔적이 여전히 남은 하나를 제외하면. 이윽고 우리는 그들 모두를 통과했다. 연구소 울타리의 가장 어두운 지점 근처에 닿아서는 바닥으로 몸을 던졌다.

잠깐의 시간이 흐르고, 그사이 우리는 심장을 진정시켰다. 풀이 차가웠다. 나는 검은 풀과 검은 하늘 사이에 껴 있었다. 고개를 들자 내 얼굴에서 고작 몇 센티 떨어진 철조망과 그 너머 건물들의 뒷모습이 보였다. 건물들은 숲에서 보던 것보다 훨씬 컸다. 높기도 더 높고 넓기도 더 넓었다. 우리가 보고 있는 면은 무척 어두웠지만, 그래도 구조물 몇몇이 통로로 연결된 건 확인할 수 있었다. 통로들은 금속으로 뼈대를 만든 대롱 모양으로, 그 위를 덮은 범포가 바람결에 부드럽게 흔들렸다. 사위가 고요했다. 이 장소는 이미 버려진 걸지도 몰랐다.

"조지," 록우드가 주문했다. "잘라."

툭, 툭. 조지가 절단기를 움직였다. 땅에 가까운 쪽 철사 대여섯 가닥을 날래고 정확하게 끊어 뻣뻣한 덮개처럼 만들었다. 그걸 손으로 밀어봤다. "비집고 들어갈 수 있겠어." 그가 말했다. "그러고선 덮개를 내리면 돼. 아무도 못 볼 거야."

"더 커야 돼." 록우드가 속삭였다. "서둘러 빠져나가야 할 때를 대비해서."

"슷!" 우아한 뱀 같은 소리였다. 홀리가 경보를 발령했다. 우리는 바닥에 납작 엎드리며 은제 레이피어를 몸으로 덮었다. 가장 근처 건물 옆에서 신발들이 자갈을 오도독거리며 나타났다. 우리는 컴컴한 풀밭에 엎드린 채 땅바닥에 얼굴을 바짝 붙였고, 그사이 신발의 주인이 울타리에서 몇 걸음 떨어진 곳을 지나갔다. 발소리가 모퉁이를 돌아 사라졌다.

나는 조심스레 고개를 들고 머리칼 커튼을 걷었다. "상황 종료."

다른 이들도 고개를 들었다. "나쁘지 않은걸, 커빈스." 킵스가 속삭였다. "네가 그렇게 납작해지기도 할 줄은 몰랐는데. 사실, 전혀."

"난 그쪽이 재밌는 농담도 할 줄은 몰랐는데." 조지가 말했다. "그 생각이 옳았고." 그는 다시 절단기를 움직이기 시작했다. 얼마 안 돼 편지함 모양으로 자른 철조망을 뜯어냈다. 어깨너비에다 배낭을 메고도 어찌어찌 빠져나갈 수 있을 정도의 높이였다. 조지가 철망을 옆으로 치웠다. 그러기 무섭게 록우드가 꿈틀꿈틀 구멍을 통과하기 시작했다. 길고 늘씬한 형체가 외투 차림으로도 별 어려움 없이 울타리 반대편으로 넘어갔다. 잠시 뒤 몸을 일으켜 웅크리고 사방을 둘러봤다. 그가 신호를 보냈다. 한 명, 또 한 명. 숙련도에 개인차는 있었지만, 어쨌든 우리는 록우드의 뒤를 이어 금지된 땅에 들어섰다.

"이 자릴 기억해 둬." 록우드가 속삭였다. "구멍 위치는 저기 저 검은 기둥들 사이야. 그럼, 루시, 우리가 어디로 가야 할지 알겠어?"

심령의 웅웅거림은 그 어느 때보다도 요란했다. 내 귓속 깊은 곳에서, 발바닥에서, 그 사이의 모든 곳에서 느껴졌다. 나는 한 방향으로 몇 걸음, 또 다른 방향으로 몇 걸음 이동하며 눈을 감고 소리의 패턴에 귀를 기울였다.

"근처에 있어." 내가 말했다. "왼쪽으로 갈 때 더 강해져."

우리는 극도로 은밀히 움직이며 가장 근처 건물의 왼쪽 모퉁이로 슬금슬금 다가갔다. 부지 가운데서 나오는 빛이 자갈밭에 쏟아졌다. 우리 머리 위로 솟은 벽은 이랑진 금속 절벽처럼 검고, 특색 없고, 싸늘했다. 무언의 동의에 따라 나는 한 줄로 선 무리의 선두에 있었다. 모퉁이에 도달해선 그 너머를 슬그머니 내다봤다. 그리고 내 얼굴을 강타하는 초자연적 힘에 고통의 비명을 내지를 뻔했다.

조명이 내리쬐는 광활한 자갈밭 저편에 딱 봐도 부지의 중심인 건물이 서 있었다. 어떤 면에선 다른 건물들과 다르지 않았다. 널찍한 금속 몸뚱이에 골철판 지붕을 얹은 괴물 같은 놈이란 점에선. 하지만 우리가 기대선 건물에서 리브형• 통로 하나가 그쪽으로 이어졌고, 그 너머에서 또 하나가 보였다. 통로들은 마치 가운데로 모여드는 바퀴살들 같았다. 가운데 건물에는 창문이 없었으나 한쪽 끝, 그러니까 울타리를 마주 보는 쪽에 이중문이 있었다. 열린 문에서 은은하고 흐릿한 빛이 흘러나왔다. 폭발하는 듯한 심령의 힘도. 그 빛 속에 흰색 실험 가운을 입은 남자 서넛이 서 있었다. 손에 뭔가를 들었지만 잘 안 보였다. 그들 누구도 꿈쩍하지 않았다. 건물을 오가는 이도 전혀 없었다.

나는 몸을 뒤로 젖히고 록우드가 볼 수 있게 했다. "저기가 모든 일의 중심이야." 내가 속삭였다. "그게 뭔진 몰라도."

록우드가 어둠에 대고 눈을 가늘게 떴다. "저쪽 울타리에 틈이 있는데. 문짝을 뜯어낸 거처럼. 봐, 저기 선 남자들 바로 뒤에. 저건 어디다 쓰는 거지?"

"뭘 몰고 들어갈 수 있게?"

"길가의 출입문은 왜 안 쓰고?"

• 늑골 모양의 뼈대를 가진 구조물.

나는 뭐라 답할 말이 없었다. 고개를 더 멀리 빼는데 다른 뭔가가 눈에 들어왔다. 우리가 기대선 건물의 출입문이었다. 우리한테서 고작 몇 미터밖에 안 떨어진, 매끈한 금속문이고 고무로 밀폐 처리돼 있었다. 그 너머에 뭐가 있는지는 알 길이 없었다.

나는 록우드에게 문을 보여줬다. "저기로 가는 것도 방법이네."

록우드가 망설였다. "모르겠어. 위험해. 로트웰 사람 반이 저기 모여 있음 어쩌려고."

"그럼 어떻게 해? 투광등 밑을 한가롭게 걸어 다닐 수도 없는 거잖아. 안 그래?"

"그렇지…."

"록우드!" 줄 끝에 있는 홀리였다. 그녀가 미친 듯 뒤를 가리켰다. 어두운 색 복장에다 벨트에선 장비가 반짝이는 남자 둘이 건물 저편 모퉁이에 나와 있었다. 저 밤을, 바이킹들의 파리한 빛이 깜빡이는 들판을 내다봤다. 얘기하고, 웃고, 다행히도 우리 존재를 눈치채지 못했다. 하지만 이쪽으로 눈길을 돌리면 그걸로 끝이었다. 빛을 등진 우리 윤곽을 보게 될 것이다.

"얼른, 얼른!" 록우드가 우리를 몰아 건물 모퉁이를 돌았다. 거기서도 같은 문제에 맞닥트렸다. 열린 이중문 근처 남자들이 고개를 들기로 마음만 먹으면 우릴 보게 되리란 문제였다.

우리는 끼고 돈 건물의 금속문에 충돌했다. 록우드가 문고리를 잡아 돌리고는 문을 밀어 틈을 벌렸다.

"얼른! 얼른! 안으로, 안으로, 안으로!"

막 부화한 아기 오리들이 줄지어 개울에 뛰어드는 걸 본 적 있는가? 무슨 일이 닥칠지 알 수 없지만 다른 이들을 따르는 것밖엔 방법이 없는, 그러니까 일단 뛰고 봐야 하는? 그게 그때 우리, 그 문으로 들어서는 우리였다. 홀리와 킵스와 조지, 다음으로 록우드와 나. 우리는 순식간에 문을 통과했고, 등 뒤에선 고무가 문틈을 막았다.

결정적 선택이었다. 한번 저지르고 나면 절대로 돌이킬 수 없었다.

24

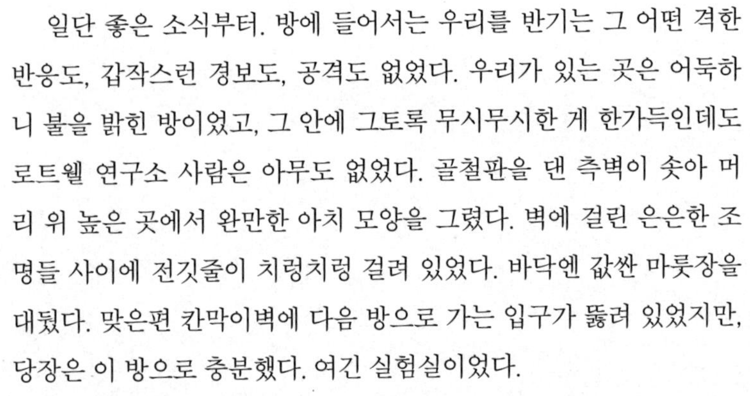

일단 좋은 소식부터. 방에 들어서는 우리를 반기는 그 어떤 격한 반응도, 갑작스런 경보도, 공격도 없었다. 우리가 있는 곳은 어둑하니 불을 밝힌 방이었고, 그 안에 그토록 무시무시한 게 한가득인데도 로트웰 연구소 사람은 아무도 없었다. 골철판을 댄 측벽이 솟아 머리 위 높은 곳에서 완만한 아치 모양을 그렸다. 벽에 걸린 은은한 조명들 사이에 전깃줄이 치렁치렁 걸려 있었다. 바닥엔 값싼 마룻장을 대뒀다. 맞은편 칸막이벽에 다음 방으로 가는 입구가 뚫려 있었지만, 당장은 이 방으로 충분했다. 여긴 실험실이었다.

방 전체에 기다란 금속 테이블 세 개가 뻗어 있고, 그 사이사이에 의자와 선반 끌차가 놓여 있었다. 테이블에 쇠사슬을 길게 놔서 구분한 공간에 온갖 종류의 장비들이 있었다. 은유리 플라스크, 튜브와 비커, 고리 모양 철관, 활활 타는 분젠버너, 탁탁 소리를 내는 전자기 코일 같은 것들이었다. 플라스크는 소형부터 특대형까지 크기가 다양했고, 모두가 심령 에너지로 빛났다. 그 원천이 되는 출처들이 더러운 유리에 밀착돼 있었다. 누르뎅뎅한 턱뼈, 대퇴골, 갈비뼈, 두개골, 한때 투구 혹은 검 혹은 암 링•이었던 녹슨 금속 덩어리. 모두가 여기서 벌어졌던 전투의 영물이었고, 거기 들러붙은 유령들도 눈에 보였다. 가지각색의 용기들이 다른빛으로, 섬뜩한 파란색과 노란색과 어둡고 불길한 녹색으로 반짝였다. 서로 상충되는 색들이 벽면에서 헤엄쳤다. 그리고 이 용기들 모두가 실험 중이었다. 가열되고 압축되고 감전되고 냉각되고…. 플라스마가 은유리에 붙어 소용돌이쳤다. 그 안을 언뜻 보니 뒤틀린 얼굴들이 말도 안 되게 오만상을 찌푸리며 일렁이고 회전했다. 실험 용기들은 모두 봉인돼 있었다. 거기 갇힌 목소리를 들을 순 없었지만 놈들의 비명은 확실히 감지됐다.

"이게 다 뭐야…." 킵스가 말했다.

조지가 휘파람을 불었다. "이거 영락없이 내 방인데."

록우드는 보라색 플라스마가 불꽃 위에서 보글보글 끓고 거품을 내는 둥글납작한 유리 비커를 들여다봤다. "저들이 여기서 뭘 하는 건지 얘기 좀 해줄래?"

"대부분이 엑토플라즘 연구야." 조지가 말했다. "엑토플라즘이 자극에 어떻게 반응하는지 실험하고 있어. 열에, 냉기에…. 이건 진공상태에 떠 있네. 이런. 이거 흥미로운데. 플라스마가 얼마나 희석됐는지 좀 봐…. 여기 이 혼령의 경우엔 연속적인 전기충격으로 활성화를 시도하는 중이야." 그가 고개를 가로저었다. "이 기법은 안 통한다고 내가 말 좀 해줘야겠네. 일 년 전쯤인가 우리 해골한테 실험해 본 적 있잖아. 플라스마에 변화가 전혀 없었어. 놈의 성질만 긁어놨지."

나는 그 방에 들어서면서부터 해골 목소리를 찾았지만 아무 성과가 없었다. 이젠 세차게 가동 중인 원심분리기를 보고 있었는데, 그 안에 갇힌 유령이 끝도 없이 빙글빙글 돌았다. "옳지 않아." 내가 말

• 위팔에 차는 장신구.

했다. "이건… 비정상적이라고."

조지가 나를 쳐다봤다. "난 이걸 몇 년째 하고 있는걸."

"거봐. 비정상 맞지."

"이 모두가 난제를 이해하려는 노력일 뿐야, 루스." 록우드가 말했다. "뭐가 유령을 움직이는지 찾고 싶은 거지. 다소 극단적이긴 하지만 딱히 잘못된 건 아니라고."

나는 대답하지 않았다. 록우드는 유령들을 싫어했다. 그도 조지도 유령에게 할애할 동정심 따윈 없었다. 나? 내겐 그리 간단한 문제가 아니었다. 나는 정신없는 작업대를, 그 위의 수첩과 볼펜을, 온도계와 피펫 더미를 가만히 봤다. 무슨 괴상한 이유에선지 엠마 마치먼트의 옛 작업실 광경이 떠올랐다. 주술에 동원한 냄비와 물약으로 가득했던. 그에 비하면 로트웰의 실험실은 최첨단이었지만 웬일인지 그 둘이 아주 다르단 생각은 안 들었다.

"확실히 열심이긴 하네." 록우드가 말했다. "모든 게 실험 중이야. 여기서 의문이 생기지. 사람들은 다 어디 간 거지?"

킵스가 끙 소리를 냈다. "옆방에서 뭔가 더 재미있는 일이 벌어지나 보지."

분명 그럴 터였다. 게다가 실험실의 그 잔혹한 경이는 우리를 그리 오래 붙들어 두지 못했다. 다들 방 저편의 칸막이벽으로 이동하는데 조지가 소리를 꽥 질렀다. 근처 테이블을 내리 덮쳤다. "그래! 그래! 이게 내가 찾던 거였어!"

홀리가 조지 옆 실린더를 쳐다봤다. "오래된 골반뼈?"

"아니, 바보야. 담배꽁초!" 조지는 누군가가 재떨이로 쓰던 단지를 집어 들고 킁킁거렸다. "맞아, 틀리려야 틀릴 수가 없어. 토스트 탄 내, 캐러멜 향! 이게 페르시안 라이트라고! 우리가 아이크미어에서 발견한 꽁초. 이제 의심의 여지가 없어. 우리 첼시 친구들이 여기 와 있는 게 분명해."

"그게 그렇게 신나는 일이면," 킵스가 낮은 목소리로 말했다. "여기서 한번 추적해 보시든가."

이제 보니 칸막이벽은 건물을 정확히 두 부분으로 나누고 있었다. 그 벽의 아치형 출입구로 나가니 처음 방과 거의 똑같은 구조의 공간이 나왔다. 부지의 다른 부분으로 연결되는 대롱 모양 통로를 빼면.

방 가운데에 역시 기다란 테이블 세 개가 놓여 있었다. 고문당하는 유령들의 빛이 광적으로 소용돌이치던 앞방과 대조적으로 이곳은 보다 한결같은 조명으로 어슴푸레하게 밝혀됐다. 테이블에는 차곡차곡 쌓인 상자들과 함께 이런저런 물건들이 가지런히 놓여 있었다. 산탄통과 실린더와 총기들이었다. 다른 것들도 있는데 생소했다.

"무기실이야." 록우드가 나직이 말했다. "이 화염탄 좀 봐! 킵스, 이렇게 큰 거 본 적 있어요?"

킵스는 고글을 밀어 올린 채 경탄하는 눈으로 방을 둘러보고 있었다. "이스트 엔드 사건에서 꽤 큰 걸 써본 적은 있어. 그래도 이거보단 작았지만."

조지가 휘파람을 불었다. "그러게요. 이걸로 적을 그냥 '때려'잡을 수도 있겠어요. 코코넛만큼이나 커서! 잘하면 지붕도 날리겠는데요."

우리는 여기저기 다니며 상자를 열어보고 자루 속을 들여다봤다. 다들 전문가적 흥미가 발동했다. 조사관을 위해 고안된 유령 사냥 장비들인데 정작 우리 이런 걸 본 적이 없었다.

"이 총들은 철이랑 소금 캡슐을 발사하는 거야." 록우드가 말했다. "일링 건에서 썼으면 편했겠다…. 근데 이건 도대체 뭐지?"

록우드는 금속 받침대에 놓인 커다란 무기 앞에 서 있었다. 무기에는 검은 개머리판과 기다란 총신이 달려 있고, 방아쇠 바로 앞 탄창에 은유리 구체가 쇠고리로 묶여 있었다. 구체 안에 든 조그만 뼈들이 보였다. 희미한 빛을 냈다.

"기본적으론 산탄총이네." 록우드가 말했다. "근데 개량됐어. 내가 틀릴 수도 있겠지만, 이건 탄환 대신 유령을 발사하는 총 같아…." 그가 고개를 가로저었다. "이상한 물건이야. DEPRAC가 이걸 승인할지 모르겠어."

"안 할 거야." 내가 조그만 목소리로 말했다. 나는 쟁반에 단정히 놓인 조그만 나무 실린더들—계주 선수들의 배턴을 닮은—을 보고 있었다. 각각의 끝에 전구 모양 유리가 붙어 있었다. "이 중 어떤 것도 승인하지 않을 거야." 나는 배턴 하나를 집어 그들에게 내밀었다. 유리 전구 안에서 심령의 빛이 소용돌이쳤다. "이거 알아보는 사람 있어?"

아무도 대답하지 않았다. 배턴을 보고만 있었다. 입을 쩍 벌린 채.

나는 그걸 긍정의 의미로 받아들였다.

작년 가을, 런던 중심부에서 열린 거리 축제에 무장 괴한 둘이 들이닥쳐 퍼넬로프 피츠와 스티브 로트웰이 탄 차량을 공격한 일이 있었다. 퍼넬로프 피츠 암살 시도에는 권총이 사용됐으나, 최초 공격의 시발점은 이렇게 생긴 유령탄*이었다. 유리 전구가 깨지고 거기서 요괴들이 나와 많은 이들의 목숨을 위협했다. 유령탄이 어디서 온 건지는 밝혀지지 않았다.

지금까지는.

"음…, 그건 좀 흥미로운데." 록우드가 말했다.

"하지만… 하지만 정말이지," 홀리였다. "스티브 로트웰이 꾸민 짓일 리 없어. 괴한들이 그 사람도 죽이려 했는걸."

"정말?" 내가 물었다. "그들이 스티브 로트웰한테 총을 겨눈 기억은 없는데. 실제로 살해를 시도한 건 퍼넬로프 피츠한테였어."

"아냐! 무슨 소릴 하는 거야? 스티브 로트웰은 괴한들에 맞서 싸웠어! 그중 하날 죽이기까지 했다고!"

"그래, 솜씨가 훌륭했지." 록우드가 조용히 말했다. "그 덕분에 꽤나 영웅이 됐고. 안 그래? 퍼넬로프 피츠를 구한 건 '우리'고, 로트웰의 원래 목적은 실패로 돌아가는데도 그랬어. 그 사람 입장에선 일이 어떻게 풀려도 이득일 거였지."

"로트웰 대행사가 피츠를 싫어하는 건 알았지만," 킵스가 말했다. "그렇게까지 할 줄은 정말 몰랐는데."

"말도 안 돼." 홀리가 말하며 눈물을 글썽였다. "내가 그런 사람 밑에서 일했다니."

킵스가 인상을 썼다. "이제 볼 만큼 봤어. 여기서 나가야 해. 전화를 찾아 DEPRAC에 연락하고 반스를 불러와야지."

"아직 안 돼요." 록우드가 말했다.

"제정신이야? 이건 결정적인 증거라고, 록우드."

"DEPRAC가 뭘 어쩔 건데요? 로트웰 부지에 무작정 밀고 들어오진 않을 거잖아요. 안 그래요? 설령 우리 얘길 믿는다 해도, 별로 그럴 거 같지도 않지만, 아무튼 영장을 받는다느니 변호사와 상의한다느니 하면서 시간만 축낼 거라고요. 누구든 여기 발 들일 때쯤엔 이 모두가 사라져 있을 테고."

킵스가 답답한 듯 테이블을 때렸다. "그럼 어떡할까? 계속 어슬렁거리다 로트웰한테 걸려서 코에 유령탄이 박히는 신세가 돼봐?"

"내가 어슬렁거리고 싶은 곳은," 록우드가 말했다. "중앙 건물뿐예요. 기왕 온 거 본 행사가 뭔지는 봐야죠. 바로 저기예요. 저기만 지나면 나온다고요." 록우드가 눈을 반짝이며 엄지로 측벽에 뚫린 구멍을 가리켰다. 갈비뼈 같은 틀에 범포를 씌운 임시 통로의 내부를 어둑한 조명이 밝히고 있었다.

"그래, 건물이 나오겠지." 킵스가 말했다. "로트웰 직원 떼거지와 함께. 네가 하려는 건 자살행위야. 우리 선에서 할 수 있는 건 다 했어." 그가 우리를 둘러봤다. "그렇게 생각하는 게 정말 나쁜야?"

아무도 대답하지 않았다. 사람이 의리가 있지, 그 상황에서 록우드에게 반대하고 나설 순 없었다. 그렇다고 킵스의 논리를 부정할 수도 없었다.

"이렇게 생각하면 더 쉬울 거야." 킵스가 더미에서 유령탄 하나를 뽑아냈다. "요 녀석을 가져가면 돼. 우리가 목격한 것의 증거로 챙기는 거지. 이걸 반스의 콧수염 밑에다 들이밀어. 제아무리 반스라 해도 자기 눈앞의 증거까지 부정할 순 없을 테니까. 그길로 DEPRAC 승합차들이 득달같이 달려오게 만들 수 있다, 이 말씀이야."

록우드가 고개를 가로저었다. "아뇨. 우린 이 기회 못 놓쳐요. 잃는 게 너무 많아. 이 유령탄쯤 저 통로 너머에서 벌어지는 일에 비하면 아무것도 아니라고요. 그건 킵스도 알고 나도 알죠. 그리고 우린 낭비할 시간이…."

"내가 아는 건," 킵스가 말을 끊었다. "네가 팀의 안전보다 네 궁금증을 먼저 생각한단 거야! 네 목숨을 걸어. 꼭 그래야만 하겠다면 얼마든지. 근데 홀리는? 루시는? 네 이름이 엮인 죽음들이 더 있길 바라서 그래?"

순간 킵스가 너무 갔지 싶었다. 구두약 아래 록우드의 얼굴에서 표정이 싹 가셨다. 그가 킵스에게 한 발짝 다가섰다. 이윽고 그의 안에서 감정 폭발 방지 스위치가 눌리며 자제력이 돌아왔다.

“아니. 맞는 말예요.” 록우드가 나직이 말했다. “부정하지 않을게요. 내 생각이 짧았어요.” 그가 숨을 들이마시고 우리를 둘러봤다. “오케이. 이렇게 하자. 너흰 여길 나가. 유령탄을 챙겨서 DEPRAC로 가. 킵스 말대로 해. 킵스가 옳아. 어떻게든 여기 밖으로 말이 나가게 만들어야 해. 난, 나는 가서 중앙 건물을 확인할게. 닥쳐, 조지. 토 달지 마. 거기서 혹시라도 들키면 소란을 피워서 너희가 빠져나갈 시간을 벌 거야. 이상. 당장 움직여.”

록우드의 리더십이 중대한 시험대에 오르는 순간이었다. 홀리와 조지와 내가 그의 결정에 반발하며 일제히 떠들어대기 시작했으니까. 하지만 그 와중에 저 멀리서 덜컹거리는 소리가 들렸고, 우리 등 뒤의 통로에서 폭발이라도 하듯 심령 기운이 밀려왔는데, 그게 어찌나 강력한지 나는 팔에 소름이 쫙 돋았다. 그와 함께 목소리가, 발소리가 들렸다. 허둥지둥 이쪽으로 향하는.

말다툼을 끝내는 데 눈앞에 닥친 재앙만큼 효과 만점인 것도 없다. 우리는 뿔뿔이 흩어졌다. 록우드는 몸을 낮추고 공이라도 되는 양 바닥을 가로질러 저쪽 테이블 끝에 웅크렸다. 킵스와 홀리도 자취를 감췄다. 조지가 미끄러지듯 나를 지나쳐 갔다. 나는 근처 테이블 밑으로 몸을 던졌다. 상자들 사이로 꿈틀꿈틀 들어가 계속 기어가는데 신발 두 쌍이 방으로 들어와 지나갔다. 나는 뒤를 돌아봤다. 테이블의 금속 다리 틈으로 남녀가 보였다. 둘 다 중년에다 알이 두꺼운 안경을 머리에 얹었다. 뒷발로 선 사자가 새겨진 흰색 실험 가운을 입었다.

“이제 얼마나 남았지?” 테이블 사이를 걸으며 여자가 말했다.

“잘해야 십 분. 그 사람 간 지 이십 분 됐어. 지금껏 삼십 분을 넘긴 적 없고.”

"그럼 얼른 끝내고 가보는 게 좋겠네."

그들의 발소리가 칸막이벽까지 계속됐다. 그들은 실험실로 들어갔다.

무언가가 날 뒤돌아보게 했다. 테이블 끝에 록우드가 있었다. 내 맞은편에 웅크린 채였다. 머리칼이 헝클어지고 얼굴은 구두약으로 얼룩덜룩했지만 그 눈과 미소만큼은 무척 환했다. 그가 나와 눈을 맞추고 짧게 작별 인사를 했다.

다음 순간 록우드는 멀어지고 있었다. 자세를 낮추고 아치를 휙 통과해 통로를 올라갔다.

나는 다시 방으로 고개를 돌렸다가 홀리를 봤다. 내게서 가장 먼 쪽 테이블 아래 납작 엎드려 있었다. 그 근처의 소금총* 거치대 사이엔 킵스가 껴 있었다. 그리고 저 먼 구석의 마그네슘 화염 궤짝들 뒤에선 세계에서 가장 큰 소금탄인지 조지의 엉덩짝인지 모를 것이 삐져나와 있었다. 그걸 가만히 보는데 녀석의 안경 쓴 얼굴이 시야로 솟아올라 날 향해 눈을 끔뻑였다.

다들 괜찮을 거였다.

내가 무슨 말을 하려는지 당신도 알 거다. 이 또한 그 '순간'들의 하나였다. '충분한 고민 없이 찰나의 충동에 휩싸여 이성적 분석 대신 직감을 따르는' 순간들.

우리를 우리답게 만드는 순간들.

나도 자리에서 벌떡 일어나 통로로 내달렸다.

밖은 바람이 한결 강해져 있었다. 통로를 씌운 범포 벽이 대롱 모양의 금속 뼈대를 때리며 탁탁거리고 펄럭거렸다. 어둑한 전구들이 지붕에서 흔들거렸다. 통로는 하나의 길고 굽은 길로 소금과 철의 냄새를 풍겼다. 그 길이 나를 곧장 부지의 중심으로 데려갔다.

통로 끝에 견고한 철로 만든 여닫이문이 있었다. 유령을 차단하는 벽이었다. 포틀랜드 로의 제시카 방에 있는 것 같은. 거기 록우드가 웅크리고 있었다. 벨트에서 레이피어를 반짝이며. 이제 막 문 너머를 훔쳐보려는 참이었다. 내가 그의 옆으로 뛰어들었다.

록우드가 소스라치고, 욕하고, 내게 험악한 표정으로 보답했다. "무슨 짓이야? 가랬잖아."

"깜빡했나 본데." 내가 말했다. "난 록우드 심령 회사 소속이 아냐. 네 명령을 들을 필요가 없다고. 안 그래? 아무튼 네게 나름의 운영 방식이 있다면 그건 나도 마찬가지야. 지금쯤은 너도 그걸 알았어야 하는데." 나는 그에게 루시 칼라일 대표 미소를 발사했다.

"오, 맙소사. 그래, 알았어야 했는데." 록우드가 어깨를 으쓱한 다음 미소를 지었다. 그 이상 미적거리고 있기엔 너무 들뜬 듯 보였다. 그가 다시 문에 집중했다. "글쎄, 저 너머에 뭐가 있는지 볼 수가 없으니 그냥 운에 맡겨야겠어. 레이피어 준비해."

하지만 행운은 우리 편이었다. 문을 빠끔히 밀어 열고도, 느닷없는 심령의 위력에 숨이 멎으면서도 초자연적 공포나 로트웰 조사관과는 맞닥트리지 않았으니까. 문틈으로 보이는 건 나무 궤짝들의 뒷면뿐이었다. 뚜껑이 열리고 속이 빈 궤짝들이 더미로 쌓여 있었다. 거기서 쏟아진 소금과 철가루가 바닥에 수북했다. 위로는 지붕이 높이 솟아 파리한 빛에 반짝였다.

여기였다. 그날 저녁 여관을 처음 나서던 순간부터 나를 괴롭히던 머릿속 왕왕거림이 이제 절정에 이르렀다. 그 소리에 구토증이 치밀었다. 나는 잠시 벽에 몸을 기대고 진정해야 했다. 록우드가 문틈을 더 벌렸다. 안으로 들어간 우리는 궤짝들의 미로를 신속히 통과해 가장 끝 쪽 더미에 닿았다.

궤짝 사이에 비좁은 틈이 있었다. 그 너머는 밝고 생동감 넘치는 거대한 공간이었다.

우리는 궤짝 더미에 숨어 들여다봤다.

"오, 이런." 나는 그 말밖에 안 나왔다.

어디선가 록우드가 검은 선글라스를 꺼내 들고 있었다. 가장 밝은 절명광, 가장 강렬한 초자연적 빛을 볼 때만 쓰는 거였다. 그는 안경다리를 펼쳤다. 하나, 또 하나, 단호하고 민첩하게. 접이식 칼의 칼날을 펴듯. 그는 의기양양했다. 퀼 킵스가 비난했고 스티브 로트웰이 알아봤던, 그리고 첫 만남의 순간부터 나를 사로잡았던 가차 없는 추진력과 결단력이 이룬 성취에 얼굴이 환히 빛났다. 결국 그 힘이 그를 여기로 이끌었다.

"저기 있네." 록우드가 말했다. "우리가 쫓았던 게. 지금껏 내내."

그는 나지막이 소리 내 웃으며 선글라스를 꼈다.

연구소 가운데의 그 휑뎅그렁한 건물에서 우리가 본 걸 어떻게 묘사해야 할까? 쉽지 않다. 기묘하게도 그 당시에조차 정확한 상황—거기 뭐가 있고 또 없는지—이 잘 가늠이 안 돼서였다. 일단 공간의 대부분은 비어 있었다. 우리가 숨은 곳에 몰려 있는 궤짝들을 제외하면 방에는 있는 게 거의 없었다. 금속 벽들이 우리를 굽어봤다. 높이 솟은 지붕에 은은한 램프들이 매달려 있었다. 거대한 교회의 잔해 속에 있으면서 버려진 신도석을 내려다보는 기분이었다. 우리가 거쳐온 것과 비슷한 통로 하나가 오른쪽 벽을 따라 나 있었다. 저 끝에선 이중문이 어렴풋하게 보였다. 아까 우리가 밖에서 봤던 그 열린 문이었다. 문이 '어렴풋했다'라고 말하는 건 방이 전체적으론 휑한데도 불구하고 한가운데의 뭔가에 가려 잘 안 보였기 때문이다.

우리가 서 있는 곳은 널빤지로 만든 단상 위였지만, 건물의 나머지 부분에는 바닥재를 깔지 않아 검은 흙이 그대로 드러나 있었다. 거기서 자라던 풀은 죽은 지 오래였다. 딱딱한 흙바닥에 뼈들이 흩어져 있었다. 여기가 고대 전투의 중심이었다. 그래서 선택된 거였다. 연구소가 계획했던 뭔가에 유리했다.

흙바닥 한가운데에 거대한 쇠사슬로 원이 만들어져 있었다. 이렇게 큰 건 생전 처음 봤다. 지름이 한 4미터쯤 되는 듯했다. 쇠사슬 자체도 크기가 엄청나서 런던 부두에 배들을 정박할 때 쓰는 것처럼 보였다. 무게 또한 어마어마할 터였다.

이 쇠사슬들의 존재 이유가 즉시 눈에 띄었다. 원 안에 방문자들이 있었다.

많이.

쇠사슬의 억제력 때문인지, 놈들은 파리한 잿빛 형상으로만 현현했고 서로 겹쳐진 채 우왕좌왕했다. 소형 수조에 갇힌 물고기 떼처럼. 희미하긴 했지만 음영자나 관망자처럼 약한 1급령*은 아니란 걸 알 수 있었다. 다들 하나같이 센 놈들이었다. 내가 알드버리 캐슬에서 내내 느꼈던 건 이들의 집단적 에너지였다.

이 유령들의 출처가 원 안에 쌓여 있었다. 쉼 없이 부유하는 형체들 밑 땅바닥에서 떡하니 보였다. 나는 바로 알았다. 이 모두가 저들이 피츠 소각장에서 빼돌리고, 유물 사냥꾼들에게서 빼앗고, 런던 전역에서 사들이고 훔치고 모은 물건들이란 걸. 이들을 은유리 단지와 상자에서 꺼내고 원 안에 풀어 괴물 같은 힘을 가진 하나의 출처를 만들어냈단 걸.

해골 녀석도 어딘가에 있을 테지만 그게 어딘지 알 수 없었다. 원 안의 모든 게 별나게도 뿌옜다. 빛이 쇠사슬을 넘는 순간 힘을 잃어버리기라도 하는 양. 그러다 보니 방 가운데를 두꺼운 안개 기둥이 가리고 있는 형국이 됐지만, 그걸 안개라도 부르기에도 좀 뭐했다. 그보다는 그냥 시야가 침침한 것에 더 가까웠다. 거길 볼 때마다 눈을 비비고 싶어지는 기분이랄까. 대개는 그냥 시선을 돌리고 싶고.

"저 머저리들이 뭔 짓을 벌인 거야?" 내가 중얼거렸다. "이게 다 뭐지?"

록우드가 내 팔을 쿡 찔렀다. "쇠사슬을 봐, 루스. 저 쇠사슬이 핵심이야."

우리가 서 있는 나무 단상 끝에서 멀지 않은 곳 땅에 쇠기둥이 박혀 있었다. 거기, (추정상) 내 어깨 정도 되는 높이에 표준 무게의 쇠사슬이 길게 걸려 있었다. 이 쇠사슬은 쇠기둥에서 뻗어 나와 같은 높이를 유지하며 원 경계를 넘어 출처 더미들 사이를 지났다. 그런 뒤의 모습은 희한하게도 잘 안 보였다. 방 가운데의 기묘한 빛 때문이었다. 쇠사슬이 뭔가에 연결돼 있긴 할 텐데 그게 뭔지, 어디에 있는지는 알 수 없었다. 이처럼 공중에 걸린 쇠사슬이 원 내부 방문자들의 접근을 막고 있었다. 그 주변 허공엔—희미하긴 하지만—방문자가 없었다.

그 쇠사슬에 뭔가 굉장하고 중대한 의미가 있는 게 분명했다. 그 방에 있는 로트웰 연구소 사람들—세어보니 전부 열두 명이었다—모두가 쇠기둥 근처에 서 있었으니까. 그중 누군가는 메모판을 들었고, 아까 무기실에서 우리를 스쳐간 남녀와 비슷한 복장이었다. 더 두꺼운 방호복에다 안전모를 쓰고 과하게 큰 장갑을 낀 사람들도 있었다. 그들 사이를 특색 없는 얼굴의 존슨(메모판으로 그를 알아보는 게 차라리 쉬웠다.)이 야단스레 돌아다니며 데이터를 확인하고, 손에 든 초시계를 반복적으로 봤다. 거기 스티브 로트웰도 있었다. 다른 이들과 같이 안전모와 방호복을 챙겨 입었지만 덩치와 번뜩이는 레이피어, 광이 나는 신발로 알아볼 수 있었다. 그는 약간 떨어진 곳에 서서 은제 보온병에 든 걸 마시고 있었다.

그들 모두가 서서 뭔가를 기다릴 뿐이었다.

록우드가 내 귀에 대고 말했다. "원 안에 누가 있어."

"누군지 보여?"

"아니. 빛이 이상해서 안 보여. 근데 저 기둥에 걸린 쇠사슬이 있어서 안에 안전히 들어갈 수 있는 거야." 록우드가 입술을 깨물었다. "음, '어느 정도' 안전히. 글쎄, 실은 절대로 안 안전해. 저 안에 있는 게 누구든 방호복을 입었을 거야."

"안에서 뭘 하는 건데?"

"이제 알아봐야지. 아까 저 방에서 두 사람이 얘기하던 거 들었지? 조만간 시작될 거야."

그 말을 증명이라도 하듯 우리 뒤에서 무기실 방향 문이 덜컹거렸다. 아까 우리를 지나쳐 갔던 남녀가 허둥지둥 들어와 쇠사슬 근처 동료들과 합류했다. 다음 순간 존슨의 초시계가 울리기 시작했다. 그 조그만 소리에 내가 기겁했다. 존슨이 알람을 껐다. 모두가 쇠사슬을 보고 있었다.

잠잠했다.

스티브 로트웰이 보온병에 든 걸 한 모금 더 마셨다.

쇠사슬이 부르르 떨었다.

전기충격에 되살아나기라도 한 양 로트웰 직원들이 행동에 돌입했다. 남자들은 소금총을 집어 들고 거기 연결된 저장 용기를 등에 짊어졌다. 그러고는 쇠기둥을 중심으로 넓은 반원 모양으로 섰다.

이제 쇠사슬이 세차게 경련했다. 원에 갇힌 유령들이 동요하며 흉흉히 날아다녔다. 일제히 뒤로 물러나며 쇠사슬에서 떨어졌다.

원 가운데의 휑한 안개 속에서 휘청거리는 그림자 하나가 나타났다. 처음엔 희미하다가 점차 짙어졌다. 크기도 점점 커졌다. 오싹하고 어정어정한 걸음걸이, 괴물 같은 몸통. 거대하고 형체 없는 머리 부근에서 일렁이는 불꽃이 폭발했다. 가까이, 더 가까이 그것이 다가왔다. 한 손, 또 한 손 쇠사슬을 붙들고. 원에서 들리던 심령의 웅웅거림이 뚝 그쳤다. 절대적인 정적 속에서 형상이 원의 쇠사슬 장벽에 도달했다. 형상은 주저하지 않았다.

록우드의 숨이 멎고, 나는 비명을 뱉었다. 어느 순간 형상은 거기 없었다. 이윽고 어정거리는 그림자가 원을 뚫고 나오며 굉음이 폭발하고 불길이 치솟았다.

25

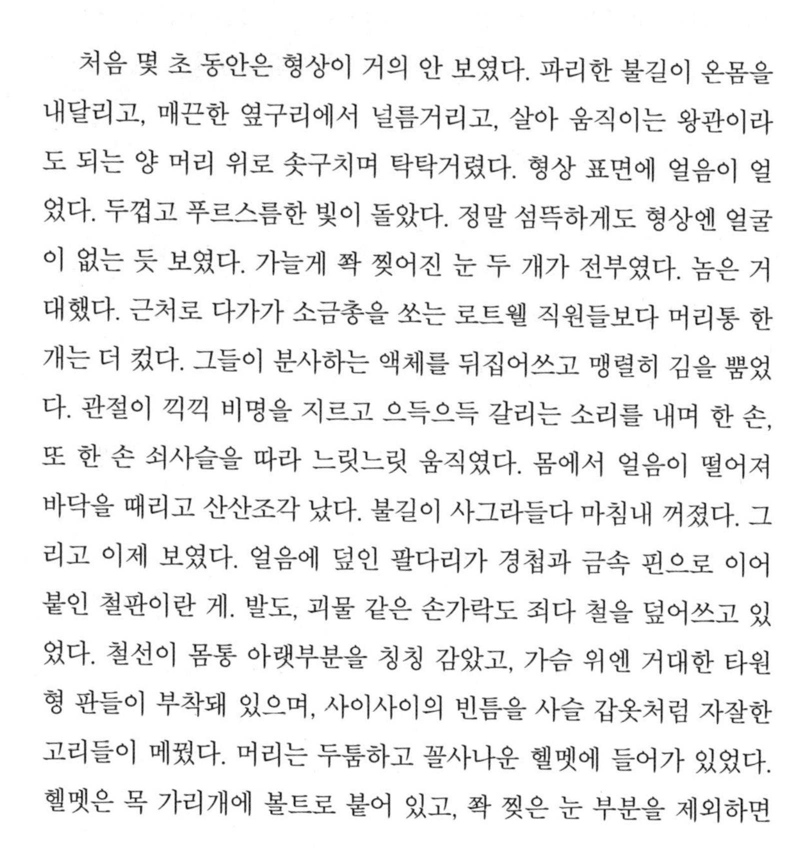

처음 몇 초 동안은 형상이 거의 안 보였다. 파리한 불길이 온몸을 내달리고, 매끈한 옆구리에서 널름거리고, 살아 움직이는 왕관이라도 되는 양 머리 위로 솟구치며 탁탁거렸다. 형상 표면에 얼음이 얼었다. 두껍고 푸르스름한 빛이 돌았다. 정말 섬뜩하게도 형상엔 얼굴이 없는 듯 보였다. 가늘게 쫙 찢어진 눈 두 개가 전부였다. 놈은 거대했다. 근처로 다가가 소금총을 쏘는 로트웰 직원들보다 머리통 한 개는 더 컸다. 그들이 분사하는 액체를 뒤집어쓰고 맹렬히 김을 뿜었다. 관절이 끽끽 비명을 지르고 으득으득 갈리는 소리를 내며 한 손, 또 한 손 쇠사슬을 따라 느릿느릿 움직였다. 몸에서 얼음이 떨어져 바닥을 때리고 산산조각 났다. 불길이 사그라들다 마침내 꺼졌다. 그리고 이제 보였다. 얼음에 덮인 팔다리가 경첩과 금속 핀으로 이어 붙인 철판이란 게. 발도, 괴물 같은 손가락도 죄다 철을 덮어쓰고 있었다. 철선이 몸통 아랫부분을 칭칭 감았고, 가슴 위엔 거대한 타원형 판들이 부착돼 있으며, 사이사이의 빈틈을 사슬 갑옷처럼 자잘한 고리들이 메꿨다. 머리는 두툼하고 꼴사나운 헬멧에 들어가 있었다. 헬멧은 목 가리개에 볼트로 붙어 있고, 쫙 찢은 눈 부분을 제외하면 장식이 전혀 없었다. 갑옷들이 다 그렇듯 이 또한 추하고, 육중하고, 악랄할 정도로 기능에만 집중해 만들어졌다.

불타는 형상이 쇠기둥에서 그리 멀지 않은 곳에서 마침내 멈췄다. 선 채로 흔들거렸다. 금속으로 된 환자 운반차가 들어오고, 방호복을 입은 과학자들이 부랴부랴 나섰다. 두꺼운 장갑을 낀 손들이 잠금쇠를 풀고 레버를 돌렸다. 헬멧의 안면 가리개가 젖혀지고 얼굴이, 죽은 사람처럼 창백한 얼굴이 들여다보였다.

그 순간까지도 나는 확신하지 못했으나 이제 더는 의심할 수 없었다. 이건 어정거리는 그림자, 교회 마당에서 봤던 불꽃과 연기의 그놈이었다. 그리고 그놈은 혼령이 아니라 사람이었다. 철갑옷 속의 평범한, 살아 있는 사람.

남자가 힘을 잃고 휘청휘청 쓰러지기 직전이었다. 직원들이 병든 여왕개미 곁의 일개미마냥 들러붙어 남자의 거대한 금속 팔을 받치고 겨드랑이를 부축했다. 남자는 고통스러운 듯 운반차 위에 풀썩 쓰러졌다. 전동 모터가 돌았다. 운반차가 근처 통로로 내려가기 시작하고, 로트웰 팀이 서둘러 뒤따랐다.

스티브 로트웰은 몇 발자국 떨어진 곳에 서서 전체 과정을 무심히 지켜봤다. 그 뒤 보온병 뚜껑을 닫고 코를 문지르더니 직원들을 성큼성큼 따라갔다.

문이 덜컹이며 닫혔다. 방이 비었다.

그러는 내내 나는 꿈쩍하지 않았다. 말하는 법을 까먹기라도 한 것 같았다. "록우드." 꺽꺽거리는 소리가 나왔다. "저 갑옷 입은 남자…, 네가 보기에도 정말…?"

록우드가 고개를 가로저었다. "나중에 얘기해. 혼령망토 챙겨 왔지?"

"응."

"몸에 둘러."

나는 가방을 열고 록우드가 시킨 대로 했다. 그 역시 망토를 꺼내 무지갯빛 깃털들을 펼쳤다. "난 보호구 없이는 저 원에 얼씬도 안 할 거야." 록우드가 말했다. "이번이 저들의 장치를 살펴볼 유일한 기회야. 가까이 가서 봐야 해."

록우드와 나는 은신처를 벗어나 방 가운데로 갔다. 원의 경계 너머 우윳빛 공기 기둥 속에서 잿빛 형상들이 밀려가고 밀려왔다. 심령 소음이 머리를 쿵쿵 때렸다. 몹시 추웠다. 우리는 장갑을 꼈다.

그렇게 가까이에서조차 쇠기둥에 묶인 쇠사슬의 반대쪽 끝은 안 보였다. 원 위에 안개 한 점이 떠 있고, 쇠사슬이 거기로 들어가 시야에서 사라지는 모양새였다.

"남자가 원에 들어가." 록우드가 중얼거렸다. "방어용 갑옷을 입고 이 거대한 출처에 들어간단 말야. 일단 들어가면 뭘 하는 걸까? 뭘 보게 되는 거지?"

"조지의 바지 비유 기억해? 이 세계를 바지 천으로 보면 그게 해지는 부분이 출처라고? 조지가 그랬잖아. 출처들을 충분히 많이 모으면 그 해진 구멍이 저세상을 보는 창문이 된다고. 그게 사실이라면 이 창은 분명 어마어마하게 클 거야. 로트웰 사람들은 그 너머를 보면서…." 그 생각 자체가 도저히 이해도 안 되고 너무 위험해서 말을 끝마칠 엄두가 안 났다.

록우드는 차분히 원을 봤다. "그래. 단순히 창문일 뿐이라면 말이지."

록우드가 뭐라 덧붙였지만, 나는 듣고 있지 않았다. 끔찍하기 그지없는 심령 포효 위로 뭔가가 내 이름을 불렀다.

"루시…."

"해골!" 내가 말했다. "해골 목소리가 들려!"

나는 원으로 다가가 그 안에서 소용돌이치는 윤곽들을 들여다봤다. 잿빛으로 날뛰는 저 형체들 중 뭘까? 알기 힘들었다.

"정말 해골 목소리 같아?" 원에서 나는 흉포한 소리들은 청각 능력이 사실상 제로인 록우드조차 감지할 정도였다. 솔직한 말로 나도 놀랐다. 그 난리 통에서 내가 목소리 하나를 골라낸다는 게 아무래도 이상하긴 했다.

그런데도 다시 들렸다. "루시…!"

나는 어깨를 으쓱했다. "아무래도 내 심령 능력이 날로 강해지는 거 같아. 놈이 뭔가 다른 주파수로 말하는 거까지 잡아내나 봐."

"뭐, 가능한 얘기지." 목소리가 말했다. "아님 내가 그냥 여기 이쪽에 있든가."

나는 눈을 끔뻑이며 둘러봤다. 내 왼쪽 벽에 속이 빈 은유리 상자와 뚜껑이 열린 단지, 이런저런 폐물들이 쌓여 있었다. 내가 아주 잘 아는 유령단지와 함께. 멀쩡해 보이는 단지는 거기 내팽개쳐지기라도 한 듯 옆으로 엎어져 있었다. 그 안의 흉물스런 반투명 얼굴 또한 옆으로 누웠고. 콧구멍을 벌렁거리며 툭 불거진 눈을 내게 부라리면서.

"알아. 안다고." 해골이 말했다. "온 동네 머저리 같은 출처란 출처는 죄다 저기 들어가 있는데, 놈들이 난 거들떠도 안 봤어. 피 묻은 손수건에 양말, 틀니에 밧줄 토막까지 온갖 잡스러운 게 다 들어갔는데. 귀신 붙은 단추도 두어 개 던져 넣는 걸 이 두 눈으로 똑똑히 보기까지 했는데. 난 단추만도 못한 해골이야."

"해골!" 나는 단지로 달려가 놈을 집어 들었다. 뚜껑 여기저기가 찍히고 찌그러져 손상된 흔적들이 보였다. "저 인간들이 너한테 무슨 짓을 한 거야?" 그랬다가 목을 가다듬고 인상을 썼다. "뭐, 네가 걱정되거나 그렇단 건 아니고."

"인정할게. 나도 널 봐서 놀라워." 해골이 말했다. "물론, 네가 날 찾아다닐 줄은 알았어. 찾아낼 머리가 안 될 거라 생각했을 뿐."

"사실 완전 우연이긴 해. 지금 전혀 다른 일을 하는 중이거든. 어쨌든 내가 이렇게 왔으니까…." 나는 얼른 배낭을 벗어 바닥에 놓고 안쪽에 공간을 만들었다. "하지만 이해가 안 돼. 저들이 왜 널 안 쓴 거지? 넌 3급령이잖아."

유령의 목소리에서 싸늘한 분노가 읽혔다. "놈들은 그걸 몰라. 안 그러겠어? 순 멍청이들인데. 게다가 내 단지 뚜껑을 열 수가 없었거든. 부식해서 붙어버린 건지 뭔지. 열어보겠다고 난리들을 쳤어. 날 무슨 양파피클 단지 취급하면서. 결국엔 인내심을 잃었고. 하, 이렇게 치욕스러울 수가! 그때 우리가 발견한 케케묵은 미라 머리, 그깟 것조차 저기 들어갔는데. 그 마녀 유령도 저기 있다고. 꽥꽥거리면서 빙글빙글. 하지만 난 아니래. 그건 그렇고, 넌 뭘 뒤집어쓰고 있는 거야? 속 채운 거위 꼴을 해선."

"혼령망토야. 닥쳐." 나는 단지를 배낭에 밀어 넣느라, 그러면서 어깨 너머를 확인하느라 정신없었다. 록우드는 원 근처에서 쇠사슬이 안개 기둥과 교차해 들어가는 지점을 살피고 있었다. "록우드!" 내가 외쳤다. "해골 찾았어. 우리 가야 돼."

"잠깐만, 루스…." 록우드는 소용돌이치는 안개를 보며 망토 깃털을 만지작거리기만 했다.

"록우드를 데려왔구나. 총알받이로." 해골이 말했다. "잘 생각했어. 지금이 기회야. 저 자식이 정신을 팔고 있는 새 우리끼리 슬쩍 가자."

나는 소스라쳐 자리에서 일어났다. 아까 로트웰 일당이 사라진 옆 통로에서 소리가 들린 것 같았다. "록우드…." 내가 말했다. "이제 진짜 가야 돼."

"내버려둬. 넌 저 자식을 너무 아껴. 늘 그랬어. 저딴 자식이야 누구든 대신할 수 있어. 알잖아. 있지, 그냥 눈 감든가 불 끄고 있으면 나도 록우드라니까."

나는 그 말에 반응해 주는 은혜를 베풀지 않았다. 걱정스러웠다. 록우드는 기묘하게 꿈꾸는 듯한 표정으로 어렴풋이 웃고 있었다. 그 모습이 마음에 안 들었다. 그의 눈엔 아까 킵스와 다툴 때 봤던 그 강렬한 빛이 깃들어 있었다. 아득히 먼 곳의 뭔가를 보기라도 하는 듯한. 그가 주변과 괴리돼 있는 것만은 확실했다. 이제 더는 의심의 여지가 없었으니까. 옆 통로에서 정말로 소리가 들리고 있었다. 나는 가방을 두고 서둘러 걸어가 록우드의 팔을 잡았다. "정신 차려! 그들이 돌아오고 있어!"

록우드가 눈을 깜빡였다. "뭐? 그래, 물론이야. 가야지. 실험실로 가…."

하지만 그쪽으론 돌아갈 수 없었다. 궤짝 뒤에서도 인기척이 들렸다. 끼이익 문이 열리는 소리와 함께.

옆 통로에서도 발소리가, 목소리가, 전동 운반차의 웅웅거림이 들렸다.

내가 록우드를 다시 잡아당겼다. "서둘러, 그럼. 저쪽 끝에 이중문이…."

하지만 나는 그 밖에 서 있던 로트웰 조사관들을 깜빡하고 있었다. 원을 끼고 도는 순간 건물 반대쪽이 선명히 보였고, 그때서야 알았다. 그들은 여전히 거기 서 있었다.

우리는 미끄러지듯 뒤로 물러났다. "갇혔어." 내가 말했다. "갈 데가 없어. 어디로도 못 가."

"어디로도…." 벽 근처에다 열어두고 온 배낭에서 해골이 외쳤다. "못 가긴 뭘 못 가. 한 군데 있잖아. 네 유일한 선택지."

"그건 또 뭔 소리야?" 다음 순간 갑작스레 알게 됐다. "오, 안 돼. 어림없어."

"그럼 로트웰 씨랑 인사나 하시든가."

"록우드," 내가 입을 열었다. "이 혼령망토… 어디까지 버틸 수 있을까?"

하지만 록우드 역시 같은 생각을 하고 있었고, 나는 충격과 함께 깨달았다. 그 생각이 그를 즐겁게 하고 있음을. 그의 눈길은 이미 쇠사슬에 가 있었다. "어서, 루스." 그가 말했다. "따라와."

"배낭 챙겨야 돼! 해골이 저기 있다고!"

"루스, 시간이 없어! 쇠사슬 잡아. 따라와. 절대 놓지 말고."

"오, 세상에. 오, 안 돼…."

내가 록우드를 따라 귀신 나오는 방에 들어간 게 어디 한두 번인가. 나는 그와 함께 건물 옥상에서도 뛰어내린 사람이다. 하지만 원까지 가는 그 몇 걸음이, 온몸을 두들기는 초자연적 냉기에 꽁꽁 얼고, 우릴 반기기라도 하듯 더욱 속도를 높여 소용돌이치는 잿빛 형상들을 보며 가는 그 몇 걸음이 그를 무조건 믿어보자 마음먹기에 가장 힘든 순간이었다. 나는 쇠사슬을 꽉 붙들고 몸에 두른 혼령망토를 단단히 여몄다. 뒤에서 방으로 들어서는 로트웰 직원들의 목소리가 들렸나. 유령들의 심령 포효가 나를 둘러싸고 허리케인처럼 울부짖었다. 장갑을 꼈는데도 사슬 잡은 손이 꽁꽁 얼었다. 한 손, 또 한 손…. 가까이, 더 가까이. 그리고 마침내 거대하고 검은 쇠사슬들을 쌓아 만든 원에 도달했다. 록우드가 앞장섰다. 원의 경계를 넘으며 시야에서 사라졌다.

"저 세상에서 만나." 해골 목소리가 말했다.

한 걸음, 두 걸음 더…. 나는 눈을 질끈 감았다.

"루시." 록우드가 불렀다.

"왜?"

"눈 떠도 돼."

"다 괜찮은 거야?"

"어, 딱히 그렇다곤 못 하겠는데. 그래도 당장은 문제없어. 괜찮아. 쇠사슬을 놓지만 마."

나는 눈을 떴다. 그러면서 가장 먼저 본 건 록우드였다. 그가 아주 가까이서 나와 마주 보고 있었다. 그의 머리 덮개 위가 내 것과 맞닿다시피 했다. 그도 나처럼 필사적으로 쇠사슬을 붙잡고 있었다. 우리 장갑 겉면에 얼음이 맺혔다. 쇠사슬은 얼음덩어리나 다름없었다. 거기 맺힌 고드름들이 우리 옆 냉랭한 허공에 떠 있는 듯 보였다.

록우드의 망토 겉면에서도 얼음이 번져나갔다. 빛나는 깃털 사이로 얼음 결정이 자라고, 내 망토에서도 같은 일이 벌어지는 소리가 들렸다. 하지만 재미있게도 망토 안은 여전히 보송하고 따뜻했다. 망토는 온기와 적막의 실로 지은 고치처럼 내 몸을 감싸고 사방의 혼돈을 차단했다.

혼돈이라….

우리는 휘몰아치는 플라스마 소용돌이의 한복판에 함께였다. 그림자들이 빙빙 돌며 스쳐가고, 근처로 헤엄쳐 오고, 다시 후다닥 물러났다. 록우드를 와락 움켜잡으려던 손가락들이 쪼그라들고 가루가 돼선 대혼돈의 소용돌이에 떠내려갔다. 우리 발치엔 출처들이 널려 있고, 게걸스레 달려드는 영혼들을 혼령망토—그리고 쇠사슬—혼자서 밀어냈다. 망토는 원 내부의 소리들에도 효과가 있었다. 아주 근처에서 귀신들의 얼굴이 울부짖고 횡설수설했지만 내 귀엔 좀처럼 안 들렸다. 그게 다 들렸다면 나는 미치고 말았을 거다.

"음, 이거 참 재밌는데." 록우드가 말했다. "그 주술사들 실력은 정말 알아줘야겠다. 이쪽 방면으론 선수들이었다니까. 혼령의 집에 들어가서도 이런 식으로 살아남았겠지. 깃털이랑 은줄만 써서 만든 망토인데 어정거리는 그림자가 입었던 갑옷만큼이나 효과적이라고. 어쩜 그 이상이지. 망토 쪽이 훨씬 가벼우니까. 망토랑 이 쇠사슬이면 여기 얼마를 숨어 있든 안전할 거야."

록우드 뒤의 흐릿한 허공에서 거대한 형상 하나가 빠져나왔다. 그저 윤곽일 뿐이고 격렬히 몰아치는 다른 형체들에 가려져 있었지만, 나는 대번에 알아봤다. 놈이 우리에게 거대한 손을 뻗었다가 가차 없이 흐르는 에너지에 붙들려 저리로 쓸려갔다.

공포에 질린 내 표정을 록우드가 놓치지 않았다. "우리 친구 구피를 봤구나? 맞아. 솔로몬 구피가 여기 있어. 놈 말고도 꽤나 지독한 것들이 많아. 나라면 굳이 안 보겠어, 루스. 오늘 밤잠을 설치고 싶지 않으면. 나랑 쇠사슬에만 집중해."

어깨높이보다 약간 낮게 떠 있는 쇠사슬이 록우드를 지나 그 뒤의 안개 속으로 사라졌다.

"다른 기둥은 어디 있는 거지?" 내가 물었다. "쇠사슬이 어디에 매여 있는 거야?"

"아무래도 저대로 쭉 가서 원의 반대편으로 나가는 거 같아. 상관없어. 로트웰이 뭘 하는 중이든 끝날 때까지 기다렸다가 슬쩍 빠져나가면 돼. 이쪽으로든 반대쪽으로든."

익숙한 얼굴이 내 눈을 사로잡았다. 벌건 눈, 사라진 턱, 뭉게뭉게 피어오르는 머리칼. 빙글빙글 자전하는 얼굴이 소용돌이에서 튀어나와 나를 노려보고는 물러났다. 그러니까 해골 녀석 말이 맞았다. 그 마녀, 엠마 마치먼트도 여기 있었다.

"록우드, 네 생각엔 여기가 어딘 거 같아?"

록우드의 얼굴이 내 코앞이었다. 그는 내 뒤를 가만히 보는 중이었는데, 재능을 쓸 때면 늘 그렇듯 눈을 가늘게 뜨고 있었다. "오, 우린 아직 원 안이야. 봐. 저기 저쪽에 이중문이 있잖아. 안개 건너편에. 저기 저 윤곽들은 우리가 처음 들어왔던 데 있던 궤짝들이고. 단지랑 상자 더미도 보인다. 네 해골을 두고 온 곳. 일종의 착시현상이야. 모든 게 희미하고 잿빛으로 보이는 건…." 그가 말끝을 흐렸다.

"착시현상?"

"물론이지. 그게 다야. 우릴 둘러싼 출처들 때문에 생기는."

"그런 건가…." 소용돌이치는 안개 너머로 건물의 곳곳이 감지되는 건 사실이었다. 출입문과 궤짝, 쇠기둥과 저 끝의 나무 단상들이 희미하고 희한스레 칙칙하긴 해도 어쨌든 분간은 됐다.

그렇대도….

쇠사슬이 자꾸만 마음에 걸렸다. 쇠기둥에 걸린 사슬이.

레모네이드 컵에 꽂힌 빨대가 어떻게 보이는지 아는가? 레모네이드에 잠기는 지점에서 빨대가 어떻게 구부러져 보이는지? 조지의 말에 따르면 굴절 현상이라는 건데, 여기서 이상한 건 그 쇠사슬이 딱 그랬단 거다. 우리 바로 옆으로 쇠사슬이 지나갔고, 사슬 고리들은 얼음에 덮여 있었다. 그걸 쭉 따라가 원 밖으로 나가면 쇠기둥이 있는 곳, 그러니까 갑옷 입은 남자가 쓰러진 자리가 나왔다. 거기까지 쇠사슬은 일직선으로 뻗어 있었다. 좀 전에 그걸 따라 들어온 마당에 모르려야 모를 수가 없었다. 하지만 눈에 보이는 건 그렇지 않았다. 쇠사슬이 원의 경계를 넘는 지점에서 옆으로 방향을 트는 듯 보였다. 훨씬 희미해지는 것도 같고.

왜 그러는 거지? 나는 그게 신경 쓰였다.

로트웰 사람들은 또 어디에 있고? 우린 막 그들이 들어오는 소리를 들었었다. 우리가 이 멍청한 건물 한복판에, 얼음장 같은 쇠사슬 옆에 성난 혼령들로 둘러싸여 서 있는 것도 다 그 때문인데.

나는 그들을 찾으려 기를 썼지만 눈에 보이는 것도, 귀에 들리는 것도 전혀 없었다.

그 말은 곧 그들이 우리를 발견할 가능성 역시 적단 얘기가 되겠지만.

"갑옷 입은 남자 말야." 내가 말했다. "그 사람이 정말 우리가 교회 마당에서 봤던 어정거리는 그림자일까?"

록우드가 고개를 끄덕였다. "응. '어떻게 그럴 수 있는지'까지 다 아는 척은 못 하겠지만. 우리가 봤을 때 그림자는 투명하다시피 했잖아. 진짜 유령처럼. 고형도 아니었고. 그치? 거기 아예 없는 거나 마찬가지였는데. 그리고 그 그림자가 어떻게 여기 서 있을 수 있지? 알드버리 캐슬이랑 여긴 몇 킬로나 떨어져 있는걸. 이해가 안 돼."

내 말이.

"몇 분만 더 있음 돼." 록우드가 말했다.

우리는 휘몰아치는 귀신들에 둘러싸여 서 있었다.

문득 나는 그에게 얘길 해야 할 것 같았다.

"록우드, 내가 떠난 거…."

"그게 왜?"

"정말이지 다 네 탓이었어."

록우드가 꽁꽁 언 머리 덮개 밑으로 나를 가만히 봤다. "뭐? 어쩌다 그런 생각을 하게 됐어?"

"왜냐면," 나는 깊은숨을 마셨다. "왜냐면 네가 매번 날 대신해 위험을 무릅쓰니까. 넌 늘 그러잖아. 아냐? 난 내가 회사에 있으면서 자꾸만 널 위험에 빠트린단 걸 깨달았어. 아이크미어 백화점의 유령 문제도 있었고. 놈이 내게 미래를 보여줬어. 네가 날 대신해 죽는 미래. 난 네가 끝내 죽게 될 걸 알았고, 그걸 견딜 수 없었어, 록우드. 도저히 견딜 수 없었다고. 그래서," 나는 조그만 목소리로 말했다. "떠났어. 그게 이유야. 이러는 편이 차라리 나아."

"그러니까 홀리 때문이 아니었던 거네, 그럼?"

"으아! 정말 뜻밖에도, 아냐. 너 때문이었어."

"오케이…." 록우드가 천천히 고개를 끄덕였다. "그렇군."

나는 기다렸다. 흐릿한 허공에서 파리한 손가락들이 다가왔다. 움켜잡으려다 홱 물러났다. "음, 아무 말도 안 할 거야?" 내가 물었다.

록우드는 꽁꽁 언 장갑을 보고 있었다. "무슨 할 말이 있을까? 어쩜 네가 옳을지도. 이런 식이면 우린 서로 볼 일이 별로 없고, 그렇게 넌 내 수명을 연장시킬지도 모르지. 하지만 솔직히 말해서," 그가 빙빙 도는 혼령들을 힐끗 봤다. "이러나저러나 난 오래 못 갈 거야. 지금이 같은 속도면."

내가 그의 장갑을 건드렸다. "우린 여길 빠져나갈 거야."

"당연히 빠져나가지! 근데 오늘 밤만 두고 하는 말이 아냐. 나에 대해 킵스가 했던 말이 옳아. 그 부분에 있어선 스티브 로트웰도 옳았고. 난 뒤로 빼는 법이 없어. 그치? 뭔가를 하러 나서면서 가장 안전한 길을 택하는 법도 없고. 머잖아 내 운이 바닥나긴 할 거야." 그가 어깨를 으쓱했다. “난 늘 그런 식이었는걸.”

나는 포틀랜드 로의 버려진 방을 떠올렸다. “네 생각엔 왜 그러는 거 같은데?”

록우드는 망설였다. 그의 눈이 내 눈과 만났다 다음 순간 저리로 미끄러져 갔다. “돌아보지 마!” 록우드가 말했다. “솔로몬 구피가 다시 보여. 다른 유령들도 놈을 피하고 싶은 눈친데. 제아무리 죽었어도 나름의 취향은 있다 이건가…. 됐어. 갔다. 있지, 네가 떠난 이유를 얘기해 줘서 고마워. 근데 이건 짚고 가야겠다. 그토록 훌륭했던 의도에도 불구하고 넌 여전히 내 곁에 서서 유령 떼에 둘러싸인 신세란 거….”

“그래. 어쩌다 이렇게 됐는지는 나도 모르겠다.”

“그게 불만이란 게 아냐. 절대 아니지. 네가 내 곁에 있어서 기뻐. 난 오히려 네가 날 안전히 지켜주는 거 같은걸.”

그 순간 나를 따뜻이 품어주는 게 망토만은 아니었다. 나는 그에게 미소를 지었다.

“한 가지 더 얘기하고 싶은 게 있어.” 록우드가 말했다. “구피 집에서 네가 했던 말 있잖아. 내가 널 찾아간 게 퍼넬로프 피츠의 뜻이었다던. 아니라곤 마. 너 정말 그랬어. 글쎄, 퍼넬로프는 그게 ‘자기’ 뜻이었다고 생각할지 모르지. 하지만 난 널 되찾아올 핑계를 겨울 내내 찾고 있었어. 정말 그럴싸한 이유가 아니고서야 너한테서 꺼지란 소리나 들을 걸 알았거든. 정말 그랬을 거잖아. 그치?”

“맞아.” 내가 고개를 끄덕이자 머리 덮개 뒤쪽 얼음이 쩍쩍거렸다. “그랬을 거야.”

“퍼넬로프 피츠 건이 내겐 완벽한 기회가 돼준 거지.” 록우드가 말을 계속했다. “하지만 그 모두를 넘어 여기까지 온 건 우리 자신이잖

아. 아무튼 내가 덧붙이고 싶은 말은," 록우드가 목을 가다듬었다. "네가 록우드 심령 회사에 돌아오고 싶은 마음이 정말로 있다면, 그러니까 상근직 정직원으로 말야. 그냥 의뢰인, 지인, 광팬, 빈대, 뭐가 됐든 지금 네가 하고 있는 그런 거 말고. 그럼 내가 때 이른 최후를 맞기까지 잠시나마 함께하는 기쁨은 누릴 수 있잖아…." 그가 나를 봤다.

나는 아무 말도 하지 않았다. 사방에서 유령들이 비명을 지르고, 불경스러운 형체들이 마구 뒤틀렸다. 우리는 서로를 가만히 바라봤다.

"그렇지 않아?"

"아마도."

"한번 생각해 봐."

"생각해 봤어…. 알았어."

"뭘 알았어?"

"돌아간다고. 내 말은, 네가 받아준다면. 다른 애들도 날 받아준다면."

"오, 녀석들도 당연히 납득할 거야. 조지는 바지 보관 장소를 다시 물색해야겠지만. 훌륭해." 록우드의 눈이 반짝였다. 나를 보며 씩 웃었다. "앞으로도 귀신이 바글거리는 방어진에 자주 좀 같이 있어야겠다. 마음에 맺힌 것도 풀고…." 그가 고개를 번쩍 들었다. "잠깐…."

나도 느꼈다. 장갑 천을 통해, 사슬 고리들의 진동을 통해. 쇠사슬이 다시 펄쩍 뛰었다.

우리 눈이 마주쳤다. "그림자야. 놈이 다시 들어오고 있어." 록우드가 말했다.

나는 쇠사슬 저편, 날뛰는 유령들 너머를 확인했다. "안 보이는데."

록우드가 욕을 뱉었다. "놈과 이 안에서 맞닥트려선 안 돼. 무슨 일이 벌어질 줄 알고. 별다른 수가 없어, 루스. 그냥 덮어놓고 튀어야겠는데. 저 반대쪽으로 뛰자. 문으로 달리는 거야. 충분히 빨리만 달리면 문밖 남자들도 어떻게 못 해볼 거야. 그럼 곧장 들판으로 나갈 수 있어. 맘에 들어?"

그리고 그거 아는가? 당시 상황을 고려할 때, 난 그러는 편이 차라리 좋았다. "가자, 그럼." 쇠사슬이 위아래로 날뛰었다. 어깨 너머에서 시야로 헤엄쳐 오는 덩치 큰 형상이 보였다. 놈이 유령들 너머로 불길하게 드리웠다. "가!"

쇠사슬을 따라, 최대한 빨리. 그리고 다시 한번 우리 망토가 힘을 발휘했다. 방문자들이 길을 터주고, 우리는 원의 경계를 넘어 방으로 나갔다.

"뛰어!" 그 말과 함께 록우드가 사라졌다. 혼령망토를 펄럭이며. 이제 막 이륙이라도 하려는 듯 보였다. 손에는 레이피어를 들고. 나는 꽁꽁 언 쇠사슬—내가 그토록 찾던 다른 쪽 쇠기둥이 바로 앞에 있었다—을 놓고 록우드 뒤를 따라 긴 방을 내달렸다. 고개를 숙이고 팔을 마구 저으며 열린 이중문으로 나갔다. 아무도 막아서지 않았다. 우리는 자갈밭을 달리고 울타리에 크게 나 있던 틈을 통과해 검은 풀밭에 들어섰다. 계속 달렸다. 들판을 질주했지만 뒤에서 쫓아오는 소리 같은 건 없었다. 마침내 속도를 늦추고 숨을 헐떡이며 멈췄다.

우리는 처음으로 주변을 둘러봤다. 들판이 어딘가 달랐다. 얼음 결정에 뒤덮여 있었다. 사방에 안개가 서렸고, 검은 하늘 아래서 얼어붙은 땅이 반짝였다.

26

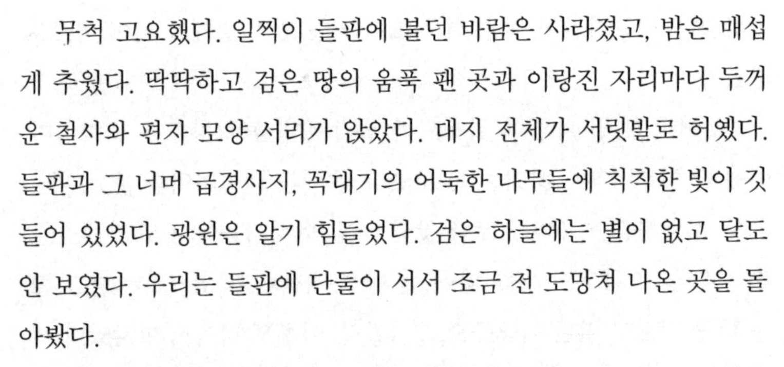

무척 고요했다. 일찍이 들판에 불던 바람은 사라졌고, 밤은 매섭게 추웠다. 딱딱하고 검은 땅의 움푹 팬 곳과 이랑진 자리마다 두꺼운 철사와 편자 모양 서리가 앉았다. 대지 전체가 서릿발로 허옜다. 들판과 그 너머 급경사지, 꼭대기의 어둑한 나무들에 칙칙한 빛이 깃들어 있었다. 광원은 알기 힘들었다. 검은 하늘에는 별이 없고 달도 안 보였다. 우리는 들판에 단둘이 서서 조금 전 도망쳐 나온 곳을 돌아봤다.

"음, 아무도 안 쫓아오는 거 같은데." 록우드가 말했다. 목소리가 작게 들렸다. 꽁꽁 어는 공기 탓에 전달이 잘 안 됐다. "좋은걸."

"문밖에 남자들이 있었어?" 내가 물었다. 말하기가 힘들었다. "난 전혀 못 봤는데."

"없었어. 자릴 떴나 보지. 우리로선 다행이고."

"그래. 다행이야."

그러고 보니 투광등이 꺼져 있었다. 거뭇하니 지붕들 위로 떠 있는 모양새가 꼭 오그라들어 죽은 거대 곤충 같았다. 건물들은 어둑한 잿빛 게시판에 들러붙은 파리한 잿빛 쪽지 같고. 우리가 막 달려 나온 격납고의 조명조차 어느새 꺼져 있었다. 연구소 전체가 들판과 숲의 침울하고 단조로운 잿빛에 똑같이 물들어 있었다.

"정전이야." 록우드가 말했다. "다들 거기 정신이 팔린 거겠지."

록우드의 망토 겉에 얼음이 덕지덕지 붙어 있었다. 나 역시 내 망토에 더해진 무게를 느꼈다. 그러나 깃털들의 단열 효과는 여전히 훌륭했다. 나를 둘러싼 고역스런 한기도 직접 느낀다기보다는 감각하는 것에 가까웠다. 허연 가닥들이 우리를 둘러싸고 소용돌이쳤다.

"이 안개는 다 어디서 오는 거지?" 내가 말했다. "서리는? 전엔 없었잖아."

"저들이 했던 실험의 영향?" 록우드가 말했다. "모르겠어."

"빛도 이상해. 모든 게 너무 칙칙해."

"달빛이 때론 괴상한 짓을 하기도 하니까." 록우드가 나무들을 쳐다보고 있었다.

"달이 어딨는데?"

"구름 뒤에."

하지만 구름은 없었다.

"계속 가는 게 좋겠어." 록우드가 말했다. "지금쯤이면 다른 애들이 마을까지 반 정도 갔을 거야. 도움을 청하려고 할 텐데. 얼른 만나서 우린 괜찮다고 안심시켜야지."

"난 이해가 안 돼." 나는 여전히 하늘을 올려다보며 말했다.

"녀석들을 따라잡아야 해, 루스."

물론이었다.

우리는 걷기 시작했다. 발밑에서 서리가 보드득거리고, 숨결은 이내 입김이 돼 우린 매 걸음마다 그걸 뚫고 전진했다.

"너무 춥다." 내가 말했다.

"저들이 우릴 안 쫓다니 운이 좋았어." 록우드가 다시 말하며 어깨 너머를 돌아봤다. "근데 이상하긴 해…. 그래도 누군가는 따라올 줄 알았는데."

그러나 그 넓고 넓은 들판에 움직이는 건 우리뿐이었다.

무언의 합의에 따라 우리는 숲을 통과하는 길을 선택했다. 그곳의 빛 역시 이상했다. 잿빛 연무가 모든 걸 뚫고 들어가는 듯 보였다. 길은 뼈처럼 허옜다. 가느다란 올가미 밧줄 같은 안개가 나무들을 안팎으로 휘감았다.

"이상한데." 내가 속삭였다. "인적이 전혀 없어."

먼저 출발한 이들을 보게 될지도 모른다고 생각했지만 길은 텅 비었고, 우리 앞으로도 꽤 멀리까지 그 은은하고 칙칙한 빛뿐이었다. 우리는 급경사지의 내리막길을 부랴부랴 내려갔다. 탁 트인 채석장으로 가는 옆길을, 거기서 봤던 조그만 돌무덤을 지났다. 그걸 장식했던 꽃들은 사라지고 돌무덤 위 사진에는 성에가 꼈다. 잿빛 숲에는 소리도 바람도 없었다. 망토에서 반짝이는 얼음 결정들이 떨어지고, 우리 숨결은 짧고 고통스런 입김이 돼 나왔다. 이제 곧 마을이었다. 우리 친구들이 거기 있을 것이다.

"사람들이 있는 거 같긴 해." 록우드가 속삭였다. 한동안 서로 말이 없던 참이었다. 입을 열었을 땐 우리 둘 다 목소리를 높이길 꺼렸다. 이유는 알 수 없었다. "채석장 옆길에서 누군가가 내려오는 걸 본 거 같아. 왜 있잖아, 그 돌무덤 너머."

"돌아갈래? 누군지 보게?"

"아니. 아냐. 그냥 계속 가야 할 거 같아."

그때부터 우리는 더 빠르게 걸었다. 서리로 딱딱한 길에서 신발이 탁탁 소리를 냈다. 고요한 숲을 가로질러 조그만 개울과 그 위를 지

나는 나무다리에 도달했다.

개울이 사라지고 없었다. 검은 흙밭의 어둑하고 마른 물길이 나무들 사이로 구불구불 멀어졌다. 록우드가 손전등을 비췄다. 불빛이 연약하게 깜빡였다.

"록우드," 내가 말했다. "개울물은 어딨어?"

록우드가 지치는 듯 난간에 몸을 기댔다. 고개만 가로저을 뿐 말이 없었다.

당혹감에 갈라지는 내 목소리가 들렸다. "어쩜 이렇게 그냥… 사라질 수가 있어? 이해가 안 돼. 물을 갑자기 막아버리기라도 했나?"

"아니. 땅을 봐. 바싹 말랐어. 애초에 물 자체가 없었던 거야."

"하지만 말이 안 되잖…."

록우드가 다리에 기댔던 몸을 밀어 올렸다. 잡고 있던 난간을 놓는 손에서 바각바각 소리가 났다. 장갑의 손가락들에서 얼음 입자가 반짝였다. "마을에 다 왔어. 거기 답이 있을지도 몰라. 가자."

그러나 길을 따라 내려가 본 마을 또한 달라져 있었다. 원래도 조명이 그리 밝은 편은 아니었지만, 이제 녹지를 둘러싼 시골집들은 완전히 컴컴했다. 그 윤곽들조차 어슴푸레한 빛과 한 덩어리가 돼 거의 안 보였다. 녹지 자체는 이리저리 똬리를 트는 안개 가닥들로 가득했다. 머리 위에선 은회색 빛이 도는 검은 하늘과 교회 돌탑이 뒤섞였다.

"왜 여기도 불이 다 나갔지?" 내가 말했다.

"단순히 나간 게 아냐." 록우드가 속삭이며 한 곳을 가리켰다. "교회 옆을 봐. 항마등이 사라졌어."

정말이었다. 정말이었고 도대체가 말이 안 됐다. 교회 옆 조그만 흙더미는 휑하니 비어 있었다. 녹슬고 버려진 항마등이 그냥 사라지고 만 게 아니었다. 애초에 거기 있었다는 흔적 자체가 없었다.

나는 아무 말도 하지 않았다. 아무것도 말이 되지 않았다. 우리가 연구소에서 나오고 내내 그랬다. 뭔가가 잘못됐다는 오싹한 느낌이 곳곳에 스미고 모든 것에 깃들어 있었다. 냉기 속에, 정적 속에, 은은하고 파리한 빛 속에. 그리고 그 모두가 진이 빠지도록 끔찍하게 적막했다. 또한 사람을 몽롱하게 만들기도 했다. 제대로 생각하기가 힘들었다.

"다들 어디 간 거지?" 내가 중얼거렸다. "근처에 누구 하나는 있어야 하는 건데."

"일몰 뒤잖아. 모두 집에 있겠지. 조지랑 다른 사람들은 여관에 안전히 있을 테고." 록우드의 목소리엔 확신이 전혀 없었다. "어차피 마을 사람 절반은 떠나고 없다는 거 알잖아. 누굴 볼 수 있으리란 기대는 안 해야지."

"그럼 여관으로 가?"

"여관으로 가."

하지만 도착해서 본 여관은 마을의 다른 곳들과 마찬가지로 컴컴했다. 간판엔 물집처럼 성에가 꼈다. 손을 대는 순간 현관문이 활짝 열리고 시커먼 내부에서 희미하고 퀴퀴한 냄새가 흘러나왔다. 록우드도 나도 안에 들어가고픈 마음이 안 생겼다.

우리는 다시 녹지로 나가 섰다. 뭘 해야 할지 갈피를 못 잡는 채로. 밑을 내려다본 나는 얼어붙은 망토 자락 밖으로 튀어나온 신발을 봤다. 가죽이, 보호재를 덧댄 앞부리가 얼음으로 허옜다. 혼령망토는 딱딱할 지경이었다. 우리가 움직일 때마다 쩍쩍 갈라지는 소리를 냈다. 그때 다른 뭔가가 눈에 들어왔다. 록우드의 망토에서 가느다란 잿빛 연기가 피어올라 컴컴한 허공을 부유했다. 망토 겉면이 깜빡거렸다. 열기 없는 불꽃이라도 일렁이는 양.

"록우드, 네 망토가…."

"알아. 네 것도 그래."

"마치… 마치 그 그림자를 봤을 때 같잖아. 기억하지? 놈이 뒤에 남기고 다니던…."

"생각해 봐야 해." 록우드의 얼굴은 굳어 있었지만 눈은 반항적으로 활활 타올랐다. "우리가 뭘 했기에 세상이 변했는지. 답은 하나밖에 없어. 저 위 연구소에서 우리가 뭘 했지?"

"원에 들어갔지."

"맞아. 그리고…."

"그리고 다시 나왔지." 나는 록우드를 봤다. 정신이 번쩍 들었다. "원 반대편으로 나왔어. 쇠사슬을 따라서 반대 방향으로 나왔다고."

"맞아. 어쩜 그게 중요한 건지도. 왜 중요한 건지는 모르겠지만, 만약 그렇다면…."

"이 모두가…."

"이 모두가 눈에 보이는 그대로는 아니란 거지." 록우드가 나를 가만히 봤다. "우리가 실은 나오지 않은 거면, 루시? 왠진 모르지만 아직 쇠사슬 원 안에 있는 거면?"

그러고 보니 녹지가 그 얼마나 컴컴한지. 피어오르는 안개가 얼마나 짙은지. 정적이 얼마나 철저한지.

"원으로 다시 돌아가야 해." 록우드가 말했다.

"아니, 봐." 그렇게 말하는 내 목소리가 안도감에 높아지고 있었다. "우리가 실없는 소릴 했어. 저기 우리 애들이 있잖아."

나는 녹지 건너편을 가리켰다. 저 멀리 안개 속에서 형상 셋이 천천히 절뚝거리며 길을 올라와 우리 쪽으로 향하고 있었다.

록우드가 눈을 찡그렸다. "우리 애들인 거 같아?"

"그럼 또 누구겠어?"

록우드는 김이 모락모락 나는 머리 덮개 아래서 눈을 가늘게 뜨고 봤다. "아무리 봐도 아닌데…. 아냐, 봐. 어른들이잖아. 다들 키가 너무 커. 그리고 저 집들은 비어 있는 걸로 아는데. 스키너가 얘기하길…."

"음, 그렇대도 이게 다 어찌 된 영문인지 얘기해 줄 순 있겠지." 내가 말했다. "그리고 봐. 저기 또 누가 온다."

어린 소녀였다. 어느 집 앞 정원에서 걸어 나왔다. 울타리 문을 열고 등 뒤로 조심스레 닫았다. 그러고선 우리에게 오기 시작했다. 아이는 어여쁜 파란색 원피스를 입었다.

"쟤는 누군지 모르겠는데." 내가 말했다. "넌?"

"몰라, 루시…." 록우드가 발뒤꿈치로 빙글 돌며 사방을 둘러봤다. 오리 연못 근처에 안개가 꽤나 자욱했으나 건너편 둑을 따라 걷는 여자가 다 시들어버린 버드나무 사이로 보일 정도는 됐다. 기다랗고 옅은 색 머리칼을 가진 여자였다. "저 여자도 그렇고…." 록우드가 말했다. "저 중 누구도 몰라. 하지만 저 사람들 얘길 '들은' 적은 있어."

안개 속에서 다른 움직임들이 일었다. 사람들이 집에서 나오고, 현관문 잠금쇠가 풀리고, 울타리 문이 부드럽게 열렸다.

"루시." 록우드가 말했다. "우리 진짜로 가야 해."

"하지만 봐. 저 여자애…."

"대니 스키너가 얘기했었어, 루스. 기억나? 헤티 플린더스. 근사한 파란색 원피스를 입은."

헤티 플린더스? 그래….

그 앤 죽었는데.

파란색 원피스를 입은 소녀와 컴컴한 마을의 다른 주민들이 꾸준하고 한가로운 걸음으로 이쪽을 향해 왔다. 그들이 입은 옷 구석구석이 들여다보였다. 현대적인 옷도, 그렇지 않은 옷도 있었다. 그들의 얼굴은 서리 내린 땅처럼 잿빛이었다.

무시무시한 몇 초 동안 어떤 힘이 우리를 그 자리에 붙박아 놓는 것 같았다. 오금이 저리고 팔다리가 돌처럼 굳었다. 하지만 우리에겐 혼령망토의 온기가 있었다. 그리고 마음속 깊은 곳에선 굳센 의지가 여전히 활활 타올랐다. 우리는 그 죽음의 손아귀를 동시에 떨쳐냈다. 동시에 달리기 시작했다.

우리는 서로에게 딱 붙어 질주했다. 추위에 맞서 머리 덮개를 밑으로 한껏 내리고. 녹지를 가로지르는 우리 신발이 휑하고 얼어붙은 대지에서 쿵쿵거렸다. 얼음장 같은 망토에서 뿜어져 나오는 연기가 우리 뒤로 혜성 꼬리처럼 길게 늘어졌다.

녹지는 원래 그리 크지 않았는데, 달려도 달려도 끝이 없는 듯했다. 교회 근처까지 가는 데도 긴 시간이 걸렸다. 드디어 돌탑 아래를 지났다. 고개를 드니 거기 선 사람의 형상이 보였다. 그가 나와 눈을 맞추는 게 느껴졌다.

우리는 교회 마당을 지나 달렸다. 저쪽 울타리 쳐진 둔덕에서 소음들이 들렸다. 돌이 갈리고, 천이 바스락바스락 속삭였다. 울타리에서 형상들이 나타났다. 하늘을 배경으로 전진하기 시작했다.

마을을 벗어나 차가운 길로. 빨리 움직이기 힘들었다. 냉각 때문인지 다른 게 문젠지 몰라도 팔다리가 납덩이같았다. 진흙을 헤치고 걷는, 에스컬레이터의 운행 방향을 거슬러 올라가는 기분이었다. 대개는 발이 몹시 빠른 록우드조차 같은 어려움을 겪고 있었다. 숨이 터질 것 같았다. 어깨 너머로 보니 교회 묘지의 사람들과 마을 주민들이 길에 모여들고, 웅덩이가 넘치듯 우리 쪽으로 흘러나오고, 우리 흔적을 뒤따랐다.

우리는 나무다리와 말라붙은 개울을 건너 숲으로 들어섰다. 최단 경로를 선택했다. 채석장 갈림길의 돌무덤에서 남자 하나가 우리를 기다리고 있었다. 돌무덤 위 사진에서 본 그 사람이었다. 그의 얼굴 또한 희미했다. 빗물에 색이 바랜 것처럼. 남자가 길 가운데로 걸어 들어와 우리에게 손을 뻗었다. 록우드와 나는 방향을 틀어 길에서 벗어난 뒤 숲으로 올라갔다. 검고 죽은 나무딸기들이 땅에 수북했는데 우리 발밑에서 터져 먼지로 변했다. 나뭇가지들은 날카롭고 올가미 같아서 우리 얼굴을 잡아채고 옷자락을 붙들었다. 우리는 빛과 어둠을 뚫고 달리며 이리저리 피하고, 뛰고, 싸늘하고 숨 막히는 공기에 맞서 싸웠다.

나무 사이에서도 다른 이들이 보였다. 느릿느릿 움직이면서도 어째선지 별 힘 들이지 않고 우리와 속도를 맞췄다. 양옆에서 우리에게 모여들었다. 내 바로 앞을 달리던 록우드가 벨트에서 화염탄을 뜯었다. 가장 근처 형상을 향해 던졌다. 화염탄이 나무뿌리를 때리고, 튕기고, 터졌다. 터지는데도 아무 소리가 안 나고 아무 일도 일어나지 않았다. 빛의 폭발도, 눈부신 백색 화염도 없었다. 나는 본능적으로 눈을 질끈 감은 참이었다. 한 눈, 그리고 또 한 눈 차례로 떴을 땐 우리 추격자들이 나무뿌리를 타넘고 나무딸기를 집요하게 헤치며 오는 게 보였다. 여전히 조용하고 끈질기며 조금의 타격도 입지 않았다.

우리는 얼음 덮인 경사면을 힘겹게 올랐다. 발이 자꾸만 미끄러지고 숨이 턱까지 찼다. 다음 순간 비탈지고 휑한 공간을 거꾸러지듯 내려가 덤불에 처박혔다. 검은 가시들이 내 혼령망토를 쑤시고 은줄과 한데 얽히며 여기저기를 물고 늘어졌다. 나는 뒤로 휘청하며 붙들린 몸을 비틀었다. 내 발버둥에 망토가 둘로 찢겼다. 내가 비명을 질렸다. 숨통을 끊어놓을 듯 살을 에는 추위가 어깨 사이에 꽂아 넣은 칼처럼 찌르고 들어왔다. 호흡이 불가능했다. 나는 바닥에 쓰러졌다. 깃털들이 연기를 뿜는 핏방울마냥 내 옆의 서리 내린 땅에 흩어졌다.

호흡이 불가능했다….

어느새 록우드가 곁에 와 있었다. 나를 당겨 자기 망토 밑으로 이끌었다. 망토의 부드러움이 나를 감싸 안았다. 발악하던 추위가 미련처럼 잠시 머물다 고통스레 물러났다. 살갗에 박힌 손가락이 빠지듯. 나는 폐를 쥐어짜 호흡했다. 내게 닿은 록우드의 온기가, 그에게 닿은 내 온기가 느껴졌다. 우리는 함께 웅크렸다. 나란히. 그의 팔이 나를 감싸고, 내 오른 무릎이 그의 왼 무릎에 꼭 맞닿아 있었다. 우리 얼굴은 몹시도 가까웠다. 내 얼굴이 아래, 그의 얼굴이 위에서 서로에게 기운 채 불타는 머리 덮개 밖을, 사방에서 소용돌이치는 잿빛을 내다봤다.

우리가 덤불에 추락한 건 느닷없었다. 우리 추격자들은 아직 저 위 어딘가에 있었다. 근처엔 아무도 없었다.

"괜찮아, 루시?"

나는 고개를 끄덕이고 눈을 깜빡여 거기 맺힌 얼음을 털었다. 내 망토가 찢겨나가던 찰나의 순간에 성에가 한 겹 막처럼 얼굴에 폈다.

"내가 너무 꽉 안았어?"

"아니."

"혹 그러면 말해."

"그럴게."

"우린 계속 가야 해. 안개 속으로. 하지만 서로한테서 떨어지면 안 돼. 망토가 그리 크지 않아. 내게 정말 딱 붙어 있어야 할 거야, 루스. 할 수 있겠어?"

"해볼게."

"서두르자, 그럼. 놈들이 온다."

자리에서 일어나 덤불을 나가고 마지막 경사로를 따라 위로. 어둑한 형상들이 몰려들고 나무 아래서 터져 나왔다. 우리는 산등성이에 거의 도달했다. 포수의 정상이라 불리던 곳, 혹은 그와 아주 닮은 어딘가였다. 여기엔 적합하지 않은 이름 같았다. 이 칙칙하고 검은 하늘 아래 어떤 것에도 이름은 없었다.

산 아래 들판의 안개는 아까 우리가 떠나올 때보다도 자욱했다. 연구소 건물들이 거의 안 보였다. 어둠 위로 솟은 지붕들이 선돌•처럼 검고 죽은 것 같았다.

우리는 급경사지를 달리고 미끄러지며 내려갔다. 서로에게 팔을 두르고 걸음걸음마다 구름처럼 이는 얼음 결정들을 헤치며 나아갔다. 모든 움직임이 덜컹거리고 힘겨웠다. 우리는 들판을 가로지르기 시작했다. "안 되겠어." 내가 숨을 헐떡였다. "쉬어야겠어."

"나도."

우리는 멈춰 머리 덮개 아래서 뻣뻣하니 함께 고개를 돌렸다. 때마침 조수처럼 밀려들며 언덕을 넘는, 우리 뒤 비탈을 따라 물밀듯 밀고 내려오는 형상들이 보였다.

"오케이." 록우드가 말했다. "쉬는 게 그다지 좋은 생각이 아닐 수도 있겠어."

계속 앞으로, 침묵 속에서 안개를 뚫고. 그러다 갑자기 안개가 갈라지면서 키가 크고 수염이 난 남자가 땅에서 몸을 일으키더니 곁을 스치는 우리를 따라 고개를 돌렸다. 그는 거대한 검을 들고 있었다.

• 거석을 세워 만든 선사시대 기념물.

검날도 살갗도 성에로 반짝였다.

비틀비틀 고꾸라질 듯 말 듯 우리는 달렸다. 안개가 다시 죄여왔다. 등 뒤에서 딱딱한 땅을 쓸며 걷는 발소리들이 들렸다.

"바이킹 말곤 제발 사양하고 싶은데." 내가 숨을 헐떡였다.

"나방이 촛불에 끌리는 거랑 같아." 록우드가 말했다. "저들도 우리의 온기에, 생명에 끌리지. 어정거리는 그림자도 똑같이 따라다녔을 거야. 끝까지 힘내, 루시! 거의 다 왔어…."

연구소 울타리가 보였다. 탁 트인 땅에 밋밋하고 휑하니 서 있었다. 그 너머에 활짝, 그리고 검게 열려 있는 중앙 건물의 이중문이 보였다.

"아무래도 난 틀린 거 같아." 내가 말했다.

"계속 가. 다 왔어. 지금껏 정말 잘했다고."

울타리를 통과하고 서리 내린 자갈밭을 가로질렀다. 이중문에 도착했다. 건물 내부에 안개가 가득했다. 이곳 바닥도 얼음투성이였다. 우리는 잠시 멈춰 숨을 몰아쉬었다. 지쳐 쓰러지기 직전이었다. 연기를 뿜는 혼령망토 아래 장갑에서 얼음이 반짝였다. 우리 숨결이 뼈 사이에서 울리기라도 하듯 메아리쳤다.

"상황이 어때?" 록우드가 말했다.

내가 뒤돌아봤다. "계속 오고 있어. 이제 울타리 근처야."

"그럼 움직여 봐야겠네."

우리는 열린 문으로 휘청휘청 들어갔다.

전과 같은 공간이었다. 거기엔 의심의 여지가 없었다. 높이 솟은 지붕, 금속 벽. 안개 너머 저편에 차곡차곡 쌓인 궤짝들이 보였다. 하지만 빛은 여전히 기묘해서 그 안 모든 게 비늘에라도 덮인 양 잿빛에다 울룩불룩하게 층져 보였다. 안개가 눈을 갖고 장난치는 거였다.

사방이 다 휘어 있는 듯했다. 바닥도 천장도, 출입구도 문도. 다들 밀랍으로 만들어진 데다 열까지 받아 부풀고 물렁해져선 녹아내리기 직전인 듯했다. 가느다란 균열들이 내 발치의 칙칙한 잿빛 바닥을 가로지르고, 모든 게 땡땡 얼어 당장이라도 깨질 것 같았다. 우리 신발이 쇳덩이처럼 땅땅 소리를 냈다.

방 가운데의 안개는 무척이나 짙었다. 그 너머가 안 보였다.

"쇠사슬." 록우드가 숨을 헐떡였다. "쇠사슬 어딨어, 루스?"

"모르겠어…." 뒤돌아보니 우리 추격자들의 형상이 문간에 모여들고 있었다.

"오, 맙소사. 진짜 어딨지?"

"원 반대편 경계에 거의 다 왔는데. 지나친 건가…."

우리는 극도로 당황한 채 빙글빙글 돌았다. 록우드는 이쪽으로, 나는 저쪽으로 가고 싶어 했다. 서로 잡아당기다 망토를 찢어먹을 뻔했다.

자리에 멈춰 섰다. 힘이 다했고 절망을 느꼈다. 뒤에서 땅을 밟는 발소리들이 들렸다. 우리와 소용돌이치는 안개와 녹아내리는 벽뿐이었다….

그리고 저기, 측벽 근처 모퉁이에 마르고 팔다리가 긴 십 대가 구부정하니 서 있었다. 머리가 삐죽삐죽 뻗치고, 두 손을 주머니에 넣은 채 응시했다. 그는 버려진 단지와 상자들의 더미 가운데 서 있었다. 컴컴한 마을 주민들과 마찬가지로 잿빛이었다. 그 미소만 빼고. 소용돌이치는 땅거미 속에서조차 비웃듯 반짝이는 미소가 어째선지 더없이 낯익었다. 그가 한 팔을 뻗어 내 뒤를 가리켰다. 내가 돌아봤다. 쇠기둥과 쇠사슬이 보였다.

"저기야!" 내가 록우드를 당겨 돌려세웠다. "봐!"

록우드가 욕을 뱉었다. "아깐 왜 못 봤지? 눈이라도 멀었었나? 가자!" 우리는 빙글 돌아 쇠기둥으로 갔다. 내가 힐끗 돌아봤을 땐 또다시 좁혀든 안개가 그 자리를 삼켰고, 씩 웃고 있던 십 대는 사라지고 없었다. 기둥과 꽁꽁 얼어붙은 쇠사슬 옆에 우리 둘만 덩그러니 서 있었다.

"꽉 붙들어." 록우드가 말했다. "둘이 함께 가는 거야. 네가 먼저 움직여. 쇠사슬을 따라 곧장 가. 무슨 일이 있어도 멈추지 마." 그는 검을 빼 든 채 사방을 둘러봤다. 무대 커튼처럼 휘몰아치는 안개가 다가오는 형상들로 점차 어둑해졌다. 헤티 플린더스의 연파랑 원피스가 언뜻 보였다.

원으로 다시 들어가기까지 걸어야 했던 거리는 아마도 그리 길지 않았을 거다. 하지만 상당히 먼 것처럼 느껴졌다. 서로를 꼭 껴안은 자세가 불편해 펭귄처럼 뒤뚱뒤뚱 걸을 수밖에 없었고, 이젠 안개에서 튀어나오는 마을 사람들을 막으려 우리 둘 다 레이피어까지 흔들어야 했으니까. 원에 나뒹구는 출처들의 소용돌이가 시야에 들어왔을 땐 차라리 안도감이 들 정도였다. 솔로몬 구피와 엠마 마치먼트를 오랜 친구마냥 반길 준비가 되다시피 했다. 아무런 후회 없이 원의 경계 너머로 몸을 던지고, 소용돌이치며 꽥꽥거리는 영혼들의 벽을 통과하자, 우리는 원의 고요한 중심에 다시 한번 들어와 있었다.

철갑옷을 입은 남자는 어디에도 없었다. 우리는 쇠사슬을 따라 조금씩 조금씩 전진하며 원 반대편을 향해 갔다.

"저 밖에 로트웰 일당이 있대도," 록우드가 말했다. "그냥 그대로 감당해 내야 할 거야. 난 차라리 스티브 로트웰 손에 죽겠어. 저 뒤에서… 일을 겪느니."

나는 뒤를 힐끗 봤다. "저들이 여기까지 따라올 수 있을까?"

"쇠사슬이 지연시켜 주긴 하겠지. 하지만 안 될 게 뭐야? 이건 구멍이야. 놈들은 엄청 많고. 난 이제부터 만나게 될 게 스티브 로트웰과 친구들이기나 바랄 뿐야. 루스, 검 준비됐어?"

"넵. 그리고 앞으로 오 분 안에 이걸로 누군가의 엉덩짝을 쑤시지 않으면 몹시 실망스러울 거야."

"그럼 우리가 놈들을 놀래줄 수 있는지 한번 보자고. 가자."

다시, 아주 잠깐 동안 우리는 소용돌이치는 유령들에 둘러싸였다. 이윽고 원의 경계를 넘어 함께 걸어나갔다. 현실 세계의 온기와 소음, 아주 흥겹고 눈부신 빛이 있는 곳으로.

전투가 한창인 곳으로.

27

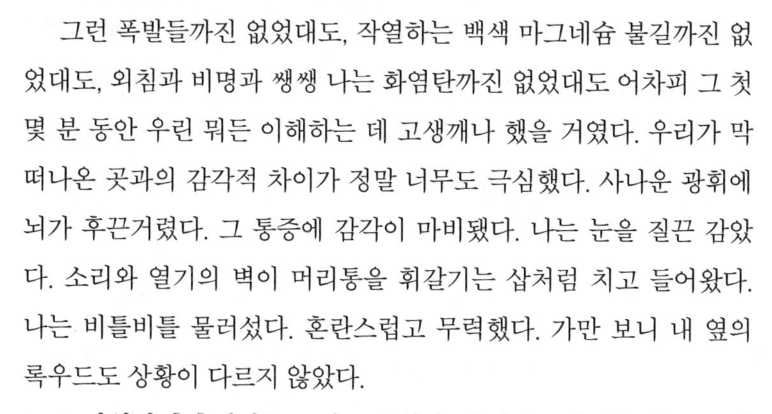

그런 폭발들까진 없었대도, 작열하는 백색 마그네슘 불길까진 없었대도, 외침과 비명과 쌩쌩 나는 화염탄까진 없었대도 어차피 그 첫 몇 분 동안 우린 뭐든 이해하는 데 고생깨나 했을 거였다. 우리가 막 떠나온 곳과의 감각적 차이가 정말 너무도 극심했다. 사나운 광휘에 뇌가 후끈거렸다. 그 통증에 감각이 마비됐다. 나는 눈을 질끈 감았다. 소리와 열기의 벽이 머리통을 휘갈기는 삽처럼 치고 들어왔다. 나는 비틀비틀 물러섰다. 혼란스럽고 무력했다. 가만 보니 내 옆의 록우드도 상황이 다르지 않았다.

느닷없이 축축해지는 느낌도 들었다. 혼령망토의 얼음이 녹고 있었다. 냉랭한 물기가 목을 타고 흐르고 어깨와 팔을 적셨다. 그 충격에 정신이 번쩍 들었다. 나는 록우드에게서 떨어져선 혼령망토를 젖히고 나와 힘차게 한 걸음 내디디려다 바닥의 딱딱한 뭔가에 걸려 엎어졌다. 얼굴이 부드럽고 축축한 흙밭을 제대로 때렸다.

"잘 다녀왔어?"

나는 입에서 흙을 뱉어냈다. 퉁퉁 부은 눈을 힘겹게 뜨니 아직 흐릿하지만 꾸준히 맑아지는 시야에 유령단지가 들어왔다. 놈은 내가 텅 빈 상자들 사이에 두고 갔던 배낭에 그대로 들어앉아 있었다. 단지 유리면에 백색 화염이 반사돼 춤췄다. 그 너머에서 나를 지켜보는 얼굴은 있는 대로 신바람이 났다. 나는 그 미소를 알아봤다.

"다시 안녕." 놈이 키득거렸다. "너 상태 무진장 안 좋아 보인다. 너무 잘됐어. 하지만 얼른 정신 차리고 껴드는 게 좋을 거야. 아님 너 없이 여길 끝장낼걸."

"누가?"

"네 친구들."

해골이 전하는 충격적인 소식이라니. 당장의 통증과 피로, 초자연적 마비 상태를 단박에 털고 일어나게 만드는 데 그보다 좋은 것도 없다. 나는 흥분에 전율해야 할지 공포에 떨어야 할지 알 수 없었다. 아마도 둘이 결합된 상태가 아니었을까 싶다. 하여간 몸을 옆으로 굴리고선 내키지 않아 하는 근육들을 억지로 움직여 자리에서 일어났는데, 그걸 어찌어찌 해낼 때쯤엔 주변 돌아가는 상황이 어느 정도 파악됐다.

오래전 바이킹과 색슨족 사이의 전투는 더는 그 척박한 사각의 땅에서 벌어진 최후의 격전이 아니게 됐다. 새로운 전쟁이 본격적으로 진행 중이었다. 눈길 닿는 모든 곳에서 마그네슘 화염이 폭발하고, 소금탄이 터지고, 철가루 캡슐이 험악하게 벽을 때리고 튕겨나갔다. 바닥엔 파편들이 넘쳐났다. 내가 좀 전에 걸려 넘어진 것도 방 끝 단상에서 떨어져 나온 나뭇조각이었다. 일이 한창 벌어지고 있는 곳은 건물 한쪽 구석, 무기실에서 들어오는 문 근처의 궤짝 더미와 전에 로트웰 직원들이 사라졌던 오른쪽 통로 사이였다. 아까 우린 그들이 돌아오는 소리에 윈으로 들어갔었다. 아니나 다를까 그들은, 그들 대부분이 아직 거기 있었다. 하지만 지금 그들에겐 더 이상 과학이고 뭐고 없었다. 존슨에게 메모판 따위 더는 없었다. 스티브 로트웰에게 보온병 따위도 더는 없었다. 그 대신 그들 모두가 극도의 공황 속에서 후다닥댔다. 그들을 둘러싼 사방에서 조그만 폭발물들이 비처럼 쏟아졌다. 옆으로 빠지는 통로 입구에서 밝은 마그네슘 화염이 불타며 탈출을 막았다. 뒤집힌 전동 운반차의 바퀴가 살살 돌았다. 벽을 들이받고 튀어나온 모양이었다.

계속되는 공격의 중심은 무기실 문 근처에서 불타는 궤짝 더미였고, 거기서 날래게 움직이는 형상 셋이 언뜻언뜻 보였다. 그들은 은폐 상태에서 무작위로 튀어 올라 적들에게 유령탄을 던지고 철가루 캡슐을 퍼부었다. 로트웰 일당 몇이 전복된 운반차 뒤에서 대응 사격을 했다. 그리고 거대한 철갑옷을 입은 남자이자 전前 어정거리는 그림자가 궤짝들이 있는 곳으로 기어 올라가려고 안간힘을 쓰고 있었다. 가서 싸워볼 작정인 듯했다. 하지만 운이 따라주지 않았다. 갑옷은 망가지고 헬멧은 삐딱했다. 나무 단상에 올라갈 수 있을 높이까지 무릎이 들리지 않아 애를 먹었다.

다들 싸움에 열중하느라 우리의 귀환을 알아챈 사람이 아무도 없었다. 내 옆에서 움직임이 느껴졌다. 록우드였다. 몰골은 무시무시할 정도로 엉망이었지만, 축축하고 김이 모락모락 나는 혼령망토를 차분한 손길로 말아 배낭에 넣고 있었다. "괜찮아, 루시? 추위는 좀 가셨어?"

"약간. 여기 좀 봐. 이게 다 무슨 일일까?"

"구조 작전인 거 같네." 록우드가 경이롭다는 듯 가리킨 건 두 궤짝 사이에 반쯤 가려져 있는, 늘씬하지만 흉포한 형상이었다. 재투성이 머리칼을 미친 사람마냥 풀어헤치고 맹수 같은 표정을 짓고 있는 형상은 가녀린 두 손에 거대한 캡슐 총을 들었다. "저게… 저게 정말 홀리라고?" 그가 물었다.

"있지, 그런 거 같아."

킵스도 보였다. 벽 근처에서 사격에 유리한 위치를 점하고선 침착하고 강직하고 냉혹하고 근사하게 소금탄 세례를 퍼붓고 있었다. 우리가 지켜보는 중에도 철갑옷 입은 남자를 두 번 연속 맞췄다. 그 통에 헬멧이 날아가고 바닥에 나동그라진 남자가 꼭 만취해 뒹구는 거북이 같았다.

하지만 이날 최고의 진풍경은 따로 있었다.

"조지 좀 봐." 내가 말했다.

록우드가 휘파람을 불었다. "저 자식 완전 데르비시•잖아!"

조지는 정말이지 볼만했다. 궤짝 뒤에서 뛰쳐나가 스티브 로트웰에게 마그네슘 화염을 던지면서 자꾸만 대놓고 오두방정을 떨었다. 어디 한번 갈 데까지 가보라고 약이라도 올리는 양. 녀석의 얼굴엔 그날 저녁 일찍이 특공 작전에 투입된답시고 바른 구두약이 아직껏 얼룩덜룩 묻어 있었다. 거기다 이제는 마그네슘 소금 줄무늬까지 더해져 전쟁을 앞두고 흰 칠을 한 전사마냥 뺨과 이마에 줄이 쭉쭉 가 있었다. 치아를 한껏 드러낸 녀석의 머리칼은 죄다 일어섰고, 안경알은 옆의 궤짝에서 일렁이는 불꽃들로 벌겋게 타올랐다. 그는 가슴을 대각선으로 가로지르는 거대한 어깨띠를 두르고 거기서 화염탄을 끝도 없이 줄줄 뽑아냈다. 이따금 앙칼지고 누구도 못 알아들을 소리로 꽥꽥댔다.

"저건 진짜 하루 종일도 구경할 수 있겠다." 록우드가 말했다. "하지만 우리도 가서 도와야 할 거 같아."

• 이슬람교 집단 예배에서 빙빙 빠르게 돌며 춤추던 의식 또는 사람.

"너 먼저 가. 뒤따라갈게. 그 전에 해야 할 일이 있어서…."

나는 단지 속 해골을 도둑맞은 뒤 두 번이나 되찾기 직전까지 갔었다. 그 두 번 모두 어쩔 수 없이 놈을 두고 와야 했고. 그런 일은 두 번 다시 없을 것이다.

내가 배낭을 등에 짊어지는데 놈이 씩 웃었다. "아, 환상의 짝꿍, 드디어 재회하다! 지금 장면엔 달달한 바이올린 연주가 제격이라지만, 이번 한 번은 죽어가는 자들의 비명으로 대강 만족해 주겠어." 해골이 말했다.

내 눈이 아수라장을 훑었다. "아무도 안 죽어가는 거 같은데?"

"그럴지도 모르지. 하지만 저러다 사람 잡겠다 싶은 건 사실이잖아. 아주 징글징글한 마그네슘 화상도 좀 보이는데. 저 과학자 선생님들 내일 아침에 일어나 앉을 때 고생깨나 하시겠어."

"좋아. 그럼 이게 다 어찌 된 일인지 설명해." 내가 자리에서 일어나는데, 마침 록우드가 철갑옷 남자의 가슴팍을 계단 삼아 단상으로 뛰어올라 가는 모습이 보였다. 나는 배낭을 멘 채 검을 빼 들고 있었다. 나 역시 싸움에 돌입할 준비가 됐다.

"그거야말로 내가 너한테 묻고 싶은 건데." 내가 달려가는데, 해골이 말했다. "네 모험 얘기가 듣고 싶어 죽겠어. 내가 장담하는데, 이 꼴사나운 폭력 사태보다 그쪽이 훨씬 더 재밌을걸."

"묻는 말에 대답이나 하시지!" 나는 철갑옷 남자를 밟고 올라가 내게 총을 겨누고 있던 로트웰 과학자를 걷어찬 뒤 단상으로 뛰어들어 궤짝 뒤로 몸을 피했다. 바로 뒤에서 뭔가가 폭발하더니 내 머리 위로 불덩이가 깃털처럼 날리며 쉭쉭거렸다.

"뻔한 얘기야. 이 멍청이들이 또 다른 남자를 저 세상에 보내려던 찰나 몹시도 성난 네 친구들이 들이닥쳐 아주 무례한 방식으로 방해한 거라고. 대충 그래. 얘기 끝. 이제 가서 마무리나 해."

"오케이." 내가 말했다. "그리고… 그리고 네가 말하는 '저 세상'은…."

"너도 알잖아."

"하지만…."

"너도 완전 잘 알아."

어쩜 그럴지도. 하지만 다행스럽게도 지금은 그걸 곱씹고 있을 때가 아니었다. 나는 몸을 낮추고 궤짝 사이를 슬그머니 이동해 다른 이들에게 합류하러 갔다. 가장 가까이에 홀리가 있었다. 그녀의 어깨를 톡톡 두드리곤 명랑히 웃어 보였다.

"아아악!"

"이봐, 홀리! 홀리, 쏘지 마! 나야! 나라고!"

"아아악! 하지만 넌 죽었잖아!"

"아니라고. 유령이 어깨 두드리는 거 봤어? 유령이 언제 이렇게 너한테 말을 하더냐고. 응…?" 나는 기다렸다. "얼굴에 펀치 먹이는 유령 본 적 있어? 직접 확인하게 될 거야. 꽥꽥거리는 거 당장 그만두지 않으면."

"하지만 넌 아까 그 원에 들어갔는데…."

"난 괜찮아. 록우드도 그렇고. 봐, 저기 있잖아. 조지랑. 음, 눈물바람은 시작할 생각도 말라고." 나는 홀리를 얼른 안아줬다. "봤지? 어떤 유령이 이래? 어서. 우린 지금 잘하고 있어. 조지가 흙밭을 쓸어버리는 중이라고."

그 말은 사실상 본의 아니게 진실이었다. 록우드 심령 회사에서 조지는 뭐든 정확히 던지거나 받는 일이 없기로 유명했다. 포틀랜드로의 부엌에선 과일이나 감자칩 봉지를 아주 가볍게 주고받는 것조차 위험천만한 일이 됐다. 머리를 맞을 수도, 유리가 깨질 수도, 개수대 위 벽에 복숭아가 튈 수도 있었다. 희한하게도 그 무능함이 여기선 그렇게 효율적일 수가 없었다. 조지가 궤짝 뒤를 과감히 벗어나 야만스런 외침과 함께 화염탄이나 유령탄을 던질 때면 그게 어디로 떨어질지 아무도 갈피를 못 잡았다. 녀석의 팔이 어디로 움직이는지 보는 것조차 아무 도움이 안 됐다. 녀석이 손에 든 물건은 정말 안 믿기게도 자꾸만 반대 방향으로 날아 애초 목표물이 아니었던 로트웰 사람들을 허공으로 쏴 올리기 일쑤였다. 상황이 그렇다 보니 녀석이 시야에 튀어나올 때마다 적들이 단체로 몸을 수그려 피했다. 이미 여럿이 방을 가로질러 밖으로 도망친 뒤였다.

승기를 감지한 킵스가 은신처에서 나왔다. 유령탄이 잔뜩 든 거대한 가방을 들고. 록우드가 가서 그와 만났다. 짧은 인사 뒤에 킵스와 합류해 방 저편으로 미사일을 날려댔다.

"싸운 지 얼마나 된 거야, 홀리?"

홀리가 캡슐 총을 치우고 얼굴을 훔쳤다. 머리칼과 손이 회색 재로 범벅이었다. "얼마 안 됐어. 너희가 원에 들어가는 걸 보고부터니까."

"그럼 여기 있었던 거야? 우리가 들어갈…? 어떻게…." 이윽고 다른 생각이 스쳤다. "근데 잠깐만…. 그건… 그건 엄청 전이잖아? 몇 시간…."

"그렇지 않아, 루시. 십 분쯤 전이었어."

"하지만… 하지만 알드버리 캐슬까지 걸어가는 데 삼십 분은 걸리잖아. 달려오는 데도 이십 분 이상은…." 나는 홀로 중얼거리듯 말했다. 그러면서도 내가 원 저편에서 경험한 모든 게 이젠 기묘하게도 비현실적이고 붕 뜬 데다 꿈결처럼 느껴진다고도 생각했다.

어쨌든 지금은 그런 걱정을 하고 있을 때가 아니었다.

"뭐라는 건지 모르겠네." 홀리가 엉망이 된 갑옷 차림으로 어기적어기적 방을 가로질러 도망치는 남자에게 캡슐을 쐈다. 그의 흉갑 한쪽이 떨어져 추처럼 흔들거렸다. 장화와 장갑 따위는 바닥에 고철처럼 흩어져 있었다. 홀리가 총 옆면을 토닥였다. "아주 훌륭한 녀석이라니까."

"너한테 완전 딱이네. 가서 다른 애들이랑 합치자. 남은 사람들까지 마저 소탕할 모양이야."

적의 수는 줄어들고 있었다. 과학자들 다수가 도망쳤고 나머지도 그 뒤를 따를 작정인 듯했다. 스티브 로트웰의 사나운 명령도 안 통했다. 뒤집힌 운반차 뒤에 어정쩡하게 웅크린 그는 후퇴하지도, 첨단 장비에 의지하지도 않았다. 그 대신 레이피어를 뽑아 들고 있었다.

내가 다가가자 조지가 손을 흔들었다. 그의 벨트 뒤에 거대한 화염탄이 매달려 있었다. 전에 무기실에서 봤던, 코코넛만 한 크기의 물건이었다. "안녕, 루스."

"안녕, 조지. 엄청 신났네. 거기 그거 어마어마한데."

"응. 보험 하나 들어놨지. 하지만 당장은 이 유령탄들이면 충분할 거라고 봐."

록우드가 던진 유령탄이 스티브 로트웰 옆에서 터졌다. 그의 뒤에서 쭈글쭈글하고 반투명한 여자 형상이 파리한 파란색으로 반짝이며 솟아올랐다. 로트웰은 수고스레 몸을 돌리고 어쩌고 할 것도 없이 레이피어를 뒤로 휘둘러 유령의 몸통을 깔끔히 갈랐다. 엑토플라즘이 쉭쉭거리며 파열했다.

"오오, 봤어?" 조지가 외쳤다. "저 인간이 할머니를 두 동강 냈어. 너무한데."

"로트웰이 원래 그렇지 뭐." 킵스가 던진 유령탄이 벽에 맞고 튀어나가 바닥에서 멈추며 실망스러운 결말을 맞았다. "저것 봐. 저건 터지지도 않아!" 그가 스티브 로트웰 쪽에 대고 주먹을 휘저었다. "이따위 걸 제품이라고 할 수 있겠어?"

"이쯤에서 인정해요, 킵스." 조지가 말했다. "피츠 밑에서 일할 땐 이런 밤 없었죠? 기분이 좀 나아지지 않아요?"

"뭐에 대해서 기분이 나아져?"

"스스로에게 솔직한 사람이 되는 거요. 조심해요!" 분노의 포효와 함께 스티브 로트웰이 과감히 덤벼든 터였다. 운반차를 단숨에 뛰어넘고 성큼성큼 걸어 단상으로 튀어 올라서는 킵스에게 검을 휘둘렀다. 또 다른 검이 날아들어 막아섰다. 둘은 킵스의 머리 바로 위에서 충돌했다. 해골바가지 아래 기다란 뼈 두 개가 가위표로 교차된 해적 표식을 뒤집어 보라. 그럼 킵스와 머리 위 상황이 완벽히 이해될 거다.

나중에 날아든 건 당연히 록우드의 레이피어였다. 심장이 몇 번 뛰도록 그와 로트웰은 검날을 맞댄 채 꼼짝하지 않았다. 둘 다 안간힘을 쓰면서도 누구 하나 움직이지 않았다. 순간적으로 얼어붙었던 킵스의 목이 천천히 밑으로 짜부라져 어깨 사이로 들어가면서 마침내 그의 고개가 벌벌 떨리는 검날들 틈을 빠져나왔다. 킵스가 하얗게 질린 얼굴로 비켜났다.

스티브 로트웰은 록우드보다 크고 체중도 상당히 많이 나갔다. 그가 검에 힘을 실었다. 록우드는 가느다란 손목의 위치를 세심히 바꿔 나가며 로트웰의 힘을 상쇄했다. 그 외엔 두 사람 다 움직이지 않았다.

"내가 전에 예견했었지." 스티브 로트웰이 말했다. "기억하나?"

"네. 내가 맞설 거라고 했죠." 록우드가 불타는 건물을, 비명을 지르며 멀리로 사라지는 직원들을 가리켰다. "이것도 당신한테 맞서는 걸로 치나요? 그렇다면 축하합니다. 예견이 옳았네요."

"그게 다가 아니었지." 스티브 로트웰이 뒤로 펄쩍 뛰어 물러나며 검을 휘둘러 치웠다. 그가 불타는 나무토막을 내찼고, 록우드가 점프해 피했다. 나무토막이 록우드 뒤쪽 궤짝에 맞고 박살 나며 별 모양 광채를 터트렸다. "그렇게 되면 내가 널 직접 상대해 주겠다고 약속했지. 그래서 그래 줄 생각이고."

로트웰이 전진했다. 장대한 고리를 그리듯 레이피어를 휘휘 돌리며. 록우드가 한 번, 두 번, 세 번, 그의 검을 쳐냈지만 결국 힘에 밀려 단상 아래로 떨어졌다. 바닥에 가볍게 착지했고, 뒤이어 로트웰이 쿵 소리와 함께 내려섰다.

"수년을 투자한 일이야." 로트웰이 말했다. "수년을 공들여 연구했는데. 넌 그걸 하룻저녁에 망쳐버렸어."

"그야 당신이 자초한 거지!" 록우드는 여전히 방어 자세로, 더 나이 많은 남자의 흉포한 공격에 힘겹게 대처하고 있었다. "당신의 실험은 알드버리 캐슬을 공포로 몰아넣었어! 그토록 많은 유령이 깨어난 게 다 당신 때문이라고! 주민 수십 명이 죽었어! 철갑옷을 입은 당신네 사람이 저 세상을 돌아다니며 죽은 자들을 들쑤신 탓에." 날래게 몸을 뺀 록우드의 검이 로트웰의 손목을 내리쳤지만 장식이 화려한 손 보호대에 비스듬히 맞고 튕겨나갔다.

스티브 로트웰이 물러섰다. "예상보다 많이 알고 있군…. 하지만 자네가 전부 안다고는 생각 안 해. 만약 그랬다면 마을 사람 몇 명 죽어나가는 것쯤 사소한 대가일 뿐이란 것도 알았겠지." 그의 회전 2연타에 록우드가 공중에 떠 있는 쇠사슬로 떠밀려 갔다. "자네의 죽음 또한 그렇다고 얘기할 수 있겠고."

스티브 로트웰이 엄청난 힘으로 검을 내리쳤다. 록우드가 옆으로 몸을 피하면서 검이 그대로 쇠사슬을 갈랐다. 쇠기둥에 달려 있던 사슬이 잘려 떨어졌다. 쇠사슬의 나머지 부분은 거대한 입이 빨아들이는 스파게티 면발처럼 원 안으로 대번에 빨려 들어가 사라졌다.

록우드가 비틀거리며 뒷걸음질했다. 원과 그 안에서 소용돌이치는 유령 기둥에 더 가까워졌다. 그는 지쳐 보였고, 나는 그 이유를 알 것도 같았다. 원 저편에서의 경험에 나 역시 지친 상태였다. 팔다리에 힘이 없고 머리가 아직도 빙빙 돌았다. 록우드가 약간이라도 나와 같은 상태였다면 검을 잡는 것조차 버거웠을 터였다.

"록우드가 밀리고 있어." 홀리가 숨넘어가는 소리로 말했다.

킵스가 고개를 끄덕였다. "저러다 저 인간이 록우드를 잡고 말겠어."

"꿈도 야무지시기는." 조지가 어깨띠에 마지막으로 남은 표준 화염탄을 쥐었다. 그걸 뽑아 우리에게 윙크하고는 로트웰의 머리에다 곧장 던졌다. 적어도 계획은 그랬을 걸로 추정된단 얘기다. 사실 화염탄은 목표물을 깔끔히 비켜가 원의 경계 부근에 떨어졌고, 거기서 맹렬한 기세로 폭발했다. 연기가 걷혔을 때는 바닥에 불길이 여전하고, 원을 이루는 쇠사슬들은 거뭇하니 뒤틀려 있었다. 사슬 고리 일부가 쪼개지다시피 했다. 그러기 무섭게 원에 갇힌 형상들이 망가진 사슬 고리로 몰려들기 시작했다.

"오오, 이거 안 좋은데." 킵스가 말했다. "커빈스, 그렇게 던지는 건 도대체 어디서 배웠대?"

"안 배웠어요. 기본적으론." 내가 말했다. "그래서 문제고."

나는 그들을 지나 단상에서 뛰어내렸다.

록우드와 로트웰은 다시 검을 맞부딪치고 있었다. 록우드의 검이 필사적으로 움직였지만 그의 얼굴은 창백했다. 그는 내내 검을 막기만 하며 원으로 조금씩 밀려가고 있었다. 로트웰이 기회를 감지했다. 두 번의 강력한 후려치기로 록우드를 뒤로, 사슬 고리가 훼손된 부분 가까이로 밀어붙였다. 방문자들이 그의 근접을 감지했다. 어마어마한 수가 원의 경계에 모여들며 파리한 손을 내뻗고 입을 쩍 벌렸다. 원 속의 심령 포효가 강도를 더해갔다. 안쪽에서 밀어대는 힘에 훼손된 쇠사슬들이 조금씩 떨리는 게 보였다.

록우드는 여전히 레이피어를 내들고 있었다. 로트웰의 검을 쳐내고 이리저리 피했으나 평소의 힘과 제어력은 사라지고 없었다. 다음 순간 검마저 사라졌다. 로트웰이 모욕적으로 후려쳐 날려버렸다. 록우드가 펄쩍 뛰어 물러섰다. 더는 갈 곳이 없어진 그는 원 앞에 야위고 창백하며 속수무책인 채로 서 있었다. 그럼에도 기죽지 않았다. 이글거리는 눈으로 적을 노려봤다.

"잠시 뒤에," 스티브 로트웰이 말했다. "네 친구들을 죽일 거야. 하지만 첫 영광은 네게 주도록 하지." 그가 레이피어를 들었다.

그때가 내가 도달한 순간이었다.

그래. 로트웰은 검을 쳐들고 있었다. 하지만 그와 동시에 살짝 구부정하니 허리를 굽혀선 엉덩이 또한 내밀고 있었다. 모든 면에서 더없이 훌륭한 표적이었다. 나는 발을 뒤로 한껏 빼서는 다리를 크게 휘둘렀다. 골을 넣는 데만 온 정신을 집중한 축구선수마냥.

끝내주는 발길질이었다. 내 입으로 말하긴 좀 그렇지만. 아주 제대로 들어갔다. 앞으로 튕겨나간 로트웰이 덮치려는 순간 록우드가 옆으로 비켜섰다. 로트웰의 발이 쇠사슬에 걸리며 그가 엎어졌다. 그의 한 팔이 원 안쪽 안개 속으로 사라졌다. 그가 눈을 끔뻑였다. 얼굴을 찡그렸다. 목 깊은 곳에서 쥐어짜는 듯한 공포의 비명을 질렀다.

일어나려 했다. 하지만 그의 등엔 이미 얼음이 번지고 있었다. 가느다란 손가락들처럼 길어지며 머리칼을 뒤덮었다. 그가 가공할 힘으로 몸을 일으켜 무릎을 꿇었다. 목에서 툭툭 힘줄이 불거졌다. 하지만 로트웰은 뭔가에 막혀 그 이상 움직이지 못했다. 잿빛 형상들이 모여들었다. 뭔가가 원 안에서 팔을 끌어당겼다. 안으로 훽, 또 한 번 훽. 그 두 번 다 그는 몸을 빼내는 데 성공했다. 하지만 그길로 힘이 다했다. 얼음이 이마에 퍼지고, 광대뼈를 타넘고, 조각 같은 턱을 따라 내려갔다.

스티브 로트웰은 그렇게 끝났다. 최후의 발악을 했고 마지막으로 울부짖었다….

그러고는 원으로 빨려 들어갔다. 너무도 순식간에, 너무도 고요히, 너무도 훌쩍. 뭔가가 로트웰을 숨처럼 들이마시기라도 한 것 같았다. 조금 전 그는 거기 웅크리고 있었다. 그 육중한 몸을 휩싸는 얼음에 갇힌 채. 다음 순간 그 자리는 완전히 비어 있었다. 스티브 로트웰, 로트웰 대행사의 우두머리는 그렇게 사라졌다.

잿빛 형상들이 승리감에 소용돌이쳤다. 쇠사슬들이 경련했다. 망가진 사슬 고리가 땅 위를 훽훽 움직였다. 그 안의 뭔가가 상당한 힘으로 후려친 모양이었다. 원이 그리 오래 버티지 못할 것이다.

록우드가 비칠비칠 일어났다. 검을 집어 들었다. 창백한 얼굴로 다가와 내 손을 잡고 다른 이들에게 서둘러 갔다. “조지.”

“왜?”

“원을 파괴해야 해. 네 그 괴물 화염탄으로. 때가 온 거 같다.”

“뭐? 내 ‘빅 브렌다’로?”

“이름까지 지어줬어?”

“그새 정이 좀 들었거든.” 조지가 벨트에서 은제 코코넛을 뜯어

손에 들었다. "오, 아주 좋아. 내가 던져줘?"

"아니! 그러니까, 왜 루시한테 주지 않고. 루시가 더 가까이에 있잖아. 아니. 그냥 루시한테 줘. 던지지만 마."

조지가 그걸 내게 건넸다. 얼마나 무거운지 나는 깜짝 놀랐다. "시간을 설정하게 돼 있어. 여기, 루스." 그가 말했다. "어떨 거 같아? 이 분에 맞출까?"

나는 망가진 원을, 부서진 사슬 고리를 밀어붙이는 형상들의 무리를 봤다. 퀭한 눈과 벌건 입술의 엠마 마치먼트가 있었다. 솔로몬 구피의 부풀어 오른 형상도 있었다. 그리고 거기, 타는 듯한 안개 속에 반쯤 가려진 건 연파랑 원피스를 입은 뭔가였다. 내가 모르려야 모를 수 없는. 이제 곧 사슬 고리가 끊어지며 원이 열리고, 이 모든 혼령들이 세상으로 쏟아져 나올 것이다.

나는 화염탄의 다이얼을 돌리고 스위치를 젖혔다. "일 분이면 딱 좋겠는데." 내가 말했다. "우리가 얼마나 빨리 달릴 수 있을까?"

실제로 해보니 답은 '아슬아슬하게 딱 맞춰'였다. 최초의 폭발은 우리가 경계 울타리에 도달해 들판으로 나가는 순간 일어났다. 우리 뒤 건물의 지붕이 날아가고, 우리가 전부 공중제비를 돌아 풀밭에 처박힐 정도로 거셌다. 순간적으로 밤이 낮처럼 밝았다. 미묘한 녹색과 노란색의 잡초와 풀잎 각각을 3D 형태로 세밀히 볼 수 있을 만큼 밝았다. 이윽고 최초 폭발의 금속 파편들이 온 사방에 비처럼 쏟아졌고, 식물학에 대한 우리 관심도 거기까지였다.

우리는 계속 달렸다. 몇 분 뒤 비교적 안전한 산비탈에 도착했다. 우리는 급경사지 꼭대기의 자작나무 아래 쓰러져 불타는 연구소를 지켜봤다.

숨을 좀 돌리게 된 록우드는 아주 다양한 모양새로 지쳐 널브러진 조지와 킵스, 홀리를 둘러봤다. "우릴 구해줘서 고마워." 그가 말했다. "루시도 나도 누굴 보고 그렇게 기뻤던 적이 없었어. 우린 너희가 집에 간 줄 알았거든."

"그럴 뻔했지." 홀리가 말했다.

조지가 고개를 끄덕였다. "무기실에서 너흴 보내고 우린 앞으로 어떻게 할지를 두고 다퉜어. 떠나야 한다는 킵스의 입장엔 변함이 없었지. 록우드 네가 주문한 대로. 하지만 난 그럴 수 없었어. 너희 뒤를 따라가고 싶었고, 홀리도 내게 힘을 실어줬어. 그랬더니 킵스 말이 자긴 절벽에서 뛰어내리더라도 한 손엔 총을 들고 있겠다면서 우리한테다 오만 가지 무기를 그득그득 싣기 시작하더라고. 무기실에 되돌아온 과학자 둘 때문에 좀 지연되긴 했지만, 그 사람들 뒤를 따라 상당히 빨리 움직일 수 있었어. 그때 우리 셋을 너희도 봤어야 했는데. 완전 무장 상태로 복도를 행진하는 모습을 말야." 그가 키득거렸다. "아무튼 큰 방에 도달해선 궤짝들 뒤로 숨었는데, 그때부터 상황이 진짜 안 좋아졌지. 때마침 너희가 원에 들어가는 걸 봤거든."

"그러니까 우리가 들은 소리가 너희였다고?" 내 입이 떡 벌어졌다. "록우드랑 난 로트웰 조사관들이 오는 줄 알았다고! 그래서 원에 들어가는 신세가 된 거고!"

"아, 뭐." 조지가 말했다. "그랬다면 미안. 하지만 너희한테 돌아갔다고 우릴 비난하면 안 되지. 안 그래? 아무튼 너희가 유령들 틈으로 사라지는 걸 보곤… 우린 그냥 정신이 나가버렸어. 혼령망토가 있든 말든 너흰 죽은 거라 생각했다고. 잠시 뒤에 로트웰 일당이 우르르 돌아왔고, 거기 그 남자가 있었어. 멍청한 갑옷을 입고 원으로 전진하던데. 안으로 들어갈 준비를 하곤."

"너희가 보고 있던 그게 어정거리는 그림자야." 내가 말했다. "아니, 묻지 마. 해줄 얘기가 정말 많지만 여기선 아냐. 그래서 다음엔 어떻게 됐어?"

"어떻게 됐냐면," 풀밭에서 킵스의 목소리가 올라왔다. "조지가 돌아버렸지."

조지가 안경을 벗고 눈을 비볐다. "그 친구가 그림자란 건 나도 몰랐지." 그가 말했다. "하지만 그 원이 뭔지는 완전 잘 알았어. 그리고 너희가 거기서 죽었다고 생각하니까 멍한 기분이 사라지고 그냥… 화가 났어. 다음으로 기억나는 건 내가 완벽 그 자체인 연구 시설에 불을 놓고 있더라고." 그가 깊은숨을 쉬었다. "에휴. 세상사가 다 그렇지 뭐. 아무튼 결국엔 다 잘됐으니까."

"그렇다고 볼 '수도' 있는 거겠지." 록우드가 말했다. 불길은 이제 범포에 덮인 통로를 따라 번지며 무기실과 거기 저장된 화염탄과 폭탄으로 향했다.

"그게, 우린 너희가 죽은 줄 알았다니까. 안 그래?" 조지가 말했다. "화가 났었다고."

그 순간 거대한 폭발이 일어났다. 로트웰 연구소의 남은 건물들이 사라지고, 그 자리엔 꽃양배추 모양으로 연달아 피어오르는 백색 화염이 남았다.

"루시," 록우드가 말했다. "다음번에 집에 있을 때, 조지가 마지막 남은 비스킷을 먹고 싶다고 하면 그러게 두라고 나한테 얘기 좀 해줘."

"내가 보기에 저 녀석은," 내가 말했다. "비스킷 한 통을 싹 다 먹어도 돼."

우리 다섯은 비탈에 앉아 파괴의 현장을 지켜봤다. 멀리 언덕들 너머에서 새벽의 첫 징후가 동쪽 하늘을 물들였다. 얼마 지나지 않아 들판에서 재 가루가 서리처럼 반짝이기 시작했다.

6

뜻밖의 손님

28

자그마치 천 년 넘게, 그러니까 바이킹과 색슨족이 그들의 고대 전장에 남긴 해골을 마지막으로 쪼던 큰까마귀가 마지막 주둥이질을 한 이래로 알드버리 캐슬은 줄곧 망각되고 무시당하는 두메산골이었다. 수세기에 걸친 사건사고도 이 마을은 그냥 지나쳐 갔다. 최근의 유령 창궐조차 아무 관심을 못 끌었다. 하지만 일명 '로트웰 사건(이후 언론은 연구소에서 벌어진 참사를 이렇게 불렀다.)'이 그 모두를 하룻밤새 바꿔놨다. 알드버리 캐슬은 단박에 영국에서 가장 유명한 동네로 떠올랐다.

대응은 일찍부터 시작됐다. 연구소에서 일어난 폭발들이 언덕 너머 하늘을 밝히고 약 세 시간 뒤인 오전 8시 30분. 나무들 위로 검은 연기 기둥이 여전히 모락모락 솟아오르던 때, 첫 차량들이 마을을 내달렸다. 그 뒤로도 쉬지 않고 들어왔다. 그날 하루 종일 DEPRAC 직원과 로트웰 조사관, 무장 경찰들이 그득그득 들어앉은 자동차와 트럭, 창문 없는 승합차들이 꼬리에 꼬리를 물고 엄숙히 동쪽 방향으로 질주해 숲을 통과했다. 얼마 지나지 않아 소식을 전해 들은 기자들이 현장에 도착하면서 DEPRAC는 마을 전체를 봉쇄했다. 녹지 서쪽 다리와 포터스 레인의 동쪽 숲 입구 바로 안에 방벽이 세워졌다. 경비대가 배치됐고 출입을 철저히 통제했다.

마을 봉쇄도 우린 괜찮았다. 어차피 어딜 나다닐 상태가 아니었다. 우리는 느지막이 일어나 올드 선 여관 술집에서 하루 온종일을 보내며 숨어 있었다.

가끔 들판 쪽 소식이 들리기도 했다. 여관에다 샌드위치와 간식을 주문한 DEPRAC 팀원들이 대니 스키너와 그 아버지에게 흘리고 만 정보 쪼가리들 덕분에 우리는 그곳 상황을 좀 알 수 있게 됐다.

현장 정리반이 폐허가 된 로트웰 연구소를 헤치고 다니는 중이었다. 시설 대부분은 파괴됐고, 남은 구역들은 신속히 봉쇄돼 최고로 꼽히는 전문 요원이 아니면 접근이 불가능했다. 특히 중앙 건물은 출입이 전면적으로 금지됐는데, 인접한 격납고들에서 웬 '미승인' 무기들이 발견됐고, 아마도 그게 이번 폭발과 화재의 이유일 거란 소문이 파다했다. 그보다도 세상을 떠들썩하게 한 건 스티브 로트웰 실종 소식이었다. 사건 전날 시설에 있었다는 그는 그 뒤로 행방이 묘연했다. 지금까지는 이번 사태의 유일한 사상자로 추정됐다. 목숨을 건지고 인근 시골 땅을 헤매다 발견된 과학자 일부는 조사를 위해 연행됐다.

"난 조만간 우리도 그처럼 끌려가는 꼴이 될 거라고 봐." 난롯가에 앉은 킵스가 말했다. 스웨터 목 부분을 턱 밑까지 올린 얼굴은 멍들고 부어 있었다. 우리 모두가 그랬다. 우린 묵은 과일 세트 같았다. 바닥에 너무 자주 떨어지고 그릇에 남아 물러지는.

록우드는 홀리와 카드놀이를 하고 있었다. 고개를 가로저었다가 움찔하며 목덜미를 문질렀다. "우린 괜찮을 거 같은데." 록우드가 말했다. "로트웰 일당이 그 부지에서 벌인 짓은 중대 범죄예요. 온갖 비밀 무기들하며 작년 암살 시도에 사용된 유령탄하며. 거기다 그 쇠사슬 원까지. 존슨이나 다른 관련자들이 어젯밤 일을 숨김없이 얘기하면 난 그게 오히려 놀라울걸요. 적어도 초반엔 그럴 거 같다고요. 불에 안 타고 남은 게 뭐냐에 따라 많은 게 달라지겠죠."

"내가 고민스러운 건…." 홀리가 말했다. "DEPRAC에 안 알려도 되는 걸까?" 홀리는 그날 아침 나랑 함께 쓰는 화장실에서 평소보다도 더 긴 시간을 보냈고, 무슨 조화를 부렸는지 몰라도 원래의 상큼한 자신을 거의 회복—이마와 턱에 화상 자국이 있긴 했지만—한 상태였다. 하지만 그 안 어딘가에 어젯밤의 총 들고 머리를 산발한 미친 여자가 들어 있음을 나는 알았다. 그게 홀리를 애틋한 마음으로 바라보게 했다.

"DEPRAC한테 뭘 알려?" 조지가 말했다. "거기서 있었던 일의 증거를 벌써 엄청 모아놓고 있을 게 뻔한데."

"음, 아니, 난 그 쇠사슬 원 얘기하는 거야. 갑옷 입은 남자가 드나들었다는. 그건 무척 중요한 일이잖아. 어쨌든 얘기해야 해. 안 그래?"

록우드가 끙 소리를 냈다. "반스 영감한테 말하라고? 잘 모르겠다…. 우린 최상의 상태일 때도 경위한텐 별 인기가 없어서 말야. 그가 우릴 믿어줄까?"

"그냥 감옥에나 처넣겠지." 조지가 말했다. "방화, 절도, 폭행…. 인정할 건 인정하자. 그 인간이 침 질질 흘릴 선택지가 한둘이 아냐."

"그래도 난 경위한테 보고해야 한다고 생각해." 내가 말했다. "홀리 말이 맞아. 아무 말 안 하고 있기엔 일이 너무 커. 교회 묘지에서 처음 봤을 때, 그 어정거리는 그림…, 아니 철갑옷 입은 남자는 곁을 스치는 것만으로 유령들을 깨우고 있었어. 그리고 어젯밤엔," 내 목소리가 잦아들었다. 난롯가에 있는데도 몸이 떨렸다. "정확히 우리가 그러고 다녔고. 이건 정말 가볍게 볼 일이 아니잖아….”

“가볍게 볼 일이 아니면서 DEPRAC가 안 믿을 일이기도 하다는 게 문제지.” 록우드가 카드를 내려놨다. “하지만 너희 말이 옳을지도 모르겠다. 적당한 기회를 봐서 반스 경위한테 말하는 게 좋겠어.”

그 사건을 반스 경위에게 말하는 문제는, 아니 더 나아가 우리끼리 얘길 나눌 때조차 문제가 되는 건 그날 우리에게 벌어진 일이 너무 압도적이란 사실이었다. 특히 록우드와 나는 원 저편에서의 시간을 명확히 설명하는 데 어려움을 느꼈다. 우리가 생각하는 그 일이 실제 벌어진 일이란 건 알았다. 우리가 알고 있는 이 세계와 꼭 닮은 공간으로 그와 내가 건너갔다는 것도 알았다. 다만 거긴 산 자가 아니라 죽은 자가 거주할 뿐이었다. 거기선 우리가 침입자였고, 우리 존재가 거주민들을 깨웠다. 어정거리는 그림자가 그랬던 것과 똑같이. 우리가 아는 건 그 정도였다. 하지만 그 정도의 앎을 받아들이는 것조차 끔찍한 벼랑 끝에서 허공으로 한 걸음 걸어나가려 애쓰는 것과 다르지 않았다. 그 걸음은 쉽게 내디딜 수 있는 게 아니었다. 정신은 그저 저항할 뿐이었다.

여관으로 돌아와 록우드와 내가 우리 경험을 얘기했을 때, 모두가 아주 조용해졌다. 조지마저 별말이 없었다. 불길을 하염없이 들여다보는 그의 안경은 빛났지만. “흥미로워.” 조지가 말했다. “정말 흥미로워. 이것저것 생각을 아주 많이 해봐야겠어….”

우리 얘길 듣는 순간 홀리가 꽂히는 지점은 상당히 달랐다. “그게 사실이면,” 그녀는 우리와 나란히 앉아 우리 얼굴을 열심히 살피며 말했다. “내가 알고 싶은 건 너희가 어떤지야. 몸은 괜찮아? 어디 이상한 데 없어?”

“우린 괜찮아.” 록우드가 소리 내 웃었다. “걱정 안 해도 돼. 혼령망토가 정말 훌륭히 보호해 줬거든. 안 그래, 루스?" 나는 생글거리며 동의했다.

하지만 나중에 거울 앞에 섰을 땐 내가 평소보다 창백해 보이는 듯했다. 확신하긴 힘들었다. 지금 이렇게 힘이 없는 게 사건 막바지면 으레 느끼는 극도의 피곤 때문은 아닌지 헷갈려서였다. 어쩜 그럴 수도 있었다. 둘 중 어느 쪽인지 신경 쓸 기운이 내겐 없었다.

그날 아침 혼자 기운 넘치던 건 단지 속 해골이었다. 자기 딴엔 아주 원통하게도 놈은 우리의 다른 장비들과 함께 식재료 보관실에 갇혀 있었다. 여관으로 돌아온 홀리는 놈을 우리 방에 들이길 거부했고, 솔직히 말해 그런 그녀를 나도 비난할 수 없었다.

"날 구한 게 무슨 의미가 있어?" 내가 보관실 문 너머로 빠끔히 고개를 내밀자, 해골이 투덜거렸다. "이렇게 습한 골방에 가둬둘 거면! 나한테 코는 없지만 여기 꼬락서니만 봐도 알겠어. 양파랑 오줌 냄새가 진동한단 걸."

"절대 아니거든." 나는 안으로 들어가 성실히 킁킁거렸다. "뭐, 양파 냄새는 확실히 없어. 그리고 연구소의 다른 출처들처럼 소각되고 마는 것보단 훨씬 낫잖아. 그러니 감사한 마음을 갖는 게 좋을 거야."

"오, 나야 너무 감사해서 미치고 팔짝 뛰지." 나를 보는 퀭한 눈이 가늘어졌다. "기왕 감사에 대한 얘기가 나왔으니 말인데…, 넌 나한테 뭐 할 말 없어?"

나는 코를 긁적였다. "할 말이 있어야 해?"

"이유가 있으니 왔을 거 아냐."

"실은 점심에 쓸 감자를 가지러 왔어. 조지가 감자튀김을 한대서…. 하지만 뭐랄까, 너랑 나만 있으니 하는 얘긴데…."

"얼른얼른. 뱉어버려."

나는 깊은숨을 쉬었다. "너였지?" 내가 말했다. "저 세상에서. 우리가 길을 잃고 쇠사슬을 못 찾을 때. 어딨는지 네가 알려줬잖아."

얼굴이 씩 웃었다. "네 목숨을 구한 거? 이젠 내가 정말 그랬을 수도 있겠다 싶어?"

"뭐, 그게 누구였든 간에 '난' 고맙게 생각한다고. 그리고 내가 또 하나 알아낸 거 같아. '삶 속에 죽음이 있고 죽음 속에 삶이 있다.' 네가 맨날 하는 말이잖아. 이제 그 뜻을 알겠어. 왜냐면 유령들이 이승에 들어오고, 그사이…, 그사이 살아 있는 사람들도…."

나는 얼버무렸다. 도저히 입이 안 떨어졌다. 단지 속 얼굴이 혓바닥으로 뭔가 정나미 떨어지는 짓거릴 하기도 했고.

짧은 정적이 흘렀다. "드디어!" 해골이 말했다. "드디어 뭐가 좀 돼가는구먼! 그토록 기다리고 기다려도 알아챌 기미가 안 보이더니. 그래, 어젯밤 넌 내가 했던 말의 걸어 다니는 증거나 다름없었지. 그리고 이젠 너랑 내가 왜 이렇게 잘 지내는지도 알게 됐을 거야. 그건 우리 둘 다 두 세계에서 살고 있기 때문이라고. 넌 언제나 저쪽을 감지해. 살짝이나마 늘 봐왔지. 그리고 이젠 실제로 거기 있어보기도 했고. 우린 삶과 죽음 사이에 붙들려 있어, 루시. 너랑 난. 그래서 우리가 완벽한 팀이란 거고." 놈이 내게 다정히 고개를 끄덕였다. "이봐, 내 제안 기억해? '칼라일 & 해골'? 동업 얘긴 여전히 유효해. 네 이름을 앞에 쓰게 해줄 용의까지 있다고."

"록우드를 깜빡하신 모양이네." 나는 이 정도 얘기했으면 됐다고 느꼈다. 감자가 든 자루를 찾아 문 쪽으로 옮겼다.

"오, 록우드, 웩우드. 그 얼간이는 죽음에 끌려. 너랑 나보다도 심하게. 너도 알잖아. 그 자식은 오래 못 갈 거야. 네 입장에선 나랑 동업하는 게 훨씬 나은 선택…. 잠깐만…. 어디 가는데? 돌았어? 이제 곧 뭔가 특별한 일이 벌어지려는 마당에 네 머릿속에 든 건 고작 감자튀김이야? 돌아와!"

하지만 나는 문밖에 있었다. 때로 감자튀김은 제정신 유지에 필요하다.

그날 날씨가 때아니게 따뜻해서 우리는 술집 정원에서 점심을 먹었다. 이따금 DEPRAC 차량들이 속도를 높여 지나갔다. 전날 밤의 사건들로 흥분이 최고조에 달한 대니 스키너는 우리 근처를 맴돌며 우리가 대답할 수 없거나 하지 않을 질문들을 해댔다. 지금은 정원 문으로 후퇴해 거기 몸을 얹고는 유인원마냥 흔들흔들 그네를 타며 숲 너머에서 모락모락 피어오르는 연기를 보고 있었다.

커다란 검은색 승용차 한 대가 숲에서 나오더니 올드 선 여관 밖에 멈춰 섰다. 거기서 내리는 몬타규 반스 경위는 그 어느 때보다 지치고 구겨져 보였다. 대니 스키너가 들러붙어 있는 채로 정원 문을 밀어 열고 풀밭을 걸어왔다. 우리 앞에 잠시 서서 우리의 멍들고 너덜거리는 얼굴을 뜯어봤다.

"안녕하세요, 경위님." 록우드가 말했다.

조지가 그릇을 내밀었다. "감자튀김 드실래요?"

반스는 말이 없었다. 아주 한참을 우릴 보고만 있었다.

"광란의 밤이라도 보냈나?" 반스가 드디어 입을 열었다.

"확실히 그랬죠." 아버지 스키너가 술집에서 부랴부랴 나오며 말했다. 적어도 그는 기분이 좋았다. 수년 만에 손님이 가장 많은 날이었으니까. "록우드 씨와 동료분들은 알드버리 캐슬에서 유령들을 몰아내느라 열심이었거든요. 고작 이틀 밤 일했을 뿐인데, 온갖 곳이 좋아진 게 눈에 보인다니까요. 내 집을 포함해서 여기저기 많이도 손 봐줬죠. 덕분에 우리 모두가 밤잠을 편히 자게 됐어요. 어린 영웅들입니다. 정말이에요, 경위님. 이분들 모두가."

반스의 콧수염이 미심쩍다는 양 아래로 말렸다. "정말요? 그런 말은 첨 들어보는데." 경위는 그 이상 얘기하지 않았으나 트렌치코트 주머니에 손을 넣고 서서 주인장이 안으로 다시 들어갈 때까지 있었다.

"바쁘게 지냈다니 다행이군." 반스가 말을 이었다. "말썽에 휘말리지 않은 것도 그렇고."

"네, 경위님." 록우드가 말했고, 나는 록우드를 봤다. 그가 나와 눈을 맞췄다.

우리 모두는 거기 조용히 앉아 있었다.

"뭐, 별게 없으면 이만 가보지." 반스가 돌아섰다.

"사실, 경위님." 내가 말했다. "별게 없지 않아요."

"급히 드릴 말씀이 있어요, 반스 경위님." 록우드가 말했다.

경위가 우리를 가만히 봤다. 이제 막 뭔가가 떠올랐는지 한 손을 올렸다. "저기 저 꼬마." 그가 느긋하니 말했다. "미치광이처럼 문짝으로 그네 타는 녀석 말야."

"녀석이 왜요?"

"돈 몇 푼 버는 데 관심이 있을 거 같나?"

마지막 단어가 반스 경위의 입술을 채 떠나기도 전에 정원을 가로질러 온 대니 스키너가 그의 곁에 차렷 자세로 서 있었다. 그러더니 대뜸 괴상하게 경례했다. "제가 도와드릴 게 있을까요, 선생님? 말씀만 하세요."

"나랑 경관 셋이 먹을 점심이 필요해. 안에 가서 샌드위치 좀 만들어주겠나? 먹을 만한 게 나오면 네게 5파운드를 주지."

"네, 선생님. 물론입니다, 선생님. 지금껏 맛보신 중에 최고일 거예요." 녀석이 종종걸음으로 사라졌다.

"5파운드 굳으셨네요, 경위님." 조지가 말했다. "그나마 포장지가 제일 먹을 만할 거거든요. 제 말 믿으세요."

반스가 암울하게 고개를 끄덕였다. "그게 중요한 게 아냐. 난 녀석이 과도하게 예리한 청각을 가진 거 같다고 생각했거든. 어쨌든 귀가 그 정도로 크긴 하니까. 결국 그 생각이 옳았고. 저기 말일세, 같이 좀 걷는 게 어떤가, 록우드 선생, 칼라일 양. 녹지로 가서 바람 좀 쐬지."

반스가 정원을 나가 길을 건넜다. 앞장서서 녹지를 가로지르곤 여관에서 좀 떨어진 곳으로 우리를 데려갔다. "자," 그가 말했다. "여기가 더 조용해. 주변에 아무도 없고. 하려던 말이 뭐지?"

"어젯밤 사건과 관련해서요." 내가 말했다. "로트웰 연구소요."

"연구소?" 반스가 콧수염을 문지르며 그리 멀지 않은 곳을 응시했다. "글쎄, 시설에선 현재 조사가 진행 중이야. 내가 자네들한테 해줄 수 있는 얘긴 어젯밤 거기서 모종의 사고가 있었단 거뿐이네."

"저, 바로 그게 문제라서요." 록우드가 말했다. "그게 정확히는 사고가 아니라…."

"실험이 잘못돼 생긴 비극이지." 경위가 말을 계속했다. "사상자들까지 있다고 들었어."

"네! 그리고 스티브 로트웰이…."

"나도 자네들한테 해줄 얘기가 더 있었으면 좋겠네." 반스가 내 말을 끊었다. "그랬음 정말 좋겠어. 관심 가져줘서 고맙군. 하지만 안타깝게도 내가 아는 건 그게 다야."

우리는 경위를 물끄러미 봤다.

"그리고 물론 자네들 또한 그 일에 대해선 아무것도 아는 게 없겠지."

록우드가 얼굴을 찌푸렸다. "그게…."

"거기 근처에 얼씬도 하지 않았고." 반스가 말했다.

"음, 저기, 사실은 우리가…."

"자네들은 우연한 기회로 알드버리 캐슬의 유령들을 처리하러 와 있었던 거뿐야. 저 들판에서 뭔 일이 벌어졌든 그것과는 관계없는 임무 중이지. 스티브 로트웰이든 그자의 연구소든, 거기 한복판의 건물에서 그들이 뭘 하고 있었든 자네들은 아무 관심 없어. 그리고 자네들한테 지각이란 게 있다면 이 일에 대해 묻는 누구에게든 그 점을 아주 분명히 해둘 거야. 묻지 않는 사람에게도 마찬가지고. 내가 자네들이라면 얼른 서둘러서 동네방네 떠들고 다니겠네. 내 말 이해하겠나? 록우드 선생? 칼라일 양?" 반스는 피곤하고 푸석한 눈으로 우리를 살폈다. "DEPRAC의 업무 중 하나가 말일세. 조사관들한테 나쁜 일이 안 벌어지게 하는 거야. 설령 그게 자네들처럼 짜증 나는 녀석들이라도. 난 어느 날 아침에 일어났다가 포틀랜드 로에서 네 건의 사고가 더 있었단 얘길 듣고 싶지 않아. 그랬다간 아침을 거르고 일해야 할 테니까."

록우드가 나를 봤다. 깊은숨을 들이마셨다. "고맙습니다, 경위님." 큰 소리로 말했다. "확실히 알아들었습니다. 그 연구소에서 있었던 일을 더는 말씀 못 해주신다니 안타깝네요. 앞으로도 쭉 알 일 없는 사건이란 걸 받아들이겠습니다."

반스가 평온하게 고개를 끄덕였다. "완벽해. 내 말이 그 말일세."

* * *

우리는 알드버리 캐슬에 이틀 밤을 더 머물렀고, 초자연적 움직임이 남아 있는지 확인한다는 명목으로 건성건성 출장을 다녔다. 하지만 아버지 스키너가 반스 경위에게 얘기했다시피 마을 유령들의 흔적은 크게 줄었다. 로트웰 시설의 쇠사슬 원이 파괴되고 어정거리는 그림자의 불가사의한 활동이 끝나기 무섭게 알드버리의 군집은 진정됐다. 방문자 여럿이 아예 모습을 감췄고, 나타난다 해도 전보다 약하고 덜 사악해 보였다. 이 변화가 전적으로 우리의 열성 덕분이라고 주장하기는 쉬웠다.(실제로도 그렇게 주장했고.) 우리는 여기저기 뛰어다니면서 시끄럽게 하고 가끔씩 소금탄도 던져 우리가 뭔가 하고 있는 양 보이게 만들었다. 대개는 여관에 머물며 카드놀이나 할 뿐이었지만.

시골에서 맞는 다섯 번째 아침. 동쪽 들판도 이제 잠잠해져 있었다. DEPRAC 차량 여럿이 떠났고, 마을 봉쇄 조치는 해제됐다. 이때쯤 우리는 마을의 영웅으로 확실히 자리매김해 있었다. 일 없이 돌아다니는 1급령이 몇 남긴 했지만 그 때문에 우리가 굳이 머물러야 할 정도는 아니었다. 특히나 킵스가 집에 가고 싶어 안달이었다. 이틀 밤 동안 그는 조지랑 한 침대에서 자든가 식재료 보관실에서 해골이랑 자든가(그는 밝혀지지 않은 이유로 해골을 선호했다.) 선택해야 했으니까. 하지만 우리도 다들 집에 가고 싶어 안달이었다. 마을에서 파견한 배웅단이 역까지 우리와 동행했고, 그 선두에서 대니 스키너가 자랑스레 행진했다. 우리는 선물로 뿌리채소를 받았다. 록우드에겐 현금 봉투가 전달됐다. 마을 주민들이 감사한 마음으로 채워 넣은 봉투였다. 아이들이 줄로 엮은 꽃을 던졌다. 기차가 출발하고 우리가 시야에서 사라질 때까지 주민들은 손수건을 흔들었다.

우리는 객실에 앉아 집으로 향했다. 나는 파리하고 피곤해 보이는 록우드와 마주 앉아 있었다. 연구소를 방문한 날부터 지금까지 우린 우리에게 벌어졌던 일에 대해 따로 얘기해 보지 않았다. 이따금 눈이 마주칠 때면 말로는 표현할 수 없는 뭔가를 나눴다.

우리는 서로에게 미소를 짓고 창밖의 숲과 들판을 내다봤다. 아름다운 봄날 풍경이었다. 동쪽 언덕 너머 연기 기둥은 바람결에 흩어진 지 오래였다. 그럼에도 그 흔적이 공기 속을 맴돌았다. 그건 알드버리 캐슬 역에서 우리를 따라 객실에 들어왔고, 홀리가 창문을 열었는데도 그 아득한 탄내는 런던으로 가는 내내 가실 줄 몰랐다.

29

로트웰 대행사, 테러리스트와 결탁!

연구소 부지 일대에서 금지된 무기 발견돼

스티브 로트웰 대표 실종 상태, 사망한 것으로 추정
DEPRAC 조사관 몬타규 반스 경위 최초 인터뷰 수록

햄프셔 소재 로트웰 연구 시설에서 진행 중인 현장 조사에서 놀라운 진실들이 밝혀지고 있다. 경찰에 따르면 연구소 별관 한 곳에서 대규모 '무기 공장'의 흔적들이 발견됐다. 경찰이 확보한 물품에는 지난해 11월 런던 거리 축제에서 퍼넬로프 피츠 대표 암살 시도에 사용된 것과 동일한 종류의 '유령탄' 다수가 포함된 것으로 알려졌다. 이와 관련해 연구소장 사울 존슨 씨를 비롯한 연구소 직원 일부가 체포됐으며, 대행사 대표 스티브 로트웰 씨 또한 당시 암살 음모에 밀접히 연관됐다는 주장이 제기됐다. 로트웰 대표는 여전히 실종 상태이나 연구 시설이 폭발하던 당시 사망했을 가능성이 높은 것으로 추정된다.

오늘 〈타임스〉 독점 인터뷰에서는 DEPRAC 수석 조사관 몬

타규 반스 경위가 연구소 잔해의 위험천만한 탐사 작업을 자세히 소개한다. "우리가 도착했을 때는 불바다나 다름없었습니다. 그럼에도 우리는 치명적인 엑토플라즘 총 등의 불법 무기들이 비치된 저장고를 발견했죠. 장담컨대 유령탄은 빙산의 일각일 뿐입니다." 반스 경위는 이번 사건으로 심하게 훼손된 중앙 건물에 대해서는 자세한 언급을 거부했다. "안타깝게도 그 건물의 용도는 아직 분명치 않습니다. 조사가 진행 중이니 믿고 기다려주십시오."

해당 연구소에서 금지된 출처가 발견됐다는 보고에 따라 경찰은 어제 관련 수사를 확대했다. 클러켄웰 소재 '심령이 깃든 인공물의 처리를 위한 런던 메트로폴리탄 소각장' 직원 일부가 체포됐으며, 조사 진행에 따라 추가적 조치가 있을 것으로 예상된다. 그러나 이 같은 진전도 로트웰 대행사 위기론 앞에서는 무색해지는 실정이다. 대표가 실종되고 주요 임원들 또한 중대 범죄에 연루되면서 로트웰 대행사는 대중의 신뢰를 잃었으며 미래 또한 장담할 수 없게 됐다. 최근 보도에 따르면 DEPRAC는 로트웰 대행사 안정화 노력의 일환으로 피츠 대행사의 퍼넬로프 피츠 대표를 임시 책임자로 추대했다. 피츠 대표는 스트랜드가의 집무실에서 두 대행사 모두를 운영할 예정이다.

몬타규 반스 인터뷰 전문: 3쪽
'유령탄과 플라스마 총 – 무기 공장의 진짜 비밀': 6쪽
'불구가 된 사자' – 로트웰 대행사의 역사 별쇄본: 24~25쪽

"뭐," 록우드가 말했다. "또 하나의 진실이 성공적으로 은폐됐네." 그가 신문을 아침 식탁에 던지고 토스트로 손을 뻗었다. "반스 영감은 이런 일에 달인이지. 불법 무기 어쩌고 하는 헛소리를 마구 늘어

놓는 바람에 유일하게 중요한 문제, 그러니까 그 쇠사슬 원 얘긴 쏙 빼고 넘어갈 수 있게 됐어. 그렇대도 우린 경위가 이번 사건에서 우리 역할까지 쏙 빼고 넘어가 준 걸 고마워해야 하는 거겠지."

"난 그래서 엄청 행복한데." 홀리가 말했다.

우리 모두가 그랬다. 그날 아침 우리는 많은 것들이 행복했다. 포틀랜드 로 35번지에서 공식 축하 만찬을 즐기기로 한 것도 그래서였다.

알드버리 캐슬에서 돌아온 다음 날이었고, 태양이 밝게 빛났다. 홀리가 부엌문을 열어젖혀 뒀다. 새들이 노래하고 새싹들이 반짝였다. 시원한 봄 공기가 흘러들어 와 조지의 훈제 청어 냄새를 거의 몰아냈다. 무엇보다도 행복한 건 함께 축하할 팀이 있다는 거였다.

그러니까 팀 전체 말이다. 나를 포함해서.

내가 행복한 건 옛 다락방에 돌아와 잤다는 사실 때문이기도 했다. '정말로' 돌아왔단 얘기다. 환영의 의미로 조지는 거기서 자기 옷 대부분을 치워주기까지 했다. 물론 아직까진 발밑을 조심해야 했지만. 아무리 그래도 한동안은 괴기스런 양말과 손수건이 지뢰처럼 숨어 있을 공산이 크니까. 그래도 어쨌든 이제 다시 내 공간이었다.

글쎄, 내 공간…이면서 해골의 공간이기도 했다. 내가 잠든 동안 놈은 창턱 옛 자리를 차지하고 있었는데, 거기선 (놈이 주장하기로는) 고요한 밤을 내다보는 기쁨을 누리는 한편, (더 중요하게는) 고약한 녹색 빛을 반짝여 이웃집 꼬마들을 겁줄 수 있었다. 만찬의 날 아침엔 해골도 부엌에 내려왔다. 놈의 회수를 축하하는 자리기도 해서였다. 물론 놈은 내려온 지 삼십 초도 안 돼서 쫓겨나는 치욕을 당했지만. 못된 버릇 남 못 주고 음흉하게 홀리를 흘끔거려 그녀가 통밀 와플 접시를 무릎에 떨어트리게 만들고는 식탁에서 추방돼 개수대 옆 어둑한 구석에 놓였고, 행주에 반쯤 덮이는 신세가 됐다.

그날 아침 우리 부엌에서 이러고 있는 게 맞는 건지 아리송한 손님이 해골만은 아니었다. 퀼 킵스도 와 있었다. 그는 록우드 심령 회사의 직원(그의 말을 빌리면 '윔블던 공원에서 알몸으로 채찍질당하는 것보다 나쁜' 신세)이 아니었지만, 그를 독립 컨설턴트 삼아 이따금 불러들여 일을 맡겨도 괜찮겠다는 얘기가 오가던 참이었다. 킵스는 이 문제를 의논하고 우리의 런던 귀환도 자축할 겸 그날 아침 집에 와 있었다. 수란이 만들어지고, 베이컨이 구워지고, 홀리의 특급 건강식인 와플조차 꿀과 갓 개봉한 버터를 듬뿍 덮어쓰고 유혹적으로 반짝였다. 우리 모두는 만족스레 잘 먹었다.

록우드는 식탁 상석에 앉아 음식이 잔뜩 든 접시들을 건네가며 모두가 배불리 먹도록 챙겼다. 나는 그가 평상시와 다르지 않은 듯해서 안도했다. 그의 안색은 돌아왔고 움직임 또한 늘 하던 대로 여유로웠다. 신체적으로는 우리 둘 다 쇠사슬 원 너머로 떠난 산책에서 회복되기까지 긴 시간이 걸리고 있었다. 나는 여전히 피곤하고 이해하기 힘든 악몽들에 시달렸다. 하지만 그것들도 점차 줄어드는 듯 보였다. 오늘 같은 아침엔 우리가 겪었던 시련의 후유증이 곧 사라지리란 상상을 하기도 쉬웠다.

드디어 록우드가 포크로 우유병을 댕댕 두드렸다. "건배할 시간이야. 알드버리 캐슬에서 여러분이 해준 노력에 감사하고 싶어. 조지, 홀리, 퀼. 연구소에서 정말 잘해줬어. 여러분이 아니었으면 루시랑 난 살아남지 못했을 거야."

다들 잔을 들어 올리고 오렌지주스를 마셨다. 록우드가 내게로 고개를 돌렸다.

"루시, 특별히 널 위해서도 건배하고 싶어. 첫째, 네가 우리에게 돌아와 준 것에 대해. 네가 없는 록우드 심령 회사는 완전할 수 없었어. 둘째, 내가 스티브 로트웰에게 밀리고 있을 때 도와준 것에 대해. 그날 밤 네가 내 목숨을 구했어. 고마워."

록우드의 눈이 내 눈을 빤히 봤다. 나는 최선을 다해 완전 태연한 척했지만 얼굴이 벌게지는 게 느껴졌다. 이윽고 모두가 우리를 지켜보고 있음을 깨달았다.

"우우, 민망 민망." 조지가 말했다.

록우드가 빙그레 웃으며 조지에게 빵 조각을 던졌다. "중요한 건 우리가 서로에게 진정으로 의지한단 거야. 여기서 누구 하나만 빠져도 우리 전체가 약해져. 모두 함께면 못 할 게 없고."

"옳소, 옳소." 홀리가 말했다.

"여기서 자연스럽게 내 마지막 건배사로 넘어가면 되겠네." 록우드가 말했다. "일명 '새로운 지평'을 위해. 어정거리는 그림자와 쇠사슬 원, 그리고 루시와 내가 저 세상에서 알게 된 것들 뒤로 난 모든 게 달라졌다고 믿어. 우리끼리 얘기지만 우린 지금껏 상상조차 못 했던 걸 발견했어. 반스는 우리가 입 다물고 있길 바라는 모양인데, 그게 불가능하단 건 우리 모두가 알아. 지금부터 우리 조사의 범위는 더 넓어질 거야. 답을 찾아야 할 새로운 질문들이 정말 많고, 우리 일은 이제 시작일 뿐이지."

우리는 음료를 마시고 잔을 내려놨다. 잠시 동안 모두가 침묵했다. 열린 문으로 들어오는 새들의 노랫소리를 들었다.

"내가 알고 싶은 건," 홀리가 말했다. "어정거리는 그림자가 저 세상에서 뭘 하고 있었느냔 거야. 스티브 로트웰은 거기 무슨 목적이 있는 듯 굴었잖아. 그냥 재미로 그러고 다니진 않았을 텐데. 그 사람은 뭘 좇았던 걸까? 애초에 누구든 그런 위험을 감수하는 이유가 뭐지? 아무리 생각해 봐도 그런 일을 정당화할 정도로 중요한 목적이란 게 뭘지 모르겠어."

"반드시 구체적인 뭔가일 필요는 없지." 조지였다. 그는 훈제 청어에 만족하지 않고 이제 최후의 베이컨샌드위치를 대대적인 크기로 준비하고 있었다. "미지의 세계를 탐구하는 것 자체가 목적일 수도 있는 거야. 나한테 철갑옷 줘봐. 나도 기쁘게 저 세상을 여행할 테니."

"초대형 갑옷이 필요하겠는데. 그 괴물 같은 샌드위치를 다 먹을 작정이면." 록우드가 말했다. "그렇대도 혼령망토는 언제든 빌려줄게."

"하나를 망가트리고 말았다니 아쉬워." 내가 말했다. 그 기억에 기분이 안 좋았다.

록우드가 어깨를 으쓱했다. "어쩔 수 없지. 게다가 위층에 뭐가 더 남아 있는지 누가 알겠어? 암튼 본론으로 돌아가서, 철갑옷 남자는 분명 뭔가를 하고 있었어. 로트웰도 그렇게 말했고. 그게 뭔지를 알아내야 해."

"그러려면 일단 이 모두를 받아들이기부터 해야 할 텐데." 킵스가 말했다. "내가 그럴 수 있을진 모르겠다."

"나도 그래요." 홀리가 동의했다. "두 사람 다 무사히 돌아왔단 게 그저 놀라울 뿐야."

나는 아무 말도 하지 않았다. 밤에 눈을 감으면 지금도 저 반대편 대지, 서리 덮인 세계 위로 끝없이 펼쳐진 검은 하늘이 보였다.

"내 생각은 이래." 조지가 베이컨을 씹으며 말했다. "루시와 록우드는 유령들의 땅에 갔어. 적어도 그곳의 누군가는 여기저기 기웃대며 우리 세계의 취약점으로 발을 집어넣을 궁리를 하지. 우린 거기 웬만해선 접근할 수 없어. 심령 시각으로 언뜻언뜻 보는 것까진 가능할지 몰라도. 근데 어정거리는 그림자가 그 땅으로 건너가서 돌아다니기 시작하니까 혼령들이 엄청 흥분하는 거야. 그림자는 결국 두 세계 사이의 장벽을 약화시키는 역할을 한 거지. 너희가 교회 마당에서 그림자를 봤을 때, 그는 유령 같아 보였어. 그치? 저 세상에 있는 그를 본 거야. 두 세계 사이의 장벽이 완전히 해진 상태에서."

"그럼 거기 가 있는 우릴 본 사람이 있는지도 궁금하네." 록우드가 말했다. "그걸 물어볼 생각을 못 했어."

"그러니까 여기서 눈여겨봐야 할 건," 조지가 말을 이어갔다. "전에도 누군가가 그런 식으로 유령들을 들쑤신 적이 있는가 하는 문제야. 만약 그렇다면," 그는 머스터드를 뜨는 숟가락으로 벽의 지도를, 과거의 출몰 사례가 동심원을 그리며 전국으로 퍼져나가는 지도를 가리켰다. "그게 난제에 어떤 영향을 미쳤는가라고."

초인종이 울렸다. 가장 가까이에 앉은 홀리가 현관으로 나갔다.

"어마어마한 미스터리들이네…." 킵스가 중얼거렸다. "풀기 어렵겠어."

"자신감을 가져요, 퀼." 록우드가 말했다. "지금 우리 팀이면 잘해낼 거 같은데요." 그가 의자에 등을 기댔다. "누구였어, 홀리?"

다시 나타난 홀리가 뭐라 말하기도 전에 우리는 그녀가 얼마나 창백한지, 표정이 얼마나 굳었는지 대번에 알아봤다. "손님들이 찾아왔어, 록우드." 그녀가 말했다. "내가 어떻게…, 난 도저히…, 음, 그러니까 무슨 말이냐면, 두 분이 여기 와 있단 거야. 들어오라고 해야 했어."

홀리가 옆으로 비켜섰다. 그 뒤에서 특유의 광채 나는 미소를 짓고 있는 건 퍼넬로프 피츠였다.

피츠가 부엌으로 들어섰다. 부엌은 협소했고, 그녀가 있을 공간이 별로 없었다. 그녀는 우리가 먹던 것들의 잔해를 가만히 둘러봤다. 중간 길이의 녹색 원피스를 입고 그 위에 진갈색 겉옷을 걸쳤다. 늘 그렇듯 꼭 저녁 만찬에 가는 길 같았다. “좋은 아침이에요, 다들.” 그녀가 말했다. “내가 방해하는 게 아니면 좋겠는데. 들어가도 될까요?”

글쎄, 벌써 들어왔지만 뭐. 록우드가 벌떡 일어났다. “물론이죠, 물론이죠. 어서….”

“잠깐 한번 들러봤어요. 아뇨, 일어나지 말아요. 방해하고 싶지 않으니까. 같이 온 일행이 있어요.” 피츠가 자기 뒤 늘씬하고 젊은 신사를 가리켰다. 금발이 곱슬거리고 콧수염을 깔끔히 손질한 남자가 복도 그림자 속에 서 있었다. 그는 우아한 트위드 정장을 입고 옆구리에 지팡이검을 찼다. “루퍼트 게일 경은 아시죠, 아마? 피츠 가족의 오랜 친구랍니다.”

“네, 사실…. 네. 식탁이 엉망이라 미안합니다.” 록우드가 말했다. “응접실로 가실까요?”

퍼넬로프 피츠가 미소를 지었다. “아뇨, 아뇨. 여러분의 아담한 대행사 어디에서 여러분이 일하는지 보고 싶었어요. 정말 요란한 아침식사를 하는군요! 이 식탁보랑 그림들하며….” 그녀가 몸을 숙여 자세히 들여다봤다. “정말 독특하네요! 아주 매력적예요…. 음, 거기 그 낙서들은 좀 그렇지만.”

록우드가 부랴부랴 여분의 의자를 챙겨 왔다. “죄송해요. 유령에 관련한 것만 기록하라고 조지한테 늘 얘기하는데 말을 안 듣네요. 앉으세요, 대표님. 루퍼트 경, 내 자리에 앉겠어요?”

“아뇨, 아뇨, 고마워요. 난 괜찮아.” 루퍼트 게일 경은 창가 쪽에 자리를 잡았다. 개수대에 등을 기대고 한쪽 발목에 다른 쪽 발목을 얹었다.

루퍼트 경이 악당에다 불법적으로 영물을 수집하는 부자라는 걸 아는 상황에서 그가 우리 집에 있다는 게 그리 대단히 기쁘진 않았다. 전에 만났을 땐 우리에게 해코지를 할 것처럼 위협조로 굴기도 했고. 하지만 뭐니 뭐니 해도 가장 당혹스러운 건 퍼넬로프 피츠의 존재였다.

영국 최고의 유명 인사가 우리의 사적인 공간에 앉아 미소를 짓고 있다니. 그녀가 앉은 고리버들 의자는 접이식으로, 좀 싸구려에다 조지의 실험에 동원됐다가 등받이를 따라 엑토플라즘 자국이 몇 남았다. 그럼에도 피츠의 기다란 팔다리가 품위 있게 얹히고 햇빛에 원피스가 에메랄드빛으로 반짝이니 어째선지 그 의자조차 꽤나 세련된 느낌이었다. 그녀는 완벽히 편안해 보였다. 대조적으로 우리 모두는 어쩔 줄 모르는 침묵 속에서 앉아 (혹은 서) 있었다. 특히 킵스는 쥐구멍이라도 찾고 싶은 눈치였다. 문 뒤로 은근슬쩍 몸을 밀어 넣으며 시야 밖으로 나가려고 안간힘을 썼다.

록우드가 고개를 저어 혼란을 털어냈다. "차 드릴까요, 대표님? 이제 막 우렸어요."

"고마워요, 앤서니. 한잔 마실게요."

형식적인 절차들이 완료되는 동안 퍼넬로프 피츠는 부엌을 가만히 둘러봤다. 그녀의 눈이 구석구석을, 아침 식사의 잔해와 방 모퉁이의 소금과 철, 정원으로 가는 문, 벽에 붙은 조지의 영국 지도를 꼼꼼히 봤다. "고마움을 전하러 왔어요." 그녀가 말했다. "여러분의 도움에 감사하려고요. 정말 더없이 친절하게 잘해줬어요."

"도움이라뇨, 대표님?" 록우드가 차를 건넸다.

"보니까 신문을 읽고 있던 모양인데…." 피츠가 〈타임스〉 1면을 가리켰다. "여러분도 알게 될 거예요. 런던에 많은 변화가 일어나고 있다는 걸. 특히 로트웰과 피츠 대행사가 제휴하게 된다는 건 다들 들었겠죠. 글쎄, 비공식적으로 귀띔하자면 제휴 이상이 되겠지만요. 이건 합병이에요. 로트웰 대행사는 불명예를 안고 위기에 빠졌어요. 즉각적인 조치가 없으면 도산할 거예요. 그런 이유로 이제 피츠 대행사에 완전히 흡수될 테고요. 그러니까 피츠의 '소속'이 된다는 거죠. 거기 임원들이 내 지시를 받는."

퍼넬로프 피츠가 우리를 둘러봤다. 이제 그녀는 런던에서 가장 크고 강력한 조직 둘을 장악한 여자였다. "축하드립니다, 대표님." 록우드가 천천히 말했다. "정말… 대단한 일이네요."

"그렇죠. 참 별일이에요. 로트웰 대행사를 제대로 손보기까지 많은 과제들이 있지만, 난 해낼 수 있다고 자신해요. 어쨌든 이젠 두 대행사를 동시에 책임져야 하니까요. 그리고 그 행운의 상당 부분이 여러분 덕분이라고 생각하고요."

이건 그런 순간들의 하나였다. 모두가 무죄에다 아무것도 모르는 척하려 갖은 애를 쓰다 결국엔 전부 유죄에다 모든 걸 알고 있다는 불쾌한 분위기를 조성하고 마는. 개수대 위에서 루퍼트 게일 경이 미소를 지었다. 그는 조지가 아끼는 줄무늬 머그컵을 골라 들고 느긋하니 뜯어봤다.

"실례합니다만, 대표님." 록우드가 말했다. "저는 잘 이해가 안 돼서요. 우리가 어쩌다 근처 마을에서 일을 하고 있긴 했습니다. 네. 하지만 연구소에서 벌어진 사건과 참사의 원인에 대해선, 그러니까 지금 말씀하시는 게 그거라면, 우리도 아는 게 없어요. 다른 사람들과 마찬가지로요."

피츠가 기묘하고 조그만 소리로 웃었다. 나는 그녀의 목소리가 얼마나 낮고 쉰 듯한 느낌이 나는지 잊고 있었다. "괜찮아요. 난 그 바보 같은 반스 경위가 아네요. 내 앞에선 조심할 필요 없어요. 하지만 말예요, 난 여러분을 압박하지 않을 거예요. 잠시 생각해 보죠. 여러분이 봐선 안 될 걸 본 상황이라고. 아마도 그게 여러분을 혼란스럽게 하겠죠. 여러분의 마음을 지금도 괴롭히고 있을 테고."

퍼넬로프 피츠가 무슨 말을 하는지는 뻔했지만 우린 그걸 처음부터 모른 척한 터라 이제 와서 덥석 인정하기도 뭐했다. 록우드는 고민하는 척 연기했다. "그 마을에서 몹시도 섬뜩한 환영들과 마주치긴 했어요. 특히 조지가 눈 없는 여자애를 보고 줄행랑을 쳤거든요. 안 그래, 조지?"

"아주 발에 땀나게 달렸었지." 조지가 말했다.

퍼넬로프 피츠가 우리에게 미소를 지었다. "무척 익살스럽군요. 이렇게만 말해둘게요. 로트웰 과학자 몇 명, 그러고 보니 이젠 피츠 과학자라고 불러야 할까요? 아무튼 연구소 직원 일부가 경찰과 얘기하고 있어요. 침입자에 대한 언급이 있더군요."

"침입자 다섯." 루퍼트 게일 경이 말했다. "그 친구들 한번 세어보시죠. 한 손에 딱 꼽히는데."

"자, 여러분이 뭘 봤는지, 뭘 들었는지 난 정확히 몰라요." 피츠가 말했다. "하지만 그걸 마음속에서 지워버리라고 조언하고 싶군요. 딱한 스티브 로트웰은 괴짜에다 투지가 넘치는 사람이었어요. 우리 모두에게 금지된 이상한 지식을 갈망했죠. 그가 개인적인 시설에서 어떤 비밀스러운 실험을 하기로 마음먹었는지는 우리가 알 바 아네요. 그가 그랬다는 사실이 법을 준수하는 다른 대행사들에 나쁜 영향을 미쳐서도 안 되고요."

우리는 침묵 속에 앉아 그녀의 말을 곱씹었다. 개수대 옆에 행주가 어둑하고 역시나 조용하게 떠 있었다. 단지가 언뜻 보이긴 했지만 안에선 아무 들썩임도 없었다. 그나마 해골이라도 잠잠히 있어주다니. 이건 축복이었다.

록우드가 조용히 말했다. "무슨 말씀인지 알겠습니다. 우리가 봤거나 혹은 보지 않은 걸 '잊어주길' 요구하시는 거네요."

"'요구'라는 단어를 난 선택하지 않겠지만. 네, 맞아요."

"이유를 여쭤도 될까요?"

퍼넬로프 피츠가 차를 홀짝였다. "오십 년 동안 우린 초자연적 세력과 전쟁을 해왔어요. 그들을 부당한 방법으로 사용하거나, 어리석은 로트웰처럼 개인적 이익의 수단으로 쓰는 건 언제나 영적 재앙으로 가는 지름길이었죠. 죽음의 미스터리는 신성불가침의 영역이고, 탐험돼선 안 돼요." 퍼넬로프 피츠가 우리를 가만히 봤다. "여러분도 나만큼 잘 알잖아요. 어떤 것들은 모르는 채로 남는 게 더 낫다는 걸."

조지가 참지 못했다. "실례합니다만, 대표님. 제 생각은 다른데요. 난제와의 전쟁을 치르는 우리에겐 뭐든 아는 게 중요합니다."

"친애하는 조지, 조지는 정말 너무 어리네요." 다시 그 쉰 듯한 웃음소리였다. "내가 얘기하는 개념들이 조지로선 좀 이해하기 어려울 수 있다는 건 알겠어요."

"아뇨, 조지 말이 맞아요." 록우드가 껴들었다. "조지는 늘 맞거든요. 우린 어둠에 싸인 것들을 밝히길 두려워해선 안 돼요. 오히려 거기에 빛을 비춰야죠. 대표님 대행사의 로고에 있는 그 등불처럼요. 그게 조사관들이 하는 일이니까요, 결국엔."

피츠가 록우드를 차분히 쳐다봤다. "내 제안을 또다시 거절하겠다고 얘기할 셈은 아니죠?"

"안타깝지만…, 네. 우리는 대표님의 '요구', 혹은 명령, 아님 뭐가 됐든 그런 걸 거절합니다." 록우드의 목소리가 갑자기 딱딱해졌다. "용서하십시오. 하지만 우린 대표님 아래에 있는 조직이 아닙니다. 이렇게 우리 부엌에 사뿐사뿐 나타나서 이래라저래라 하실 순 없어요."

"오, 하지만 사실 못 할 것도 없죠." 피츠가 말했다. "안 그래요, 루퍼트?"

"물론이죠, 대표님." 루퍼트 게일 경이 창가에서 걸어와 우리 등 뒤를 한가롭게 어슬렁거렸다. "우리 중 누군가에겐," 그가 말했다. "이제부터 행동에 결과가 따를 거야." 그가 손을 뻗어서는 조지의 접시에서 샌드위치를 집어 들고 거대하게 한 입 베어 물었다. "그리고 나머지에겐 결과 자체가 없을 테고. 이렇게 말야. 음, 끝내주는 베이컨이네! 머스터드도 있고. 아주 훌륭해."

"지금 어디서…." 록우드가 눈 깜짝할 새 의자에서 일어나 식탁을 반쯤 돌아가고 있었다. 그러다 우뚝 멈춰 섰다. 은빛 섬광이 번쩍였는데, 그 역시 눈 깜짝할 새였다. 루퍼트 경의 손에 검이 들려 있고, 그 끝이 록우드의 몸통에서 살짝 떨어진 곳에 떠 있었다. 경은 록우드를 보고 있지도 않았다. 입에 든 걸 차분히 씹으며 샌드위치 빵 껍질이나 들여다볼 뿐이었다.

"비무장한 사람을 위협하는 건가요, 루퍼트 경?" 조지가 말했다. "품격 넘치네요."

"그 버터 칼 좀 줄래, 조지." 록우드가 중얼거렸다. "그거면 이 사람을 상대하기에 충분할 거 같은데."

"농담도 잘하는군." 루퍼트 게일 경이 말했다.

퍼넬로프 피츠가 손을 들었다. "싸울 일이 전혀 아네요. 이건 교양 있는 방문이라고요. 루퍼트, 검 치워요. 앤서니, 제발 자리에 앉아요."

록우드는 한참을 머뭇대다 천천히 자리로 돌아갔다. 루퍼트 게일 경은 입에 든 걸 아직도 씹으며 검을 집어넣었다.

"한결 낫네요." 피츠가 조그맣게 웃었다. "남자애들이란 참! 내가 여러분을 정말 어째야 하죠? 자, 내 얘기의 요점은 아주 간단해요. 여러분이 거기 반대하는 이유가 뭔지도 정말 모르겠고요. 여러분은 매력적이고 조그만 대행사를 갖고 있고, 여러분의 매력적이고 조그만 일들을 얼마든지 해도 좋아요. 하지만 지금부터 여러분은 여러분에게 더 잘 어울리는 조사들에만 충실해야 할 거예요. 우리 사회를 괴롭히는 작은 출몰들 말이죠. 저런 식의 철없는 짓도," 그녀가 벽에 붙은 조지의 지도를 가리켰다. "쓸데없는 추정도, 자기 주제를 넘어서는 일도 더는 안 돼요. 친애하는 조지, 조지는 늘 멍청한 공상들로 가득 차 있죠. 그런 것들은 잊고 유용한 문제들에 시간을 좀 더 할애하는 게 좋을 거예요. 이를 테면 자기 외모라든가. 본인을 좀 가꿔요! 나가서 여자도 만나고 친구도 사귀고."

"체취제거제부터 알아가기 시작하는 것도 나쁘진 않을 거야." 루퍼트 게일 경이 말하며 조지의 어깨를 토닥였다.

조지는 무표정한 얼굴로 앉아 있었다.

"그렇게 심각한 표정 지을 거 없어요, 모두들!" 퍼넬로프 피츠가 우리를 둘러보며 웃었다. "여러분은 완벽한 회사의 모든 요건을 갖추고 있어요. 아주 조그만 축소판이긴 하지만. 땅딸막한 연구자, 그게 조지죠. 그리고 물론 앤서니 록우드, 확고한 행동파. 그리고 앤서니에겐 완벽한 비서이자 조수인 우리 달콤한 먼로 양까지 있잖아요. 내 새로운 로트웰 동료들의 말에 따르면 가장 용감한 조사관까진 아니더라도 일단 눈이 즐거우니까…."

"적당히 하시죠!" 내 목소리였다. 의자가 뒤로 넘어갔다. 내가 자리에서 일어나 있었다. "홀리에 대해서 뭘 안다고 그러세요. 나머지 우리에 대해서도 그렇고. 걔한테서 신경 꺼요!"

"오, 칼라일 양." 그러면서 피츠가 내게로 몸을 돌렸고, 그때 나는 처음으로 그녀의 포악한 미소를 제대로 경험했다. "지난주에 루시가 내 제안을 받아들이지 않아 얼마나 유감인지 몰라요. 위대한 일들을 함께 해나갈 수 있었을 텐데. 하지만 일은 벌어졌고 놓쳐버린 기회를 두고 울어봐야 소용없죠…. 이쯤에서 그쪽 얘길 하면 되겠네요, 킵스 씨."

퍼넬로프 피츠가 퀼 킵스를 알은체한 건 이번이 처음이었다. 그는 아까부터 문 뒤에 서 있었다. 자기 존재를 지우려는 양 거기 놓인 통들 사이로 비집고 들어가 움츠렸다. 그녀의 미소가 그쪽을 향하자, 그가 움찔했다.

"당신도 바빴다고 들었어요, 퀼." 그녀가 말했다. "원래 자기 소유도 아닌 고글을 가지고 신이 났었다고요. 참 재밌죠. 새 친구들과 즐거운 시간 보냈길 바랍니다. 하지만 아무리 신이 나도 중요한 걸 잊으면 안 되죠. 그건 바로 스스로의 선택에 따라 당신은 내 대행사에서 추방됐으며, 그에 따라 향후의 모든 주요 임무와 지위에서 배제된다는 사실입니다. 당신 같은 배신자는 용납되지 않을 거고, 나는 당신을 그 본보기로 삼을 거예요. 당신의 연금은 몰수되고 그간의 명성은 무너질 겁니다. 당신이 그 어떤 명망 있는 심령 조사 기관에서도 다시 일할 수 없게 내가 조치할 거예요."

"괜찮아요, 킵스." 록우드가 말했다. "원하면 우리랑 일하면 돼요. 우린 명망이 없거든요."

킵스는 아무 말도 하지 않았다. 그는 매우 창백했고, 코와 입술은 자줏빛이 도는 파란색이었다. 공포와 굴욕감으로 죽어버린 게 아닌가 싫었다.

"그럼, 난 이만 가볼게요." 퍼넬로프 피츠가 말했다. "할 일이 너무 많아서…. 있죠, 삶은 참 이상해요. 안 그런가요, 앤서니? 당신은 내 제안을 거절했었는데, 그래 놓곤 정말 뜻하지 않게 내가 상상조차 못 했던 일을 가능하게 해줬어요. 차 잘 마셨어요." 그녀가 자리에서 일어나 부엌을 마지막으로 둘러봤다. "정말 근사하고 아담한 집예요. 무척 매력적이고 다치기 쉽죠. 좋은 아침 되세요."

그 말을 남기고 퍼넬로프 피츠는 부엌을 나갔다. 창가에서 루퍼트 게일 경이 조지의 샌드위치를 마저 먹었다. 그런 다음 그릇 건조대에서 찻수건을 들어 손에 묻은 기름기를 닦은 뒤 개수대에 떨어트렸다. 우리에게 미소를 보이고 부엌을 나갔다. 현관문이 닫히고, 그의 발이 마당의 좁은 길을 따라 멀어지는 소리가 들렸다. 얼마 지나지 않아 피츠의 자동차가 부르릉거리며 밝은 봄날 속으로 사라졌다.

우리 모두는 그 자리에 그대로 있었다. 앉은 채로, 선 채로 정적에 휩싸여선. 록우드는 의자에, 조지와 홀리는 식탁 양옆에, 나는 록우드의 맞은편 끝에, 킵스는 문간에 있었다. 아무도 다른 이를 쳐다보지 않았으나 그 모두가 얼마나 꿈쩍도 않는지, 얼마나 경직돼 있는지 알았다. 우리는 그렇게 있었다. 충격의 조그만 그물로 한데 엮여.

이윽고 록우드가 소리 내 웃었다. 마법의 주문이 깨졌다. 우리 모두가 들썩였다. 꿈에서 깨어나기라도 하는 것처럼. 우리는 그를 쳐다봤다. 자리에 앉아 활짝 웃는 그의 눈이 반짝였다.

"뭐," 록우드가 말했다. "자기네 입장을 꽤 명확히 밝히긴 했네. 그치? 우리더러 이 일에서 신경 끄란 얘기잖아."

킵스가 통증을 느끼듯 발을 움직였다. 조지는 살짝 기침을 했다.

"그럼 거수로 결정하자." 록우드가 말을 이어갔다. "우리가 순종적인 조사관이어야 한다는 데 동의하는 사람? 저 여자 말대로 쓸데없는 일에 참견 말면서?"

록우드가 우리를 둘러봤다. 아무도 말이 없었다.

"좋아." 록우드는 생각하는 식탁보를 곧게 펴서 근사하고 단정히 정리했다. "그렇게들 생각한다니 좋네. 그럼 손들어 봐. 우리가 저 여자 말의 정반대로 해야 한다고 생각하는 사람. 퍼넬로프 피츠가 이처럼 인정사정없이 나오기로 결정한 이상, 우리도 저 여자를 후속 조사의 목표로 삼을 권리가 있다고 생각하는 사람. 피츠랑 저 비열한 인간이 어떤 협박을 일삼든 간에."

우리 모두는 묵묵히 손을 들었다. 킵스조차도 들었다. 실제로는 뒤통수를 긁을 요량인 듯 보이게 하려다가 막판에 마음을 고쳐먹고는 머뭇대며 엉거주춤하니 팔을 올린 거였지만. 우리 모두가 손을 들고 있었다. 창문으로 들어온 봄 햇살이 환히 빛나는 부엌에서.

"훌륭해." 록우드가 말했다. "고마워. 나도 기뻐. 내 생각도 그렇거든. 아침 먹은 거 치우자. 조지, 주전자에 물 올리지 그래? 록우드 심령 회사가 일할 시간이야."

이 분 뒤, 나는 개수대에 서서 설거지를 하고 있었다. 멍하니 눈을 들고 있다가 행주 뒤에서 나오는 녹색 빛을 봤다. 행주를 걷자 단지 속 유령이 나를 보고 있었다. 근데 이번엔 놈의 얼굴이 그저 살짝만 혐오스러울 뿐이었다. 놈은 무척 냉철하고 진지해 보였다.

"록우드가 명연설을 하더군." 해골이 말했다. "아주 예쁘게 잘했어. 네 인생이 망한 게 아니라고 잠시나마 믿을 뻔했다니까. 물론 그 자식이 노린 게 그거였겠지만. 그래서… 얘기 좀 해봐. 저 천 쪼가리 밑에서 슬쩍 보긴 했는데. 방금 왔던 사람은 누구야?"

"퍼넬로프 피츠."

"그게 누군데?"

"피츠 대행사 대표. 이제 온 런던의 지배자라고나 할까. 적어도 본인 머릿속에선. 빠릿빠릿하게 좀 움직여라. 넌 벌써 아는 줄 알았는데."

"오, 난 한낱 딱하고 늙은 해골일 뿐야. 이해력이 좀 딸린다고. 그러니까 저게 퍼넬로프 피츠란 거잖아. 그치? 피츠 하우스의 대장? 이 모두를 시작한 마리사 피츠의 손녀?"

"응. 근데 갑자기 우리가 알아왔던 것만큼 다정하지가 않아…. 왜 그래? 왜 웃는데?"

"그냥…. 네가 보기엔 저 여자가 몇 살 같아?"

"뭐야, 청혼이라도 하게? 그걸 내가 어떻게 알아?"

"보니까 경호원도 하나 달고 다니던데." 해골이 말했다. "솜털 수염 보송한 금발 친구."

나는 끙 소리를 냈다. "그래. 루퍼트 게일 경. 아주 못돼먹은 인간이지."

"맞아. 파란 눈의 미소 띤 살인자. 하지만 놀랄 일도 아니지. 그 여자한텐 늘 더러운 일을 대신해 줄 누군가가 있었거든."

"누가?"

"마리사 피츠."

"우리 지금 퍼넬로프 피츠 얘기하는 중이거든요."

"음…, 그렇지. 그 접시는 다시 씻는 게 좋겠어, 루시. 케첩이 그대로 묻어 있잖아."

나는 설거지를 계속하며 정원을 내다봤다. 내 옆에선 해골이 정신 나간 듯 혼자서 자꾸만 키득거렸다.

"좋아." 내가 마침내 말했다. "뭐가 그리 재밌는지 나도 좀 알자."

"난 마리사 피츠를 만났었어." 해골이 말했다. "그 여자랑 대화도 했고. 전에 얘기했는데, 기억하지."

"응. 알아. 그 여자가 널 단지에 넣었잖아."

"그 여자가 저기 다시 서 있는 걸 보니 기분이 꽤 이상하긴 하더군."

"퍼넬로프 피츠가 마리사를 닮았어?" 나는 피츠 하우스의 사진에서 봤던 쪼글쪼글한 노파를 떠올렸다. 하지만 그때는 마리사 인생의 막바지였다. 어쩌면 그전에는 마리사도 퍼넬로프 같아 보였는지 모른다.

"네가 그렇게 말할 만도 해." 해골이 대꾸했다. "오십 년 전과 전혀 다르지 않으니까. 으휴, 거참 섬뜩하네. 내 아무리 단지 속 해골이라지만. 아무튼 나 땜에 한눈 팔지 마. 이제 날붙이를 씻을 차례라고. 오오, 잼 묻은 칼이랑 달걀 묻은 숟가락. 제일 신나는 순서지."

"미안한데." 내가 말했다. "무슨 소린지 모르겠거든. 아까 그 얘기 다시 해봐."

"그게 어떻게 가능했을까 궁금하긴 해. 왜냐면 정말 똑같아 보이거든. 다른 건 그렇다 쳐도 여든 살도 더 먹었을 텐데 훨씬 젊어 보이잖아."

나는 유령을 가만히 봤다. 유령은 나를 가만히 봤다. 이윽고 놈의 두 눈알이 반대 방향으로 돌았다.

"네가 이해할 수 있게 쉬운 말로 다시 설명할게, 루시. 퍼넬로프 피츠는 마리사 피츠의 손녀가 아냐. 그녀가 그녀야."

나는 그대로 굳었다. 비눗물에 손을 넣은 채 단지를 물끄러미 봤다. 내 뒤에서 조지가 컵들에 티백을 넣었다. 주전자가 끓었다. 록우드와 킵스는 뭔가를 놓고 다투는 중이었다. 홀리는 정원에 나가 생각하는 식탁보에 붙은 부스러기들을 털었다. 그러는 내내 단지 속 유령은 검고 반짝이는 눈으로 나를 주시했다.

"그녀가 그녀라고?" 내가 반복했다.

"정확해. 퍼넬로프 피츠가 마리사 피츠야. 둘은 같은 사람이라고."

용어 사전

*는 1급령

**는 2급령

(흐르는) 물

유령이 흐르는 물을 건너기를 꺼리는 현상은 고대부터 관찰돼 왔다. 현대 영국에서는 이를 유령 방비에 활용한다. 런던 중심부에서는 인공 수로들의 망인 일명 '도랑'이 주요 쇼핑 지구를 보호한다. 보다 작은 규모로는 각 가정에서 현관 밖에 만들어 빗물을 순환시키는 개방형 수로가 있다.

1급령

가장 약하고, 가장 흔하고, 위험은 가장 덜한 유령들의 등급. 1급령은 주변을 거의 인식하지 못하고 반복적인 하나의 행동 양상에 갇혀 있는 경우가 많다. 주로 목격되는 사례는 다음과 같다. 음영자, 관망자, 스토커. 다음 항목을 함께 참고하라. 뼈다귀, 차가운 아낙, 둥실둥실 신부, 깜빡이, 광산의 똑똑이, 그림자 시늉, 괴화.

2급령

가장 위험하면서도 빈번히 등장하는 유령들의 등급. 2급령은 1급령보다 강하고, 모종의 잔류 지능을 가진다. 산 자를 인식하고 해를 가하고자 시도할 수 있다. 가장 흔한 2급령을 출현 빈도에 따라 정리하면 다음과 같다. 요괴, 허깨비, 망령. 다음 항목을 함께 참고하라. 변형자, 덩어리, 소리정령, 생골령, 귀령, 울부짖는 혼.

3급령

아주 희귀한 유령들의 등급. 마리사 피츠의 최초 보고 이후 상당한 논란의 중심에 서 있다. 산 자와 완전한 소통이 가능한 것으로 추정된다.

DEPRAC

심령현상조사예방국.

난제의 수습에 주력하는 정부 기관. 유령의 본질을 조사하고, 가장 위험한 존재들은 파괴하며, 서로 경쟁하는 여러 대행사의 활동을 감시한다.

관망자*

1급령의 일종. 그림자 속에서 주저하며 좀처럼 움직이지 않고, 산 자에게 접근하는 일도 없으나 강한 불안감과 소름 끼치는 공포를 퍼트린다.

광산의 똑똑이*

절망적으로 따분한 1급령. 두드리는 것 말고는 할 줄 아는 게 거의 없다.

광신도 집단

이승으로 되돌아오는 죽은 자들에게 여러 가지 이유에서 비정상적으로 집착하는 사람들의 무리.

괴화*

약하고 대개는 위협적이지 않은 1급령. 파리하고 깜빡거리는 불꽃으로 현현한다. 학자에 따라서는 모든 유령이 괴화와 깜빡이 순으로 퇴화해 결국에는 완전히 사라지는 것으로 추정하기도 한다.

군집

좁은 지역을 장악한 유령의 무리.

권태

유령이 접근하는 중일 때 흔히 경험하는 허탈감과 무기력증. 극단적인 경우 위험한 유령굴레로 악화되기도 한다.

귀령**

다행히도 아주 희귀한 유형의 2급령으로, 자기 시신을 일시적으로 움직여 무덤에서 벗어날 수 있다. 강력한 유령굴레와 소름 끼치는 공포를 유발하나, 시신이 곧 출처라는 점에서 처리가 쉽고 은에 감싸 봉인할 기회 역시 풍부하다. 또한 시신 자체가 오래된 경우가 많아 큰 피해를 야기하기 전에 대개는 조각나고 만다.

그리스의 불

마그네슘 화염의 다른 이름. 이 부류의 초기 무기들은 천 년 전에 비잔틴(혹은 그리스)

제국에서 유령을 상대로 사용된 것으로 보인다.

그림자 시늉*

문간과 아치형 출입구, 골목길에서 어슬렁거리는 관망자 혹은 음영자의 런던식 이름. 일상적이고 도시적인 유령이다.

깜빡이*

가장 희미하게 보이는 1급령. 허공을 날아다니는 다른빛의 반점으로만 현현한다. 접촉하거나 그 사이를 걸어도 무탈하다.

난제

현재 영국을 괴롭히는 출몰 사태의 대유행.

냉각

유령이 가까이에 있을 때 발생하는 급격한 온도 저하. 현현의 임박을 보여주는 4대 지표의 하나다. 나머지는 권태와 독기, 소름 끼치는 공포다. 냉각은 넓은 지역에 걸쳐 나타나거나 특정한 '냉점'에 집중될 수 있다.

다른빛

일부 환영이 방출하는 으스스하고 비정상적인 빛.

대행사, 또는 심령 조사 대행사

유령의 억제와 파괴를 전문으로 하는 업체. 런던에만 여남은 개가 넘는 대행사가 있다. 규모가 가장 큰 대행사(피츠와 로트웰) 두 곳의 경우 직원이 수백 명에 달한다. 가장 소규모(록우드 심령 회사) 대행사는 3인 체제다. 대행사 대부분은 성인 감독관이 운영하나, 이들 모두가 강력한 심령 재능을 가진 아이들에게 크게 의존한다.

덩어리**

부풀고 기형적인 2급령의 변종. 인간의 머리와 상반신을 가졌으나 눈에 띄는 팔다리는 없는 게 일반적이다. 망령 및 생골령과 더불어 가장 불쾌한 환영으로 손꼽힌다. 강력한 독기와 소름 끼치는 공포를 동반하는 경우가 많다.

둥실둥실 신부

여성 1급령이자 차가운 아낙의 변종. 일반적으로 머리 혹은 다른 신체 부위를 상실한 상태다. 일부는 자신의 잃어버린 신체를 찾아다닌다. 절단된 신체 부위를 껴안거나 비통하게 내들고 있는 경우도 있다. 햄프턴 코트 궁전에서 참수된 두 왕후의 유령에서 비롯된 이름이다.

라벤더

라벤더의 강력한 단내가 악령을 억제하는 것으로 알려져 있다. 이에 따라 많은 이들이 라벤더의 잔가지를 건조해 옷 등에 꽂거나 불에 태워 자극적인 연기를 낸다. 조사관들은 때로 약한 1급령에 사용할 목적으로 라벤더물이 든 병을 소지하기도 한다.

레이피어

모든 조사관의 공식 무기. 16~17세기 유럽에서 사용된 결투용 양날검으로 가늘고 긴 날이 특징이다. 철제 검날의 끝에 은을 입히기도 한다.

마그네슘 화염

금속제 산탄통에 마그네슘과 철, 소금, 화약, 점화장치를 넣고 쉽게 깨지는 유리로 봉한 화염탄. 대행사들이 공격적인 유령에 맞서 사용하는 주요 무기.

망령**

위험한 2급령. 위력과 행동 양상의 측면에서 요괴와 비슷하나 겉모습은 훨씬 끔찍하다. 이들의 환영은 망자가 죽어 있는 상태를 반영한다. 말라비틀어지고 끔찍하도록 야위고, 때로는 부패해 벌레가 바글거린다. 종종 해골의 형태를 띠기도 한다. 강력한 유령굴레를 생성한다. 다음 항목을 함께 참고하라. 생골령.

민감성, 민감한 (자)

비범하고 훌륭한 심령 재능. 그런 재능을 가지고 태어난 사람. 민감한 자 대부분은 대행사 또는 야경대에 합류한다. 방문자와 직접 맞서는 일 없이 심령 서비스만 제공하는 이들도 있다.

방문자

유령.

방어구

3대 기본 방어구를 효과 순으로 나열하면 은, 철, 소금이다. 라벤더 또한 밝은 빛과 흐르는 물처럼 일정 정도의 보호 기능을 한다.

변형자

희귀하고 위험한 2급령으로 현현 중에 겉모습을 바꿀 만큼 강력하다.

봉인구

대개 은 또는 철로 만들어지며, 출처를 넣거나 덮어 유령의 탈출을 막도록 설계된다.

뼈다귀*

1급령의 변종에 붙여진 이름이며, 음영자의 하위 유형으로 짐작된다. 털이 없고 수척한 형태이며, 두개골과 흉곽에서 살점이 덜렁거린다. 밝고 파리한 다른빛으로 반짝인다. 일부 망령과 표면적으로 유사해 보일 수 있으나, 뼈다귀는 늘 수동적이고 대개가 다소 음울하다.

사슬망

정교하게 엮은 은제 사슬로 만든 망. 다용도로 사용이 가능한 봉인구.

생골령**

희귀하고 불쾌한 종류의 유령. 살갗을 벗겨낸 피투성이 시체가 눈을 희번덕거리고 입을 쫙 찢으며 웃는 모습으로 현현한다. 조사관 사이에서 인기가 없다. 다수의 권위자가 생골령을 망령의 변종으로 간주한다.

소금

1급령의 방어구로 널리 사용된다. 철이나 은보다는 효과가 떨어지지만 가격이 저렴하고, 가정 내 다양한 억제책에 활용된다.

소금총

넓은 지역에 소금물을 분사하는 장치. 1급령에게 효과적이다. 대형 대행사들의 채택률이 늘고 있다.

소금탄

비닐에 소금을 채운 투척용 소형 구체. 외부 충격에 폭발하며 소금을 사방에 뿌린다. 보다 약한 유령들의 격퇴에 사용된다. 강력한 개체들을 상대로는 효과가 떨어진다.

소름 끼치는 공포

유령이 출현하기 전 종종 경험하는 이해할 수 없는 공포감. 대개 냉각과 독기, 권태를 동반한다.

소리정령**

강력하고 파괴적인 2급령. 소리정령은 육중한 사물도 번쩍 들어 올릴 정도로 강력한 초자연적 에너지를 폭발적으로 방출한다. 환영을 형성하지 않는다.

스토커*

산 자에게 끌리는 듯 보이는 1급령. 멀리서 따라다니지만 절대 접근하지 않는다. 청각이 뛰어난 조사관은 그 뼈만 남은 발이 천천히 끌리는 소리, 혹은 외로운 한숨과 신음을 감지하곤 한다.

시각

환영이나 절명광 등 유령과 관련한 현상을 볼 수 있는 심령 능력. 3대 심령 재능의 하나다.

아우라

여러 환영 주위에 나타나는 광휘. 아우라는 대개가 상당히 희미하며, 곁눈으로 볼 때 가장 잘 관찰된다. 강하고 선명한 아우라는 다른빛으로 불린다. 암흑 요괴 같은 일부 유령이 발산하는 검은 아우라는 그들 주변부의 밤보다 어둡다.

암흑 요괴**

2급령의 섬뜩한 변종. 움직이는 암흑의 파편으로 현현한다. 이따금 암흑 가운데서 환영이 희미하게 관찰되는 경우가 있다. 이 검은 구름은 대개 유동적이고 고정된 형태가 없는데 박동하는 심장 크기로 수축하거나, 혹은 순식간에 팽창해 방 하나를 삼킬 정도가 되기도 한다.

야경대

대기업과 지방 정부 기관에 소속된 아이들의 무리. 일몰 후 공장과 사무실, 공공장소를 지킨다. 레이피어의 사용은 허락되지 않으나 환영의 접근을 막을 수 있게 끝에 철을 덧댄 긴 창을 소지한다.

엑토플라즘

유령이 형성돼 나오는 이상하고 변덕스러운 물질. 농축된 상태에서는 산 자에게 무척 해롭다.

요괴**

가장 흔히 조우하는 2급령. 항상 분명하고 세세한 환영을 만들어내며, 경우에 따라서는 고형에 가까워 보일 수 있다. 요괴의 대부분은 망자의 생전 또는 죽음 직후 모습을 시각적으로 정확히 반영한다. 허깨비보다 덜 모호하고 망령보다 덜 흉악하지만 그들과 마찬가지로 행동의 양상이 다양하다. 다수는 산 자와의 관계에서 중립적이거나 온순하다. 또한 비밀을 밝히거나 오랜 잘못을 바로잡고자 귀환하는 사례가 많은 것으로 보인다. 그러나 일부는 적극적으로 적대적이며 인간과의 접촉을 갈망한다. 이 유령들은 무슨 일이 있어도 피해야 한다.

요원

심령 조사관을 부르는 다른 이름.

울부짖는 혼**

공포의 대상인 2급령. 시각적인 환영을 드러내 보일 수도, 그러지 않을 수도 있다. 울부짖는 혼들은 무시무시한 심령의 비명을 지르는데, 이 소리는 때로 듣는 사람을 공포로 마비시켜 유령굴레를 씌우기에 충분하다.

유령

죽은 사람의 영혼. 인류의 역사에서 유령은 늘 존재했지만—불분명한 이유들로—이제 출몰의 빈도가 나날이 늘고 있다. 유령의 종류는 다양하나 개략적으로는 세 유형으로 분류된다(1급령, 2급령, 3급령 항목 참고). 유령은 늘 출처 곁에 머무는데, 이들의 사망 지점에 해당하는 경우가 많다. 일몰 후, 그중에서도 특히 자정부터 새벽 2시 사이에 가장 강력하다. 대부분은 산 자에 대해 무지하고 무심하다. 소수만이 적극적인 적개심을 보인다.

유령굴레

2급령이 과시하는 위험한 힘. 권태의 연장일 가능성이 있다. 유령굴레의 희생자는 의지력을 상실하고 끔찍한 절망감에 압도된다. 근육이 납덩이처럼 무겁게 느껴지고 생각이나 움직임도 더는 자유롭지 않다. 대부분의 경우 굶주린 유령이 가까이, 더 가까이 다가오는 모습을 꼼짝 못 하는 상태로 무기력하게 지켜볼 수밖에 없게 된다.

유령단지

활성 상태의 출처를 속박하는 데 사용하는 은유리 용기.

유령안개

유령의 현현 중에 가느다랗고 녹색을 띤 흰색 안개로 생성된다. 엑토플라즘으로 만들어지는 것일 가능성이 있으며, 차갑고 불쾌하나 접촉 자체가 위험을 초래하지는 않는다.

유령접촉

환영과 신체적으로 접촉한 결과이자 공격적인 유령이 가진 가장 치명적인 힘. 찌르듯 압도하는 한기로 시작해 동상에 걸린 듯 온몸의 감각이 순식간에 저하된다. 주요 장기들이 차례로 손상된다. 이내 몸이 푸르스름해지며 부풀기 시작한다. 아드레날린을 주사해 심장을 자극하는 방식의 신속한 의학적 도움이 없는 한 대개가 치명적인 결말을 맞는다.

유령탄

유령을 은유리에 가둬 만드는 형태의 무기. 유리가 깨지면 혼령이 나타나 산 자들 사이에 공포와 유령접촉을 퍼트린다.

유물 사냥꾼

출처와 영물들을 추적해 암시장에 판매한다.

은

유령에 맞서는 중요하고 강력한 방어구. 장신구 형태의 항마구로 몸에 지니는 사람이 많다. 조사관들은 레이피어 코팅과 봉인구 제작에 은을 사용한다.

은유리

출처의 보관에 사용되는 '유령 저항성' 특수 유리.

음영자*

1급령의 표준이자 아마도 가장 일반적인 형태의 방문자일 것이다. 음영자는 요괴와 유사하게 상당히 구체적인 형태로 나타날 수 있고, 허깨비처럼 실체가 없고 희미하게 보일 수도 있다. 그러나 두 경우 모두 위험을 야기할 만한 지능은 전혀 가지고 있지 않다. 음영자는 산 자의 존재를 인지하지 못하는 듯하며, 대개 특정한 행동 양식에 매여 있다. 슬픔과 상실감을 내비치지만, 분노를 비롯한 강력한 감정을 보이는 일은 좀처럼 없다. 거의 모든 경우에 인간의 형상을 띤다.

이코르

가장 진하고 농축된 형태의 엑토플라즘. 다양한 소재를 불태우며, 오직 은유리로만 안전한 억제가 가능하다.

재능

유령을 보거나 듣거나 기타 여러 방식으로 감지하는 능력. 모두는 아니지만 다수의 아이들이 어느 정도의 심령 재능을 지니고 태어난다. 이 기술은 성인기에 근접할수록 퇴화하는 경향이 있지만, 일부 성인에게서는 미약하게나마 지속되기도 한다. 평균 이상의 재능을 가진 아이들은 야경대에 합류한다. 비범한 재능을 가진 아이들은 대개가 대행사에 합류한다. 3대 재능은 시각, 청각, 촉각이다.

절명광

망자의 목숨이 끊어진 바로 그 위치에 남은 에너지 흔적. 잔혹한 죽음일수록 더 밝은 빛을 낸다. 강한 빛은 수년간 지속되기도 한다.

차가운 아낙*

잿빛 안개를 닮은 여성의 형태. 구식 드레스를 입은 모습으로 멀리서 어렴풋이 보이는 경우가 많다. 차가운 아낙은 강력한 우울감과 권태감을 발산한다. 원칙상 산 자의 가까이에 접근하는 일은 거의 없지만, 예외가 보고되기도 한다.

찬란한 소년**

기만적이도록 아름다운 유형의 2급령으로 어린 소년(드물게는 소녀)의 모습으로 현현해 차갑고 타는 듯한 다른빛을 뿜으며 걷는다.

철

모든 유형의 유령으로부터 보호해 주는 유구하고 중요한 방어구. 일반인은 철제 장식으로 주거지의 방비를 강화하고, 항마구 형태로 만들어 몸에 지닌다. 조사관들은 철제 레이피어와 쇠사슬을 소지하므로 공격과 방어 모두 철에 의존하는 셈이다.

청각

심령 재능의 세 범주 중 하나. 민감한 청각의 소유자는 죽은 자의 목소리, 과거 사건의 메아리, 출몰과 관련된 예외적인 소리들을 들을 수 있다.

촉각

죽음이나 출몰과 밀접히 관련된 사물에서 심령의 메아리를 감지하는 능력. 이 같은 메아리는 시각적 이미지와 소리 등 감각 자극의 형태를 띤다. 재능의 3대 범주의 하나다.

출몰

현현 항목 참고.

출처

유령이 이승으로 들어오는 관문이 돼주는 사물이나 장소.

콧불

대행사에서 사용하는 작은 양초의 일종으로 심령의 존재를 보여준다. 유령이 가까워지면 깜빡이고 흔들리다 결국엔 꺼진다.

통행금지

난제에 대응해 영국 정부는 인구 주거지역 다수에서 야간 통행금지를 시행 중이다. 해가 저문 직후에 시작해 새벽에 끝나는 통행금지 시간 동안 일반인은 실내에, 각 주거지의 안전한 방비 안에 머물기를 권장하고 있다. 많은 도시에서 야간 통행금지의 시작과 끝은 경종을 울려 고지한다.

플라스마

엑토플라즘 항목 참고.

피츠 소각장

클러켄웰에 위치한 '심령이 깃든 인공물의 처리를 위한 런던 메트로폴리탄 소각장'의 다른 이름. 위험한 심령 출처들이 소각의 형태로 파괴된다.

항마구

대개 철이나 은으로 제작돼 유령을 쫓는 데 사용되는 사물. 소형 항마구는 장신구의 형태로 소지가 가능하다. 대형 항마구는 집 안 곳곳에 걸어두는데, 장식적인 효과도 있다.

항마등

전기로 작동하는 가로등으로 강력한 백색광을 방출해 유령을 억제한다. 대부분의 항마등은 유리 렌즈 위에 덮개가 달려 있다. 이 덮개들이 밤새 일정한 간격을 두고 열리고 닫히기를 반복한다.

허깨비**

하늘하늘하고 은은하며 속이 훤히 비치는 형태를 유지하는 2급령의 총칭. 희미한 윤곽, 그리고 얼굴과 이목구비의 미약한 특징 일부를 제외하면 거의 보이지 않을 가능성이 있다. 실체가 없는 외양에도 불구하고 보다 구체적인 형태를 갖춘 듯 보이는 요괴 못지않게 공격적이며, 눈에 잘 띄지 않는다는 점에서 더욱 위험하다.

현현

유령 같은 현상의 발생. 소리와 냄새, 이상한 감각, 움직이는 물체, 온도 급강하, 환영의 목격 등 각종 초자연적 현상을 동반할 수 있다.

혼령

유령의 또 다른 호칭.

후광

둥근 모양의 아우라. 밝지만 거친 느낌의 다른빛 광륜으로 출처나 환영을 둘러싸고 있을 수 있다.

환영

유령이 현현 과정에서 취하는 형체. 환영은 대개가 죽은 자의 형상을 모방하나 동물과 사물의 형태도 관찰된다. 경우에 따라 상당히 이색적일 수 있다. 최근 라임하우스 부두 사건의 요괴는 초록색으로 빛나는 킹코브라로 현현한 반면, 악명 높은 벨 스트리트 귀신은 천 조각을 짜깁기한 봉제 인형의 탈을 쓴 바 있다. 위력에 관계없이 유령 대부분은 겉모습을 바꾸지 않는다.(혹은 바꿀 수 없다.) 변형자는 이 법칙의 예외에 해당한다.

루이스에게,
사랑을 담아

록우드 심령 회사 4
: 어정거리는 그림자

초판 1쇄 발행 2024년 5월 30일

지은이 | 조나단 스트라우드
옮긴이 | 강아름

펴낸이 | 조미현
책임편집 | 황정원
디자인 | 엄윤영

펴낸곳 | (주)현암사
등록 | 1951년 12월 24일 제 10-126호
주소 | 04029 서울시 마포구 동교로12안길 35
전화 | 02-365-5051
팩스 | 02-313-2729
전자우편 | dalda@hyeonamsa.com
홈페이지 | www.hyeonamsa.com
블로그 | blog.naver.com/hyeonamsa

ISBN 978-89-323-2327-5 04840
ISBN 978-89-323-2323-7 (세트)

* 책값은 뒤표지에 있습니다. 잘못된 책은 바꾸어 드립니다.
* 달다(DALDA)는 (주)현암사의 장르소설 브랜드입니다.